북한의 시학 연구 1

# 시

## 구희철~박팔양

**엮은이 이상숙**(李相淑 Lee, Sang-sook) 가천대학교 글로벌 교양학부 교수
고려대학교 국어국문학과 및 동 대학원을 졸업했다. 1995년 「정현종론」으로 『세계일보』 신춘문에 문학평론 부문에 당선하여 등단하였으며 2005년 제6회 젊은비평가상을 받았다. 2006~2007년 Harvard University Korea Institute에서 Fellow로 '남북한 문학 전통론 비교' 연구를 진행하였다. 고려대학교·서울산업대학교·한경대학교에서 강의하였고 2007년 이후 가천대학교 글로벌교양학부 교수로 재직 중이다. 논저로는 「북한문학의 민족적 특성론 연구」, 「북한문학 속의 백석」, 문집 『시인의 동경과 모국어』(2004, 월인), 『북한문학예술의 지형도』 1~3(공저) 외 다수가 있다. 우리 문학의 전통 시론과 남북문학의 비교 연구에 관심이 있다.

**책임편집 신지연**(申智姸 Shin, Ji-yeon) 가천대 문화유산역사연구소 연구교수
저서 『글쓰기라는 거울』(2007), 논문 「신시논쟁(1920~21)의 알레고리」(2008) 「민족어와 국제공통어 사이 : 김억을 바라보는 한 관점」(2009) 「서정의 딜레마 : 1950년대 북한문단의 논의를 중심으로」(2011) 「북한문단의 자유시운율론」(2011) 등이 있다.

북한의 시학 연구 1 **시**(구희철~박팔양)

**초판인쇄** 2013년 9월 25일  **초판발행** 2013년 9월 30일
**엮은이** 이상숙 외  **펴낸이** 박성모  **펴낸곳** 소명출판  **출판등록** 제13-522호
**주소** 서울시 서초구 서초동 1621-18 란빌딩 1층
**전화** 02-585-7840  **팩스** 02-585-7848  **전자우편** somyong@korea.com  **홈페이지** www.somyong.co.kr

값 70,000원     ⓒ 이상숙, 2013

ISBN 978-89-5626-843-9 94810
ISBN 978-89-5626-842-2 (세트)

잘못된 책은 바꾸어드립니다.
이 책은 저작권법의 보호를 받는 저작물이므로 무단전재와 복제를 금하며, 이 책의 전부 또는 일부를 이용하려면 반드시 사전에 소명출판의 동의를 받아야 합니다.

이 저서는 2010년도 정부 재원(교육과학기술부 인문사회연구역량강화사업비)으로 한국연구재단의 지원을 받아 연구되었음(NRF-2010-32A-A00141).

북한의
시학 연구
1

# 시

## 구희철~박팔양

*A Study on Poetics of North Korea 1 : Anthology (Koo, Hee-chul~Park, Pal-yang)*

책임편집 신지연

소명출판

**일러두기**

- 확인 가능한 최초 수록 지면을 저본으로 삼았다. 저본에는 *표를 달아두었다.

- 시인별 시의 수록 순서는 최초 발표 시기 및 작품 말미에 표기된 창작 시기를 참고하여 정하였다.

- 시의 표기법, 구두점, 약물 표기는 원문을 그대로 반영하였으며 띄어쓰기는 남한식 표기를 따랐다. 가독성을 고려하여 한자로 표기된 단어는 괄호 안에 한글음을 병기해 두었다. 한글 표기 후 괄호에 한자를 병기한 경우는 원문 그대로의 표기에 해당한다. 단, 작품 끝에 표기되어 있는 창작 시기는 원문이 한자로 되어 있는 경우라도 모두 아라비아 숫자로 바꿔 표기하였다.

- 시인론 및 작품론의 표기법과 구두점은 원문을 그대로 반영하였으며 띄어쓰기는 남한식 표기를 따랐다. 한자로 표기된 숫자는 아라비아 숫자로 바꾸었으며, 약물의 경우 작품명은 「」, 작품집명은 『』, 시초나 연시는 〈 〉, 인용은 " ", 강조는 ' '으로 바꿔 표기하였다(북한의 경우는 작품명, 서명, 강조와 인용 등에 일률적으로 같은 약물을 사용한다).

- 각 평론에 인용된 시는 그대로 실었으나 이 원문이 인용 출처의 원문과 차이가 있을 수 있음을 밝혀 둔다. 문맥을 훼손하는 명백한 오식만을 주석으로 처리했다.

- 김일성, 김정일 교시 등에 대한 원문의 볼드체 표기는 반영하지 않았다.

- 원문에서 아랫점으로 표시된 강조 표기는 윗점으로 바꾸었다.

- 편집자 주는 '1, 2, 3…'으로, 원주(原註)는 '※'으로 표시하였다.

- 판독불가능한 글자는 '□'으로 처리하였다.

『북한의 시학 연구』(1~6권)는 한국연구재단 지원으로 진행된 '북한의 시학' 연구팀의 연구 결과물이다. 본 연구팀은 2010년 5월부터 3년간 북한의 시를 모으고 분석하며 북한 시학의 형성과 전개 과정을 일본, 중국, 미국, 러시아와의 관계 안에서 파악하려고 노력했다.

북한시 연구는 북한문학 분야에서도 특히 연구 기반이 취약하므로 1차 자료를 모으는 일부터 시작해야 했다. 보통 북한문학 연구자들은 자료 접근에서 여러 가지 어려움을 겪는다. 북한문학은 모두 특수자료이기 때문에 이에 접근하기 위해서는 까다로운 절차를 거쳐야 하는데 그러고서도 제한된 자료만 제한된 방식으로 얻을 수밖에 없다. 기존 연구 성과가 많지 않아 참조할 선행연구가 부족한 현실, 문학성이 떨어지고 정치성 강한 북한문학 연구 방법론에 대한 고민 등도 북한문학 연구의 어려움이다. 여기에 하필 왜 그런 문학에 관심을 두느냐는 특별한 시선까지 감당해야 하는 것이 사실이다. 특히 연구자가 적은 북한시 연구의 사정은 더욱 심각하다. 북한시 연구를 위해 시와 시인, 시론에 대한 자료가 축적되고 이에 대한 통시적·공시적 연구가 이루어져야 하는데, 시 연구를 위한 기본적 자료, 즉 시, 시집, 시인, 문예이론, 창작법, 장르명칭, 예술 용어에 대한 기본 정보가 정리는커녕 집적조차 되어 있지 않기 때문이다.

연구팀은 먼저 시와 시 비평에 대한 1차 자료를 확보하는 일에 주력하였다. 시집, 잡지, 신문 등에 게재된 시의 목록 및 비평 목록을 작성하고 본문을 확보하였다. 더불어 시에 대한 문학사 서술 부분을 시기 구분에 따라 정리하였다. 북한시에 대한 기본적 이해와 평가를 위해 꼭 필요한 일이라 생각했다. 이 일만으로도 연구 기간 3년이 촘촘히 흘러갔다.

북한의 문예지 『조선문학』과 『문학신문』, 『청년문학』, 『문학예술』 등에 실린 시들을 모아 입력하고, 개인시집과 종합시집을 확보하였다. 이 작업을 위해 국립 중앙도서관 북한자료센터, 국회도서관, 대학도서관들을 정기적으로 방문하였다. 일본, 중국, 러시아, 미국에 산재한 자료들은 현지 유학생의 도움을 받아 목록을 조사하고 복사본을 입수하였으며, 방학을 이용해 연구팀이 직접 방문하여 자료 발굴과 수집 작업을 진행하였다. 이 과정에서 국내에 처음 소개되는 몇몇 시집과 문예지 수록 시편들을 확보할 수 있었다. 일본 방문 시에는 동경대 도서관이나 학습원대학 등 북한 관련 자료 소장처로 이미 알려진 곳보다 지바현의 아시아경제연구소에서의 성과가 컸다. 문헌이나 복사본으로만 보았던 뜻밖의 시집 원본들을 대면하는 기쁨도 맛보았다. 문학 도서관이 아닌 경제연구소 도서관에 자리한 북한시집들은 찾는 이가 없어서인지 보관 상태도 좋았고 자료 접근성도 좋았다. 중국에서는 연변대 도서관과 주립도서관에서 많은 시집을 볼 수 있었다. 러시아의 모스크바대학 도서관과 레닌도서관, 외국문학도서관에 소장된 북한문학 관련 목록은 현지 유학생의 도움을 받아 정리하였는데 이는 아마도 처음 시도하는 목록 작업이 아니었을까 생각한다. 이 책들 또한 복사본을 우편으로 받아 보았고 연구팀이 방문하여 실물을 확인하고 추가 자료를 수집하였다. 또 미국의 워싱턴 DC의 국립문서보관소를 방문하여 6·25전쟁 당시 노획문서 중에서 국내에 소장되지 않은 『조소문화』 6집 및 몇몇 미공개

시집들을 찾아내었다. 몇몇 시집 앞에는 '박헌영 외무상' 소장이었음을 증명하는 수기(手記)가 선명하였다. 60여 년 전 전쟁포로처럼 봉인되어 태평양을 건너 워싱턴 DC 외곽의 자료실에서 갇혀 있던 시집과 문예지들은 어쩌다 한 번 들르는 북한 연구자들이 호명할 때만 회색 박스 안에서 나올 수 있었다. 우리의 호출이 몇 번째였는지 알 수 없으나 연구팀은 이국(異國)에 가서야 또 하나의 한국문학, 다른 체제의 우리 문학을 만날 수 있었다.

3년간의 자료 수집 작업으로 300여 권의 북한시집, 수천 편의 문예지 수록 시, 수백 편의 북한시 관련 평론들이 수집되었고 파일 형태로 입력되었다. 북한에서 발행된 몇 편의 문학사 중 시문학 관련 서술 부분도 시대별로 정리되었다. 연구팀의 여정이 끝나갈 때쯤에는 방대한 자료 중에 무엇을 추려 결과물로 묶어 낼 것인가의 고민이 커졌다. 그러나 곧 자료 수집 과정이 곧 연구의 과정이며 자료의 취사선택에 학문적 판단이 개입될 수밖에 없으며 그것이 연구 결과를 좌우할 수 있다는 것을 깨닫게 되었다. 무엇을 싣든 무엇을 싣지 않든, 중요한 것은 자료 수집과 정리 과정 중에 이미 연구가 시작되고 이루어졌으며 후속 연구에 도움이 될 것이라는 사실이다.

국내외에서 자료를 모아 입력·분류하는 작업과 함께 본 연구팀은 전문가 자문회와 학술세미나를 정기적으로 개최하였다. 이를 바탕으로 2011년 1월 우리어문학회 전국학술대회에 '북한문학' 분과로, 2011년 12월 한국근대문학회 학술대회에는 '북한시학과 동아시아' 분과로 참여하여 연구 성과를 발표하였다. 북한시학의 형성과 전개 과정을 한반도를 둘러싼 주변국 및 그 문학계와의 영향관계 안에서 파악하려는 본 연구팀의 기획을 위해 공동연구원으로 참여한 일본문학 전공자 오미정

교수와 중국사 전공자 정문상 교수의 연구가 그 중심에 있었다. 이분들과의 공동연구를 통해 본 연구팀의 시각은 한반도의 경계를 벗어나 넓고 깊어질 수 있었다. 한국, 중국, 일본은 근대화와 제국주의, 전쟁과 재건, 사회주의와 자본주의 갈등, 냉전체제의 긴장과 자위권 문제 등을 나란히 경험했다. 그런 점에서 일본과 중국은 우리에게 타자인 동시에 현대사를 함께 겪으며 서로의 운명에 개입한 동아시아적 공동주체이기도 하다. 한반도를 둘러싼 여러 국가의 평행한 시간을 이해하는 것이 남북 문학을 이해하는 시작임을 느리게나마 깨달을 수 있었다.

3년간 연구의 결실로 제출하는 『북한의 시학 연구』 1, 2권에는 북한의 대표 시인 50인의 작품과 관련 평론을 수록하였다. 북한의 시를 소개하고 연구한 선행 업적에 힘입어 『북한의 시학 연구』 1, 2권이 시작될 수 있었다. 북한의 대표 시인 50인을 고르고 비중에 따라 작품 수에 차등을 두어 수록한 『북한의 시학 연구』 1, 2권이 기존 북한시 총서 혹은 자료집과의 다른 점은 시인별로 작품을 모았다는 점과 기존 문헌에서 찾아볼 수 없는 많은 작품을 대거 수록하고 관련 평론을 함께 수록하였다는 점이다. 특히 해당 시인, 해당 작품을 언급한 평론에서 대표적인 목적문학인 북한문학의 존재와 활용방식을 확인하는 것은 물론 기본 자료에 목마른 연구자들이 도움을 얻으리라 자부한다. 50인을 고르는 과정에서 선택되지 못한 시인들에 대한 아쉬움이 있지만 북한의 시인 모두를 망라할 수는 없고 그럴 필요도 없으리라 판단했다. 선택의 과정에 이미 남한 연구자가 북한의 시를 바라보는 시각과 북한 문학계에서 평가받는 시의 요건이 드러나 있고, 그것이 연구의 과정이라고 생각하기 때문이다.

3권과 4권에서는 북한의 시문학 관련 주요 비평문과 함께 강령, 규약,

결정서, 보고문, 문예이론 등을 수록하였다. 북한의 문학 비평은 문학 작품이 추구해야 할 바를 제시하고 평가하고 질책하여 창작의 방향을 선도하는 이른바 지도비평의 범주에 있다. 이러한 북한 비평에서 강령, 결정서, 보고문 등은 비평의 현상으로서뿐 아니라 작가의 창작 방향을 제시 또는 제한하는 텍스트로 의미가 있다. 권력자의 선언과 교시, 당의 정치적 결정, 문예당국의 결정과 보고가 창작을 지도하고 제한하며 감독하는 견인차가 되는 북한문학의 특징을 잘 보여주는 구성이라 할 수 있다. 3권과 4권에는 시 관련 비평만이 수록되었지만 문학 비평 전반의 주제와 주장을 충실히 반영하고 있어 북한문학의 흐름과 변화를 감지할 수 있다.

5권에서는 기존의 북한문학사에서 시문학사 관련 부분만을 추려 북한학계의 문학사 시기 구분에 맞추어 재구성하였다. 동일 시기를 설명하는 문학사 서술 방식의 변화와 거론되는 작품의 차이점 등이 드러나고 있어 연구자에게 시사하는 바가 적지 않을 것이다.

6권에서는 본 연구팀의 구성원들이 중심이 된 학술대회, 전문가 자문회, 라운드테이블 등을 통해 산출한 연구 성과를 묶었다. 북한의 시학이 형성되는 과정의 정치성과 평론의 역할, 미-소와 북한문학의 관계 및 일본문학계의 북한문학 수용, 북한문학과 중국과의 연관성 등을 이 연구서를 통해 살펴볼 수 있을 것이다.

북한시, 북한시 관련 평론, 북한시문학사와 북한시학 관련 연구 논문을 결집한 『북한의 시학 연구』(1~6권)가 북한시 연구의 기반이 되기를 바란다. 그리고 언제일지 알 수 없으나 남북의 시와 문학이 '통일문학사'의 이름으로 논의될 때 충실한 자료로서 활용되기를 기대한다.

그동안 함께 '북한의 시학 연구팀'을 이끌어온 연구원들께 감사의 말씀을 드리고 싶다. 연구의 중추였던 남원진 연구교수와 신지연 연구교수, 공동연구원으로 연구의 진폭을 넓혀준 이승윤 교수와 이경수 교수, 낯선 국문학회 발표를 두 번이나 감당하신 오미정 교수와 정문상 교수, 처음부터 끝까지 성실하게 임해준 김승일 연구원, 연구 성과를 품격있게 마무리해 준 신철규 연구원, 김기희, 정미선, 김규헌, 박해든실, 안우상 등 궂은일을 함께 해준 여러 연구보조원에게 감사한다. 국외 자료의 문헌 조사를 맡아주신 일본 동경대의 김주현 선생님, 중국 연변대의 이미숙 선생님, 러시아 모스크바대의 김동희 선생님께도 감사드린다. 김성수, 김재용, 유임하 선생님을 비롯하여 10년을 함께 마음을 모아 북한문학을 공부해나가는 남북문예연구팀, 그 외에도 저희의 부름에 흔쾌히 응해주신 모든 연구자분들께 감사드린다.

출판사에 득이 될 리 없는 무모한 출간 기획서를 망설임 없이 받아 결실로 만들어 주신 소명출판 박성모 사장님과 임직원 여러분, 이예은 편집자께 특별한 감사를 드린다.

이분들 모두의 최선이 여기에 담겨 있다.

2013년<br>연구책임자 이상숙

이 자료집은 시인별로 정리한 북한시선집이다. 북한의 대표 시인 50명을 선정하여 그들의 시 5~10편을 선별·수록하였으며, 시인론 혹은 작품론에 해당하는 글을 함께 실어 해당 시인의 면모를 살필 수 있도록 구성하였다.

자료집의 체계를 구축하는 데에는 여러 가지 어려움이 있었다. 먼저 어떤 시인이, 어떤 작품이 '대표성'을 띠는가 결정하는 것이 큰 난관이었다. 50명을 한정해서 선별하는 것 자체도 쉽지 않은 일이었지만, 주지하다시피 북한의 문학관은 우리의 시각과는 판이하게 다르다. 더불어 장르 체계도 다르다. 남쪽과 달리 북에서는 서사시, 가사, 송가 등의 창작이 매우 활발하고 이를 '시문학'의 주요장르로 받아들이고 있다. 어떤 관점으로 대표시를 선택할 것인가, 노래가사를 포함하여 자료집을 구성할 것인가 등에 대해 섣불리 결정할 수 없었다.

고심 끝에 절충적인 방안을 선택하였다. 북한의 문학적 관점을 우선시하되, 남한의 문학관을 살아가는 우리 연구팀의 관점도 어느 정도 반영하여 시인 및 작품을 선별하였다. 또한 시대적 안배가 이루어지도록 50명을 선정하고자 하였다. 서사시의 경우는 분량의 한계상 제외할 수밖에 없었고, 가사의 경우는 최소한의 범위 내에서 선별하기로 하였다. 이 기준을 따라 가사 창작을 주로 한 김재화, 김두일 등은 북한에서는 중요한 '시인'으로 거론되지만 이 자료집의 구성에서는 배제되었다. 한

편 백석의 경우 북한에서는 그다지 논의되지 않는 시인이지만, 연구팀 회의를 통해 자료집에 포함시키기로 결정하였다.

이 자료집을 구성하는 또 하나의 큰 어려움은 '시인별' 편집에 있었다. 남한에서 '시인별' 논의가 활발한 것과 달리, 북한에서는 문학사의 서술에서나 잡지 및 신문의 평론에서나 '주제별' 혹은 '시기별' 논의가 주류를 이룬다. 북한의 논의 방식 자체가 그러할진대 '시인별' 편집이 북한의 시들을 일별하는 데 어느 정도 도움을 줄 수 있을까 하는 의문을 쉽게 접을 수 없었다. 또한 시인별 논의가 드문 까닭에 선별 시들과 함께 수록할 시인론 / 작품론을 구하는 작업 또한 여의치 않았다.

그러나 북한의 논의뿐 아니라 남한에서 기왕에 발간되었던 북한시선 집들이 대부분 '주제별' '시기별' 체계를 택해왔던 만큼, 이 자료집의 '시인별' 편집체계가 북한의 시들에 접근하는 새로운 관점을 제공할 수 있을지도 모른다는 데에 기대를 걸기로 했다. 후일 다른 연구자들이 북한의 시를 바라보는 다양한 통로를 마련하는 데에 기반이 되었으면 하는 바람이 크다.

선별한 텍스트는 기본적으로 확인 가능한 최초 수록지면에 실린 시를 저본으로 삼았다. 북한의 시들은 개작이 매우 빈번히 이루어진다. 이 중에는 창작자 개인의 의도에 의한 경우도 있고, 창작자와 무관하게 이루어진 경우도 있다. 작가의 사후 개작되는 사례도 다반사다. 시인의 의도를 가장 적실하게 반영한 판본을 골라 자료집에 수록하는 것이 가장 바람직하겠지만, 편자의 현실적 역량을 고려해야 했다. 최초에 발표된 텍스트가 가장 중요한 판본이라고는 할 수 없지만, 창작시기의 현장성을 가장 잘 반영하고 있다고는 할 수 있을 것이다.

이에 대한 보완책으로 후일 연구자들이 개작사항을 검토할 때 유용하게 활용할 수 있기를 기대하며 자료 조사 과정에서 찾을 수 있었던 모든 판본 사항을 텍스트 뒤에 기재해 두었다. 더불어 이 목록은 각 텍스트가 북한에서 어느 정도의 평가를 받고 있는지 대략적인 판단을 하는 데에도 도움을 줄 수 있을 것이다. 경우에 따라 다를 수도 있지만, 대체로 종합시집이나 잡지에 수록된 횟수가 많은 시들이 북한에서 대표작 혹은 문학사적 가치를 지니는 작품으로 평가되고 있다고 판단하면 무방할 것이다.

시인의 이력에 대해서는 생몰년도, 작품발표를 시작한 시기, 개인작품집 목록 정도만을 간략하게 실었다. 생몰년도는 북한에서 발간된 문헌 및 남한의 논문들을 참고하였고, 발표시작연도와 작품집에 대해서는 다른 문헌들을 참고하되 연구팀에서 직접 실물을 확인한 바에 근거하여 작성하였다. 남한과 달리 북한에서는 작품집이나 잡지에 일반적으로 작가의 약력을 표기하지 않아 해당시인의 면모를 파악하기가 쉽지 않다. '추정'이라 표기한 경우는, 참고할 문헌이 부재하거나 문헌의 신뢰도가 떨어져 실물 확인 결과에만 의지한 경우다. 확실치 않은 사실들을 그대로 재수록하기보다는, 작가로서의 최소한의 이력만을 확인 가능한 한에서 밝혀두는 것이 작품들을 일별하거나 후일의 연구를 기약하는 데에 더 도움이 될 수 있으리라 판단하였다. 상세한 이력 및 북에서의 평가에 관해서는 이 자료집에 수록한 작품론/시인론 및 뒤에 덧붙인 '기타 참고문헌'을 통해 확인할 수 있을 것이다.

한계가 많은 자료집이지만, 북한문학 및 월북문인 연구에 작은 보탬이 될 수 있었으면 한다.

2013년
책임편자 신지연

# 차례

# 구희철

1964년부터 시를 발표하기 시작한 것으로 추정된다.
개인시집으로 『숫눈길』(1986) 『청춘이 빛나는 곳』(1990) 등이 있다.

| 시 5편 |

운전공 처녀의 마음

조국땅 우에 밤은 깊어가도

묘향산의 두봉화

불멸의 자욱 어린 영광의 땅이여

시중호반의 새벽

# 운전공 처녀의 마음

구희철 | 

사람들의 눈길 자주 미치지 않는 곳,
갱구 곁에 자리 잡은 압축기 운전실을
일터로 정했다는 운전공 처녀야
너의 그 기쁨에 들먹이는 가슴처럼
진정할 줄 모르고 울리는 바람소리,
너의 알뜰한 마음씨같이 깨끗해서
웃는 얼굴도 비쳐진다는 기계들,

손금 보듯 막장들이 환해서
온몸의 피줄처럼 배관이 귀중타는
그래서 너는 바람이 잠간만 멎으면
숨이 막힌 듯 마음이 답답해진다누나,
넓은 광산에 비기면 너무 작은 너의 일터
하루 종일 네가 지켜보는 건
손바닥만큼한 계기들이다만
그 밝은 눈길엔 막장들이 다 비껴 있구나

열이 높지 않은가 짚어도 보고
울리는 기계소리에 귀도 기울여보며[1]
그 큰 압축기도 손쉽게 다루는
네겐 할일 많은 그만큼 기쁨도 많다지

---

1  원문에는 '귀울여보며'로 표기되어 있다. 오식으로 보인다.

광부들이 널 부지런한 딸이라 부른다,
기대 곁엔 두 번 받은 붉은 기발이,
하얀 회벽엔 경쟁에서 받은 붉은 별들이,
네 가슴에 달린 듯, 주런이 빛나는구나,

그리도 네가 하는 일이 중함을 느낌은
생산에서 설비는 군대의 무기라 하신
수상님의 간곡하신 그 말씀을
하루에도 몇 번씩 가슴에 되새겨보기 때문이다.

언제나 마음이 막장 속에 간다는,
기적을 창조하는 착암공들 성과가
그대로 네가 한 일처럼 기뻐진다는 운전공 처녀야,
너의 마음은 막장에 가 있다지,

미덥다, 처녀야, 네가 있는 곳은
갱구 옆에 자리 잡은 작은 집이여도
배관 속 바람 타고 막장마다 찾아가는
너의 작은 가슴에는 온 광산이 숨쉬고 있구나.

| 수록지면 |

＊『조선문학』254~255(합본호), 1968.11.

# 조국땅 우에 밤은 깊어가도

구희철 | 21

밤이슬에 젖은 별들이
은하수에 실려 소리 없이 흐르고
은은히 울려오는 먼 기적소리에
별을 수놓은 하늘이 가벼이 흔들리는 밤

별들이 흐른다
별들이 반짝인다
잠들 줄 모르는 인민의 마음 우에
아름다운 락원의 강산 우에…

어버이수령님
우러러 높이 추대한
기쁨에 젖은 눈빛들도
수억만 별들로 빛을 뿌리는가

깊어가는 밤처럼
깊어가는 생각으로
뜨거운 눈물에 젖은 마음들이
감격에 겨워 수령님을 노래하는 이 밤

잠들 수 없어
땅은 불바다 불빛의 바다를 펼치였는가
잠 못 들어

하늘도 별바다 별빛의 바다를 펼치였는가

기쁨의 눈이슬에 젖은 불빛이
밤이슬에 젖은 환희의 별빛이
하늘땅 가득히 차 흐르는
경사로운 조선의 밤이여!

수령님 높이 모신
한없는 행복 속에 밤은 깊어가고
수령님 뵙고 싶고
말씀 올리고 싶은 간절한 마음속에 밤은 깊어

밤하늘에 높이 닿은
분배장의 풍년 낟가리 앞에서
어버이수령님을 목메여 부르는
처녀 관리위원장은 눈물에 젖고 또 젖고

머나먼 대양의 파도 우에
무거운 닻을 생각처럼 드리운
원양선단의 늙은 선장도
잠 못 들어 갑판을 걷고 또 걷고

류성같이 조국땅을 주름잡는
《붉은기》호 전기기관사 젊은이
이 밤 북으로 천리 궤도를 달려도
마음은 수령님 향해 달리고 또 달리고…

어디서나
그 누구나
받아 안은 그 은덕 하늘같이 커서
밤 깊어도 잠 못 들고 생각에 잠기는가

우리 이름 별처럼 빛내주시고
우리 희망 은하처럼 펼쳐주신
어버이수령님의 그 품은
우리의 영원한 사랑의 하늘!

하늘같은 그 품에
그 은덕의 손길에
인민은 자주의 삶을 꽃피웠고
조국은 락원의 강산으로 번영하여라

시련도 기쁨도
인민과 나누시며
혁명도 건설도
인민을 위해 하시며

백두의 눈길을
인민과 함께 헤치셨고
포연 서린 남진의 길을
인민들과 함께 걸으신
우리 수령님!

전후의 재더미를 헤치고 나래친

천리마의 발굽으로 종파놈들을 짓밟아버리시며
사회주의 락원을 꽃피우신
영광의 반세기

오신 길 만리에
별을 따다 수놓아드리고 싶고
가실 길 만리에
은하를 주단처럼 깔아드리고 싶은 마음

수령님을 위한 인민으로
우리 이 땅에 태여났건만
어찌하여 아, 어찌하여
한평생을 인민 위해 바쳐가시는
수령님을 단 하루도 편히 쉬시게 못하는 것인가

어버이 그 품속에서
빛나는 삶 누리는 인민이여서
밤 깊은 이 땅에 불빛은 꺼질 줄 모르고
밤 깊어도 인민은 잠들 줄 몰라라.

저 하늘의 품에서
언제나 별들은 빛을 뿌리고
어버이수령님 사랑의 품속에
영생의 별로 인민은 빛을 뿌리리

아, 우리의 태양 김일성 원수님!
해와 달이 다하도록 우리

영원히 수령님 받들고
영원히 수령님 따르고
영원히 영원히 수령님만을 모시리


| 수록지면 |

* 『조선문학』 364호, 1978. 2.
『태양은 빛나라』(종합시집), 문예출판사, 1978.
『행복하여라 인민의 나라』(종합시집), 문예출판사, 1978.
『해방후서정시선집』(종합시집), 문예출판사, 1979.
구희철, 『숫눈길』, 문예출판사, 1986.
『향도의 빛발 아래 (1)』(종합시집), 문예출판사, 1989.

# 묘향산의 두봉화

두봉화 두봉화
향산에 피는 꽃
송이송이 천만 송이
산이 좋아 여기 폈나

봄내 기다려
그리움에 타던 꽃
좋은 철 좋은 날에
만발한 두봉화

오시는 걸음걸음
아꼈던 향기 날리고
가시는 걸음걸음
더욱 붉어 바래던 꽃

향산이라 온갖 꽃 피여 웃고
봉이마다 고운 꽃 향기 뿜어도
너만이 안았던가
사랑 넘친 당의 해빛

꽃을 보고 나 봐도
그 해빛만 안고 살아
좋은 세상 좋은 세월

함께 핀 너와 나


아 그 해빛 따사로와
그리도 붉게 타는 꽃
오는 이 가는 이
물들어 마음도 붉게 타네


| 수록지면 |

* 『조선문학』 406호, 1981.8.
『금강산 내 나라』(종합시집), 문예출판사, 1982.
구희철, 『숫눈길』, 문예출판사, 1986.
『서정시선집(1979~1985)』(종합시집), 문예출판사, 1986.
『향도의 빛발 아래 (1)』(종합시집), 문예출판사, 1989.

# 불멸의 자욱 어린 영광의 땅이여

눈 속에 피여난
만병초 짙은 향기
산바람에 실려 오고
숲속에 곱게 핀 진달래도
목메이게 향기 풍기는
백두산의 정든 길

이슬 젖은
한 포기의 풀
한 그루 나무
밀림 속에 비쳐드는
한 점의 푸른 하늘을 쳐다보아도
옮기는 걸음
더듬는 마음
뜨거워지고 숭엄해지는구나

40년 전
장군님 품에 안겨
그리움에 사무치던
그 마음 터치며
눈석임물도 소리치며 흐르는가

흰 눈을 이고 하늘가에 솟은

백두산을 내리시여
방금 걸음을 멈추신 듯
삼지연못가
장군봉 바위 우에 높이 서시여
근엄하신 안광으로
조국땅 삼천리를 굽어보시는
민족의 태양 김일성 장군님!

이 땅에 꽃피울
광복의 봄을 안으시고
진군길에 오르신
장군님을 따라
고난의 행군길을 헤쳐 온
투사들의 대오가
오늘도 발구름 높이 울리는
저 청동의 군상과 군상들

조국으로
조국으로
이렇게 넘어온 산발은 몇 만 줄기이며
이렇게 걸어온 강하는 몇 천 줄기더냐

아, 눈길 만리 불길 만리 헤쳐 온
1939년 5월
조국의 진달래
연분홍 꽃잎 우에
녀대원이 미소 지으며

깨끗한 눈이슬 흘리던
물동가 산언덕은 어디

배낭 속에
조국의 한 줌 흙을 고이 간직하며
흘러내리는 달빛에 두 볼을 적시던
대원들의 그 마음 읽으시며
장군님 함께 잠 못 드시던
청봉과 베개봉 숙영지는 어디

한 줄기 부는 바람도
여기선 가슴에 젖는
노래로 울려오고
설레는 푸른 밀림도
천만 가지 생각으로
이 가슴에 안겨오는 혁명의 성지여

5호 물동에서 대홍단까지
령을 넘고 숲을 헤쳐도
하루면 가닿을 수 있는 이 길로
이 나라 수천 년 력사 우에
가장 간고한
피어린 년대 굽이쳐 흘러갔구나

이 길로
우리의 한 세대에
인류 수천 년 력사가

꿈을 꽃피운
영광의 오늘이 흘러왔고
이 길에서
세대와 세대를 넘어
만대에 살아갈
우리 인민의 영원한 래일도 이어졌구나

말하여다오
장군님 맞은 그날에
물자작 물박달
애어린 연두빛 잎새를 흔들며
목메이던 대홍단벌이여

말하여다오
한낮에 일행천리
《갑무경비도로》를 뚫고 넘으신 그날
신사동 귀틀집 로인은
어찌하여 그렇듯
장군님 군복자락 우에
긴긴 밤 뜨거운 눈물을 떨구었던가

산속에 묻혀 살아도
그것 없이는
진정 그것이 없이는
살아 산목숨이 아니던 조국

괴나리보짐 지고

정든 고향산천 떠나던
류랑의 길 우에서
다시 되돌아보며
고개 너머 그려보았건만
눈물밖에 쏟을 것 없던 조국

한 몸
바람 부는 길가에 쓰러져
가냘픈 목숨 지자해도
차마 그것만은
그것만은 그대로 두고 갈 수 없었던 조국
아, 그날
장군님께서 안고 오셨구나
몸부림치며 꿈속에서도 불러보던
조국을!

가슴에
오랑캐의 칼이 찍혀도
백두산을 우러러
오매에도 그리던
김일성 장군님은
조국의 하늘이였고, 땅이였고
민족의 위대한 태양이시였다.

장군님은
그 하늘 그 땅을 안으시고
이 강산에

찬란한 해발을 뿌리시며 오시였구나

빼앗긴 강토
빼앗긴 하늘밑에서
설음을 안고
원한을 안고
짓밟혀 사는 인민에게
이 감격의 상봉
력사의 시각을 안겨주시려
열다섯 해
장군님께서 헤쳐오신
고난의 행군길은
그 얼마나 사납고 험했던가

조국으로 가는 길은 가까와도
조국을 위한 혈전의 길은
천만리로 멀어
그처럼 아끼고 사랑하신 전사들을
그 몇몇이나
이름 모를 산기슭
이름 모를 꽃들이 피는
풀숲에 묻어야 하셨던가

바람 거칠은
소사하의 귀틀집
어머님의 신 자욱에 닳은 토방돌을
그처럼 결연히 내리신 것도

조국과
인민을 위하심이였고


총을 메신 어깨 우에
부모 없이 집 없이 헐벗은
아이들을 업으시고
적탄 속을 누비시며
천만 산악을 넘으신 것도
조국과
인민의 래일을 위하심이 아니시였던가


눈으로 목을 추기시며
설령을 넘으셔야 했고
풀뿌리로 끼니를 에우시며
사선을 헤쳐야만 하셨던 장군님


무산지구로―
조국으로―
이 성스러운 싸움을 위하시였기에
실연기 피여오르는 우등불가
장군님 나누어주신
그날의 그 한 홉의 미시가루도
고난의 눈보라 속에서
백날을 굶은 대원들의
천근 군량으로 될 수 있은 것 아니던가


징검돌을 디디시고

한 걸음이면 건느실
그날의 물동을
겨레의 운명을 안고 넘으셨기에
그처럼 천만 걸음을 옮기시며
력사의 시각을 맞으셔야 하셨고
무리로 달려드는 원쑤들을
일격에 쓸어버리시고
멍든 겨레의 가슴에
재생의 신념과 용기를 안겨주시며
조국땅에 머무르신 날은
몇 날 몇 밤이시건만
그 짧은 낮과 밤에
이 땅에 밝아올
천만년의 새벽을 마련하신
강철의 령장 우리 수령님!

오늘은 여기
숱한 사람들의 발길이 닿아
높은 령도 쉬이 넘는
이 유서깊은 행군길
위대한 수령님의 영상을
우러르고 또 우러르는 성지에서
숲속에 내리는
부드러운 봄빛을 가슴에 안으며
우리 생각하노라

홑적삼 맨발로

지주집 짚덤불 속에서 자고 깨던
머슴군의 아들
물려받은 것이란
빈주먹 하나뿐이던 우리
오늘은 어떻게
세상의 주인이 되여
이 요람의 땅을 밟고
이처럼 웃으며 설 수 있었는가를…

진정 우리 안겨 사는 품
진정 행복을 누리며
영광을 누리며 사는 품은
우리가 어떻게 안긴
귀중한 조국인가를,
귀밑머리 희슥한,
어제날의 로투사도
가슴에 붉은 넥타이 날리는
나어린 소년단원도
세대와 세대를 이어
푸른 배낭을 지고
날마다 걸어가는
이 성스러운 행군길

아 5월의 백두산
남으로 천리
동으로 천리
걷어 올린 안개자락 휘뿌리며

거연히 솟은
푸른 산악의 기슭에서
이 노래 부르나니

저기
세월의 이끼 오른
층암절벽 우에
천년을 푸르고
만년을 뿌리내린
청청한 소나무처럼

위대한 수령님 이룩하신
영광스러운 혁명전통 우에
억센 삶의 뿌리를 내린
주체의 내 조국이여
너의 그 무한대한 힘
너의 그 무궁한 세월의 끝을
우리 다 헤아릴 수 없어라

위대한 수령님 이룩하신
불멸의 그 위업
만대에 길이 빛나리니
새 세계의 메부리 우에
거연히 솟아
만민이 부러워 처다보는
사랑하는 주체의 내 조국이여
너의 영광

무궁한 세월과 더불어 길이 빛나리라

—1979

| 수록지면 |

＊『해방후서정시선집』(종합시집), 문예출판사, 1979.
『향도의 빛발 아래 (1)』(종합시집), 문예출판사, 1989.

# 시중호반의 새벽



하얗게 물안개 떠올라선
서서히 걷히는 물결 우에
호수가의 휴양각들
고요히 비끼는 시중호반

멀리 안개 속 어디선가
풀 뜯던 송아지 영각소리
잠깬 숲새들의 지저귐
물 우로 방울방울 굴러가는 새벽

새별은 사라졌건만
단 하나 날 새도록 꺼질 줄 모르는
친애하는 지도자동지 계신
휴양각 창가의 밝은 불빛

현지지도 마치고 돌아가시는 길
단 하루밤만이라도 쉬여 가시라고
간절한 마음들이
시중호 휴양각에 모시였건만

쉬여서 가시는 이 한 밤조차
호수가를 인민의 휴양지로 꾸리실
그 한 생각으로

잠 못 이루시는 친애하는 지도자동지!


어버이수령님 바라시는 대로
시중호 휴양지를 꾸리자고
휴식터도 하나하나 짚어가시며
이렇게 맞으시는 새벽이여서


불빛을 바라보는 내 마음
갑절 더 뜨거움에 젖고
바라보며 생각하니
눈길은 더더욱 후더워져라


좋은 휴양소의 이 한 밤은
먼 길의 피로를 풀며 보낼 수 있으시련만
문 열면 호수가에 번뜩이며 꼬리치는
살진 잉어도 낚을 수 있으시련만


오, 자연의 아름다운 이 모든 것
즐기셔야 할 그 모든 기쁨
인민에게 다 안겨주시며
먼 후날로 휴식을 미루시는 지도자동지!


불빛은 꺼질 줄 모르고 빛나고
내 마음은 불빛 따라 달리고
뜨거운 맘, 목메이는 생각
걸음을 못 옮기게 하는 호반의 새벽이여

어제는 우리 수령님
오늘은 우리 지도자동지
대를 이어가며 꾸려주시는
사랑의 호수 시중호반이여!
너는 얼마나 더 아름다와질 것인가

설레이라 시중호여!
천년만년 먼먼 래일까지
이제 친애하는 지도자동지의 손길이 닿은 너의 기슭
변하고 또 변할 그날을
기쁨 속에 그려보고 안아보며

안개는 걷히고
해는 떠오르고
그래도 나는 호반을 걷는다
그 불빛 못 잊을 그 불빛!
친애하는 그이의 모습처럼
내 마음속에서 사라질 줄 몰라서

| 수록지면 |

*『조선문학』435호, 1984. 1.
『향도의 해발을 우러러 6』(종합시집), 문예출판사, 1984.
구희철, 『숫눈길』, 문예출판사, 1986.

 # 시에 서정의 날개를 펼치자

허우연


위대한 수령 김일성 동지의 주체적 문예사상을 유일한 지도적 지침으로 하여 꽃피는 우리 시문학은 사람들의 심장 속에 주체형의 맑은 피를 넣어주는 혁명의 량식으로, 사람들의 심장을 틀어잡고 혁명과 건설에로 불러일으키는 투쟁의 무기로 되고 있다.

영광스러운 공화국 창건 30돐을 민족적 대축전으로 맞이한 전체 인민들이 대고조의 불길을 높이고 있는 오늘 우리 시문학의 기능과 역할을 더욱 높이는 문제는 그 어느 때보다도 절실한 요구로 제기되고 있다.

위대한 수령 김일성 동지께서는 다음과 같이 교시하시였다.

"영화나 음악은 다 예술인 것만큼 서정성이 있어야 합니다."

위대한 수령님께서 교시하신 바와 같이 문학예술작품에는 서정성이 있어야 한다.

특히 시문학의 전투적 기능을 더 높이기 위하여서는 자기의 고유한 특성인 서정성을 살리는 문제가 보다 더 중요한 것이다.

그러면 시의 서정성이란 무엇인가.

그것은 생활을 시인의 열정과 주정으로 노래하는 시문학의 고유한 특성인 동시에 형상의 나래와 같은 것이다.

다시 말하여 소설에서와 같이 생활을 객관적으로 묘사하는 문학이 아니라 현실생활이 시인에게 환기시켜준 체험, 사상감정을 토로하는 주정의 직접적 산물이 곧 시이기 때문에 서정성은 없어서는 안 될 시의 생명이며 시가 시로써 나래치게 하는 숨결과 같은 것이다.

서정이 넘쳐흐르는 시를 창작한다는 것은 그 어떤 시적 대상을 노래하고 그 어떤 사상적 내용을 담거나 례외없이 설명이나 구호의 라렬이 아니라 시적 일반화—서정적 일반화를 통하여 구현해나간다는 것을 의미한다.

바꾸어 말하여 시의 서정성은 시적 일반화의 고유한 특성으로부터 흘러나오는 본질적인 속성이며 사상예술성을 높이는 기본 담보로 된다.

서정시에서의 서정성을 높이기 위해서는 우선 당적 안목을 갖춘 시인다운 자세와 립장을 가지고 생활을 정서적으로 깊이 체험하는 문제가 중요한 것이다.

시적 대상에 대한 독창적인 새로운 파악으로부터 시작하여 잡은 종자를 형상적으로 꽃피우기 위한 정서적인 체험이 있어야 서정의 나래는 펼쳐질 수 있다.

바로 그렇기 때문에 시적 대상을 서정화하기 위한 시인의 정신적 자세, 생활의 본질을 파고드는 시인의 눈이 밝아야 한다.

시문학에서 서정성을 강화하기 위한 요구의 또 하나는 시의 사상적 내용을 깊이 있고 명백하게 하며 그 철학성을 보장하는 문제이다.

시에서의 철학성 문제는 제기한 사상의 심오성에 관한 문제로서 시의 서정성을 높이는 데서 원칙적인 요구로 나서는 바 그 리유는 시가 함축되고 집약화된 표현 속에서 심오한 사상을 예술적으로 일반화해내야 하는 특성을 갖고 있는 것과 관련된다.

따라서 한 편의 시에는 하나의 사상, 하나의 철학, 하나의 형상만이 있으며 이것들은 서로 맞물려 융합되면서 풍만한 서정의 물결을 타고 시로써 태여나는 것이다.

그렇기 때문에 시의 서정성은 그 어떤 자연이나 인정의 세계를 다칠 때만 잘 풍겨난다는 것은 잘못이며 그 어떤 시적 대상도 다 서정화할 수 있는 것이다.

시문학의 서정성을 높인다는 것은 또한 감정의 진실성이 보장되여야 한다는 것을 의미한다.

본래 시의 서정이란 개념적이고 일반적인 이야기 속에서가 아니라 시인의 구체적인 생동한 체험의 개방에 의해서만 이루어질 수 있다.

생동한 체험의 개방은 진실한 감정에 기초하지 않고서는 보여줄 수 없는 것이다.

시 「조국땅 우에 밤은 깊어가도」(구희철)를 보면 여기에 대한 대답을 찾을 수 있다.

밤이슬에 젖은 별들이
은하수에 실려 소리 없이 흐르고
은은히 울려오는 먼 기적소리에
별을 수놓은 하늘이 가벼이 흔들리는 밤

별들이 흐른다.
별들이 반짝인다.
잠들 줄 모르는 인민의 마음 우에
아름다운 락원의 강산 우에…

어버이수령님
우러러 높이 추대한
기쁨에 젖은 눈빛들도
수억만 별들로 빛을 뿌리는가


보다싶이 서정적 주인공의 감정세계가 얼마나 진실하며 또 사람들을
정서적으로 이끌어가고 있는 것인가.

사람들을 시의 세계에로 불러들이는 이 힘이야말로 서정을 떠나서
생각할 수 없는 것이다.

위대한 수령님을 국가주석으로 높이 추대한 밤, 행복과 격정에 사로
잡혀 노래를 터치는 시인의 심장은 불처럼 뜨거우며 흠모의 감정을 타
고 우러나오는 그 노래에는 짙은 서정이 넘쳐흐르고 있다.

위대한 수령님을 흠모하는 우리 인민의 사상감정처럼 진실하고 열렬
하고 뜨거운 것은 이 세상 그 어디에도 없는 것이다.


어디서나
그 누구나
받아 안은 그 은덕 하늘같이 커서
밤 깊어도 잠 못 들고 생각에 잠기는가


우리 이름 별처럼 빛내주시고
우리 희망 은하처럼 펼쳐주신
어버이수령님의 그 품은
우리의 영원한 사랑의 하늘!

이처럼 생활을 진실한 감정을 통하여 반영해야 시의 고유한 특성인 서정성을 살릴 수 있으며 내용의 철학적 깊이도 보장할 수 있는 것이다.

생활감정의 진실―이것은 서정의 진실을 낳게 하는 기본 고리라고 생각한다.

위대한 수령님의 교시와 그 구현인 당 정책으로 튼튼히 무장하고 들 끓는 생활 속에 들어가 심장의 열정을 식히지 않을 때 시인의 노래 속에 서정은 끝없이 나래칠 것이다.

―『조선문학』 373호, 1978.11

**기타 참고문헌**

김해월, 「조국에 대한 사랑의 노래」, 『조선문학』, 1987.1.
최영학, 「생활의 진실성에 기초한 사회주의애국주의주제가요의 성과작―가요 「내 나라의 푸른 하늘」의 가사형상을 놓고」, 『문학신문』, 2005.4.23.
김순림, 「인간학적 풍격을 훌륭히 갖춘 시대의 명작-노래 「내 나라의 푸른 하늘」에 대하여」, 『조선문학』, 2006.6.

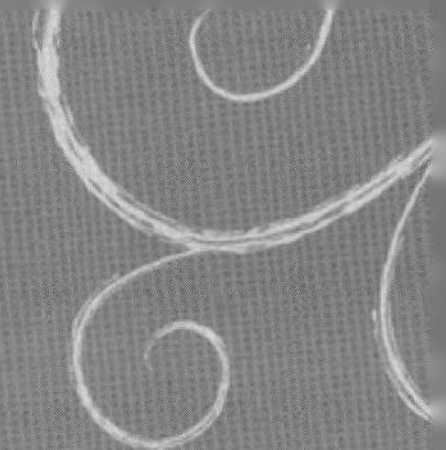

# 김병두

1954년부터 시를 발표하기 시작한 것으로 추정된다.
개인시집으로 『첫걸음』(1964) 『인간찬가』(서사시)(1993) 등이 있다.

|시 7편|

# 선언

김병두

탄생의 울음소리 올린,
눈동자 또릿한 첫아기를 안아 보며
『어서 커서 영웅이 되라!』
나의 눈가위에 기쁨을 담을 때,

평화의 원쑤들아!
너이들은 꿈을 꾼다,
지동치는 전쟁의 불ㅅ길 속에
어린것도 산채로 파묻을 것을….

바로 너이들이
이 땅 우에 꽃처럼 자라는 아기들을 노리여
무수한 폭탄과 기총탄을 퍼붓던 거리,
옥상 높이 승리의 깃발을 올리고
층층집 담벽도 땅을 차고 일어서는 거리에서
지금 첫아기의 출생증을 나는 받는다.

꼬마증서에 타는 귤빛은
내 아기의 볼에 넘치는 생명의 빛이런가
아니면 평화의 마음을 담은
영원한 희망의 빛이런가,

―김룡민…

아직도 잉크색 마르지 않은
그 이름을 몇 번이고 읽으며
고동치는 내 심장의 환희여!

지난날엔 미처 나는 몰랐다,
신기한 배안의 웃음을 짓는
갓난아기에게 젖을 물리며
안식의 기쁨에 젖는 어머니들의 눈매를…

지난날엔 미처 나는 몰랐다,
볼웃음 귀여운 아이의 손을 잡고
그림책과 사탕과자를 싸들고 가는
늠름한 아버지들의 마음속에
은실처럼 비낀 희망의 햇살을…

행복의 별빛 눈동자를 밝히며
아기는 자라리라…
자유로운 하늘 아래
조선의 마음을 안은 천리매로 날개 돋히리라.

우리의 땀과 자랑으로 일떠세운
창조의 궁전을 오르내리며
아이들은 기뻐하리라,
살기 좋은 땅
마음 어진 이웃들이 사는
이 땅에 태여났음을…

기중기도 흰 구름을 달고
먼 미래를 꿈꾸는 거리에서
새 생명의 표증을, 나의 희망을
평화의 마음으로 끌안거니…

다시는 아기들의 눈동자에
전쟁의 화염을 비치게 할 수 없으려니
우리 삶의 영원한 승리를
평화의 원쑤들에게 나는 선언한다.

| 수록지면 |

*『조선문학』, 1955.11.
김병두, 『첫걸음』, 조선문학예술총동맹출판사, 1964.

# 영예의 아침[1]

여기 구락부의 지붕도 떠날 듯
동무들의 믿음 높은 박수소리 울리고
소년단원들이 안기는 꽃다발 속에 묻혀
영예의 표창과 훈장을 받는
햇빛도 눈부신 탄부절 아침.

나의 넓은 가슴에 달아주는
빛나는 훈장을 바라보며
치마꼬리를 눈가에 올리는 안해여!
이런 기쁜 날에 울기는 왜 울어
웃으려무나! 웃어…

하기야 스물다섯 해를 거쳐
검은 탄을 캐며 검은 머리 희였고
갖은 풍랑의 고개를 넘으며
우리 함께 살아 온 반생엔
웃음보다 눈물이 더 많았더니라,

허나 오늘은 내 나이 반백을 넘어도
민청 대거리에서 선산을 맡아보며
무진장한 석탄을 파내는 신바람에

---

1  이 시는 시초 〈탄광에서〉 중 한 편이다.

탄광의 주인다운 웃음이
심장 속의 행복처럼 피여나니라.

조용히 꽃다발을 흔들어 보이며
기쁨의 눈물을 머금는 안해여!
저기 창 넘어 버력장에
나에게 축하를 보내는 듯
줄지어 선 버력더미 산들을 보라!

갱도의 중압을 튼튼히 받들고
틀어 쥔 탄줄기를 밀고나가는
로력의 보람을 날더러 느끼라는 듯
푸른 하늘 높이 솟았거니,
조국의 동맥이여! 이 아침 더 높뛰거라!

지금 구락부의 창문을 흔들며
그칠 줄 모르는 박수소리여
내 눈시울 뜨겁도록
두 팔 벌려 힘껏 껴안아주는
조국의 뜨거움이여!

창 넘어 눈에 시도록 흘러드는
햇빛에 핑게하여
나의 눈가위에 맺히는 이슬을
나는 한 손으로 슬쩍 훔친다.
『망할 놈의 햇빛이…』

| 수록지면 |

＊『조선문학』 109호, 1956.9.
『탄부들』(종합작품집), 조선작가동맹출판사, 1956.
김병두, 『첫걸음』, 조선문학예술총동맹출판사, 1964.

# 고향의 탈곡장에서

김병두

하늘 끝없이 맑고 푸른 가을날
휴가 맡고 돌아온 고향
아기를 업은 안해와 함께
모터 소리 윙윙 울리는 탈곡장에서
나는 아버지를 찾아뵙는다.

어느새 달려왔는가
평양 형님이 왔다고 알리는
막내아우 순돌이 녀석의 손나팔에
벼'단 부리우고 가는 뜨락또르 우의 처녀들도
얼굴을 돌려 반갑다 손짓하는데,

아직도 수줍어 얼굴을 붉히는 안해에게서
절인사를 받기 바쁘게
아기부터 먼저 찾는 아버지에게
처음으로 맏손녀를 안겨 드린다.

구수한 젖내를 풍기며
아기의 또릿한 검은 눈'동자가
은'빛 구레나룻 수염 밑에서
할아버지라 얼굴을 익히며
볼우물도 귀엽게 생긋 웃거니,

그 웃음 속에서 이 아들의 아이 때가 생각나시는 듯
《애 할미가 왜 이 좋은 세상을 못 봤겠니…》
갖은 고생을 하다 하다
일찌기 돌아가신 어머니를 나무라시는
아버지의 눈시울엔 이슬이 핑 돈다.

가마 속엔 가난이 둥지를 틀었어도
자식들의 앞날엔
눈물겨운 삶이 없게 하자고
한 쪼박 땅뙈기를 가꾸어
손톱눈 하나 성한 데 없이
반생을 일하여 온 아버지시여!

당신의 그 념원
로동당의 해'빛 아래 꽃 피여
지난날 설음 받던 머슴'군의 아들이
오늘은 큰 공장의 기사가 되여
당신의 손녀까지 안고 돌아왔으니

백발이 다 되신 아버지시여!
아직도 일에선 젊은이들에게 안 진다고
탈곡에 승벽을 내신다는 당신께서도
만고 대풍이 든 이 좋은 철에
아들, 며느리를 함께 맞아
맏손녀까지 안아보시는 이 순간
늙으신 년치가 얼마나 더 좋으리까!

—1957

| 수록지면 |

* 김병두, 『첫걸음』, 조선문학예술총동맹출판사, 1964.

# 즐거운 작별

토굴을 털고 나온 림시주택에서
뜨락을 사이하고 단란하게 살던
정 깊은 이웃들과 작별하고
이사 가는 날,

울바자 너머 트럭 한 대
푸르렁 갈 길을 재촉하고
둥근 얼굴에 웃음 담은 안해
이웃 아낙네들의 손목을 못 놓는데
어린것은 5층집으로 옮아간다고
책가방이랑 메고 서둘러대누나,
어서 가자고 내 손목을 이끌며…

어린것의 작은 손을 잡으면
어리광이 한창이던 내 어릴 때
아버지의 두툼한 손을 잡고
정처 없이 고향을 떠나던 일 생각나라,

그때 일 잊을 수 없어라,
동구 밖까지 배웅 나온 아낙네들과 함께
치마꼬리를 올려 눈물 닦으며
쥐였던 손목을 못 놓던 어머니를…

잊을 수 없어라,
기약 없이 떠나는 우리에게
《살기 좋은 데 있으면 편지 내라!》
동네 늙은이들 한숨 섞인 말에
내 머리를 쓰다듬으며 쓸쓸히 웃던 아버지를…

한 집 두 집 아파트로 옮아가고
오늘은 우리 집도 떠날 차례
이웃들은 화분에 화초도 떠옮겨 주고
《다음 일요일엔 집들이 차리시라!》
손 흔들며 흔들며 배웅하거니

기약 없이 먼 길 떠나며 작별하던 일
영영 없어진 오늘
붉은 넥타이 휘날리는 어린것을 앞세우고
새 아파트로 옮아가는 내 마음,
오! 이 얼마나 즐거운 작별이냐!

—1958.9

| 수록지면 |

* 김병두, 『첫걸음』, 조선문학예술총동맹출판사, 1964.

# 승리의 기'발이여

기중기도 진동기도 숨'결 바쁜
흰 구름 머리에 얹은 대궁전 옥상에서
마지막 콩크리트 타입을 치고
이마에 돋친 땀을 씻는 이 순간,

벽체 한 귀에 펄펄 휘날리며
《승리》의 두 글'자 금'빛으로 빛나 오르는
경쟁의 기'발이여,
너를 우러러 나는 느끼노라.

엑쓰까와또르가 억센 팔뚝으로 흙을 파올리며
기초 굴착에 바쁘던 지난 겨울
두리의 건물들을 아득히 쳐다보며
높이 높이 날아오르고 싶은 듯
기'발은 눈보라를 헤치며 땅 우에 나래치더니

봄 가을… 경쟁에로 부르며
한 층 두 층 벽체와 함께 자라 올라
오늘은 두리의 건물을 내려다보며
온 평양 거리가 다 보인다고
기뻐서 기뻐서 펄펄 춤추누나.

기'발이여!《승리》의 기'발이여!

우리 작업반의 머리 우에
1년 내내 영광으로 빛나며
우리와 함께 걸어온 기'발이여!


너에겐 어려 있어라,
쇠'덩이 손에 얼어붙는
동기 작업의 어려웁던 나날
때로는 새'별 지는 새벽에도, 삼태성 기우는 밤에도
콩크리트 타입 작업에 선참 나서던
우리 작업반의 마음이…


너에겐 어려 있어라
천리마 속도의 기적을 창조하며
시간을 다투어 불꽃을 튕기는
평양 건설장의 모든 작업반과 함께
달리고 달리는 우리의 숨'결이…


기'발이여!《승리》의 기'발이여!
너는 멀고 먼 길을
우리와 함께 가는 동반자
봉황새 깃을 치며 하늘로 오를 듯
평양의 하늘 아래 일떠세운 대궁전뿐이랴
너는 우리의 마음도 키워주었구나.

－1960.5

| 수록지면 |

* 김병두, 『첫걸음』, 조선문학예술총동맹출판사, 1964.

# 다리

크고 작은 숱한 다리를 놓으며
이 강산 방방곡곡을 돌고 돌아
멀고 먼 길을 걸어 온 걸음,
가을'빛 짙은 여기 강'기슭에
메고 온 배낭을 내려놓던 날,

나는 모자를 벗어 쥐고
기쁨의 눈'길을 뗄 줄 몰랐노라
밀물에 오르내리며 춤추듯 반기는
대동강의 비단 물'결
그 물'결 우에 비끼인 수도의 웅장한 모습에서

원쑤의 줄폭탄에 나무다리 끊어지면
밤새워 이어놓던 이 자리에
승리의 날, 크고 큰 다리를 놓을 것을
나는 간절히 간절히 념원하였더니
오, 그 영예가 나에게 차례질 줄이야!

나는 뛰여들었노라,
미덥고 억세인 동무들과 함께
얼음구멍 속에도 밀물 속에도
뜨거운 뜨거운 마음을 안고
강심 깊이 교각을 튼튼히 박으며

겨울을 보내고 봄을 맞았노라.

오늘도 안전띠와 바'줄을 두르고
교각 우의 발판을 딛고 서면
마음은 수리개처럼 하늘로 나래쳐 올라
동무들과 손들어 화답하며
내 일'손을 다그쳐 가거늘,

자랑하노라,
행복한 후손들에게 넘겨줄 다리,
아름답고 웅장한 이 다리에
영원한 생명을 부어넣으며
조선 로동계급—위대한 대렬에
우리 연공들은 떳떳이 서 있음을…

다리 공사 끝나는 날이면
대동강 푸른 물에 손을 씻고
가리라! 다시 배낭을 메고
심혈을 기울인 다리를 바라보며
눈'시울 뜨거웁도록 기쁨에 젖으며…

우리는 가리라! 멀고 먼 길을
지칠 줄 모르는 정열을 안고
이 나라 방방곡곡의 푸른 강'줄기마다
우리 시대가 걸어간 흔적
끝없는 행복으로 가는 다리를 놓으며…

—1960.5

| 수록지면 |

* 김병두, 『첫걸음』, 조선문학예술총동맹출판사, 1964.

# 발'자국

마을에서 들로 나가는 길,
무연한 전야를 량팔에 껴안고
젖줄처럼 흐르는 시내가 있어
내 어릴 때, 귀 닳은 호미를 들고
들로 오고 갈 때마다
징검'돌을 딛고 뛰여 건늬였다.

땅의 주인 된 복 받은 해
할아버지들의 눈물과 한숨이 스며 배인
원한의 징검'돌을 뽑아 던지고
소방울 울리며 달구지 건너다니도록
우리는 그 자리에 나무다리를 놓았다.

협동의 살림이 커진 오늘
무쇠 바퀴 우렁우렁…
들에서 실어오는 행복의 무게를
힘 있게 뻗쳐 받들도록
다시 나무다리를 뽑아 던지고
우리는 육중한 콩크리트 다리를 놓았다

풍년 든 이 가을날
듬뿍 벼'단을 싣고
퉁 퉁… 연기 뿜는 뜨락또르를 몰아

들에서 마을로 돌아오는 길
콩크리트 다리를 건느는 이 순간,

나에겐 생각되여라
징검'돌!
나무다리!
그리고 콩크리트 다리!
마치 우리 농촌이 걸어 온
발'자국처럼…

—1960.10[1]

| 수록지면 |

* 김병두, 『첫걸음』, 조선문학예술총동맹출판사, 1964.
『아름다운 강산』(종합시집), 조선문화예술총동맹출판사, 1966.
『해방후서정시선집』(종합시집), 문예출판사, 1979.

---

1 원문에는 '1906. 10'으로 표기되어 있다. 오식으로 보인다. 다른 판본의 연도 표기를
참고하여 수정하였다.

 # 시'적 세계의 개척

김병두 시집 『첫걸음』을 읽고

**강능수**

그 어떤 사실주의적인 시를 막론하고 거기에는 시인이 살고 있은 시대와 생활이 반영되고 있다. 그것은 말 그대로 서정시라고 불리우는 극히 짧은 시에서조차 례외로 되지 않는다. 그런데 서정시에서는 시대의 거대한 사변들과 생활에서의 극적인 것을 대체로 직접 작품 속에 반영하지 않는다. 그럼에도 불구하고 우리는 좋은 시들을 읽으면서 그 시대의 사변들과 인민들의 공통된 감정을 감득한다. 이것은 시인이 자기의 개성적인 시의 세계를 가지고 시대적 사변들과 생활을 관찰하고 노래한 데 있다. 자기의 개성적인 시의 세계를 가지고 있는 시인일수록 그 시인은 시대와 생활에 대한 서정적인 침투력을 강화할 수 있을 것이며 생활에서 더욱더 많은 가치 있는 문제들과 시의 액즙을 퍼낼 수 있을 것이다.

이런 의미에서 한 권의 시집, 그것은 자기가 살아온 시대와 생활에 대한 시인의 서정적인 침투력의 총화이며 시대와 생활에 대하여 시인으로서 어떻게 정신적 자취를 남겨 놓았는가 하는 것에 대한 결산이다. 김병두의 첫 시집 『첫걸음』도 이에서 례외로 되지 않는다.

이 시집에는 주로 천리마운동의 개시로부터 시작하여 천리마운동의 대고조에 이르는 오늘날에 이르기까지의 우리 인민 생활에서 일어났던 거대한 사변들과 생활의 변천 등 화폭들이 펼쳐지고 있다. 동시에 시집에는 이 거대한 사변들과 생활의 변천 등에 대하여 시인이 다양한 각도와 관점에서 노래한 자취로서 서정시, 정론시, 송가 등이 수록되어 있다.

그런데 시집『첫걸음』이 우리나라의 력사에서 거대한 전환을 이루는 시기인 천리마운동의 개시와 혁명의 대고조에 이르는 시기의 력사적 사변과 생활의 변천을 보여주고 있다는 것은 결코 이 시집에 그것을 단순히 반영하였다거나 삽입하였다는 것을 의미하지 않는다. 그것은 바로 시인이 그런 력사적 사변들과 생활의 변천을 자기의 시'적 세계를 가지고 관찰하고 노래하였다는 것을 말한다.

시집『첫걸음』에서 시인의 시'적 세계는 무엇보다 동심 세계라고 할 만치 순결한 시인의 감정에서 표현되고 있다.

이 땅 우에 꽃처럼 자라는 아이들을 노리여
원쑤들이 무수한 폭탄과 기총탄을 퍼붓던 거리
옥상 높이 승리의 기'발을 올리고
층층집 담'벽도 땅을 차고 일어서는 거리에서
지금 첫아기의 출생증을 나는 받는다.


꼬마증서에 타는 귤'빛은
내 아기들 웃음이런가
아버지-나의 마음을 담은
영원한 희망의 빛이런가.

—「선언」에서, 방점—필자

　어린애의 '출생증'을 받은 아버지는 그 누구나가 다 기쁨과 감격에 가슴 울렁거릴 것임에 틀림없다. 그러나 그 '출생증'에 대한 사람들의 표상은 각가지이다. 그것이 시인의 경우에는 더욱 그러할 것이다. 어떤 시인은 '출생증'을 놓고 거침없이 자기의 흥분된 감정을 토로할 것이며 어떤 시인은 일단 자기의 흥분을 가라앉히고 명상에 잠겨 우리 시대 인민의 행복과 새로운 력량의 장성 등과 같은 철학적인 것을 탐구해 낼 것이다. 그런데 시인 김병두는 '출생증'의 귤'빛에서 어린애의 웃음을 감득하며 동시에 아버지로서의 기쁨을 감득하며 그것을 꾸밈없이 토로하고 있는 것이다.

　표면적으로는 시인의 동심에 가까운 순결한 감정과 거대한 시대정신과 감정을 반영하는 것 사이에는 그 어떤 모순이 존재하고 있는 것 같다. 한 것은 시인의 동심에 가까운 감정은 겉으로는 자기만족과 자기취미의 세계처럼 보이기 때문이다. 그러나 그것이 자기만족과 자기취미의 협소한 세계가 아니라 생활을 감득하는 시인의 고유한 사고방식이라고 할 때 절대로 시대정신과 감정의 반영과 모순되는 것이 아니다.

　바로 「선언」에서 '출생증'을 통하여 환기되였던 시인의 동심에 가까운 감정은 행복과 기쁨 등과 같은 정서적인 밀도를 확충하면서 시의 마지막 구절을 사상정서적으로 밑받침하고 있다.


　나의 이 희망 이 기쁨을

　침략의 구두'발로 짓밟으려는 원쑤들에게

　우리 삶의 영원한 승리를

　나는 선언한다.

만약 여기에서 시인에 의하여 구현된 행복과 기쁨 등과 같은 정서적인 밀도의 확충이 없었더라고 하면 이 선언이 공허한 웨침으로밖에 들리지 않았을 것이다.

그런데 시인의 동심에 가까운 순결한 감정은 비단 「선언」에서만 표현되고 있는 것이 아니다.

봄 가을… 경쟁에로 부르며
한 층 두 층 벽체와 함께 자라 올라
오늘은 두리의 건물을 내려다보며
온 평양 거리가 다 보인다고
기뻐서 기뻐서 펄펄 춤추누나

―「승리의 기'발이여」에서, 방점―필자

첫 봄'비에 함초롬이 젖은
창 너머 버드나무 아지마다에도

모진 겨울을 이겨낸 기쁨의 눈물인 듯
이슬이 맺혀 방울방울…

애'눈을 뜨며 방긋이 웃을 듯
어느덧 푸른 물이 올랐어라.

―「가로수」에서

「승리의 기'발에서」에서만 보더라도 자기의 작업반에 꽂혀있는 승리의 기'발에 대한 서정적 주인공—건설자의 동심적인 세계와 감정은 승리의 기'발과 인연을 맺고 있는 건설자들의 생활을 얼마나 풍부하게 암시해주고 있는가! 그것은 건설자들의 진실한 감정을 드러내며, 또 그들의 진취적이고 로력투쟁에서 항상 선구자이며 돌격대로서의 기상과 랑만을 드러내고 있는 것이다. 여기에는 승리의 기'발에 대한 서정적 주인공의 그 어떠한 서정토로나 설명으로써도 표현할 수 없는 진실성과 감정의 풍부성이 굽이치고 있는 것이다.

우리는 시집 『첫걸음』에서 이와 같은 특성과 함께 생활의 체험을 통하여 우리 시대의 거대한 진리를 철학적으로 해명하려는 시인의 강한 지향을 감득한다.

우리는 그것을 시 「발'자국」, 「고향의 탈곡장」, 「즐거운 작별」 등에서 찾아본다.

시인은 우리 시대의 진리를 철학적으로 해명한다고 하여 그 어떤 앙상한 사상을 전면에 내세우거나 개념적인 것을 멋적게 들려고 생각하지 않는다. 그는 자기가 겪어온 생활, 또는 그가 관여했던 생활에 기초하여 우리 시대의 거대한 진리를 해명하고 있는 것이다.

그렇기 때문에 시인은 우리 농촌의 변화를 「발'자국」이라는 짤막한 시편에서 생활적인 표상과 시'적인 함축을 갖고 훌륭하게 일반화할 수 있었던 것이다.

더우기 「고향의 탈곡장」에서는 앞으로의 이 시인의 시 창작에서의 보다 높은 경지에로의 진출을 위한 계기로 되고 있다고 할 수 있다. 이 시에는 농촌에서 일하는 늙은 아버지가 외지에 있던 아들, 며느리, 손자들을 맞는 것과 같은 흔히 있는 평범한 화폭이 담겨져 있다. 그런데 시인은 이 평범한 농촌의 화폭을 결코 그대로 노래한 것이 아니다. 즉 시

인은 자기가 체득한 감정에 대한 서정적인 분석을 통하여 다양한 색채
와 의의를 부여하고 있으며 아버지와 아들, 며느리, 손자의 상봉을 하나
의 의의 깊은 사건으로 노래하고 있는 것이다.

> 아직도 수줍어 얼굴을 붉히는 안해에게서
> 절인사를 받기 바쁘게
> 아기부터 먼저 찾는 아버지에게
> 처음으로 맏손녀를 안겨 드린다.
>
> 구수한 젖내를 풍기며
> 아기의 또렷한 검은 눈'동자가
> 은'빛 구레나룻 수염 밑에서
> 할아버지라 얼굴을 익히며
> 볼우물도 귀엽게 생긋 웃거니,

　아직도 시아버지 앞에서 "수줍어 얼굴을 붉히는 안해", 또렷한 눈으
로 은'빛 구레나룻 수염의 할아버지의 얼굴을 익히는 "아기", 그리고 자
기의 혁명과업을 충실하게 수행했을, 긍지에 차 있는 아들… 이 모든 섬
세한 감정의 움직임과 서정적인 색조는 아버지와의 상봉을 뜻 깊은 것
으로 부각하고 있는 것이다. 그런데 아버지는 풍년 든 낟알을 뒤'거두매
하느라 탈곡을 다우치고 있었던 것이다. 그렇기 때문에 「탈곡장에
서」에[2] 그려진 화폭은 사회주의 농촌에서의 행복이라는 것을 선명하게

---

2　이 시의 원래 제목은 「고향의 탈곡장에서」이다.

상징한다. 즉 시인은 농촌현실에 보통 있을 수 있는 사실에서 행복이라
는 거대한 사상을 도출해내고 있는 것이다.

이외에도 시집 『첫걸음』에는 시인의 감정의 소박성, 생활에 대한 시
인의 성실한 태도를 감득하게 하는 시편들이 적지 않다. 이것은 물론 시
인 김병두가 아니라도 적어도 시인이라고 하면 누구나 다 갖추어야 할
원칙적인 속성들이다.

시인 김병두는 자기가 걸어온 위대한 시대의 중요 사변들에 대하여
모두 시'적인 의의를 부여한 것은 아니다.

시집 『첫걸음』에는 또한 시대의 중요 사변들에 대하여 시'적 의의를
부여하지 못하고 그냥 지내 보낸 시들도 있다.

이것은 시인이 그 어떤 의의 있는 시대의 사변들에 대하여 시선을 돌
리지 못했다는 것이 아니라 비록 그런 것을 노래하였다고 하더라도 그
것을 자기의 시'적 세계에 고착시키지 못하였다는 것을 의미한다.

여기에는 주로 시인의 체험된 감정 자체와 진실성을 동일시한 데서
온 후과가 적지 않은 것 같다. 물론 체험된 감정 자체는 귀중하며 또 그
것은 시'적 감정의 진실성을 담보하는 전제이다. 그러나 모든 체험된 감
정이 진실한 것은 아니다. 그것은 때때로 개별적인 것이고 우연적인 성
격을 띨 수 있는 것이다.

여기에는 창작가에게 부여된 재능인 창조적인 환상을 발동하여야 하
며 체험된 감정을 보편화하는 것이 필요하다. 그렇지 않고서는 시인이
체험한 감정이 아무리 심각하다고 하더라도 감정의 보편성을 획득하지
못하는 경우에는 생경함과 일면성을 면하지 못하는 것이다. 이런 약점
은 시 「해 돋는 바다'가에서」를 비롯한 일련의 시들에서 표현되고 있는
것이다.

시 「해 돋는 바다'가에서」는 동해의 해돋이에 대한 시인의 다함없는 기쁨과 열정을 노래한 시다. 모든 자연에 대한 시인들의 시에서와 같이 동해의 해돋이는 시인의 개성, 환상 등을 시험하는 시험대와 다름없다. 그런데 시인은 여기에서 체험된 감정을 풍부한 환상과 사색에 의하여 확충하지 못하고 동해의 해돋이에 대한 즉흥적인 감격과 흥분을 단순히 전달하고 말았다.

동시에 시집 『첫걸음』에서의 약점은 시대의 중요 사변들에 대한 시인의 충격을 시'적으로 분석할 대신에 이러저러한 사실들과 생활과정들을 라렬하려는 경향이다.

그렇기 때문에 시인은 로동계급의 창조적 로력을 찬양한 일련의 시들에서는 기록주의를 범하게 되였다고 생각한다.

그러나 이러한 약점은 시인이 자기 시집의 제명을 '첫걸음'으로 한 것과 같이 시인 김병두가 로동당 시대의 가수—시인으로 성장하는 과정에서 겪은 이러저러한 체험에 불과하다. 이 쓰라린 체험은 반드시 이 시인의 창작에서 보다 높은 시'적인 단계에로 진출하는 데 있어서 좋은 교훈이 되리라고 생각한다.

이 시인에게는 우에서 이미 본 바와 같이 자기의 개성을 뚜렷이 보이는 좋은 특징이 있으며 또한 새로운 자질들이 형성되여 가고 있다.

시인은 시인으로서 '첫걸음'을 내디딘 데서 거둔 성과에 기초하여 자기 시를 완성해 나갈 것이며 우리 시대의 거대한 사변들을 더욱더 많이, 그리고 풍부하게 반영할 것이다.

필자는 이 시인이 과거에도 그랬거니와 앞으로는 더욱 자신있는 확고한 걸음으로 우리 시대의 거류와 함께 전진할 것을 바라 마지않는다.

—『문학신문』, 1965.1.29

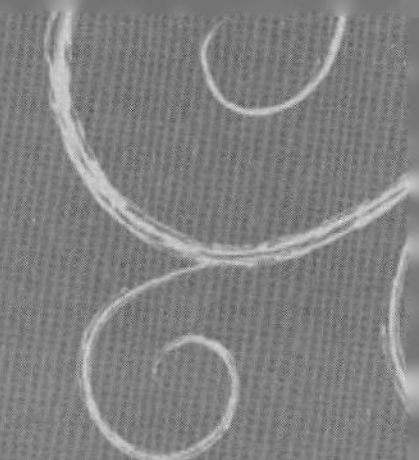

# 김북원

1911년 함남 홍원에서 출생했다.
1935년 『삼천리』에 소설을 발표하며 작품활동을 시작했다.
1984년 작고했다.
개인시집으로 『대지의 서정』(1956) 『남해가 보인다』(1986) 등이 있다.

# 六月十四日(6월 14일)


金日成委員長(김일성 위원장)의 歷史的(역사적) 報告(보고)의 날

오곡이 논밭에 푸르고
싱싱하니 신록이 지터가는 산과 들
일어서는 조국의 타악 트인 길 위에
새로운 생활이 꽃 피어나는 六(유)월
우러러 맑은 창공아래
지평도 푸른 六(유)월
능금나무 복숭아나무
배나무 포푸라 무른 가지
바람 풍기는 안윽한 마을에
늘어가는 새집 기름끼 흐르는 기왓곬에 햇볕이 웃는 六(유)월

농민들은 모 내다 멈추고 건운 팔소매 그대로
써레질하던 발 흙 묻은 발 싳을 새도 없이
늙은이 젊은이 집 보던 할머니도
왼 마을이 쓰러나와
마을의 한복판에 새로 선
구락부 채양 아래 봉당마당에
라디오 앞에 몽여서
귀 기우리어 듣는다

들을사록
또 들을사록
귀에 익은 음성

믿어운 말슴이시다
장군은 농민들의 살림사리 샅샅이 걱정하세서
우리 살림 이렇게 느러만 간다
제 땅을 제가 가는 시름없는 오늘엔
소작사리도 머슴사리도 옛 이야기라고
아무럼 남조선에도 토지개혁을
실시하는 정부가 서야 한다
그러자면 우리 김장군을 모셔야 한다고
이 봄에 소를 맨 박첨지
새집 지은 최봉구
재봉틀 산 언연이
결의도 높으게 환영 토론이 불같다

산과 들
방방곡곡에 신록이 짙은 이 날
이랑을 타고 넘어 풀잎에까지 흐르는
장군의 음성을 에워싸고
천만의 숨결이 모디인 이 시각
장군은 항시 인민의 선두에 서시었고
전체 인민은 장군의 주위에 뭉치었도다
오오 역사적 보고―기리 떨치라

―1947.6

| 수록지면 |

*『전초―시인22인집』, 문화전선사, 1947.

# 용광로 앞에서



용광로
뜨거운 열을 풍기며
길고 육중한 체구가 돌아간다
나는 풍기는 열을
온몸에 받으며 오늘도
듬직한 생산의 초소에 섰다

용광로
나의 친한 벗
나는 이 용광로 곁에서
뜨거운 화열 속에서 조국을 알았다
근로자의 임무를 알았다

이글이글
쇳물이 불꽃을 튕기며
흘러나오는 출선구에
우리의 기록은
여기 붉은 上向線(상향선)을 긋나니

긴—쇳장대로 용액이 끓는 爐心(노심)을 찔러
끌어 다리노라면
흘러나오는 쇳물엔
땀에 젖인 동무들의 얼굴이 보인다

이 시각 지긋이 눌러모는 生産(생산)의 손이 보인다

나는 이마에 덥는 땀을 씻고
머리를 든다
저리 웅장한 공장 지붕 위에
우리 공화국 깃발이 휘날린다
저 깃발 날리기 위하여 우리는
공장을 이르키고
계획생산을 마련하였고
저 깃발 밑에서 우리는
二(2)개년 계획을 승리로 떨쳐 나아가나니

우리 공화국
남반부의 하늘 아랜
웨…… 공장굴뚝에 연기가 멎고
인민의 것일 기계는
놈들의 손에서 부서져 가느냐

불길!
그렇다 불길이 가슴을 따린다
우리의 결의를 강철로 다진다
남반부 인민들이 올리는
항쟁의 불길이……

너 配電板(배전판)에 파로메ー터 보는
너 돌아가는 모ー터의 체온을 따지는
넌 에ー야콤푸렛샤의 풍압을 재는

五(5)톤 기중기 묵중한 몸 돌리어
뽀얀히 먼지 올리며 광석을 날르는
마스크한 동무야

지금
나와 너희들의
뜨거운 숨결이 오고가는 속에 용광로는 돌아가
─二(2)개년 계획을 승리에로!
이렇게 떳떳한 신념이
붉은 쇳물로 흘러나오는구나

흘러나오는 쇳물엔
동무들의 얼굴이
승리를 향하여 돌진하는
남반부 인민들의 얼굴이 보인다

二(2)개년 계획을 승리에로 이끄는
모든 부서의 동무들아
지금 우리의 머리 위엔
깃발이 휘날리고 있다

승리의 깃발이……

| 수록지면 |

* 『시집─8 · 15해방4주년기념출판』(종합시집), 문화전선사, 1949.

# 進擊(진격)의 밤

달 뜨는 밤이나
달 없는 밤이나
전선의 밤은 진격의 밤

어둠을 헤쳐
어둠 속에 자취도 없이
소대 산을 나린다
침침한 어둠이 귀에 담긴다

－누구얏?
칠호의 목소리
묵직한 그 소리
원쑤의 귓전을 울리기 전에
총창이 번쩍 가슴에 닿는다
원쑤 먹먹한 순간
총창을 움직이고
칠호는 나아간다

…누구얏?
어둠에 물었을 때
총소리 대답하는
여기는 김항욱 소대

進擊(진격)의 밤

겨냥도 없는 원쑤들의 총소리
총소리 총소릴 불렀는가
막탁 들어갈기는 눈먼 총소리
어둠을 뚜들긴다

아무리 사격한들
대답이나 있을 거냐
뭣적어 잠잠하여지는 산기슭
운로봉 요요하니 어둠에 잠긴다

소리는 없어도
소대 나아간다
우익에서도
좌익에서도
종면을 질러선 최증수 분대

기슭에 다가드는
소대를 이끌어나가는 진두에
홀연이 선 소대장 앞에 운로봉
아아한 봉우리 이마에 높다

암호 귀에서 귀로 전하여진 뒤
골짜길 울리는 군호 소리 들으라
—대대 돌격!
    일 중대는 좌로
    이 중대는 우로
    삼 중대는 정면으로

앞으로 돌격……

한 사람이 나아가도
열 사람이 나아가는 듯
분대가 나아가도
소대가 나아가는 듯
소대가 나아가도
중대가 나아가는 듯
중대가 나아가도
대대가 나아가는 듯
(펏뜩 머리에 떠 온
소대장의 돌격 구호)

화선이 호를 그린다
탄우 골짜길 덮어 쓴다
운로봉도 구름을 떨고 서는가
원쑤들 황겁하여 궤주하는 꼴
옆으로 꿰여지면 옆에서 불을
뒤로 돌아서면 뒤에서 불을
등생이로 기여오르려면
등생이에서도 불을
어대로 가나 불이 먼저 날아들어
튀여날 구멍은 어디에도 없다고
자꾸만 자꾸만 쬐여뜬다고……
원쑤도 비명을 울리는데

뚜루룩이 어둠을 쑤신다

수류탄이 번쩍 날은다
꽝! 불기둥이 일어선다

오! 저는 누구인가
중마루 화점에 뛰여드는 것은
덜덜거리던 원쑤의 화점을 끄고
황겁하여 뛰는 놈을 족치는 것은—
한 놈
두 놈
열 놈도 넘게
빼앗은 중기로 뒤통수를 갈기는 것은—

—동무들아!
  고지는 우리의 것이다
  어서 따르라!
  봉우리로 올러오라!
운로봉을 향하여
화선에 앞장 선
박상우
김칠호
아 영예론 우리의 로동당원들

원쑤를 탕쳐
분대 운로봉에 오르는데
어느새 올랐는가
상상봉에 소대장
그 손 번쩍 들어 신호탄을 울린다

승리의 푸른 신호탄을……

─락동강 시편 중에서

| 수록지면 |

* 『문학예술』 4-3, 1951.6.
김북원, 『남해가 보인다』, 문예출판사, 1986.

# 남해가 앞에 있다!

김북원

울부짖던 포화 멎은 약목나루의 밤
갈앉은 고요 속에 떠오는 달이 좋아
내 한 걸음 한 걸음 산턱에 오르는데
문득 발아래 열리는 물'줄기
《강이다…》

공병삽을 들어 전호를 파다
이마에 돋는 땀 닦던
보병이 되뇌인다
《락동강이다!》

순간, 보아라 유유한 흐름
수면에 번뜩이는 은'빛 잔물'살
나는 나도 모르게 부르짖는다
《왔구나…
락동강이다!》

내 모든 것 잊고 강물에 뛰여들어
그 맑은 물 맘껏 들이마시는데
심장을 때리는 타는 목소리
《전사여…
남해가 앞에 있다!》

—종군수첩에서[3]

| 수록지면 |

＊『문학신문』, 1965.9.28.
『아름다운 강산』(종합시집), 조선문화예술총동맹출판사, 1966.
『조선은 하나다』(종합시집), 문예출판사, 1976.
『해방후서정시선집』(종합시집), 문예출판사, 1979.
김북원, 『남해가 보인다』, 문예출판사, 1986.

---

3    시집『남해가 보인다』에는 '1950년'으로 발표시기가 기재되어 있다.

# 우리의 최고사령관

김북원 | 89

오늘도 부대는 원쑤를 부시고
들과 강물 산발을 넘는다
나가는 진두에 언제나 그 모습
용맹을 부르는 우리의 최고사령관
그이의 부름에 원쑤를 부시고
그이를 모시고 승리를 노래하리

이 밤도 전우들 산발에 싸우며
동트는 고지에 군기를 날린다
피 끓는 가슴들 우러러 서면
승리로 부르는 우리의 최고사령관
그이의 부름에 원쑤를 부시고
그이를 모시고 승리를 노래하리

용감한 인민군 미제를 물리쳐
승리한 그날엔 자유론 내 조국
끝없이 번영할 그날을 위하여
받들어나가자 우리의 최고사령관
그이의 부름에 원쑤를 부시고
그이를 모시고 승리를 노래하리

—1951

| 수록지면 |

* 김북원, 『남해가 보인다』, 문예출판사, 1986.

# 다수확 농민

1. 덕보 로인

선풍기로 북더기를 날릴 때
벼알은 마당에서도 여무는 것 같다

가로 세로 감아 묶어
벼가마니 하나 둘 토방에 쌓노라면
지금은 이미 곁에 없는
마누라가 생각난다

마누란
울 안 살구낭게 꽃이 피는 봄
열아홉 붉은 얼굴로 왔다
삼월이라 삼짓날 제비와 함께
꽃바람에 안겨 온 철룡이 에미

마누란 그 얼굴에
볼우물 지으며
말 대신 노상 웃어만 보이더니
특히 그날은 입을 열어
오래도록 살 살림은 피 나도
귀밑머리 희도록 살자—

아 사틋한 그 한 마딘
가슴에 박혔거니
왜경에게 쫓기며 피해다니며
농민조합 그 젊은이 들리여주던
농민은 「내 땅」에서 살아야 한다
그 말과 함께 가슴에 박혔거니

왜정 사십 년에 청춘은 갔으나
해방된 이 날은
진정 내 땅에서 산다고
이제는 제법 때 벗은 철룡이
나라를 지켜 나선 그 애를 생각하면

이게 모두 장군님 덕분이라고
앉으면 얘기하던 철룡 어미

철룡이 어민
두엄 수레도 몰았으나
담고 밀고 부리워 깔았다
실어드린 논판에 객토를 폈다
올 가을엔 높은 수확을 내여
전선 원호미 남 먼저 내자고
그때는 장군님께 편지를 쓰자고

통통하니 자란 모를 옮기며
이 모는 아지를 쳐도 많이 칠 것이라고
어서 가꾸어 누렁 별 거둬

정하게 쌀을 찧어 보내면
전선의 우리 군대 큰 힘을 낼 것이라고
애기하던 논판에 쏟아진 기총탄
아 그 몹쓸 놈의 총탄에 그만 가다니

토방에 벼가마닐 올리여 쌓는
덕보 로인의 얼굴에
원쑤를 증오하는 불길이 타오른다
벼가마닐 올려 던지는
팔뚝에 피가 뛴다

마지막 가마니 쌓고 돌아서는
덕보 로인은 한 눈 지긋이 감고
손을 꼽아본다
이제 낼 전선 원호미를 헤아려 본다

스무 가마닐 내도록 해야지……
마누라가 남긴 그 말과 같이
그러자!
그리고 오늘밤엔
장군님께 편지를 쓰자


2. 넘치는 영광 속에

설달 보름 밤
둥근 달이 동산 위에 떠
눈 덮인 지붕을 어루만진다

덕보 로인네 창에 비친다

폭풍에 비록 추녀는 기울었으나
넘치는 영광 속에
장군님의 글월을 읽는
방안은 한결 아늑하여라

"당신이 보내주신 전선 원호미는
우리의 인민군 무력을 강화할 것이며
장병들에게 더 큰 고무가 될 것입니다…"

이 밤 따라 유난히 밝은 전등 아래
줄줄이 구절마다
다정하신 그 음성 들으며
읽고 또 읽는 장군님 글월

시아버지가 읽고 나면
며누리가 받아 읽는다
읽다가 문득 눈을 들면
글월 위에 떠오르는 영명한 모습

장군님을 모시고
장군님이 주신 땅에서
수확을 높이는 것은
원쑤를 치는 것

보다 큰 것을 마음할 때

어려움 앞에 설 때
우리의 빛이며 힘이며
깃발이신 우리의 장군님

장군님 앞에 우리는
언제나 떳떳이 서야 한다고
새해의 농사 준비를 틈 없이 짜야 한다고
덕보 로인은 연신 담배를 피우며 말을 잇는다

남편을 전선에 보낸 며누린
타오르는 마음 보탑을 잡아
봄갈이
가을갈이
장차 할 객토 작업의 경험을 자랑하는데

마을 사람들
부러움으로
안타까움으로
래년에사 우리도 하리란다

악독한 원쑤로 하여
사랑하는 간절한 것을 잃은 사람들
그러길래 아들을
남편을 전선에 보낸 마을 사람들
덕보 로인과 함께
덕보 로인과 함께 일어서리란다

| 수록지면 |

* 『문학예술』, 1953. 2.
『수령은 부른다』(종합시집), 문예총출판사, 1953.

# 친선의 고지

1

아침 해 짙은 안개를 밀어
동쪽 봉우리에 솟아오르면
고지는 네 활개 펴고
그 머리를 든다

한쪽 머리 들어 서해를 가리키고
한쪽 머리 들어 동해를 부른다
고지는 침략자들 막아
거인처럼 우뚝 서 있다

비록 날아오는 포탄에 그 산정은 깎기고
오르면 발목이 묻히는 거기……
가을이 와도 아름다운 단풍을 볼 수 없으나
사람들은 이 고지를 친선의 고지라 부른다.

2

돌이켜보면 한 때
그는 적구에 솟아 있었다
三八(삼팔)의 계선을 넘어 원쑤들
공화국 깊이 기여든 때

그러나 영용한 인민군대는
그 기슭에서 원쑤를 몰아냈다
그는 항상 공화국 하늘 아래
우리의 자유와 함께 있었다


전선이 고착하는 그 어느 날
고지는 동쪽 기슭에 인민군대를
서쪽 기슭에
지원군 부대를 맞이하였다


때로 개아미떼같이
까맣게 기여드는 적을 무찔러
인민군대가 동쪽에 싸우면
대륙의 건아들은
봉우리 넘어 포화를 날리였고


서쪽 기슭에 원쑤가 밀려들면
인민군 부대들은
적의 뒤통수를 따려
한 걸음도 들어서지 못하게 하였다


황겁한 적들은 이 고지 위에
하루에도 몇 만 발 포탄을 퍼부어
동서의 협동을 끊으려 하였다


그러나 멸적에 불타는 붉은 심장들
산허리를 질러 하나의 맞굴을 팠나니

굴착의 어느 날 두 나라 전사들은
깊은 산복에서 서로 울리는 정 소리를 들었다

분명 인민군대 전사들은
서쪽에서 울리는 정 소리를
분명 지원군 부대들은
동쪽에서 울리는 다이나마이트의 폭발소리를

―여기이다! 고 전사들은
동쪽에서 서쪽에서
함머를 둘러 따려
함머 앞에서 무서운 힘 앞에서
산이 뚫어졌다

순간 전사들은 보았다
거기 흘러든 동서의 하늘을!
그들은 덥석 서로 손을 잡고
굴 속에서 먼지 속에서
땀을 주먹으로 씻으며
조중 인민의 불패의 단결 만세를 불렀다

그렇다 이렇게 뭉쳐진 힘이
이 산에서 미제의 모든 공세들 무찔렀다
협동작전의 삼년의 기록을
승리의 비단결 위에 수놓았다

3

친선의 고지에 맺아진
우애의 노래 끊임이 없어라
우리의 방방곡곡에 퍼져가는 그 노래,
오늘은 어느덧 전설이 된 그 노래

전설은 먼 대륙에도
용사들의 고향 마을에도
두 나라 인민의 가슴과 가슴에
영원한 우애를 불러일으키나니

고지는 보았다
그 머리 위에 날아오던
침략자들의 포화가 멎고야 만 것을
포화가 멎는 날 두 나라 전사들
반가이 달려와 서로 부둥켜안는 것을―

고지는 본다
오늘 포화는 멎었으나
전쟁 도발자들의 검은 총구가
남반의 하늘 아래 그저 있음을―

그러기에 친선의 고지는
더욱더 높이 서 있다
그 머리 들어 형제의 봉우릴 부른다
삼천만의 평화를 위하여 우뚝 서 있다

| 수록지면 |

*『조선문학』, 1953.10.
『전우의 노래』(종합시집), 조선작가동맹출판사, 1953.
김북원, 『대지의 서정』, 조선작가동맹출판사, 1956.
『아침은 빛나라―조선민주주의인민공화국창건10주년기념』(종합시집), 조선작가동맹출판사, 1958.

# 춘경이야기

김북원

봄은 따스한 햇볕을 타고
가무슥 변해가는 땅 우에
개울가에 뿌옇게 피여나는
물버들가지에 오더라.

그러나 봄은
눈바람 속에 씨앗을 골라
염수에 담가 소독하는
농민의 마음속에 먼저 오더라.

봄은, 솟아오는 붉은 태양을 안은
조합원 이들에게 먼저 왔더라.
살얼음 해쳐 객토를 나르며
이 해의 풍작을 마음한 이들에게.

협동경리의 자랑을 안고
꽃바람 불어오는 언덕 넘어로
고마운 임경소 뜨락또르 맞이하여
맘속의 봄을 벌판에 노래하는 이들에게.

봄은 들판에 종달새 부르며
달리는 뜨락또르 운전대 우에
한드르를 잡고 노래 부르는

꽃나이 운전사 그의 가슴에도.


봄은 오고가는 뜨락또르 앞서가며
웃음 띤 그 얼굴 쇠스랑 들어
김나는 두엄더미 헤치여 펴는
조합원 이들의 노랫가락에도…


…뜨락또르는 좋더라 깊이 갈아
땅이 잘 풀려 좋더라.
뜨락또르는 좋더라, 많이 갈아
조합원 우리 일손이 남아 좋다…는,


봄은 한겨울 잠가두었던 곳간을 열고
써레를 꺼내여 맞추는 그에게도
이제 곧 맑은 물 흘러오리라
논도랑 가시는 저들의 노래에도−


봄은 따스한 햇볕을 타고
가무슥 변해가는 땅 우에
개울가에 뿌옇게 피여나는
물버들가지 끝에 먼저 오더라.


아니더라 봄은,
솟아오는 행복을 가슴에 안고
아지랑이 속 보둑에서 수문을 여는
조합원, 이들에게 먼저 왔더라.

−1955.3

| 수록지면 |

* 김북원, 『대지의 서정』, 조선작가동맹출판사, 1956.
『해방후서정시선집』(종합시집), 문예출판사, 1979.
김북원, 『남해가 보인다』, 문예출판사, 1986.

# 열두 삼천릿벌의 새 노래

그 누가 지은 이름인가, 열두 삼천릿벌
봄 가을 기러기도 쉬여 넘는 벌
가도 와도 끝없는 열두 삼천릿벌에
오늘은 아름다운 노래가 울린다.

여기도 작업반 모를 내고
저기도 작업반 모를 내며
조합이 서로 불러 화답하여
울리여 끝없는 행복의 노래여,

열두 삼천릿벌에 봇물이 내린 날
천리 수로에 생명수 넘치여
둑 우에 기쁜 농민의 가슴들이
하나의 목소리로 웨쳐 부른 노래여,

논마다 넘치는 물을 받아
오늘은 써레질도 손에 가벼워
바다 같은 논배미에 모를 꽂아 가면
금시에 푸른 벌 되는 기쁨아

영광스러워라, 인민의 이 날
따사로운 당의 시책 여기 꽃 피여
메마른 이 벌판 행복의 땅 되였구나

농민들은 알곡을 위하여 모를 심는다.


벌판의 저 한끝엔 청천강이 흘러도
긴 세월 건갈이로 씨를 뿌리고
하늘만 쳐다보던 애타던 날은
이제 이들에겐 옛말이로다.


오, 얼굴마다 피여나는 웃음아,
노래하는 가슴마다 넘치는 기쁨아,
푸른 모 꽂아 한 배미 두 배미 넘어서느니
갈수록 깊이모를 나라의 은공아,


물길아, 뻗어라 행복에로 잇닿은
二(이)천 리 수로에 생명수야 넘쳐라,
이 나라 벌판마다 관개수야 넘쳐라,
남쪽 땅 모든 벌에 물길아 뻗어라,


날으라, 이 벌판에 지경을 헤쳐
풍년을 부르는 모내기 노래,
오, 열두 삼천릿벌의 새 노래,
이 나라 모든 벌에 울려 퍼지라!

—1955.5

| 수록지면 |

* 김북원, 『대지의 서정』, 조선작가동맹출판사, 1956.

# 당이여

이 땅에 피여난 한 송이 꽃,
이름 없는 한 포기 풀의 운명에 대해서도
그대와 떼여 생각할 수 있으랴
당이여.

나의 어린 손자들도
고사리 같은 손을 들어
행복을 노래하며 춤추는도다,
당이여 그대의 광망 속에….

내 이제 머리에 흰 카락을 보나
당이여 그대 앞에선 철부지 어린아이,
어린아이가 말을 배우듯 내
한 마디 한 마디 그대의 진리를 아로새기노라.

내 때로 눈을 뜨고도
볼 것을 못 보고 설 곳에 서지 못하여도
나무람보다 따뜻이 품어주는 당이여
나는 이렇게 그대의 사랑으로 뼈가 굵어지는도다.

어버이의 그것에 비기랴
당이여 그대의 덕망,
내 하는 일보다 받는 사랑이 높아

스스로 부끄러이 고개 숙여지노라.


오 당—그대의 뜻 높고 깊음
태산에 비기랴 바다에 견주랴
그 힘의 거세임 태풍에 비기랴,
내 견줄 데를 몰라라 당이여…


동쪽을 향해 불러보아도
메아리쳐 오는도다 그 이름,
서쪽을 향해 불러보아도
메아리쳐 오는도다 그 이름,
조선로동당!


내 비록 서투른 가수이나
그대에 대한 무한한 충성 가락에 담고저
그대의 예지로 눈을 떴노라,
그대의 뜻으로 끊임없이 몸차림하노라.


전투명령을 내리시라 당이여
내 당 나이론 열여섯 청년이나
포화 속의 락동강도 건너보았거니
무엇을 아끼랴, 그대의 기치 들고 나아가리라.

—1961.5


| 수록지면 |

* 『당에 영광을』(종합시집), 조선작가동맹출판사, 1961.
『해방후서정시선집』(종합시집), 문예출판사, 1979.
김북원, 『남해가 보인다』, 문예출판사, 1986.

 # 조국해방전쟁과 시인 김북원

**김철룡**

작가 김북원[1911~주체73(1984)년]은 해방 전부터 시들을 창작하였다. 하지만 시인의 재능은 자기 조국이 없고 또 이끌어줄 령도자가 없었던 탓에 빛을 보지 못하였다. 시인은 해방 후 어버이수령님의 품속에 안겨서야 자기 삶도, 창작의 보람도 마음껏 누릴 수 있었다.

시인의 시들은 해방 후에는 물론 조국해방전쟁 시기에도 활발히 창작되었다.

시인은 조국해방전쟁 시기 전시가요 「우리의 최고사령관」[주체40(1951)년], 서정서사시 「락동강」[주체39(1950)년]을 비롯한 많은 시작품들을 창작하여 우리 인민군전사들을 수령결사옹위, 조국보위성전에로 불러일으키는데 크게 이바지하였다.

조국해방전쟁이 일어나자마자 위대한 수령님의 전투적 호소를 높이 받들고 전선으로 파견된 종군작가들 속에는 김북원도 있었는데 그들은 서울을 거쳐 대전해방전투에 참가하여 그 력사적 승리를 직접 체험한데 이어 락동강에 이르렀다.

시인의 창작활동은 종군작가 생활을 시작하면서 활발해졌지만 락동강계선에 이르렀을 때부터 더 활발하게 진행되었다.

위대한 령도자 김정일동지께서는 다음과 같이 지적하시였다.

"시인은 시대의 가수, 시대의 나팔수가 되여야 한다. 가슴에 늘 시대를 안고 몸부림치며 시대의 숨결과 호흡을 같이하기 위하여 아글타글 애쓰는 사람이라야 참다운 시인이 될 수 있다."

조국해방전쟁의 1계단 시기 진격의 길에 오른 인민군전사들의 영웅적 위훈을 랑만적으로 노래한 김북원은 많은 시들에서 락동강을 시적대상으로 삼고 창작활동을 진행해나갔다.

서정시 「남해가 앞에 있다!」[주체39(1950)년]는 그 대표적 실례로서 오늘도 우리 군대와 인민들에게 깊은 여운을 안겨주고 있다.


울부짖던 포화 멎은 약목나루의 밤

갈앉은 고요 속에 떠오르는 달이 좋아

내 한 걸음 한 걸음 산턱에 오르는데

문득 발아래 열리는 물줄기

"강이다"


공병삽을 들어 전호를 파다

이마에 돋는 땀 닦던

보병이 되뇌인다

"락동강이다!"


순간 보아라 유유한 흐름

수면에 번뜩이는 은빛 잔물살

나는 나도 모르게 부르짖는다

“왔구나… 락동강이다!”

…

락동강! 얼마나 오고 싶던 강인가!

시인은 전사들의 끓어오르는 심정을 글줄마다에 옮기며 그들의 심장을 쿵쿵 울려주는 새로운 시세계를 창조해나갔다.

…

내 모든 것 잊고 강물에 뛰여들어
그 맑은 물 한껏 들이마시는데
심장을 때리는 타는 목소리
“전사여…
남해가 앞에 있다!”

락동강에 다달은 한순간의 기쁨이 사라지기도 전에 전사의 의무를 다시금 자각하게 하는 이 웨침은 전체 인민군전사들을 최후결전에로 불러일으킨 뢰성과도 같았다.

시인의 이러한 창작자세는 서정서사시 「락동강」에서도 집중적으로 찾아볼 수 있다.

작품에서는 수난의 강, 눈물의 강으로 불리우던 락동강, 이 락동강이 흐르는 남녘에도 위대한 수령님의 령도따라 판가리싸움에 떨쳐나선 인민군 전사들의 영웅적인 투쟁에 의하여 자유의 새날이 밝아오고 있다는 숭고한 사상감정을 의의 있는 생활 화폭으로 펼쳐보였다.

인민군전투원들과 함께 남으로 진격하면서 시 창작을 진행하여 좋은 성과를 이룩하던 시인은 락동강계선에 이르러 새로운 체험에 기초하여 이렇듯 서정서사시「락동강」과 같은 좋은 작품을 창작하게 되었다.

련이어 그는 여러 시들도 창작하였는데 서정시「진격의 밤」[주체39(1950)년], 「나를 로동당에」[주체39(1950)년], 「전호 속의 독보회」[주체39(1950)년], 「령남8월의 밤」[주체 39(1950)년] 등은 같은 시기에 창작된 작품들로서 일련의 특징을 가지고 있다.

김북원은 시를 짓는 데서 언제나 시대의 전형적인 인물을 중심에 세워놓고 그의 각이한 형상을 통하여 시대의 전형적인 성격을 창조해 나갔다.

시인은 조국해방전쟁 시기에 펼쳐지는 각이한 시적 정황들을 서정시「진격의 밤」, 「령남 8월의 밤」 등에서 세포위원장이라는 당원의 모습에 비추어 형상하였다.

시「전호 속의 독보회」에서는 전사들의 심장 속에 원쑤 격멸의 불씨를 심어주는 세포위원장의 모습을 형상하였다면 시「진격의 밤」에서는 돌격선의 제일용사가 되어 전투원 모두를 남진의 길로 불러일으키는 철호[4]—세포위원장의 또 다른 성격을 창조하였다.

이 밖에도 시「나를 로동당에」, 「령남 8월의 밤」 등에서는 전사들을 따뜻이 돌봐주고 그들을 당의 두리에 묶어세우는 친어머니 같은 세포위원장의 모습을 형상하였다.

시인은 이렇게 작품들마다에서 인민군전사들을 조국보위성전에로

---

**4** 이 자료집에 실린 『문학예술』 판본에는 '칠호'로, 시집 『남해가 보인다』에는 '철호'로 표기되어 있다.

불러일으키는 서정적 주인공―시인으로서의 심장 속에 간직된 사상감
정을 세포위원장의 모습에 비추어보이면서 참신한 시적 화폭을 펼쳐나
갔다.

시인의 조국해방전쟁 주제 작품들 가운데서 대표작은 전시가요「우
리의 최고사령관」이다.

작품은 당시 우리 인민군전사들과 인민들에게 수령흠모, 조국보위정
신을 심어주는 데서 커다란 생활력을 발휘하였다.

주체40(1951)년 9월 어느 날 조선인민군의 한 부대가 주둔하고 있는
월비산이 바라보이는 어느 한 마을에서는 이동영사대의 영화상영이 시
작되였다.

이날 영화상영에는 종군작가였던 시인 김북원도 참가하게 되였다.

기록영화를 보며 인민군군인들은 련속 감탄하였고 기쁨을 감추지 못
하였다. 이날 군인들의 한결 같은 소망에 의하여 영화는 다시 한 번 상
영되였다.

영화는 해방 후 첫 2개년 인민경제계획 수행에 떨쳐나 위대한 장군님
의 건국로선을 힘 있게 관철해 나가는 조선 로동계급의 자랑찬 모습들
을 보여주고 있었다.

특히 시인은 영화에서 우리 수령님의 자애로운 모습을 뵈옵고 저으
기 흥분되지 않을 수 없었다.…

그날 밤 시인은 도무지 잠들 수가 없었다.

강철의 담력으로 조국해방전쟁을 승리에로 이끄시는 우리 수령님.
시인은 영화를 통해서라도 언제나 그리운 어버이수령님의 모습을 뵈옵
고 또 뵙고 싶었다.

작가는 끓어오르는 창작적 흥분을 누를 길 없어 전호에서 펜을 달리

기 시작했다.


　　　오늘도 부대는 원쑤를 부시고

　　　들과 강물 산발을 넘는다

　　　나가는 진두에 언제나 그 모습

　　　용맹을 부르는 우리의 최고사령관

　　　(후렴) 그이의 부름에 원쑤를 부시고

　　　　　　그이를 모시고 승리를 노래하리


　　　이 밤도 전우들 산발에서 싸우며

　　　동트는 고지에 군기를 날린다

　　　피 끓는 가슴들 우러러 서면

　　　승리로 부르는 우리의 최고사령관

　　　(후렴)


　　　용감한 인민군 미제를 물리쳐

　　　승리한 그날엔 자유론 내 조국

　　　끝없이 번영할 그날을 위하여

　　　받들어나가자 우리의 최고사령관

　　　(후렴)


　단숨에 써내려간 작품에 같이 동행했던 작곡가 김원균이 곡을 붙였
다. 하여 전시가요 「우리의 최고사령관」이 세상에 나오게 되었다.
　가사는 예술적으로도 비교적 잘된 작품이다.

우선 가사는 사상적 내용에 맞게 서정구조를 치밀하고 간결하게 엮어나가고 있다.

가사는 매 절에서 두 행씩 짝을 무어 내용을 전달하였다. 그러면서도 아담하고 소박한 시어들로 격동적인 생활 화폭을 펼쳐보였는바 그 화폭은 부대가 원쑤를 부시고 또 다른 고지에로 떠나가는 모습이다.

그 진두에는 언제나 전사들을 용맹에로 부르는 최고사령관동지께서 계신다.

이렇게 가사는 정서적 단락을 조성하며 동시에 그 의미의 폭을 확대하는 방법으로 전반적인 정서적 내용의 상승을 원만히 보장하였다.

이러한 서정구조가 째인 정형률인 가사의 특성에 맞게 매련에서 다 적용되고 있으며 3절에 가서는 1, 2절의 감정이 더욱더 승화되어 완결된 사상을 터치였다.

매절의 마지막 행에 가서는 "우리의 최고사령관"이라는 정서적 고조점을 설정하여 놓고 거기에 서정을 집중시킴으로써 어버이수령님에 대한 흠모의 감정이 높은 경지에 이르도록 하였다.

이 밖에도 여러 가지 문체론적 수법들을 널리 활용하였는데 이것은 운률을 조성하고 시적 표현을 강렬하게 하는 데서 효과적으로 쓰이였다.

시인 김북원의 지난 조국해방전쟁 시기에 창작한 작품들은 오늘도 우리 인민군군인들과 인민들을 새로운 영웅적 위훈에로 불러일으키는 데 이바지하고 있다.

―『조선문학』 768호, 2011.10

**기타 참고문헌**

『문학대사전』, 사회과학출판사, 1999.
『조선대백과사전』, 백과사전출판사, 1995~2004.

# 김상오

1917년 황해 해주에서 출생했다.
1946년부터 시를 발표하기 시작했다.
1992년 작고했다.
개인시집 『우리의 날』(1950) 『아름다운 기슭』(1959) 『나의 조국』(1988) 등이 있다.

| 시 10편 |

바다

技師(기사)

증오의 불길로써

저기로!

소원

나의 증오

평양역

아름다운 기슭

나의 도시를…

나의 조국

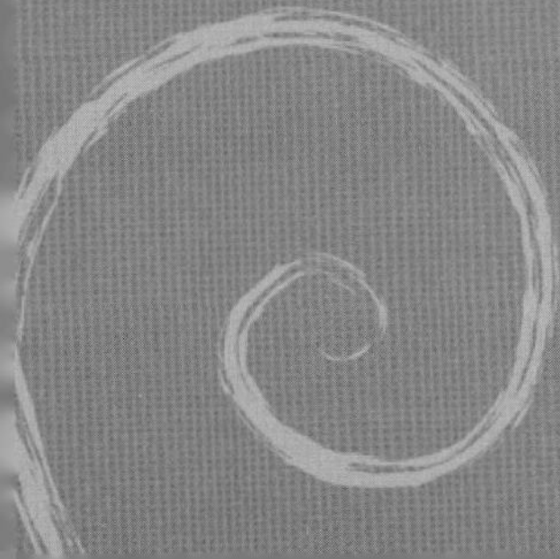

# 바다

바다는 어두었다……
린광처럼 번적이는 물이랑에
축축히 해기 서리고
물결이 소리 없이 밀려와도
검푸른 암벽이 흐느꼈다

삭풍에
구비쳐 달린 산맥이 울고
갈매기도 날지 않는 해면에
눈이 나릴 제

인민은
꺼지지 않는 불을 가슴에 품고
그것을 길렀다…

바다여!
이제 너는 너의 몸둥이를
마음껏 뒤척여라! 솟구쳐라!
검은 구름이 흐터지고
산마루에는
자유의
우리 기빨이 펄럭이지 않는가!

잃었던 너의
장쾌한 노래를 불러라
나는 언제까지나 서 있고 싶다
동트는 수평선을 향하여
아침을 향하여,
우리의 청춘을 향하여!

뜨거운 조류 다시금
국토의 기슭을 감돌아들고
자유에의 갈망이
태풍처럼 네게로 열렸거늘
바다여, 너의
쾌활한 웃음을 우서라
환히를 노래 불러라!

—1945

| 수록지면 |

* 김상오, 『우리의 날』, 문화전선사, 1950.

# 技師(기사)

黃鐵ㄹ(황철) 技師(기사)에게


책상 곁에서
그를 찾지 말라
대체로 그는
거기에 없을 것이다

만약 그를 만나려거든
당신에게 권한다
공장 안의 어려운 구석을
참을성있게 돌아단이라

어느 불길 약한 평로나 용광로
또는 로—르 곁에서
당신은 그를
로동자들 속에 볼 것이다

항상 그가
이야기한다고 생각지 말라
번번히 그는 귀를 귀우려
로동자들에게서 듣고 있을 것이다

의복과 또 얼굴에조차
매연과 기름이 더러우리라
그러나 당신은 그의 눈 속에

세상에도 성스러운 불을 보리라


그는 로 내의 불을 본다
그러나 다만 보는 것일가?
그의 몸속에 불붙는 그 불길을
로 안으로 쏟아넣는 것이 아닐가?


용광로 곁에 서 있는
말없는 조고마한 사람……
그러나 당신은 조선을 세우고 있는
믿을 수 없이 큰 사람을 보리라


| 수록지면 |

* 『문학예술』 2-8호, 1949.8.
김상오, 『우리의 날』, 문화전선사, 1950.
『서정시선집』(종합시집), 조선작가동맹출판사, 1955.

# 증오의 불길로써

김상오

민둘레 핀 논두렁 가에
날개 부러진 폭격기 한 대
그 곁에 마치 잘못을 사과하듯이
코를 땅에 박고 엎드린 시체

우리 조선사람은
죽은 사람을 낮비 말하지 않는
관대한 도덕이 있다
그러나 모리스·울리센—미국 비행사여
나는 너의 시체 위에
침을 배앝을 테다

네가 우리의 사랑하는
아름다운 푸른 하늘을 모욕한 만큼
네가 신성한
우리의 국토를 모욕한 만큼
그만큼 나는 너를 모욕할 테다

네가 이미 아픈 감각을 모른다는 것을
나는 결코 허락치 않을 테다
너의 폭탄과 총알에 맞아 쓰러진
모든 조선사람의 아픔이
너의 더러운 시체 위에 백배로 해서 있으라!

쓰러진 조선사람들의
어머니와 안해와 아들의 눈물이
너의 어머니와 안해와 아들에게
백배로 해서 있으라!

지구의 서반구에 있는
너의 어머니와 안해로 하여금
태평양 건너 동반구
이국땅에 누어 있는 너의 시체 위에
가마귀떼가 내려앉아 있음을 생각케 하라!

너의 아들과 딸로 하여금
자기의 아버지가
남의 집에 침입했다가
맞아죽은 강도배였음을
두고두고 얼굴 붉어지게 하라!

너의 굳어진 몸뚱이에서
이미 피가 흐르지 않는다는 것을
나는 허락지 않을 테다
너의들의 지시로 도발된
내란으로 말미암아 흘리는
모든 조선사람의 피가
백배로 해서 너의 몸에서 흘러라!

모리스·울리센—미국비행사여
너는 이미 죽었다

그러나 나는 너를 용서치 않을 테다
끝없는 증오의 불길로써
너의 시체를 불사를 테다!

―1950.7.5

| 수록지면 |

* 『영광을 조선인민군에게』(종합시집), 조선인민군 전선문화훈련국, 1950.
김상오, 『아름다운 기슭』, 조선작가동맹출판사, 1959.
『해방후서정시선집』(종합시집), 문예출판사, 1979.
『조선문학』 692호, 2005.6.

# 저기로!

전사―운전수는 또다시
전선에로 차를 몰았다
이전엔 마을이던 곳을 지나
이전엔 도시이던 폐허를 지나
눈물과 피와 저주가 배인
사람 타는 냄새와 썩는 냄새가
코를 찌르는 곳들을 지나
어제 원쑤가 도망친 그 길로
그는 한밤중에 차를 몰아 달린다

세 해 동안 그리워하던
고향의 거리도 지나게 되였다
황소 잔등 같은 언덕을 넘어
어둠 속에 주얼대는 시내를 건너서면 고향!…
그러나 거리 어구에서
전사―운전수는 길을 잃었다
나서 자랐고
공부도 놀기도 일도 했고
골목마다가 손금처럼 익숙한
고향의 거리에서 그는
마치 타관사람처럼
동서남북을 잃어버렸다

고향은 없었다 골목도 없었다
수목도 집도
아무의 집도 없었다!
깨어진 기와장들과
파벽토의 끄슬린 무덤 위로
아직도 푸실푸실
연기를 피우는 재때미 위로
시선은
어두운 허공에로 미끌어질 뿐…

다만 사람이 있다!
총을 들고 길목에 선
소녀—자위대 교통안내원…
운전수는 다가서며 물었다
—시별리는 어느 쪽으로?
—저기로!
소녀는 대답하였다
그리고 손을 들어
어둠 속을 가리켰다
그리고 전사—운전수를 보았다
그리고
알아보았다!
—오빠!
—숙아!
손을 잡고 부둥켜안고
울고 그다음 웃었다
웃고 그다음 울었다

전사–오빠는 물었다
–또 누가 살았니?
소녀는 침묵
전사–오빠는 물었다
–무엇이 남았니?
소녀는 침묵
전사–오빠는 마지막 물었다
–무덤들은?
누이–교통안내원은 손을 들어 길을 가르켰다
–가세요 저기로!
모든 것을 그놈들에게
미국놈들에게 물으세요!
그리고 꼭
대답을 받아다 주세요!

전사–운전수는 다시 한 번
부모와 처자와 친척이 살던
많은 어릴 쩍 친구가 살던
나서 자란 집이 있던
그러나 지금은
아무도 아무것도 없는
어두운 고향을 바라보았다
그는 차에 올라탔다
누이–교통안내원의
얼굴은 보이지 않았다
다만 그는
자기에게 한 곳을 가리치고 있는

손을 보았다!
손은 엄숙히
그에게 명령하였다
─달려라 전선에로
모든 대답과
모든 빚을 받아내야 할
원쑤에게로


전사─운전수는
질풍처럼 차를 몰았다
불타는 눈동자들로
찌를 듯이 어둠을 노리며

─1951.7.7

| 수록지면 |

*『전투원들에게 주는 시집(2)』(종합시집), 조선인민군 총정치국, 1951.
김상오, 『아름다운 기슭』, 조선작가동맹출판사, 1959.
『해방후서정시선집』(종합시집), 문예출판사, 1979.

# 소원

나의 소원은 사람들이 모두 건강했으면
아이들의 두 볼이 항상 능금알처럼 붉고
토끼처럼 뛰놀고 장난쳤으면,
모든 녀인들이 늙지 말고 젊어졌으면.

나의 소원은 늙으신 나의 부모도 동네 어른도
오래오래 사시고 여생이 즐거우시고,
지상에 정말로 극락이 있다는 것을
당신들의 눈으로 보고 살아 보시였으면.

나의 소원은 웃기 좋아하고 노래 잘 하는
이웃집 분이에게 좋은 신랑'감이 나타났으면,
다만 시집은 가도 안방에는 들어앉지 말고
소원대로 직포기를 다섯 대 더 다루었으면.

아기 없는 부부에겐 아기들이 생기고
아들 없는 나의 친구에겐 옥동자가 생기였으면,
그리하여 집집마다 웃음소리 더 높아지고
사람들이 두고두고 이 해를 잊지 못하였으면.

나의 소원은 도시마다 집들이 더 많이 서고
사람들이 모두 밝고 넓은 방에서 살게 됐으면,
눈이 얼리우게 화려한 백화점이 늘어선

거리들이 꽃밭처럼 아름답게 피여났으면.

거리마다 가로수가 더 많아지고 무성해지고
그 밑을 저녁마다 거닐기가 즐거우리라.
어여쁜 처녀들이야 이미 나를 바라보랴만
내가 그들을 황홀하게 바라본들 상관있으랴,

거닐다가 피곤하면 그 어데든 걸터앉으리,
허긴 걸'상마다 이미 쌍쌍이 차지했겠지.
이리하여 또 하나 나의 소원은
소공원에 더 많이 뻰취가 놓여졌으면.

전야마다 오곡이 더 탐스럽게 물'결쳤으면,
과원마다 백과가 더 풍성하게 주렁졌으면,
내가 가본 공장들과 어촌들, 또 가보지 않은
모든 일터에서 사람들이 다진 말을 기억했으면.

시를 썼으면, 좋은 시를, 그 모든 것을,
사랑의 화살처럼 심장들을 꿰뚫었으면,
마음을 수정처럼 맑게 하고 즐겁게 하는,
울고 웃고 사랑하고 증오하고 싸우게 하는!

기적소리가 나의 시 속에서 울리였으면,
림진강을 건너는 급행 렬차의 첫 기적 소리가!
이런 날엔 그 어데 남쪽에서 년하'장도 날아왔으면,
싼타클로스 령감처럼 선물을 안고, 우리 진이의
아직 본 적 없는 외할머니가 달려 왔으면.

나의 소원은 씨리야의 하늘이 다시 개이고
아이들이 한밤'중에 소스라쳐 깨지 말았으면,
다마쓰크 높은 담'벽 우에 붉게 타는 장미의
아침 이슬을 포성이 흔들어 떨구지 말았으면.

그 어느 도시에도 사막에도 불비가 멎고
다사로운 보슬비에 초목이 싱싱 자라났으면.
나의 소원은 하나! 그 어데서나 사람들이
우리처럼 즐겁게 새해를 맞이했으면.


| 수록지면 |

*『조선문학』125호, 1958.1.
김상오, 『아름다운 기슭』, 조선작가동맹출판사, 1959.

# 나의 증오

나는 나의 모국어―조선말을 사랑하노라.
                          자랑하노라.
그 풍부함을, 섬세함을, 그 강력함을…
내가 이 훌륭한 언어의 기사임을 자랑하노라,
그러나 다만
저 미제 야만들에 대한, 나의
이 증오를 그대로 담을
그런 말을 찾지 못함을 탄하노라.
그 잔인하고 철면피한 짐승들이
파랗게 질리여 졸도해 버릴
그런
저주와 모멸의 말을 찾지 못함을 탄하노라.
인류의 멸망을 원하는 승냥이의 무리는
끝내 지상에서 소멸되리라.
그러나 다만, 오, 다만
온 인류의 증오를 모아,
단 한 마디로 이 무리를 불살라 버릴
그런 말을 찾지 못함을
                  나는 탄하노라!

| 수록지면 |

* 『문학신문』, 1958.7.24.
김상오, 『아름다운 기슭』, 조선작가동맹출판사, 1959.

# 평양역

오, 여기에선 회상조차가 송구스럽구나–
…허줄한 보따리들, 누더기들, 잡동산이들,
불 꺼진 난로 곁에, 차디찬 세멘 바닥에
눕고 앉았던 눈이 어웅한 그 사람들…

三(삼)등 대합실–서글프던 인생의 정거장,
왁살스레 울리던 일본말, 새된 기적 소리,
떠나가며, 보내며, 뿌리던 눈물과 한숨…
오, 이는 그것이 아니여라, 비슷지도 않아라!

기차가 떠나가는 궁전이여! 호화로운 큰 문이여!
너의 휘황한 샨데리야 아래 춤을 추랴,
대리석 란간을 짚고 사랑을 속삭이랴,
화려한 원주에 기대여 래일을 꿈꾸랴.

나는 오늘 떠나야 할 곳도, 기다리는 사람도 없는 몸,
다만 크나큰 숨결을 듣고저 여기 왔노라.
나는 그저 이 즐거운 혼잡 속에 잠시 앉아 있고 싶노라.
밝은 얼굴, 밝은 웃음들을 바라보고 싶노라.

가고 오는 모든 사람들을 축복하고 싶노라.
황송의 만세도 함께 웨치고 싶노라,
꽃다발도 안겨주고, 굳은 악수도 나누고,

그리고 놀라는 로인들과는 함께 놀라고 싶노라.


…시계탑 큰 시계의 바늘은 돌아간다.
자, 그대들은 이제 떠나가는가? 어데로?
쉿물이 쏟아지는 청진으로, 황해 제철로?
청년들을 부르는 송남, 강계로? 저 밀림으로?
아니면 바다와 록음의 요람—주을, 송도원으로?
압록의 물을 건너 북경으로, 모쓰크바로?…


오, 잘 가거라, 잘들 가거라, 축복하노라!
여기서 어덴 못 가랴, 어델 가문 즐겁지 않으랴,
다만 한스럽구나, 평양의 역아, 너에게선 아직,
그 저주로운 원쑤들로 하여, 미국놈들로 하여,
서울로 가는 렬차만이 안 떠나누나…


| 수록지면 |

* 『아침은 빛나라—조선민주주의인민공화국창건10주년기념』(종합시집), 조선작가동맹출판사, 1958.
김상오, 『아름다운 기슭』, 조선작가동맹출판사, 1959.

# 아름다운 기슭

넘치는 봄'빛에 희게 빛나며
멀리멀리 뻗어간 강안 유보도,
푸른 물'결 잔잔히 밀려와 찰락이는
아름다운 기슭을 나는 걷노라.

나는 걷노라 우리가 쌓아올린 화강석 길을,
춘무 속에 아득한 산과 강을 바라보면서.
가슴은 저절로 크나큰 자랑과
감사와 기쁨으로 가득 차노라.

한 발'자국 한 발'자국 디딜 때마다
어찌 안 느낄 수 있으랴 당의 고마움,
이렇게 훌륭한 것을, 큰 기쁨을,
이렇게 아름다운 기슭을 우리에게 준 그를.

기슭! 이 무엇인가 많은 것을 이야기하는
땅쪼각에 얽히여 우리에겐 추억이 있다.
얼마나 사람들은 슬픔과 기쁨을 안고
거기에 올랐던가, 그것을 바라보았던가.

그 옛날 왜적 향해 시위를 울린 일,
미국의 도적배를 불사르던 일은 오랜 이야기,
또 우리의 부조들이 보따리를 지고 건너던

황량한 두만강 맞은 기슭도 이야기 말자.


그러나 어찌 잊으랴, 그 전날 애국자들이
그렇게도 사무쳐 바라보던 압록의 기슭,
드디어 불을 안고 하루'밤 떼'목에 올라
파도 소리 속에 그러안던 조국의 땅을.


어둠에 잠긴 조국의 땅을 휘황히 밝히고
조국 땅에 입맞추고 그들은 다시 건너갔지만
기슭은 그들의 가슴속에 살아 있었거니,
오늘의 화려한 기슭 향해 배를 저어 왔거니…


넘치는 불'빛에 희게 빛나는
아름다운 기슭을 나는 걷노라.
더 좋은 기슭이 또 있는진 모르지마는
그러나 나에게는 여기가
공산주의의 기슭처럼 생각되여랴.…


| 수록지면 |

*『문학신문』, 1959.5.24.
김상오, 『아름다운 기슭』, 조선작가동맹출판사, 1959.

# 나의 도시를…

나는 걷고 싶다 나의 도시가,
나는 걷고 싶다 무시로!
우리가 건설한 새 거리, 새 집들,
황홀한 그 모습에 눈을 팔며,
가로수의 잎새에 얼굴도 스치며,
창문들도 쳐다보며 손도 흔들며…
나는 걷고 싶다 나의 도시가
쉬는 날엔 아이들의 손을 잡고서
거리며 공원이며 강안 유보도,
아이들이 끄는 대로 끌리여 가며,
즐거운 아이 모습 나도 즐기며…
나는 걷고 싶다 친구들과도,
밤에는 꿈같은 밤거리를,
지나온 투쟁의 나날 함께 더듬으면서,
앞날도 꿈꾸며 내다보면서…
만약 이역에서 벗들이 찾아오며는
나는 그들과도 함께 거닐고 싶다.
그들을 안내하여 함께 대극장에도 앉고
옥류관에서는 평양국수도 대접하리라.
나는 지나친 자랑은 하지 않으리라마는
응당한 찬사를 사양하지도 않으리.
나는 또 싸우는 모든 남녘 동포들과도,
그리고 아직은 태여나지 않은

우리의 먼 후예들과도
함께 우리 수도를 거닐고 싶다.
나는 그들에게
어떻게 거리들이 없어졌으며
어떻게 그것들이 다시 생겼는가를 이야기하리라.
한 마디로 말해서 나는
보고 싶다 무시로 나의 도시가,
그리고 누구에게나 보이고 싶다.
그렇다, 누구에게나!
                    나는 지어 그것을
다름 아닌 미제국주의 악당들에게도 보여주고 싶다.
나는 보여주고 싶다 우리 도시를
아이젠하워에게, 트루맨에게, 맥아더에게,
이 도시를 없애려고 몹시 애를 쓴
펜타곤의 《장군》들과 월가의 상인들에게,
이 도시를 그렇게도 야수적으로 폭격한
그 저주로운 날강도들과
그 놈들을 지휘한 그 모든 인간 백정들에게,
이미 눈알이 썩어진 지 오랜 덜레스도
나는 무덤에서 끌어내여
그 놈의 슬픔―우리 도시를 보여주고 싶다.
그리하여 무참히 깨여진 환상과 함께
캄캄한 제 놈의 땅'굴 속으로 돌려보내고 싶다.
솔직히 말하면 나는 그 누구보다도
그 악당들에게, 야수들에게,
복수해도 복수해도 끝이 없을 원쑤들에게
이렇게 아름다운,

이렇게 웅장하고 화려한

우리 수도를 보여주고 싶다!


| 수록지면 |

*『조선문학』170호, 1961.10.
김상오, 『나의 조국』, 문예출판사, 1988.

# 나의 조국

김상오

알지 못해라 언제부터
나의 가슴에 깃들었는지
아마도 그것은 나의 첫 삶과 함께
이미 조용히 자리 잡은 것이리

언제나 나의 심장에 가득 차 있어
기쁨과 아픔
그 모든 운명을 함께 사는 것

조국이여!
너는 무엇이기에
가만히 네 이름 부르면
가슴은 터질듯 긍지로 부풀고
눈굽은 쩌릿이 젖어드는 것이냐

어찌하여, 때로 이국의 거리를 거닐다가도
문득 솟구치는 그리움에
마음은 한달음에 달려와
너를 안는 것이냐

조국은
고향마을 정든 집이라더라
동구 밖 오리나무숲

그 정겨운 설레임
새벽녘 들가에 피는
녀인들의 웃음소리
송아지떼 풀을 뜯는 언덕을 넘어
지줄대며 흐르는 여울물소리

조국은
그리운 얼굴들이라더라
다심하신 고향 어머니
모래불에 딩굴던 어릴 적 동무
물결치는 이랑 속에 벼단을 안고
땀을 씻는 처녀의 그윽한 눈길…

지난날 네 그리 가난하고 억눌려
슬픔과 고통만을 줄 때에도
너의 운명으로 내 가슴이 아팠고
살길 찾아 너를 떠나면서도
눈물 속에 돌아보고 또 돌아보았거니

조국이여, 너는 무엇이기에
저 눈 덮인 이국의 광야
비 내리는 타향의 부두에 서면
두고 온 네 하늘이 그리도 푸르러
살아서 너를 떠나간 이들
죽어서도 돌아오길 소원했더냐

한번 너를 잃으면

네게로 돌아가는 길 그리도 멀어
피로써 눈보라 만리길을 헤쳐야 했고
죽음과 함께 불바다를 건너야 했거니

조국이여, 진정 너는 무엇이기에
너의 한 치 땅을 위해
애어린 청춘들 웃으며 꽃처럼 졌고
쓰러지면서도 못 잊어
두 팔 가득 너를 그러안고 갔더냐

한 줌 흙속에
너를 싸안고 간 투사들도 있었더라
한 떨기 진달래꽃향기에
눈감고
너의 모습 그려본 녀대원도 있었더라
아마도 조국은 어머니…

그렇다, 조국은
더없이 신성하고 숭엄한 그 무엇
위대하신 수령님 한생을 바치시는
겨레의 삶이며 그 무궁한 미래
죽어서도 안기여 사는 영원한 품

그것은 그대를 바라보는 깊은 눈동자
맑은 거울 앞에처럼
부끄러움 없이 그 앞에 서기 쉽지 않으리
오직 그의 영광 속에 그대의 삶이 있고

그를 저버림은 곧 그대의 죽음인
조국이란 그러한 것


뜨거운 심장 없이 안을 수 없고
진실한 사랑 없이 부를 수 없는
위대하고 신성한 이름…
조국을 사랑한다고 말하지 말라
조국에 그대의 심장을 주기 전에는!


오, 조국이여 조국이여
너는 손이 닳도록
쓰다듬고 싶은 우리의 땅
바라보아도 바라보아도 더 바라보고 싶은
우리의 푸른 하늘


조국이여
그 때문이 아니냐
일을 해도 일을 해도 더하고 싶어
하루를 십 년으로 살고 싶은 이 갈망은
지혜와 힘과 뜨거운 열정을
있는껏 다 쏟아바치며
바치는 것이 기쁨인 이 아름다운 삶은


가는 곳마다 들끓는 생활과
끊임없이 탄생하는 환희의 노래
강토를 굽이치는 철의 흐름 우에
소용돌이치는 열풍을 안고

조국이여, 너는
세기의 하늘 높이 나래쳐 오르는
세찬 퍼덕임
그 아득한 높이의 빛발
찬란한 우리의 미래

그 미래를 바라보며
온갖 시름 잊은 얼굴들이
로동의 기쁨 안고 돌아오는 락원의 거리
무수한 배움의 창문을 비쳐드는 해살과
보육원들이 지켜선 애기들의 고요한 숨결…

그렇다, 조국은
수령님 찾아주신 우리의 삶
수령님 안겨주신 우리의 긍지
영원한 영원한 그이의 품

그 품이여라!
조국이여 나의 조국이여

| 수록지면 |

* 『조선문학』 380호, 1979.6.
『해방후서정시선집』(종합시집), 문예출판사, 1979.
『어머니—시와 노래집』(종합시집), 금성청년출판사, 1987.
김상오, 『나의 조국』, 문예출판사, 1988.
『향도의 빛발 아래(1)』(종합시집), 문예출판사, 1989.
『청춘시집』(종합시집), 문학예술종합출판사, 1993.
『문학신문』, 1995.5.19.
『조선문학』 575호, 1995.9.
『천리마』 436호, 1995.9.
『천리마』 472호, 1998.9.

『조선문학』 671호, 2003.9.
『천리마』 532호, 2003.9.
『조선녀성』 544호, 2003.9.
『신념의 메아리』(종합시집), 문학예술출판사, 2004.
『문학신문』, 2005.4.9.
『조선문학』 708호, 2006.10.
『문학신문』, 2006.10.28.
『청년문학』 578호, 2007.1.
『청춘이여』(종합시집), 금성청년출판사, 2007.

 # 김상오의 시세계

김성우


한 시인의 시세계를 이 짧은 지면에서 다 론한다는 것은 도저히 불가능한 것이다. 그것은 그의 인간 세계 전체를 론한다는 것이며 그의 무한대한 시의 바다에 비쳐진 시대와 생활 전체를 론한다는 것이다. 그러나 온 바다물을 다 마셔 보아야 바다물이 짜다는 것을 아는 것은 아니다. 수평선 너머 그 끝까지 가보아야 바다가 넓다는 것을 아는 것도 아니다.

위대한 령도자 김정일 동지께서는 다음과 같이 지적하시였다.

"문학의 위력은 높은 사상이 고상한 정서로 안받침되는 데서 생겨난다."

그 누구보다도 높은 사상과 고상한 정서로 차 넘치는 김상오의 시세계는 과연 어떤 것인가.


## 소원과 투쟁


사람을 알려면 그의 소원을 알아야 한다. 소원에는 그의 모든 넋과 열정이 비끼고 그의 사상과 인정미가 담겨진다.

김상오는 사람이라면 응당 누구나 지녀야 할 가장 인간적인 소원, 가장 평범한 소원을 지녔던 사람이었다. 1950년대 말 김상오의 세번째 시집『아름다운 기슭』이 출판되었다. 그 시집의 후기에서 시인은 이렇게 썼다.

"…언젠가 한 평론가는 나의 시「소원」을 비평하면서 시인의 소원들이 불과 반년이나 1년 후에 벌써 이루어졌다는 리유로써 나를 비난한 적이 있었다. 나는 깊은 만족감으로 그 비난을 읽었다. 시인의 소원이 (즉 인민의 소원이라고 나는 생각하는데) 반년이나 1년 후에는 벌써 이루어지는 그러한 나날, 그러한 시대에 시를 쓴다는 것은 얼마나 큰 행복인가!"

평론가들로부터 물의를 일으켰던 그 시를 한 번 읽어 보자.

> 나의 소원은 사람들이 모두 건강했으면
> 아이들의 두 볼이 항상 능금알처럼 붉고
> 토끼처럼 즐겁게 뛰놀고 장난쳤으면
> 모든 녀인들이 늙지 않고 젊어졌으면
>
> 나의 소원은 늙으신 나의 부모도 동네 어른도
> 오래오래 사시고 여생이 즐거우시고
> 지상에 정말로 극락이 있다는 것을
> 당신들의 눈으로 보고 살아 보시였으면
>
> 나의 소원은 웃기 좋아하고 노래 잘하는
> 이웃집 분이에게 좋은 신랑감이 나타났으면

다만 시집을 가도 안방에는 들어앉지 말고
소원대로 직포기를 다섯 대 더 다루었으면


아기 없는 부부에겐 아기들이 생기고
아들 없는 나의 친구에겐 옥동자가 생겨났으면
그리하여 집집마다 웃음소리 더 높아지고
사람들이 두고두고 이 해를 잊지 못하였으면
…


이렇게 이어지고 또 이어지는 시인의 소원은 말 그대로 평범하기 그지없다. 그러나…

과연 이 소원이 "반년이나 1년 후에" 다 이루어질 그런 것인가. 그보다 더 크고 더 뛰여난 그런 소원을 가져야만 시인이 될 수 있는 것인가.

아니! 평론가는 물론 졸렬했지만 김상오도 너무 서뿔리 만족해하였다. 이 소원들은 결코 반년이나 1년 후에 다 실현되는 그런 평범한 소원만은 아니였다. 그것은 참된 인간이라면 한생을 두고 영원히 간직해야 할 가장 훌륭하고 아름다운 소원이며 그 하나하나의 소원을 위해서라면 생명도 바칠 수 있는 가장 값지고 무거운 것이였다.

그의 시 구절을 다시 한 번 읽어 보자. 그 소원들은 평범할지언정 속되지 않고 작은 것일지언정 가볍지 않다. 그것이 바로 인간—김상오였다.

시인 김철은 김상오를 회고하는 한 글에서 이렇게 썼다.

"정직하고 성실하였다. 시가 진실하고 사람이 진실하였다. 허세란 전혀 모르는 청렴한 선비, 그런가 하면 옳다고 보고 좋다고 생각하는 것에 대해서는 추호의 양보를 모르는 강자이기도 했다."

김상오 자신은 이렇게 말했다.

"…난 말이 모자라거든. 고운 건 곱다 하고 미운 것은 밉다 하고 그저 그렇게 쓰오. 남의 뛰여난 재간을 흉내 내는 능력도 없단 말이야."

김상오는 자기가 평범한 소원을 가졌기에 가장 인간다웠고 말이 모자랐기에 가장 진실하였으며 남의 재간을 흉내 낼 줄 몰랐기에 가장 독창적이였다는 것을 몰랐다.

또 그만치 그의 생은 힘들고… 그리고 아름다웠다!

그의 생의 꽃 시절은 이 평범하고도 지극히 인간다운 소원을 도저히 이룰 수 없는 어두운 세월 속에 흘러갔다.

그는 주체6(1917)년 7월 5일 해주시 구제동의 빈곤한 하급사무원의 가정에서 태여났다. 그가 들은 첫 노래는 침울한 파도소리였고 그가 호흡한 첫 대기는 습기 찬 해풍이였다.

일제 식민지 통치 밑에서 어린 동심에 비쳐든 고향 바다는 어떤 모습이였던가.


바다는 어두웠다…
린광처럼 번쩍이는 물이랑에
축축히 해기 서리고
물결이 소리 없이 밀려 와도
검푸른 암벽이 흐느꼈다

삭풍에
굽이쳐 달린 산맥이 울고
갈매기도 날지 않는 해변에

눈이 내릴 제


인민은
꺼지지 않는 불을 가슴에 품고
그것을 길렀다…

—서정시 「바다」 중에서

소년의 마음에 안겨온 침울한 눈물의 바다… 그래서 김상오는 고보 시절 10대의 어린 나이에 어두운 바다가에 비쳐든 한 줄기 해살을 쫓아 반일 지하조직에 들어갔다. 백두산 바람이 이 수양산 기슭, 어두운 바다가에도 불어오기 시작한 것이다. 그것은 어린 김상오의 가슴에도 한 점 불씨를 던져주었다.

그러나 주체22(1933)년에 일제 경찰은 조직 성원들과 함께 김상오의 팔목에도 수갑을 채워 해주 경찰서로 끌고 갔다. 그는 징역 1년형을 선고 받았다가 나이가 어리다는 리유로 70여 일 만에 5년간의 집행유예로 출옥하였다. 그사이에 '불온사상'의 소유자라는 리유로 고보 3학년에서 퇴학당하였다. 그후 그는 일제경찰의 감시와 간섭 밑에 일정한 직업에도 얻어 붙지 못하고 무직자의 류랑 생활을 하다가 끝내 고국을 하직하고 이국살이를 하였다. 일본과 중국 동북지방에서의 고달픈 3년간의 방랑 생활이 어떠했는지는 전후에 그가 시인 김철에게 롱말 삼아 이야기했다는 다음의 일화에 그대로 비껴 있다.

"나도 한번은 배가죽이 두터워 본 적이 있었다오. 친일파는 아니였는데 도꾜에 갔었지. 공부 좀 해보려구. 돈이 있나. 그래서 우유배달을 했지. 우유 받아먹는 집들에서 대문가에 꽂아둔 우유병을 들여가지 않는 때가 많았는데 하루에도 그런 집들이 서너 집은 됐거든. 그렇게 남는 우유, 쉰 우유는 다 내 차지였거든. 늘 쉰 우유 배불리 먹는 덕분에 배가죽이 뜬뜬해졌던가 보오. 그런데 그것도 오래 가진 못했소. 뜨내기 류랑아 망국노, 엥이…”

이 고달픈 나날에도 늘 고향 바다는 그를 따라다니며 떠나온 조국의 노래를 불러주었다. 그는 자기의 창작 수기 「바탕과 계발」에서 이 시절의 체험을 집약화하여 이렇게 썼다.

“그것은 한마디로 말해서 항시적으로 부딪치는 민족적 차별과 멸시, 고달픈 하바닥 로동과 헤여날 수 없는 빈궁의 련속이었다. …그러면서도 어느 한 때 두고 온 고국에 대한 그리움을 털어버릴 수가 없었다.…”

끝없이 다감하고 열정적인 청년이였던 김상오는 가슴속에 차 넘치는 그 모든 울분과 분노와 그리움을 그 무엇으로라도 표현하지 않고는 견딜 수 없었다. 처음엔 음악을 선택했다. 그러나 자기 말마따나 바이올린을 살 돈이 없었다. 고향 바다를 그림에 담을 미술 공부도 생각했다. 그러나 역시 화구를 장만할 힘이 없었다. 철필 한 대, 종이 한 장이면 되는 시… 그래 시를 써 보자. 그래서 한 줄 두 줄 시를 써 보기 시작했다.

그의 첫 시들은 어두운 바다, 습기 찬 해풍이 들려준 비애의 노래였다. 「삭풍 속에서」… 제목 그대로 삭풍에 우는 수양산의 노래, 기쁨보다도 쓰라림이 더 많은 구슬픈 청춘의 노래들이 울려 나왔다.

그는 3년 후 조국으로 돌아와 순전히 자습으로 의사검정시험을 치르고 구강의사로 일했다. 이런 그에게 운명적인 행운의 날이 왔다. 위대한 수령 김일성 동지께서 파견하신 공작원들이 구월산과 벽성 지구에까지 나와 김상오에게도 손길을 뻗쳤던 것이다. 이미 고보 시절부터 그의 가장 가까운 친우로, 동지로 되였던 민덕원이 이 시기 위대한 수령님께서 파견하신 공작원들과 손을 잡고 조국광복회 하부조직을 꾸리는 맹활동을 벌리면서 김상오를 잊지 않고 불러주었다.

드디어 시인은 혁명가가 되여 위대한 태양의 품에 안겼다. 그의 가슴에서 무겁게 뒤척이던 울분의 바다는 찬란한 태양의 해발을 받아 세차게 뒤설레기 시작하였다.

마침내 8·15광복의 새날이 왔을 때 그날로 동지들과 함께 공산당 도당 결성 준비에 나섰고 이틀 후인 8월 17일에 도당 결성식을 가졌다. 글 잘 쓰는 김상오는 선전부에서 일하면서 도당 기관지 『자유황해』의 주필로 사업하게 되였다.

『자유황해』! 노예의 사슬을 풀어헤친 고향 바다 황해를 마주하고 시인은 노래를 터쳤다.


바다여!
이제 너는 너의 몸뚱이를
마음껏 뒤척여라! 솟구쳐라!
검은 구름이 흩어지고
산마루에는
자유의
우리 기발이 펄럭이지 않는가!


잃었던 너의
장쾌한 노래를 불러라
나는 언제까지나 서 있고 싶다
동트는 수평선을 향하여

아침을 향하여
우리의 청춘을 향하여!

—서정시 「바다」 중에서

광복 전 조국, 시인의 심장 속에서 잠자고 있던 열정이 분출하기 시작하였다. 어두운 바다가 웃음을 짓고 잃었던 장쾌한 노래를 부르기 시작하였다. 그러나 그 웃음, 그 노래는 순탄하게 이어지지 못하였다.

광복의 그날로부터 한 달 밖에 지나지 않은 9월 18일 간악한 계급적 원쑤들이 당과 공청사무실을 습격하여 민덕원을 비롯한 핵심성원들을 랍치하여 끌고 가다가 무참히 학살하는 만행을 저질렀다. 총을 들고 놈들을 추격하던 김상오는 산 속에서 피 흘리며 쓰러진 동지들의 시체를 찾아냈다. 온 밤 붉은 기를 덮고 누운 동지들 곁에서 그는 솟구치는 피눈물을 붓에 찍어 조시를 썼다.

나의 말이 미치지 않는 곳에
그대들은 누워 있다
안타까이 불러도
내 마음이 통하지 않는 저쪽에
그대들은 조용히 누워 있다

그대들의 뜨거운 피로
붉은 기가 한층 더 붉게 타는 밤
총소리 멎은 정적 속에
나는 그대들 옆에 앉아 있다

무엇이 일어났다고
나는 믿어야 옳은가
그대들의 육체가 분해를 시작하고
고귀한 관념이 이미
그대들의 머리를 떠났다고
사랑하는 동무들아
나는 믿어야 되는가?
…


사랑하는 동무들아
밤하늘에 핀 찬란한 불꽃처럼
피자 다시 스러진 그대들아
그 뒤에 따르는 아름다운 새벽을
어째서 기다리지 않았는가!


그대들의 시체를 넘어
밝아오는 아침을 향하여 가리라
어떠한 힘이 가로막는다 해도
머무르지 않으리라
다음 동무의
또 그다음 동무의
귀한 피 흘러서 앞을 막는다 해도
그래도 머무르지 않으리라

나는 또

울지도 않으리라

기다리는 그날이 올 때까지는!

모든 원쑤들을 쳐부신 뒤

사랑하는 대지에 흘린

그대들의 피자욱마다

아름다운 꽃이 피는 날

그날 비로소 나는

목 놓아 울리라

…

—서정시 「그대들 피자욱마다 아름다운 꽃이 피리라」 중에서

이 시는 동무들의 권고로 다음날 영결식 때 고인들의 령전에서 읊어졌다. 시인 자신이 후날 이에 대하여 "나는 시를 쓴다는 생각으로 쓴 것은 아니였다. 그것은 이미 말을 하지 않는 동무들과 나눈 나의 마음속의 말이였다"고 한 것처럼 이는 그 어떤 '시적 기교'도 찾아 볼 수 없는 '마음속의 말' 그대로였다. 그러나 우리는 이 '말'을 시라고 부른다. 그것도 가장 아름다운…

김상오는 이렇게 시를 쓰게 되였다.

평범한 소원이 그를 울게도 하고 웃게도 했으며 투사로도 만들고 시인으로도 만들었다. 누구나 간직하고 있는 인민의 소원을 심장에 고이 지닌 사람이였기에 어두운 세상에도 타락하지 않았고 백두산 바람에도 민감하게 호응했으며 위대한 수령님의 사상과 로선을 지켜 피 흘려 싸우기도 했던 것이다. 참된 인간은 투사로 되지 않을 수 없다.

그의 입당 년월일은 주체34(1945)년 8월 17일이였다. 10월 10일은 아직 54일이 남아 있었다.


## 사랑과 증오

아름다운 소원은 아름다운 사랑을 낳는다.

김상오는 한생을 두고 인간으로서 지닐 수 있는 가장 평범하고도 아름다운 소원을 변함없이 간직하였으며 그 소원이 안겨준 열정과 힘을 다 바쳐 인간을 사랑했고 인민을 사랑했으며 조국을 사랑하였다.

이 시인의 시집들을 하나하나 펼쳐 보면서 우리는 그처럼 깨끗하게 사랑하고 그처럼 열렬하게 사랑하고 그처럼 모든 것을 사랑할 수 있었던 시인의 고결한 심장 앞에 고개 숙이게 된다.

그는 어머니와 안해와 아이들을 사랑했고 고향 바다와 들과 숲, 해빛을 사랑했다. 청춘을 사랑했고 미래를 사랑했다.


이 세상에 아름다운 녀성이야 드물랴

지혜 있고 교양 높은 녀성 또한 적으랴

사람들은 찬탄하여라 좋은 말들로

황홀하고 매력 있고 훌륭하거늘…


허나 안해여, 내 그대를 무슨 말로 노래하랴?

나는 생각하고 또 생각하여 보았노라

아름답다고? 매력 있다고? 훌륭하다고?

아니, 이는 모두 너무 번쩍이는 말들이여라

—서정시 「안해에게」 중에서


용서해다오, 처녀들이여

만약 내가 나이에 어울리지 않게

허물없이 그대들과 롱을 하고

지꿎게 그대들의 모습을 눈길로 쫓았다면

만약 내 즐겨 그대들과 어울려

이 밝은 웃음소리를 그리도 듣고 싶어 했다면

이는 모두 가버린 나의 청춘에의 그리움

꽃 피는 그대들의 청춘에의

부러움 섞인 사랑이었나니

탓하지 말아다오

시대가 나에게 준 특권

늙어서도 늙지 않는 나의 권리를

고백하노니

나는 그대들을 사랑했노라

그 젊음 그 아름다움 그 발랄함을

그리고 금빛 노을처럼 찬란한 그 미래를

나는 사랑했노라 그대들을 조국처럼

그렇다, 조국처럼

조국의 딸들인 그대들을 사랑했노라!

—서정시 「청춘」에서

무수히 인용할 수 있는 이런 시구절 속에는 그의 사랑이 어떤 것이였는지 뚜렷이 나타나 있다. 이 세상 좋은 말들을 다 찾아 놓고도 "이는 모두 너무 번쩍이는 말"들이라고, 자기의 사랑을 보다 더 진실하게 더 소박하게 표현할 말을 찾지 못해 안타까와 하는 그 인간세계 속에, "늙어서도 늙지 않는 나의 권리"로 처녀들의 "그 젊음, 그 아름다움, 그 발랄함을" 사랑했다고 웨치는 그 고백 속에 진실한 사랑의 열도가 있고 빛이 있다.

그가 무엇인들 사랑하지 않았으랴. 그의 사랑에는 한도가 없었다. 「고향의 바다를 향하여 서서」, 「잊지 않으리라 작은 숲이여」, 〈고향 시초〉, 「훌륭한 사람들에 대한 시」, 「참된 삶이 태여나는 집」… 어느 시련을 보나 사랑! 사랑의 노래들이다. 그의 이 모든 사랑은 조국이라는 한마디 말 속에 응축되여 있다.

뜨거운 심장 없이 안을 수 없고
진실한 사랑 없이 부를 수 없는
위대하고 신성한 이름…
조국을 사랑한다고 말하지 말라
조국에 그대의 심장을 주기 전에는!

—서정시 「나의 조국」 중에서


그렇다. 사랑은 심장을 요구한다. 헌신을 요구한다. 사랑은 사랑하는 것을 위하여 생명도 아낌없이 바칠 것을 요구하며 그러면서도 끝없이 행복하고 긍지로운 여기에 사랑의 아름다움, 사랑할 줄 아는 인간의 아름다움이 있는 것이다.

사랑은 그만치 증오를 낳는다. 김상오는 심장을 바쳐 사랑한 그 모든 것의 원쑤들을 누구보다도 격렬히 증오할 줄 알았다.

조국해방전쟁 시기 전선문고 편으로 출판된 자그마한 그의 시집『증오의 불길』에는 그가 얼마나 원쑤들에 대한 사무친 증오를 안고 살았는가를 유감없이 보여주는 증오의 시편들이 담겨 있다.

민들레 핀 논두렁가에
날개 부러진 폭격기 한 대
그 곁에 마치 잘못을 사과하듯이
코를 땅에 박고 엎드린 시체

우리 조선사람은
죽은 사람을 나삐 말하지 않는
관대한 도덕이 있다
그러나 모리스 올리센—미국 비행사여
나는 너의 시체 우에
침을 배앝을 테다

―서정시「증오의 불길로써」중에서

사랑이 명백한 것만큼 증오도 명백하였다. 사랑이 강렬한 것만큼 증오도 강렬하였다. 김상오의 시들에는 뜨뜨미지근한 것이 없고 애매몽롱한 것이 없다.

전후에 그가 쓴 시들인「나의 도시를」,「불길, 힘, 찬란한 래일…」등을 읽어보면 그가 얼마나 '나의 도시' 평양을 사랑했으며 그것을 새로 일떠세우는 복구건설장에서 '불길, 힘, 찬란한 래일…'을 보며 얼마나 긍지로와 하였는가를 잘 알 수 있다.

나는 지나친 자랑을 하지 않으리라마는

응당한 찬사를 사양하지도 않으리

—서정시 「나의 도시를」 중에서


자신에 대해서는 그토록 겸손하고 허심한 인간 김상오가 자기가 사랑하는 것에 대해서는 언제나 이처럼 떳떳하였다.

아마도 그의 일생의 총화작이라고 할 수 있는 서정시 「나의 조국」은 그의 거세찬 사랑과 증오의 열풍이 온갖 어지럽고 추악한 모든 것을 다 쓸어버리고 오직 깨끗하고 아름다운 것들만을 다듬어 일떠세운 사랑의 기념비라고 말해야 할 것이다.

위대한 령도자 김정일 동지께서는 다음과 같이 지적하시였다.

"서정시 「나의 조국」은 조국애를 노래한 우수한 작품으로서 시대의 주도적인 감정을 깊이 있게 형상한 본보기로 된다. 조국에 대한 사랑의 감정을 읊은 시가 많지만 서정시 「나의 조국」처럼 조국애를 우리 시대의 주도적인 감정에 기초하여 훌륭히 노래한 작품은 흔치 않다."

사랑은 인간의 가장 신성한 권리이다. 그러나 사랑은 어느 때나 아름답게 평가되고 보람 있는 결실을 주는 것은 아니다. 이미 말한 바와 같이 김상오처럼 인간을 사랑하고 삶을 사랑하고 조국을 사랑한 사람은 흔치 않았다. 사랑 때문에 투사가 되고 시인이 되였다. 사랑 때문에 울고 사랑 때문에 웃었다. 사랑은 그의 온 생명이였다.

이 헌신적인 사랑이 그에게 안겨준 것은 무엇이였던가. 조국을 사랑했다고 하여 일제는 그의 손목에 수갑을 채웠다. 자유를 사랑했다고 하여 반동놈들은 그의 동지들을 빼앗아갔다. 시를 사랑했다고 하여 음모군들은 그의 붓을 꺾어버렸다. 그의 사랑이 참되게 꽃펴나고 열매 맺은 것은 오로지 위대한 수령, 위대한 당이 자주적인 삶의 터전을 마련해 주고 정치적 생명을 지켜주고 빛내준 그때에야 가능하였다.

하기에 서정시 「나의 조국」은 조국애를 노래하였지만 단순히 나서 자란 어머니 조국에 대한 사랑이 아니라 인간의 자주성과 나라와 민족의 자주성이 보장된 조국에 대한 사랑을 노래하고 있으며 조국에 대한 사랑을 혁명적 수령관에 기초하여 생활적으로 감동 깊게 형상하고 있다.

…

조국이여!

너는 무엇이기에

가만히 네 이름 부르면

가슴은 터질 듯 긍지로 부풀고

눈굽은 쩌릿이 젖어드는 것이냐


어찌하여, 때로 이국의 거리를 거닐다가도

문득 솟구치는 그리움에

마음은 한달음에 달려와

너를 안는 것이냐


조국은

고향마을 정든 집이라더라

동구 밖 오리나무숲

그 정겨운 설레임

새벽녘 들가에 피는

녀인들의 웃음소리

송아지떼 풀을 뜯는 언덕을 넘어

지줄대며 흐르는 여울물 소리

…


이렇게 흘러 나가는 시는 조국땅 우에 굽이친 두 제도의 력사와 조국을 위해 바쳐진 눈물과 희생의 화폭을 거쳐 마침내 위대한 수령님의 품속에서 마련된 모든 소중한 삶의 환희에 대한 격동적인 묘사를 주고 있다.


그렇다, 조국은

수령님 찾아주신 우리의 삶

수령님 안겨주신 우리의 긍지

영원한 영원한 그이의 품


그 품이여라!

조국이여 나의 조국이여


이 시에 대해서는 많은 글들을 써왔으므로 여기서 더 길게 말하려고 하지 않는다. 사람은 조국과 운명을 같이하고 조국은 수령과 운명을 같이한다는 심오한 철학이 참으로 생동하고 진실한 생활감정을 타고 힘 있게 안겨 오고 있는 것이다. 시인은 자기의 창작 수기에서 이렇게 말하고 있다.

"위대한 수령님께서 찾아주신 조국이 나에게 있어서 무엇이였으며 무엇을 주었는가 하는데 대해서 길게 이야기할 필요는 없을 것이다.

조국은 나에게 내가 잃었던 모든 것을 찾아주었고 내가 바라고 지향하던 것, 내가 꿈꾸던 모든 것을 이루어 주었다…"

조국은 그가 한생을 두고 간직해 온 그 평범한 소원들을 다 이루어 주었다. 그가 사랑하는 모든 것이 그 조국의 품에 있었고 조국은 그의 사랑의 전부였다. 그리고 그 조국은 다름 아닌 위대한 수령님의 품이였다. 위대한 수령님께서 계시였기에 그는 사랑할 수 있었고 사랑으로 행복할 수 있었다!


## '리치'와 창조


누군가 말한 적이 있다. "리치에 맞지 않게 사고할 줄 모르는 사람은 아무 것도 창조할 수 없다."

사고 령역이 상식의 네 담벽과 보신의 천정에 갇혀 있는 사람들은 이말 자체도 리치에 맞지 않는다고 웃을 수 있다. 그러나 먼저 부언하고저하는 것은 이 말이 인류 과학 발전에 하나의 대혁명이라고 할 수 있는 전환적 계기를 마련한 과학자의 말이라는 것이다.

왜 그가 그렇게 말했을가. 인류 지성의 보물고에 그 무엇인가 새것을 보태준 사람, 남의 것이 아닌 제 것으로 세계를 더 아름답게, 더 풍요하게 가꾸는 데 이바지한 사람들은 늘 범속한 상식의 울타리를 벗어나 상식의 견지에서 보면 '리치에 맞지 않게' 사고한 사람들이였다. 김상오도 그중의 한 사람이라고 할 수 있다. 그 때문에 그는 한때 귀중한 정치적 생명까지 잃고 14년 이상이라는 긴 세월을 농토에 묻혀 살아야 했다.

우리는 그의 네 번째 시집 『나의 조국』에 실려 있는 서정시 「천리마 동상」을 다시 읽어 본다. 무난한 시이다. 졸작이라고는 할 수 없다. 하지만 김상오의 시라고 보기에는 너무도 범상하다.

해가 솟는 동쪽을 향해 나래를 활짝 펼친 천리마 우에 우리 당중앙위원회의 붉은 편지를 높이 쳐들고 로동자, 농민이 앉아 있다. 태양을 향해 동쪽으로 천리마는 난다.

시상은 웅건하나 어쩐지 안타깝고 허전하기 그지없다. 더 말할 것이 있었겠는데… 김상오라면 응당 더 파고 든 독창적인 창조의 세계가 있었겠는데… 그저 그뿐이다.

이 범상한 시가 그의 운명을 양지에서 음지에로, 아니 삶에서 죽음에로 급전환시킨 뜻밖의 사건에서 하나의 계기로 되였다고 그 누가 생각할 수 있겠는가.

주체52(1968)년은 김상오에게서 운명적인 해였다. 자기 나름의 '리치'에 맞게 사고하는 사람들이 「천리마 동상」을 비롯하여 이 무렵 그가 쓴 시들에 수정주의 풍이 있소, 부르죠아 냄새가 풍기오 뭐요 하면서 시비를 걸기 시작했다. 물론 그 근저에는 순결한 량심으로 위대한 수령님과 당을 따라 혁명의 한길을 걸어 온 충직한 작가들을 당의 품속에서 떼여 내려는 반당 반혁명 종파분자들의 간교한 모략이 깔려 있었다.

주체35(1946)년 1월 어느 날 시인은 황해남도를 현지지도하고 계시는 위대한 수령님의 부르심을 받고 달려갔던 일이 있었다. 미제와 그 앞잡이들의 악랄한 반공 모략 책동으로 당시 해주시의 정세는 험악하기 그지없었다. 일신의 위험을 무릅쓰시고 해주시를 현지지도하시던 위대한 수령님께서는 일찌기 광복 전부터 백두산 바람을 쏘이고 광복 직후부터 위대한 수령님의 건국 로선을 받들어 희생적으로 투쟁해 온 이곳 혁명전사들의 활동 정형을 료해하시고 김상오에 대해서도 크나큰 사랑을 베풀어 주신 것이었다.

그가 민족의 전설적 영웅이시며 조국광복의 구성이신 위대한 수령님을 만나 뵙게 된 감격을 안고 방에 들어섰을 때 위대한 수령님께서는 반갑게 맞아 주시며 들고 계시던 신문『자유황해』를 펼쳐 보이시면서 이 사설을 주필 동무가 썼는가고 물으시였다. 그 사설로 말하면 그가 써서 세 번에 걸쳐 련재한 것으로서 모스크바3상회의 결정을 지지하는 내용의 글이였다.

위대한 수령님께서는 그에게 정치적으로 옳게 분석 판단하고 방향도 옳게 정하여 사설을 잘 썼다고 치하해 주시였다. 그러시고는 해주 지구의 복잡한 정세에 대하여 물어도 보시고 앞으로의 과업도 밝혀 주시였다. 그 이튿날 아침에는 해주시 군중대회에서 채택할 문건과 보도기사를 직접 쓸 데 대한 임무도 주시였다.

너무도 뜻밖에 위대한 수령님을 만나뵈옵고 크나큰 신임과 가르치심을 받게 된 김상오는 격정에 넘쳐 붓을 달렸다. 그가 쓴 글을 받아 보신 위대한 수령님께서는 단 두 글자만 고쳐서 그대로 비준해 주시였다.

몇 달 후 위대한 수령님께서는 그를 직접 평양에 새로 선 중앙고급지도간부학교 제1기생으로 불러주시였고 학교를 졸업한 다음에는 정부기관지『민주조선』부주필로 임명하여 주시였다.

그뒤 현역작가가 되여 10여 년… 그가 틀어 쥔 혁명의 필봉에서는 위대한 수령님께서 안겨주신 신념과 의지가 담긴 사랑과 증오의 시편들이 련이어 쏟아져 나왔다. 그는 단 하루도 운명의 은인이신 어버이수령님을 잊은 적 없었고 그가 쓴 모든 시, 그가 부른 모든 노래들에서 수령님의 의도를 정확히 담기 위해 노력을 아낀 적 없었다. 하기에 위대한 수령님께서 력사의 땅 청산리를 현지지도하시고 이 땅에 천지개벽의 새 력사를 안아 오시였을 때는 가사 「청산벌에 풍년이 왔네」를 써서 그 크나큰 은덕을 노래 불렀고 북청확대회의를 몸소 소집하시고 온 나라에 과일 풍년의 기적을 펼쳐 놓으셨을 때는 가사 「황금나무 능금나무 산에 심었소」를 써서 그 크나큰 은정을 칭송하였다.

그가 위대한 수령님께 바치는 충성심이 맑고 뜨거웠기에 음모군들은 그를 미워하였다. 하지만 인간적으로 보면 그처럼 고지식하고 성실한 사람, 정치적으로 보면 그처럼 순결하고 대바른 사람에게 루명을 들씌울 구실이 없었다. 그런데 마침내 비렬한 모략의 발톱을 걸 언터구니를 찾아낸 것이였다. 그것은 그의 시가 점점 더 모가 나게 다듬어지고 류다르게 물들어 간다는 것이였다. '리치'에 맞지 않는 것이 발견되였다.

이 시기 그의 가장 가까운 벗의 하나였던 김형직사범대학의 한 로교수는 당시의 김상오를 생생히 추억하고 있다. 문득 찾아온 벗 앞에서 김상오는 언제나처럼 새로 쓴 시를 읽어 주었다. 「천리마 동상」이였다. 시는 그 독특한 시상과 자유분방한 환상, 대담한 표현과 심오한 철학으로 벗을 매혹시키였다. "좋구만!" 이 한마디 밖에 더는 하지 못하는 감동된 벗 앞에서 시인은 웃고 다음은 울었다.

"이건 '수정주의' 시라는 거요!"

"?…"

시는 완고한 사람들의 요구에 따라 '리치'에 맞게 수정되고 잡지에 무난히 나갔다. (지금 우리가 보는 시가 그 시이다.) 한편 뒤에서는 역시

'리치'에 맞게 사고하는 사람들이 그의 문건을 파보고 있었다. '리치'에 맞지 않는 개소들이 많이 발견되였다. '공산주의자'라면 사랑하지 말아야 할 것을 사랑한…

얼마 후 김상오는 입당 년월일이 주체34(1945)년 8월 17일로 되여 있는 당증을 벗어 놓고 붓마저 빼앗긴 채 곡산으로 내려가 농토에 묻히였다. "찢어지는 가슴으로"—9년 후 그가 쓴 자서전에는 이때의 심경이 이 두 단어로 표현되여 있을 뿐이다. 그러나 이 두 단어 속에서 우리는 모든 것을 가늠할 수 있다.

광복의 그날 처음으로 환한 웃음을 날리며 "장쾌한 노래"를 불렀던 바다는 다시 어두워졌다. 물결이 소리 없이 밀려 와도 검푸른 암벽이 흐느끼고 갈매기도 울지 않는 해변에 눈이 내렸다. 그처럼 열정적으로 뒤척이며 솟구치며 사랑과 증오의 노래를 부르던 시의 바다는 잠들었다.

"찢어지는 가슴으로" 산골의 농민이 된 시인의 그 후 운명은 어떻게 되였는가. 이에 대해서는 다음에 말하기로 하고 '리치'에 맞지 않는다는 비난을 받은 김상오의 시세계가 어떠한가를 먼저 이야기해 보기로 한다.

일부 사람들이 '리치'에 맞지 않는다고 본 그의 창조의 리치는 어떻게 되여 있었는가.

김상오는 철학적 사색이 깊은 시인이고 그의 시는 깊고 새로운 생활철학을 담은 지성도 높은 시이다. 그의 시의 높은 지성 세계는 시인의 깊이 있고 독창적인 철학적 사색에 의해 담보되고 있다.

김상오는 먼저 상식을 말한다. 다음 그것을 부정하고 새로운 진리의 세계에로 독자들을 인도한다. 상식의 울타리, 현상의 껍데기를 벗기고 독자 앞에 드러난 새로운 철학세계 앞에서 우리가 끝없는 황홀감에 잠겨 있을 때 시인은 그것을 다시 부정하고 그 너머 더욱 찬란한 빛을 뿌리고 있는 진주 보석의 주단 우로 독자를 이끌어 간다.

그의 서정시 「문을 두드리는 소리」를 읽어보기로 하자. 이 시의 시적 계기는 한 작업반장이 조국해방전쟁 시기 갈라진 자기 작업반원의 누이를 찾아 주기 위하여 무수한 편지를 썼을 뿐 아니라 무려 174개의 인민반을 직접 찾아다닌 소재이다.


백일흔네 번째만의 인민반에서

당신은 드디어 찾아냈습니다

당신의 동무 박승하의 누이를

그런데 어찌된 일입니까?

문을 두드리는 소리는

지금도 그냥 들려옵니다

백일흔네 번째

백여든네 번째

백아흔다섯 번째…

무쇠 망치 같은 당신의 주먹이

가만가만 두드리는 소리

굵다란 목소리를 낮추어

소곤소곤 부드러이 부르는 소리

"여보시오, 문 좀 여시오. 문 좀 여시오"…


이것은 무엇인가. 이것은 벌써 리홍렬 영웅이 174번째의 인민반에서 동무의 누이를 찾아냈다는 이야기가 아니다. 과연 174번째의 인민반에서 문 두드리는 소리는 끝났는가. 아니다. 문 두드리는 소리는 계속 들려온다. 누가 누구의 문을 두드리는가. 무슨 문을 두드리는가. 누구를 찾아 무엇을 찾아 끊임없이 두드리는가.

서정적 주인공의 마음속에서는 새로운 대화가 진행되고 독자 앞에는 새로운 철학세계가 펼쳐진다.


아닙니다, 당신이 두드리는 것은

그 어느 집 문만이 아닙니다

당신이 부르는 것은

그 누구의 누이만이 아닙니다

그것은 사랑입니다!

사람에 대한 사람의,

따뜻하고 커다란 사랑을 불러

당신은 끊임없이 심장의 문을

사람들의 가슴을 두드립니다

나는 듣습니다

나의 집 문을 두드리는 그 소리를

나는 문을 엽니다

해살 퍼진 봄의 들판으로 열어 제낍니다

나는 나섭니다

…


시는 더 계속된다. 시인의 사색은 계속된다. 그러면 내가 문을 나선 해살 퍼진 봄의 들판은 어디인가. 이제 거기서는 어떤 삶이, 어떤 사랑이 나를 기다리는가…

이 시에서 보는 것처럼 시인은 끊임없는 사색적 침투력을 가지고 계속 새로운 진리의 문을 열고 전진하다가 더 그것을 부정하고 또 새로운 것을 찾아낼 수 없으면 비로소 시를 결속한다. 이것이 김상오의 시에서 찾아보는 고유한 문체적 특징의 하나라고 할 수 있다.

그래서 그의 시에는 련속되는 물음이 많고 련속되는 부정이 많다. 묻고 묻고 대답하고 부정하고 부정하고 결론하는 이 집요하고 끈질긴 사색의 흐름을 타고 그의 시는 끊임없이 확대 심화된다.

내 나이 네 살이 아니다
열네 살도 아니다
내 나이 마흔넷
　　네 아이의 아버지
허나 학생소년궁전이여 너는
나에게 너의 문을 열어 다오
네 안에
나를 들여 놓아 다오
…


물론
나는 여기서 주인이 아니다
이는, 아이들아
너희들께 주는 나라의 귀중한 선물
이는 너희들의 것
그러나 잠간, 오, 잠간

나에게도 이것을 안기여 주렴

인간에의 사랑의

　　이 신성한 기념비를!…

　　…

—서정시 「학생소년궁전」 중에서

　보다싶이 그의 시에는 "아니다", "그러나"가 많이 쓰이고 있다. 련이은 부정법을 통해 새라새로운 생활 진리에로 끊임없이 육박해 들어가는 그의 이 놀라운 지성 세계는 때로 상식의 계산을 '너무도' 넘어서서 '리치'에 안 맞는 것처럼 보일 때도 있다. 그러나 사실은 여기서부터가 그의 몫이고 창조가 있는 것이다.

　일찌기 처녀작을 내놓은 그 시절부터 그의 대부분의 시들이 이렇게 씌여졌다.

　무릇 서정시는 전광석화와도 같이 순간에 발화하고 꺼져버리는 불꽃이라고도 했다. 우리는 하나의 계기에서 불꽃처럼 번뜩인 시상을 안고 단마디로 내뱉은 예리한 철학적 결구로 명시가 된 작품을 많이 알고 있다. 우리 시단에서도 김철의 시 「더 쓰지 못한 시」나 「우리 소대장」을 두고 찬사를 아끼지 않았다.

　그런데 김상오의 시는 대체로 길다. 그는 격동된 시흥을 쫓아 멋진 문구를 한마디로 힘차게 내뱉고 마는 그런 시인이 아니였다. 끝없이 묻고 대답하고 다시 그것을 부정하면서 그의 시세계는 련달아 심화되고 또 심화된다.

　서정시 「나의 조국」을 보라. "조국이여, 너는 무엇이기에…", "조국이여, 진정 너는 무엇이기에…" 이렇게 련이은 자문자답을 통해 조국에 대한 느낌과 주장은 줄기차게 확대심화되다가 마침내 그 유명한 철학적 결구에 도달했던 것이다.

이리하여 그의 시는 '길어졌다'. 한 편의 시 속에 여러 편의 시가 '잇대여졌다'.

열정과 사색의 시인 김상오! 높은 지성과 철학의 소유자 김상오!

우리는 그의 시를 '길다'고 보지 않는다. 때로 그것이 「당에 드리는 노래」에서처럼 무수한 반복법, 렬거법, 점층법을 거쳐 페지와 페지를 넘어 길어지더라도 그 매 시련과 시련에, 그 매 시행과 시행에 시인에 의해 발견된 생활철학이 있기에 우리는 그 매 시련, 매 시행을 한 편 한 편의 시처럼 감상하고 음미하면서 흥분하고 사색하고 울고 웃는다. 그는 끝까지 '리치'에 맞지 않게 사고한 시인이였고 그로 하여 당에 기쁨을 드린 새것을 무수히 창조할 수 있었다.


## 생명과 청춘


서정시 「나의 조국」이 지상에 나타났을 때 필자의 나이를 아는 사람들 중에는 놀라와하는 사람이 많았다. 그때 김상오는 62살이였다. 시인은 이들에게 이렇게 답변하였다.

"여기에는 아무러한 놀랄 것도 감탄할 것도 없다. 그 시는 늙은 육체, 늙은 손이 쓴 것이 아니라 젊고 뜨거운 심장이 쓴 것이기 때문이다. 식어버린 심장으로는 시는커녕 아무런 글도 쓸 수 없을 것이다."(수기 『청춘의 심장을 안겨준 사랑』)

육체는 늙어도 시는 늙지 않았다. 그 비결은 그가 생의 마지막 시기까지 젊고 뜨거운 심장을 지닐 수 있은 데 있다.

영원히 젊고 뜨거운 청춘의 심장으로 시를 쓸 수 있는 생명은 누가 준 것인가.

자연의 밀물은 지구의 인력에 의해서 생겨난다면 시인이 지닌 열정의 밀물은 위대한 수령에 대한 다함없는 흠모와 절대적인 숭배에 의해서 생겨난다.

주체59(1970)년 3월 남포에서 민덕원의 유가족들을 접견해주시던 위대한 수령님께서는 문득 김상오에 대하여 물으시였다. 25년의 아득한 세월의 간격을 넘어 어버이수령님의 기억 속에서 여전히 살아 있은 행복한 시인—그는 그때 곡산의 수로뚝에서 뽕나무잎을 따고 있었다. 하지만 그의 가장 가까왔던 동지의 유가족들도 그의 행처를 알지 못했다. 어버이수령님께서는 일군들에게 그가 종파분자들의 모해에 걸렸을 수 있으니 자세히 알아보라고 이르시였다. 같은 해 10월과 2년 후 2월 해주시를 찾으시였을 때에도 김상오에 대하여 심려하시며 거듭 믿음의 교시를 주시였다.

삼가 노래를 드리고 싶었습니다
두 번 이 땅에 삶을 받은 전사의
심장의 말을 드리고 싶었습니다
그러나 심장은 끝없이 흐느낄 뿐
목이 메여 올 따름입니다

—서정시 「노래」 중에서

처음 저에 대해 심려하신다고 들었을 때
저는 울었습니다


다음 또 심려하신다고 들었을 때
저는 송구함에 몸 둘 바를 몰랐습니다


세 번 네 번 거듭 또 심려하신다고 들었을 때
저는 빌었습니다
―수령님! 더는 심려하지 말아 주십시오
　부디 더는 심려하지 말아 주십시오!


저는 울면서 빌고 또 빌었습니다
그리고 깨달았습니다
수령님께 이토록 심려를 끼쳐 드리는 이것이
저의 가장 큰 용서할 수 없는 죄악이라고…

―서정시 「심려」 중에서


위대한 령도자 김정일 동지께서는 어버이수령님의 뜻을 받들어 김상오에 대하여 친이 료해하시고 어느 한 창작사의 책임 일군으로 불러 주시였으며 잃었던 정치적 생명을 다시 안겨주시였다.

아, 그날! … 시인은 이렇게 웨쳤다.


주시기만 하시고
받으시는 일 없으신

친애하는 지도자동지!
이 세상의 귀한 것 다 받아 안은 저입니다만
이제 제가 드릴 것은 무엇입니까


다시 살아 고동치게 해주신
심장뿐입니다
저에게 안겨주신
생명뿐입니다
생명이 다할 때까지 부를
노래뿐입니다

—서정시 「친애하는 지도자동지께 드리는 말씀」 중에서

이리하여 시인은 다시 찾은 심장과 생명과 노래를 위대한 수령님과 경애하는 장군님께 바치여 로년기의 청춘을 빛내였다.

그는 14년간 잠들어 있던 시혼을 다시 불태워 한 해 동안에 150여 편의 시와 평론, 소설들을 써냈다. 기적이였다. 그는 잃었던 세월을 보충하였다. 아니 그 몇 배의 생을 단 한 해에 누리였다.

조국이여
그 때문이 아니냐
일을 해도 일을 해도 더 하고 싶어
하루를 십 년으로 살고 싶은 이 갈망은
지혜와 힘과 뜨거운 열정을
있는껏 다 쏟아바치며

바치는 것이 기쁨인 이 아름다운 삶은

―서정시 「나의 조국」 중에서

이렇게 시인은 마침내 어두운 바다에서 시작한 삶을 영원히 아름다운 기슭에서 바치는 것이 기쁨인 아름다운 삶을 누릴 수 있었다.

어버이수령님과 경애하는 장군님께서는 그에게 영예의 '김일성상'과 '조국통일상'을 수여해 주시였다.

주체81(1992)년 8월 4일 시인이 심장의 고동을 멈추었을 때 영생의 언덕 애국렬사릉에 안치해 주시였다.

김상오는 지금 우리 곁에 없다. 그러나 우리의 시단에서 그의 젊은 심장은 영원히 뛰고 있다. 뛰면서 뜨겁게 노래 부르고 있다.

…

오직 너희들을 위해 한생을 바치시는

수령님을 위해 살라! 필요하면 죽으면서도…

그때 너희들은 가장 빛나는 삶을 영원히 살리니

굳게 기억하라, 아이들아, 나의 이 말을

너희들의 생애의 끝까지 지니고 가라

너희들의 아이들에게 이를 전하라

그리고 그들 또한 전하게 하라

―서정시 「아이들에게」 중에서

그런 만큼 그의 시세계를 론하는 나의 이 글도 끝맺을 권리가 없다.

―『조선문학』 632호, 2000.6

**기타 참고문헌**


『아름다운 기슭』 후기, 조선작가동맹출판사, 1959.
리수립, 「어버이수령님에 대한 뜨거운 흠모와 조국에 대한 열렬한 사랑의 노래—서정시 「나의
　　　조국」에 대하여」, 『조선문학』 380, 1979.6.
현종호, 「조국애에 대한 생활적이며 사색적인 참된 시적형상—서정시 「나의 조국」에 대하여」,
　　　『조선문학』 381, 1979.8.
『나의 조국』 머리말, 문예출판사, 1988.
류만, 「시인들의 얼굴을 생각하며—개인시집들을 펼치고」, 『조선문학』 508, 1990.2.
박종식, 「주체문학이 낳은 시대의 가수」, 『문학과 현대성』, 문학예술종합출판사, 2001.
황령아, 「『나의 조국』과 함께 영생하는 시인」, 『조선문학』 731, 2008.9.
허룡, 「김상오와 시집 『나의 조국』」, 『조선문학』 757, 2010.11.
『문학대사전』, 사회과학출판사, 1999.
『조선대백과사전』, 백과사전출판사, 1995~2004.

# 김상훈

1919년 경남 거창에서 출생했다.
1939년 『조선일보』를 통해 시를 발표하기 시작했다.
1950년 월북했다.
1987년 작고하였다.
북한에서 발간된 개인시집으로 『흙』(1991)이 있다.

# 한 줌의 비상식을

철길 위태로운 벼랑 위에
눈과 바람은 휘몰아치는데
원쑤의 눈초리를 지켜
기인 겨울밤을 서서 세워보지 못한 사람은 모르리라

포탄이 귀뿌리를 치는
三(삼)중四(사)위 적의 포위 속에
눈을 마시고 풀뿌리를 너을며
결사전을 하지 않은 사람은 모르리라

어둠이 짙어오는 전호 속에서
전우들의 손바닥에 논아지는
한 줌 비상식의 비장한 맛을—

이 한 줌 미숫가루 안에는
절벽과 바윗등 천리를 걸어온
억센 사나이의 땀냄새와

백천의 원쑤를 무찔러 넘긴
통쾌한 화약 냄새와

차아한 벼랑을 기여올라
적의 화점을 단꺼번에 침묵시킨

장렬한 동무의 유언이 있다


이 한 줌의 미숫가루는
전지대의
위태로운 행군을 보장하기 위하여
죽엄이 명백한 포화 속으로
표범과 같이 뛰여든 사나이의 것이[1]


산과 산 밀림과 바위
몇 달을 걸어 굶고 허기지면서도
보다 치렬한 판가리싸움을 위하여
전사의 량심으로 먹지 못하였던


조국에 대한 충성심을
끼니마다 다짐 두며 먹지 못하였던
이것이 바로 사랑하는 전우의
마지막 체온으로 더워진 비상식이다


조국의 자유를 피로써 지키는
강철의 거인들이여
이 한 줌의 비상식을 먹어
막능당의 힘을 불러일으키자


원쑤는 눈앞에 있다
어둠이 바다같이 깊어지면

---

1　뒤에 '다'가 탈자된 것으로 추측된다.

비탈을 기여내려
돌뿌리에 몸을 감추고
이 골 안에 들어온 적을
마지막 한 놈까지 잡아 치워야 한다

우리의 아버지와 어머니와
동생과 누이를
짐승처럼 찌ㅈ어서 삼킨
흉포한 염통에 날창을 박기 위하여
빨찌산의 손바닥 위에
비상식이 있으면 넉넉하지 않느냐

이 한 줌의 비상식은
어머니가 매가꾼 고향의 흙냄새다
피보다 진한 조국의 사랑이다
원쑤를 죽일 분노의 불길이다

| 수록지면 |

* 『청년시인집』(종합시집), 민주청년사, 1951.

# 배낭의 노래

하늘에 닿은 산맥을 넘어
묵묵히 걸어가는 빨찌산의 어깨마다에
크고 믿음직한 배낭이 메여져 있습니다

저것은 자유를 불러 그침이 없는
이 나라 인민의 한없는 힘이올시다

저것은 슬기로운 이 땅 아들딸에게
조국이 지워준 무게올시다

배낭 안에는
적을 무찌를 식량과
교량을 끊어제칠 폭약과
항일유격대의 회상기와
우렁찬 노래가 들어 있습니다

그러므로 빨찌산에게
배낭은 몸덩이의 한 부분이라 하였습니다
배낭은 마음의 한 부분이라 하였습니다

락락한 절벽
험난한 가시밭과
하늘을 덮는 밀림을 지나

이 땅의 끝에서 끝까지를
배낭을 지고 주름잡아 달립니다

적탄이 비발치는 속일수록
배낭은 더욱 단단히 몸에 붙어
등 뒤에서 용사의 땀을 빨며
분노에 북받쳐 원쑤를 무찔러갑니다

비에 젖으면 가슴에 대여 말리고
잘 때면 어머니 무릎처럼 베고 자는
이 배낭 안에는 흔히 혼자만 보고 접어두는
아름다운 꿈이 담기기도 합니다

빨찌산의 길고 험난한 이야기를
배낭만은 가지가지 알고 있으므로
빨찌산의 날듯이 기쁜 승리를
배낭만은 남김없이 알고 있으므로
험준한 산등을 타고 내려
호젓한 숙영지가 정해지면
용사들은 괴롭거나 즐거운 이야기를
배낭과 더불어 주고받습니다

오직 별만을 보고 가는 긴 행군에
산마루를 넘어 휴식명령이 내리면
두 다리를 쭈욱 뻗어
흐뭇하게 기대여보는 배낭이

살얼음 미끄러운 산비탈을 내리면
넘어질 때마다 허리를 보호해주는 배낭이

이 정든 배낭이
운명을 결단할 판가리 싸움터
어느 산마루에서 적탄에 맞더라도
장렬한 최후를 묵묵히 지켜줄
길이 잊지 못할 정든 전우임을
용사들은 너무도 잘 알고 있음으로

한 시각이라도 배낭이 없이는
용사들은 걷지 못합니다
배낭과 함께 조국을 찬양하고
배낭과 함께 조국을 걱정합니다

참참한 숲 사이로
수굿수굿 걸어가는
저 배낭의 주인들을 보십시오

저 눈망울을 보십시오
저 머리털을 보십시오
적을 찾아 표범처럼 내려가는
믿음직한 다리와 총부리를 보십시오

저들의 어깨마다에
무직이 메여져 있는
저것은 이 땅이 지워준

우리 조국의 무게올시다
저것은 이 땅을 구원할
우리 인민의 힘이올시다

—1950

| 수록지면 |

* 김상훈, 『흙』, 문예출판사, 1991.

# 아버지의 부탁

벌써 열 해가 지나갔다
내가 손에 총을 잡고
집을 나서던 그날 아침엔
너는 할머니의 품에 안겨서
《아빠 안녕히》를 해 보였지

그러나 지금쯤 너의 키는
중문에 가지런하고
마당 앞 감나무에도
마음대로 오르내리며
이제는 고무총으로
일수 새를 쏘겠구나

장마통에 몰려 든 송사리떼를 건지러
마을 앞 시내'물에도 뛰여들고
밉살스런 구장 놈의 과수밭에
이따금씩 돌팔매를 던지겠구나

마름집이나 큰 대문 집의
멍텅구리 같은 아이 녀석들이
혹 너를 아버지가 없다고 놀려주거든
너는 고개를 더 번쩍 쳐들고
북쪽하늘을 바라보아라.

그러면 온 하늘에 차고 넘치는
공화국의 밝은 해'살이
너의 몸을 감싸주리라!
그리고 똑똑히 네 귀에 들리리라
조국의 꽃봉오리답게
싱싱 자라라는 아버지의 부탁이…

《미국놈 없는 땅에서 총선거를 하자》는
큰 구호판 머리 우에 흔들며
사람들 구름같이 떼를 지어
읍으로 가는 고개'길을 넘거던
너도 두 주먹 굳게 쥐고
그 대렬의 맨 앞장에 서야 한다.

미국놈의 군용차가 으르렁거려도
눈 하나 깜짝하지 말고 다가서거라
그 흉한 무쇠'덩이와
피 묻은 군화와 짐승들의 발톱이
우리 땅에서 깨끗이 물러가야
남쪽 북쪽 푸르게 트인 하늘 아래
우리는 기쁨의 눈물로 뺨을 적시며
서로 얼싸안을 수 있다.

들리는구나! 너의
아버지를 부르며 찾는 소리
나도 달려가고 있다.
네가 굶주려 헤매고 있는

남녘땅을 구원할 모든 것을 갖추어
시각을 다투며 달려가고 있다.


너에게 더운밥을 주고
너의 발에 신을 신겨 주고
유리창 밝은 집과 학교를 주기 위해
증산에 증산을 높이며 가고 있다.


내가 너를 향해 달려가고
네가 나를 향해 달려오는
혈맥으로 이어진 이 곧은 길은
철조망이 백 겹이요
가시밭이 천 리라 해도
기어코 합치고야 만다
기어코 합치고야 만다


| 수록지면 |

*『문학신문』, 1960.12.23.
김상훈, 『흙』, 문예출판사, 1991.

# 인계[2]

영이야, 이 상자에 부속품이 들어 있다
청소도구는 저기에 다 있고…
표준 조작이야 네 머리에 들었지만
그래도 이 수첩을 받아 두렴
기계 성능이 낱낱이 적혀 있고
점검할 계획도 차례차례 들어 있다

글쎄, 새삼스런 이야기지만
부디 정성스리 다뤄야 한다
저렇게 반짝이는 면판 우에
손톱 금 하나라도 나선 안 된다

아무리 배우러 가는 길이지만
반년이면 얼마냐! 여섯 달 동안을
함마 소리 못 들으며 날을 보내고
함마 소리 못 들으며 잠들어야 하잖니
그래도 이 기대를 너한테 맡기는 게
얼마나 마음 든든한지 모르겠구나

이렇게 우람차고 키가 크지만
실상은 꼬마 동생 같은 데도 있단다

---

**2**  이 시는 시초 〈단조공의 노래〉 중 한 편이다. 시집 『흙』에서는 〈단야공의 노래〉로
　　바뀌었다.

하루만 기름을 주지 않으면
처음엔 칭얼칭얼 치얼거리다가
투덜대고, 화를 내고, 몸이 달아오른단다

공이나 링그 짬에 쇠찌 하나 끼여도
이'발 사이 가시가 든 것처럼
영 안절부절을 못 하는 기대란다
소아과 의사가 청진을 하듯
살뜰히 숨소리를 가늠해야 한다

영이야 사흘에 한 번씩은
꼭꼭 서로 편지를 주고받자
첫머리에 자상하게 적어야 한다
요즘은 어떤 것을 때렸고
쇠가 얼마나 잘 달았던가를…

대장들이 혹 욕심을 부려
무리로 식은 쇠를 때려 달라거든
사정없이 딱 잘라야 한다
반장한테 달려 가 담판이라도 하렴
영이야, 너는 사람이 순해서
어쩐지 그게 걱정이구나

여섯 달이 끝나면 나는 듯 돌아올께
노트도 사다주고 거울도 사다줄께
선생님들의 이야기랑
가지가지 배운 것도 다 대여 줄께

너두 날마다 내 생각하며
함마를 눈알같이 다뤄야 한다…

비누도 미처 짐에 안 넣고
덤비며 떠나는 숙이건마는
또 한 번 돌아보며 이야기하네
《영이야 기름 메타 잘 봐야 한다》

| 수록지면 |

*『조선문학』 179호, 1962.7.
김상훈, 『흙』, 문예출판사, 1991.

# 흙

남조선의 한 농민은 경애하는 수령님께 드리기 위하여 정성어린 손길로 한 줌의 흙을
싸서 보내였다

흙이옵니다
열손가락으로 움켜 안으면
훈훈히 혈맥이 통하고
가슴 무득이 힘이 실리는
농사군의 흙이옵니다.

아득히 먼 조상 때부터
동산마루에 해가 뜨는 날이면
하루 한때 빠짐없이
일구고 주무르고 매가꾸어온
어머니품속 같은 흙이옵니다.

흙 속에서 태여났기에
흙을 다루며 살아가는 것이
목숨처럼 소중한 소망이온데
땅이 없어
내 것이라 이름 지어 사랑을 퍼부을
뙈기밭 하나, 논 한 고랑이 없어

지주와 왜놈과 악귀 같은 미국놈의
무서운 채찍을 등허리에 받으며
우마와 같이 고역에 시달리는

이 남쪽 땅 농민들의 피눈물이
흙 속에 스며있나이다.

가랑잎처럼 말라서 숨이 진 어머니도
《밥 달라》는 애절한 말 한마디로
마지막 숨을 거둔 어린 딸자식도
이 흙 속에 고이 묻었사옵고,
사무치는 울화로 가슴이 터질 때면
털썩 그대로 주저앉아서
울음을 터뜨리며
주먹으로 쾅쾅 땅을 쳤나이다.

이 흙 안에는
미국놈과 그 앞잡이 개무리들을
마음 후련하게 쓰러 눕히던
끌끌한 마을청년들의
뜨거운 숨결이 배여 있사옵고,
바위가 부서져 가루가 된대도
기어코 원쑤를 갚고야 말겠다는
이글이글 끓는 불도가니 같은
투쟁의 맹세가 들어 있나이다.

바로 스무 해 전
기쁨이 너무도 바다처럼 설레여서
인민군용사들의 손을 부여잡고
두 눈 글썽히 눈물만 담던 날
그날에 우리가 땅을 받던 그 기쁨

꿈인지 생시인지 알 수가 없어
제 살을 꼬집어본 벅찬 기쁨을,
이 흙은 알고 있사옵고

원쑤들을 바다 깊이 처넣은 다음
다시 찾아낸 우리 땅에서
세상, 보란 듯이 농사를 짓고
앞집 뒤집이 서로 불러가며
흥겹게 일할
그 신명나는 새날 새 세상도
이 흙과 속삭였나이다.

이른 봄철이나 늦은 가을날에
수령님께서 뜻밖에 마을에 들리시여
늙은이는 백발 숙여 절을 하옵고
철부지 어린것은 손길에 매달리며
거리와 집집마다 자랑이 넘치고
온 산천이 눈부시게 밝아올
그 가슴 저리도록 황홀한 순간을
농토와 농군들이 함께 꿈꾸나이다.

땅 우에 든든히 발을 붙이고 서서
북쪽 하늘을 우러러보며
수령님의 전사로 살며 싸우는
줄기찬 투지를 키워가오니

가없는 하늘같이 넓고 크시고

밝은 봄날같이 인자하시고
아무리 간고한 싸움 속에서도
다함없는 용기와 자혜[3]를 주시는
자애로운 어버이 김일성 원수님

수령님의 해빛을 목마르게 기다리는
남쪽 땅의 한 줌의 흙과
그 속에 스며있는 저희들의 맹세를
저희들을 보시는 듯
굽어보시옵소서!

| 수록지면 |

*『조선문학』 279호, 1970.11.
『당의 기치 따라』(종합시집), 문예출판사, 1970.
『우리 인민은 행복합니다』(종합시집), 문예출판사, 1972.
『잊지 말자, 행복할수록』(종합시집), 문예출판사, 1976.
『해방후서정시선집』(종합시집), 문예출판사, 1979.
김상훈, 『흙』, 문예출판사, 1991.

---

3 '지혜'의 오식으로 보인다. 다른 판본에는 '지혜'로 표기되어 있다.

# 어머니를 생각하면[4]

어머니를 생각하면
물레질소리가 들립니다
어머니를 생각하면
부엌문 여닫는 소리가 들립니다
어머니를 생각하면
마을 앞 오솔길에 매화꽃이 가득 핍니다
어머니를 생각하면
세월이 그 자리에 멈춰섭니다

어머니를 생각하면
어머니는 언제나
손수 짜신 고운 무명치마 입으시고
무슨 바쁜 일이나 있는 것처럼
콩밭을 돌아 물방아간을 지나
정자나무 선 언덕으로 급히 오릅니다

어머니를 생각하면
어머니는 언제나
어김없이 나를 바라보시는 듯
속눈섭 가즈런히 눈시울을 좁히시며
그 갈앉은 목소리로

---

4  이 시는 시초 〈어머니에 대한 생각〉 중 한 편이다.

조용히 내 이름을 부르십니다

어머니를 생각하면
돌모루 넘어 능수버들 우거진
그 초라한 고향마을이
심장 곁에 다가섭니다

어머니를 생각하면
통일될 조국이 더욱 가까워지고
은혜로운 빛발을 받으며
통일된 그날 위해 싸워가는 이 몸이
더욱더 자랑스러워집니다

—1980

| 수록지면 |

* 김상훈, 『흙』, 문예출판사, 1991.

# 열무김치[5]

푸름푸름 풋고추를 다져넣어서
열무김치를 담그는 날은
뙤약볕도 정이 든다는데
자배기 가득 푸성귀를 버물다 말고
주름살 많은 어머니는
말없이 산마루를 바라보고 있다

처마 밑에 하나 가득 제비들이 우짖던 날
열무김치를 와작와작 깨물면서
풋바심 보리밥을 그리도 맛있게 먹던
어깨 둥실한 아들이 그리워서
어머니는 소금항아리에 손을 넣은 채
말없이 오솔길을 바라보고 있다

퍼올려도 퍼올려도 끝없는 샘물처럼
삼십 년을 한대중으로 솟아오르는
그 짜고도 뜨거운 눈물이
눈시울에 고여서 부질없이 넘어날세라

어머니는 소스라쳐 머리를 흔드시고
어느새 조용한 눈길에

---

5 이 시는 시초 〈어머니에 대한 생각〉 중 한 편이다.

믿음을 담아
북녘하늘을 바라보고 있다

―1980

| 수록지면 |

* 김상훈, 『흙』, 문예출판사, 1991.

# 남녘의 한 벗에게

학창시절 함께 시를 쓴 남녘의 벗의 시집 우에 쓴 시

백발이 짙어질수록
못 견디게 그리운 벗아
우연히 너의 시집 한 권이 손에 들어와
어린 아이처럼 덤벼치며 펼쳐 읽었다

역시 너의 말은 아름답구나
곱게 피는 노을과 푸른 언덕과
조용한 골 안 물소리 같은 새소리와
그 밑을 도란도란 흐르는 샘물이
깎고 다듬어 물들어진 말로
앵두접시처럼 소복 담겨 있구나

그런데 시집 한 권을 다 읽고
네 이름 우에 손을 얹으니
련인의 불행한 편지를 받은 듯
내 마음은 왜 이리 저리고 아프냐

학창시절 너와 나는
쌍둥이 같은 문학소년
조국을 섬기는 뜨거운 마음으로
노래를 짓자고 다짐 두었지
미제의 군화가 산하를 짓밟아
거리와 마을에서 아우성이 일 때마다

너의 그 도수 높은 안경은
격분으로 자주 흐리지 않았더냐

가슴 아픈 년륜이 쌓이고 덧쌓여
항쟁의 불길이 멎지 않는 땅
그 땅에서 엮어진 너의 시집에는
알알이 고운 앵두알이 아니라
차라리 돌멩이가 있어야 하겠구나
의로운 젊은이의 줌 안에 틀어잡혀
뜨겁게 달아올랐던 돌멩이들이…

외세의 비바람이 그칠 줄 몰라
나라의 남쪽 절반 땅이
침몰하는 배처럼 가라앉는데
너의 노래 안에는 왜
피에 잠긴 광주가 없느냐?
너의 노래 안에는 왜
휘날리는 기폭과 거세찬 발구름과
활활 타는 함성의 불기둥이 없느냐?

부피 큰 너의 시집 어느 갈피에도
차례로 얻어맞은 《미국문화원》과
화형을 입어 갈기갈기 재가 되는
미제침략자의 죄 많은 성조기와
새로운 싸움으로 새날을 부르는
민중의 목소리는 찾을 길이 없구나

이미 기상도는 바뀌여
하늘엔 세기의 아침이 밝고
땅 우엔 자주의 새 바람이 부는데
너는 소낙비에 방향각을 잃어
오도가도 못 하는 달팽이처럼 살겠느냐
어느 귀부인의 옷고름에 매달려
가냘피 우는 조랑방울처럼 살겠느냐

세월의 파도 속에도 변하지 않는
50년의 우정을 담아 내 말하노니
너 시인의 이름이 소중하거든
저 싸우는 젊은이들 편에 서라!

조국통일을 소리소리 웨치며
물갈기 거세찬 바다물처럼
적의 아성으로 밀려들고 밀려드는
저들은 민족의 의지
저들은 세대의 량심
저들을 위해 노래를 짓고
저들과 함께 살며 싸우자!

-1985

| 수록지면 |

* 김상훈, 『흙』, 문예출판사, 1991.

# 시인 김상훈의 시집『흙』에 대하여

**주설화**

시인 김상훈은 생애의 전 기간 5권으로 된 시집을 내놓은 시인이지만 독자들 속에 잘 알려져 있지 않고 조선고전문학 선집들인『가요집』,『한시집』,『리규보 작품집』 등을 만들어 내놓은 고전문학 전문가로 인정되여 있다.

그는 8·15해방 후 남녘땅에서 25살 홍안의 청년으로 첫 시집『대렬』과 장편서사시『가족』을 출판하였고『전위시인집』들에 여러 편의 시들을 발표하면서 미제와 그 주구 리승만 괴뢰역도를 반대하는 투쟁을 힘차게 벌렸다. 그러던 중 그는 놈들에게 체포되여 옥고를 치르다가 조국해방전쟁 시기에 위대한 수령님의 품에 안긴 후 본격적인 시 창작의 길에 들어섰다. 그는 70나이에 행복한 창작생활을 마치는 순간까지 수백 편의 시와 수많은 예술산문들, 2편의 장편소설을 창작하는 한편 생애의 전 기간 고전문학 번역사업에 심혈을 기울였다.

그가 세상을 떠난 다음에 출판된 시집『흙』을 통하여 시인의 시적 재능과 개성을 더 잘 알 수 있다.

위대한 령도자 김정일 동지께서는 다음과 같이 지적하시였다.

"시에서는 서정적 주인공의 모습이 뚜렷하여야 하며 다른 사람이 대신할 수 없는 독특한 정서세계가 펼쳐져야 한다.”

이 시집에는 시인이 해방 전에 창작한 시 「연」[주체32(1943)년], 「이민선」[주체33(1944)년], 해방 직후 남조선에서 철천지원쑤 미제와 그 주구들을 반대하여 쓴 시들인 「농군의 말」, 「아이에게 밥이 있어야 한다」, 「짓밟힌 고향아」[주체36(1947)년], 「혈액은행」, 「옥문」, 「보리고개」[주체37(1948)년], 「양자」, 「새벽비」, 「매」, 「소야 뿔을 써라」[주체38(1949)년] 등과 의인화의 수법으로 씌여진 여러 편의 시들을 묶은 동물시초가 들어 있다.

그리고 전쟁시기 적구투쟁 속에서 체험한 생활을 노래한 「나의 노래여 불길이 되라!」, 「배낭의 노래」, 「습격조의 노래」[주체39(1950)년], 「봄비」, 「소녀 빨찌산」, 「훈장」[주체40(1951)년] 등과 전후복구건설과 사회주의건설 시기에 쓴 적지 않은 현실 주제의 시들이 있다.

그 가운데서 시 「배낭의 노래」는 지금 조국해방전쟁승리기념관에 비치되여 있으며 전쟁시기에 쓴 시인의 대표작이라고 할 수 있다.

시인은 생애의 전 기간 백두산 3대장군의 위대성을 노래한 수많은 송가작품들을 창작 발표하였는데 시집 『흙』에도 「위대한 수령님께 삼가 드리는 노래」[주체54(1965)년], 「백두산」[주체71(1982)년], 「소식」[주체73(1984)년], 「2월의 송가」[주체64(1975)년], 「향도의 별님」[주체65(1976)년], 「남녘의 철창 속에서도」[주체65(1976)년], 「축원」[주체64(1975)년], 「흙」[주체59(1970)년] 등의 송시가 들어 있다. 그 가운데서 시 「흙」은 시인의 대표작이라고 할 수 있다. 이 시에는 위대한 수령님께 남조선의 한 농민이 정성어린 손길로 싸서 올린 한 줌의 흙을 두고 조국통일의 그날을 위해 경애하는 수령님의 혁명전사로 살며 싸울 남녘땅 인민들의 굳센 결의가 잘 반영되여 있다. 작품에는 격동적인 웨침도, 현란한 문구도 없으나 남녘땅 농민의 구체적이며 섬세한 생활정서로 환기된 절절한 감정과 조국통일을 학수고대하는 남녘땅 인민들의 간절한 념원이 뜨겁게 담겨져 있어 독자들의 가슴을 울린다. 서정적 주인공인 남녘땅의 한 농민은 한 줌의 흙을 두고 자기들의 지나온 피눈물 나는 고역과 비참한 생활을 읊조리기도 하고 미제와 그 주구들을 반대하여 싸운 농촌청년들의 투쟁에 대하여서도 그리고 조국해방전쟁 시기 해방의 그날 땅을 분여받고 난생 처음으로 제 땅에서 농사짓던 기쁨에 대하여서도 아뢰이기도 한다. 하기에 한 줌의 흙, 그것은 서정적 주인공의 피눈물 나는 한생의 증견자이며 간절한 희망을 말없이 알아주는 생활의 상징적인 동반자이기도 하다. 작품에서는 서정적 주인공의 이러한 사상감정을 조국통일을 바라는 남녘땅 인민들의 간절한 지향과 결부시켜 노래하다가 통일의 그날 어버이수령님을 자기 마을에 모실 미래의 랑만적 화폭으로 승화시켜 이채로운 시의 세계를 펼쳐놓는다.

이른 봄철이나 늦은 가을날에

수령님께서 뜻밖에 마을에 들리시여

늙은이는 백발 숙여 절을 하옵고

철부지 어린것은 손길에 매달리며

거리와 집집마다 자랑이 넘치고

온 산천이 눈부시게 밝아올

그 가슴 저리도록 황홀한 순간을

농토와 농군들이 함께 꿈꾸나이다

원쑤 미제와 그 괴뢰들을 족치고 통일된 조국의 따사로운 품속에서 세상이 보란 듯이 잘 살 뿐 아니라 앞집 뒤집이 서로 불러가며 흥겹게 일할 그 신명나는 새 세상을 그리는 남녘땅 농민들의 간절한 희망, 위대한 수령님을 자기 마을에 모시고 축원의 절을 삼가 올릴 그날을 그려보며 살며 싸울 불타는 지향으로 하여 시의 세계는 랑만적이며 밝은 색조로 일관되여 있다. 여기에 바로 위대한 수령님과 경애하는 장군님의 따사로운 손길 아래 조국통일의 그날이 이룩되기를 바라마지 않는 남녘땅 인민들의 절절한 마음을 민족 최대의 숙원과 의지로, 시대의 량심으로 승화시켜 노래한 시인의 독특한 시적 개성이 있고 주체시문학의 화원에 소담히 피여 은근한 향기를 풍기는 시집 『흙』의 진가가 있는 것이다.

시집 『흙』에는 조국통일 주제의 시들이 수십 편이나 들어 있는데 그 가운데서 시초 〈어머니에 대한 생각〉에 수록된 시 「어머니를 생각하면」, 「돌아가오리다」, 「열무김치」[주체69(1980)년]와 시 「달」[주체76(1987)년] 등은 섬세한 생활정서로 하여 사람들의 가슴을 울린다.


어머니를 생각하면

물레질소리가 들립니다

어머니를 생각하면

부엌문 여닫는 소리가 들립니다

어머니를 생각하면

마을 앞 오솔길에 매화꽃이 가득 핍니다

어머니를 생각하면

세월이 그 자리에 멈춰섭니다


…


어머니를 생각하면

어머니는 언제나

어김없이 나를 바라보시는 듯

속눈섭 가지런히 눈시울을 좁히시며

그 갈앉은 목소리로

조용히 내 이름을 부르십니다

…

어머니를 생각하면

통일될 조국이 더욱 가까워지고

은혜로운 빛발을 받으며

통일된 그날 위해 싸워가는 이 몸이

더욱더 자랑스러워집니다

시인은 어머니를 생각하면 어린 시절 고향집의 귀 익은 물레질소리며 부엌문 여닫는 소리, 동구 밖의 매화꽃이며 재 너머 능수버들 우거진 고향마을 모습이 떠오르고 조국통일을 앞당기기 위해 더 억세게 투쟁할 결의를 굳게 다지게 된다고 노래하고 있다. 서정적 주인공의 이 노래 속에는 장장 수십 년 세월 조국통일의 그날을 바라며 살며 싸워온 시인의 가슴 아픈 생활체험과 조국통일에 대한 열망이 얼마나 섬세한 시적 감정으로 표현되어 있는가. 참으로 몇 백 마디의 웨침보다 더 강하게 독자들의 심금을 울린다.

이것은 한 편의 시를 써도 시인이 얼마나 시대를 안고 몸부림치면서 시의 독특한 세계를 창조하기 위하여 모대기였는가를 잘 보여주고 있다.

시인은 시적이며 극적인 생활적 계기를 포착하여 그것을 담시와 같은 이야기 형식으로 엮는 작품들도 썼다.

시집 『흙』에 들어 있는 시초 〈단야공의 노래〉[주체48(1959)년], 「언약」[주체48(1959)년], 「탄실이」[주체44(1955)년], 「숲」[주체44(1955)년], 「집들이」[주체47(1958)년], 「웃으며 걸으며」[주체47(1958)년], 「무등산의 봄」[주체71(1982)년], 「공범자」[주체69(1980)년], 「어머니」[주체69(1980)년], 시초 〈혁명가 부부에게〉[주체64(1975)년] 등이 그러한 작품들이다.

이야기 형식의 시란 곧 서사성이 강한 시작품을 의미한다. 이런 형식의 시들은 그것이 비록 담시가 아니라 하더라도 무르익은 시적 감흥과 여운을 주고 있다는 점에서는 서정시의 본도에 어긋나지 않는다고 평가해야 한다.

시집 『흙』에 수록된 적지 않은 시작품들에는 구수한 고향의 흙냄새와 같은 향토미가 짙은 시적 묘사로 일관되여 있다. 이것은 시인의 고유한 개성적인 얼굴을 드러내게 한 또 하나의 중요한 특질이기도 하다.

향토미가 짙은 시인의 시작품들에 일관되여 있는 시인의 개성적인 얼굴은 우리 인민의 미풍량속과 고향의 향수를 자아내게 하는 자연풍경을 노래하는 데 머무르지 않고 그를 통하여 시대의 주도적인 감정을 더욱 절절히 승화시켜 그려내고 있는 데서 그 특색을 찾아볼 수 있다.

참으로 시인 김상훈은 시집 『흙』을 통하여 자기의 독특한 개성을 잘 드러낸 시인이였다고 할 수 있다.

―『조선문학』742호, 2009.8

**기타 참고문헌**

류희정, 「시인을 대신하여」, 『흙』 서문, 문예출판사, 1991.
리창유, 「민족의 의지, 세대의 량심을 뜨겁게 호소한 시인―시집 『흙』을 읽고」, 『조선문학』 562, 1994.8.
『문학대사전』, 사회과학출판사, 1999.

# 김석주

1963년부터 시를 발표하기 시작한 것으로 추정된다.
개인시집으로 『들꽃』(1985) 등이 있다.

| 시 6편 |

백두의 이름 없는 산전막들에

천지의 기슭을 걸으며

들길 우에 날은 저무는데…

창밖에 비가 와도, 눈이 내려도

수평선 저기로!

어째서인가

# 백두의 이름 없는 산전막들에

백두산 깊은 골짜기와 울창한 밀림 속
인적기와 발자취를 감춰가며
세상과 통한 한 가닥 오솔길조차 없이 살던 집,
찾아올 이도 없고 기다릴 이도 없이
깊은 산중에 숨어 살던 산전막들이여.

언제 어느 때부터였던가
하루에도 그 몇 번 먼 령길을 더듬으며 섰던 것은,
눈보라 만리 길에 언 몸을 녹여드리려
장작불 뜨끈뜨끈 구들을 덥혀놓고
이제나 저제나
백두의 산전막들은 잠 못 들고 기다렸던가.

김일성 장군님께서 유격대원들을 이끄시고
하루밤 묵어가신 그날부터
그이께서 산전막의 밤이 지새도록 들려주시던
들을수록 새 힘이 솟던 조국광복의 이야기
가슴속에 신념과 투쟁의 불씨로 살아

한 달이고 두 달이고… 때로는 일 년 열두 달
언제건 장군님께서 대원들을 이끄시고
꼭 들어서실 것만 같아
《집단부락》의 삼엄한 토성을 넘어

몇십 리 밤길에 산전막을 오르내리며
오직 그날을 믿어 살던 로인들,

마당귀에 패놓은 장작무지
산전막엔 식량과 불을 떨구어선 안 된다고
부엌에 쌀과 성냥을 간수해두고
뒤울 안엔 감자움도 묻어놓고 기다리던
아, 백두의 깊은 골짜기와 밀림 속에
이런 귀틀집들이 한둘만이였던가

한 알의 낟알조차 없이 험산 속을 걷던 간고한 나날
투사들의 기억 속에 생생히 떠오르던 산전막이여
인적 없는 골짜기와 태고연한 수림 속에
주소도, 이름도, 한 가닥 오솔길조차 없이 살아
조국광복의 큰 뜻을 받들어주고
투사들이 가는 길에 고임돌이 되여주었더라,

비 오나 눈이 오나 언제나 비여 있지 않은 집,
투사들의 손을 잡아 이끌어 들이며
장군님만 믿고 살아간다던 눈빛 빛나던 사람들
떠나는 투사들의 지름길을 대주며
령을 넘어 아득히 사라질 때까지
마당가에 섰던 사람들 백이던가 천이던가,

목숨을 바쳐 지켜가는 간고한 길…
아들이 숨지며 토성을 안고 넘었던
그 식량을 지고 왔어도 말 한마디 없었다.

바칠 수 있는 그 모든 것을 다해
유격대원들의 안전을 피로써 지켜주던
아, 잊을 수 없는 산전막의 로인들이여


백두의 깊은 골짜기와 울창한 밀림 속에
광복의 새날을 안고 오실 장군님을 기다리며
이렇게 깊어간 산전막의 밤은 얼마였던가
이렇게 잠 못 든 조국의 밤은 그 얼마였던가


언제건 꼭 들어서실 그날을 믿는 마음
김일성 장군님을 맞을 그날을 믿는 마음
백두산을 향해 귀틀집 문들을 열어놓고
아, 기다리는 산전막, 기다리는 사람들—
해빛을 기다리는 인민들에게
장군님께서는 광복의 새아침을 안고 오셨어라


| 수록지면 |

*『조선문학』 267호, 1969.1.
김석주, 『들꽃』, 문예출판사, 1985.

# 천지의 기슭을 걸으며

신비로운 채운에 싸여
하늘의 못가를 걷는다
땅에서 우러르던 곳에 내가 섰기에
너르나 너른 땅을 눈 아래 본다.

천년절벽들은 푸른 물에 비끼고
푸른 기운 칼봉들에 섬섬히 어려
장엄하고 거창함이여,
마음 절로 숭엄해진다.

인간의 모든 슬기와 장엄함이 여기 이르러
완성된 정신으로 세상 우에 솟았느냐,
여기선 걸음마다 불러낸다,
인간의 힘과 능력의 위대함을.

깎아지른 저 엄엄한 칼봉들에
사령부를 지켜 원쑤 백 놈을 당할 적에
칼날 같던 항일투사들의 기상 번뜩이고
백두 흰 산정엔 숭고한 정신이 얹혀 있다

강냉이 몇 알을 씹으며 천리를 날던 각오와
결심만 있으면 맨손으로 폭탄도 만들던
그 기적 같은 인간의 의지가

성스러운 천지에 영원하다

한번 침묵하면 저 천년절벽처럼
상상 못할 악형에도 태고의 침묵을 지키던
고결한 절개와 지조…
여기 하늘가에 머물러 절정을 이루었는가

인간의 의지와 담대한 결심으로
인간의 힘과 거대한 능력으로…
수령님의 주체사상으로 무장한
인간의 위대한 모습으로―

백두산이여, 네가 하늘 우에 있나니,
치여든 성스러운 은빛 령봉은
인류의 머리인 양
세상을 굽어 살피는 듯

오, 여기에 한 번 서본 인간은 비범해진다
백만 원쑤를 대적할 용맹 심중에 끓고
언뜻 스치는 생각조차
우주를 움직일 듯하다!

| 수록지면 |

* 『조선문학』 322호, 1974.6.
김석주, 『들꽃』, 문예출판사, 1985.

# 들길 우에 날은 저무는데…

들길 우에 날은 저무는데
멀리 마을을 바라보시며
무거운 마음을 안으신 채
오래도록 말씀이 없으시다.

현지지도의 먼 길을 지나시던 길에
잊지 않고 찾으신 그 농민이
얼마 전 우리 곁을 떠났다고 올리는 말씀에
어버이수령님께선 달리던 차를 멈추시고
들길을 묵묵히 걸으시고

무거운 슬픔을 참으시는 듯
옮기고 또 옮기시는 발자국소리,
사위는 숨을 죽이고
어둠은 조심히 내리고…

충실한 당원의 한생을 더듬으시며
쌓이고 쌓이는 못 잊을 추억,
떠나간 농민의 성실한 삶을 아끼시여
혼자 말씀이신 듯

―좋은 동무였는데 그렇게 갔구만…

토지개혁의 그해 가을 어느 날부터던가
생의 걸음걸음 이끌어 빛내여 주시며
베풀 수 있는 사랑을 다 안겨주시고도
못 잊으시여 걷고 또 걸으시는 그날의 들길—

농사일을 의논해주시며
함께 걸으시던 들길에 언덕길에
과일은 가지에 무겁고
나락은 들판에 설레여
저녁은 이렇게 좋은데 그는 가고 없는가

그날처럼 노을은 저렇게 붉은데
웃으며 달려오던 그 모습은 다시 없으니,
류달리 큰 손으로 땅을 다루던
생을 마치는 순간까지 떠날 줄 모르던
이 풍요한 벌을 영원히 떠나갔는가.

가실 길은 멀고 날은 저물었는데
못 잊으시며 떠나실 줄 모르시고
다시 또다시 당원의 한생을 아끼시여라.

—훌륭한 당원이였소…

오래도록 바라보시는 말없는 산천—
산에 들에 설레는 가을과 흐르는 향기는
이 땅에 남긴 그의 숨결과 마음이런가!
저 먼 들 한끝에서

일어서며 달려오는 황금의 가을…


아, 살아 당원의 생을 빛내여 주시고
떠난 후에도 그 한생을 빛내여 주시며
평범한 삶에 영광을 주시는 사랑이여,
그 사랑 속에 당원의 삶에 끝이 있으랴


우리 당이 떠나온 그날의 기슭으로부터
위대한 수령님의 혁명사상을 받들어 싸우다
깨끗한 삶을 바치고 떠난 당원의 삶은
이렇게 세월이 갈수록 더욱 빛나거니


어버이수령님의 위대하고 크나큰 가슴에
못 잊을 추억으로 남아 있는 당원의 한생은
영광과 행복 속에 계속되여라,
태양의 품에 영생의 꽃으로 살아.


| 수록지면 |

*『조선문학』 338호, 1975.10.
『인민의 념원』(종합시집), 문예출판사, 1976.
김석주, 『들꽃』, 문예출판사, 1985.

# 창밖에 비가 와도, 눈이 내려도

창밖에 비 뿌리고
날이 저무니
가슴 가득 떠오르는
수령님 생각

오늘은 어느 곳에 계실가
밤비를 맞으시며
그 어느 령길을 넘고 계실가
그 어느 들길을 지나가실가

그날도 그맘때 이러한 저녁
멀고 험한 밤길을 이어가셨지
쉬여서 가시였으면
비라도 그어서 가시였으면…

간절하고 송구한 우리 마음 아시고
산촌마을 농민들도 기다린다고
우리야 늘 이런 길을 걷는데
찬비를 맞지 말고 어서 들어들 가라고

불빛이 아늑한 마을을 뒤에 두시고
웃으시며 떠나시던 수령님 모습
어제도 오늘도 못 잊고

낮에도 밤에도 못 잊어

창밖에 비가 내려도
문득 이런 날 걸으실 수령님 생각
창밖에 눈이 와도 바람이 스쳐도
가슴 뭉클 젖어오는 수령님 생각

기나긴 한평생
눈비 속을 가시는 수령님
맑은 날 좋은 날은 우리에게 주시고
궂은 날 험한 날을 헤쳐가시니

락원의 강산에 행복의 꽃들이 피여도
마음속엔 내리는 백두의 눈송이
이 땅의 끝까지 사랑의 열매 주렁져도
목메여 더듬는 그 자욱자욱

아, 찬비 속에 안고 오신 사랑이여서
받아 안는 사랑이 이렇듯 뜨거웁고
찬 눈을 맞으시며 안겨주신 행복이여서
누리는 행복이 이렇듯 눈물겨운가

그래서 날이 좋으면
날이 좋아 수령님 생각
행복한 순간이면
행복에 겨워 수령님 생각

좋은 날 젖는 행복 고마운 마음
그날의 눈비 행복의 이슬로 젖어
가슴속에 끝없이 고이는 것은
맑고 깨끗하게 샘솟는 것은

언제나 그 언제나 수령님 높이 모실 생각
어느 때나 그 어느 때나 수령님 받들어갈 생각
우리의 가슴속엔
어버이수령님 생각뿐이여라

| 수록지면 |

*『조선문학』 364호, 1978. 2.
『조선녀성』 373호, 1980. 1.
김석주, 『들꽃』, 문예출판사, 1985.
『태양은 빛나라』(종합시집), 문예출판사, 1978.
『행복하여라 인민의 나라』(종합시집), 문예출판사, 1978.
『향도의 빛발 아래 (1)』(종합시집), 문예출판사, 1989.
『해방후서정시선집』(종합시집), 문예출판사, 1979.
『신념의 메아리』(종합시집), 문학예술출판사, 2004.

# 수평선 저기로!

한낮의 바다가
나는 그 청년과 바위 우에 앉아 있다

이야기보다
생각에 잠기기 좋은 때
수평선 아득히 점으로 사라지는
갈매기 날음을 쫓으며 그는 말이 없다

여기도 한 해 전엔 섬이였던 곳
이리로 오던
그 간고한 날에 대해서는
길게 말하지 않았다
래일에 대해서 조용히 이야기할 뿐

눈시울 쪼프리며 바라보던 청년
손을 들어 물 우에 뜬 두 섬을 짚었다
한 해 후면 우리는 저기 간다고
그때 오면 거기서 만나게 되리라고

그리고 다시 두 해가 지나면
두 해가 지나면 저기 간다고
저—기
수평선 멀리에 손으로 쭉 금을 긋는다

거기는 아직
인간이 걸어서 가보지 못한 곳
마치 고무장화를 신고
물 우를 걸어가기라도 할 듯
너무도 평범하게 이야기했다

해질녘 고요한 바다가
나는 다시 그 바위 우에 나와 섰다

눈앞에 기름져 번들거리는 땅이 드러났다
아, 얼마나 광대한 땅이냐
그는 말하지 않았던가
저 드넓은 간석지를 두고
욕심을 내지 않는다면 그게 무슨 청년이냐고
저 땅을 두고 떠난다면 그게 무슨 청년이냐고

청춘이여
투쟁과 랑만의 시절이여
그 모든 것을 그는 길게 말하지 않았다
그저 저기라고

저기로!
그는 너무도 평범하게 이야기했다
풍랑, 폭우, 잠을 모르는 밤
그리로 가는 길 헐치 않아도

저기

또 저기
당이 짚어준 그 지점에
그는 어김없이 가 있으리
파도 부서지는 방파제 우에
그는 웃으며 서 있으리

너 바다여
천년세월 다스리던 땅을 내놓으라
우리 당의 구상 속에 있는 새 땅
그 한 줌 흙과
청춘을 웃으며 바꿀 수 있는 이 사람들 앞에

—1983

| 수록지면 |

* 김석주, 『들꽃』, 문예출판사, 1985.
『서정시선집(1979~1985)』(종합시집), 문예출판사, 1986.

# 어째서인가[1]


류다른 나무들도 아닌데 어째서 내 못 잊는가
기묘한 바위들도 아닌데 어째서 내 못 잊는가
이름난 산천도 아닌데 내 어째서

멋있고 아름답기로 소문난 것도 아닌
그저 그런 바위, 그런 시내, 그런 벌판…
고향은 수수한 것뿐인데 내 어째서

어째서 사람들 그 땅을 지켜 목숨도 바쳤겠는가
어째서 사람들 그 땅을 가꿔 한생을 바치겠는가
또 나는 어째서 머리 희도록 고향에 바칠 시를 쓰는가

| 수록지면 |

*『조선문학』657호, 2002.7.

---

1  이 시는 시초 〈고향과 추억〉 중 한 편이다.

 # 행복의 이슬에 젖어 읊어보는 시

윤승흠

여기에 한 편의 서정시가 있다.

창밖에 비 뿌리고 날이 저물면 나도 모르게 이 시를 읽어보며 위대한 수령님을 생각하게 되고 행복한 날이면 행복에 겨워 이 시를 읊어보며 어버이수령님의 그 은정에 눈굽이 젖어옴을 금할 수 없다.

한 번 읽으면 가슴이 뜨거워오고 또 한 번 읊으면 충성의 맹세가 불타오르게 하는 시 「창밖에 비가 와도, 눈이 내려도」(김석주, 『조선문학』, 1978. 2)는 최근에 발표된 시들 중에서 가장 인상이 깊은 작품의 하나이다.

경애하는 수령 김일성 동지께서는 다음과 같이 교시하시였다.

"훌륭한 문학예술작품의 특징은 시대의 요구와 인민의 지향에 맞는 높은 사상예술성에 있습니다."

시인은 위대한 수령님을 끝없이 흠모하고 영원히 높이 우러러 모시려는 우리 인민의 절절한 넘원과 불타는 지향을 높은 사상예술적 경지에서 새로운 시적 화폭으로 진실하게 노래하였다.

창밖에 비 뿌리고
날이 저무니

가슴 가득 떠오르는

수령님 생각.


이렇게 시작된 시는 그 어떤 군더더기도 미사려구도 없이 정제된 시적 감정으로 대번에 우리의 심장을 틀어잡고 숭엄한 사색 속에 이끌어들이고 있다.

이 시에서 으뜸가는 좋은 점은 밤비를 맞으시며 머나먼 현지지도의 길을 이어가실 어버이수령님을 "어제도 오늘도 못 잊고 낮에도 밤에도 못 잊어" 하는 우리 인민의 사상감정을 매우 부드러우면서도 자연스럽게, 소박하면서도 뜨겁게 노래한 그것이다.


간절하고 송구한 우리 마음 아시고

산촌마을 농민들도 기다린다고

우리야 늘 이런 길을 걷는데

찬비를 맞지 말고 어서 들어들 가라고


보는 바와 같이 이 시에는 현란한 문장도 요란한 웨침도 아름다운 겉치레도 없다.

우리가 늘 쓰는 말 그대로 썼다. 그래서 지나치게 생활 그대로인 듯한 느낌까지 들 정도이다.

색갈도 연하고 유순한 것을 좋아하며 무용도 소박하고 우아한 것을 즐기는 것처럼 우리 인민이 애송하는 시가 어떤 시인가를 나는 자주 이 서정시를 놓고 생각해보게 된다.

시적 매혹이란 결코 붓끝에서 흘러나오는 시인의 그 어떤 '잔 재간'에 있는 것이 아니다.

무지개가 아름답긴 하지만 오래 가지 못하는 것처럼 시인의 손끝에서 씌여진 시 역시 처음엔 눈길을 끄는 것 같지만 두세 번 읽어보면 인차 무색해지고 기억 속에서 사라지고 만다.

반대로 심장으로 씌여진 시는 읽으면 읽을수록 은근히 시의 품위가 돋우어 보이고 뜨거운 포옹력과 견인력을 가지고 독자들을 끌어당긴다.

이런 시일수록 작품의 '외모'는 수수하고 소박하나 시의 '내부'는 열렬하고 절절하며 뜻이 깊고 감칠맛이 있다.

시「창밖에 비가 와도, 눈이 내려도」는 소박하고 절절한 것으로 하여 우리 인민의 정서와 구미에 맞으며 음미해 볼수록 무엇인가 생각을 깊이 해보게 된다.

시적 감정도 소박하고 시어들도 소박하며 서정의 빛갈도 맑고 부드럽다.

시가 소박하다는 것은 독자들과 인차 친숙해질 수 있는 전제조건으로 된다.

이 시가 소박한 동시에 강렬한 시적 열정을 불러일으키는 것은 현실에 대한 시인의 열렬한 시적 체험과 관련된다.

날씨가 사나우면 눈비를 맞으시며 걸으신 위대한 수령님을 생각하고 행복에 겨우면 어버이수령님의 로고를 생각하면서 감사의 이슬에 젖어 그이를 높이 우러러 충성의 맹세를 다지는 것은 우리 인민의 심장 속에서 흘러나오는 자연스러운 사상감정이다.

시인은 이 숭고한 사상감정을 절절하게 느끼였을 뿐만 아니라 다름 아닌 바로 시인 자신의 가슴속에서도 이런 열화 같은 사상감정이 더는 안고 견딜 수 없게 분출했기에 거기서 시적 충격을 받아 이런 좋은 시를 쓸 수 있었다고 생각한다.

아, 찬비 속에 안고 오신 사랑이여서
받아 안는 사람이 이렇듯 뜨거웁고
찬 눈을 맞으시며 안겨주신 행복이여서
누리는 행복이 이렇듯 눈물겨운가

그래서 날이 좋으면
날이 좋아 수령님 생각
행복한 순간이면
행복에 겨워 수령님 생각

이 시가 잘 보여주는 바와 같이 위대한 수령님을 열렬히 흠모하고 이 세상 끝까지 따르려는 가장 맑고 깨끗한 충성심을 노래하는 작품은 결코 붓끝에서 씌여질 수 없으며 또 그 충성심을 그 누가 대신하여 노래 부를 수 없다.

그러므로 시인 자신이 시인이기 전에 먼저 어버이수령님께 충성 다하는 혁명전사가 되여야 하며 투사가 되여야 한다.

나는 이 시를 읽을 때마다 우리 인민을 끝없이 사랑하시고 아끼시는 위대한 수령님의 자애로운 영상이 어려와 행복의 이슬에 젖고 또한 어버이수령님을 무한히 존경하고 따르며 천만년 대를 이어 충성 다할 우리 인민의 모습이 안겨와 감격의 이슬에 눈굽이 젖어옴을 어찌할 수 없다.

행복의 이슬에 젖어 읊어보는 시, 충성의 맹세를 다지게 하는 시, 읽고 읽어도 또 읽고 싶은 시―이런 시가 바로 따로 외우고 싶은 시이며 독자들의 사랑을 받는 시이다. 이런 시를 더 많이 읽고 싶다.

―『조선문학』370호, 1978.8

### 기타 참고문헌

류만, 「시인은 누구나 시를 쓰고 있다. 그러나…(3)―시의 다양성 문제를 생각하며」,『조선문학』,
　　　2003.1.
장정춘, 「서정시와 시인의 개성」,『조선문학』667, 2003.5.
「격찬의 마음 끝없이 불탈 때―전국문학축전에 입선한 시인 김석주 동무의 창작생활 중에서」,
　　　『문학신문』, 2006.1.14.

# 김순석

1922년(혹은 21년) 함북 청진시 라남에서 출생했다.
1947년부터 시를 발표하기 시작했다.
1974년 작고하였다.
개인시집 『영웅의 땅』(1953) 『찌플리쓰의 등잔불』(1955) 『황금의 땅』(1958) 등이 있다.

| 시 10편 |

잣나무

귀향

찌플리쓰의 등잔불

화톳불아 타올라라

원한다 고향의 길섶에 산비탈에,

황소 싸움

마지막 오솔길

어랑 땅의 노래

벽동 계선장

당

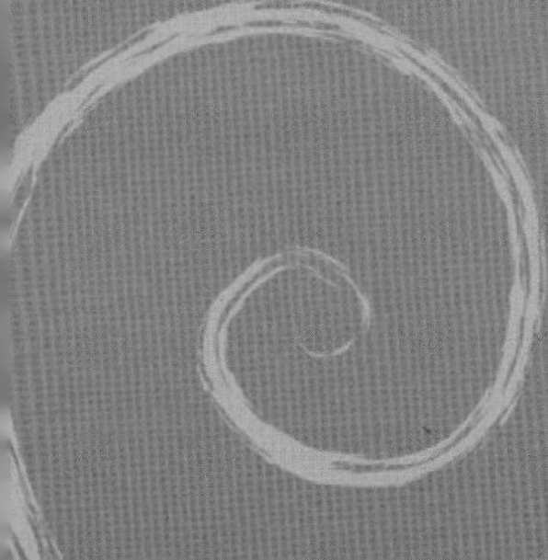

# 잣나무

잘 있었나
멀리 갈수록 마음에 가까웁던
고향이어 언덕[1] 위에 가지를 벌린
사시 푸른 나의 잣나무여

예서 얼마 못 미쳐 동구에 이르는
밭 사이 내리막길을—달려라도
달려라도 가구푼 마음 누르며
몇 해만이냐 이 언덕에 섬은

두던을 덮어 하늘에 닿은 보리밭이며
제강소의 연기 속에 네 활개를 펴고 누은……
청진 라남의 거리며
뫼를 겨누어 도라앉은 연봉을 바라며
왼 일이냐
이다지도 이다지도 마음 뛰놀른

고향을 떠나 간 곳 어나 곳인들
나를 반겨 맞은 나랏일은 있었거니
나의 젊음 흡족이 섬길
보람은 항시 컷거니

---

1  원문에는 '어덕'으로 표기되어 있다. 다른 부분에는 '언덕'으로 표기되어 있는 것으로 보아 오식인 듯하다.

몇일 휴가에 발을 돌린 고향이래서
이렇게도 마음 뛰놀믄


나서 자란 나의 집 문턱을 딛기 전에
나의 거름 스스로 이끈
언덕 위에 한 구루 잣나무여라
그 나무 곁에 굵직하니 색여넣은
몇 마디 글 자욱이어라


―너와 나의 영원한 우정의 표식으로
  두 나라의 꺼짐 없는 친선과
  번성을 위한 싸움의 맹세로


그린까
지금은 묘망한 쏘베트의 하늘 아래
고향땅 우크라이나에 뜨락똘을 달릴
벗의 이름 외의면
마음 치며 이러서는 회상[2]도 생생타


세 해 전 팔월이었지
숨맥히던 이 나라의 긴긴 밤을 깨치고
산야를 뒤덮던 은은 포성이어
포성과 함께 붉은 기 붉은 기 저으며
영용한 해방의 첫 발자욱 이 땅에 올린
제일선 상륙병 휴요돌 그린까

---

2  원문에는 '회생'으로 표기되어 있다. 오식으로 보인다. 『영원한 친선』(1949)과 『영
   광을 쓰딸린에게』(1949)에는 '회상'으로 표기되어 있다.

낮은 전진에 타도 연방 웃음 날리며
두 손 힘껏 잡아 흔들던 기억이
그 기억이 나를 그날에 이끈다
회상 속에 발구름하며 이러서는
벗의 모습이여

청진에서 라남으로 라남에서 이곳까지
그래 이곳에 몇일을 무거
패전 왜병을 모는 진격의 발구름 남으로
남으로 돌려야 하는 그날이었지

연봉엔 노을이 사려 오르고
머언 기슭을 부딧는 바닷소린
해질녘 지나는 바람에 날려
숨쉬는 듯
그날에도 너는 잎새를 설넝거렸니라

독일 전야에서의 기념이라는
마도로스 나이후는
벗의 손에서 나의 손으로
한 자 한 자에 힘과 정성을 고여
굵다라니 색였었니라

그 후 삼 년─
봐도 봐도 마음 흡족한
건설 조국의 입김
사면에 듣고 보며

묵묵한 표정 속에 맹세를 깃드린
나의 잣나무여

가지가지와 잎새 언덕을 덮고
뿌리 깊이 땅속에 뻗어
높이 하늘을 받드러라
눈보라 네 위로 달려도
사시 푸른 네 가슴 무성하니
태양을 향하여라

잊히는 않는 회상과
꺼짐 없을 나의 결의를 간직한
너 굵직한 나무결처럼
한 태양을 향하여
우러러 벗과 나 왼 인류가 맹세하는 것

자라리라 이러서는 새 나라의 젊은이
나도 더욱 강직히
언덕 위에 하냥 오르는 볓살을 받아
잎새 번적어리며
거연히 서 있는 너 잣나무처럼


| 수록지면 |

*『문학예술』 3호, 1948.11.
『영원한 친선―쏘련군환송기념시집』(종합시집), 문화전선사, 1949.
『영광을 쓰딸린에게―이.브.쓰딸린탄생70주년기념출판』(종합시집), 북조선문학예술총동맹, 1949.
『서정시선집』(종합시집), 조선작가동맹출판사, 1955.
김순석, 『찌플리쓰의 등잔불』, 조선작가동맹출판사, 1955.

# 귀향



무너진 추녀에 눈보라 울고
흩날리는 검은 잿속에 엉키여 구으는 전선줄
부서져 널린 벽돌과 기와짱만이
아득히 시야를 가리는
황량한 네거리에 나는 섰다

어느 곳으로 가나 어느 곳에 있거나
저절로 달리는 그리움 못 참아
몇 번이고 몇 번이고
마음의 손길 뜨거이 보낸

이 거리는 나의 가슴속에 항상
꽃으로 펴 있은 마음의 벗이였다
철마다 초록 칡넝쿨이 기여오르던
나의 집 흰 현관,
라이락과 아까시야 목메게 풍기던
적은 공원 록음이 묻던 좁다란 갈래길도,

하룻일 마치고 돌아오는 긴 그림자조차
노을 비긴 물결에 춤을 추던
개울물마저 지금은
그 행방을 가릴 길 없다

원쑤들은 이 거리를 쫓겨가며
주검의 거리라고 불렀다 그러나
나는 똑똑히 보고 있다
죽은 거리라 원쑤들이 부르는
나의 고향, 눈보라 우는 폐허에 서서,
살아 고동하는 고향 사람들을

그리운 옛 벗들도
총가목을 그러잡고 제 갈 길을 떠났다
반겨 귀향을 맞아줄
이웃 그리운 얼굴들도 오늘은 없다

—살아서 원쑤에게 고향을 내맡길 게면
차라리 지켜 고향의 흙으로 남자
가슴에 화약을 걸어안고
원쑤의 지휘처와 더불어 꽃으로 흩어진
이 거리의 사람들을
과연 죽은 사람이라 어찌 부르랴

어느 순간 터질지 모를
시한폭탄을 안아 내치고
넘어져 딩구는 전주를 다시
세우는 사람들—내려앉은 철교를 얹고
패워 깊숙한 폭탄 자국을 묻어
길을 닦는 안악네들,

이들에게 고요한 웃음소리도 오늘은 없다

오늘은—네거리에 넘쳐흐르던
노래소리도—
던진 것이랴 아니다
잊은 것은 더욱 아니다 다만 멈춘 것이다

더욱 우렁찰 래일의 노래를 위하여
즐거움과 향락을
증오와 시련으로 바꾼 사람들의
용감한 노래는 바로 이것이다

상처 깊은 너의 온몸이 흘린
피는 아직 식지 않았다만
고향아 견딜 수 없는
견딜 수 없는 너의 아픔은
너를 애끼는 마음을
사람들의 가슴속에 불붙여 길렀나니

나는 이제 생각치 않는다
무너진 나의 집과 눈보라 우는 폐허를,
마른 목에 물이 쓸지라도—다만
원쑤들의 잔해를 넘어 장미빛으로 붉어올
새날의 새벽만을 보리라

그날 우리는 다시 만나리라
뿔뿔히 헤여져 없는 옛 친구들은—
추녀를 잇대인 높은 양옥
가로수 설렁거리고 웃음과 노래소리

네거리에 차서 흐를 이 거리
다시 일어선 고향에서
그날 우리는 이야기하리라
끝끝내 굴복을 모른
나의 고향 사람들과 더불어
이 나라 모―든 사람들이
무엇을 바치여 어떻게
자기 고향을 지키였는가를


그날 나는
    비로소 가슴을 치밀
    설음도 슬픔도
가슴에 모두어 참고 견디인
노래에 담으리라


―1950.12. 라남

영웅의 땅 중에서

| 수록지면 |

*『문학예술』, 1952.5.
김순석, 『영웅의 땅』, 문예총출판사, 1953.
『서정시선집』(종합시집), 조선작가동맹출판사, 1955.

# 찌플리쓰의 등잔불



작은 문을 열면—
눕고 앉으시던 그의 체온이 스며 있는 듯,
나무 침대와 소박한 나무 걸상과
책상에 놓여 있는 석유등 하나…

구두에 못을 치는
서글픈 마치소리도 잦아 있는 바람벽,
실토리 감는 안 로인의
물레소리도 새여 내린 널마루 한간 방,

그대들이여! 생각하라 당신의 지난날을
그리면 쉬이 떠오르리라,
가난이 뜬김처럼 서리인 이런 한간 방은
낡은 책상 우에 이런 석유 등잔은.
잊지 말자, 여기서 쓰딸린이 나서 자랐다,
헐벗은 황야가 돌처럼 잠잘 때
오직 찌플리쓰의 땅 우에 자지 않은 하나의 심장,
오직 찌플리쓰의 땅 우에 깨여 있은 하나의 등잔불.

잊지 말자, 잠 깊은 돌을 비치며
밤마다 창밖에 흘러나간 불빛은
(그땐 아직 우리도 태여나기 전)
조선의 산야도 비치며 불탄 것을,

한없이 열린 우리의 앞날,
그 어느 때에 이 불빛을 잊을 수 있으랴.

나는 원한다—
찌플리쓰의 낮은 초지붕 아래
밤을 밝혀 꺼지지 않은
등잔불이여!
나의 가슴에 태양으로 항시 타기만.

—1954

| 수록지면 |

*『전하라 우리의 노래』(종합시집), 조선작가동맹출판사, 1955.
　김순석,『찌플리쓰의 등잔불』, 조선작가동맹출판사, 1955.

# 화톳불아 타올라라



해는 서산에 지고
벌판에 푸른 연기 뒤설레이네,
오직 불타는구나 붉은 화톳불
오직 불타는구나 화톳불 앞에
두 젊은이…

보라! 검은 눈이 서글서글한
수수한 처녀, 땋아 내린 머리채가
가슴 우에 물결친다,
얼굴이 쟁반 같은 운전수 총각이
그 어깨에 건장한 손을 얹는다.

아! 천년 묵은 황무지도
이들 앞에선 물러섰는데
아무도 한생에 그 몇 번 하지 못하는
부드러운 말
뜨거운 말소리가 들리네…

가슴 울렁거리며 이들은 이 밤
처녀지에 선물하누나
자기들이 갈아엎은 그 넓은 땅에 더하여
첫사랑의 가슴 다는 흥분도
밤에도 잘 수 없던 청춘의 먼먼 꿈까지도…

화톳불아! 세차게 타올라라
이들의 깨끗하고 굳건하고 오래일
사랑의 첫길을
온 들판이 다 보게,
온 들판이 다 알게.

| 수록지면 |

* 『조선문학』 109호, 1956.9.
김순석, 『황금의 땅』, 조선작가동맹출판사, 1958.

# 원한다 고향의 길섶에 산비탈에,

원한다 고향의 길섶에 산비탈에
온통으로 능금꽃이 만발하기를,
걸을 땐 저절로 어깨를 만지는
가문비 비술나무 느릅나무 대신에.

봄에라 내 고향 찾는 길손들
뿌린 듯 꽃내에 취해 걷기를,
무더운 여름철에 고된 나그네
가슴 풀어헤치고 그 밑에 쉬기를.

그리하여 가을이면 고향길 우에
주렁져서 드리운 붉은 능금알
가고 오는 길손들 따서 맛보게,
달디단 내 고향의 신선한 맛을.

길가에 샘물을 떠서 마시듯
임자를 찾을 소용도 없이……
울타리도 주인도 없는 사과밭
그래도 해마다 풍년 드는 사과밭,

원한다 고향의 길섶에 산비탈에
온통으로 능금꽃이 만발하기를,
그리하여 조국의 가는 곳마다에

온통으로 능금이 무르익기를.

| **수록지면** |

* 김순석, 『황금의 땅』, 조선작가동맹출판사, 1958.

# 황소 싸움

일 났구나 황소가 황소끼리 싸움 붙었네
얼룩배기 둥글소 네 발을 벋디디고
검정 점배기 뿔을 치켜세웠네
—네가 내게 견디여…… 움머……


소문난 싸움군 어느 쪽이 물러설가
뜨고 부딪치니 들판이 들썩
행길이 막히여 사람들 웅성거리는데
—아무도 참견 말아…… 움머……


때마침 들려왔네 우렁우렁
봄갈이 첨 온 뜨락똘 한 대,
갈 길이라 떡 버티고 서니
한참이나 방울눈이 치켜보다가
……얼룩배기 둥글소 냅다 빼네,
……검정 점배기 냅다 빼네,

| 수록지면 |

* 김순석, 『황금의 땅』, 조선작가동맹출판사, 1958.

# 마지막 오솔길

잘 가거라 마지막 오솔길……
네 우에 오래 서렸던 한숨같이
두 줄기 끝없는 달구지 자국도
자국에 자라 우거진 즌새 풀숭구리도

허술하고 초라하고 인적기 없어
눈에도 띠우지 않은
고향의 좁은 오솔길
마지막으로 오래 나를 걸쿠어 달라,

맨발에 밟히던 흙내음새
꼴단을 비여 지고 소를 몰며
같이 비에도 젖었던 사이,
같이 해에도 말렸던 사이,

해 뜨기 전 이슬 무렵엔
머슴의 처지가 하도 애처로워서
너는 풀잎에 나는 두 눈에
같이 눈물도 흘렸던 사이,

우리 피차에 무슨 좋은 일 있었던가
너는 덤불에 묻혀 나는 가난에 묻혀
기름 치지 않은 달구지 소리처럼

어린 날의 지꿎은 세월은 구을러 갔지……


넓은 길은 깔린다……
전선줄이 노래하며 뻗는다
뜨락똘의 가벼운 동음……
땅을 흔든다, 가슴을 흔든다.


잘 가거라 마지막 오솔길
천년 너와 함께 있자던 가난도 슬픔도,
삐꺽이던 달구지 소리도,
영원히 영원히……


| 수록지면 |

* 김순석, 『황금의 땅』, 조선작가동맹출판사, 1958.

# 어랑 땅의 노래

첫 햇빛이 산발의 물결 우에
부드러운 손길을 뻗친다.
밤을 잔 산간의 푸름한 어둠이
쓰다듬는 햇발에 자리를 내여주면…
물결이 보인다, 앞에도 뒤에도
굽이진 비탈, 휘여도는 골짜기가 드러난다,
물안개를 일쿠며 바위를 치며 부서지며
강물이 굽이친다, 굽이쳐 흐른다.

나무잎들은 들어찬 밀림에 흔들고
잎 속에서 새들도 깨어나 새벽을 맞는다,
어디선가 풍겨오는 흙냄새…
퍼지는 젊은이들의 노래소리…
청신한 노래 속의 말처럼
거세찬 물 속의 돌처럼
소리치며 온 산협이 생명에 가득 찰 때 새벽
천막에서 나와 내 산정에 섰노라……

내 만일 타곳에 태여났어도
노래 불렀으리라, 너를 찾은 나그네라도,
이런 산발, 이런 물소리, 이런 아침을 두고서는
그런데 너는 나의 고향, 나는 너의 아들.

장연 호수는 그 무슨 꿈에 잠겨 있는 듯
젖빛 안개를 옷처럼 두르고 있다
이때면 그 많은 물새들 그 몇 국경을 넘어
제 살던 고장이라 찾아오는 때
걷히는 안개 속에 집오리떼 헤여 돌고
살진 잉어떼 못가를 빙빙 에돈다
집집들의 창가에는 능금꽃이 스치고
모래 흰 길이 문턱마다 찾아 넘는다,

길은 호숫가를 굽이돌아 강가를 끼고
덱이에 올라와 처녀지에 닿았다
한 끝은 아득한 어랑벌을 지나서
평양으로, 청진으로, 또 먼 곳으로도―나그네를 청한다
나는 방금 거기서 돌아온 몸
나는 취하여 산길을 서성거린다
새로 일쿤 땅의 야릇한 냄새에
멀리서도 알 수 있는 능금꽃 냄새에,

내 설사 말 못하는 돌일지라도
노래 불렀으리라, 너와 함께 살면서
이런 호수, 이런 마을, 깨여나는 새 땅을 두고서는
그런데 나는 시인, 너는 나에게 붓을 주었다.

사슴의 푸른 눈은 조선의 하늘을 담았다,
산정의 백설은 우리 백성의 마음
거기서 물줄기는 흘러 떨어져
물살 거세찬 어랑천은 태여났다,

여기선 어느 고을 어느 골짜기에도
옛 조상들의 피 흘린 싸움의 터전을 본다,
칼날은 지금도 땅속에 더웁고
활촉은 바위 그늘에 빛나며 있다,

강물은 차 넘쳐 흐르나니 그 물결은 준다······
곡식에는 이삭을······
열매에는 집[3]을······
그리고 사람들에게는 지혜와 용기와 행복을.
그러길래 여기선 만상이 웨쳐 말한다,
—우리는 기름져 간다
우리에게로 오라 어느 고을에도 언덕에도
괭이는 번쩍이고 보습은 빛난다,

고향아 어랑아!
나의 숨결 소리를 듣느냐,
여기서는 너의 흐름 속의 나는 물방울,
여기서는 너의 밀림 속의 나는 나무잎,

내 만일 어느 먼 나라 이방 사람이라도
노래 불렀으리라 너를 안다면
이런 기개, 이런 슬기 이런 인민을 두고서는
그런데 너는 나의 조국, 나는 너의 영원한 아들.


| 수록지면 |

* 김순석, 『황금의 땅』, 조선작가동맹출판사, 1958.
『아름다운 강산』(종합시집), 조선문화예술총동맹출판사, 1966.

---

**3**　『아름다운 강산』에는 '즙'으로 표기되어 있다.

# 벽동 계선장

배가 오누나, 배가 들어오누나,
하얀 미루나무 그늘을 잠근 푸른 물'가에,
오리떼를 쫓으며, 잉어떼를 쫓으며,
떠날 사람, 보낼 사람, 맞이할 사람,
가슴속에 제가끔 제 생각을 부르며
벽동 계선장에 배가 오누나.

배'고물에 갈라지는 물'이랑처럼
진정할 날이 있었던가, 지난날에사.
실어왔느니, 광주, 순사, 류학에서 돌아오는 지주의 아들.
실어갔느니, 산에 기대여 산에 사는 사람들
괴나리보'짐에 바가지 매여 달고
하직하는 이들의 설음과 울분.

배가 오누나, 배가 들어오누나,
못 살 곳이라 울며 갔던 벽동 땅—
류로로는 400리
배'길로는 100리
오고 싶은 마음에 날개를 달고
배를 타고 질러오는 의주에서 반나절 길.

보'짐 우에 조롱조롱 눈물 흘리며
그 옛날 떠났던 막동이 또래

대학을 졸업하고 돌아오누나,
누더기 단벌옷에 짚신을 끌고
북간도로 팔려갔던 순네네 딸이
직조 공장 기사로 돌아오누나.

중앙에서 나왔던 젊은 당 지도원들
새로 지은 공장도 양어장 목장도
돌봐주고 이끌어주고 돌아가는 길.
석 달을 같이 산 인정뿐으론가,
그 옛날의 그 일들 생각이 엇갈려서
아이 어른 아낙네 온 마을이
배가 와도 닿아도 잡은 손 못 놓누나.

떠날 사람, 보낼 사람, 맞이할 사람,
그 심중이야 사람 나름이지만
오직 한 가지로 가슴속에 퍼지는 생각
당에 대한 그 생각 당이 준 제 나라 제도의 생각,
호수에 퍼지는 물'굽이처럼
가슴에 출렁이는, 가슴에 넘치는
아! 벽동 계선장에 배가 오누나.

| 수록지면 |

* 『조선문학』 193호, 1963.9.
『천리마나라』(종합시집), 조선문학예술총동맹출판사, 1964.
『해방후서정시선집』(종합시집), 문예출판사, 1979.

# 당[4]

눈은 내리고 내려서 쌓였다
추위에 떨며 얼음판에 넘어진 아이
어머니를 부르며 울고 있었다.
손을 내밀었으나 그 손 잡아 줄
아무도 거기엔 없었다.
눈물이 방울방울 괴여 떨어져
두 볼에 방금 얼어붙어도
씻어줄 손이 거기엔 없었다.
아버지는 머슴'군, 고역에 지쳐 이미 세상을 떠났고
부엌데기 불쌍한 어머니…
아이의 울음소리 듣기엔 지주'집 대문이 너무 높았다.

눈은 내리고 내려서 쌓았다.
떠나 온 몽강 남패자를 먼 먼 뒤에 두고
그보다 먼 수수 천리 장백을 바라며
대렬은 묵묵히 오고 있었다.
아무도 지난 일 없는 장설 같은 숫눈을 헤치며
배낭에 한 알의 쌀이 없는 백 날을…
만 리를 원쑤를 달고 오는 싸움의 백 날을…

우리 당은 이렇게 오고 있었다.

---

**4**  이 시는 시초 〈투사의 노래〉 중 한 편이다.

숨져가는 아이를 안아 일으키기 위하여
아이의 언 손을 잡아주기 위하여
아이의 눈물을 닦아주기 위하여.
동무여!
　그 아이는 나였다
　　너였다
　　　헐벗은 조국이였다
그날에 당은 벌써 나의 작은 손을 잡아
눈 속에서 일으켜 주었다.
자기의 젖가슴에 껴안아 언 몸을 녹여주고
방울방울 얼어붙은 눈물을 닦아주었다.
강보에 싼 애기를 기르듯
태여나는 새 조국을 또한 당은 폭풍 속에 키워 왔거니…


당
이는 나에게 있어 밤새워 찾아내는 시'구가 아니다.
생명을 건져 받은 은인만이 아니다
당
이 없이는 나도 없고
　　　조국도 없는
우리들의 숨'줄이여라
조선의 영원한 생명이여라.


| 수록지면 |

*『조선문학』210호, 1965. 2.
『해방후서정시선집』(종합시집), 문예출판사, 1979.

# 평론 시집 『황금의 땅』을 읽고

박아지


우리는 신작시집 『황금의 땅』을 읽고, 오늘 우리나라 농촌이 어떻게 사회주의의 큰길을 힘차게 전진하고 있는가를 본다.

이 시집은 시인 김순석이 자기의 고향인 어랑마을 사람들이 자기들의 피로써 지킨 고향 농촌을 사회주의적으로 개조하는 투쟁 속에 직접 뛰여들어 청년돌격대와 함께 처녀지를 황금의 땅으로 전변시키는 생활 속에서 몸으로 느낀 감격과 흥분을 차림새 없이 읊은 시편들이다.

시인이 열렬히 사랑하는 고향 어랑의 전변과 어랑에서의 감격은 오늘 우리나라 어느 농촌에나 있는 위대한 전변이며 어느 농촌에서나 느낄 수 있는 감격인 것이다. 우리는 또 이 시집 한 권을 통하여 시인이 얼마나 고향을 한없이 사랑하며 고향의 화려한 래일을 동경하며 또 그를 굳게 믿고 있는가를 본다.

고향을 사랑하는 마음은 조국을 사랑하는 마음이며, 아름다운 고향을 꾸미는 로력은 바로 부강한 조국을 건설하는 로력인 것이다. 우리는 이 아름다운 마음과 줄기찬 로력 속에서 래일에로 달리는 부풀은 랑만을 본다.

원한다 고향의 길'섶에 산'비탈에

온통으로 능금꽃이 만발하기를,

그리하여 조국의 가는 곳마다에

온통으로 능금이 무르익기를.

―「원한다 고향의 길'섶에 산'비탈에」

시인은 시집 첫머리에서 이렇게 아름답고 풍요한 고향의 래일을 념원하면서 이를 성취하기 위하여 일어선 고향사람들의 줄기찬 투쟁을 노래하고 있다.

아니어라 해도 하늘도 땅도 못 하면

큰물 사나운 바람을 막아

이 땅에서 흉년을 영영 몰아낸

조합 사람들에게 감사하여라.

―「비 개인 새벽에」

이렇게 자연을 개조하는 사람들의 위력을 노래하고 있다.

「황소 싸움」에서는 뜨락또르 앞에서 방울눈을 치떠보고 달아나는 황소들의 몰골을 묘사하였는데 우리는 여기서 사회주의의 큰길을 전진하는 농촌의 위대한 전변 앞에서 아침안개처럼 사라지는 이러저러한 낡은 것의 마지막 오솔'길을 본다. 해뜨기 전 이슬 무렵에 머슴의 처지가 하도 애처로워 꼴'단을 지고 소를 몰며 풀'잎의 이슬처럼 두 눈에 눈물을 머금고 맨발로 터벅터벅 걸어가던 오솔'길, 가난에 묻힌 목동의 신세와도 같이 덤불에 묻혔던 오솔'길은 기름 치지 않은 달구지 소리처럼 어

린 날의 지꽂은 세월과 함께 굴러간다. 그리고 넓은 길은 깔리고 전선'
줄이 노래하며 뻗는다. 뜨락또르는 땅을 흔들며, 가슴을 흔들며 다가오
고 있다. 시인은 감격과 흥분으로 이렇게 노래한다.

> 잘 가거라 마지막 오솔'길
> 천년 너와 함께 있자던 가난도 슬픔도
> 삐걱이던 달구지 소리도
> 영원히 영원히…
>
> —「마지막 오솔'길」

이것이 〈마지막 오솔'길〉 편에 흐르는 시인의 서정이요, 랑만이요,
신심이다.

다음 이 시집에 수록된 〈황금의 땅〉은 이미 세평이 있은 것이라, 다
시 이야기할 것은 없다.

그중에서 몇 편만 보자.

> 내 만일 타곳에 태여났어도
> 노래 불렀으리라, 너를 찾은 나그네라도
> 이런 산'발, 이런 물'소리, 이런 아침을 두고서는
> 그런데 너는 나의 고향, 나는 너의 아들,
>
> 고향아 어랑아!
> 여기서는 너의 흐름 속의 나는 물'방울
> 여기서는 너의 밀림 속의 나는 나무'잎.

　　이렇게 고향의 산과 물과 아침과 새와 초록과 바위와 골짜기 속에서 흔연히 동화된 황홀한 시의 경지에 도달하였을 때 이 어찌 노래의 샘이 아니겠는가? 시인 자신이 고향 어랑을 노래의 어머니라고 부르는 것은 우연한 일이 아닌 것이다. 때문에 그는

천년을 듣고 싶어라 너의 노래를
천년을 쓰고 싶어라 너의 노래를.



하고 읊은 것이다. 특히 이 〈황금의 땅〉에서는 계절조가 날아들던 장덕 무연한 황무지에 우등'불을 피우며 청년돌격대가 개간사업에 궐기하여 침침한 람루를 벗기고 풍양한 가을이 늠실거리는 황금의 땅으로 전변시키는 자연개조의 투쟁을 노래한 것은 인상적이다. 여기에는 자연개조의 승리자인 젊은이들이 깨끗하고 굳건하고 오래일 사랑의 첫길을 온 들판이 다 보게, 온 들판이 다 알게 타오르는 화토'불이 비치고 있다. 또한 하늘도 땅도 물이 그리운 삼복 가뭄에

— 자네 차렐세 어서 들게나
— 먼저 들게 내사 아까 마셨는걸…
바가지는 푸른 하늘만 담고
물은 그대로 출렁

하는 사나이의 눈'시울을 적시는 우정도 있다. 이 시집에서, 특히 〈황금의 땅〉 편에서 우리는 더 많이 인간의 아름다운 정서를 느끼며 고상한 풍모를 본다.

다음 〈가야금〉 편에서도 시인은 고향을 노래한 것이 많다. 그러나 이 차림새 없는 시인은 가장 아름다운 말, 가장 힘 있는 말을 고르고 골라 시를 지어도 번번이 무색하더라고 읊고 있다. 스스로 겸손하면서도 오히려 그 고향이 얼마나 아름다우며 위대한가를 강하게 인상 주는 것은 그야말로 꾸밈없는 시인의 소박성에 있지 않을가? 나는 이 시집을 읽으면서 생활을 긍정하고 근로를 사랑하며 희망과 자랑에 찬 락천적인 빠포쓰가 맥맥히 흐름을 본다.

그러나 그 반면에 사색의 심도가 약하고 부분적인 표현 상 어색한 점들이 있음을 본다. 「저무는 고개'길에」, 「가을 저녁에」와 같은 시편들은 하나의 소묘에 불과하다.

「벼꽃이 필 때」의 제2련은 벼와 땅의 속삭임을 직접 농사짓는 사람이 아니면 아무도 모른다는 뜻인데 너무나 장황하고 복잡한 전도법으로 하여 쉽게 리해할 수 없다.

「원한다 고향의 길'섶에 산'비탈에」의 제3련의 끝행—달디단 내 고향의 신선한 맛을—에서 보는 바와 같이 이것은 내 고향 능금의 달고 신선한 맛을 의미하였을 터인데 나타난 것은 달디단 내 고향으로 되여 있다. 이 밖에도 「북관의 봄」 마지막 련 제4행의 '총각'은 '신랑'이였어야 할 것이며 「늦은 시월도 저무럼한 때」의 끝련 첫행은 —언제까지였던가?—로 설음의 종언을 표시하여야 기쁨으로 된 가을이 더 뚜렷할 것이 아닌가? 이것들은 모두 표현상 어색한 점들이다.

그러나 이 시집 전 편을 통하여 흐르는 시인의 고향에 대한 다함없는 사랑의 감정—조국에 대한 열렬한 애정에는 조그마한 변함도 없다. 시인 자신이 말한 바와 같이 그는 아직 젊은 시인이다. 벌써 완벽을 바라는 것은 조급한 것이다. 앞날에 더 큰 기대를 두면서 이번 시집『황금의 땅』에 대한 거칠은 소감을 끝마친다.

—『문학신문』, 1958.7.3

**기타 참고문헌**

조벽암,「김순석 시집『영웅의 땅』에 대하여」,『문학예술』6-6, 1953.6.
박팔양,「시집『찌플리쓰의 등잔불』」,『조선문학』, 1955.11.
리효운,「시인의 얼굴」,『조선문학』116, 1957.4.
『황금의 땅』저자 략력 후기, 조선작가동맹출판사, 1958.
윤세평,「시문학의 부르죠아 사상 잔재를 반대하여」,『문학신문』, 1959 1.4.
박세영,「시문학의 전투적 기치를 높이자」,『문학신문』, 1959.2.1.
홍현양,「살아있는 인간의 초상」,『조선문학』, 2002.2.
『문학대사전』, 사회과학출판사, 1999.
『조선대백과사전』, 백과사전출판사, 1995~2004.

# 김시권

1929년 황해 재령에서 출생했다.
1956년부터 시를 발표하기 시작했다.
1993년 작고했다.
개인시집 『또다시 대오에서』(1964) 『전사의 영원한 길』(1983) 등이 있다.

| 시 8편 |

다시 격전의 길로

창을 열어다오

잠 못 이루는 밤

나의 노래

꼬마 탄약수

수도의 밤

수령님, 병사는 전투임무수행 중입니다

나의 중대

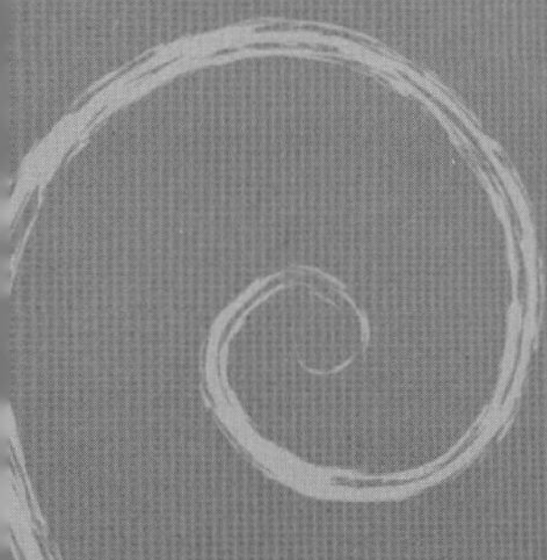

# 다시 격전의 길로

포연 가신 샘물'가에 대렬은 멈췄다.
나는 야전밥통으로 물을 떠먹고
잠시 바위에 기대였노라
군모를 벗어 땀'방울 문지르며…

맑게 푸르러 가는 하늘을 기뻐하며
먼 련봉과 후미진 릉선을 바라보는데
어디 갔느냐, 여기에 서 있던
밤나무의 푸른 잎새들
언덕마다 무늬진 병아리 산꽃들은…

아, 그슬린 아지들만 숯처럼 남았구나
내 가슴도 아파라
추석이면 밤나무 오르내리며
다박머리 누이동생에게 밤'송이 따주던 일이여!

바로 그 밤나무 내 고향 산도
이처럼 숯덩어리로 뒹굴 생각 하니
가슴 미여질 듯
내 다시 총가목 붙안고 다짐한다.

밤나무야
네 잎새들 이렇게 검은 재'가루로 날릴진대

우린들 어찌 집에서 살 수 있으랴
너는 나의 집 한 식구와 다름없이 크고 자란 것―

너를 두고 못 견디게 고향을 생각하는
내 마음 기억하라!
나는 지금 격전의 길로 떠나거니
밤나무야, 나는 기어이
마을 어린이들 네 밤'송이 주으며
철따라 언덕에 오르게 하리라.

―1951.9[1]

| 수록지면 |

*『청년문학』27호, 1958.7.
김시권,『또다시 대오에서』, 조선문학예술총동맹출판사, 1964.

---

1  『또다시 대오에서』에는 창작시기가 '1957.9'로 표기되어 있다.

# 창을 열어다오

창을 열어다오
오랜 날을 병상에 누운 나에게
친우들!
나는 풍요한 대지가 보고 싶노라

벼이삭이 춤을 추는 누런 벌이며
멀리 단풍 우거진 야산 풍경이
그리고 내 어린 시절 물'장구 치며 뛰여놀던
저 은'빛 물의 흐름을 보고 싶노라

배움도 장난질도 함께 하던 친우들아!
우리 함께 화선에서 돌아왔건만
내 그대들이 땀 흘리는 논밭에서
함께 일하지 못함이 애석하구나

그러나 나는 기쁘노라
나의 피, 산과 들에 꽃으로 피는데
우리 전호에서 꿈꾸던 그대로
이삭들은 저렇게 물'결 치는데

나는 일어나고 싶구나
나는 로동의 대오로 달려가고 싶구나
아! 저주로운 침대여!

너는 나를 붙들어 가두어 두누나


아니다 내 비록 몸은 이러하다만
내 어찌 정신이야 불구가 되였으리
나는 아직 꽃송이 청춘 나이
나는 아직 조국을 위해 살아있는 젊은 병사


나에게 자리를 내여 달라
그대들 곁에 떨어져선 살 수 없나니
그대들 땀으로 오곡을 가꿀 때
내 노래를 지어 그 오곡 춤추게 하리


창을 열어다오
오랜 날을 병상에 누운 나에게
친우들!
나는 풍요한 대지가 보고 싶노라.

−1956.9

| 수록지면 |

* 김시권, 『또다시 대오에서』, 조선문학예술총동맹출판사, 1964.
『아름다운 강산』(종합시집), 조선문화예술총동맹출판사, 1966.
『해방후서정시선집』(종합시집), 문예출판사, 1979.
『신념의 메아리』(종합시집), 문학예술출판사, 2004.

# 잠 못 이루는 밤

전등'불 나추 드려놓고
내 글을 쓰노라
입술이 타도록 담배를 피워 물며
내 생각에 잠기노라

몇 밤이 지났는가?
내 이처럼 잠 못 이룸은
담배연기는 천장에 맴돌고
새벽 닭 울음'소리 벌써 들려오는데…

아! 괴롭구나 글'귀를 찾아내기란,
허나 삶을 틀어잡은 곳에
어찌 고심이 없으랴
더우기 한 일 없는 나에게.
할 일 태산 같은 나에게.

성공도 실패도 문제가 아니여라
내 만약 이 붓을 놓는다면
내 만약 이 불을 끄고 잠든다면
얼마나 무서운 끝장이 나에게 닥쳐올 것인가?

나는 쓸모없는 불구로밖엔 남지 못하리라
나를 키워준 조국에 내 어찌 근심을 주랴!

두 눈이 다 부어도 심장은 꺼져가도 좋다!
나는 불을 끄지 않으리라
조국이 나에게 준 기쁜 숨'결
내 시행에 심장으로 뛸 때까지는…

| 수록지면 |

* 『청년문학』 27호, 1958.7.
김시권, 『또다시 대오에서』, 조선문학예술총동맹출판사, 1964.
『천리마나라』(종합시집), 조선문학예술총동맹출판사, 1964.

# 나의 노래

내 노래에 애수 흐른다고 누가 말하랴!
나는 울 줄을 모른다
나는 다만 내 심장이 시키는 대로 쓸 뿐…

나의 한 글'자는 하나의 투사
시행은 지나간 모든 힘을 다시 모아
내 못 다한 일 심장을 불태워
그는 내 가슴속에서 뛰여 나온다.

나는 시인도 가수도 아니다
나는 넓은 세상도, 많은 일도
아직 못 보았노라
나는 아직 젊은 나이에 사랑도 모르노라

그러나 나는 내 심장으로 시를 쓴다.
이 모든 것 때문에
나의 조국은 이 아들을 두고
얼마나 괴로워하는가
나는 시를 쓰노라 그 때문에…

| 수록지면 |

*『청년문학』 27호, 1958.7.
김시권,『또다시 대오에서』, 조선문학예술총동맹출판사, 1964.

# 꼬마 탄약수


무너진 전호 턱엔 중기 한 문 남았다
총신도 시뻘겋게 달아올랐다
어찌 하랴, 원쑤들의 발 앞에 샘터는 놓이고
물을 담아올 철갑모도 총탄에 뚫렸으니…

이때 저 원쑤들 앞쪽에서
한 전사의 그림자 돌연히 나타났다
사수는 놀라운 눈'길로 바라보았다
분명 그는 곱슬머리 꼬마 탄약수,

네가 아니던가, 방금까지 탄띠를 나에게 준 것은―
수북히 탄깍지들이 쌓인 싸움 멎은 전호 속에서
언제나 웃어 보이며
지금쯤은 고향에서는 감이 한창 익어갈 거라고
자랑하던 것은
그때, 어머니 젖꼭지 빨고 싶지 않느냐고
꼬마여, 가서 더 자라서 오라 했더니
그 볼웃음 짓던 얼굴엔 성이 나서
군복 어깨 높여 가슴 쭉 폈거니

오, 너는 지금 그 용맹으로 갔다 오누나
바이 죽을 수도 있는 그 샘터까지
고향 산촌의 집 문턱 앞도 아닌

탄우와 철조망을 뚫고 원쑤들의 발 앞을 찾아서

일어섰다간 쓰러지며
쓰러지면서도 배밀이로 오는 꼬마여
손에 쥔 풀뿌리가 뽑아졌느냐
왜 한 발'자국도 움직이지 않느냐

달려가 그러안은 사수의 급한 손'길이
그의 앞가슴 단추를 벗겼을 때
피에 젖은 적탄 자국,
놀라며 야전용 붕대를 꺼내는 사수를 만류하며

—어서 이 옷을 짜서—
얼마나 가슴 아파했던가, 그 어린 몸은
심장의 멎음보다 중기의 침묵을,
방열통에 끝내 물을 넣고서야
미소 지으며 눈을 감았다

아, 얼마나 많은 것을 그의 작은 가슴은 막고 있는 것이랴
먼 고향의 어머니와 동생들
자주 오고 가던 푸른 들'길과 발목에 스치던 꽃들
제 또래 동무들과 첫 글'자를 익히던 책상과 학교를

다시 세차게 불을 토하는 총탄들이여
그것은 그의 심장의 피'방울마다 살아
그대로 복수의 총탄이 되여 섬멸하는 것이 아닌가!
중기여! 더 세차게 불을 뿜어라!

꼬마가 압철을 두 손으로 누르고 있다.

—1963.4

| 수록지면 |

* 김시권, 『또다시 대오에서』, 조선문학예술총동맹출판사, 1964.

# 수도의 밤

밤이슬 차분히 가로등에 내린
수도의 고요한 밤거리로
먼 교외에서 조용히
들어오시는 그이의 승용차

불 꺼진 아빠트의 창문들엔
깊이 잠든 꿈만이 어렸는데–
어느 먼 길을 가셨다 오시는 것인가
함뿍 풀이슬에 젖은 승용차 바퀴

집집의 인민들 모두 단란히 잠재우시고
이 밤도 수령님께서는 지새우시여라
멀리 농촌의 밭머리와 공장 구내 걸으시던
그 피곤도 잊으신 채 늦게 오시는 밤길–

저 집집에 아침이 밝아오면
더 빛나는 행복의 웃음이 꽃피라고
그 창문들마다에… 조국의 래일로 생각 많으신
그 눈길을 오래오래 보내시는 수령님의 밤길

아, 백두밀림 속에 흘러드는 별무리 아래
잠든 대원들에게 모포깃을 여며주시며
조국의 래일 위해 지새우시던 수령님의 그 사랑이

이 밤 수도의 거리에 흐르고 있어라

가로등도 교통안전원도 잠에 들은
수도의 깊은 밤거리로
그 누구도 모르게 조용히 차바퀴만이
이슬 젖은 길 우에 사랑의 자욱 남기고 가누나

—1973

| 수록지면 |

* 김시권, 『전사의 영원한 길』, 문예출판사, 1983.

# 수령님, 병사는 전투임무수행 중입니다

소문도 없이
어버이수령님께서
수도의 이름 없는 집집을 찾아주실 때면
문득 저의 방문도 두드리시며
해빛 같은 환한 웃음으로
들어오실 듯한 마음

꿈속에서도 그립던 수령님을
영광스럽게 제가 뵈옵게 된다면
그이를 어떻게 맞이하며
무엇부터 말씀 올릴가
일찍이 이 병사는 돌격전의 언덕에서 피 흘렸고
스물일곱 해나마
병상에 누워 일어서지 못하거니

스스로 그려보며 생각하노라
불편한 이 몸을
그렇듯 다정히 어루만지시며
감추지 못하시는 흐리신 안색으로
심려하실 그이의 자애로운 영상—

이 몸이 지난 병사 때처럼
군모 채양 가에 손을 딱 붙이며

그이께 보고를 올릴 수 있다면
얼마나 좋으랴
―최고사령관 동지!
　병사는 전투임무수행 중입니다.


이 몸이 바라는 것
환하신 웃음으로
우리 수령님 기뻐하시게
군복 어깨 우에 전투장구 가뜬히 메고
어려운 임무를 받는 전사로
련대의 대렬 앞에 나서고 싶을 뿐,


자나 깨나 생각은 이 하나이거니
울부짖는 적탄을 뚫고
적진을 향해 육박하던 전사의 길
오직 수령님의 부르심 앞에서
청춘의 심장이 죽음도 맞받아
한없이 높뛰던
그 시각을 잊지 않노라


그 어떤 불구름도 뚫고 헤치며
육박하던 그날의 그 자세
생명이 살아 고동치는 한
수령님 주신 임무를 어길 수 없는
병사의 변함없는 이 자세


오늘도 병상을 그대로 전호 삼아

시가의 붓을 총창으로 높이 추켜들고
휘황한 새 7개년의 봉우리를 향해
새 전투대오의 앞머리에 서서
마지막 피 한 방울까지 다 바쳐
원쑤를 단죄하며
행복을 노래하는
성스러운 임무 속에 나는 있거니.

오, 문득 수령님을
영광스럽게 뵈옵게 된다면
나에게 빛나는 삶을 주시고
꺼질 줄 모르는 병사의 열정과
투지로 불타는 강철의 심장을 주신
은혜로운 어버이수령님을 우러러
진정에 넘치는 보고를 올리리라

─경애하는 최고사령관 동지!
  어제날의 병사는
  오늘도 변함없이 전투임무수행 중입니다.
충성과 투쟁의 영원한
전사의 끝없이 행복한 모습을 보여드리고 싶어라
그리고 끝으로 아뢰이고 싶어라
─어버이수령님이시여!
  더 큰 임무를
  저에게 명령으로 주십시오!
이 한마디 기쁨을 올리고 싶어
이 한마디 보고를 올리고 싶어

전사는 대렬에서 제자리를 지켜가노라


| 수록지면 |

*『조선문학』 369호, 1978.7.
『인민은 태양을 우러러』(종합시집), 문예출판사, 1979.
『해방후서정시선집』(종합시집), 문예출판사, 1979.
김시권, 『전사의 영원한 길』, 문예출판사, 1983.

# 나의 중대

그리운 중대여
정다운 병사의 고향집
꿈결에도 달려가 안기는
나의 마음을 받아준 중대여

인사를 보내노라
앉을 수도 걸을 수도 없는
반백의 이 시인을 손잡아
병사로 이끌어준 고마운 중대여

병사 시절의 그날과도 같이
푸른 군복을 갈아입고
아침 점검 대렬에
구두 뒤축을 모으며 내 마음 서나니

중대장의 호명을 받으며
시가의 총창을 메고
내가 들어설 그 자리는
대오의 그 몇 번째이냐

락동강 기슭에 전호를 파던
그때처럼 땅에 젖어도 보고
방선에 바위를 쌓던

그날처럼 어깨를 들이대고 싶구나


아, 수령님과 지도자동지의 명령
한 몸 바쳐 받드는 갑문건설전투장에
나를 세워준 그 믿음에
병사 때 싸우다 남은 피 다 바치리니


가리라, 나의 중대와 함께
격랑을 넘으며
불비도 헤치며
갑문건설의 그 돌격의 백열장으로


쓰러진들 어떠랴
나의 넋, 나의 노래는 살아
충성의 메부리
갑문 탑 우에서 빛나리니


스물에 전장에 쓰러졌던 몸
쉰 넷에 다시 전호에 세워준
그 영예 한생을 빛내리라
병사의 고향, 나의 중대여

—1985


| 수록지면 |

* 『서정시선집(1979~1985)』(종합시집), 문예출판사, 1986.
『1980년대 시선』(종합시집), 문예출판사, 1990.

# 평론 시인 김시권의 창작활동

정명희

사랑에는 충성이 따르고 믿음에는 보답이 따른다는 말이 있다.

시인 김시권은 준엄한 조국해방전쟁 시기 원쑤 격멸의 성전에서 치명상을 입고 '일생 타인의 방조'를 요구하는 몸이였지만 40여 년을 투쟁대오에서 혁명의 필봉으로 끝까지 당을 받들어 온 영예군인 시인이다.

위대한 령도자 김정일 동지께서는 다음과 같이 지적하시였다.

"작가는 당과 수령의 믿음과 기대에 보답하기 위하여 하늘이 무너지고 땅이 꺼져 내린다 하여도 오직 당을 받들어 충성의 한길을 변함없이 끝까지 걸어 나가야 하며 그 길에서 청춘도 생명도 서슴없이 바쳐야 한다."

시인 김시권은 인생의 참된 삶을 안겨주시고 문학의 꿈을 꽃 피워 주신 위대한 수령님과 경애하는 장군님의 사랑과 믿음에 더 큰 창작성과로 보답하기 위하여 생의 마지막 순간까지도 창작전투를 벌렸다.

그의 창작활동은 크게 세 단계로 구분하여 볼 수 있다.

김시권의 창작활동의 첫 단계는 주체45(1956)년 9월부터 주체62(1973)년 2월까지로서 시인이 창작적 준비를 갖추고 그에 기초하여 시 창작을 시작한 시기이다.

이 시기 창작된 작품들에는 대부분 벅찬 로동의 대오에서 시대와 숨결을 같이하려는 시인의 강렬한 지향과 열망이 그대로 노래된 것이 특징적이다. 대표적인 작품으로서 서정시 「창을 열어다오」를 들 수 있다.

작품의 첫머리에서 시인은 풍요한 조국을, 대지를 볼 수 있도록 창을 열어줄 것을 친우들에게 절절히 호소하는 것으로부터 서정의 세계를 펼쳤다.

창을 열어다오
오랜 날을 병상에 누운 나에게
친우들!
나는 풍요한 대지가 보고 싶노라

…

작품에서는 전후복구건설에 떨쳐나선 우리 인민들의 로력투쟁과 발걸음을 같이하고 싶은 심정을 예술적으로 깊이 있게 펼쳐보여주었다.

또한 작품에서 시인은 침상에 누워 일어날 수 없는 몸이지만 시대를 노래하는 '가수'가 되여 로동의 대오 속에서 살며 일하려는 지향과 굳센 의지도 강렬하게 토로하였다.

…

아니다 내 비록 몸은 이러하다만
내 어찌 정신이야 불구가 되였으리
나는 아직 꽃송이 청춘 나이

나는 아직 조국을 위해 살아있는 젊은 병사

나에게 자리를 내여 달라

그대들 곁에 떨어져선 살 수 없나니

그대들 땀으로 오곡을 가꿀 때

내 노래를 지어 그 오곡 춤추게 하리


…


현란하지는 않으나 진실한 서정적 주인공—시인의 뜨거운 마음이 담긴 작품이다. 작품은 시인 자신의 체험세계를 아무런 격식과 틀이 없이 소박하고 진실한 서정으로 설득력 있게 노래한 것으로 하여 비교적 독자들의 심금을 크게 울려 주었다.

시가의 붓, 혁명의 붓을 억세게 틀어쥐고 대오에서 삶의 보람과 기쁨을 찾으려는 서정적 주인공의 굳은 신념을 그대로 엿볼 수 있는 서정시 「창을 열어다오」!

당에서는 혁명대오에 다시 서고 싶어 하는 전사의 간절한 소망을 헤아려 평양에 올라와 문학수업도 받도록 하여 주었고 조선작가동맹 정맹원으로 창작전투를 더 적극적으로 벌려 나가도록 크나큰 믿음도 안겨주었다.

그 믿음에 고무된 시인은 혁명적 열정과 지혜로 시 창작을 진행하였으며 주체53(1964)년 10월 시집 『또다시 대오에서』를 발표하여 당원들과 근로자들, 청년들을 사회주의 건설에로 힘 있게 불러일으켰다.

시집에는 서정시 「창을 열어다오」, 「그 은혜 그 사랑」, 「잠 못 이루는 밤」, 「다시 격전의 길로」, 「나의 노래」를 비롯하여 45편의 우수한 작품들이 들어 있다.

그의 모든 시편들은 병상에 누워서 쓴 것으로서 어느 작품에서나 조국에 대한 고마움과 충성의 맹세를 읽을 수 있을 뿐 아니라 원쑤들에게 주는 시인의 무자비한 규탄의 목소리가 그대로 들려온다.

위대한 령도자 김정일 동지께서는 김시권의 시집『또다시 대오에서』를 보아주시고 누구보다 기뻐하시며 시인을 입당시켜야 하겠다고, 그는 당원이 될 자격이 있다고, 그를 정당원으로 받도록 하는 것이 좋겠다고 뜨겁게 말씀해주시였다.

경애하는 장군님의 믿음에 넘치는 말씀을 전달받은 시인 김시권은 진정할 수 없는 가슴을 안고 떨리는 손으로 붓을 잡았다. 그리고 썼다.

"삶의 기쁨―그것은 투쟁하는 데 있다.

투쟁으로 온 생애를 바칠 수 있을 때 이처럼 큰 행복이 어데 있으랴…"

영광스러운 조선로동당. 조선혁명의 전위대오에 당당히 들어선 시인 김시권은 경애하는 장군님께 충성 다하는 혁명전사로 삶을 빛내일 굳은 맹세를 다지며 창작사업에 모든 정열을 쏟아부었다.

이렇듯 창작의 첫 시기는 시인 김시권에게 있어서 로동대오에서 참된 삶을 빛내여 나갈 각오를 가지고 문학창작을 진행한 시기였으며 당의 문예전사로서 투쟁대오에 들어선 전환적 시기였다. 위대한 령도자 김정일 동지의 크나큰 사랑과 믿음은 시인에게 지칠 줄 모르는 열정과 지혜가 샘솟게 하였다.

김시권의 창작활동의 둘째 단계는 주체62(1973)년 3월부터 주체72(1983)년 7월까지로서 시인이 혁명대오에 당당히 들어선 기쁨과 긍지, 영예와 보람을 안고 수령의 전사로 자신의 삶을 더욱 빛내여 나가기 위하여 본격적인 창작전투를 벌려 나간 시기이다.

이 시기 창작된 작품들에는 혁명대오의 한 성원이 된 시인의 크나큰 기쁨과 긍지, 영예와 보람이 뜨겁게 노래되였으며 수령의 전사답게 혁명대오에서 씩씩하게 걸어나가려는 시인의 불타는 의지가 노래된 것이 특징적이다.

시인 김시권은 혁명대오와 떨어져 있는 환자로가 아니라 위대한 수령님과 경애하는 장군님의 부르심을 받들고 총을 펜으로 바꾸고 혁명대오에 서서 전진하는 전사로 살며 투쟁할 것을 결의 다지며 더 훌륭한 작품들을 창작하기 위하여 노력하였다.

이 시기 시인은 두 번째로 되는 시집『전사의 영원한 길』을 발표하였다.

시집에는 서정시「수령님, 병사는 전투임무수행 중입니다」,「위대한 수령님을 높이 모신 인민의 영광」,「4월의 봄 명절에」,「수도의 밤」,「아, 그 품에 안긴 행복이여」,「은혜로운 사랑」 등 위대한 수령님과 당에 대한 끝없는 충성심을 노래한 서정시들과 륭성 번영하는 사회주의 조국에 대한 찬가, 들끓는 로동현장에서 위훈을 떨쳐 나가는 우리 인민들의 투쟁 모습을 노래한 서정시들을 비롯하여 80여 편의 작품들이 들어 있다.

대표적인 작품으로서 서정시「수령님, 병사는 전투임무수행 중입니다」를 들 수 있다.

작품은 우리 시대 인간들은 한생을 어떻게 살아야 하는가 하는 문제성을 제기하고 어버이수령님의 전사로 그이께 충성하는 길에 참된 삶이 있다는 예술적 해답을 주고 있다.

시에 심어진 종자는 작품의 제목에서 보여주는 바와 같이 "어제날의 병사는 오늘도 변함없이 전투임무수행 중입니다"라는 것이다.

이 심오한 종자는 시인이 실지 생활체험에서 그대로 찾은 사상적 알맹이이다.

…

오, 문득 수령님을
영광스럽게 뵈옵게 된다면
나에게 빛나는 삶을 주시고
꺼질 줄 모르는 병사의 열정과
투지로 불타는 강철의 심장을 주신
은혜로운 어버이수령님을 우러러
진정에 넘치는 보고를 올리리라

─경애하는 최고사령관 동지!
  어제날의 병사는
  오늘도 변함없이 전투임무수행 중입니다
충성과 투쟁의 영원한
전사의 행복한 모습 보여드리고 싶어라

…

비록 우아한 시적 표현은 없어도 여기에는 생의 마지막까지 수령의 전사로 삶을 빛내이려는 그의 불타는 의지와 혁명적 열정이 그대로 슴배여 있다.

둘째 단계에 창작된 작품들에는 수령의 전사로 삶을 빛내려는 시인의 굳은 의지가 절절하게 노래되였으며 모든 작품들이 높은 사상예술적 경지에서 창작되였다.

김시권의 창작활동의 셋째 단계는 주체72(1983)년 8월부터 주체82(1993)년 10월 그가 생을 마칠 때까지로서 시인이 투쟁의 대오, 혁명대오의 앞장에서 시대의 기수, 나팔수로서 영예와 본분을 자각하고 현실에서 쉬임없는 창작전투를 벌린 시기이다.

이 시기 창작된 모든 작품은 침상에서가 아니라 사회주의건설 전투장을 찾아다니며 창작한 것으로서 모든 작품에는 시인의 전투적 기백, 혁명적 열정이 그대로 흘러넘치는 것이 특징적이다.

당에서는 언제나 작가들이 현실에 깊이 들어가 당의 의도를 잘 알고 그를 창작사업에 구현해 나갈 것을 절실히 요구하고 있었다.

김시권은 당이 요구하고 바라는 훌륭한 작품들을 창작하기 위하여 '침대문학'과 결별하고 혁명동지이며 안해인 권순희와 함께 사회주의건설 전투장으로 달려나가 시와 방송 마이크로 군인 건설자들을 위훈에로 불러 일으켰다.

이 시기 그는 서정시 「나의 중대」, 「축원의 인사」, 「우리의 기치」, 「삶의 노래」 등 경애하는 장군님의 높은 평가를 받은 작품들을 비롯하여 70여 편의 서정시, 송가들이 들어 있는 시집 『전사의 영광』을 내놓았다.

대표적인 작품으로 서정시 「나의 중대」를 실례 들 수 있다.

격전장에서 쓰러졌던 그 옛날의 병사를 혁명대오의 한 성원으로 받아준 중대!

시인은 작품에서 언제나 중대와 함께 위대한 수령님과 경애하는 장군님의 명령 관철에 앞장설 것을 노래하며 시의 마감을 이렇게 결속하였다.

…

스물에 전장에 쓰러졌던 몸
쉰 넷에 다시 전호에 세워준
그 영예 한생을 빛내리라
병사의 고향, 나의 중대여


보는 바와 같이 작품에는 한생을 혁명대오에서 살며 투쟁하려는 서정적 주인공의 굳은 의지가 진실하게 그리고 강렬하게 노래되였다.

이렇게 시인 김시권의 창작활동은 당과 수령께 충실한 혁명전사의 지칠 줄 모르는 사색과 탐구로 이어진 과정이며 혁명대오에서 참된 삶을 꽃 피우려는 전사의 변함없는 투쟁 과정이였다.

시인 김시권은 40여 년을 당과 수령, 조국과 인민을 위하여 자신의 모든 창작적 지혜를 다 바쳐 시집 3권, 서정서사시 2편, 방송시극 1편, 장시 22편, 서정시 600여 편, 예술산문 60여 편을 비롯하여 700여 편의 작품을 창작 발표하여 현대 조선시문학사에 뚜렷한 자욱을 남기였다.

위대한 령도자 김정일 동지께서는 그의 창작활동과 창작성과를 보고받으시고 그를 ‘김일성상’ 계관인으로, 로력영웅으로 내세워주시였으며 그가 세상을 떠났을 때에는 그에게 ‘애국렬사’라는 값 높은 칭호까지 안겨주시고 영생의 언덕에 세워주시였다.

참으로 위대한 수령님과 경애하는 장군님의 은혜로운 품에 안겨  참된 삶의 행복과 보람을 누려온 시인 김시권은 살아서 가장 큰 영광을 지니였으며 죽어서도 영생하는 고귀한 영광을 지니고 오늘도 경애하는 김정일 장군님께서 못 잊어 하시는 혁명전사로 혁명대오에서 영생하는 삶을 누리고 있다.

—『문학신문』, 2002.10.26

### 기타 참고문헌

정문향, 「추천의 말」, 『청년문학』, 1958.1.
(김시권 약력 및 근황), 『청년문학』, 1958.7, 2면.
「편집부로부터」, 『또다시 대오에서』, 조선문학예술총동맹출판사, 1964.
엄호석, 「사람은 언제나 영예롭게 살 줄 알아야 한다-김시권의 시집 『또다시 대오에서』를 읽
　　　고」, 『문학신문』, 1965.2.9.
오태정, 「보람찬 병사의 길에 꽃펴난 이야기-영예군인시인 김시권 동무의 200일 전투기록장을
　　　펼치고」, 『문학신문』, 1988.6.3.
『문학대사전』, 사회과학출판사, 1999.
『조선대백과사전』, 백과사전출판사, 1995~2004.

# 김우철

1915년 평북 의주에서 출생했다.
1931년부터 평론을, 1933년부터 시를 발표하며 문학활동을 시작했다.
1959년 작고했다.
개인시집으로 『나의 조국』(1947) 『김우철 시선집』(1957) 등이 있다.

# 祝祭(축제)

슬픈 歷史(역사)를 壁畵(벽화)로 아로삭이든 어둠의 날과
날이 머리를 우러러 한밤을 울고
밤은 깊어 沈潛(침잠)해 있을 무렵
聖(성)스런 鐘(종)소리
은은히 들려 백성들의 깊이 든 잠을 깨우다
　　　　◇　　　◇

뫼ㅅ봉오리 뫼ㅅ봉오리마다 횃불이 오르고
이윽고 黎明(여명)이 花紋(화문)을 펼 때
어듸선가 만세소리 있어 새벽하늘 찢다
　　　　◇　　　◇

얄루江(강)물처럼 흘러내리는
힌옷 입은 백성들의 행진―오호 莊嚴(장엄)한 隊列(대열)
너는 기뻐서 기뻐서 울고
나는 거리로 나아가 춤을 추었거니
하늘은 우리 겨레를 위해 淸明(청명)하였고
太陽(태양)은 우리를 위해 빛나는
微笑(미소)를 뿌려주었다
　　　　◇　　　◇

사랑하는 나의 美砂(미사)는
그의 하얀 열두 폭 치마에
鮮血(선혈)을 쏟아 太極旗(태극기)를 그렸고
그것을 휘두르며 나의 동생 英(영)이는
거리의 萬歲(만세) 행렬에 휩쓸려갔다

이마의 주름살을 펴신 아버지의 모습

오래간만에 아버지 위한 술床(상)을 채리시며

나더러 濁酒(탁주)를 사오라시는 어머니는

오늘따라 무슨 망녕이신구

오화당 말누깔 먹을 수 있다고 좋아 날뛰는 내 막내동생은

그래두 純眞(순진)하고 貴(귀)여운 어른이었다

◇ ◇

호박넝쿨 우거진 싸립문에 기대서서

敵(적)에게 끌려간 사나히의 돌아옴을

하마 고대하는 건 누나 順伊(순이)의 뒷모습인가?

삽살이 콩콩 짓고 닭이 울어 쇠통 하늘 아래는 헤쳐놓은 벌의 집이어도

順伊(순이)에는 順伊(순이)의 애틋한 祈願(기원)이 있고

사나히에게는 또 다른 渴望(갈망)이 샘물마양 솟아오름을

아하

福(복)받은 民族(민족)은 마츰내 가나안 福地(복지)로 들어갔나보

◇ ◇

나는 이 한밤 祭壇(제단)에 香(향)을 올리고

先祖(선조)의 靈(영) 앞에 꿇어 엎데어

獨立(독립)의 祝文(축문)을 낭랑히 외어드리겠사외다

| 수록지면 |

* 『영원한 악수―8·15해방기념시집』(종합시집), 조쏘문화협회, 1946.
김우철, 『나의 조국』, 문화전선사, 1947.

# 農村委員會(농촌위원회)의 밤

드메산꼴
풀섶에서 나서
바위와 같이 살아 왔드란다.

등잔불을 끄고 눈을 감으면
산비탈 돌짝 밭머리
오솔길이 서언하다.
한평생 火田(화전)을 캐먹고 살어온 어메, 아베는
가난과 시름에 쪼들려 산과 같이 늙었고.

산에서 산으로 자리뜸하며
두더쥐마냥 흙을 파헤치기 설흔 해
여편네와 조마구니 새끼를 거느리고
구름보다 높은 마음[1]에 쪼겨왔드니라

눈꽃이 휘날리는 북쪽 나라의 삼월
갓 풀린 실개천이 해방의 봄노래를 실고
산기슭을 구비 도라 싯쳐 내릴 때
토지는 밭가리하는 농민에게―
토지개혁의 우렁찬 아우성은
등을 넘고 산비탈을 감도라

---

1 '마을'의 오식으로 보인다. 이후 판본에는 '마을'로 기재되어 있다.

드메산꼴에까지 산울림 했다.


산사람들은 험준한 산발을 타고 넘어
약수터가 있는 마을의 글방에 터지도록 몰여 왔다.
일즉이 농사꾼들끼리 한자리에 몰여 살어 나갈 길을
의론해 본 적이 꿈에나 있었든가.


토지는 밭가리하는 농민에게—
칠판에 굵다랗게 토필 글씨를
한 자, 한 자, 더듬어 읽는 돌쇠 녀석은
머슴사리로 잔뼈가 굵은 농민이었다.


올봄부터는 내 땅을 가젓으니
힘껏 일해서 장가 밋천을 마련하겠수
돌쇠의 능청 마즌 롱 말에
수수한 처녀 하나 중매섭세
박첨지의 댓구는 너털웃음으로 얼치어[2]
오가는 잡담 속에 기쁨이 샘물마냥 솟는다.


눈 오는 봄 삼월달
약수터를 에워싼 농촌위원회의 밤은
산사람들의 새로운 꿈을 역그며
밤을 밝혀 웃음의 꽃으로 이루어젓다.


첫닭이 울기를 기대려

---

2   원문은 '얼치'까지만 판독 가능하다. 『나의 조국』에 '얼치어'로 표기되어 있어 이 판
    본을 따랐다.

산발을 타고 집으로 도라가
늘그신 어메 아베 앞에
이 기쁜 소식을 전갈 하리라


| 수록지면 |

*『북풍』(종합시집), 북조선예술총연맹, 1946.
김우철, 『나의 조국』, 문화전선사, 1947.
『서정시선집』(종합시집), 조선작가동맹출판사, 1955.
김우철, 『김우철 시선집』, 조선작가동맹출판사, 1957.
『해방후서정시선집』(종합시집), 문예출판사, 1979.
『조선문학』 701호, 2006.3.

# 고향으로 가는 길

산 아래 마을에서
첫 닭이 운다
智異山(지리산) 묏발
잠복거점에 엎드렸던
유격대 戰士(전사)들 일어섰다
다박솔밭을 헤치고
별빛에 들어난 오솔길을 더듬어
蟾津江(섬진강) 나룻가
나루 건너
괴뢰경찰 支署(지서)를 소탕하기 위하여…
고향으로 가는 戰士(전사)들
선참으로 내닫는다.
　蟾津江(섬진강), 蟾津江(섬진강), 구비쳐 흐르는
　고향마을의 나룻터여!

밤마다
우리의 레포를 노 저어 건네던
沙工(사공)은 어데로 끌려가고
파수막 영창에는
즘생들의 그림자 어른거림이뇨
동뚝에 가슴을 부비며
원쑤들의 동정을 가늠하노라면
흐뭇한 흙내음새

속삭이는 갈밭이여!
　　젊은 대원의 망막 속에
　　그립고 살틀한 것 슴여들어라


나서 자란 이 고장
물장구 조막패들
이 동을 막을 때 가랫삽 패거리들…
—임자네들 상처 입은 손길을 더듬어
우리 지금 이 길로 왔노라!
…젊은 대원의 미어오는 가슴엔
별그림자 드리운 강물을 건너
소작사리 뼈저리던 논뚝이 안겨왔다.
마가을 달밤에 갈카리하던 논
소결의 짝패에게 뒷일을 부탁하고
山(산)으로 들어오던 그 밤이 떠올랐다.
　　섬진강 섬진강 나루 건너
　　뽕나무 느러선 논뚝길이여!


젊은 대원은 선참 달려가
원쑤놈들의 파수막을 족치었다.
첫배에 오른 그는
노를 저어 건너편에 이르자
괴뢰경찰의 불아가리를
앙가슴으로 막아 헤치며
그는 巨人(거인)처럼 논뚝에 올라섰노라
　　나서 자란 내 고장
　　논밭을 지나 그리운 옛집이여!

고향으로 가는 길
반동을 무찌르는 이 길을
그는 탄환처럼 내닫는다.
그러나 원쑤의 총알은
그의 몸을 꿰뚫렀다
쓸어져 땅을 긁으며
젊은 대원은 외치노니
—동무들!
뒷배가 올 때까지 이 자리를…
죽엄으로 지키마 동무들은 앞으로!

이윽고 어둠을 헤치고
놈들의 支署(지서)에 불길이 치솟고
인민들의 함성을 그도 들었나니
저기 마을도 한복판
공화국 깃발 오름을 못 보고
어이 눈 감으랴
북두갈구리 열 손을 오그리며
돌아온 마을 내 땅을 후비어라
　　오매에도 못 잊던 고향집
　　내 손으로 파 세운 외양간이여!

그는 비틀거리며 일어섰다
일어섰다는 다시 쓸어지고
쓸어져서는 땅을 후비며
논뚝길을 더듬더듬
고향집으로 이끌려간다

그 어떤 모진 아픔이래서
그의 마즈막
애틋한 바램을 꺾을 수 있었으랴
별빛도 드리워
오솔길을 밝히었나니
　젖내음새 풍기는 언덕 내림
　살틀한 것 찾아 애타는 가슴이여!

뽕나무 굴을 지나
딩굴어 내린 언덕 아래
박우물이 츠렁츠렁 고였어라
수정물 핥아 혓바닥을 추길 때
피끗 분이 얼굴이 비쵔였다
유격대의 안해 된 게 죄라고
놈들이 목을 졸라 뒷산에 걸었다는—
그래 이 눈으로 익히 보자!
마침내 젊은 대원의 손길은
불타버린 옛집 주춧돌을 안았다

나서 자란 옛집
이 마당을 지켜선 白楊(백양)나무 한 그루
푸른 잎새로 별빛을 가리웠는데
　동무들…… 깃발을……
　저기 높은 가지에
　깃발을 올려다고
그의 마즈막 부르짖음
마을사람들의 고막을 울렸노라

죽엄으로 땅을 찾아준 戰士(전사)
그를 에워싼 마을사람들이여

| 수록지면 |

*『문학예술』 2-9호, 1949.9.
『한 깃발 아래에서』(종합시집), 문화전선사, 1950.
『서정시선집』(종합시집), 조선작가동맹출판사, 1955.
김우철, 『김우철 시선집』, 조선작가동맹출판사, 1957.

# 인민공화국 선포의 노래

一.　　백두산 천지에서 제주도 끝까지
　　　　새 기발 높이여 삼천만은 나섰다
　　　　산천도 노래하라 이 날의 감격을
　　　　조선은 빛나는 인민의 나라다
(후렴)　아―자유조선 인민공화국
　　　　해와 별 빛나라 조국의 앞길에


二.　　인민의 줄기찬 힘 민전에 뭉치어
　　　　새나라 헌법을 로력으로 세웠다
　　　　초목도 나붓기라 이날의 승리를
　　　　조선은 영원한 인민의 나라다


三.　　오곡은 물결치고 증산에 빛나오리
　　　　북조선 건설을 새 조선의 토대로
　　　　남북이 힘을 합해 원쑤를 부시자
　　　　조선은 부강한 민주의 나라다


四.　　권리는 인민에게 최고회의 열어서
　　　　우리의 대표로 중앙정부 세우자
　　　　민족의 영웅이신 김장군 받들어
　　　　조선은 동방에 빛나는 나라다

| 수록지면 |

* 『조쏘가곡 100곡집』(가요집), 북조선음악동맹, 1949.
『인민가요』(가요집), 국립출판사, 1950.

# 어머니의 부탁

자네들을 대하니까
내 아들 생각이 나네그려.
싸움터에서 혹시 그 애를 만나거든
이 어미의 부탁을 일러주게.

고향에선 봄갈이를 끝내고
두엄내기, 씨뿌리기에 바쁘다네.
한 치의 땅도 묵일세라
모두들 기운을 내고 있으니
싸움터를 범처럼 달리며
한 놈의 원쑤라도 더 쳐부시란다고…

저번 날엔 거름 달구지를 몰고 가다가
쌕쌔기의 지랄에 팔을 상했다네.
그런 걸 참 고맙기두 하지
만리 타국 루마니야에서 오신
의료단 선생님이 살뜰히 봐주어서
지금은 씨앗을 놓는 데두
그리 말째지는 않으이.

이런 사정을
우리 애가 알면
황소처럼 뿔을 세우고

원쑤 향해 맞받아 나아갈 걸세.


끝으로 한 마디만 더
자네들에게 할 말이 있네.
인제는 나도 주름살이 잡혀
손자놈의 재롱을 보고 싶으이.
이런 심정이 어찌 나뿐이겠나,
아들들이 원쑤를 쓸어 눕히고
고향에 돌아오는 날이면
오만가지 기쁨이 따라오겠지…
마을에서는 나보다도 처녀들이
눈이 빠지도록 그날을 고대한다네.


내 아들이 그런 눈치를
모를 리야 있겠나만
다시 한 번 그 애한테 일러주게.
눈부신 훈장 가슴에 달고
어엿하게 고향에 돌아오라더라고…


만약에 내 아들을
만나지 못하거든
고향 소식을 묻는 친구들에게
이 어머니의 부탁을 전하여 주게.


젊은이들 눈에는 삼삼 밟히리
그리운 가족과 이웃내기들이…
꿀처럼 단 박우물을 지나

고향집 안마당으로
성큼 들어설 그날을 위하여
한 놈의 원쑤라도 놓치지 않을 걸세.

―1951.5

| 수록지면 |

* 김우철, 『김우철 시선집』, 조선작가동맹출판사, 1957.
『조선의 딸―국제부녀절50주년기념시집』, 조선작가동맹출판사, 1960.

# 경애하는 수령[3]

(김일성 장군께서는 지난여름 어느 날 후방 전선을 돌아보시는 길에 영예군인학교를 찾아오셨다. 그날의 감격을 학생들은 일생 두고 잊지 못할 것이다)


몇 번 주검의 고비를 넘어온 우리는
자랑과 기쁨을 가슴 깊이 간직한다
그것은 어버이 앞에 무릎 꿇을 그날을 위하여
사랑하는 그이와의 포옹을 위하여


그러나 지금 나는 사람들을 대할 때마다
그날의 감격만은 감추어 둘 수 없다
심장의 높은 고동을 한마디로 옮기면
—김일성 장군은 우리와 함께 있다!


오매에도 못 잊는 우리의 수령은
연설을 하려고 오시지는 않았다
세상에 둘도 없는 어머니의 정으로
첫걸음을 우리의 식당에 옮기셨다


량은 알맞은가 학생들께 물어보고
맛은 어떤가 잡수어도 보고
그다음엔 침실로 걸음을 옮기며
우리들의 입은 옷을 어루만져 보셨다


---

3  『김우철 시선집』에서 이 시의 제목은 「사랑의 손길」로 바뀌었다.

바지가 찢어진 학생을 부르시며
―왜 옷이 해여졌는가?……
다정하게 물으시는데 대답을 들어보자
―급히 뛰여오다 넘어졌습니다

―좋소, 곧 기워 입으시오!
바늘과 실이 있으면 꿰매라도 주실 듯…… ·
그러나 어찌 한곳에만 머물으시랴
찬찬히 살펴가며 옮기시는 뒷모습

오셨다는 소식을 뒤늦게야 듣고
쌍지팽이 불이 나게 달려온 동무들
근위대원들처럼 그의 뒤를 따르는데
안마당 복판에 멈춫 선 김장군은―

푸른 그늘 들이운 배나무에 기대서서
가까이들 오라고 우리를 부르신다
더러는 왼팔[4]이고 쌍지팽이 짚었을망정
수령의 부르심에 무엇을 꺼리랴!

애인이 찾아왔을 적엔 어색도 하였네만
지금은 최고사령관이 우리를 부르시니
조국 위해 싸우다가 불구가 된 이 몸
오늘은 어엿하게 그이 앞에 나서자

---

4 '외팔'의 오식으로 보인다. 다른 판본에는 '외팔'로 기재되어 있다.

우리만이 아니다 수상을 뵈옵고저
논밭에서 집집에서 달려온 농민들
아낙네들은 대문 밖에서 박수를 보내오고
조무래기들은 달려오며 만세를 부른다

보라! 그이는 고향의 어버이처럼
한 학생의 손을 덥썩 잡는다
파괴된 조국 땅을 어르만지듯 그의 손과
잿빛으로 오그라든 얼굴을 더듬는다

전쟁 전에 처녀는 방직공장 직포공
야전병원에선 부상병들을 간호하던 그
원쑤의 발톱은 꽃나이를 할퀴었지만
불타는 그 눈을 김장군은 읽으신다

이것은 안타까운 위로만은 아니다
상처를 어루만지는 아버지의 손길!
이것은 원쑤에 대한 저주만은 아니다
낳아서 키워준 어머니의 아픔!

그보다도 한층 더 높은 헤아림
그보다도 한결 더 깊은 정
인민을 위해 자기를 바친 사람만이
맑고 더운 피로써 느낄 수 있는 사랑!

상처의 아픔도 짜내지 못한
눈물은 이날을 위하여 간직한 것……

그것이 앞을 가리웠다고 생각하지 말라
우리는 수령의 말씀을 심장에 새겼노니


—자아 동무들 말해보오!
무엇이 괴로운가? 부족한 것 무언가?
그이는 우리들의 손을 이끌어
어깨만이 아니라 가슴속까지 두다려준다


우리의 노래 우리의 깃발인
그이 손길이 우리 몸에 닿아 있거늘
다시 전선으로 달려가고 싶은 마음뿐
이제 우리 무엇을 그이에게 원하랴!


꽃향기 그윽한 초여름의 학교 안뜰
바람도 옷깃을 여민 배나무 밑에서
수령의 사랑을 몸으로 느낀 우리는
인민의 목소리를 다시 한 번 들었다


볕에 타고 전진에 끄슬린 김장군은
환하게 웃으시며 대답을 기다린다
이때에 한 동무 기척하고 나서며
—악기가 좀 더 있었으면 좋겠습니다!


—이것 말이지? 이렇게 하는 거……
손풍금 켜는 흉내를 내시고
웃으시며 한 걸음 더 가까이
우리 곁에 오시어 정겨웁게 돌보신다

함께 따라온 군관이 시계를 연신 보며
가시자고 다음 길 아뢰는데
—이 동무들 요구를 다 들어줘야지……
어서 품은 소원을 말해보라 하신다

바로 그때 쌍지팽에 몸을 의지한
남반부에서 싸우다가 입대한 동무
장군님 한번 뵈었으면 한이 없겠다던—
동무들이여! 그에게 길을 비켜주라!

순간 심장의 고동이 일시에 멎은 듯
썩쉼한[5] 그의 음성 뜰 안을 울린다
—장군님을 만나뵈온 저는
인제 한이 없습니다!

| 수록지면 |

*『영광의 노래—조선인민군창건5주년기념시집』(종합시집), 문예총출판사, 1953.2.
『수령은 부른다』(종합시집), 문예총출판사, 1953.7.
『서정시선집』(종합시집), 조선작가동맹출판사, 1955.
김우철, 『김우철 시선집』, 조선작가동맹출판사, 1957.
『해방후서정시선집』(종합시집), 문예출판사, 1979.

---

5   오식으로 추정된다. 『수령은 부른다』에는 '씩씩한'으로 기재되어 있다.

# 결론

매사를 가로 타고 나앉아서
결론하기 좋아하는 사나이가 있다.
보고야 누가 했던 토론이야 어쨌든
「권위」있는 그의 발언이 유일한 결론!

집체적 협의가 「무난」한 줄 아는 그는
쩍하면 벼락 회의를 소집하노니
준비 없이 달려온 하부들 앞에서
준비된 결론을 들씌우는 멋이여,

성과가 있으면 모든 것이 자기의 공
아첨쟁이의 찬사엔 귀밑이 처지고
결함이 나타나면 거품을 물고
그거야 실무에 어린 중간 간부들의 탓―

제게야 티끌 한 점 과오가 있을소냐!
생각 날 때마다 독촉하거니―
왜 못했는가? 눈알을 부라리며
덮어놓고 들씌운다… 잘못이면 하부들에게,

또다시 추궁으로 한낮이 기울고
추상같은 결론으로 하루해가 저문다
이러한 어른에게 그대가 만일

서뿔리 충고했다간 봉변을 당하리,


그래 세 살 적부터의 잘못을 발가내여
복쑤주의 락인을 찍으려고 덤비리니
그가 어떻게 피해낼 수 있으랴
그의 등 뒤에 날카로운 군중의 눈초리를!


그러나 그에게도 좋은 데가 있노니
일요일 아침 그의 집에 가보라!
어린 자식의 목마가 되여
네 발을 굽히고 방 안을 돌아간다.


여기서는 도무지 위신이 통치 않아
결론은 매양 너털웃음,
보라, 어린애 채찍질에 엉덩방아 찧거니
잘도 질들었구나, 목마 한 필!


내 원컨대 그의 행정 시간이
일요일 아침처럼 명랑했으면?…
그리고 아기를 대하는 그 눈초리로
자라는 인재들을 아껴 주었으면!

－1956.1


| 수록지면 |

*『조선문학』 102호, 1956.2.
김우철, 『김우철 시선집』, 조선작가동맹출판사, 1957.

# 군화끈을 졸라매며

명절맞이 푸른 솔문 세우고
군화끈을 졸라매노라면
불현듯 떠오르는 八(팔)년 전 그날이여
평양역전 광장으로 마음은 달려간다.

그때의 나는 아직 전사가 아니다.
학생복을 입은 열일곱 살 잡이
만세를 부르며 발돋움하여
창건된 우리 군대를 바라보았노라.

눈 덮인 언 땅을 맹세로 울리며
인민 앞으로 걸어온 군대여!
첫 군화끈을 졸라맨 그날부터
몇 천, 몇 만 리를 걸어왔는가!

사랑하는 강토가 불ㅅ길에 싸였을 제
조국은 나에게 총을 맡기였고
인민은 군화를 신겨 주었거니
그날부터 나도 전사로 싸웠노라.

잠복초에서 바라본 별빛이여
군모의 별 뜻을 일깨워 주었고
원쑤의 화점 향해 배밀이해 나갈 제

조국이여, 너의 품에 뺨을 비비였노라.


원쑤들은 놀랐으리라
우리의 묘준이 백발백중임에!
그렇다, 그것은 탄알이 아니라
천배의 증오를 재웠기 때문이다.


우리 한 번 대렬을 펼치면
밤중에도 산 넘어 백 리를 내달렸다.
어떻게 알 것이냐, 침략 도배들이
우리가 조국애로 땅을 주름잡았음을!


아 명절맞이 솔문을 세우고
다시 군화끈을 졸라매느라면
조국의 앞길이 눈앞에 어리우고
꽃보라 뒤덮일 광장이 일어선다.

−1956.2


| 수록지면 |

* 김우철, 『김우철 시선집』, 조선작가동맹출판사, 1957.

# 할머니의 편지

김우철 | 319

휴가에 다녀온 고향집에는
할머니 한 분이 계시다네,
칠순이 넘었건만 정정하시여
안팎일이며 채마밭 다루기에
오금을 아낄 줄 모르신다네,

다들 이리 오라—
그늘 밑이라 바람도 서늘하이,
어서 맛을 보게, 이 엽초는
할머니가 손수 가꾸신 것,
공장에서 수고하는 친구들과 함께
농촌 냄새 맡으라고 이르신 거네,

이태 만에 만나뵈온 할머니,
내 손을 더듬으며 하시는 말씀,
…네 동생도 이 자리에 있었으면…
    그런데 통일은 언제쯤 되나?
할미의 소원을 풀어 달라시네,

그날을 고대하는 할머니에게
자네들 같으면 무어라고 했겠나?
내가 말을 고르는 그사이에도
할머니의 눈시울엔 눈물이 고이데,

서울에 있는 막내손자가
눈에 삼삼 밟히는 모양,
…우리가 일을 잘만 하면
이제 곧 만나게 될 거야요!
나는 이렇게 위로하였네,

락동강변에 부모님을 남기고 온
성칠이, 자네는 짐작할 거네,
우리들의 가슴도 타오르는데
어버이들 심정이야 오죽하겠나,
밤이면 꿈길에도 오고갈 걸세,

남북으로 통한 길을 누가 막았나?…
할머니는 그것을 잘 알고 계시지만
손자를 머리맡에 바라보고 싶어서
만나는 사람마다 물으신다네,

…편지라도 그놈들이 오고가게 했으면
  서울애를 만나본 듯 마음이 놓이련만?…
할머니의 이 소원마저 꺾을 수 없어,
한동안 망서리다 대답을 했네,
…할 수 있어요, 할머니!
  무슨 사연을 전하고 싶으세요?

내 나이 서른에 효도는 못했어도
할머니를 거짓말로야 섬기겠는가!
당신께서 낱낱이 말씀해주신

그 편지 사연을 들어보게나,

…조합에 들은 자랑, 분배의 기쁨,
가물을 모르는 농사 이야기,
여기는 걱정 말고 잘 싸워라!
통일의 기쁜 날을 보기 전에야
어떻게 할미가 눈을 감겠느냐…

뿐만이 아니라네 그 편지엔
농기계를 만드는 우리 공장 이야기,
임자네들 자랑도 적어 넣었네,
내 동생이 그것을 읽게 된다면
결코 남의 뒤에 서지는 않을 걸세,

할머니의 간절한 사연을 담은
그 편지를 읽고 싶거든,
오늘밤, 대남 방송을 들어보게나–

우리 공장 시인 동무가
그 편지를 시로 옮겨 쓴 것,
미제와 리승만이도 막을 수 없는
간절한 편지는 동생에게 닿을 걸세,

–1956.8

| 수록지면 |

＊『조선인민은 하나이다』(종합시집), 조선작가동맹출판사, 1956.
김우철, 『김우철 시선집』, 조선작가동맹출판사, 1957.

# 공산주의자



산으로 가는 길 발자국을 묻으며
함박눈 내린다, 내려와 쌓인다.
그는 철창 안에 갇히운 몸 되였으나
사랑하는 대원들은 밀영지에 닿았으리.

혜산 경찰서 스산한 취조실—
형사의 독사눈은 그를 노리는데
공산주의자 리제순 동지는
문턱에 쌓이는 흰 눈을 바라본다.

숫눈길 헤치고 밀영지에 찾아가면
송진내 향기로운 우등불가에
아, 오매에도 그리운 우리의 장군은
두 손으로 이끌어 얼싸안으시리.

순간이 백 년인 듯 환상이 나래 칠 때
「비행기 고문」의 밧줄은 헤기운다.
—유격대의 참모부가 어디냐 말이다…
그러나 완강히 그는 머리 들고
심장으로 대답한다.
            —나는 모른다!

봄은 돌아와 三八(38)년 五(5)월달

함남도 경찰부로 끌려가던 날-
사랑하는 안해와 처음이자 마지막
리별의 순간은 다가왔어라.
어린 딸 한번 품에 안아보자!…
내여 민 두 손에 수갑은 옥죄여
입술을 깨물던 착한 아버지,
말은 없어도 불타는 눈길에서
안해는 들었노라
        -싸우라! 용감히!

함흥 감방 취조실 창밖에
록음이 우거져 그늘을 드리울 때
형사는 다시 그를 끌어내였다.
눈살을 좁히고 간살 웃음 비꼬며
-기다리는 처자가 그립지 않은가?
자백만 하라, 보석으로 놓아주마…
담배 연기 사이로 속심을 떠보는데
가슴을 치는 그의 목소리
        -나는 모른다!

두 손목에 수갑 채우고
두 발목에 쇠고랑 채웠건만
원쑤들은 그의 입에 자갈을 못 물린다.
행여나 자백을 들어볼가 하고-
그러나 야밤중 놈들이 들은 것은
굴복이 아니라 유격대 행진곡
고문을 받으면서도 그는 노래 불렀노라.

─나가자, 나가자, 싸우러 나가자!
감방에 울려 퍼진 우렁찬 노래여

공산주의자들의 그 입이 무서워
놈들은 그의 잇몸을 짓조겼다.
그러나 서대문 감방들에선
동지들의 노래소리 뒤를 이었노라.
九(9)년 악형에도 굽힐 줄 모르는
공산주의자의 눈매에 겁이 질려
놈들은 그의 눈에 흙을 덮었다.
그러나 보라, 반년도 못 되여
그의 피 스며든 이 땅 우에는
해방의 노래 끓어 번졌나니

불굴의 투사 리제순 동지여
그대는 오늘을 내다보았기에
나가자, 나가자! 노래하지 않았던가!
둥지들의 개선을 눈앞에 그리며
원쑤를 맞받아 일어선 그대여
우리도 함께 목소리 합친다.
─나가자, 나가자,
          싸우러 나가자!

─1959.2.27

| 수록지면 |

* 『붉은기발 휘날린다』(종합시집), 조선작가동맹출판사, 1959.
『해방후서정시선집』(종합시집), 문예출판사, 1979.

# 생활 긍정의 토로

『김우철 시선집』을 펼치고

**허진계**

카프의 영향하에 1930년대부터 창작활동을 시작한 시인 김우철은 당대의 량심 있는 작가들이 다 그러했던 바와 같이 자기의 온갖 창조적 에네르기를 민족해방의 위업에 바쳤으며 다가올 앞날의 려명을 노래하였다.

선집에 수록된 일련의 그의 해방 전 작품들에서 우리는 자유에 대한 동경과 생활에 대한 밝고 아름다운 리념, 그리고 이 시인의 개성적 측면의 하나인 부드러운 서정과 동화적인 환따지야의 세계를 충분히 엿볼 수 있다.

> 창공! 너는 내 마음의 자유로운 유원지,
> 흰 구름 송이송이 미역 감는 곳
> 종달새의 노래 솟았다 떨어지면
> 파아란 호심은 파문을 일으키고…
> ……………
> 창공! 너는 창조의 꿈을 안고
> 세기의 향수에 함초롬이 젖어 있거라.

—「창공」

보는 바와 같이 여기에는 시인의 자유에 대한, 창조에 대한 높은 지향과 갸륵한 념원이 서정적 색채를 통하여 한 폭의 아름다운 수채화를 이루고 있다.

다음으로 시인은 「조롱 속의 흰 비둘기」에서 자유를 잃은 조선인민의 구슬픈 운명에 대하여 피를 토하는 듯한 주정을 토로하고 있으며, 일제 통치 기반 하에서 신음하고 있던 민족의 아픔을 "날개를 다친 흰 비둘기"의 서정적인 형상을 통하여 너무나도 절통하게 노래하고 있다.

날개를 다친 흰 비둘기
하모니를 잃은 음률 하마 슬프다.
자유의 옛 깃이 못내 그리워
운명의 창'살을 온밤 쫓누나.

이 얼마나 가슴을 도려내는 듯한 서정적 형상인가! 모름지기 시인이 소유하고 있는 이러한 서정은 동화적인 환따지야를 동반할 적에 서정적 쓔제트로써 보다 더 깊은 인상을 독자들에게 준다.

실례로 시 「산'길」을 읽어 보자.

부엉이 머리 풀고 서글프게 우는 밤
노루꼬리 같은 오솔'길을 더듬어 갔었다.
.....................
불 꺼진 봉화'재 오동나무 그늘에

시 「산'길」은 지하공작을 맡은 서정적 주인공이 산'길에서 레포를 기다리는 심정을 부엉이 우는 소리, 오솔'길, 산'새와 승냥이 우는 소리, 반디'불, 불 꺼진 봉화'재, 별 등등의 동화적 환따지야와 서경 묘사를 통하여 노래하고 있으며, 일정한 서정적 쓔제트를 형성하고 있다.

이러한 시인의 개성적 특징은 해방 후 시편들에서 더욱 뚜렷한 흔적을 보여주고 있는바, 이는 두말할 것도 없이 시인이 전변된 현실과 생활의 새로운 내용을 서정세계에서 표현하려는 노력의 결과일 것이다.


산에서 산으로 자리뜸하며
두더지마냥
북데기를 파 뒤지기 서른 해,
녀편네와 조마구니 자식을 거느려
구름보다 높은 마을에 쫓겨 왔고
하늘도 좁은 골짜기에 초막을 쳤더니라.


눈꽃이 흩날리는
북쪽 나라의 3월'달.
얼음 밑에 숨쉬는 실개천이
해방의 봄노래를 돌돌… 굴려
산'기슭을 씻어 내릴 무렵.
—땅은 밭갈이하는 농민에게!…
토지개혁의 우람찬 환성은
등을 넘고 비탈'길을 감돌아
두메에까지 산울림해 왔어라.
……………

시인은 여기서 해방 후 땅의 주인으로 된 농민들의 과거와 현재를 서정 서사적 화폭 속에서 형상적으로 대비함으로써 토지개혁이 갖는 력사적 의의와 위대한 생활력을 노래하였으며, 조선인민들의 운명의 전환을 선언하였다.

구절마다 흙냄새 풍기는 산촌의 서경과 소박한 농민들의 감정 세계를 서정적으로 노래한 진실한 형상들은 그대로 시인 김우철의 해방 전후를 일관한 문학적 바탕에서 이루어졌는바, 자유와 해방에 대한 동경과 생활에 대한 아름다운 꿈은 해방 후에 이르러 생활을 적극적으로 긍정하고 새것을 옹호하는 길로 그를 인도하였다.

그리하여 그가 해방 전에 노래 불렀던 시 「창공」은 해방 후에 시 「나의 조국」으로, 시 「산'길」은 "친선의 마차 쉬염쉬염 오르는…", 시 「찬우물 고개」로 가락을 바꾸었으며, 환희와 감격에 찬 생활의 송가로서 특징지어졌다.

뿐만 아니라 시인은 미제와 리승만 도당에 의하여 짓밟힌 조국 남쪽 땅의 슬픔을 자기의 심장으로 노래하고 있는바, 여기에서도 조국과 인민에 대한 시인의 사랑이 서정적 뉴안스를 통하여 마디마디에 샘솟고 있다.

뽕나무 굴을 지나
딩굴어 내린 언덕 아래
박우물이 츠렁츠렁 괴였어라.
수정물 핥아 목을 축일 때

피끗 분이 얼굴이 비치였다.

유격대의 안해라, 그게 죄라고

놈들이 목을 졸라 뒤'산에 걸었다는—

그래 이 눈으로 익히 보자!

마침내 그의 손'길은

불타버린 옛 집 주추'돌을 안았다.

　품에 안은 옛 터의 보금자리를

　더운 피로 녹이는 그의 가슴이여!

—「고향으로 가는 길」의 한 련

전부 9련으로 된 시 「고향으로 가는 길」은 남조선 빨찌산이 자기의 근거지를 떠나 미군 지휘처를 습격하고 고향마을을 해방시키기까지의 전체과정을 서정 서사적 화폭으로 묘사함으로써 구국투쟁에 일어선 남조선인민들의 고상한 애국주의를 높은 톤으로 노래하였다.

특히 이 시에서 언급해야 할 것은 사건의 전개, 인간들의 내면세계와 행동범위, 자연묘사들이 극히 압축된 형식 속에 서정적으로 채색됨으로써 한 편의 서사시적 중량을 우리에게 안겨준다는 점이다. 항용 우리의 일부 서사시들이 서정이 빈곤하고 필요 이상 길고 따분하다는 비난이 자자한 이때, 시 「고향으로 가는 길」은 훌륭한 서정시일 뿐만 아니라 서사시로서도 연구되여야 할 흥미 있는 형식이 아닐가 생각한다.

이 밖에도 『김우철 시선집』에는 그가 전쟁 기간에 노래한 시 「사랑의 손'길」, 「어머니의 부탁」, 「밤차」, 기타 작품들이 있는바 모두가 다 시인의 개성적 측면의 하나인 풍부한 서정적 색채로 일관되여 있음으로 하여 독자들의 사랑을 받고 있다.

다음으로 우리는 시인 김우철의 다른 하나의 개성적 측면인 높은 정론적 빠포쓰와 그에 따르는 기발한 작가적 쎈스에 대하여 언급할 필요가 있다.

무릇 모든 문학작품이 그러한 바와 같이 서정시 쟌르도 이데오로기 전선의 한 초병으로서 응당 예리한 정론적 무기를 갖추어야 하며, 시사적인 문제에 대하여 기동성 있게 필봉을 돌려야 한다. 황차 그것이 우리가 말하는 '전투적' 쟌르임에랴!

시인 김우철은 이러한 의미에서 자기의 무기를 제때에 쓸 줄 아는 능숙한 전투원이며 그의 정론적 화살은 항상 독자들의 심금에 지울 수 없는 흔적을 남겨 둔다. 실례로 그의 평화 옹호 시편들을 읽어 보기로 하자.

밝은 대청 안, 어느 한 자리에
아무도 나를 부르지는 않았다,
그렇다, 나는 방청객이 아니다,
평화를 옹호하여 총을 든 사람.
………

— 「시인의 이름으로」

조선 대표가 연단에 나섰을 때
불타는 조선 땅이 배후에 일어서고
대지를 울려오는 은은한 포성!
사람들은 들었다, 고지 위의 함성을…
………

— 「보고는 끝나지 않았다」

아무도 폐회를 선언하진 않았다.

십륙억의 실천은 이제로부터…

그렇다, 회의 장소가 다만

인민들의 가슴으로 옮겨 갔을 뿐.

…………

―「비둘기」

자신이 말하고 있는 바와 같이 시인은 북경에서 열린 평화옹호대회에 참석할 기회를 갖지 못하였다. 다만 가능했다면 신문과 라지오를 통하여 그것을 알고 있었을 뿐이다.

그럼에도 불구하고 매 시편들은 진실 이상의 것을 우리에게 말하고 있다. 여기에 시인 김우철이 갖는 개성적 측면이 있으며, 무엇보다도 원쑤를 증오하고 평화를 열망하는 그의 심장이 끓고 있다.

주지하는 바와 같이 문학의 소재는 생활 속에 있다. 현실에서 보고 듣고 느낀 이모저모의 체험을 예술적으로 종합하고 형상화하는 것이 문학의 작업이다.

그러나 이 말은 사실을 꼭 그대로 체험해야만 노래할 수 있다는 교조를 의미함은 아닐 것이다.

작가에게는 현상의 진수, 생활의 본질을 파악하고 그의 체험에 기초하여 제2의 현실을 창조할 수 있는 권리가 부여되어 있다.

시인 김우철은 이러한 의미에서 자기의 풍부한 정론성과 작가적 쎈스를 동원할 수 있었고, 평화에 대한 높은 호소성으로써 독자들의 심금을 울릴 수 있었다.

마지막으로 우리는 김우철의 창작 계열에서 확실히 이채를 띠고 있는 풍자시편들을 펼쳐 보기로 하자.


　　또다시 추궁으로 한낮이 기울고
　　추상같은 결론으로 하루해가 저문다.
　　이러한 어른에게 그대가 만일
　　서뿔리 충고했다간 봉변을 당하리.


　　그러나 그에게도 좋은 데가 있노니
　　일요일 아침 그의 집에 가보라.
　　어린 자식의 목마가 되여
　　네 발을 굽히고 방 안을 돌아간다.
　　………

―「결론」


　생활을 적극적으로 긍정하는 시인에게 있어 현실의 부정적 측면은 참을 수 없는 고통으로 되며 증오의 대상으로 된다.

　우리 사회에는 아직 부분적으로 관료주의자가 남아 있다. 이들은 우리 생활의 전진을 가로막으며 인민들의 창조 생활에 저해를 주려고 한다. 우리 사회에서 이러한 관료주의자의 제거 및 개조는 그만큼 혁명사업을 위하여 유익한 일이다. 때문에 시인은 이 관료주의자를 풍자적 빠포쓰로 불사른 다음 그가 개준할 수 있는 각광을 비쳐준다.


　　내 원컨대 그의 행정 시간이
　　일요일 아침처럼 명랑했으면?…

　　그리고 아기를 대하는 그 눈초리로

　　자라는 인재들을 아껴 주었으면!


　이 얼마나 날카로운 메스이며 또한 생활을 긍정하는 시인의 뜨거운 포옹인가! 부정 인물을 비판하여 다시 긍정 인물로 개변시키려는 이와 같은 풍자적 빠포쓰는 어데까지나 새것의 옹호와 생활을 긍정하려는 시인 김우철의 높은 인도주의와 시정신이 안받침되여 있음으로 하여 더욱 강력하다.

　그럼에도 불구하고 최근에 창작된 그의 시편들은 적지 않게 독자들의 불만을 사고 있는 것은 유감으로 생각한다.

　무릇 모든 열매가 그러한 바와 같이 시의 '열매'도 철이 들면 들수록 무르익어야 하며, 맛도 빛갈도 스스로 달라져야 할 것이다. 바꿔 말해서 문학청년의 푸르고 싱싱한 정열과 습도 있는 서정은 점차 인생의 황숙기로, 철학적 사색의 깊이에로 상승되여야 하며, 오랜 생활의 체험과 폭넓은 시'적 아량, 그리고 원숙한 의장(意匠)으로써 마땅히 독자적 경지를 차지해야 할 것이 아닌가!

　이러한 의미에서 우리는 오랜 시인 김우철의 창작생활에 대하여 동지적 조언을 드려야 할 것이다.

　명절이나 기타 행사들에 바쳐진 시편들을 제외하고라도 선집에 수록된 시 「협동'벌 종'소리」, 「수양버들」, 「폭탄구덩이를 메우며」 등은 적지 않은 경우에 도식을 범하고 있거나, 생활을 안이하게 설명했거나, 그렇지 않으면 현실을 외곡하고 있다.


　　지금 울리는 저 종은

불발탄 깍지를 나무에 매달은 것

…………

우리는 그 속에서 화약을 뽑고

평화의 종으로 달아 올렸다.


　이렇듯 시인은 시 「협동'벌 종'소리」에서 폭탄깍지로 만든 종의 래력을 간단히 소개한 다음 "들으라, 아침저녁 저 종'소리 전야로 부르는 아름다운 노래여!"라고 감탄하고 있다.

　이상의 시편들은 시인이 오랜 세월을 두고 축적해 온 개성적인 쓰찔과 특징들에 의해서 연마되지 못했으며 생활을 생경하게 본 것들이다. 그러나 해방 전후를 통하여 그토록 끓는 정열과 비약의 정신으로 생활을 긍정해 왔으며, 풍부한 서정과 예리한 정론성, 그리고 신랄한 풍자로써 현실을 노래해 온 시집 『김우철 시선집』은 우리 독자들을 흥분시키며 아름다운 서정을 안겨준다.

―『조선문학』 126호, 1958.2

### 기타 참고문헌


『김우철 시선집』 저자 략력, 조선작가동맹출판사, 1957.
「고 김우철 동지」, 『문학신문』, 1959.6.21.
리병무, 「조국해방전쟁 시기 인민군 군인들과 인민들의 영웅적 투쟁을 노래한 김우철 시문학의 사상정서적 특성」, 『조선어문』 151, 2008.8.
『문학대사전』, 사회과학출판사, 1999.
『조선대백과사전』, 백과사전출판사, 1995~2004.

# 김정곤

1964년부터 시를 발표하기 시작한 것으로 추정된다.
2인시집 『정든 땅에서』(1985) 등이 있다.

| 시 7편 |

어머니의 말

천만 사람을 부시수로 불러 세우며

전투장에 아버지가 있다

땅을 분여받은 날 밤에

위대하신 품

행진

이삭에게 주는 사랑가

# 어머니의 말

감방 복도로부터
살창을 향해 다가오는 아들의 모습을
어머니는 미소 짓고 지켜보시면서
청와대로 달려가던 그 숨'결 소리를 듣습니다

언제인가 여기서 이렇듯 만나셨습니다―
일제 간수에게 불려나온 남편도,
품에 안고 온 아기를 굽어보면서
《걸음마 떼는 걸 보고 싶소.》
오늘 그 아들의 걸음을
어머니 혼자 지켜보고 계십니다

잔등에 커가는 아들의 숨'결 키우며
갖은 고초를 겪어 오신 수난의 길이여
세상에 내세운 아들이
분노의 파도 선두에서 달려가던 날,
어머니는 들으셨습니다―
《…맨 앞줄이 제 자리입니다!》

아, 어머니 잔등에 한 줄기 온기를 주던 가는 숨'결이
온 남녘에 열풍을 휘뿌리지 않았습니까
그 숨'결, 그 폭풍을 안고
아들은 철창 속에 도고히 서 있습니다

그 숨'결, 그 폭풍을
원쑤들이 가라앉힐 수 있단 말입니까

어머니는 말없이 쓸어 올리십니다
세찬 폭풍에 흩날린 그 흰 머리를
그 깨끗한 머리칼 한 오리 한 오리에
자랑과 신념의 넘침이여!

여기서 남편이 하던 말을 회고하시면서
어머니는 마음을 가다듬고 말하십니다

《…네 자리를 지켜라!》
사람마다 제 자리를 찾고
제 자리를 버리지 않을 때
험악한 세상을 끝내리라는 생각…
아—그것이 어머니의 피어린 한생이 얻은
변함없는 생각입니다![1]

| 수록지면 |

* 『조선문학』 214호, 1965.6.

---

1  시의 끝에 '필자—원산사범대학 교원'이라 표기되어 있다.

# 천만 사람을 부사수로 불러 세우며[2]

조군실 영웅의 동상 앞에서

언제면 편히 그대를 쉬게 하랴
두 팔은 적탄에 잃었어도
위장망 벗지 않은 채
중기만은 한가슴에 붙안고 있는 병사여


압철을 누른 그 부서진 이발은
칡뿌리 씹으며 굳어진 이발이 아닌가
방순 너머로 불을 쏟는 그 눈빛은
팔려가는 누나를 바래우며 삼키던
그 눈물 속에 번뜩인 원한이 아니냐


…군화의 흙을 떨고 조용히
저 긴 복도 우로 걸어가리라던
그 때문에 그 때문에 피 흐르는 다리로도 일어섰던 그대,
푸른 하늘이 비낀 학창과 그 너머 바다…
그것은 모두 우리에게 넘겨주고
어찌하여 아직도 압철만은 놓지 못하고 있는가


아! 못다 눕힌 원쑤를 두고
쓰러지면서도 압철을 물고 다시 일어선 병사여
지금도 부사수에게 말하듯이

---

2  『판가리싸움에』와 『조선은 하나다』에서 이 시의 제목은 「천만 사람을 결전에로 불러 세우며」로 바뀌었다.

나에게 재촉하는 그대의 목소리
《탄약을 더 재우라!》


그 원쑤들이 이 땅에 아직도 남아 있기에
천만 사람을 부사수로 불러 세우며
중기를 붙안고 소리치는 병사여
그 목소리 격침처럼 이 가슴을 친다!


가슴을 친다!
불타는 눈으로 마지막 순간에도
조문 우에 붙들어 세운 그 원쑤
그 원쑤의 마지막 한 놈까지 내 밟아 눕히고
병사여! 언제면
아 그 언제면 내
그대를 편히 쉬게 할 수 있겠느냐.


| 수록지면 |

* 『조선문학』 232호, 1966.12.
『판가리싸움에』(종합시집), 문예출판사, 1968.
『조선은 하나다』(종합시집), 문예출판사, 1976.

# 전투장에 아버지가 있다

김정곤

들끓는 전투장에 전화가 왔다
모를 일이다
산부인과 병동에서 로장을 바꾸란다.

불이 붙는 쇠장대를 그냥 이끈 채
로장이 수화기를 들더니
저 봐라,
입귀에 웃음이 건너간다

장독 같은 아들이라누나
첫 울음소리에 병동 유리창이 와들거렸단다
판에 박은 용해공 감이라고
어느 산파의 입심 좋은 소리
《이름을 뭐라고 지을가요?》
그만 수화기를 쥔 로장 덤덤히 섰다
이름을 뭐라 지을가!…

(이름을 뭐라 지을가…)
태여난 아기의 새 이름을 생각하며
지금 자기가 서 있는 자리를 생각하며
로장의 마음은 뜨겁다.

그 어느 산마루였던가,

마지막 탄창을 갈아 넣으며 그때는
누군가 가리워주는 철갑모 밑에서
전지불에 읽어가던 안해의 편지
《…이름을 뭐라고 지을가요.》
별처럼 돋아나던 글자를 지켜보며
온 전호가 밝아지며 들썩이며
전사들의 집체토의에 붙였더라, 맏이의 이름은.


꺾어진 철근에 제대배낭을 벗어 걸고
오백 자 굴뚝에 연기를 뽑기 전에는
땅에 내리지 않겠노라
밤이고 낮이고 하늘에서 자고 식사도 하던 그날
노을이 불타던 아침이였다.
굴뚝 밑에서 손나발을 대고
축포처럼 오르던 로공들의 합창
《간호장 감이래요―
  이름을 뭐라구 지을가아―》


아, 전투와 전투구역을 넘어서며
또 새 전투의 불길 한복판에서
이렇게 수화기를 쥐고 선 우리 로장
그 얼굴에 웃음이
흐뭇이 어리누나


아가야 지금
아버지는 네 곁에 없어도 그 언제나
돌격의 최선두에 아버지를 세워둔

정말이지 너는 얼마나 행복하냐,

네가 첫 자욱을 떼여놓을 땅과
네가 쳐다볼 푸른 하늘과 산마루
네가 활개 쳐 갈 창창한 공산주의 래일을
너의 요람가로 밀어오고 있는 그곳에
아기야, 지금
아버지는 전투장에 있다.

| 수록지면 |

* 『조선문학』 300~301(합본호), 1972.8.

# 땅을 분여받은 날 밤에[3]


한끝을 기울이면 쏟아져 내릴 듯
하늘엔 별무리 별무리…
춘삼월이라 들엔
어디선가 입 떨어진 개구리 소리…

땅!
장군님 주신 내 땅
삼천 평!


어머니는 이 밤에
다시 만져보고 쓸어보고
흙을 쥐여 또 맡아보고 품어보고…

땅!
땅이 무엇이라고
한 뙈기 제 땅이 없어
이 산비탈 돌 밑에 아버지를 묻고
그 밑에 남편과 세 목숨을 더 묻고
모진 운명이 여기에 또 비끄러매였던가!


아, 이 땅을 다 짊어지고 일어설 수 없어,

---

3   이 시는 연시 〈위대하신 품에 안겨〉 중 한 편이다.

가슴에 붙안고 차마 집으로 갈 수 없어
두고서는 차마 한 발자욱도 옮길 수 없어
어머니는 아예 땅을 안고 누우시네

그러자 그 언제인가
첫 애기를 재우던 그 밤처럼
마음은 속삭이고 노래 부르고 싶어…
어머니는 가슴을 헤쳐
대지에 젖을 물리고 싶고…

아, 땅이 어머니를 안았는가
어머니가 땅을 품었는가
땅도 어머니도 위대한 품에 안겨
말도 없이 깊어가는 밤

어머니는 잠이 드셨네
서른 살에 처음 발편잠을 자고 있네,
　고요한 밤
　　별 많은 밤…


| 수록지면 |

＊『조선문학』 343호, 1976. 3.
『잊지 말자, 행복할수록』(종합시집), 문예출판사, 1976.
『해방후서정시선집』(종합시집), 문예출판사, 1979.
김정곤 · 리금녀, 『정든 땅에서』(2인시집), 문예출판사, 1985.
『금수강산』 8호, 1990. 3.
『조선문학』 701호, 2006. 3.
『통일문학』 72호, 2007. 1.
『청년문학』 592호, 2008. 3.

# 위대하신 품[4]

춤을 추듯 노래 부르듯 즐거운 물결에 싸여
평양역으로 어머니가 걸어나온다,
금별메달 번쩍이는 젊은이와 이야기도 주고받으며
그 어느 초소 사단을 거느린 장령과 인사도 나누며

버들꽃이 하얗게 뿜어 오른 역전광장
한 줄기 가로수 잎을 흔드는 바람도
깊은 생각을 불러내는
당중앙위원회 정문으로 굽이쳐간 이 길!

어머니가 걸어간다,
감자 한 말 보리쌀 열 되 고르던 그 손에
온 농장의 수확량과 전망을 쥐고 간다

한 자 한 자 편지지 우에 써가던 그 밤을 거쳐
쉰 살에 대학을 졸업한 어머니
지금은 경영일군이 되여 걸어간다

아, 험악한 세월의 비탈길에 삭정이처럼 버림받던 운명이
지금은 광휘로운 삶의 한복판으로
제 운명을 틀어쥔 주인으로

---

4  이 시는 연시 〈위대하신 품에 안겨〉 중 한 편이다.

한 나라의 대의원이 되여 걸어간다


제 걸음으로 들어선 길이 아니다
오, 아니다!
주검처럼 시꺼먼 굴욕의 나락에서
광명의 언덕으로 안아 세워주신 위대하신 품


어버이수령님 품에서
그처럼 도도한 걸음씨와 권리와 존엄을 받았고
그 품에서 쏟아져 내리는 주체의 빛으로
그처럼 맑은 눈과 담력과 미래를 지니였으니


그이 한 분께 운명을 맡기고
그이 한 분만을 우러러 걸어가는 길!


오, 이 발걸음들이 력사를 떠밀어가고
운명을 개척해가고
우주를 정복해간다


…어머니가 걸어간다
곁에 나란히 금별메달 번쩍이는 젊은이
사단장과 그 어느 구역에서 온 돌격대원 처녀
그 무슨 동화 같은 새 품종을 연구한다는 박사…


당중앙위원회 정문이 마주보인다
소리치는 심장
높뛰는 맥박

어머니는 가슴에 손을 얹는다

아아, 위대하신 품!
어버이수령님 품에서 태여난 아들딸들을 향해
창문들이 열린다
빛발이 쏟아져 내린다!

| 수록지면 |

*『조선문학』 343호, 1976.3.
김정곤 · 리금녀,『정든 땅에서』(2인시집), 문예출판사, 1985.

# 행진[5]


행진이다
《1211고지》 농업전선
포전을 누비던 걸음들이
운동장을 구른다

가슴팍엔
농장 명찰
활개 치는 두 팔에선
벌바람이 일렁인다

뿌리는 비
쏟는 뙤약볕을
농립모 한 겹에 다 받으며
논뚝을 이랑을
메주 밟듯 하던 이들

오늘은 농립모
잠간
말코지에 걸어놓고
하얀 운동모 아래
웃음을 날리며

---

5   이 시는 시초 〈승패에 대한 시〉 중 한 편이다.

취주악에 발걸음 맞추니

미덥구나
그처럼 겹겹 어려움 밀려와도
나라의 쌀독 품에서 놓지 않고
온 벌 살지우며 검붉어진 저 얼굴
변색을 모르는 땅빛을 닮았는가

활기 넘쳐흐르는 대오
풍년이삭 떠실은
배미들이
둥둥 운동장에 떠가는가

관람석이 일어선다
들꽃이 날아내린다
머리수건 눈굽에 대이며
목이 메여 손 흔드는 녀인들

행진이다
참호 없는 전선
오늘의 《1211고지》에서 내려온
주공전선의 기둥선수들!

아! 손벽으로는 모자라
군민체육대회장 저 하늘가에
축포 가득
쏴 올리고 싶다

| 수록지면 |

* 『조선문학』 619호, 1999. 5.

# 이삭에게 주는 사랑가[6]

이삭아
너 아니면
내 어이 제대되여
이 벌로 왔겠느냐
랑만에 찬 건설장을 옆에 두고
대학으로 가는 층계를 아니 오르고
군화에 묻은 전호의 흙을
전야에 내려서서 털었겠느냐

중대식당 근무의 밥이 잦던 아침
우리 취사장에 들리신 어버이장군님
행주 두른 나를 보며 수고한다고
병사들 먹는 밥을 나도 좀 보자고
얼른 가마를 한번 열어 보라고…

호박을 썰어 섞은 밥을
차마 보이기 송구스러워
젖은 손으로 취사복 자락을
비틀며 어쩔 줄 몰라 하는데
《어서 열라》고
끝내 가마 안을 보여드릴 때

---

6  이 시는 연시 〈전야의 사랑가〉 중 한 편이다.

안색을 흐리시던 영상
뚜껑을 닫으려는 나의 손 잡아 멈추시고
그냥 자리 뜨지 못하시는 어버이
해종일 이 마음엔 하늘이 흐리여
그이를 모신 영광의 기념사진
일생에 한번이나 있을 이 자리에
중대가 다 밝게 밝게 웃는데
나만은 마음이 무거워 웃지 못하고 찍었다

이삭아
내 이 벌에 온 것은
식성도 한창 왕성하여
돌도 넣으면 와작와작 소화시켜
《곱배기》란 낱말도 나온 병사들에게
호박밥을 끓이던 그 아픔만이 아니다

온 나라가 다 아는
젖 뗀 아이들도 또랑또랑 외우는
그 때문에 실농군들 죽어서도 눈감지 못하는
전선길에 우리 장군님 드시는
가슴 에이는 줴기밥의 혁명일화도
종당에는 너로 하여 생긴 이야기 아니냐

너로 하여
총잡은 사단과 련대들이 전연을 떠나
전투 장구에 모줄을 휘감아 엎고
벌을 향해 강행군을 하고

아이들까지 학교 문을 나서서
소랭이 밑굽에 구멍이 나도록 벌을 돕지 않느냐


너로 하여 탐스런 머리태 엄청난 보짐에 묻고
녀인들이 밤길을 걸었고
봉쇄환이란 독뱀을
우리 허리에 휘감으며
제국주의 악종들이 악을 토하지 않느냐


이삭아 이삭아
그 때문에
내 목숨 같은 총을 놓고
너와 인연을 맺었으니
너는 나의 억만 자루 총!
참호에서 총알을 세이듯
이제는 하나, 둘… 열… 열둘…
포기를 세이며 너를 키우련다


두엄을 주고
체온을 주고
펄펄 끓는 가슴에
너를 싸안으며
아껴 아껴 입김을 불며 너를 가꿀 테다


이삭아
땀을 달라면 깡그리 땀을 줄 테다
살점을 달라면 살을 떼 줄 테다

갓 서른 오르도록 입 밖에도 못 내본
사랑! 그 사랑이 필요하다면 사랑을 줄 테다
지어 목숨을 내라면 목숨까지도 바칠 테다

하늘같은 이 사랑! 이 직성!
이삭아 무거이 무거이 감아 싣고
좔-좔-쌀소나기를 쏟아붓자
땅 밑에선 동이 같은 감자알을
땅 우에선 2모작 3모작 알찬 오곡을
하늘 메이게 쌓아올려

쏟아붓자 좔-좔-
전연중대 쌀창고가 넘치게
집집의 쌀독이 터지게
려관집 상다리가 부러지게
국수집 사리가 멎지 않게

쏟아붓자
안으로 뚫어가던 혁띠구멍이
밖으로 나오며 뚫어지게
허리띠 조이며 숨겨둔 주름들이
다림질한 듯 매끈하게 펴이게
아이들 앵두볼이 팡-팡 소리나게

우리 장군님 수없이 만나시는
병사들과 어린이들
로동자들과 과학자들

너무도 싱싱 혈색이 좋아[7]
마주하시면 만족하게 웃으시게

녀인들 치렁치렁한 머리끝에
꽃수건이 춤을 추며 흩날리게
봉쇄환의 독뱀을 감던 악종들
넋을 잃고 죽어 자빠지게

이삭아 내 무엇을 더 말하겠느냐
초소에서 나의 사랑은
번호 새긴 총이였다
제대군인 총각 한마디 더 한다면
나의 사랑은 이삭, 이삭은 내 사랑
배후자 선택에 무슨 소개자가 필요하랴
이삭을 온몸으로, 온 일생으로 사랑하는 처녀
그런 처녀 내 사람으로 만들 테다!

| 수록지면 |

*『조선문학』 639호, 2001.1.

---

7  원문에는 '좋와'로 표기되어 있다. 오식으로 보인다.

# 시인은 누구나 시를 쓰고 있다. 그러나…(3)

## 시의 다양성 문제를 생각하며

**류만**

시의 다양성 문제를 생각해 본다. 기본적으로 두 측면에서 이야기될 수 있을 것이다. 서정의 다양성 문제가 그 하나이고 시형식의 다양성 문제가 다른 하나라고 말할 수 있다.

여기서는 서정의 다양성 문제를 생각해 본다.

서정의 다양성 문제는 우리 시문학의 풍만한 개화 발전과 시인의 창작적 개성의 다양성과 뗄 수 없이 련관되어 있다. 우리 시문학 전반이 다양해야 하는 것은 물론 매 시인의 경우에 있어서도 서정은 다양해야 한다.

시인의 개성도 서정의 다양성 속에서 더 잘 살아난다. 말하자면 시인은 대체로 매번 새로운 대상을 잡고 거기서 체험되고 환기된 느낌을 가지고 시를 쓰게 되는데 설사 한 시인의 경우라 할지라도 번마다 시는 종자나 주제사상적 내용은 더 말할 것도 없고 구체적 형상이나 미세한 정서적 색갈에 이르기까지 다양해야 하는 것이다.

위대한 령도자 김정일 동지께서는 다음과 같이 지적하시였다.

"시에서는 서정적 주인공의 모습이 뚜렷하여야 하며 다른 사람이 대신할 수 없는 독특한 정서세계가 펼쳐져야 한다."

대상에서 받는 충격과 느낌, 대상에 대한 정서적 감수에 맞게 자기의 독특한 정서세계를 펼치며 시를 이렇게도 쓰고 저렇게도 쓰는 것이 준비된 시인의 자질과 능력, 개성을 보여주는 것이 아니겠는가.

례컨대 시인 조기천에게는 「조선은 싸운다」, 「불타는 거리에서」와 같은 시가 있는가 하면 「흰 바위에 앉아서」, 「휘파람」과 같은 시도 있다. 그렇다고 해서 그의 작가적 개성을 이야기하는 데서 「조선은 싸운다」나 「불타는 거리에서」만 념두에 둘 수 없으며 마땅히 「흰 바위에 앉아서」나 「휘파람」에도 낯을 돌려야 하는 것이다.

보면 시적 자질이 높고 개성이 뚜렷한 시인일수록 시적 대상에 대한 정서적 체험과 느낌을 심화하여 시를 다양하게 쓰지만 그렇지 못할 때 대상의 다양성에도 불구하고 시가 한 본새로 씌여지거나 다양성이 보장되지 못하는 결과를 빚어내게 되는 것이다.

최근의 시들을 읽으면서 우리 시인들이 시의 다양성 문제에 응당한 관심을 돌려야겠다는 생각을 가지게 되였으며 그것이 이러저러하게 모색되고 실현되여 가고 있다는 것을 느끼게 되였다.

(…중략…)[1]


우리 시문학의 다양성 문제를 생각하면서 나는 인상깊이 새겼던 시인 김정곤의 련시 〈전야의 사랑가〉(『조선문학』 주체90년 1호)를 이번에 다시 펼치였다. 60나이에 이른 시인이 청년들의 발랄한 련정 세계를 방불하게도 그렸다고 생각했다.

---

1  이 부분에서는 오영재의 시들을 다루고 있다.

흔히 말들 하기를 시인의 경우 나이 들면서 '시가 잘 안 된다'는 것이 통례로 되여 있다. 시는 서정의 문학, 열정의 문학이기 때문에 감수가 예민하고 열정이 넘쳐나는 젊은 시절에 더 적합한 것이지 나이가 들면 아무래도 시적 감각이나 열정이 젊은 시절과는 같지 않다는 것을 념두에 두고 하는 말일 것이다. 십분 리해가 가는 말이다.

그러나 련시 〈전야의 사랑가〉를 읽으면 꼭 그런 것은 아니라는 생각이 든다. 련시를 비롯한 김정곤의 최근 시들을 보면서 나는 어느 면에서 그의 시 창작이 젊은 시절보다 지금 더 왕성하고 그 서정세계도 다양하고 풍부해지고 있다는 것을 느끼게 되였다.

시 「수령님께서 우리 마을에 계시다」, 「천만 사람을 부사수로 불러 세우며」를 비롯하여 시인으로서의 존재를 드러내던 1960년대의 시들에서 감정의 꾸밈이 아니라 섬세한 생활감정의 집요한 추구로 주정을 열정적으로 토로해 나간 특성을 보여준 그는 1970년대와 1980년대에 와서 자기의 서정세계를 더욱 다양하고 풍만하게 가꾸어 나갔다. 이 시기에 그는 토지개혁의 력사적 전변에서 체험세계를 새롭게 심화하면서 생활을 폭넓게 안으면서 사색을 철학적으로 심화해 간 련시 〈위대하신 품에 안겨〉를 썼는가 하면 당의 품속에서 새롭게 꽃 펴난 인간의 운명 문제를 사색적으로 추구해 간 시 「잠 못 드는 밤」도 썼으며 창조적 로동의 기쁨과 환희, 우리 인민들의 가슴속에 지열처럼 끓고 있는 충성의 열정을 절절하게 토로한 시 「아버지는 전투장에 있다」, 「기쁨」 등 다양한 주제의 많은 작품을 썼다. 이 작품들에서 그는 참신한 시상과 군소리 없는 정제된 감미로운 시어들로 시의 정서를 깊은 사색 속에 다정다감하게 펼치는 특성을 보여주면서 거기에 랑만적 색조가 선명하게 비끼게 하였다.

그의 시에서의 이러한 특성은 1990년대 시작품들에서 그대로 이어지면서 그것이 보다 자유분방하게 원숙한 경지에 이르고 있음을 찾아볼 수 있다. 특히 최근에 오면서 그의 시들에서의 다정다감성, 자유분방성은 보다 두드러지게 나타나고 있는데 주체88(1999)년에 창작된 시초 〈승패에 대한 시〉가 그러하며 여기서 이야기하려는 련시 〈전야의 사랑가〉가 그러하다. 시인이 좀 더 일찍부터 이런 시들도 많이 썼더라면 그의 시세계가 더 풍만하고 시인의 개성적 면모도 더 이채롭게 되였을걸 하는 생각도 들지만 그것은 여담으로 치고 련시 〈전야의 사랑가〉의 서정세계를 살펴보기로 하자.

고상하고 아름다운 사랑의 감정은 우리 시대 청년들의 사상정신세계를 더욱 윤택하게 하며 서정의 다양성에 보탬을 준다.

그래서 지난 시기 많은 시인들이 제 나름으로 다양한 사랑의 시를 써왔다.

이런 일반적인 견지에서 보면 련시 〈전야의 사랑가〉도 그런 시에 속한다고 볼 수 있다. 그러면서도 련시의 시들을 읽으면서 새롭게 받게 되는 인상은 사랑은 사랑이면서도 그것을 선군시대의 혁명적 군인정신이 맥박 치는 시대감정으로, 헌신의 로동 속에서 싹트고 자라는 마음 속 애정의 자연스러운 정서로 그리고 웃음도 있고 롱담과 익살도 있으며 또 사색도 비낀 락천적인 생활감정으로 잘 노래하였다는 것이다. 제대군인 총각과 그의 일 본새며 사람됨됨에 저도 몰래 끌려드는 처녀와의 사이를 련정 관계로 설정하고 생활정서적으로 파고든 것은 발견도 있고 착상도 좋으며 형상적으로도 잘 노래되여 있어 감미로운 시로 흐뭇이 감수된다.

시인은 청년들의 련정 세계를 그리면서 그것을 일부러 꾸미거나 과

장하지도 않고 생활 그대로의 진실도 재현하였다.


노을 진 시내가에
하얀 매바위
염소몰이 처녀 그린 듯 앉아있고
총각은 성큼성큼 징검돌 넘어오고


세벌김 잡고
마을로 돌아오는 처녀들
열두 쌍 눈길이
살촉같이 날아가네


어마나
감집 제대군인 총각
그 언제
샘집 분이와 눈이 맞았을가


…

저것 봐 멋진 회초리
주는 척 잡은 손
에그머니 쑥 빼며
고개 돌린 분이…


축포의 포물선인 듯

어깨 우엔 실버들 휘늘어지네

야—부럽네

하지만 아니 본 듯 돌아가자요

—시 「돌아가자요」에서

한 폭의 담담한 그림을 련상시킨다. 그 그림도 더없이 감미롭지만 거기에 전야의 사랑 '장면'을 엿본 마을처녀들의 새침한 심정에서 터져나온 "야—부럽네 / 하지만 아니 본 듯 돌아가자요"라는 주정 토로가 보태짐으로써 화폭은 한결 생활적으로 정서 깊게 락천적인 느낌을 준다.

로동의 보람, 삶의 기쁨과 환희, 아직은 숫저운 사랑의 뜨거움이 참으로 가슴 후덥게 안겨 온다.

생활을 현상 그대로 그리는 듯 하면서도 거기에 깊은 의미와 뜨거운 정서를 담아 그 생활의 희열과 보람, 아름다움을 자연스럽게 떠올린 것은 이번 련시에서 두드러지게 나타난 시인의 장기인 듯 싶다.

시 「돌아가자요」도 그렇지만 시 「비구름만 봐도」와 「사랑풍경」에서도 느껴지는 것이 그것이다.

"소낙비에 물살이 세"져 "주먹들 씽씽 굴리는 여울 앞에 / 가도오도 못하고" 서 있을 때 돌연히 나타나 양들이며 자기까지 안고 "돌진하는 땅크 기세"로 여울을 건네여 준 "제대군인 그 동무"를 못 잊어 "…양떼 몰다 하늘에 비구름만 보아도 / 실개천들이 굴던 여울목 생각 / 간지럼 타면서도 가닳는 마음 끝엔 / '언제 또 소낙비에 물이 불어날가…'" 고 생각하는 처녀의 마음은 얼마나 엉큼하면서도 사랑스럽고 또 미덥고 진실한가. 그런가 하면 시 「사랑풍경」에서는 보뚝에 깜박 잠든 처녀와 소형발전소 건설장의 쪽잠 든 총각 사이에 서로를 생각하는 마음에 실려

“날개 돋혀” 날아가고 날아온 솜외투에 깃든 사연을 두고 서로들 “머쓱해” 할 때 그것을 내려다 본 “동산 마루 / 머리 들던 해 / 구름 뒤에 숨어 / 벙실 웃”는 모습을 마치도 아동영화의 멋진 한 장면처럼 익살스럽게 그려 ‘사랑풍경’의 진미를 한껏 느끼게 해준다.

제대군인 총각과 처녀의 생활과 사랑도 진실하고 ‘재미’있게 그리고 생활과 사랑의 정서도 짙게 풍기게 한 것도 좋았지만 그 생활과 사랑을 누리는 인간들의 자기 직업과 로동에 대한 애착과 헌신, 생활 속에서 무르익는 사랑의 뜨거움 그리고 그 인간들의 정신세계의 고상함과 아름다움이 시대정신의 높이에서 훌륭히 부각되여 더 좋았다.

제대군인 총각의 사람됨됨과 일 본새, 그에 대한 처녀의 매혹은 바로 선군시대를 선도하는 군인정신과 선군시대 인간들에 대한 례찬이며 그 사상정신적 풍모의 높이에 대한 생동한 시적 일반화가 아니겠는가.

시의 형상은 가볍고 경쾌하고 때로 웃음도 익살도 있지만 그 속에서 힘 있게, 뜨겁게 느껴지는 것은 선군시대 청년들의 아름다운 사상정신세계이다.

런시의 마지막 부분에 있는 시 「이삭에게 주는 사랑가」를 더 살펴보자.

시인은 앞에 놓인 8편의 사랑가와는 그 정서적 색채와 격조가 다르게 여기서는 ‘이삭에게 주는 사랑가’를 부르고 있다. 지금까지 ‘제대군인 총각’으로밖에 달리 불리우지 않던 그의 모습은 여기서 이삭과 맺어진 하많은 사연을 안은 제대군인—서정적 주인공으로 나타났다. 폭넓게 주정화되여 토로된 그의 체험과 느낌, 생각은 매우 심오하며 절절하다.


이삭아
내 이 벌에 온 것은

식성도 한창 왕성하여

돌을 넣으면 와락와락 소화시켜

'곱배기'란 낱말도 나온 병사들에게

호박밥을 끓이던 그 아픔만이 아니다


온 나라가 다 아는

젖 뗀 아이들도 또랑또랑 외우는

그 때문에 실농군들 죽어서도 눈감지 못하는

전선길에 우리 장군님 드시는

가슴 에이는 줴기밥의 혁명일화도

종당에는 너로 하여 생긴 이야기 아니냐


너로 하여

총잡은 사단과 련대들이 전연을 떠나

전투 장구에 모줄을 휘감아 없고

벌을 향해 강행군을 하고

아이들까지 학교 문을 나서서

소랭이 밑굽에 구멍이 나도록 벌을 돕지 않느냐

…

이삭아

땀을 달라면 깡그리 땀을 줄 테다

살점을 달라면 살을 떼 줄 테다

갓 서른 오르도록 입 밖에도 못 내본

사랑! 그 사랑이 필요하다면 사랑을 줄 테다

지어 목숨을 내라면 목숨까지도 바칠 테다

'고난의 행군', 강행군 시기에 우리 모두가 체험하고 생각했던 생활의 진실 그대로이다. 더우기 "중대식당 근무의 밥이 잦던 아침 우리 취사장에 들리신 어버이장군님"께 "호박을 썰어 섞은 밥"을 보여드려 "안색을 흐리시던 영상"을 뵈옵게 된 가슴 아픈 사연이 있어 서정적 주인공－제대군인의 체험세계는 더없이 진실하고 절절하며 뜨겁게 안겨 온다.

시인은 이삭과 관련한 서정적 주인공의 자유분방한 주정 토로를 통하여 선군시대 청년들의 시대적 자각과 사명감, 참된 삶에 대한 지향과 리상을 훌륭히 일반화하였다. 마치도 제대군인 총각에 대한 처녀의 매혹이 바로 이런 높고 아름다운 정신세계에 있다는 듯이－

이 시는 비교적 긴 시라고 볼 수 있다. 그러나 거침없이 읽히우며 읽을수록 흥분도가 높게 마지막까지 열정 속에 잠기게 하는 것은 시인의 심오한 체험과 느낌, 진실한 주정 토로가 있고 리지로 번뜩이는 섬세한 감정, 시어 구사에서의 정확성과 독창성, 하나를 통하여 열, 백을 헤아리게 하는 독특한 시적 세부와 형상적 표현 등의 새로운 탐구와 관련된다.

시 「나를 청해다오」도 그 서정세계나 격조, 양상에 있어서 「이삭에게 주는 사랑가」와 비슷하다.

시 「비구름만 봐도」, 「돌아가자요」 등 사랑 '풍경'을 그린 시들과 「이삭에게 주는 사랑가」, 「나를 청해다오」는 일련의 공통성을 보여주면서도 그 서정세계는 서로 다르다. 〈전야의 사랑가〉를 엮으면서 시적 대상에 따라 체험과 느낌을 달리하면서 매 시에서 정서적 특성을 특색 있게 살려 시의 다양성을 보여준 여기에 또한 시인의 개성이 비껴 있다.

이 련시의 시들을 보면 시인과 서정적 주인공의 문제에서 생각되는 것이 있다. 시가 순탄하게 읽히면서도 때로 걸리는 대목들이 있어 다시 더듬어보면 제대군인—서정적 주인공으로 된 시 「이삭에게 주는 사랑가」나 시인—서정적 주인공으로 된 「돌아가자요」와 같이 시점이 선명한 시도 있지만 일부 시들의 경우 한 작품에서 시인의 시점과 처녀의 시점에 의한 주정 토로가 엇섞여져 있어 시상의 통일과 감정의 진실을 보장하는 데서 불합리성이 느껴지는 경우도 있다.

물론 한 작품에서 시점의 교차가 전혀 불가능한 것은 아니며 그 효과적 리용이 때로 감정의 자유분방성을 가능케 하지만 실천에서 그것이 잘 고려되지 않을 때 작품에 손상을 줄 수 있는 것이다.

례컨대 시 「비구름만 봐도」에는 "들꽃 한 송인 듯 사뿐 내려놓고 / 발동 건 땅크처럼 / 버들숲 넘어 멀어지는 저 동무"라는 시구가 있는데 시는 분명 서정적 주인공—처녀의 시점에서 주정이 토로되고 있는 듯 하나 "들꽃 한 송인 듯 사뿐 내려놓고" 했을 때 이것은 결코 제대군인 총각에게 안겨 물 건너 온 처녀 자신이 자기를 두고 하는 말이라고 하기에는 거리가 있다. 적어도 제3자가 객관적으로 본 대상에 대한 표현이다. 물론 작은 것이라 할 수 있지만 이런 것을 굳이 지적하게 되는 것은 섬세한 정서의 문학인 시에서 이런 하나의 실수로 시가 더 거둘 수 있는 성과를 놓칠 수 있기 때문이다.

이런 현상은 시 「싹」이나 「싹에서 돋은 줄기」 등 일부 작품에서도 부분적으로 느껴지는데 이렇게 놓고 보면 그런 시들에서 처녀의 순진하고 천진하면서도 정에 끓는 심정이 자연스럽게 뿜어져야겠는데 지금은 시인의 목소리가 섞인 감이 있어 처녀의 순진한 심정의 토로를 흐리게 하는 주정이 일부 느껴진다. 이런 현상은 시인의 주관과 로파심의 발로와 련결되여 있다.

련시 〈전야의 사랑가〉는 주제적 측면에서나 생활정서적 측면에서 그리고 양상적 측면에서 특색이 있으며 현실적으로 필요하고 의의 있는 작품이며 우리 시문학의 다양성에 가치 있는 보탬을 한 작품이라고 생각한다.

(…하략…)[2]

—『조선문학』663호, 2003.1

**기타 참고문헌**

김해월, 「시대의 기상, 나래치는 서정」, 『조선문학』 631, 2000.5.

---

2  이 부분에서는 김석주의 시들을 다루고 있다.

# 김정철

1978년부터 시를 발표하기 시작한 것으로 추정된다.
개인시집으로 『녕변의 비단처녀』(2009) 등이 있다.

| 시 5편 |

차창 밖에도, 차창 안에도

이삭아, 내 사랑아

씨앗을 뿌려간다

여름밤의 서정

보름달이 왔소

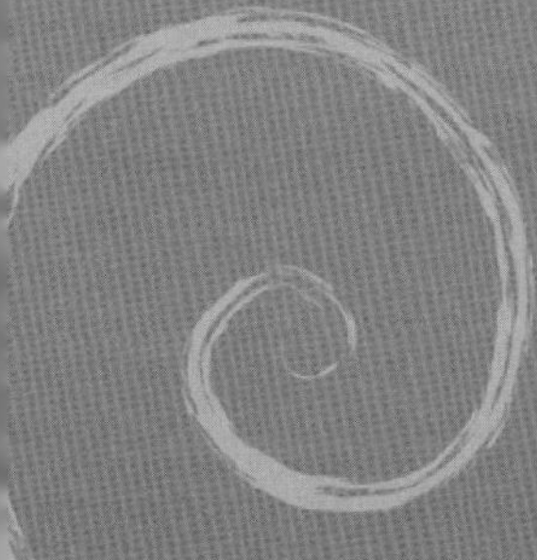

# 차창 밖에도, 차창 안에도

김정철

나란히 네 사람이
렬차를 타고 간다
최고인민회의 대의원과 양봉공 로인
기계공장 지배인과 젊은 광부

산에 살아 시내물처럼 이야기도 거침없는가
흥에 겨운 로인의 이야기
이 봄에 새로 가꾼 피나무숲에서
작년보다 뒤 곱은 꿀을 더 뜰 게라며
올해에도 꿀풍년 마련하여
어버이수령님께 기쁨을 드리겠다는 은근한 자랑

가락 맞게 울리는 차바퀴소리
이야기는 흥겨웁게 이어지고 번져가고
분기계획 넘쳐 한 공장지배인
수령님 주신 영광의 10점 공장
축하문과 선물까지 보내주신 그 사랑에
눈물이 글썽한 지배인의 이야기

그래도 철이 없으면
기계공장도 10점을 맞기 힘들 게라고
그리기에 이 해에 우리 수령님께서
첫째로 내세워주신 채취공업이라고

다시금 웃음은 렬차 안에 넘쳐나고 넘쳐흐르고

차창 밖엔 봄날
야산마다 사과꽃 한창인데
물써레쳐가는 뜨락또르 우에서
반기여 손 젓는 처녀운전수
풍년든 가을에 위대한 수령님 모시리라
그 희망 저 얼굴에 웃음으로 비꼈는가

좋은 풍경이다
차창 밖에도 차창 안에도…

그 모든 이야기 흐뭇이 들으며
나이 지긋한 대의원은
우리 수령님 베푸시는 나라의 정사를 두고
인민의 충복이 된
목 메이는 생각을
그 웃음에 담고

아, 위대한 수령님 품이 있어
지배인의 지위도 광부의 자랑도
저 벌에 봄처럼 피여나는 처녀의 기쁨도 있어라
그 때문에 우리 모두는
수령님을 어버이로 모신
한 대오의 평범한 전사들

렬차를 타고 가든 기대 앞에 서 있든

조국을 떠나 낯설은 이국의 하늘 아래 있든
초소는 다르고 지위는 달라도
우리의 삶은 하나의 길로 이어지거니
그것은 오직 어버이수령님께서 안겨주신 행복의 길
그것은 수령님께 기쁨을 드리는 그 한길

럴차에 나란히
네 사람이 앉아 간다
어버이수령님 품속에 행복한 인민의 기쁨 싣고
하나의 지향, 하나의 신념 속에 간다.

| 수록지면 |

*『행복하여라 인민의 나라』(종합시집), 문예출판사, 1978.
『해방후서정시선집』(종합시집), 문예출판사, 1979.
김경기 · 김정철 · 정영호 · 한기운, 『래일의 기슭으로』(4인시집), 문예출판사, 1985.
김정철, 『녕변의 비단처녀』, 문학예술출판사, 2009.

# 이삭아, 내 사랑아

내 가을날 두렁길을 걸으니
누나야, 누나야
치마폭을 안고 도는 동생과도 같이
칭칭 휘감기는 누런 벼이삭

한 발자욱 논에 내려만 서도
살틀한 품인 듯
온몸을 다정히 휩싸안네
이삭이, 금빛 이삭이

하루 이틀 맺어진 인연이라면야
이러히도 정 깊을가
차디찬 봄비에도
한여름 뙤약볕에도
너만을 그리며 살아온 우리

언젠가 바람새 사납던 그 밤
저녁밥 들고 나온 어머니
이 애들은 집도 때식도 다 잊은 게라고
새벽에 가을 나온 이웃들 롱 삼아 하던 말
아마도 너희들이 누구에게 반한 게라고

반했지, 반했구말구

이삭아, 내 사랑아
청년분조 알뜰한 마음들
하나같이 너를 위해 정을 바쳤지

때로는 누나가 된 사랑을 다해
때로는 어머니 된 정성을 부어
내 바라던 대로 네가 자랐으니
어쩌면 내 마음을 그토록 알아주었나

어느 이삭을 보아도 꼭같이 탐스럽네
진정 네 앞엔 숨길 수 없네
달이 알가 별이나 알가
남몰래 흘린 땀도 지새운 밤도—

그래서 사람마다 외우는가 보지
거울 앞에선 볼 수 없는
농장원의 마음
이삭 앞에서는 다 볼 수 있다고

내 이제 열아홉 꽃나이
사랑이 뭔지 다는 몰라도
너를 두고 이 벌을 나는 못 떠나
아, 이삭아 내 사랑아


| 수록지면 |

* 『조선문학』 399호, 1981.1.
『서정시선집(1979~1985)』(종합시집), 문예출판사, 1986.
김정철, 『녕변의 비단처녀』, 문학예술출판사, 2009.

# 씨앗을 뿌려간다

먼 산엔 아지랑이 피고
발 밑에선 논벌을 적시는 보도랑 소리
화창한 봄빛 안고
3대혁명 소조원
나는 씨앗을 뿌려간다

꽃바람아 불어라
푸른 하늘 기울어진 저 들 끝엔
내 떠나온 공장이 있다
기대를 다루던 이 손으로
나는 씨앗을 뿌려간다

이른 새벽
첫 이랑 타고 가며 뿌리고
달 뜨는 밤
써레도 함께 쳐가며 뿌리고

씨앗은 대지에만 뿌려진다더냐
밭머리에 포전길에
찾아가는 집집에 뿌려져
주체의 농법대로 농사짓는
그 일솜씨 자래워가노라

분조의 살림밖에 보지 못하는
그 좁은 가슴의 울타리도 열려져
농장살림 나라살림 먼저 보는
밝은 눈 환히 틔워가노라

내 뿌려가는 새 씨앗은
대지에 뿌려진 씨앗처럼
그렇게는 쉽게 자라진 않으리
빈 포기 하나를 두고
때로는 내 비판 준절해도
수령님께 기쁨을 드리자는 진정 앞엔
마음의 문들이 열리리라

기계화 작업반
새 도면 마주한 불빛 아래서
손풍금 울리는 논머리에서
봄가을 계절 없이 뿌려가며
들도 사람들도
세폭의 붉은 기로 물들여가리

내 뿌려가는 이 씨앗엔
공장 구내와
하나로 이어지는 벌이 있고
이 세상 처음으로
공산주의 노을 비낀 언덕 우에
농장원들을 세워보는
그 기쁨이 있어라

아 수령님 높이 모시고
영원히 당을 따르는 그 마음을 가꾸어
씨앗을 뿌린다
3대혁명의 씨앗을
가슴마다에 뿌려간다


| 수록지면 |

*『조선문학』 429호, 1983. 7.
김정철, 『녕변의 비단처녀』, 문학예술출판사, 2009.

# 여름밤의 서정

앞내벌에 모내기 끝내고
우리는 나란히 동뚝길 걷는다
휘영청 달도 밝은 이 밤
병사여 그대와 나는
간절한 그리움으로 잠 못 이룬다

그 어느 전선길에 계실가 우리 장군님
하늘가에 드리운 아득한 령길
내리는 밤안개는 어떻게 헤치실가
우리 마음 그 안개 헤쳐도 보고
가다가다 푸른 강 막아서면
우리 마음 다리가 되여 그 길을 받들고

날과 달을 이으시는 전선길의 차창가에
이 푸른 벌을 펼쳐가고 싶어
한순간이라도 즐거움이 되시라
오곡이 우쩍우쩍 마디를 뽑는
들의 저 설레임 소리를 날라가고 싶어…

아, 금나락 설레이는 가을을 불러
우리 함께 써레치고 모를 내며
두렁과 두렁을 참호처럼 넘으며
만풍년의 돌파구를 열어놓은 오늘에

더더욱 그립구나 어버이장군님이


내리는 달빛에도 그리움은 실려온다
불어오는 한 줄기 바람에도 그리움이 실려온다
이랑이랑 논고를 넘는 저 물소리처럼
그대의 가슴에 내 가슴에 가득 차
한곬으로 흘러가는 그리움의 그 물소리…


벌써 별들도 퍼그나 여물었다
깊어 깊어가는 들판의 고요
그 고요를 깨치며 문득
장군님 가시던 전선길 에돌아
저기 동구길로 들어서실 듯


그리며 따르는 그 마음 우에서
이랑마다 푸른 잎들은 우거지고
그대와 나 군민의 뜨거운 정도
탐스런 이삭으로 무르익으리


아, 우리 장군님 우리 어버이
우러르는 한마음
사무치는 그리움 속에
이 땅의 가을은 오거니
여름밤이여!
그리움의 밤이여!

| 수록지면 |

*『조선문학』 613호, 1998.11.
김정철, 『녕변의 비단처녀』, 문학예술출판사, 2009.

# 보름달이 왔소

하늘나라 계수나무 동산에서
이 해도 잊지 않고 우릴 찾아왔구나
정월도 보름날 내 집 추녀 아래
싱글벙글 웃으며 들어서는 둥근 달
《잘 있었소 친구들, 내 왔소》

반갑다 반가워라 성실한 벗아
강성하는 조국의 흥하는 집집들이
즐거운 좌석에 너를 맞아들이나니
둥근 달이 없이야 밝은 달이 없이야
그 어찌 보름이고 그 어찌 명절일가

인심 좋고 풍속 좋은 내 나라 내 민족
사귀여 긴 세월 정을 나눠 긴긴 세월
그 누가 너처럼 함뿍 잠겨 보았더냐
슬기롭고 근면하고 용감한 인민의
그 희로애락 속에

보름날에 일찍 자면 눈섭이 센다고
들판에 얼음판에 오구작작 저 사람들
천하를 비치는 너의 그 거울 속에
이 밤도 고조선의 쥐불이 타고 있다
이 밤도 고구려의 그 팽이가 돌고 있다

달 같은 님을 보자 님 같은 달을 보자
울 넘어 담 넘어 널뛰던 녀인네들
너는 오늘도 그네들의 정을 담아
저 하늘에 휘영청 밝은 초롱불을 켜들었는가

어찌 보면 이 해의 정월보름달은
우리 군대 그 걸음에 발맞추자 둥둥
온 나라를 부르는 선군의 쇠북인가
발차의 푸른 등이 그 앞에 켜진
통일의 렬차의 둥그런 쇠바퀸가

아 어버이장군님 그 품속에서
만월로 가득 찬 우리의 행복
둥근 달은 우리의 것
이리 봐도 저리 봐도 다시 봐도
밝은 달 보름달은 조선의 달

해마다 커만 가는 우리의 만복을
싯누런 쟁반에 가득히 챙겨들고
너는 오리라 정월도 보름이면
싱글벙글 웃으며 멀리서부터
《내가 왔소, 보름달이 왔소》


| 수록지면 |

* 『조선문학』 663호, 2003. 1.
김정철, 『녕변의 비단처녀』, 문학예술출판사, 2009.

김덕선


민족의 향취는 민족 고유의 기호와 정서, 풍습과 관련되는 민족의 특성을 나타낸다.

이러한 민족적 특성은 그 어느 나라 민족에게나 다 있는 것이지만 단일민족으로 5천 년의 유구한 력사를 가지고 있는 우리나라는 다른 나라와는 구별되는 민족의 이채로운 정서로 하여 가지가지 아름다운 수많은 전설들이 전해지고 있다.

그 간단한 실례를 보더라도 사계절마다에 있는 민속놀이를 비롯하여 조선옷의 특색과 음식 맛에 이르기까지 민족의 자랑이라 할 수 있는 것이 한두 가지가 아니다.

이러한 민족의 우수성은 오늘 경애하는 장군님의 애국, 애족, 애민사상으로 더욱 활짝 꽃펴나고 있다. 그리하여 사회주의 건설의 그 어느 분야에서나 우리 민족이 지닌 민족성이 민족자주정신으로 전면적으로 개화되어 강성대국 건설의 휘황한 전망을 우리 식대로 펼쳐나가고 있다.

위대한 령도자 김정일 동지께서는 다음과 같이 지적하시였다.

"문학예술은 본래 민족적인 것이다. 매개 나라의 문학예술은 그 나라 민족이 창조하고 향유하는 것만큼 그 나라의 고유한 민족언어와 예술언어를 표현수단으로 삼는다."

시문학 부문에서 민족적인 정서를 취급한 서정시들을 더 많이 창작하는 것은 우리 인민을 민족자주정신으로 교양하는 데서 자못 중요한 자리를 차지한다.

이와 관련하여 지난해『조선문학』잡지에 발표된 서정시「보름달이 왔소」,「분홍저고리 내 누님네들」(김정철 작)은 좋은 싹을 보이고 있는 것으로 하여 독자들의 관심을 자아낸다.

그것은 민족의 정서를 취급한 시들이 적게 씌여지고 있는 데로부터 새롭게 맛보게 되는 기쁨과 함께 그 참신한 것에 이끌리기 때문이다.

그렇다면 이 시의 향취란 무엇이며 참신한 맛이란 어떤 것인가?

시「보름달이 왔소」는 우리 인민이 조상 전래의 민족적 전통을 살려 즐기는 정월대보름날 달을 맞이하는 풍습에 대한 시라고 말할 수 있다.

달에 대한 노래는 옛 시인들로부터 오늘에 이르는 시인에 이르기까지 많이 씌여졌으며 전설적인 이야기들도 길이 전해지고 있다.

시작품으로서는 우리의 기억 속에 인차 떠오르는 것만 해도 구전가요「정읍사」를 비롯하여「달을 바라보며」(박인로),「달맞이」(김소월),「금야만에 달이 뜬다」(김철), 최근에 발표된「6.15는 밝은 달」(오영재),「밝은 달아」(김희종) 등 많은 작품을 들 수 있다.

그러나 시「보름달이 왔소」는 이와는 달리 달과 관련되는 우리 민족의 풍속적 감정을 오늘의 선군시대와 결부시켜 달에 대한 미감을 시대의 미학적 요구에 맞게 새롭게 형상하고 있다.


…

보름날에 일찍 자면 눈섭이 센다고

들판에 얼음판에 오구작작 저 사람들
천하를 비치는 너의 그 거울 속에
이 밤도 고조선의 쥐불이 타고 있다
이 밤도 고구려의 그 팽이가 돌고 있다


달 같은 님을 보자 님 같은 달을 보자
울 넘어 담 넘어 널뛰던 녀인네들
너는 오늘도 그네들의 정을 담아
저 하늘에 휘영청 밝은 초롱불을 켜들었는가


이 시는 정월대보름날의 달을 우리 민족 풍속이 담긴 이야기와 련관시킴으로써 보름달을 맞이하는 우리 인민의 민족 고유의 정서를 그대로 드러내고 있다. 그러나 시는 그 풍속적인 전통만을 전하거나 그 풍속적인 정서를 답습하고 있는 것이 아니라 그러한 민족의 풍속적인 정서를 오늘의 시대적 감각과 결부시켜 시의 정서를 시대정신으로 더 높이 승화시켜 나가고 있다.

…

어찌 보면 이 해의 정월보름달은
우리 군대 그 걸음에 발맞추자 둥둥
온 나라를 부르는 선군의 쇠북인가
발차의 푸른 등의 그 앞에 켜진
통일의 렬차의 둥그런 쇠바퀴가

아 어버이장군님 그 품속에서
만월로 가득 찬 우리의 행복
둥근 달은 우리의 것
이리 봐도 저리 봐도 다시 봐도
밝은 달 보름달은 조선의 달

보는 바와 같이 이 시에서 달에 대한 정서는 어제날 고조선인민들이 쥐불놀이를 하고 고구려 사람들이 팽이를 치며 맞이하던 달, 그리운 사람을 그리며 쳐다보던 그러한 달만이 아니다.

이 시에서 설정된 정월보름달은 어제날의 민족풍속적인 정서를 그대로 안고 오면서도 오늘은 그 달이 군대의 걸음에 발을 맞추자고 둥둥 소리를 내는 것으로 시적 환상을 불러일으키고 있으며 시인에게서 그것은 마치도 선군의 쇠북소리로 들려오며 통일렬차의 둥그런 쇠바퀴로 보여 오기도 한다.

여기에 민족의 정서를 오늘의 선군시대의 미감에 맞게 시대정신으로 승화시킨 시의 형상적 특징이 있고 오늘의 보름달을 느끼는 시인의 정서가 가지는 민족의 향취와 참신한 맛이 있다.

옛 사람들은 달을 제일 먼저 보면 그해에 행운이 차례진다고 하였고 총각이 솟아오르는 달을 먼저 보면 올해에 장가를 들 수 있다 하고 새색시가 달을 먼저 보면 새해에는 아들을 본다는 이야기를 전해왔다.

이것은 행복을 소원하던 우리 인민들의 소박한 민속적인 념원이기도 하였다.

그러나 그 달이 그런 행복을 가져다주었던가. 오늘 우리 인민이 누리는 행복은 그 달에서 오는 것이 아니라 경애하는 우리 장군님에 의하여 마련되고 인민이 바라는 그 모든 꿈과 소원이 꽃펴나고 있다.

하기에 시는 오늘의 보름달은 장군복을 누려가는 우리 인민의 행복을 안고 오는 보름달이 되여 우리를 반겨 맞는 것이라고 주장하고 있다.

이에 대하여 시는 이렇게 결구를 맺고 있다.

　　　…

　　해마다 커만 가는 우리의 만복을
　　싯누런 쟁반에 가득히 챙겨들고
　　너는 오리라 정월도 보름이면
　　싱글벙글 웃으며 멀리서부터
　　"내가 왔소, 보름달이 왔소"


소박하면서도 꾸밈새 없는 이 한 편의 자그마한 시에는 보름달이 솟아오르는 생동한 생활표상과 함께 그 달이 우리 장군님의 사랑을 싣고 오는 달이라는 데 대하여 감명 깊게 노래되였다.

하여 이 시에는 아득한 고조선 시기부터 즐겨온 때 묻지 않은 민족의 소박하고도 깨끗한 정서가 그대로 안겨오고 있을 뿐만 아니라 달에 깃들어 있는 우리 인민의 그윽한 정서가 시대의 행복한 모습으로 더 부각되여 달이 가지는 의미와 뜻을 더 깊게 해주고 있다.

여기에 이 시가 가지는 민족적 정서가 있으며 달에 대한 정서를 우리 인민의 비위와 감정에 맞게 형상한 시인의 재능이 있다.

시 「분홍저고리 내 누님네들」은 우리 인민이 전통적으로 즐기는 수리날에 분홍저고리를 떨쳐입고 나선 녀인들에 대한 노래이다.

분홍저고리—이는 우리 조선의 녀성들이 조상 전래로 즐겨 입는 민족의 이채로운 의상이며 여기에 우리 민족정서의 전통적인 것이 비껴 있다.

그것은 색갈에 있어서 울긋불긋하거나 진한 것보다도 밝고도 선명하면서도 연하고 부드러운 색갈을 즐기는 우리 인민의 민족적 정서와도 관련된다.

이 분홍저고리의 색갈이 시로 되자면 분홍 색갈의 의미를 느끼는 시대적 감각이 있어야 하며 이 감성적 감각이 시대의 사상을 안고 있어야 한다.

시는 이러한 의미와 사상이 시적 소재에 맞게 소박하면서도 아름답게, 지극히 생활적이면서도 감칠맛이 있게 형상됨으로써 시의 정서를 새 맛이 나게 하고 있다.

분홍저고리를 떨쳐입고 그네터로, 윷놀이터로, 씨름터로 가는 녀인들에 대해 시는 이렇게 노래하고 있다.

　…

소백수의 진달래에 물들여지고
철령의 진달래에 붉게 물들여져
폭풍 속을 헤쳤어도 눈비 속을 거쳤어도
흐려지지 않고 덞어지지 않고 구겨지지 않은
분홍저고리 분홍저고리

이 시적 표현으로 하여 분홍저고리는 단순한 색갈이 아니라 그 색갈이 가지는 뜻이 심화되고 있으며 우리 인민의 민족적 전통이 어디에 바탕을 두고 있는가 하는 심원한 사상을 낳고 있다.

우리 인민이 지닌 아름다운 그 모든 것의 우수한 민족성은 경애하는 김정일 장군님의 현명한 령도에 그 원천을 두고 있으며 오늘은 장군님의 선군 령도로 우리의 민족성이 주체성과 더불어 전면적으로 꽃펴나고 있다.

우리 인민이 경애하는 장군님을 맞이한 백두밀영의 소백수 흐르는 고향집이 없고 장군님께서 오늘에 헤쳐가시는 선군 장정의 천만리 길이 없다면 우리 인민의 민족적 전통도 그 우수성도 빛을 잃고 말았을 것이다.

가까운 실례로 조선이 일제에 의하여 강점당하였을 때 일제놈들은 우리 인민이 입고 다니던 흰옷에 먹물을 뿌려 어지럽히며 민족의 넋, 조선의 넋을 빼앗기 위해 얼마나 야수적인 만행을 감행하였던가. 그러한 야만적인 폭행 속에서도 조선의 넋을 빼앗을 수 없었던 것은 그 넋을 지켜주신 위대한 수령님께서 계시였기 때문이다.

민족의 전통은 저절로 이루어지는 것이 아니다. 그 전통을 고수하고 지켜주는 위대한 령도자가 있어야 하며 그 령도자에 의하여 민족성은 더 빛나게 된다.

시는 바로 이러한 심오한 사상을 분홍저고리 색갈이 소백수의 진달래에 물들여지고 철령의 진달래에 물들여지고 있다는 것으로 표현하였다. 하기에 그러한 분홍저고리는 그 어떤 폭풍에도 눈비에도 덟어지지 않고 구겨지지 않는 것으로 보고 있다.

얼마나 깊은 뜻이 담겨진 시적 표현인가.

오늘 세계가 정치적인 혼란 속에 부대끼며 자기 민족의 전통을 잃어버리거나 빼앗기고 동화되여 자기 민족의 것이 아닌 이색적인 것이 범람하는 나라들의 비참한 현실은 무엇을 말해주는가.

그것은 그 민족의 전통을 고수하고 지켜주는 령도자가 없기 때문이다.

시는 오늘의 복잡한 국제정세 속에서도 변함없이 우리 민족성을 고수하고 지켜나가는 우리 인민의 자랑과 슬기를 평범한 수리날에 녀인들이 떨쳐입고 나선 분홍저고리에서 찾고 그 눈부신 빛발로 누리를 물들여갈 래일에 대한 우리 민족의 자랑을 소박하고 친절하면서도 정이 흘러넘치게 잘 노래하였다.

그 누구의 시야에나 흔히 보여오는 평범한 분홍저고리의 색갈, 여기에 민족의 전통이 있고 민족의 아름다움이 있음을 볼 줄 아는 시인, 그는 확실히 민족적 정서를 자기 시의 정서로 구현하기 위하여 남다른 탐구의 노력을 기울이고 있다는 것을 알 수 있다.

이에 대하여 우리는 그의 창작적 재능에 앞서 그가 생활을 대하는 자세와 립장, 창작에 림하는 사색이 무엇에 원천을 두고 있는가에 대하여 깊이 생각하게 된다.

자기 민족, 자기 인민이 지니고 있는 민족의 우수성은 곧 자기 령도자의 위대성에 있다는 참다운 진리를 심장에 체현한 시인만이 이러한 시를 쓸 수 있는 것이다.

두 편의 시에 대한 정서를 분석해보면서 스칠 수 없는 것은 민족의 정서를 노래하는 시인 것만큼 시에서 민족적 정서를 살리기 위한 시적 운률 조성에도 많은 심혈을 기울이고 있다는 것이다.

시에 운률이 없으면 정서도 없게 되는 바 우의 시들은 시적 정서를 살리기 위한 운률 조성에서도 일정한 모범을 보임으로써 현대 자유시 운률 조성이 가지는 일련의 특징에 대해서도 시사를 주고 있다.

두 편의 시를 놓고 공통점으로 찾아보게 되는 것은 시의 운률 조성에서 7.5조와 4.4조 운률형식을 기본적으로 취하고 있는 것이다.

시 「보름달이 왔소」를 보자.


반갑다 / 반가워라 / 성실한 / 벗아 /

강성하는 / 조국의 / 흥하는 / 집집들이 /

즐거운 / 좌석에 / 너를 맞아 / 들이나니 /

둥근 달이 / 없이야 / 밝은 달이 / 없이야

그 어찌 / 보름이고 / 그 어찌[1] 명절일가 /


시 「분홍저고리 내 누님네들」 경우에도 그러하다.


복술강아지 / 달랑달랑 / 앞서는 /

느티나무 / 저 아래 / 휘늘어진 / 그네줄 /

하얀 / 버선발로 / 사뿐히 / 밀어차면 /

모내기 / 끝낸 벌이 / 발밑에 / 오락가락 /

구름 너머 / 전선길도 / 마주올 듯 / 가물가물


다음은 례증한 시련에서 찾아볼 수 있는 바와 같이 시적 운률 조성을 위한 4.3음절군과 3.4음절군을 운각으로 하여 반복, 교차를 줌으로써 시의 박자와 흐름새를 잘 보장하고 있는 것이다.

시의 운률을 살린다고 하여 글자 수에 매달려 정형시의 운률을 답습하는 형식적인 구애를 벗어나 현대적 미감과 정서에 맞는 자유시의 운률을 고전적 형식미가 가지는 우월성을 혁신적으로 갱신하여 나가고 있다.

---

1 '/'가 누락된 것으로 추정된다.

그리하여 시의 절제미와 함께 정서의 기복을 호흡률에 맞게 시의 음악적인 률동을 보장함으로써 시는 운률에서 파격적인 요란한 웨침이 아니라 안정된 운률의 조화로 하여 소박하면서도 친근하며 다정한 정이 흐르게 하였다.

우의 시는 민족적 정서를 구현하기 위하여 생활소재의 탐구로부터 시작하여 시적 종자를 발견하고 그것을 시의 운률을 통한 서정을 탐구하기 위한 열정의 산물이다.

이와 함께 이 시들이 민족적 정서를 살리는 데서 거둔 성과의 하나는 시어에 바쳐진 시인의 탐구적인 노력이다.

두 편의 시들에는 유순하고도 부드러운 우리말의 특성을 살리기 위해 생활적인 어휘들을 고유조선어에서 찾고 그 어휘들을 민족적 정서를 돋구는 데 적중하게 리용하고 있는 것이다.

시 「보름달이 왔소」에서 "하늘나라 계수나무", "달 같은 님", "님 같은 달", "하늘에 휘영청 밝은 초롱불을 켜들었는가", "선군의 쇠북인가", "통일렬차의 둥그런 쇠바퀸가", "둥근 달은 우리의 것", "보름달은 조선의 달", "싯누런 쟁반에 가득히 챙겨들고"와 같이 시문장에 구사된 어휘와 문장들은 보다 생활적이고 친근하며 정답다. 이로 하여 시의 어휘와 문장들은 민족적 정서를 돋구어주는 데 힘 있게 이바지하고 있다.

시 「분홍저고리 내 누님네들」에서도 찾아볼 수 있다.


　―꽃분이, 향단이, 옥별이 / 아릿다운 모습처럼 이름도 고운 / 누님네들은 어디로 가나 /

　―복술강아지 달랑달랑 앞서는 / 느티나무 저 아래 휘늘어진 그네줄 /

　―하얀 버선발로 사뿐히 밀어차면 /

―꽃잎같이 떠올라 달님처럼 웃는 누님네들아 /

―소백수의 진달래에 물들여지고 / 철령의 진달래에 붉게 물들여져 /

―래일의 내 민족의 어머니들 / 분홍저고리 누님네는 간다네 /


이와 같은 표현들은 얼마나 소박하고 민족의 향취가 풍기는 주옥같
은 어휘들과 문장들로 이루어졌는가.

이러한 시적 어휘와 표현들은 그저 문득 쉽게 떠오른 것이 아닐 것이
다. 민족의 정서에 심취되고 그 정서를 심중으로 깊이 체험하는 데서 온
정열적 탐구의 귀결일 것이다.

특히 제목과 함께 시의 여러 군데에서 반복하여 쓰고 있는 "분홍저고
리 내 누님네들"이라는 표현은 정서적으로 다정다감하고 참신하다. '님'
이라는 어휘는 존경하는 인물이나 말하는 사람이 말을 받는 사람과의
관계에서 존대하는 사람이라는 뜻을 나타낸다. 이러한 고유조선어에
분홍저고리라는 대명사를 붙이여 상징적으로 "분홍저고리 내 누님네
들"이라고 하니 '님'에 대한 어휘는 보다 사랑스럽고 정답게 울려온다.

수리날을 즐기는 녀성들의 모습이 한 폭의 선명한 조선화를 대하는
것처럼 더 밝고 정다와진다.

문학작품이란 원래 민족적인 것만큼 민족고유어를 표현수단으로 하
는 것은 우리 민족문학을 창조하는 창작원리에도 맞고 조선사람의 비
위와 감정에도 맞는다.

시어 탐구에서 보여준 이와 같은 진지한 노력은 평범한 어휘도 작품
전반에서 적중하게 쓰이고 또 그 평범한 어휘를 상징적으로 작품에 활
용할 때에는 그 어휘의 어원이 가지고 있는 본래의 뜻이 보다 형상화되
여 보다 깊고 넓은 의미의 색채를 부여할 수 있다는 것을 말해주고 있다.

그러므로 시인들은 어휘 창조에서도 자기의 개성적 면모를 더욱 뚜렷이 살려야 하며 특히 민족적 정서를 구현하기 위한 시작품 창작에서는 우리 민족고유어가 가지고 있는 의미와 색채를 더욱 살려 우리말의 사용에서도 민족적 향취가 풍기게 하여야 한다.

오늘 우리 인민은 경애하는 장군님께서 마련하여 주신 6.15북남공동선언을 리행함으로써 우리 민족끼리 화해와 단합을 이룩하여 자주통일을 성취해야 할 력사적 시기에 놓여 있다.

우리 시인들은 오늘의 현실적 요구에 맞게 그 어느 때보다도 분발하여 우리 민족의 우수성을 노래하는 민족의 정서가 짙은 다양한 시들을 더 많이 창작해야 한다.

—『조선문학』 676호, 2004. 2

**기타 참고문헌**

최영련, 「민속놀이를 반영한 시가들에서의 형상적 특성」, 『조선문학』 725, 2008. 3.

# 김조규

1914년 평남 덕천에서 출생했다.
1931년 『조선일보』와 『동광』을 통해 시를 발표하기 시작하였다.
1990년 작고했다.
북에서 발간된 개인시집으로 『김조규 시선집』(1960) 등이 있다.

| 시 10편 |

# 東方序詞(동방서사)[1]

歷史(역사)의 聖山(성산) 모란봉을 노래함


너 悠久(유구)한 太古(태고)로부터 푸른 하늘을 머리 우에 이고
너 오랜 歲月(세월)과 함께 자라 歲月(세월)처럼 오랜
歷史(역사)의 聖山(성산) 한밝의 뫼뿌리 모란봉이여

亞細亞(아세아)의 創造(창조)와 함께
너는 이마에 빛을 밧들었고
이 나라의 힘이 長白(장백)과 함께 줄기처 뻗을 때
너는 슬기로운 손길을 들어 그 힘을 안어 드리였다

千軍萬馬(천군만마) 달리든 네 억센 허리를 나는 안다
不義(불의)를 물리치든 네 힘찬 가슴을 나는 안다
허면서도 네 등은 어머니의 등처럼 慈悲(자비)로윗고
네 손ㅅ길은 어진 女人(여인)처럼 부드러웠다

萬里虛空(만리허공)의 흰 구름을 征服(정복)하고 솟아올은 너
大河(대하)와 더부러 歷史(역사)를 創造(창조)하며 謳歌(구가)하던 너

그러나 모란봉 너 珠甲(주갑)의 山(산)아
五千年(오천 년) 줄기 흐른 이 나라의 歷史(역사)가 中斷(중단)될 때
너는 업누르는 검은 雲表(운표)에 鎭座(진좌)하여 愁然(수연)이 瞑
目(명목)한 채

---

1 『서정시선집』과 『김조규 시선집』에서 이 시의 제목은 「모란봉」으로 바뀌었다.

입술 깨물지 않었드냐?
이끼 올은 城(성)돌이 조악돌처럼 侮蔑(모멸)에 지밟힐 때
오오 너는 古都長安(고도장안)을 굽어 偉大(위대)한 悲哀(비애)에
默(묵)하지 않었드냐?

놈들은 네 푸른 옷을 베껴갔다
놈들은 네 心臟(심장)에 칼을 꽂았다

그러나 歲月(세월)은 흘러
歷史(역사)는 또한 歲月(세월)처럼 새로워
「따챤까」에 붉은 별을 달고 온 새 빛은 빛의였노니
人民(인민)은 지금 고함질으며 거리로 들로 나아가고
大都(대도) 上空(상공)에는 意慾(의욕)의 붉은 구름이 어울리고 있다

오오 모란峯(봉)
이제 너는 옴으렸든 두 날개를 펴라
허파에 氣息(기식)을 가다듬고 深呼吸(심호흡)하여라
네 거츠러진 몸을 새로 단장하여라
雄輝(웅휘)한 民主朝鮮(민주조선)의 앞에 서서
너 모란봉, 世紀(세기)에 鎭座(진좌)한 朝鮮(조선)이여!
偉大(위대)한 그 몸둥이를 움직이여라
넓은 歷史(역사)의 큰 길로 이제 巨步(거보)를 내여 디더라

—1946.4.14

| 수록지면 |

* 『거류—8.15해방1주년 기념시집』(종합시집), 8 · 15해방1주년기념중앙준비위원회, 1946.
김조규, 『동방』, 조선신문사, 1947.[2]

『서정시선집』(종합시집), 조선작가동맹출판사, 1955.
김조규, 『김조규 시선집』, 조선작가동맹출판사, 1960.

---

2  이 시집은 실물을 직접 입수하지 못하여 다음 논문에 부록으로 제공된 목차를 참고하였다. 오무라 마쓰오, 「북한에서의 김조규의 발자취와 그 작품 개작」, 『윤동주와 한국문학』, 소명출판, 2001.

# 바닷가에 아이들이 모여든다

아이들이 모여든다,
바닷가에 아이들이 모여든다.

아침 바다는
푸른 차일처럼 펴덕이고
햇빛은 하늘에서 빛나
물결 우에 금빛으로 구슬지는데

아이들이 모여든다.
바닷가 모래불에서
소리치며 내달으며 뛰놀고 있다.

철썩 우르르 쏴아
파도는 모래 우에 밀려왔다 밀려나가고
언덕 우 하얀 등대 우에는
오늘도 청명한 날씨
푸른 기폭이 바람에 펄럭인다.

아이들아 동해의 아들들아
멀리 구부러진
바다의 도래굽이는 얼마나 아름다우냐.
정녕 이날은 너희들의 세월이다.
바른 것과 힘찬 것과,

숫되고 씩씩하고 장한 것,
너희들이 지닌 온갖 미덕(美德)이
바다처럼 빛나는 새로운 계절이다.


붉은 팔뚝 휘두르며
오오오 고함치는 아이
바다를 향해 조약돌 던지는 아이
백사장에 엎드려
『민주조선』
손가락으로 글 쓰는 아이
와아 물결을 향하여 웃으며 달음질치는 아이.


오오 실로 오늘
앞뒤 물결이 서로 어깨를 고르는
이 바닷가에서 우리 아이들은
힘과 삶의 놀이를 베풀었도다.


아이들아
너희들은 새 시대의 아들
새로운 둘레에 살고
새로운 풍속을 노래하고
새로운 생활을 마음껏 즐기노니
바다가 저리 터진 것처럼
너희들의 뜻과 희망은 크고 넓은 것이다.


아버지가 흰 돛 드높이 달고
바다를 이랑 갈며 오늘 아침 떠난 것은

어느 다른 사람을 위해서가 아니라
너와 너의 엄마와 아버지 스스로와,
그리고 우리를 낳아 길러준
크고 아름다운 조국에 이바지함이거늘,

이제 너희들은
바다를 정복하며
바다에서 사는 사공의 아들임을
당당히 뻐기고 자랑하여라.

철썩 우르르 오오오
물결은 거품 친다.
해가 저물어 떠나갔던 배들이
저녁노을 함께 싣고 만선으로 돌아오면
마을의 들창들은 황홀하게 저녁 눈을 뜨리니

그러면 우리 아이의 랑랑한 글 읽는 소리,
어머니는 벌써부터 겨울 준비
새 옷 짓는 기쁨에 밤 깊는 줄 모르고…
이처럼 바다의 가족들은
평화를 사랑하며 로력을 즐기거니

아이들이 모여든다,
생활의 바닷가에서
아이들이 때를 즐기며
씩씩히 앞으로 내닫고 있다.

−1948.6

| 수록지면 |

* 김조규, 『김조규 시선집』, 조선작가동맹출판사, 1960.

# 餞別詞(전별사)[3]

오늘은 함박눈이
푸욱 푹 내려쌓이는데
나는 여기
나처럼 많은 사람들이 모인
오후의 정거장으로 나아오다

겨울에도 동짓달
그중에도 함박눈 내리는 날은
이 얼마나 아름다운 풍경인가
소리 없이 흰 눈송이만 쌓이는
이러한 날은 어느 서글픈 가족들에도
뜻않은 행복이 솟을 듯도 한 날일세

오늘 내가
여기 눈 덮인 역두에 나아옴은
슬픈 이를 보내는
낡은 버릇에서 아니고
손수건 흔드는
어린 멋에서도 아니라네

그것은 실로

---

3　이 시의 제목은 『시집—8·15해방4주년기념출판』에서는 「전별」, 『서정시선집』과
　『김조규 시선집』에서는 「전별의 노래」로 바뀌었다.

정과 뜻과 마음
내 가진 온갖 미덕을 고스라니 받들고
우리 은혜로운 호반들
쏘베트 병사들을 배웅하려 나온 것일세

소리 소리
우렁찬 우라 소리
손에 손에
휘젓는 공화국깃발

아아 누가 이 소리들을 가져왔던가
누가 이 깃발들을 들고 왔던가
하 고마워 다시 한 번 바라보니
넓은 한가슴 빛나는 기념장에
가슴 벅차올라
스스로 눈이 감긴다

그대들이
우리에게 가져다 준 것은
자유와 조국만도 아니고
참으로 겨레의 생명과 자랑.
건설과 창조.
권리와 의무.
승리에의 굳은 신념까질세

공화국 노래는 우렁차게 흐르고
쏘베트 노래는 누리에 퍼지는데

떠나가시는 병사들
하냥 그대들은
웃음으로 꽃다발을 받는다


조장 이완 이와노비츠 예로민
한 번 더 두툼한 그 손을 쥐어보자


받기보다도
주기를 좋아하는 쏘베트의 젊은이야
줄기치는 네 혈관 속에서
모쓰크바의 높은 맥박을 나는 듣고
비록 드디는 땅이 달라도
어려 퍼지는 너와 나의 체온에서
영원한 삶과 승리를 믿는 것이다


눈송이는 커지고
환호소리는 더욱 높아지는데
흰 눈길 북방 만리
쇼로모브의 기계공 이완 이와노비츠도
큰 은공 선물하고 오늘 떠나간다


그러면 잘 가시라
쏘베트의 아들과 딸들
몸 부디 조심하라 노래 잘하던 와냐
그대 고향은 로력에 끓고 있으리라
그대 조국은 새 건설에 빛나리라
(가면 기쁜 소식 전해다오)

함박눈은
푸욱 푹 내려 쌓이는데
아하 나는 나와 같은 사람들 속에 섞여
흐려지는 안경을 한 손으로 닦으며
깃발을 휘두른다 자꾸 흔든다

―1948.12

| 수록지면 |

＊『청년생활』 2-2호, 1949.2.
『시집─8·15해방4주년기념출판』(종합시집), 문화전선사, 1949.
『서정시선집』(종합시집), 조선작가동맹출판사, 1955.
김조규, 『김조규 시선집』, 조선작가동맹출판사, 1960.

# 看護長(간호장)[4]

흰 부라우쓰 소매를
보얀 팔꿉까지 걷어 올렸다
볕에 탄 관자노리 위에서
검은 머리오리가
보기 좋게 곱실거린다

감나무 잎이 우거져
스스로 의장된 나지막한 초가집
바람이 불면
울타리 댓잎이 먼츰 설렁거리는

여기는 안윽히 자리 잡은 대대 군의소
약 내음새 뜰안에 가득 풍기는데
처치실 앞 토방에 소년 특무장이
턱을 고이고 앉아 있다

『웨 앉아 있어?』
보조개로 웃는 간호장의 말
『다리가 쑤셔서』
『여기 업혀 어깰 꼭 잡아』

---

4  『문학예술』 이외의 판본에서 이 시의 제목은 「간호장 박기춘」으로 바뀌었다.

간호장은 소년을 선뜻 업는다
소년의 무게에서 문득
어느 전방에 있을
하나 제 동생을 느끼였을 때

소년의 입김이 목덜미에 풍긴다
『간호장 동무! 언제면 다시
전방에 나가게 되우?』

목마르게 그리운
전방에의 갈망
싸우지 않고는 견딜 수 없는
애국의 뜨거운 정열

실로
어제 묻은 군관도 이렇게 들었다
아까 후송한 통신병도 이렇게 말하였다
지금 소년 특무장도 이렇게 질문한다

그럴 때마다 간호장은
『걱정 말어요
이제 곧 나을 테니……』

소년은 눈을 감는다
지나친 출혈로 아롱거리는 눈동자 속엔
고향 어머니의 얼굴이
전우들의 얼굴이

간호장의 얼굴이
나타났다 사라졌다
또 나타났다
얼레얼레 서루 얼레이거니

아아 그리움이여
동경이여 안식이여
부드러움이여 기대임이여
추억이여 희망이여
그 속에서 새로 솟는 크나큰 힘이여

인중이 짧고 오목하여
송곳이가 먼츰 웃는 것을
저도 모른단다
우리 간호장은

두 갈래 따내린 검은 머리에
빨간 댕기 곱게 드린 것은
고향이라 장전
동해 바닷가
해당화 타는 빛이 물들은 거란다

불꽃이 팍팍 튀던 가므재 격전
놈들의 포탄 우박 속에서
열아홉 명 부상병을
홋몸 업어 나른 힘

어데서 그 힘이 생겼냐 물으면
통실한 량 볼에
빛나는 눈동자가
『나두 몰라요』

미국놈들이 던진 까솔린탄
기총의 빗발
타오르는 불길
그 속에 달려들어
환자를 구해내온 멸사의 용기

어데서 그 용기가 솟았나 물으면
수집은 웃음 섞여
『것두 몰라요』

모르긴 왜 모르리
아버지는 기관사
어머니는 방직공
굴욕에서 벗어난 새 생활이
이 힘을 길렀음을

모르긴 왜 모르리
슬픔의 어린 때를 거쳐
내 나라 찾었는데
어느 놈이 빼았으려느냐
이 자유 이 행복을
그 마음이 이 용기를 주었음을

그러기 소원을 물으면
부산에서
장군님을 뵙고 싶단다

군의대대의 어머니
야전병실에 피는
한 떨기 백합꽃

오늘도
간호장 박기춘은

다시 전방으로 나가는
전사의 뒤를 따르며
『몸조심 잘 싸워요』
개인 붕대통을 쥐여 주고선

언덕 위 한 그루 밤나무 밑에 서서
성큼성큼 걸어가는
전사의 뾰족한 총신이
산모롱 대숲에 숨을 때까지
귀밑머리 치키면서 바라보고 있었다[5]


| 수록지면 |

* 『문학예술』 4-3호, 1951.6.
『녀성들에게』(종합시집), 조선녀성사, 1952.
『서정시선집』(종합시집), 조선작가동맹출판사, 1955.
김조규, 『김조규 시선집』, 조선작가동맹출판사, 1960.

---

5  시의 끝에 '전선시집 『이 사람들 속에서』 중에서'라고 기재되어 있다.

# 이 사람들 속에서

이 싸움에서
우리 어찌 승리하지 않으랴.
이 사람들 속에서
우리 어찌 용감하지 않으랴.

애국의 뜨거운 가슴들이
얽히고, 모이고, 흩어지며
구름이 되고,
불덩이가 되고,
우뢰가 되고, 번개가 되고…
원쑤를 쳐부시는데
스스로 몸이 지뢰가 되는
이 젊은이들 속에서
내 어찌 비겁하랴.
우리 어찌 승리하지 않으랴.

별빛 아름다운 야영의 밤.
나와 나란이 콩밭에 누워
북두칠성을 세이며 어머니 자랑하던
열여덟 살 나어린 자동총수 리상태 동무는
동현 마루턱
짖어대는 놈들의 기관총대를 쓸어버렸고,

밤과 낮을 이은
련련 천리의 행군
발더듬 나서도 앞장만 서던
김이룡 정찰대원 네 사람은
원쑤의 자동차대를 빼앗아 타고
밤을 헤치며 진중으로 돌아왔거니

이처럼 용감한 사람들에게
어찌 승리가 빛나지 않으랴.
이런 장한 사람들에게
어찌 영예가 깃들지 않으랴.

오오 이렇게 넘어온
승리의 첩첩 준령이 몇몇이런고.
이렇게 건너온
해방의 류류 장강이 몇몇이런고.

이제 마지막
소백산 줄기에도 갈령
저 마루 넘어서면
령남에도 상주 무연한 벌에
이랑마다 공화국기 꽂으며 내달으리니

울어라! 一二〇(120)미리
불을 내뿜어라,
사랑하는 내 따발총아!
자빠지는 미국놈들의

썩은 것을 차버리며
목포, 부산, 제주로 내닫자!

—1950.7. 경북 전선 목암동에서

| 수록지면 |

*『서정시선집』(종합시집), 조선작가동맹출판사, 1955.
김조규, 『김조규 시선집』, 조선작가동맹출판사, 1960.
『조선은 하나다』(종합시집), 문예출판사, 1976.
『해방후서정시선집』(종합시집), 문예출판사, 1979.
『조선문학』731호, 2008.9.

# 달도 없는 어두운 밤

달도 없는 어두운 밤
나는 지금
무명고지 턱마루에 섰노라.

서늘한 밤기운이
땀에 젖은 목덜미에 시원하다.
바라보아 아득한
어둠의 나무바다,
돌아보아 더듬어 올라온
싸움의 이야기가 꿈처럼 생각되는…

여기는 소백산맥
첩첩 메뿌리가 다투어 머리 들은
그 이름도 깊고 먼
속리산(俗離山) 속.

설레이는 잎들아 말하여 보라.
여기 오르게 된 그 사연들을…
침묵하는 숲이여 이야기하라.
골짜기에 흐른
장렬한 피의 기록들을…

도라지꽃이 곱게 핀

저기 소나무 밑이였다.
놈들의 중기 따꿍총이
산마루 홧점에서
미친 듯 짖어델 때,

『분대장 동무 내 총을 받으시오
저눔의 아가리를 막구 말겠소』
한마디 남기고
풀 속에 사라진 한동완 전사,

그는
원쑤의 또치까 앞에서
수류탄과 함께 용감하게 죽었고…

날아오는 흉탄에
앞으로 쓰러지며
가슴을 한 손으로 움켜쥔
우리 소대장이
『계속 앞으롯!』
마지막 구령을 웨칠 때―

아 그 목소리,
귀에 젖은 그 목소리,
내 몰라 잘못할 때
타일러 깨쳐주고,
내 힘들어 괴로울 때
쓰다듬어 위로하고,

내 마음 약해질 때
용기를 돋아주던―


그 소리를 내가 마지막
놈들이 발악하는 중기 소리 속에서도
똑똑히 가려들은 것은
바로 내 발밑
칡덩굴이 뻗어 오른
바윗돌 아래서였다.


그리고
또 그리고…


빛나는 젊음을 조국에 바친
한 시간 전의 고귀한 전설의 마디마디
그 사연을 내 무엇으로 말하랴.
내 무엇으로 전하랴.


이처럼 우리들은 장렬히 싸웠거니
내 어이 동무의 주검을 넘어오른
이 산마루에서 엄숙하지 않으랴.
후더운 가슴들의 용기로 거둔
이 고지의 승리를
내 어이 자랑하지 않으랴.


그러기 달도 없는 어두운 밤,
밤을 이어 앞으로 진격하는

부대의 행군을 지켜
나는 무명고지 턱마루에 섰노라.


오오 산이여,
조국의 땅에 뿌리박고
하늘 높이 치솟은 승리의 봉
뻗어 남으로 제주까지 줄기찬
조종의 산발이여,
들으라! 이 깊은 밤에도
골과 벌에 울리는
우리 인민군 진격의 억센 자국 소리를―
침략을 쳐부셔
어깨 고루 일어선 三(삼)천만의 웨침을―

―1950.7. 상주 봉황산 전호에서

| 수록지면 |

* 『서정시선집』(종합시집), 조선작가동맹출판사, 1955.
김조규, 『김조규 시선집』, 조선작가동맹출판사, 1960.

# 또다시 바닷가에 아이들이 모여든다

아이들이 모여든다.
또다시 바닷가에
아이들이 모여든다.

흰 물결이 앞서거니 뒤서거니
갈기를 날리며 모래불을 씻는데
내 사랑하는 용감한 동해의 아이들이
오늘 또다시 즐거운 삶의 놀이를
가없는 생활의 바다에 펼쳐놓았다.

아이들아
얼마나 아름다운 조국의 바다인가?
끝없이 넓은 희망에 가슴 설레이고
마음 흥분하여 가까이 다가오는
한 줄기 움직이는 푸른 수평선.

백사불이 一〇(십)리면 솔밭이 一〇(십)리.
노래에도 불리우는 나의 향토.
맑은 하늘이며 날으는 갈매기며
굽이 돈 해안선이며 점점이 백힌 섬들이며,
물결에 씻기우는 조개껍질이며,
이 모든 것을 두 팔에 걸어 안고
거연히 자리 잡은 저기 공장의 높은 굴뚝—

아이들아,
피곤과 게으름이란 그림자도 없는
전능의 시대에 자라남이
얼마나 자랑스러운 일이냐?
그러나 눈여겨 살펴보니
너희들은 내가 일찍 一〇(십)년 전
이 바닷가에서 노래한 그 아이들은 아니여라.

그러면 어데 갔는가?
지난날 내가 그처럼
글자마다 애정을 담아 노래한
바닷가의 그 지혜롭고 명랑한 아이들,
노래하며 내다르며 소리치던
우리 동해의 어린 세대들은 어데 갔는가?

어렵고 간고한 싸움의 길이였거니
더러는 초연과 함께
추억에서만 찾을 다정한 이름도 있으리라

그러나 해안으로 바라 오른 해적의 무리를 향해
따발총 두루며 내달은 소년의 발자국을
물결이 씻어갔다 생각지 말라,
하나도 의심할 것 없다.
그들이 걸어온 길을, 걸어갈 길을…

아이들아 누가 모르리?
지금 二(이)천 도 전기로 이글거리는 쇳물을

가래질 삿대질 투쟁의 불ㅅ길 올리는
용해공이 一〇(십)년 전 모래불의 소년이였음을
모래성 쌓던 귀여운 손들이
지금은 바이트에 흰 안개 피우며
三(삼)개년 계획을 주름잡아 세월에 앞서가고 있음을—

삶의 모든 생신한 것을 위한 나의 노래여,
여기 푸른 바다의 정열로
창조와 로동의 설레이는 이 가슴들을 노래하라.
장엄한 모든 것에 바친 나의 시행이여,
여기 용해의 쇳물에 붓대를 적시여
기적을 낳는 생의 대렬에서 불꽃이 되여 튀여라,
보람 있는 오늘에서, 보다 아름다운 래일에서,

그때 사람들은 나의 시를 읽으며
새로운 위훈에로 새 힘을 부르리라.
걸어온 길을 전망에서 행복하며
사회주의 광활한 길을 더욱 힘차게 나가리라.

아이들이 모여든다.
로동의 파도가
새로 거듭 설레이는 조국의 바닷가에
동해의 용감한 아이들이
노래하며 내다르며 소리치며
빛나는 돌격대의 모임을 펼쳐놓았다.

—1956.4

| 수록지면 |

*『조선문학』112호, 1956.12.
김조규, 『김조규 시선집』, 조선작가동맹출판사, 1960.

# 포전 오락회

한나절 종'소리는 벌에 흐르고
이깔나무 숲속에선 뻐꾹새 소리,
브리가다원들 떼지어 샘터에 모였네,
삼복에도 이가 시린 수리봉 청수물에.

하늘에 맑은 소리 굴러 흐름은
떠나갔던 종달이 찾아옴인가?
잔디풀 곱게 깔린 곳에
부드런 봄날이 내려앉아 있어라.

샘물 마셔 샘물처럼 시원한 눈이
《파종도 전선일세》 한 곡조 부르니
《처녀의 가슴에도 샘이 솟는가》
방선에서 갓 돌아온 총각이 받아넘기네.

한강수 타령에 풍년가가 맞서고
옹헤야 가락에 처녀들이 춤을 추면
뜨락또르 총각들의 바가지 장단,
어느새 잔디밭은 춤 노래로 덮여라,

하늘의 종달이 부럽지 않아
숲속의 뻐꾹새야 산 넘어 가라!
농장'벌에 퍼지는 집단의 자랑

로동은 노래라네, 춤이라네, 기쁨이라네.


샘물이 흘러 흘러 바다로 가듯
노래야 퍼져 퍼져 3천 리에 날아라.
우리의 로력, 우리의 의지, 소망을 싣고—
사회주의 지평선은 지금 봄이라네.

—1955.5

| 수록지면 |

*『조선문학』122호, 1957.10.
『아침은 빛나라—조선민주주의인민공화국창건10주년기념』(종합시집), 조선작가동맹출판사, 1958.
김조규, 『김조규 시선집』, 조선작가동맹출판사, 1960.

# 물'길[6]

온 길이 천리라오,
굽이굽이 일만 굽이
물'빛이 하두 고와 언덕의 능수버들
탐스런 그 머리채 물속에 드리웠소,

가는 길도 천리라오,
흘러흘러 천만 줄기
어찌 바다로 그저사 갈 것인가
산도 넘었다오, 절벽도 올랐다오,

동무네들 보았소? 산에 상상봉
후치령 산마루에 물'결치는 강물을,
동무네들 들었소? 층계층계 다락논
떠가던 흰 구름도 물속에 잠이 드니
갑산 종자 애기모가 속삭이는 소리를,

예전에사 올 이도 갈 이도 적어
사람 그리운 밤이면
산'짐승 우는 소리도 반갑더라던
삼수나 갑산, 두메산'골
이즘엔 찾는 이 어쩌면 그리 많소?

---

6   이 시는 시초 〈마을의 서정〉 중 한 편이다.

군당 위원장이 부엌 안'방까지 돌보고 가자
농산 기사가 새 밀 종자 들고 왔고,
통신원 아바이가 자전거 꽁무니에
조산원 처녀를 태우고 왔는데
어느새 들어섰나, 예술단 색시들이
물'빛 곱다 검은 머리 치렁치렁 풀어 씻으니

좋구나! 우리 고장
물맛 좋다 한 바가지 들이키고 달리는
뜨락또르 운전수의 머리 우를 날으는
산새도 산이 좋아 산에 취해 살더니
이제는 물이 좋아 물에 취해 물새가 되었다오


| 수록지면 |

* 『문학신문』, 1964. 5. 22.
『천리마나라』(종합시집), 조선문학예술총동맹출판사, 1964.
『해방후서정시선집』(종합시집), 문예출판사, 1979.

# 연두봉 기슭에서

리제순 동지를 비롯한 혁명렬사들의 묘가 해산에 안치되어 있다


그저 수수한 이름들이다,
—리제순, 권영벽, 박록금…
누구나 부르기 쉬운 이름들이다,
—마동희, 리룡술, 지태환…


그 이름이 저마다 다른 것처럼,
제마끔의 년령과 얼굴과 생활을 가졌음에도.
무엇 때문에서인가,
하나의 고동치는 맥박과 후더운 숨'결로
내 심장을 울리며 뜨겁게 하는 것은.


밀림으로 뻗은
장백에도 20도구 한 줄기 오솔'길이여
이 집 저 집 숨어 찧는 발방아 소리에
추야장장 잠들지 않던 깊은 밤들이여,


밀영을 찾아
길청령 높은 재를 단숨에 넘었노란다.
련락 쪽지 비녀 밑에 감추니
캄캄한 밤, 검은 머리 더욱 검어 좋았더란다.


하나의 미더움과 소망과 지향으로
눈보라 만리 험산 속을 의지로 걸은 사람들,

손과 발 족쇄에 채운 바 되였어도,
가장 자유롭게 산 사람들,

스스로 혀'바닥 깨물고
가랑'잎처럼 말라드는 입술에
손'가락 더듬어 감방 돌'바닥에 남긴 글'자욱,
《살아야 한다,
살아 싸워야 한다! 혁명 만세!》

악형의 긴긴 밤이
몇 달 몇 해 거듭했던가,
철창 밖 흰 눈이 소리 없이 쌓이던 밤
운명하면서도 흐트러진 머리카락 치켜 올리며
이마를 밀영 쪽으로 돌려달라던 녀인…

아아 여기 누워 있기엔
너무나 젊은 이름들이다,
그러나 천백 년을 젊어
조국과 함께 빛날 이름들이다.
─리제순, 권영벽, 박록금…

누구나 부르기 쉬운 이름들이다,
그러나 그 높이에선 살기 어려운,
오르고 따라가 반드시
그처럼 살아야 할 이름들이다.
─마동희, 리룡술, 지태환, 심창식…

| 수록지면 |

*『청춘송가』(종합시집), 조선문학예술총동맹출판사, 1964.
『아름다운 강산』(종합시집), 조선문화예술총동맹출판사, 1966.

# 김조규의 서정시와 그의 개성

원석파

우리의 혁명적 시가문학은 해방 후 오늘까지 우리 당의 정확한 문예정책과 현명한 령도에 의하여 새로운 력사의 장을 펼치면서 눈부신 발전의 길을 걸어왔다.

그 로정에서 우리 시인들은 높은 시대정신과 독창적인 시형상으로 인민의 사랑을 받는 시가작품을 수많이 창작하였으며 뛰여난 재능과 다양한 창작적 개성, 풍부한 창작 경험들을 쌓아놓았다.

우리 시문학이 거둔 이 귀중한 성과들은 장래 발전을 위한 좋은 밑거름으로 될 것이라고 생각한다.

그러나 지난 시기의 창작품과 창작 경험들이 아무리 풍부하다 하여도 그것이 저절로 시문학 발전의 밑거름으로 되는 것은 아니다. 이에 대한 깊은 연구와 강한 섭취 의욕이 있어야 하며 자신의 것으로 소화 흡수하여 형상의 힘 형상의 기교로 전환시켜야 한다.

이런 의미에서 시인 김조규의 시가 창작의 길을 더듬어본다.

시인 김조규는 해방 전부터 시 창작의 길에 들어섰으나 그의 본격적인 창작활동은 해방 후 당의 품속에서 진행되였다.

그는 생애의 전 기간 수많은 시가작품을 창작하였으며 서정시 「당신이 부르시기에」, 「모란봉」, 「바다가에 아이들이 모여든다」, 「이 사람들 속에서」, 「연두봉 기슭에서」와 가사 「산으로 바다로 가자」 등 우리 인민의 사랑을 받는 작품들을 내놓았다.

친애하는 지도자 김정일 동지께서는 다음과 같이 지적하시였다.

"시인은 한 편의 시를 써도 자기 얼굴과 자기 목소리가 뚜렷한 서정세계를 펼쳐놓아야 한다."

시가 창작에서 시인의 개성 문제는 언제나 형상의 기본 문제로 제기된다.

시인의 서정세계는 개성을 통하여 펼쳐지며 시인이 주장하는 사상적 내용도 개성을 통하여서만 서정화 된다.

개성은 추상이나 도식을 허용하지 않으며 시를 참다운 시로 되게 하고 시인을 참다운 시인으로 되게 하는 요인으로 되며 한 시인을 다른 시인과 구별하는 조건을 이룬다.

시가의 서정에는 언제나 시인의 성격적 개성과 형상적 개성이 유기적으로 밀착되여 반영되며 종착적으로는 시인의 서정적 개성으로 일원화되여 작품의 사상예술적 가치를 좌우한다. 때문에 시인의 서정적 개성을 안다는 것은 시인 전체를 안다는 것을 의미한다.

그러면 시인 김조규의 서정적 개성은 무엇이며 그의 서정화에서 가지고 있던 특성은 무엇이였던가.

그의 서정시들을 음미할 때 우리가 받아 안는 첫 인상은 그의 작품의 밑바닥을 흐르고 있는 서정의 파동적인 큰 흐름이다.

시인 조기천도 서정의 음악적인 큰 흐름을 안은 시인이였다. 그러나 그의 서정의 흐름이 굽이치는 격류라면 김조규의 서정의 흐름은 완만하고 유유하면서도 저력을 가진 서정이다.

그는 이 큰 서정의 흐름을 타고 주정을 마음껏 쏟으면서 해방된 조국의 새 생활을 아름다운 노래로, 뜨거운 이야기로 전달한 시인이다.

그의 시가에서 서정의 큰 흐름이 그렇듯 강한 인력을 가지고 우리의 심금을 흔드는 것은 그 서정의 흐름 속에 시대의 숨결이 담겨져 있기 때문이다.

그의 서정은 미적 본질에 있어서 환희의 서정이다. 그 환희의 서정은 시인의 열렬한 애국주의 정신과 련결되어 있다. 즉 그의 환희의 서정은 일제의 기반에서 해방된 기쁨의 분출이다. 그러나 그것은 결코 환경이나 운명의 변화에 의한 즉흥적이거나 반응적인 기쁨이 아니다. 그런 기쁨은 오랜 지속성을 가지지 못한다.

그의 환희의 서정 속에는 민족적 긍지와 자부심이 강하게 울리고 있다.

항일의 전설적 영웅이신 경애하는 김일성 장군님을 혁명의 위대한 수령으로 높이 우러러 모시고 새 조국 건설에 나서게 된 크나큰 긍지가 그의 환희의 서정에서 주도적 흐름을 이루고 있다.

그는 1945년에 쓴 시 「당신이 부르시기에」에서 다음과 같이 노래하고 있다.


조국 그것과 더불어

김일성 장군!

그 이름은 우리들 가슴마다에

타오르는 홰불이였습니다

…

빛이 흘러

원쑤가 쫓겨간 이 아침

당신이 천대받고 헐벗던 모든 사람 부르시기에
그 부름 빛으로 받들고
조국창업의 새벽길로 뛰여나왔습니다


이 얼마나 신심과 긍지가 넘친 환희의 노래인가.

이 시에서 시인은 장군님은 곧 조국이며 조국은 곧 장군님이라는 큰 사상과 장군님은 우리 삶의 광원이며 투쟁의 동력이며 승리의 홰불이라는 깊은 감정을 깨우쳐주고 있다.

그의 환희의 서정 속에는 또한 해방을 맞은 새 생활의 기쁨이 넘치고 있다. 그것은 자유와 민주를 찾은 민족의 운명과 인간의 생존권 문제와 련결된 높은 정신적 기쁨이며 새 생활의 건설에 착수한 창조적 기쁨이다.

그의 서정은 또한 우리 민족의 휘황한 미래와 련결된 랑만적인 서정이다. 그는 서정시 「모란봉」에서 다음과 같이 노래하였다.


…

눌리웠던 마음들은
지금 대하로 설레여 네 발에 파도치고
공장과 마을 거리에서는
로력과 창조의 불길 치솟고 있도다


오오 모란봉
이제 너는 두 날개를 활짝 펴라
허파에 숨을 모두어 큰 숨 내뿜어라
네 거칠어진 얼굴을 새로 단장하여라

너를 찾아 모여드는 슬기로운 사람들과 함께


민주조국 창건의 광활한 앞길로
너 모란봉
거대한 그 몸 무게있게 움직여라
넓은 력사의 큰 길로
이제 거침없이 큰 발자국 내여 디뎌라!


보는 바와 같이 시인은 모란봉에 기탁하여 신심과 환희의 주정을 종횡무진으로 자유롭게 터뜨리고 있다.

이 시가 펼쳐놓은 서정세계 속에는 우리 조국과 인민의 력사적 성격이 긍지높게 전형화되여 있으며 도래할 아름다운 미래가 광활하게 열려 있으며 미래를 향하여 새 출발을 서두르는 인민들의 창조적 기백이 봄을 맞은 푸른 산발처럼 굽이치고 있다.

서정시 「모란봉」은 해방을 맞은 우리 인민들의 환희를 가장 폭넓고 깊이있게 감동적으로 노래하여 세상에 내놓은 우리 시단의 첫 자랑이였다고 말할 수 있다.

「바다가에 아이들이 모여든다」의 서정세계는 그의 서정적 개성을 더욱 뚜렷하고 완성된 높이에서 보여주었다.

동해의 푸른 바다가 백사장에서 뛰놀며 어린 시절을 즐기는 아이들의 천진란만한 생활을 바다같이 넓고 거칠매 없이 흐르는 음악적 률조에 담아 펼쳐 보이면서 민주건설 시기의 시대적 서정을 훌륭히 전형화하였다.

그 힘차고 아름다운 서정은 우리 시대 생활의 본질을 반영한 것으로

하여 오늘도 그 미학적 생명력을 잃지 않고 있다.

특히 이 시에서 주목되는 것은 지난날에는 사공의 아들로 인간생활의 최하층에서 천대받거나 버림받았던 아이들이 오늘은 바다의 미래를 받들어갈 떳떳한 주인공으로 등장하고 있다는 것이다.

조국해방과 함께 근로인민이 나라의 주인으로 된 사실을 참신한 서정적 형상을 통하여 감명 깊게 깨우쳐주고 있는 것이 바로 이 시의 중요한 특징이다.


오오 실로 오늘
앞뒤 물결이 서로 어깨를 고르는
이 바다가에서 우리 아이들은
힘과 삶의 놀이를 베풀었도다


아이들아
너희들은 새 시대의 아들
새로운 둘레에 살고
새로운 풍속을 노래하고
새로운 생활을 마음껏 즐기노니
바다가 저리 터진 것처럼
너희들의 뜻과 희망은 크고 넓은 것이다


…

인제 너희들은
바다를 정복하며

　　바다에서 사는 사공의 아들임을

　　당당히 뻐기고 자랑하여라


　이 마지막 련에서 울리는 사공의 아들 된 긍지의 감정은 참말로 억세고 진실하다. "당당히 뻐기고 자랑하여라" 라는 시구 속에는 얼마나 많은 이야기와 내용이 함축되여 있는가.

　가사 「산으로 바다로 가자」는 시인의 환희의 서정에서 절정을 이루고 있다고 할 수 있다.

　이 가사는 생활적 밑받침이 없이 정서가 너무 일반화된 감이 있기는 하지만 환희의 정서가 투명하며 그 투명한 덩어리 속에 생활을 련상적으로 폭넓고 다양하게 안고 있으며 특히 악상이 많은 것을 더 보충해줌으로써 가사의 풍격을 더 높여주고 있다. 이 노래는 시인과 바다가 혼연일체가 되여 우리 시대의 환희와 랑만이 누리에 메아리치게 함으로써 우리 인민들의 가슴속에 갇혀 있던 노래의 물목을 씨원스레 터쳐 주었다.

　시인의 서정적 개성은 시인이 독창적으로 창조한 서정세계의 총체에 그 흔적을 남기기 때문에 또 그것이 매 사람마다 비반복적인 양상을 띠기 때문에 그것을 해부학적으로 일일이 지적해 낸다는 것은 어려운 일이다.

　그래서 종전에는 일부 경우 개성을 론의함에 있어서 시인의 심리 활동을 중심으로 사색을 많이 하는 시인인가, 열정의 불길이 강한 시인인가, 랑만을 사랑하는 시인인가, 즉 대상의 서정화 과정에서 사색, 열정, 환상 등 역할의 강도 상 차이를 놓고 그 류형을 찾아내여 그 류형 속에 개성을 용해시켰다.

　물론 이런 분석은 우리 시문학의 전진을 위하여 많은 긍정성을 가지고 있었다는 것을 부인할 수 없다.

우리의 주체문학론은 창작적 개성을 어떤 일면에서만 찾지 말고 작가의 세계관, 형상적 사유 방법, 창작기교의 총체 속에서 찾을 것을 요구한다. 때문에 우리는 언제나 이 원칙에 충실하여야 하며 개성 문제를 론의하고 연구함에 있어서도 다면성을 잃지 말아야 한다.

더우기 시가의 경우에는 언제나 서정적 주인공이 시인 자신이라는 사정과 관련하여 서정적 개성 문제가 론의의 중심에 놓이게 되며 형상 과정에서의 개성 문제는 통일 속에서 론의되면서도 종속성을 가지게 된다.

시인 김조규의 서정적 개성의 핵은 한마디로 말하여 환희의 넋을 지닌 시인이라는 데 있다. 환희를 노래한 시를 많이 썼다고 하여 환희의 넋을 지닌 시인으로 되는 것은 아니다. 환희가 그의 미학적 리상과 미적 활동에 깊이 침투하여 그 원동력의 지위에까지 이르렀을 때 비로소 환희의 넋을 지녔다고 말할 수 있는 것이다.

시인 김조규의 시가에 발현된 환희는 시인의 환희의 넋에서 울려나온 심장의 노래인 것이다.

조국해방전쟁을 맞이한 시인에게는 새로운 정신적 변화가 일어났다.

시인은 펜을 총으로 바꾸어들고 용약 종군의 길에 나섰다.

시인의 환희의 서정은 증오의 서정으로 바뀌여졌으며 그의 시줄에는 원쑤 미제에 대한 분노가 불타기 시작하였다.

해방의 환희가 그렇듯 컸던 것만큼 침략자에 대한 분노 또한 헤아릴 수 없이 컸던 것이다.

그 분노의 서정은 서정시 「이 사람들 속에서」에서 격조 높이 노래되였다.

이 시는 시인이 조국해방전쟁 시기에 쓴 시 중에서 대표적인 작품의 하나이다.

포연탄우가 비발치는 공격전을 직접 체험하면서 쓴 시여서 그 감정이 진실하고 억세며 소박하면서도 조국에 대한 사랑과 원쑤에 대한 분노가 직선적으로 가슴에 울려온다. 인민군 전사가 되여 총창을 들고 공격전에 나선 시인의 소박하면서도 영웅적인 숨결을 생생하게 느끼게 되며 그 서정적 형상 속에서 싸우는 인민군 전사들의 전형을 보게 된다.

그러나 이 서정시는 시대적 폭이 넓지 못하며 서정의 흐름이 크지 못한 형상적 부족점을 가지고 있다.

전쟁 시기의 시대정신과 시인의 개성적 흔적이 가장 선명하게 침투된 시는 조선로동당 제3차 전원회의에 드리는 헌시 「새로운 승리의 길로」일 것이다.

이 시는 전쟁에서 체험한 다양한 생활이 시인의 높은 미학적 리상의 조명을 받으면서 서정화된 시로서 전쟁을 승리에로 인도하는 당과 수령께 올리는 심장의 노래인 것이다.

이 시에는 조국에 대한 뜨거운 사랑도 있고 원쑤에 대한 분노도 있으며 전쟁의 최후 승리에 대한 철석같은 신심도 있다. 그 사랑과 분노, 신심은 해방의 크나큰 환희를 맛본 사람의 사랑과 분노이며 신심이여서 더 무게 있고 크게, 더 귀중하고 값있게 안겨온다.

헌시 형식으로 씌여졌지만 흔히 이런 형식의 작품에서 볼 수 있는 정론조 또는 해설 론리조를 찾아볼 수 없으며 정수화된 서정의 뜻 깊은 표현만을 시구마다에서 느끼게 된다.

그의 펼친 서정세계 속에는 싸우는 인민들의 감정의 바다가 굽이치고 있다.

조국이여 어머니시여
아아 다시 한 번 또 불러
가슴 자꾸 벅차오르는
조국 나의 어머니 조선이시여


여기
불붙는 심장들을 가진 사람들은
항상 당신의 운명을 념원하고
여기
대양처럼 파도치는 마음들은
목숨을 스스로 당신과 함께 하는
영예로운 조선로동당원!


이 얼마나 조국에 대한 사랑의 뜨거운 표현인가. 조국의 운명을 지키려는 철석같은 신념의 노래로 격조 높이 울리고 있는 것인가. 목숨을 스스로 조국과 함께 한다는 표현은 외형적인 겉치레 말이 아니라 로동당원이 옷깃을 여미고 조국 앞에 다지는 량심의 맹세인 것이다.

이런 진실한 시에는 표리가 없으며 표현이 그대로 행동으로 되는 것이다. 더우기 이 시는 우리 인민군대의 일시적인 전략적 후퇴시기에 쓴 것으로 하여 시인의 높은 정신적 풍모를 더욱 높이 부각시키고 있다.

아직도 적아간의 승패를 기약하기 어려운 전략적 후퇴시기에 위대한 수령님의 령도가 있는 한 어떤 대적도 타승할 수 있다는 철석같은 믿음이 매 시구, 시행마다에 깊이 슴배여 있는 것으로 하여 독자들의 심금을 더욱 강하게 흔드는 것이다.

그렇다 투쟁의 불길에서
우리는 뭉치고 더욱 튼튼하여졌나니
도살자 미제야
두려워하라 전률하라
죽음 가운데서도 가장 무서운 것을
백배로 갚음하여 네게 주고야 말리라

　…


그러면 나아가자
당이 부르는 미제 섬멸의 길로
굳게 지키자
당이 지정한 초소를
김일성 장군의 호소 높이 받들고
계속 원쑤 섬멸의 길
승리의 길로 힘차게 내닫자


　우리는 이 진실하고 가식이 없으며 신심이 넘치는 억센 표현 속에서 당 중앙위원회 전원회의에서 하신 위대한 수령님의 호소를 높이 받들고 사기충천하여 재진격의 신들메를 조이는 시인의 모습을 여실히 보게 된다.
　전후복구건설 시기를 맞은 시인의 서정적 개성은 혁명전통을 노래한 「연두봉 기슭에서」에서 더 공교화되고 풍부화되여 그의 창작성과를 더욱 빛내이고 있다.
　서정화 과정에서 발현된 시인의 개성적 특성은 매 시편들의 서정의 완숙성에 있다.

그는 흔히 류형으로 구분되는 사색형의 시인도 아니며 열정형의 시인도 아니고 지성적인 또는 랑만적인 시인도 아니다.

그는 자기의 서정 속에 모든 형상적 요소들을 조화롭게 통일시켜 서정의 완숙성을 추구하였다.

서정은 무르익어야 미적 견인력을 가진다는 형상원리의 의미를 그는 잘 알고 있었으며 이를 실현하기 위하여 남다른 모색을 기울인 시인이다.

서정의 완숙성이란 정서의 비대를 의미하거나 감상적 기분의 과잉을 의미하는 것은 아니다.

체험, 사색, 열정, 환상 등 모든 형상요인들이 심장 속에서 대상을 완전히 용해하여 주체화된 서정의 조화로운 세계를 펼쳤을 때 우리는 이것을 완숙한 서정이라고 말할 수 있다고 생각한다.

그의 서정시에서는 모든 것이 조화로우며 잡티가 없고 투명하다.

그 완숙성으로 하여 시구들은 힘 있고 강한 정서적 침투력을 가지고 있으며 각종 형상수법과 문체들이 시인의 개성적인 것으로 느껴진다.

새로운 것의 모색 방법에 있어서도 특이한 것을 찾아볼 수 있다. 상념적인 론리 추구의 모색이 아니라 생활정서적인 모색이다.

그는 생활을 관조적으로 대하지 않았다. 언제나 생활의 흐름을 타고 생활과 함께 흐르면서 생활이 환기시키는 정서를 노래하였다.

그에게 있어서 새로운 것이란 상념이나 론리로 얻어낸 새 판단이 아니라 생활이 낳은 새로운 정서이다. 때문에 그의 서정세계에서는 애써 새로운 것을 찾으려는 론리적 모색의 흔적을 찾아볼 수 없으며 철학적 양상의 시도 보기 드물다.

그는 생활 속에서 생활이 새롭게 낳는 정서를 깊이 체험하면서 그것을 그대로 노래하는 것으로서 서정의 참신성을 담보하였다.

그의 시집 가운데서 〈생활의 이야기〉 편에 실린 시들이 이 사실을 잘 말하여 주고 있다.

이 시들은 그가 전후복구건설 시기 현지에 파견되어 룡성로동계급들 속에서 치차절삭공으로 일하면서 창작한 작품들이다. 이 시편들에는 시대정신이 산 생활 속에서 높이 나래치고 있으며 생활과 로동의 의의를 깊이 깨닫고 그 보람을 느끼는 시인의 얼굴이 한층 뚜렷이 부각되어 있다.

이 시편들은 오늘 우리 젊은 세대의 시인들에게 시인은 어떤 립장과 자세로 현실을 대하며 생활을 어떻게 체험하고 서정화할 것인가에 대하여 좋은 시사를 준다.

시인은 기교적 측면에서 볼 때 무기교의 기교를 가지고 있었다고 할 수 있을 것 같다. 이것이 역설로 들릴지 모르나 창작실천에서는 엄연히 존재한다.

무기교의 기교란 기교가 없다는 것을 의미하는 것이 아니라 기교를 자연스럽게 부렸기 때문에 기교가 표면에 로출되지 않으면서 내용을 충실히 표현하는 데 복무한다는 것을 의미한다. 이것은 기교 활용의 높은 경지를 말하는 것이다.

그는 시형상의 각종 수단과 수법을 가지고 있었으며 이것을 자유자재로 자기 투로 쓸 줄 알았다. 그러나 그는 이것을 람용하지 않았으며 특수한 수법들을 과장하여 그 덕을 입어보려고도 하지 않았다. 그의 기교는 겉자랑이 없이 내용에 복무하였다.

그는 고상한 창작륜리를 가지고 있었으며 언제나 독자들 앞에 겸손하고 진실하였다.

시인 김조규는 진지한 창작적 모색과 탐구로 우리 시대의 주도적 감정을 노래한 주체형의 혁명적 시인이였으며 자기의 독창적이며 개성적인 환희의 넋으로 우리 시문학의 화원을 풍부하게 장식하는 데 이바지한 중진의 한 사람이였다.

친애하는 지도자 김정일 동지의 현명한 령도의 손길 따라 더 찬란히 개화발전하는 혁명적이며 주체적인 우리 시문학의 길에서 그가 피운 시가의 꽃들은 오래도록 그 향기를 잃지 않을 것이다.

—『문학신문』, 1993.10.1

**기타 참고문헌**

「로동계급의 심장 속으로—시인 김조규의 현지생활에서」, 『문학신문』, 1958.4.10.
『김조규 시집』 저자의 략력, 조선작가동맹출판사, 1960.
리만섭, 「『김조규 시선집』을 읽고」, 『문학신문』, 1960.6.17.
리정구, 「변천하는 시대의 면모 시대의 얼굴—『김조규 시선집』에 대하여」, 『문학신문』, 1960.7.15.
박영춘, 「화선시가들을 통해 본 시인 김조규의 언어형상기교」, 『문화어학습』, 2004.1.
류만, 「영웅적 항일무장투쟁에 대한 긍지높은 찬양과 김조규의 시세계—산문시 「전선주」에 대하여」, 『조선문학』 675, 2004.1.
허왕진, 「시인 김조규와 산문시 「전선주」」, 『조선문학』, 2009.9.
『문학대사전』, 사회과학출판사, 1999.
『조선대백과사전』, 백과사전출판사, 1995~2004.

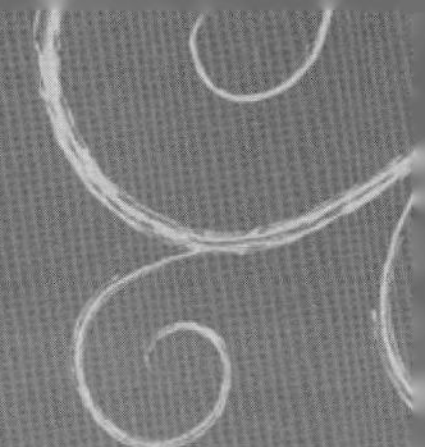

# 김철

1933년 함북 명천에서 출생하였다.
1954년부터 시를 발표하기 시작한 것으로 추정된다.
2008년 작고하였다.
개인시집으로 『갈매기』(1958)『철의 도시에서』(1961)『어머니』(1989)『끝나지 않은
담화』(서사시)(1992) 등이 있다.

# 기뻐하노라

김철

이른 아침 대문 밖에 나섰노라—

들에서 불어오는 훈훈한 바람은
이른 봄 향기를 가슴 가득 풍겨주고
마을 한복판 떠날 차비 분주한 뜨락또르 곁엔
깃발들을 날리며 사람들이 모여 섰다.

검붉은 팔들을 높이 걷어 올리며
얼굴마다 웃음이 환—하게 피는데
상쾌한 아침 대기를 흔들며
높이 울리는 아기의 울음소리,

날쌘 처녀들이 골목으로 달려 나와
싸리 울바자를 바람처럼 넘는데
저편 집 대문이 활짝 열리며
『얘들아! 아들을 낳았다!』

만 사람의 가슴을 뜨겁도록 흔들며
이 땅에 생을 고하는 저 목소리!
태양과 함께 우리에게로 오는
우렁찬 우렁찬 탄생의 목소리여!

기뻐하노라,

이 햇빛,
이 아침,
바로 이 땅!


아아 천년이고 만년이고
끝없이 살고 싶은 나의 고향에,
또 하나 귀중한 우리의 미래
영웅의 탄생을 기뻐하노라.


아기를 위해 백화여 만발하라
어머니 품에 안겨 젖 먹을 창문 밑에,
새까만 눈동자가 바라볼 벌판에,
우리 조합 풍작의 들길에, 언덕길에,


종달새여 네 노래로 하늘을 덮어라,
과원이여 가지가 휘도록 열매를 맺으라
그리고 우리 협동조합원들아,
어서 저 들판으로 나아가자.


이 땅에 또다시 봄이 오고 여름이 올 제면
우리의 기쁨 우리의 보배들을 위하여
더덩실 커다란 궁전을 세워주자
새날을 향해 무럭무럭 크게 하자


| 수록지면 |

* 『조선문학』, 1954.9.
『서정시선집』(종합시집), 조선작가동맹출판사, 1955.
김철, 『갈매기』, 조선작가동맹출판사, 1958.

김철, 『어머니』, 문예출판사, 1989.
김철, 『김철 작품집』 (상), 문학예술출판사, 2006.

# 갈매기

물안개 걷히는 아침 바다 우에
잠을 깬 어린 갈매기 한 마리,
흰 날개 파도 스쳐 날으는
너는 자유로운 바다의 새.

포구를 떠나는 고깃배
돛대 우를 유유히 감돌다가도,
소리 높이 고기떼를 불러 오련 듯
수평선 아득히 나래 쳐 가고,

그래도 진주 물결 부서지는 백사장
해당화 타는 향기 못 견디게 그리워,
제가 자란 기슭으로 또다시 돌아오는
사랑스런 나의 새, 희망의 갈매기야!

파도 높은 절벽 밑, 흰 바위틈에서
첫 울음소리 높이 울린 새벽부터
활짝 편 너의 두 날개는
내 어린 시절의 꿈을 싣고 날으더니…

네 노래 해적들의 포성에 찢어지고
깃을 가다듬을 바위들도 부서질 제,
아! 그리고 너와 나 정든 포구가

검은 연기에 싸여 사라져 버릴 제,

혈전의 바다, 날뛰는 격랑을 넘어
노호하는 우리의 포대 우를 감돌며
애타는 목소리로 너는 불렀다.
『자유를… 보금자리를… 내 노래를!』

해초 뒤엉낀 잔잔한 도래굽이,
청솔 해풍에 설레이는 높은 언덕,
일어서는 거리, 방긋 웃는 창문마다
붉게 붉게 노을은 퍼져오니…

물어보자, 갈매기야!
아침노을이 저렇게도 불탐은
사랑하는 고향을 지켜 흘린
전우들의 선혈이 물들어서냐?

이 바다 물결이 끊임없이 설레임은
멎을 줄 모르는 그네들의 높은 숨결,
미래에로 미래에로 부르는
그네들의 목소리가 살아 있기 때문이냐?

갈매기! 너는 이 바다의 청춘을,
한없이 깊고 넓은 이 바다의 청춘을,
그리고 이 바다 영웅들의 전설을 노래하는
정열의 가수, 동해의 딸!

이제 다시 네 노래, 네 날음을 막지 못하리니,
날으자! 나의 새야, 저 하늘 끝까지…
흰 날개 훨훨 창공에 펴고
아득한 수평선을 단숨에 넘날으며,

너와 나 목청껏 노래 부르자!
싸워 지킨 우리의 바다, 우리의 자유,
나서 자란 기슭에 또다시 피여나는
새 생활의 아름다운 노래들을!

$-1954$

| 수록지면 |

* 『서정시선집』(종합시집), 조선작가동맹출판사, 1955.
김철, 『갈매기』, 조선작가동맹출판사, 1958.
김철, 『어머니』, 문예출판사, 1989.
김철, 『김철 작품집』 (상), 문학예술출판사, 2006.

# 일하기도 좋고 살기도 좋다!

며칠 전만 하여도 나직한 토굴들이
옥수수밭 속에 모여 앉아 있더니,
하늘로 향한 자그마한 퇴창문에
한 점 구름도 다 담지 못하더니.

오솔길 예돌아 집 앞에 이르른
유쾌하고 부지런한 우편 통신원,
커다란 편지 뭉치 움켜잡은 채
놀랜 눈으로 발길을 멈추었네.

여기 있던 집은 어데로 갔나?
말끔히 정리된 집터마다엔
어느새 알뜰한 채마밭이 둘러앉아
파릇파릇 새싹을 키우고 있으니—

『도대체 이것이 어찌된 셈이요?』
신작로에 서 있는 화물자동차로
이삿짐 분주하게 이여 나르는
한 녀인 붙잡고 통신원은 물었네.

『어찌 되긴 어찌 됐단 말씀이예요?
분이네는 새로 지은 사택으로 이사 갔고
철이네는 저기 뵈는 아파트로 옮겼죠.

우리도 이렇게 역사를 한다오.』


착하고 부지런한 우편 통신원
편지 한 장 전하려 아파트로 찾아가네.
―이렇게 두툼한 봉함 편지야
사연인들 얼마나 많이 담았겠나―


층계 우에 또 층계, 한 문 열면 또 한 방,
에―높기도 하고 많기도 해라!
四〇(40)년 걸어온 통신원의 생애에
이런 집에 와 본 적 한 번이나 있었던가!


거리로 열려진 넓은 창문들로는
정오의 햇빛이 환하게 비치는데,
오붓한 방안, 커다란 대야 속에
목욕을 하고 있는 발가벗은 어린애.


동실한 어깨 우에 햇볕이 드리워
그 몸은 그대로 금덩어린가,
웃음을 가득 담은 젊은 어머니
그 얼굴 그대로 보름달인가.


『여보소, 새악씨 편지나 받소!
이런 집에 온 줄야 어떻게 알았겠소.
집들이에 못 온 건 유감천만이지만
그 애 생일날에는 청하길 잊지 마오.』

마음속 흐뭇해진 우편 통신원
또다시 집집을 찾아 떠났네.
이 골목, 저 골목 사람들께 물어보며
편지 임자 찾아서, 새 주소를 찾아서.

『일하기도 좋고 살기도 좋다!
모두들 이런 궁전들로만 이사한다면
주소야 하루에도 백 번 변하라 하라
내 두 다리에 힘이야 진하랴!』

| 수록지면 |

*『조선문학』105호, 1956.5.
『평양』(종합시집), 조선작가동맹출판사, 1957.
김철,『갈매기』, 조선작가동맹출판사, 1958.
김철,『어머니』, 문예출판사, 1989.
김철,『김철 작품집』(상), 문학예술출판사, 2006.

# 영흥만에 달이 뜬다[1]

바다 멀리 호도의 등어리에
한 순간 훤한 빛이 얹혀 있더니,
하늘과 바다를 가득 채우며
달이 뜬다, 영흥만에 달이 뜬다.

번들거리는 물'결을 차며
물'새들 고추 달을 향해 나는구나,
검푸른 바위 그늘 속에서
흰 돛 소리 없이 미끄러져 나오누나.

아름다와라 동해의 저녁이여,
달'빛 아래 철썩이는 금물'결이여,
하늘의 별이 바다 속에 잠기고
바다'속의 진주 하늘에 미소 짓는
시의 나라, 노래의 바다여!

너는 어느 모래불 어느 여울목에
내 병사 시절의 발'자국을 남겼느냐,
말하라, 네 우에 솟는 저 둥근 보름'달은
혈전의 날에 썼던 해병모가 아니냐.

---

1  시집 『어머니』와 『김철 작품집』에서는 제목이 「금야만에 달이 뜬다」로 바뀌었다.

내 지금 이 자리에
한낱 바위'돌로 굳어진들 어떠리,
너를 지켜 여기 천년을 서서
해초에 덮이고 파도에 부대낀들…

…달이 뜬다, 달이 날아오른다.
제가 온다고 또 나도 마주 오라고
은'빛 고기떼로 다리를 놓았는가,
둥! 둥! 북을 치며 달이 달음쳐 온다.

−1957.3. 영흥만에서

| 수록지면 |

*『조선문학』118호, 1957.6.
김철, 『갈매기』, 조선작가동맹출판사, 1958.
김철, 『어머니』, 문예출판사, 1989.
김철, 『김철 작품집』(상), 문학예술출판사, 2006.

# 건설장의 새벽[2]

서서이 물러가는 눅눅한 안개,
엇갈리며 뻗어 오르는 철근의 수풀,
그사이로 아득히 저 멀리서
푸름푸름 다가오는 쪼각난 하늘…

땅 우에 두고 못 갈 미련이 있나–
별무리 아쉬운 듯 노을 속에 잦아들고,
허공에 가득 푸르게 번뜩이는
수천수만의 용접광… 용접광…

깊이 빨아 삼키는 담배 맛이여,
속살로 스며드는 차붓한 랭기여,
기둥에 높이 걸린 스피카에서
장엄하게 시작되는 애국가의 주악이여,

달래일 수 없구나!
가슴을 치며 뛰는 세찬 피'방울…
아, 교대 없이 휴식 없이
바쳐도 못 다할 뜨거운 마음…

함께 타며 끓자, 새벽이여! 아침이여!

---

2  이 시는 시초 〈건설장의 새벽〉 중 한 편이다. 시초 첫머리에 '이 시편들을 성진 제강
   소 신조강직장 건설자들에게 드립니다'라고 기재되어 있다.

심장을 그대로 뽑아 올릴 듯
창공에 가득 찬 불같은 태양이여!
너를 머리에 이고 오늘 또 하루
로력의 전선, 승리의 진군은 시작되누나.

—1958.7

| 수록지면 |

*『조선문학』137호, 1959.1.
김철,『철의 도시에서』, 조선작가동맹출판사, 1961.
김철,『어머니』, 문예출판사, 1989.
김철,『김철 작품집』(상), 문학예술출판사, 2006.

# 누이에게 보내는 노래

1

길을 가다가도 멈추어 선다.
봄날 부드러운 흙을 파고
애'된 나무 심는 예닐곱 소녀 앞에.
저녁 날씨 푸군한 사택 마을
문득 남의 창문 들여다본다,
밝은 전등'불 아래
동생의 요람을 흔들어 주며
노래 부르듯 책 읽는 쟁쟁한 목소리에,
깊은 밤 책장을 뒤적이다가도
이른 새벽 시'줄을 더듬어 가다가도
아빠트 층계를 떠들썩 달려 내리는
조그만 발들, 흰 운동화 가뜬히 신었을
그 발들의 자국 소리 듣기만 하면…
아아! 내 사랑하는 어린 누이야
너를 생각한다,
내 곁에 없는… 내 곁에 없는….

2

보리가을 하던 밭머리에서
어머니는 너를 낳아 치마에 싸안았지.

내 너를 업고 달래다가 달래다가
그만 나도 함께 설은 울음 터뜨리며
어머니 마중하려 저문 들'길 가군 했지.
내 철없는 장난에 취했을 때
너를 혼자 집에 두고 사립문 잠근 채
애들과 함께 시내'가로 갔다가도
오래비 된 생각 피뜩 들 때면
정신없이 동'둑길을 달려갔었지,
조고만한 붕어 하나 손에 꼭 쥐고
너한테 지은 죄 용서를 받으려구…

돌아올 수 없는 어린 시절의
다만 하나 벗이였던 맑은 눈이여,
마음껏 아껴주고 돌봐주지 못한 생각
두고두고 가슴에 마치는 천진한 얼굴이여,
지금도 의용군 대렬에서 전선으로 향할 때
오빠 빨리 오세요–대문'가에 손 젓던
그런 어린아이로만 생각키우는 너,
아아! 내 하루에도 몇 번
너를 생각한다,
내 곁에 없는… 내 곁에 없는….


3


너 벌써 열아홉 처녀로 컸으려니,
한생에 다시없을 소중한 생각
남몰래 가슴에 키울 처녀로 컸으려니,

오죽이나 좋으랴, 네 내 곁에 있다면.
네 순진한 꿈, 가슴 다는 흥분까지
오빠로서 너그러이 들어줄 수 있다면.
얼마나 좋으랴, 늙으신 어머니 더운 방에 모시고
네, 나의 안해—새 언니와 마주 웃고
네, 나의 아들—어린 조카를 업어준다면…
내 집에 찾아오는 좋은 친구들 중에
네가 택한 길'동무 있어 준다면…!


4


그러나 라디오는 차마 들을 수 없는
무서운 소식을 시간마다 전하누나
신문의 굵은 특호 활자 속에서
문득 네 이름 보게 되지 않을가
아침마다 내 가슴 죄여 드누나.
어찌 생각할 수 있으랴,
네 부산 부두에 있지 않으리라고
네 군산 네거리를 헤매지 않으리라고
네 풀뿌리 캐는 헐벗은 등성이에 있지 않으리라고.
맥캔니들의 저주로운 터럭손이
네 고이 간수한 봄을 노리고
비린 냄새 풍기는 잔인한 총탄이
백주에도 살판 치며 날친다는 이야기…,

5

날아가라 날아가라 나의 노래여,
이제는 네가 다시 날창이 되라!
내 누이, 우리의 수백만 누이들의 손에서
칼이 되라, 창이 되라, 방패가 되라,
그네들의 억센 손에 굳건히 받들려
야수들의 곪은 눈을 마주 찌르라,
닥쳐올 상봉의 날의
꺾일 수 없는 믿음이 되라.


내 어린 누이로 하여
오빠를 생각케 하라
승리를 확신케 하라
날아가서 날아가서 폭탄으로 터지라,


…아아! 사랑하는 나의 누이야,
내 너를 생각한다,
언제나 언제나
내 곁에 있는… 내 곁에 있는!

—1958.4.15

| 수록지면 |

*『문학신문』, 1958.4.24.
『그날을 위하여』(종합시집), 조선작가동맹출판사, 1960.
김철, 『철의 도시에서』, 조선작가동맹출판사, 1961.
김철, 『어머니』, 문예출판사, 1989.
김철, 『김철 작품집』 (상), 문학예술출판사, 2006.

# 회의록의 한 토막

그날도 공장에서는 우리 당을 반대하여 종파 행위를 감행한 최창익, 박창옥 도당들의 죄상을 폭로 규탄하는 당원 집회가 계속되었다.


방금 두드려 낸 더운 쇠더미 우에
묵묵히 앉아 듣고만 있던 그,
늙은 단조공은 천천히 일어섰다.
—그놈들이 지금 어디에 있소?


가열로의 세찬 불빛을 받아선가
커다란 눈이 번쩍이였다.
주먹을 부르쥐고 저도 모르게
그는 사람들 앞으로 걸어 나갔다.


— 야마다네 구정물 통에 흰 밥이 썩던 그때
순옥의 에미가 순옥이를 낳아 놓구
한 되박 쌀이 없어 황천객이 되였던
그 이야기를 동지들 아는지요?!


내 딸 순옥이를 기를 길 없어
이 못난 애비가 어린 생명을
누더기에 싸안고 젖동냥을 다니던
그 일도 동지들, 잊지 않았겠지요?!


열두 해 전에 김일성 동지께서
먼지 바닥에서 나를 일으켰지우.

그때 처음 붉은 해를 청천에 쳐다보며
나는 사람다운 생활을 찾았지우….


그런데 그놈들이 어디에 있소?
김일성 동지를 수령으로 모시여
철석같이 통일된 우리 당과 주권을
안으로부터 쏠아 먹고 허물려던 그 종파놈들이.


그러나 천만에! 안 될 말이지!
옛날의 순옥의 애비가 아닌
단조공 최바우에게 그놈들을 맡겨주오!
모루 우에 던져 놓고 함마를 내릴 테요!


…쩨흐의 벽체와 높은 천장에
쩡쩡 메아리치는 굵은 목소리.


그 누구의 지시도 신호도 없이
우리는 다시 기대로 달려갔다.
땀 흘리는 사람들인 우리들 스스로가
얼마나 신성하고 큰 권력을
자신 있게 틀어잡았는가를 다시금 자각하며.

—1958


| 수록지면 |

김철, 『철의 도시에서』, 조선작가동맹출판사, 1961.
김철, 『어머니』, 문예출판사, 1989.
김철, 『김철 작품집』(상), 문학예술출판사, 2006.

# 금요로동

그처럼 어렵던 나날에
내 이 거리를 위해 벽돌 한 장 쌓지 못했고
온 세상이 쳐다보는 이 거리의 창문들에
내 아직 유리 한 장 끼운 일 없었기에

깨끗이 빤 작업복 한 벌
려행가방 깊숙이 넣고 왔더니
천만다행이랄가
나에게도 일감이 차례졌구려

나는 큰 대회의 대표도
출장원도 아닌 보통 려행자,
나는 로력영웅, 혁신자도 아닌
평범한 광부

어머니 품을 찾는 젖먹이처럼
수령님 계시고 당중앙이 있는
수도의 품이 그저 그리워
견학권 한 장 쥐고 찾아온 사람

40평생 짊어진 마음의 빚을
하루의 땀으로야 어찌 다 갚겠소만
대극장 배우동무, 정무원의 국장동지

힘자라는껏 듬뿍듬뿍 담아주시오


이렇게 가까이 대하고 보니
실상은 초면들도 아니였구려
우리한테 찾아와서 부르던 노래
예 와서 들으니 귀맛이 새롭고


갱식당 고기국을 맛본 후에야
진짜 광부 생활을 알 수 있다 하더니
쉴 참에 따라주는 평양맥주 맛
옥류관에 갔던들 어찌 다 알았겠소


그렇소, 어디로 가든
일감을 찾는 것이 응당하지만
나는 참말 기쁘오,
평양 와서 흠뻑 땀을 흘리는 것이


내 지금 넓히고 있는 이 길로
우리 수령님
더없이 기쁘시여
만족하신 웃음으로 지나신다면


내 지금 심고 있는 이 나무 한 그루가
현지지도의 먼 길에서 돌아오실
그이의 겹쌓이는 로고를
서늘한 그늘로 덜어드릴 수 있다면

나는 적어 넣겠소
몇 줄 아니 되는 나의 자서전에
동지들과 함께 보낸 이 하루 로동일을
큰 글자로 뚜렷이 밝혀두겠소


| 수록지면 |

*『조선문학』 388호, 1980.2.
김철, 『어머니』, 문예출판사, 1989.
김철, 『김철 작품집』 (상), 문학예술출판사, 2006.

# 어머니

内 이제는
다 자란 아이들을 거느리고
어느덧 귀밑머리 희여졌건만
지금도 아이 적 목소리로 때 없이 찾는
어머니, 어머니가 내게 있어라

기쁠 때도 어머니
괴로울 때도 어머니
반기여도 꾸짖어도 달려가 안기며
천백가지 소원을 다 아뢰고
잊을 번한 잘못까지 다 말하는
이 어머니 없이 나는 못 살아

놓치면 잃을 듯
떨어지면 숨질 듯
잠결에도 그 품을 더듬어 찾으면
정겨운 시선은
밤 깊도록 내 얼굴에 머물러 있고
살뜰한 손길은
날이 밝도록 내 머리를 쓰다듬어주나니
이 어머니 정말
나를 낳아 젖 먹여준 그 어머닌가…

내 조용히 눈길을 들어
어머니의 모습을 다시 쳐다보노라
그러면… 아니구나!
이 어머니
나 하나만이 아닌
이 땅 우의 수천만 아들딸들을
어엿한 혁명가로 안아 키우는
위대한 어머니가 나를 굽어보나니

그 시선 한 번 강토에 비끼면
황량하던 폐허에도 온갖 꽃이 만발하고
거인의 그 손길 창공을 가리키면
전설속의 천리마 네 굽을 안고 나는
아 이런 어머니를 내 지금껏
아이 적 목소리로 불러왔던가
이런 어머니의 크나큰 품이
나의 작은 요람까지 지켜주고 있었던가

송구스러워라 이 어머니를
나에게 젖조차 변변히 먹여줄 수 없었던
한 시골아낙네의 이름과 나란히 한다는 것은,
그러나 어이하리
당이여 조선로동당이여
어머니란 이 말보다
그대에게 더 어울리는 뜨거운 말을
이 세상 어느 어머니도
나에게 가르쳐주지 못했거니…

그대는 어머니!
피도 숨결도 다 나누어주고
운명도 미래도 다 맡아 안아주며
바람도 비도 죽음까지도
다 막아 나서주는 우리들의 어머니
준엄한 싸움길에 하나의 전사 뒤떨어져도
천리길 만리길 다시 달려가
붉은 기에 휩싸 안아 대오에 세워주는
영원한 삶의 품! 혁명의 어머니!

인류력사 백만 년에 수억만의 어머니들이
그리도 애달프게 기원하던 아침이
오직 그대의 예지 그대의 신념
그대 필승불패의 향도를 따라
이 땅 우에 찬연히 밝아왔나니

응석과 어리광만으로야 어찌
그대 사려 깊은 눈빛을 마주볼 수 있으랴
당이여 어머니시여
그대 현명한 스승의 시선
그대 로숙한 사령관의 안광이
저 멀리 내다보는 미래의 언덕으로
내 걸으리라―
그대 나를 위하여 마음 기울인
그 모든 낮과 밤을 다 안고 걸으리라

무엇을 아끼랴 그 무엇을 서슴으랴

그대 숭엄하고 존엄 높은 모습에
한줄기 빛이라도 더해드릴 수 있다면
내 불붙는 석탄이 되여
어느 발전소의 화실에 날아들어도 좋아라
그대의 은정 가없이 펼쳐진
저 푸른 이랑들을 더 푸르게 할 수만 있다면
내 한 줌 거름이 되여
어린 모 한 포기를 살지운들 무슨 한이 있으랴

아 나의 생명의 시작도 끝도
그 품에만 있는 조선로동당이여
하늘가에 흩어지고 땅에 묻혔다가도
나는 다시 그대 품에 돌아올 그대의 아들!
그대 정겨운 시선, 살뜰한 손길에 몸을 맡기고
나는 영원히 아이 적 목소리로 부르고 부르리라―
어머니! 어머니 없이 나는 못 살아!

| 수록지면 |


*『조선문학』408호, 1981.10.
『서정시선집(1979~1985)』(종합시집), 문예출판사, 1986.10.
『어머니―시와 노래집』(종합시집), 금성청년출판사, 1987.6.
김철,『어머니』, 문예출판사, 1989.7.
『1980년대 시선』(종합시집), 문예출판사, 1990.
『청춘시집』(종합시집), 문학예술종합출판사, 1993.
『천리마』431호, 1995.4.
『조선문학』571호, 1995.5.
『천리마』468호, 1998.5.
『천리마』497호, 2000.10.
『조선문학』672호, 2003.10.
『천리마』533호, 2003.10.
『천리마』557호, 2005.10.
『문학신문』, 2005.10.10.
김철,『김철 작품집』(상), 문학예술출판사, 2006.

김철, 『김철 작품집』 (하), 문학예술출판사, 2006.
『조선문학』 708호, 2006.10.
『문학신문』, 2006.10.28.
『청년문학』 578호, 2007.1.
『조선녀성』 584호, 2007.1.
『천리마』 572호, 2007.1.

# 용서하시라

용서하시라 어머니시여
무명천으로 통바지 해주었다고
투정질하며 어머니의 속을 태우던
이 아들을 용서하시라

용서하시라 선생님이시여
화학숙제도 제대로 안 해오고
대수공식도 외우지 않아
선생님을 애먹이던 이 제자를
선생님이시여 용사하시라

그러나 용서치 마시라 조국이여
진격의 길에서 내 주저하며
순간이나마 생명의 귀중함을 생각한다면,
하여 나의 가슴을 겨눈 적의 탄알이
전우의 가슴을 뚫게 된다면
절대로 용서치 마시라

허나 나는 그대의 아들
내 혈전장에서 용맹하려니
잊지 마시라
내 최후의 돌격전에서
기발 들고 나가다 쓰러져

영영 다시 일어나지 못한다 해도
조국이여
부디 나를 잊지 마시라
그리고 용서하시라

—1950~1986

| 수록지면 |

* 김철, 『어머니』, 문예출판사, 1989.
『1980년대 시선』(종합시집), 문예출판사, 1990.
『청춘시집』(종합시집), 문학예술종합출판사, 1993.
『신념의 메아리』(종합시집), 문학예술출판사, 2004.
김철, 『김철 작품집』(상), 문학예술출판사, 2006.
『조선녀성』 583호, 2006.12.
『조선문학』 711호, 2007.1.
『청년문학』 578호, 2007.1.
『천리마』 572호, 2007.1.
『청춘이여』(종합시집), 금성청년출판사, 2007.

 # 당에 대한 철학의 새로운 시세계

김순림

"어머니! 어머니 없이 나는 못 살아!"

서정시 「어머니」(김철 작)는 너무나 평범하면서도 또 단순한 이 생활의 진리를 핵으로 하고 있다.

서정시가 세상에 나온 지 10여 년이 되였으나 어머니 없이 못 산다는 평범하고 단순한 이 말이 더 깊고 새로운 의미를 가지고 사람들의 심장 속에서 더욱 뜨겁게 울리는 것은 무엇 때문인가.

그것은 서정시가 자기 고유의 본성에 맞게 풍부한 서정으로 당에 대한 철학의 새로운 세계를 깊이있게 노래하였기 때문이다.

친애하는 지도자 김정일 동지께서는 다음과 같이 지적하시였다.

"시는 사람들이 시의 세계에 끌려들어가 사색할 수 있도록 깊이가 있어야 하며 감동을 주어야 합니다."

서정시 「어머니」는 사람들을 새로운 철학의 세계에로 이끌어가며 깊은 감동을 주고 있다.

그렇다! 서정시 「어머니」에는 당에 대한 새로운 철학이 있다.

인류가 기원한 그때로부터 아마 어머니는 삶과 사랑의 총체로, 어머니 없이는 결코 살 수 없는 그러한 존재로 불리워져 왔을 것이다. 그것은 자기를 낳아준 것도 어머니요 먹여주고 입혀주고 키워주는 것도 어머니이기 때문이다.

하기에 유구한 인류 문학의 갈피에는 어머니의 사랑에 대한 이야기가 적혀 있지 않은 데가 없다.

인류 초기의 문학으로부터 현대문학에로 이르는 기간에 어머니에 대하여 쓴 유명, 무명의 작가, 시인들, 창작가들의 작품은 허다하다. 시도 있고 소설도 있고 희곡도 있고 미술작품도 있다.

시대가 전진하면서 인류의 지성이 높아지고 문학도 발전하여 어머니에 대한 문학의 의미도 더욱 깊어지고 풍부해졌다.

각이한 력사 발전과 사회적 요구, 민족적 특성과 미학관의 차이로 하여 문학예술이 제기한 어머니에 대한 문제는 천태만상을 띠고 있다고 볼 수 있다.

그러면서도 그것을 종합해보면 두 가지 종착점에 이르고 있다.

그 하나는 생명에 대한 관점과 립장에서 본 어머니의 사랑에 대한 문제이며 다른 하나는 생활에 대한 관점과 립장에서 본 어머니의 사랑에 대한 문제이다. 전자는 자기를 낳아준 어머니, 혈육의 관계에서 어머니를 그렸으며 후자는 제 발로 걷고 일하며 살아갈 수 있도록 키워주고 가르쳐준 어머니, 보호자의 관계에서 어머니를 그리였다.

그래서 사람들에게는 산이 아무리 높고 바다가 제아무리 깊다 해도 어머니의 사랑에 비길 수 없으며 어머니 없이는 살아갈 수 없다는 것이 삶의 법칙처럼 간직되여 있고 위대한 영웅의 뒤에는 그를 키운 어머니가 있다는 것이 하나의 진리로 체득되여 있다.

그리하여 사람들은 어머니 없이 자신의 생명도 사회적 존재도 있을 수 없다는 것을 본성적인 것으로 여기고 있으며 유년기에 벌써 어머니

없이 살 수 없다는 것을 제일 먼저 간직하였다.

　서정시 「어머니」는 이 전후자의 응결체인 "어머니 없이 나는 못 살아"라는 너무나도 명백한 사실을 사상적 알맹이로 하여 당에 대한 철학의 새로운 시세계를 개척하였다.


　　놓치면 잃을 듯

　　떨어지면 숨질 듯

　　잠결에도 그 품을 더듬어 찾으면

　　정겨운 시선은

　　밤 깊도록 내 얼굴에 머물러 있고

　　살뜰한 손길은

　　날이 밝도록 내 머리를 쓰다듬어주나니

　　이 어머니 정말

　　나를 낳아 젖 먹여준 그 어머닌가…


　여기에서 시인은 어느덧 귀밑머리 희여지고 다 자란 아이들을 거느리고 있지만 지금도 아이 적 목소리로 때 없이 찾는 그 어머니에 대하여 사색을 깊이 한다. 기쁠 때도 슬플 때도 언제나 먼저 찾는 어머니, 반기여도 꾸짖어도 달려가 안기고만 싶고 천만 가지 소원, 아니 잊을 번한 잘못까지 다 아뢰고 말하는 그 어머니가 과연 나를 낳아주고 젖 먹여 키워준 그 어머니란 말인가.

　하여 시인은


　　내 조용히 눈길을 들어

어머니의 모습을 다시 쳐다보노라
그러면… 아니구나!
이 어머니
나 하나만이 아닌
이 땅 우의 수천만 아들딸들을
어엿한 혁명가로 안아 키우는
위대한 어머니가 나를 굽어보나니

라고, 그 위대한 어머니를 경건히 우러르며 이 어머니를 시골아낙네의 이름과 나란히 한 데 대한 송구스러움을 금치 못해 한다.
　그러나 시는 여기에서 어머니에 대한 새로운 철학의 세계를 깊이 펼쳐간다.

…

그러나 어이하리
당이여 조선로동당이여
어머니란 이 말보다
그대에게 더 어울리는 뜨거운 말을
이 세상 어느 어머니도
나에게 가르쳐주지 못했거니…

그대는 어머니!
피도 숨결도 다 나누어주고
운명도 미래도 다 맡아 안아주며

바람도 비도 죽음까지도

다 막아 나서주는 우리들의 어머니

준엄한 싸움길에 하나의 전사 뒤떨어져도

천리길 만리길을 다시 달려가

붉은 기에 휩싸 안아 대오에 세워주는

영원한 삶의 품! 혁명의 어머니!

우리 당, 조선로동당을 가리켜 어머니란 말보다 더 어울리는 뜨거운 말을 이 세상 어느 어머니도 가르쳐주지 못했다는 여기에 시가 추구한 어머니 당에 대한 심오한 철학의 세계가 있다.

문학작품에서, 특히 시가문학에서 어머니는 가장 귀중하고 숭고함을 대변하는 상징과 비유로 많이 씌여 왔다. 조국과 고향, 자애와 요람 등…

이 모든 것들은 나를 낳아 키워주고 품어주는 어머니의 세계를 넘지 못하였다. '어머니 나의 조국이여'라고 하는 경우에도 그것은 조국의 품에서 내가 태여나고 그 조국 땅에서 자라고 삶을 누린다는 것으로서 생명을 주고 자래워주는 어머니의 자연적인 속성, 혈육적인 관계와 결부되여 조국의 귀중함을 대변하는 비유로 되고 있다.

그러나 서정시 「어머니」에서는 우리 당을 "피도 숨결도 다 나누어주고, 운명도 미래도 다 맡아 안아주며" 준엄한 싸움길에서 하나의 전사 뒤떨어져도 천리라도 만리라도 다시 달려가 대오에 세워주는 "영원한 삶의 품! 혁명의 어머니!"로 노래하고 있다.

여기에서 '어머니'는 다만 나를 낳아 키워주고 품어주는 조국에 비유된 어머니, 가장 아름답고 숭고한 모성애를 지닌 어머니와 그 미적 본질이 근본적으로 다르다.

물론 지난 기간 다른 작품들에서도 어머니를 조국만이 아니라 당과 비유하여 노래한 시가작품들이 많이 창작되였다. 그러나 그것은 적지 않은 경우 당을 어머니로 표상하게 하는 그 이상의 심오한 세계를 파고 들지 못하였다.

서정시 「어머니」는 당을 어머니에 비유하여 노래하면서도 거기에 혈육적인 관계만이 아닌 보다 심원한 정치사상적 의미를 부여하여 어머니를 주체의 인생관의 견지에서 영원한 삶의 품으로 혁명의 어머니로 노래함으로써 당에 대하여 느끼는 우리 인민의 모든 감정세계를 뜨겁고 진실하게 재현하였다.

어른도 아이도, 어머니가 된 나도, 나를 어머니라 부르며 품에 안기는 우리 아이들도 영원히 아이 적 목소리로 부르는 어머니, 나 하나만이 아닌 이 땅 우의 수천만 아들딸들을 어엿한 혁명가로 안아 키워주는 그 위대한 어머니가 바로 조선로동당이라고 한 여기에 서정시 「어머니」가 새롭게 탐구한 당에 대한 철학의 심원한 세계가 있다.

서정시 「어머니」는 당에 대한 심원한 철학의 세계를 생활감정의 진실성과 풍부한 서정성을 구현하여 우리 시대의 주도적 감정을 노래한 참다운 서정시, 주체적인 시가의 높은 사상예술적 경지를 보여주는 본보기 작품이다.

이 시에서 노래된 주도적 감정은 조선로동당에 대하여 느끼는 우리 인민의 심정에서 뿜어져 나오고 있다.

우리 당을 어머니 당이라 부르며 당의 품을 어머니 품으로 믿고 당에 모든 것을 전적으로 의탁하고 따르는 것은 우리 인민의 철석같은 의지이고 신념이며 공고화된 사상감정이다. 시는 이 숭고하고 웅심 깊은 사상을 바로 사람이 자기를 낳아 키워준 어머니를 두고 느끼는 체험세계에 기초하여 깊은 체험과 생활에 대한 정서적 파악을 심화하여 일반화함으로써 풍부한 서정성을 구현하고 진실한 시형상의 높은 경지에 올라섰다.

친애하는 지도자 김정일 동지께서는 다음과 같이 지적하시였다.

"…시인들이 시문학의 고유한 특성인 풍부한 서정성을 높이기 위하여 현실을 체험하고 생활을 정서적으로 깊이 파고들도록 하여야 합니다."

서정시 「어머니」에서 시인의 정서적 체험과 사색은 주로 어머니에 집착되면서 감성적인 것과 리성적인 것의 통일체로서의 시인의 강렬한 주정 토로에 의하여 개방되고 있다.


내 이제는

다 자란 아이들을 거느리고

어느덧 귀밑머리 희여졌건만

지금도 아이 적 목소리로 때 없이 찾는

어머니, 어머니가 내게 있어라


기쁠 때도 어머니

괴로울 때도 어머니

반기여도 꾸짖어도 달려가 안기며

천백가지 소원을 다 아뢰고

잊을 번한 잘못까지 다 말하는

이 어머니 없이 나는 못 살아

이제는 귀밑머리 희여져 어머니 없이도 살 수 있는 그 나이에 어머니 없이 못 산다는 그 심장의 웨침, 그 철부지다운 순결성과 순진성에 시 「어머니」의 체험의 심오성과 철학적인 사색의 깊이가 있다.

시인이 어머니란 말 외에 그 어떤 다른 말을 찾지 못하며 송구스러움을 감추지 못하면서 경건히 그리고 열렬히 우러르는 그 어머니는 바로 조선로동당이다.

여기에는 사람들이 친어머니에 대하여 느끼는 따뜻하고 인정 깊고 다정다감한 서정세계가 뜨겁게 펼쳐져 있으며 거기에 더하여 자기를 낳아 키워준 어머니도 다 줄 수 없는 고귀하고 신성한 모든 것을 다 주는 당에 대하여 느끼는 우리 인민의 고상하고 숭고한 세계가 숭엄하게 펼쳐져 있으며 심장의 울림이 있다.

서정시는 당에 대한 우리 인민의 심장에서 우러나오는 감정을 한 시골아낙네—어머니에 대한 혈육적인 느낌으로부터 시작하여 시인의 생활과 운명의 체험에서 얻은 고귀한 진리에 기초하여 정서적으로 파고들고 사색을 심화하여 줄기찬 감정의 흐름으로 진실하게 재현함으로써 풍부한 서정성을 구현한 시형상의 높은 경지를 보여주었다.

이것은 시인의 현실에 대한 깊이 있는 체험과 정서적 파악, 끝없는 사색과 탐구로 생활의 참된 진리를 심장으로 체득하는 피타는 노력과 축적 과정이 있었기 때문이다.

우리는 이것을 시인 김철의 시들을 보며 느낄 수 있다. 시는 곧 시인이며 시인은 곧 서정적 주인공이다.

시인은 전화가 멎고 새 생활이 약동하는 1950년대의 중엽에 미제침략자들과 싸워 지킨 우리의 바다, 우리의 자유를 목청껏 노래 부르며 "정열의 가수, 동해의 딸" 갈매기와 함께 아득한 수평선을 단숨에 넘나들며 창공을 날으기도 했고(시「갈매기」), 재더미를 헤치고 새로 일떠선 새집으로 이사 간 집주소를 찾아 걷고 걸어도 다리에 힘이 진한 줄 모르는 늙수그레한 인심 좋은 통신원이 되여 일하기도 좋고 살기도 좋은 로동당 세월을 흥에 겨워 노래하기도 했으며(시「일하기도 좋고 살기도 좋다」) 끝없는 환희와 생기가 약동하는 "시의 나라, 노래의 바다", "은빛 고기떼로 다리를 놓"은 금야만에 뜨는 달을 랑만에 넘쳐 바라보며 "둥! 둥! 북을 치며 달이 달음쳐 온다"고(시「금야만에 달이 뜬다」) 정열을 뿜기도 했다.

여기에서 우리는 우리 수령, 우리 당, 우리 제도의 위대함과 고마움을 심장으로 체득하며 환희에 넘쳐 있는 시인의 모습을 본다.

우리 혁명의 전진과 함께 시인은 우리가 이룩하고 누리는 이 모든 값지고 귀중한 것에 대하여 그저 환희와 격동으로만 대하지 않았다. 시인은 이 위대한 시대, 위대한 현실의 한복판을 헤쳐가며 거창한 현실을 창조하는 그 주인으로 되였다. 그리하여 시인은 이 모든 것에 대한 사색이 더욱 깊어졌다.

우리 인민이 누리는 행복에 대하여, 나 하나만이 아닌 우리 모두에게 참다운 삶을 마련해주는 어버이의 품에 대하여, 그리고 그 품속에서만이 영생하는 삶이 있다는 데 대하여…

하여 시인은 랑만과 열정과 환희의 물결만이 아닌, 시대와 인간, 생활에 대한 깊이있는 사색에로 한 걸음 한 걸음 깊이 들어가며 몇 돌기의 년륜을 새겼다.

이 사색과 축적이 70년대 말과 80년대 초에 이르러 그의 시편들에 새로운 철학의 세계를 펼치게 하였으니 시인은 백두의 용암 대지를 밟으시고 손들어 우주의 한끝을 가리키시며 "시간과 공간의 한계를 넘어, 숭엄함과 아름다움의 절정에" 위대한 수령님께서 서계시는 만수대에 올라 한생을 총화하며 영생의 진리를 안고 가는 전사로 되기도 하며(시「만수대」1978.8) 평범한 탄부가 되여 "어머니 품을 찾는 젖먹이처럼, 수령님 계시고 당중앙이 있는, 수도의 품이 그저 그리워" 견학권 한 장을 쥐고 평양에 찾아와 금요로동의 하루를 보내며 어버이수령님과 우리 당을 위하여 가장 깨끗하고 순결한 량심과 의리를 가지고 살아왔는가 하는 것을 총화해보며 "40평생 짊어진 마음의 빚을, 하루의 땀으로야 어찌 다 갚겠"는가 하는 자책에 젖어들면서도…

내 지금 넓히고 있는 이 길로
우리 수령님
더없이 기쁘시여
만족하신 웃음으로 지나신다면


내 지금 심고 있는 이 나무 한 그루가
현지지도의 먼 길에서 돌아오실
그이의 겹쌓이는 로고를
서늘한 그늘로 덜어드릴 수 있다면

—시「금요로동」 1978.8


몇 줄 안 되는 자서전에 이 하루 로동일을 큰 글자로 뚜렷이 밝히리라고 자부한다.

우리 수령님 계시고 우리 당의 위대한 예지의 빛발이 누리에 찬란히 비치는 평양에 대한 그리움, 그것은 곧 어머니와 함께 있을 때엔 그 어머니의 사랑을 못 느끼다가도 멀리 떨어져 있을수록 어머니가 더욱 그리워지는 순진한 마음이 되여 당중앙위원회의 "가장 높고 가장 밝은 하나의 창문을 경건히 우러러" 그 창문에서 아침노을이 불타오르고 그리도 보고 싶던 그이의 승용차가 나올 때까지 "명예위병과도 같이" 이 밤을 지새며 잠 못 들기도 한다.(시 「잠들 수 없는 밤에」 1978.8)

허나 견학권 한 장 쥐고 왔던 그 시인—광부는 이제 평양을 떠나야 한다.

위대한 수령님 계시고 친애하는 지도자 동지께서 계시는 평양을 떠나는 광부는 어머니의 품을 떠나는 자식의 마음인 듯 못 견디게 그립고 그리워 위대한 령도자, 어버이가 계시는 평양을 하나의 유기체,

그대 심장이라면
나는 피방울
그대 뇌수이라면
나는 신경

—시 「다시 오리」 1978.8

으로 느끼며 그 어디에 가건 평양의 박동을 따라 심장을 울리고 평양의 숨결로 숨 쉬리라 다짐한다. 그리고 평양을 장식할 보석이 되고 열을 주고 빛을 더해줄 불붙는 탄덩어리가 되여, 그 품에 만발할 꽃씨가 되고 그 위용 억년 떠받들 강철 들보가 되여오리라 다짐한다.

삶의 품을 그리는 서정적 주인공의 심장은 더욱더 당과 수령과 혈연적 뉴대로 이어진 운명의 구성에 대한 그리움과 흠모의 정으로 불타올라 "가품 드는 봄철이면", 위대한 수령님 가꾸시는 시험포전에 보슬보슬 봄비가 되여, "추위 맵짠 새벽이면" 친애하는 지도자 동지께서 밝히시는 사색의 창가를 소담한 눈송이 되여 고이 지키리라 순정을 토로한

다. 그리고

　　다시 오리
　　다시 오리
　　다시 오리 못할진댄 떠나지도 못할
　　아, 평양! 어버이 계신 품아!


하고 심장으로 울부짖는다.…
　서정시 「어머니」에는 이처럼 수십 년 시인이 체험하고 축적한 감정
이 체현되여 있다.
　이것이 당에 대한 철학의 새 경지를 진실하고 풍부한 서정으로 개척할
수 있은 근본요인이며 높은 시형상을 창조할 수 있게 한 근본 담보이다.
　시적 표현은 시의 형식을 특징짓는 기본 징표의 하나이다. 그것은 시
의 존재와 그 가치를 담보하는 중요한 조건이다.
　서정시 「어머니」에는 하나의 표현에도 깊은 사색과 정서가 깃들어
시형상을 높여주고 있다.
　서정시 「어머니」의 시적 표현은 뜻이 깊고 명백하며 정서적 색갈이
뚜렷하고 운률적 형상이 산 형상적인 표현으로 되여 있다.


　　무엇을 아끼랴 그 무엇을 서슴으랴
　　그대 숭엄하고 존엄 높은 모습에
　　한줄기 빛이라도 더해드릴 수 있다면
　　내 불붙는 석탄이 되여
　　어느 발전소의 화실에 날아들어도 좋아라

그대의 은정 가없이 펼쳐진

저 푸른 이랑들을 더 푸르게 할 수만 있다면

내 한 줌 거름이 되여

어린 모 한 포기를 살찌운들 무슨 한이 있으랴


아 나의 생명의 시작도 끝도

그 품에만 있는 조선로동당이여

하늘가에 흩어지고 땅에 묻혔다가도

나는 다시 그대 품에 돌아올 그대의 아들!

그대 정겨운 시선, 살뜰한 손길에 몸을 맡기고

나는 영원히 아이 적 목소리로 부르고 부르리라

어머니! 어머니 없이 나는 못 살아!


여기에서 "한줄기 빛이라도 더해드릴 수 있다면, 어느 발전소의 화실에 날아들어도 좋아라"라는 시구절과 "저 푸른 이랑들을 더 푸르게 할 수만 있다면, 내 한 줌 거름이 되여, 어린 모 한 포기를 살찌운들 무슨 한이 있으랴"하는 시구절만 보아도 여기에는 사상에 대한 그 어떤 직선적인 로출이 없고 형상적인 표현들이 깊은 정서 속에서 률동을 타고 흐르고 있다. 이러한 표현들은 몇백 마디의 직선적인 표현도 도달할 수 없는 그런 감정정서적 효과를 나타내고 있다. 지어 여기에서 씌여진 불붙는 석탄, 발전소의 화실, 한 줌의 거름 등 평범한 언어표현들도 고도로 앙양된 시인의 내면적 체험을 정서적으로 일반화하는 데 효과적으로 씌였기 때문에 그 단어 자체의 의미로 리해하는 것이 아니라 거기에 체현된 시인의 숭고한 사상감정을 정서적으로 형상적으로 받아안게 되는 것이다.

이러한 형상적인 표현들은 벌써 표현 그 자체에 그치는 것이 아니라 작품의 서정성을 돋구고 생활감정의 진실성과 심오성을 보장하며 나아가서 시형상 전반의 품위를 보장하는 문제와 련결되여 시의 사상예술적 높이를 확고히 담보해주고 있다.

우리 당을 영원한 삶의 품, 혁명의 어머니로 심장 깊이 간직하게 되는 시인의 체험과 축적은 산문문장으로 옮기려면 많은 설명이 요구되는, 참으로 뜻이 깊고 함축된 형상적인 시적 표현을 그처럼 밀도 높게 쓸 수 있게 하였다. 당을 두고 느끼는 많고 많은 감정 가운데서도 이 표현이야말로 천백 마디 설명을 대신할 수 있는 아름답고 숭고하고 격앙된 감정을 나타낼 수 있다는 것을 시인은 심장으로 확신하였던 것이다.

서정시에는 이처럼 하나의 표현, 지어 하나의 토에 이르기까지 시인의 체험되고 축적된 감정이 고도로 밀착되여 나타나는 것이다.

무수한 모래알 가운데서 하나의 보석을 찾아내는 것과 같은 피타는 탐구와 사색만이 참다운 서정시를 낳게 한다는 시창작의 진리를 우리는 서정시 「어머니」의 창작에 대한 일부 고찰을 통해서 다시금 깊이 인식하게 된다.

참으로 서정시 「어머니」는 시문학에 관한 주체적 문예리론을 구현하여 우리 시대 인민들의 주도적인 감정을 생활감정의 진실로 충만되고 풍부한 서정성이 나래치는 세련된 시형상으로 노래함으로써 당에 대한 심오한 철학의 새로운 경지를 개척한 본보기 작품이다.

—『조선문학』 528호, 1991.10

**기타 참고문헌**

『갈매기』 후기, 조선작가동맹출판사, 1958.

박태슬, 「시집『갈매기』를 읽고」, 『문학신문』, 1959.4.9.
박산운, 「생활과 함께 전진하는 서정적 주인공-시집『철의 도시에서』를 읽고」, 『문학신문』, 1961.7.25.
한창린, 「서정시 「어머니」를 읽고-독자연단」, 『조선문학』, 1982.5.
『어머니』 편집후기, 문예출판사, 1989.
김상오, 「1분간을 위하여-〈신인〉의 의미에 대한 간략한 고찰」, 『조선문학』525, 1991.7.
류만, 「서정시 「어머니」에서 새롭게 탐구된 서정세계를 두고」, 『조선문학』607, 1998.5.
전창걸, 「계속되는 있는 담화-시인 김철을 찾아서」(방문기), 『문학신문』, 1994.5.27.
백하, 「생활과 투쟁의 영원한 길동무-서정시 「용서하리라」를 두고」, 『문학신문』, 2006.11.18.
리주정, 「어머니당과 함께 영원할 메아리-서정시 「어머니」를 두고」, 『문학신문』, 2006.11.25.
김철, 「시와 인생」(수기), 『김철작품집』(하), 문학예술출판사, 2006.
「김철 동지의 서거에 대한 부고」, 『문학신문』, 2008.4.5.

# 김형준

1946년 량강도 혜산에서 출생하였다.
1980년부터 시를 발표하기 시작한 것으로 추정된다.
개인시집으로 『조국시초』(2002) 등이 있다.



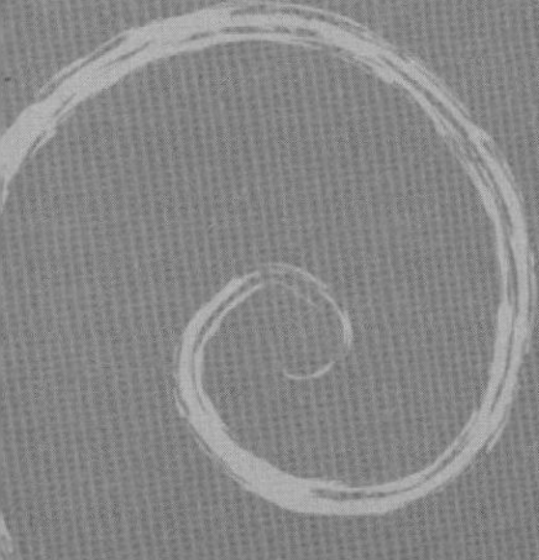

# 산원의 창문과 속삭이며[1]

김형준

내 오늘
첫 아기의 아버지가 되여
달빛 아래 분수 솟구치는
평양산원의 뜨락을 거닐며
불 밝은 창문과 속삭인다

안해여
나의 안해여
그대 지금
어느 호실 어느 침대 가에서
아기의 얼굴 지켜보고 있는지

어서 창문을 열고 아기를 보여주오
작업만 스물두 명《집체합평》으로
아기의 이름도 지어왔으니
한번 불러보기오
올찬 대답소리 듣고 싶구려

그렇다고 안해여 부디
성미 급한 나를 나무람 마오
아기가 어떻게 듣는가고

---

1  이 시는 시초 〈인간 탄생의 송가〉 중 한 편이다.

아기가 어떻게 말하는가고
아기가 어떻게 아버지를 아는가고

허나, 그대는 모르는 소리!
머리 숙여 아기의 가슴에 귀를 대여보오
그리고 아기의 맥박과
아기의 숨소리 들어보오
그러면 아기의 대답소리 들릴 게요

아기들은 심장으로 말하고
아기들은 숨결로 대답하오
ㅡ어머니 나는 행복해요
  아버지 나는 기뻐요
거짓도 꾸밈도 없는 숫샘 같은 말

그리고 아기의 두 손을 보오
꼭 쥐고 있을 게요
어머니의 태줄보다 먼저
조국이 안겨준 행복을
놓치면 끊어질 생의 젖줄기인 양 잡고…

깊어가는 밤
내 창문과 속삭이는 밤
하늘에 빛나는 애기별들도
예서 다시 태여나고 싶은 듯
산원의 창가를 떠나지 못하는 밤이여!

ㅡ1982

| 수록지면 |

* 서진명 · 김석 · 김형준, 『고향의 기쁨』(3인시집), 문학예술종합출판사, 1994.
김형준, 『조국시초』, 문학예술출판사, 2002.

# 청춘과 사랑과 대동강

대동강을 사이에 두고
마주선 두 집
버들가지 드리운 강 건너엔 처녀가 살고
굴뚝 많은 맞은켠엔
총각이 살았네

총각은 기관사
견인초과운동의 선구자
처녀는 직포공
직기바다 갈매기로 소문나
맺은 사랑도 강물처럼 깊다네

대동강을 볼 때면
총각은 생각했네
흐르는 강물이 비단이라면
아름다운 저 한끝은
처녀의 직기에서 시작되리

대동강의 물소리 들으며
처녀는 소원이였네
대동강이 꼬리 긴 차량이라면
그대의 기관차에 실려 가는
렬차의 끝없는 흐름이겠지

좋은 나이에
맺은 사랑
좋은 세월에
꽃피는 미래
흐르는 대동강에 다 담아볼가

분기계획 끝낸 저녁
처녀총각 강가를 거닐며
일감을 두고 많은 말 나누었어도
가슴 두근거리는 그 말만은
가슴속 묻어둔 채 밤은 깊었는데—

철썩—
강심에서 솟구치는 은빛 잉어
순간 처녀는 총각의 손을 잡았네
—저것 봐요
  얼마나 좋아요 대동강은!

아, 좋구말구
무슨 말이 더 소용되랴
대동강 흘러 천리면 사랑도 천리
대동강 흘러 만년이면
맺은 사랑도 만년!

처녀는 속삭였네
대동강 줄기줄기 청실로 삼아
강물에 비낀 불빛 홍실로 삼아

15억 메터의 마지막 필을 끊어
어버이수령님께 기쁨 드리리라고…

총각은 맹세했네
대동강 긴 흐름 차량삼아
대동강 물결소리 바퀴에 싣고
온 나라 물동을 다 이끌어
5개 전선 펼쳐가리라고…

아
청춘과
사랑과
대동강
함께 흘렀네…

| 수록지면 |

*『조선문학』 436호, 1984. 2.
『서정시선집(1979~1985)』(종합시집), 문예출판사, 1986.
『청춘시집』(종합시집), 문학예술종합출판사, 1993.
서진명·김석·김형준, 『고향의 기쁨』(3인시집), 문학예술종합출판사, 1994.
김형준, 『조국시초』, 문학예술출판사, 2002.

# 출생증

하루일 마치고
집으로 돌아오니
안해는 나에게 보여주네
딸애의 출생증

주소는
보통강구역 보통강동
이름은 수복이
출생증 색깔도 물색

아, 물녘에 태여난 죄던가
홍수에 부모 잃은
내 어린 시절 보통강은
설음과 눈물의 강이였건만

오늘은 물녘에서 사는 것이
그지없는 행복이여서
집주소도 강의 이름
아기의 이름도 물의 이름

나는 감격에 울고…
안해는 기뻐 웃고…
아기는 단잠을 자는데

# 나의 눈에선 또 한 줄기의 보통강이 흐르네

| 수록지면 |

*『조선문학』 453호, 1985.7.
김형준, 『조국시초』, 문학예술출판사, 2002.

# 통일의 날 평양의 거리에서

김형준 | 503

목마르게…
피가 타게…
기다리고 기다리던 그날이 와서
바라고 바라던 통일의 그날이 와서
사람마다 답답턴 가슴 풀어헤치고
거리로 거리로 달려나왔다

오고 가는 사람들 펼쳐보는 신문은
통일을 알리는 특보인 듯
거리의 신호등조차 눈물에 젖어 슴벅이는가
평양의 거리는 환희로 들끓는다
나는
통일된 평양의 거리를 걷는다

거리를 메우며 마주 오는 뻐스의 차창엔
사진마냥 바투 붙은 얼굴들
활기 넘쳐 걸어가는 사람들 속에서
아들을, 어머니를, 형제들의 모습을 찾으려
눈물 젖은 얼굴들이
차창을 흐리운다 흐리운다

허리 굽은 백발의 늙은이
보풀이 인 종이장을 펼치고

옛집 주소를 찾아 나에게 묻는다
말씨는 조금 달라진 데 없는
억양 부드러운 평양말씨다

옛 거리는 없어지고
예서 살던 사람들
새로운 거리로 이사 갔단 나의 말에
한순간 어리둥절해 있다가
그대로 앞으로만 앞으로만 걷누나
근 50년 세월 오고파도 못 오던 길
오늘에야 열렸으니
앞으로만 걸어 혈육들이 사는 집으로 가고 싶어
내 앞을 씽―지나간다

귀가에 들려온다
평양역에 들어선 통일렬차의 기적소리―
오랜 세월 목이 쉬도록
불러도 찾아도 대답 없던 혈육을 찾아
내가 왔다고 웨치는 소리
렬차가 대신해 울려주거니
얼마나 듣고 싶던 소리던가

이날을, 순간을 기억하자고
근 반세기를 일일천추로 좁혀오던 이 시각을
마음속에 새겨 넣자고
평양역사의 시계탑을 바라보며
눈물을 밟으며 혈육을 찾아 떠난다

오는 사람
가는 사람으로 붐비는 평양역
그립던 혈육을 만난 사람들
기쁜 날엔 눈물이 앞선다지만
울지도 못하누나 눈물도 못 흘리누나
오, 기다리고 기다려온 세월
가슴속 눈물 다 흘렸으니
이제 남은 것은 피 같은 말뿐이니
서로 포옹한 가슴으로 피가 오간다

그렇게도 커보이던
평양백화점 문이 너무도 작구나
문이 미여지게 드나드는 사람들
선물 가득 안고 나오는 사람들
빨리 가야 할 길
어서 만나야 할 사람들이 있어
서로 마주쳐 넘어져도 서로 웃을 뿐
실례의 말도 필요 없는 듯
피차 바삐 가야 할 길이 아닌가

평양역 서울행 매표소의
유리 한 장 깨여졌다
그래도 출표원 처녀는 좋단다
어린 시절 어머니가 내준 수수께끼
그냥 두면 둘이 되고
깨여지면 하나인 것이 무엇인가 물을 때
조국통일이라고 선뜻 대답 못한

그 기회가 오늘에 생겨서인지…


출표원의 손은 드바쁘다
생소한 지명을 찾아 표를 고를 때
조급히 재촉하는 열기 띤 목청
얼마나 듣고 싶던 소리였던가


거리에서 나는 친구를 만났다
서울이 고향인 아버지를 모시고
고향으로 간다는 나의 친구
바쁜 걸음 순간도 지체시키고 싶지 않다


십 년 사귀여 오면서 술 한 잔 못하던 친구
오늘 그의 얼굴 벌겋게 취기가 오름도
통일의 날의 풍경이리라…
─잘 다녀오게!
인사말 하여 지내놓고 보니 미안하다
마치 이웃집을 다녀오는
친구에게 하는 말 같아서


그렇게 웃으며 가는 반나절 길을
얼마나 많은 땀과 피와 눈물 흘렸던가
통일의 길, 고향길
길은 길이건만
그 길 걸어보지 못하고 눈감은
그 원혼들 생각에 눈물 난다 눈물 난다!

소리 먼저 몸에 닿는 통일의 열망에
눈 들어 바라보니
고려호텔의 베란다에서
귀 익은 목소리 쟁쟁히 울린다
평양축전 대표로 왔던 림수경이다
그날의 저희 또래 친구들이
그의 이름을 부르며
호텔 쪽으로 무리져 달려간다

행길이 미여지게 뻐스가 달린다
온 거리에 나붙은 통일의 표어
희한한 일이다 꿈같은 일이다
나는 내 살을 꼬집어본다 아프다 아프다
꿈이 아니다 현실이다! 현실이다!! 현실이다!!!

남녀청춘 한 쌍이 내 옆을 지난다
남자는 남도사투리 섞어 말한다
처녀는 평양 태생 같다
어찌 보면 형제 같은
어찌 보면 련인 같은
아무튼 무슨 상관이랴
우리는 한 피줄 나누었거늘
그들은 대성산행 뻐스줄에 들어선다
렬사들의 령혼을 찾아
통일의 소식 전하려는 갸륵한 마음
가슴에 안은 꽃다발이 말해주누나

허리 굽은 할머니
나에게 길을 묻는다
옛날 살던 모란봉 기슭을 찾는다
나는 그를 안내한다
길 가던 할머니 나에게 말한다
저 련광정의 단청무늬가 생각난다누나
휘늘어진 버들에 그네 매고 오락가락하던
처녀 적 단오날도 생각난다누나

나는 오빠를 찾아간다는
그 할머니의 주소를 찾아
주소안내소로 갔다
어제날 체육경기 추첨안내소가
모두 주소안내소로 되였다

그의 오빠가 사는 집을 찾았다
문은 열쇠가 잠겨져 있었다
옆집의 젊은이 친절히 대준다
오늘 아침 서울에 사는 동생 찾아 떠났단다
나는 열쇠를 찾아 문을 열어주었다
오래 닫혔던 통일의 문이 열렸으니
주인 없어도 무방하리라…

나는 거리에 나섰다
나팔소리 울린다
볼이 터지게 바람 재워
나팔을 불어대는 꼬마들이

거리를 행진해 간다
우리의 소원은 통일이라던 노래에
어느새 가사를 고쳤는지
통일이 되였다는 노래가 온 거리에 메아리친다

부르라 노래를!
너희들에게까지 소원으로 불리워질 수 없던
그 통일의 날이 오늘에 온 것이다
활기에 넘쳐라 거리여!
마음껏 울고 웃으라 겨레여!
5천 년 력사가 기다리던 날이다

우리 수령님 이날을 위해
단 하루 한 순간도
편히 쉬신 적 없었거니
오늘은 우리 수령님
만 시름 잊으시고 편히 쉬실 게다!
꿈에서도 웃으시며 편히 쉬실 게다!

나는 통일의 거리를 걸어보았다
조국통일의 새 방안을 밝히신
1990년 1월 1일 아침
위대한 수령님의 신년사를 받아 안고
신년사의 구절구절 걸음걸음 새겨보며
걸어보는 귀가엔 쟁쟁히 울려온다
―조국통일은 다음 세대에
  넘겨줄 수 없습니다…

―1990.1.1

| 수록지면 |

*『조선문학』 513호, 1990.7.
　김형준,『조국시초』, 문학예술출판사, 2002.

# 못[2]

집을 짓고 공장을 짓자고
인간이 못을 만들어
삶의 보금자리 만들었건만
인간의 머리에 못을 박아
못마저 우롱한 미제야수들아

못은 네놈들의 《우상》이여서
《자유녀신상》 머리에
가시처럼 삐죽삐죽 솟은 것은 못
네놈들의 창자와 혈관 속에도
못이 가득 차고 못이 흐를 테지

못을 즐기는 미국놈들이
못을 가득 먹고 지옥에 가라고
네놈들의 상판 땅에 그려놓고
조선의 아이들 풍속에도 없는
못치기 놀이를 한다

걸음도 세월도 못 박아 세우는
신천박물관의 피 묻은 못
고인들의 머리에서 뽑았지만

---

2  이 시는 〈신천시초〉 중 한 편이다.

우리의 뇌리에 못처럼 깊이 박힌 것은
미제와 결사전의 각오!

네놈들은 어찌 알았으랴
이 못으로 애국자들의 생명을 앗을 때
한 뽐도 못되는 이 못이 자라고 자라
미국을 이 행성에서 송두리째 뽑아 내칠
강성대국의 지레대가 되리라는 것을

알아두라 미제야
이 못은 그저 만행의 증거물이 아니다
신천의 못은 어디에 필요한가?!
우린 네놈들을 모조리 쳐없애 버리고
멸망의 종지부를 이 못으로 박아 찍으련다

─주체88(1999)

| 수록지면 |

『문학신문』 29호, 1999.[3]
* 김형준, 『조국시초』, 문학예술출판사, 2002.

---

3  이 판본의 실물은 확인하지 못했다.

# 조국이란 바로 이러한 것 (1)

김형준

한생의 창문을 닫을 때까지
다 알고 살았던가 나의 조국을
조국이란 무엇인가 그 누가 물으면
이렇게만 말하리라 나의 조국을

조국이란 바로 이러한 것!

어머니가 꾸짖으면 아버지를 찾고
아버지가 꾸짖으면 어머니를 찾으며
곱다고 쓸어주는 사람만 찾아도
아픈 매 들고도 제 먼저 눈물짓는 품

조국이란 바로 이러한 것!

남처럼 입고 먹지 못한다고
가난을 타발하고 투정질하며
때로는 태 끊고 자란 제 집을 나서도
빗장을 걸지 않고 기다려주는 집

조국이란 바로 이러한 것!

비가 내리면 제 우산 버리고
남의 꽃우산 아래 제 몸 맡기며

마른 땅 골라 밟으며 한 몸 아껴도
끝내는 오리라 기다려주는 세월

조국이란 바로 이러한 것!

모금모금 먹고 자란 젖내가 싫다고
향수내 풍기는 옷자락만 찾는
벌나비 같은 안락에 순간 잠겼어도
버릴 자식 하나 없어 못 잊는 정

조국이란 바로 이러한 것!

— 주체90(2001)

| 수록지면 |

* 김형준, 『조국시초』, 문학예술출판사, 2002.

# 조국찬가에 바쳐진 진실한 시형상

시집 『조국시초』를 두고

**최희건**


## 1. 푸른 싹


은혜로운 태양의 빛발을 안아 비옥한 생활의 대지—선군시문학의 기름진 토양에 뿌리내린 주체의 시가작품들은 푸르러 무성하여 풍요한 '시의 열매'를 수확하고 있다. 시집 『조국시초』(김형준 작)도 그러한 열매 중의 하나이다. 『조국시초』가 하나의 '시의 열매'라면 시집 안의 첫 시 「조국」은 푸른 싹이라 할 수 있다. 창작된 년대로 보아도 첫 작품이며 그 시적 형상의 높이로 보아도 아직은 키가 작은 작품이다.

하지만 그 움트는 '푸른 싹'에서 우리는 조국이라는 그 의미를 새롭고 남다르게 해석하려는 시도를 엿볼 수 있다.

가꾸어가는 마음 꽃들에도 깃들어 향기 되여 날리고 바치고픈 마음 돌에 비껴 금돌이 되여 빛나고 그 마음 초목들도 알아 가지마다에 열매 되여 고개 숙이고 떠나지 못할 마음 바다의 넋이 되여 파도 되여 천만 년 달려만 오는 그 품이 우리 수령님의 품인 우리 조국이라고 하였다.

물론 이것은 형상적인 해석이긴 하지만 아직은 조국의 의미를 깊이 형상하였다고는 볼 수 없다. 다만 열매로 될 수 있으리라는 기대와 희망을 주는 푸른 싹이다. 이제 이 푸른 싹이 어떻게 자라나고 가꾸어지는가를 보기로 하자.

## 2. 매혹의 눈

시 「나에게 주는 격언」(4수)을 읽어보면 여기엔 조국의 의미가 더 깊이 새겨져 있다. "사랑에 매혹된 눈"에는 쇠도 금덩이로 보일 것이라 하면서 자기 눈에 비낀 한 그루 나무, 하나의 돌덩이가 은금으로 보이기 전엔 조국을 사랑한다고 감히 노래하지 않겠노라 하였다.

시에서 서정적 주인공은 조국에 대한 사랑을 매혹의 눈으로 보고 느낀다. "사랑에 매혹된 눈"이란 대상과 자기를 구별함이 없이 하나로 보는 눈이다. 조국의 한 그루 나무, 풀 한 포기를 자기 육체의 한 부분으로 느끼는 사랑의 감정과 그런 사랑을 가질 때에라야 그 매혹의 감정은 가장 고결하고 우아한 것으로 되며 조국에 대한 숭고한 사랑의 세계, 혼연일체의 감정세계를 낳을 수 있으며 따라서 조국을 례찬하는 사상감정도 생겨날 수 있는 것이다. 바로 그러한 사상 감정 정서는 조국의 존재가치와 귀중함을 인정하고 자기를 헌신에로 지향시키며 지어 자기를 희생하면서까지 그 '사랑'을 지키려는 숭고하고 열렬한 사상감정으로 승화시킬 수 있다. 시 「나에게 주는 격언」(4수) 중에서 시 「조국과 사랑」에는 바로 이러한 사상정신과 감정심리가 진하게 깔려 있다. 이것은 이 시집 안의 모든 시편들에 일관하게 흐르고 있는 사상감정이다.

시 「너에게 묻는다」(1, 2)에서는 조국 사랑의 의미를 노래하고 있다.

서정적 주인공은 사랑과 증오의 시를 많이 썼다고 자처하지 말라 하며 자기에게 묻는다. 너의 시행의 밭이랑마다에 너의 시어를 씨앗처럼 묻는다면 풍요한 가을날에 훌륭한 열매를 맺을 수 있는가? 그리고 너의 시행의 전호마다에 너의 그 시어들이 병사마냥 세워진다면 조국의 준엄한 시각에 원쑤를 향해 서슴없이 날아가는 총알이 되고 비수가 될 수 있는가? 이것은 모두가 육탄정신, 총폭탄정신으로 무장될 것을 요구하는 선군시대의 물음이다. 이러한 심각한 물음은 자기 자신에 대한 강한 요구성이다.

시인의 시에 대한 혁신적인 지향은 무엇이겠는가. 그것은 시의 결점들을 부분적으로 교체하는 것이 아니라 전면적으로 교체하여 새로운 시적 형상—하나의 '산 유기체'를 형성하는 것이다. 이러한 지향이 바로 상기 격언시들에 제기되어 있다.

"눈 속에 묻히고 발길에 짓밟혀도 / 엄혹한 겨울을 물리친 봄잔디처럼 / 언제나 새것이 숨쉬는 그런 시를" 쓰기 위해 "생활을 사랑"하고 "불에 달궈지고 모루 우에 누웠어도 / 마치에 항거하는 강쇠처럼 / 불의에 불이 되는 그런 시를" 쓰기 위해 "증오를 간직"하며 "꾀꼴새 소리 흉탐내지 않는 / 높아도 낮아도 제 목소리로 우짖는 종다리처럼 / 진실만을 읊조리는 그런 시를" 쓰기 위해 "인간을 사랑"하라는 강렬하고도 쇠소리 나는 웨침은 시적 형상을 보다 새롭게 혁신시키려는 몸부림이다. 그것과 함께 이 시에는 서정적 주인공이 새롭게 느끼고 깨닫는 사랑과 증오에 대한 심오한 생활철학이 있다. 바로 이러한 혁신적 요구가 실현된 일련의 시편들을 1990년대에 씌여진 시들에서 찾아볼 수 있다. 시「청춘과 사랑과 대동강」,「결혼식 날에」,「물로 지어진 이름이여」와 같은 작품들이 그 대표적 실례로 된다. 이 시편들은 〈내 조국을 다 알았던가〉 편에 들어 있는 1980년대의 시작품들에서 나타났던 생경한 시들에 비해 보면 한 걸음 전진이었다. 하지만 아직도 그러한 요소들에 대한 부분적 교체일 뿐이다. 시적 세부들은 발견되였으나 개념적인 시표현들을 적지 않게 남기고 있다.

시형상의 결점들이 부분적 교체로부터 전면적인 교체로써 시형상들이 혁신되기 시작한 것은 「바다의 광상곡」, 「봄비」, 「아들에게」, 「산 력사」와 같은 작품들과 그 이후의 시들인 풍경시초 〈명산의 근본〉, 산수시초 〈금강산 시초〉와 같은 시작품에서부터라고 볼 수 있다.

이 시편들을 읽어보면 이 시기에 와서야 비로소 지난날 "떠나지 못할 마음", "바다의 넋으로 되여", "파도 되여 천만년 달려만 옵니다"(시 「조국」에서)라고 하였던 바로 그 '시의 바다' 첫 기슭에서부터 "위대한 수령님과 우리 장군님을 위한 삶의 길에", "변함없는 신념의 닻을!"(시 「닻」에서) 올리고 "썰물과 밀물의 한때 / 더없이 황홀하여 / 너를 못 보면 한이 될 듯 / 마음속에 새겨보던 / 조국의 바다"(시 「바다의 광상곡」에서)에 뛰여든 서정적 주인공의 새 모습을 보게 된다. 그는 드디여 조국이라는 그 크나큰 "바다"에서 "나 너의 기슭에 / 바위되여 솟고 / 너의 사랑의 입맞춤에 녹아 / 한 알의 모래가 된다 해도", "행복에 겨워 살려" 한다고 하였던 것이다.

바로 이러한 넋과 정과 열을 안고 시인은 "이 세상엔 나의 조국 하나뿐인 듯 / 세계를 굽어보고 사는 자존심"을 나의 조국—조선이 주었노라고 가슴 벅차 오르는 김일성 민족의 자부와 긍지, 사회주의 조국의 인민이 된 한없는 행복과 환희를 안고 사랑하는 어머니 나의 조국을 열렬히 칭송하고 있다.

이렇듯 시인은 자기를 깨닫고 의식하면서 그 심원한 '조국의 의미'가

새겨져 있을 시의 령마루—시의 최절정으로 다시 치달아 오르는 것이다.

이처럼 시인의 '매혹의 눈'만이 조국의 의미를 새겨볼 수 있고 그 의미가 완전히 밝혀질 시의 령마루를 올려다 볼 수 있는 것이다.


## 3. 사랑의 감정

위대한 령도자 김정일 동지께서는 다음과 같이 지적하시였다.

"문제는 시인이 시대 앞에 지닌 자기의 사명감을 얼마나 깊이 자각하고 심장을 불태우는가 하는 데 있다."

시인의 심장이 불타올라 생활에 대한 정서적 체험이 깊어지고 사색의 세계가 비상히 높아져야 시문학에서 끊임없는 변혁을 일으킬 수 있다. 이 시집 안의 〈나의 사랑 평양〉, 〈삶은 아름답다〉 편과 〈높은 령마루〉, 〈나의 병사시절〉 편에 들어 있는 시들에서 우리는 인간과 그 생활에 대한 시인 자신의 사랑의 감정정서적 체험을 뜨겁게 느낄 수 있다. 시「나의 연」, 「화가에게」, 「출생증」, 「숲과 인생」, 「생의 찬가」, 「전쟁과 어머니」 등은 그 대표적 작품들이다. 이 작품들에는 인간 사랑의 화원을 가꿔주신 위대한 수령님과 경애하는 장군님에 대한 사랑의 현대전설이 있고 유년시절의 꿈이 있고 망국시절에 노예가 되여 흘리던 눈물과 광복시절에 나라의 주인으로 내세워준 어머니 조국의 고마움에 대한 눈물의 가치도 있다. 또한 여기엔 맡으면 산천의 정기가 스며 흐르고 넋에 깃드는 향토적 서정과 값 높은 인생을 조국에 바치는 로동의 구슬땀과 창조의 탑을 쌓는 위훈의 노래, 어머니 조국 땅을 총대로 지켜가는 병사의 긍지, 청춘시절의 사랑과 우정의 노래도 있다. 바로 시인은 삶의 희열로 가득 찬 조국에 대하여 끝없는 환희를 안고 격찬하고 있다.

시인의 첫 시 「조국」에서 '시의 푸른 싹'이 움트고 시 「나에게 주는 격언」(4수)에서 그 '줄기'를 뻗치면서 시 「너에게 묻는다」(1, 2)에서 새 자양분을 얻고 자라 시 「청춘과 사랑과 대동강」을 비롯한 여러 편의 시들에서 새로운 '시의 잎새'를 펼치기 시작하더니 〈나의 사랑 평양〉, 〈삶은 아름답다〉와 〈높은 령마루〉, 〈나의 병사시절〉 편을 거쳐, 「바다의 광상곡」, 〈명산의 근본〉, 〈금강산 시초〉에 와서 비로소 시의 잎사귀들이 더욱 푸르러 무성해지고 마침내 새 세기에 들어선 그 첫 아침에 '열매'를 보게 된 시 「조국이란 바로 이러한 것」(1, 2)이 세상에 나왔다.


한생의 창문을 닫을 때까지
다 알고 살았던가 나의 조국을
조국이란 무엇인가 그 누가 물으면
이렇게 말하리라 나의 조국을


조국이란 바로 이러한 것!


"어머니가 꾸짖으면 아버지를 찾고 / 아버지가 꾸짖으면 어머니를 찾으며 / 곱다고 쓸어주는 사람만 찾아도 / 아픈 매를 들고도 제 먼저 눈물 짓는 품"이 아니던가 조국이란! "남처럼 입고 먹지 못한다고 / 가난을 타발하고 투정질하며 / 때로는 태 끊고 자란 제 집을 나서도 / 빗장을 걸지 않고 기다려주는 집", "비가 내리면 제 우산 버리고 / 남의 꽃우산 아래 제 한 몸 맡기며 / 마른 땅 골라 밟으며 한 몸 아껴도 / 끝내는 오리라 기다려주는 세월"이 아니던가 조국이란! "모금모금 먹고 자란 젖내가 싫다고 / 향수내 풍기는 옷자락만 찾는 / 벌나비같은 안락에 순간 잠겼어도 / 버릴 자식 하나 없어 못 잊는 정"—바로 이것이 어머니 내 조국, 위대한 선군시대, 위대한 사랑의 인덕정치, 광폭정치로 빛나는 이 세상 오직 하나 뿐인 위대한 김일성조선—김정일조국이 아니던가! 이것은 현 세계의 흐름 속에서 복잡다단한 세계정치사와 인간의 존엄 여지없이 짓밟혀 유린당하고 참삶과 자유가 얼어붙은 저 멀리 차디찬 대륙의 동토대와 인간 삶의 불모지를 굽어보며 경애하는 장군님께서 선군총대로 지켜주시는 내 나라, 내 조국의 무한대한 사랑에 눈물 젖어 부르는 조국찬가가 아니겠는가! 하기에 우리 인민은 "고픈 배 달래여 찬물 마시고 / 친구들에 잔등 대고 누워 잠자도 / 속탈 배탈 모르는 고향집처럼 / 활개 펴고 누워 자면 천하가 제 것인 / 주기만 하는 것이 천품인 듯하여 / 보상과 받는 것엔 인연조차 없는 / 낳아주고 키워준 어머니처럼 / 차별을 모르는 끝없는 사랑"을 조국의 사랑으로 알고 있는 것이다. 그래서 우리 인민 모두가 "늦게나마 철이 들어 조국을 생각하니 / 어머니와 나의 한생 보살펴준 어머니가" 있음을 다시금 놀랍게 깨닫고 의식했으니 그것이 바로 세상에 둘도 없는 어머니 나의 조국—위대한 태양 김정일 장군님의 품이었다.

## 4. 증오의 감정

사랑의 시편들 뒤에 〈단죄의 시편들〉을 읽으며 또 하나의 다른 것을 느낄 수 있는 바 그것은 사랑은 증오를 낳는다는 것이였다. 증오는 사랑을 지키기 위해 생기는 감정심리이다. 가장 사랑할 줄 아는 인간만이 가장 증오할 줄도 안다.

증오의 사상감정은 사랑의 감정과 함께 민족적, 계급적 성격을 띤다. 〈단죄의 시편〉들에는 인간으로서 느끼게 되는 가장 강렬한 증오의 사상감정이 집적되여 있다.

특히 시「못」은 그 감정폭발의 세기와 파렬성이 매우 강렬한 작품이다. 못은 집을 짓고 공장을 짓자고 만든 것이다. 인간은 그것으로 삶의 보금자리를 꾸려왔다. 그러나 미제야수들은 우리 인민의 머리에 그 못을 박아 잔인하게 살해하였다. 못은 미제야수들의 '우상'이다. 그래서 이른바 '자유녀신상'의 머리에도 가시처럼 삐죽삐죽 못을 박았다. 아마도 미제야수들의 창자와 혈관 속에도 못이 가득 차 흐를 것이다. 시에서는 이렇게 단죄하고 있다.

"못을 가득 먹고 지옥에 가라고 / 네놈들의 상판 땅에 그려놓고 / 조선의 아이들이 풍속에도 없는 / 못치기 놀이를 한다"고, "신천박물관의 피묻은 못"은 "고인들의 머리에서 뽑았지만", "우리의 뇌리에 못처럼 깊이 박힌 것은", "미제와 결사전의 각오!"라고, 그래서 미제의 "멸망의 종지부를 이 못으로 박아 찍으련다"고 천백배의 복수를 다짐한다. 이처럼 자기 인민에 대한 열렬한 사랑의 사상감정에서부터 강렬한 증오의 감정이 생긴다. 이것이 사랑과 증오의 필연적 관계이다. 이러한 사상감정은 시초들인 〈통일의 웨침〉과 〈신천시초〉에서와 같이 하나의 시정신으로 일관되고 승화되면서 발전하게 된다.

여기서 우리는 앞에 있는 사랑의 시편의 사상감정은 증오의 시편들의 사상감정을 더욱 강렬한 세기와 파렬성을 나타낼 수 있게 하는 감정

적 전제로 되였다는 것을 알 수 있으며 또한 그 사랑과 증오의 사상감정
은 하나로 융합되여 그 뒤에 있는 시편들에서 발현된 념원의 감정정서
로 이어지고 승화되면서 발전하게 된다는 합법칙적 과정을 찾아보게
된다.

그러므로 이 시집에 들어 있는 시편들은 단순히 주제별 내용에 따라
묶어진 편집상의 요구로만 볼 수 없다. 그것은 이 시집에 흐르고 있는
일관한 시정신을 보여준 것이며 따라서 시작품들이 가지고 있는 예술
형상적 질, 그 깊이와 높이의 성장과정에 대한 자연스러운 '편집'이라는
것을 말해준다. 이것은 이 시집의 특성의 하나이다. 우리는 이런 각도
에서 이 시집의 창작적 성과와 개개의 시편들이 가지고 있는 시형상적
질과 그 미학적 가치를 찾아보아야 한다고 생각한다. 작가는 작품을 통
하여 성장한다고 보는 까닭도 이 때문인 것이다.

여기에 이 시집이 보여준 창작 경험과 시사성이 있을 것이다.


## 5. 념원의 감정


그러면 이제 사랑과 증오의 사상감정이 어떻게 념원의 사상으로 결
합되여 통일 주제의 시편들에 나타나고 있는가를 살펴보기로 하자.

"낳지도 않은 / 하여 보지도 못한 / 자식의 이름을 지어 놓고 / 부르며
기다리는 어머니처럼 / 너의 이름 통일이라 지어놓고 / 세월은 흘러 반
백년은 더 지났다"

이것은 분렬된 조국에 대한 아픔이며 동시에 이제 통일될 조국에 대

한 그리움과 그 사랑에 대한 감정이 깊이 깔려있음을 말해주는 것이다. 조국에 대한 사랑의 감정이 없이는 분렬에 대한 아픔이 생길 수도 없다. 하기에 서정적 주인공은 분렬세대의 머리에 내린 흰 서리를 통일아 너는 보지를 못하느냐고 절절히 웨치고 있다.(시「통일은 오고 있다」에서)

어버이수령님께서 백두산에서 안고 오신 조국은 분렬조국이 아니라 통일조국이였건만 둘로 갈라진 조국을 두고 서정적 주인공은 "내 삶의 첫 맥박이 두드리던 통일의 문을 / 내 후손이 두드리다 진해야 한단 말인가?!"고 절규한다.(시초 〈통일을 부르는 목소리〉에서) 그러한 사상감정은 "통일지사로 100년 사느니" 차라리 "통일투사로 사는 하루"가 더 귀중함을 느끼며 "하루를 번개같이 짧게 살자 / 번개 뒤엔 반드시 우뢰가 있듯 / 짧게 산 하루 끝에 통일의 우뢰가" 터치는 소리를 들을 것이라고 웨치는 데 이른다.(시초 〈이 길을 가자〉에서) 정녕 그 우뢰소리에 분계선이 깨여지면 조국도 하나가 될 것이며 그렇게 되면 자기는 통일을 소원하던 마지막 사람이 될 것이라고, 그 마지막 사람이 되기를 소원한다고 절절히 웨친다.(시「소원」에서)

이러한 불타는 소원을 안고 마침내 서정적 주인공은 "통일의 날 평양의 거리"를 꿈속에서조차 걸어보며 통일이 눈앞에 오고 있음을 보고 있다.(시「통일은 오고 있다」에서) 이 얼마나 확신에 넘친 랑만적 감정인가!

이러한 사상감정은 합쳐져 드디여 시「통일의 날 평양거리에서」 최절정에 이르게 된다. 보는 바와 같이 통일념원의 시편들에서는 이 시집 안의 다른 모든 시편들에서 나타났던 조국사랑―조국의 오늘과 래일을 사랑하는 그 시정신이 뜨겁게 굽이쳐 흐르고 있다.

시「통일의 날 평양의 거리에서」는 통일 주제 작품들 가운데서 독특한 개성을 가진 작품으로서 그 시적 형상이 새로운 것으로 하여 이채를 띠고 있다. 그 시적 서정은 랑만성으로 특징지어진다. 이 랑만적 서정은 혁명적인 랑만적 환상으로 시의 사상감정을 펴나가고 있다.

이 환상은 통일 주제 작품의 형상 생리를 이루는 데서 중요한 형상적 요소로 된다. 그것은 통일열망, 통일환희로 가슴 벅차게 하며 통일의 래일을 확신케 한다. 또한 통일을 확신하며 사는 우리 인민의 랑만적인 감정정서를 더욱 풍만하게 하며 앙양시켜주는 활력적 기능으로 작용한다.

일반적으로 랑만적 환상은 통일 주제 시작품의 혁명적 랑만성을 보장하는 중요한 형상적 요인으로 하여 그 미학적 영향력과 가치가 크다. 력사적으로 보면 원래 랑만성을 하나의 중요한 형상 요인으로 하였던 랑만주의는 그 창작방법에서 작가의 리상과 희망을, 주로는 조건적인 형식으로 그려내는 것을 형상적 특성으로 하였었다. 그것은 지난 시기 계급사회에서는 당시의 현실이 작가의 리상과는 모순되고 대립되는 관계에 있었기 때문이다. 바로 그 모순과 대립에 기초하여 그러한 랑만주의적 창작방법이 선택되였던 것이다.

그러나 사회주의 사회에서는 현실과 작가의 리상이 일치할 뿐 아니라 발전하는 현실 속에서 보다 행복하고 희망찬 미래가 약속되여 있다. 이런 조건에서 이제는 랑만주의가 존재한 필요가 없게 되였으며 오늘에 와서는 다만 혁명적 랑만성이 주체사실주의의 구성요소의 하나로 되였다. 여기에서 랑만적 환상수법은 혁명적 랑만성을 보장하는 데서 중요한 역할과 형상적 기능을 수행한다. 이 시집 안의 통일 주제 작품들에서 랑만적인 시적 환상수법을 많이 리용한 것은 우리나라에 존재하는 특수한 력사적 조건과 현실적 요구로부터 선택된 창작수법으로 되기 때문이다. 우리는 아직 전국적 범위에서 계급해방, 민족해방의 력사적 과업을 완전히 실현하지 못하고 국토량단, 민족분렬의 비극을 겪고 있다. 이 비극은 통일에 의해서만 끝장날 수 있다. 통일은 우리 민족 최대의 숙원이며 꿈이다. 이 꿈은 깨여나 생시로 될 것이다. 이 분명함을 확신하는 것이 바로 혁명적인 락관이다. 그러한 확신, 그러한 꿈을 시적 형상으로 재현하는 데서 랑만적인 시적 환상수법은 통일 주제 시작품들의 생리를 이루게 하는 중요한 형상수법으로 된다. 그러므로 랑만적 환상수법으로 통일 주제의 시들을 꾸민 것이 이 시집의 특징이라고 할 수 있다.

바로 시「통일의 날 평양의 거리에서」는 그러한 랑만적인 시적 환상으로 꾸려졌기 때문에 시를 읽으면 마치 통일의 날에 평양의 거리에서 느끼는 감격과 환희가 현실처럼 느껴지게 되는 것이다. 이것은 하나의 예술형상적 발견이며 이 시만이 가지고 있는 개성적 얼굴이다. 바로 여기에 랑만적 환상수법이 가지는 시형상적 의의가 있는 것이다.


## 6. 시집의 형상생리적 기본 특성


시집『조국시초』의 시형상적 특성은 무엇이겠는가? 이 시집 안에는 백수십 편의 시들이 있다. 시편들은 다 시적 대상도 각이하며 그 정서적 색갈도 각양각색이다. 그러나 그 모든 시편들이 조국찬가에로 지향되고 있다. 그러므로 조국에 대하여 노래한 '큰 시묶음'으로 여기여 시집을 '조국시초'라 이름하였다고 본다. 시집 안의 시작품들에 흐르는 기본 사상감정은 앞에서 언급한 바와 같이 사랑과 증오와 념원의 감정정서로 펼쳐져 있으며 조국 사랑과 찬양의 정신으로 일관되여 있다는 것을 강렬하게 느끼게 된다. 이것이 기본으로 되는 시형상적 특성일 것이다.

다음으로 시집의 매개 시편들은 자기의 시형상의 결점들을 부분적으로 교체하면서 점차적으로 극복하고 있으며 전면적인 완전교체로써 시형상을 혁신해나가는 과정이 마치 하나의 서정시 안에 '기, 승, 전, 결'이 있는 것처럼 시편들이 승화 발전되는 그 구획이 매우 뚜렷하게 나타나고 있다는 것이다. 때문에 시집을 읽고 나면 하나의 주제로 일관된 장시를 읽은 것 같은 느낌까지 가지게 되는 것이다. 이것은 시인들에게 자기의 '창작적 좌표'와 '리정표'가 있어야 한다는 것을 시사해주고 있다.

또한 이 시집에는 경구적인 시표현들이 많으며 '자기식의 투'를 가진 시표현들로 시문장들이 특색 있게 꾸려지고 있다는 것이다. 실제적으로 시의 정서적 향기와 맞은 명표현, 명시구들에 의해 얻어지게 되는 것이다.

다음으로 많은 시편들이 독특한 시운률적 특성을 나타내고 있다는 것이다. 특징적인 것은 시의 매련의 첫줄은 대체로 두세 소리마디로 된 시어로 시작하여 다음의 시줄들은 소리마디 수를 하나 또는 둘씩 점진적으로 늘어가며 시줄을 계단식으로 배렬하고 있다. 이러한 운각 조성과 운률 단위 구성은 호흡에 따라 시줄의 길이를 분행하여 시의 감정정서의 흐름을 조절하려는 시운률조성법이다. 이것은 감정정서의 운동성을 보다 활발하게 하며 앙양시켜나가는 데서 효과적인 운률조성법으로 된다. 시 「한생」, 「생가」, 「그들의 고향은…」, 「나의 연」, 「화가에게」, 「파문」, 「결혼식 날에」 등과 같은 시들이 그 대표적 작품으로 된다. 이러한 의식적인 시도는 시적 정서의 생동한 표현에 이바지하는 것이 운률의 기능에서 기본이라는 형상원리를 알고 씌여졌다는 것을 보여준 것이다.

각이한 시형상 대상과 각양각색의 정서적 색갈을 가진 시들이 다 같이 하나의 조국찬가에로 지향되고 시편들의 밑바닥에 한 줄기의 피줄처럼 일관하게 흐르고 있는 사랑과 증오와 그 어떤 념원의 감정정서, 시형상적 질이 점차적으로 혁신되여가는 과정, 경구적인 시문장들, 시행을 계단식으로 배렬하는 운각 조성과 운률 단위 구성과 같은 여러 요소들과 요인들의 기능과 작용에 의하여 모든 시편들과 시집 전체가 하나의 유기체를 이룬 형상생리적 특성을 가지게 된 것이다. 이것은 시집을 묶는 시인들에게 좋은 경험을 주게 될 것이다. 시집이 거둔 귀중한 성과가 여기에 있다.


## 7. 시집을 다 읽고 난 뒤에…


시집 『조국시초』는 광복후동이로 태여나 조국이란 무엇인지 모르고 자라던 어제날의 천진한 소년—시인이 자기의 운명을 살려주고 키워준 은혜로운 조국을 총대로 지키며 알고 쇠물을 녹이며 알고 붓대를 들고 알았음을 '시의 꽃'으로 엮어 어머니 조국에 바친 '노래의 다발'이라고 생각한다.

나는 한생토록 시를 사랑하고 즐겨 읊조려온 평범한 독자의 한 사람으로서 당 창건 60돐과 조국광복 60돐을 맞는 뜻 깊은 올해에 시집『조국시초』가 우리 군대와 인민들을 열렬한 조국애의 사상감정으로 교양하는 데 적극 이바지할 것이라고 믿는다.

나는 시인이 선군시대의 새로운 조국찬가—제2의 『조국시초』를 내놓으리라는 기대와 보다 독특하고 이채로운 시를 바라는 마음에서 시인에게 몇 가지 의견을 주려고 한다.

시인은 시 편편마다 자기 식으로 기발하게 착상도 하고 새로운 시적 언어표현으로 시를 꾸밀 줄 아는 형상적 특기를 가지고 있으나 일부 시들은 론리가 앞섰거나 시적 화폭보다 상념적이여서 정서적 향기를 잃게 되는 경우가 있다는 것을 참작했으면 한다.

시가작품의 정치사상적 풍격이나 예술형상적 가치를 규정하는 철학적 깊이는 생활의 시적 화폭을 통해서만 의의 있게 풀 수 있다. 이것이 문학의 고유한 본성이며 주체사실주의 시가문학의 형상적 요구이다.

서정시 「나의 조국」(김상오 작)이나 가사 「나는 알았네」(전동우 작), 「누가 나에게 가르쳤던가」(전동우 작)와 같은 작품들은 다 같이 조국을 노래한 작품들로서 그 철학성과 지성세계를 생동한 생활적 표상, 구체적 생활의 시적 세부를 통하여 보여주고 있다.

다른 하나는 시를 멋들어지게 꾸미려는 창작적 의도는 나무랄 바가 아니지만 너무 '예술적 기교'에 치우치지 않았는가 하는 우려를 가지게 된다.

물론 시는 멋들어지게 읊을 맛이 나게 매력적인 시어, 시구들로 엮으면 더 없이 좋다. 그렇다고 멋 부려 썼다는 인상을 주어서는 안 된다. 자칫하면 '기교주의'에 빠질 수 있다는 데 극력 류의하기를 진심으로 당부한다.

이 글을 마감 지으며 시인이 시집을 내면서 한 말을 다시 적어본다.

"나의 손에 쥐여진 종이와 펜은 오직 경애하는 김정일 동지의 사상만을 노래하기 위한 것이다!"

이것은 시인이 다진 맹세였으며 독자들의 기대이기도 한 것이다.

—『조선문학』 695호, 2005.9

**기타 참고문헌**

김형준, 「시집을 내면서」, 『조국시초』, 문학예술출판사, 2002.
김덕선, 「계급교양주체 시창작이 보여준 경험-시초 〈신천시초〉를 두고」, 『문학신문』, 2002.1.26.
홍영길, 「사랑과 증오에 불 붙인 「초불」」, 『문학신문』, 2003.5.17.
김덕선, 「조국통일에 대한 우리 인민의 열렬한 지향과 진실한 시적 형상-시초 〈이 길로 가자〉에 대한 시적 고찰」, 『문학신문』, 2003.8.16.
김성우, 「생활의 시, 생활의 철학」, 『문학신문』, 2004.9.18.
장소영, 「시인의 남다른 얼굴이 엿보이는 독특한 시형상-서정시 「총대례찬」에 대하여」, 『조선문학』 746, 2009.12.

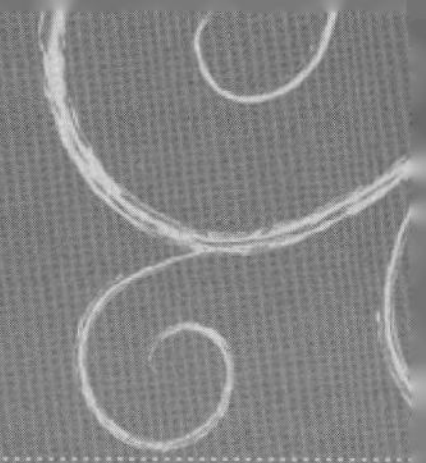

# 동기춘

1966년부터 시를 발표하기 시작한 것으로 추정된다.
개인시집으로 『고요한 바다』(장편서사시)(1989) 『인생과 조국』(1991) 등이 있다.

| 시 8편 |

내 조국 푸른 하늘 아래서

팔월 추석날

당을 받드는 마음

땅은 흙이 아니다

땅에 떨어진 더운 눈물

인생과 조국

자서전의 몇 토막

통일 열원

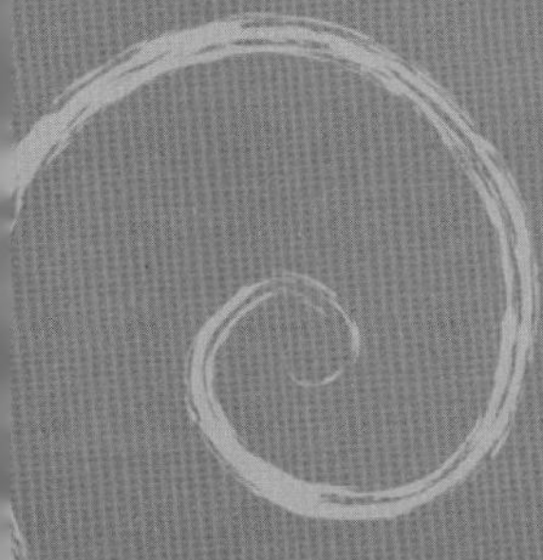

# 내 조국 푸른 하늘 아래서[1]


종다리 구름 우에 솟구며 울어라
뜨락또르 대지 우에 몸부림쳐 뛰놀아라
빰이 익어 떨어질 듯 웃는 저 처녀 동무
말 물어보자, 예가 정녕 내 고향이 옳으냐.

훙트러지게 누워 아지랑이 피우는
사래사래 저 일만 사래
오, 나에게 그 파종기 넘겨다오
제대병사의 이 가슴속 더운 눈물에 씨앗을 적셔
이랑이랑에 내 뿌리고 싶노니

말도 많고 설음도 많던 땅이다
일곱 살 가드라붙은 잠방이로 소고삐 끌고
울며불며 넘나들던 그 둔덕은 어디?
봉당재 뒤쓰고 조마구발 찍으며
아침저녁 물 길러 늪으로 오가던
물어보자 그 길은 어디바루?

이랑 타고 춤출 듯 몰아나가면
주런주런 엎딘 산발 너머
하야니 사포바다 하늘가에 밀려오고

---

1  이 시는 시초 〈고향땅의 새 노래〉 중 한 편이다.

넋 없이 씨 뿌려 다시 들어오면
저 멀리서 파랗게 갑무세령이 반겨 웃는
아아, 실로 예가 평덕이
내 나서 자란 덕이가 옳구나.

처녀야 파종함이 그득하게 더 한번 쏟아다오
이 덕의 갈피갈피에
내 손으로 씨앗을 다 묻고 싶다
김 피는 흙발 흙발을
내 손으로 다 만져보고 싶다.

팔목이 시도록 운전하며 오고가도
다 풀 길 없는 이 마음이다.
세상에 이 땅의 새 노래 알리고 싶어도
이런 땐 말이 모자라 안타까운 나다.

아, 몸부림치는 이 가슴을 터치고
내 심장이 쪼각쪼각으로 날아올라
종다리 종다리 된 거냐
구름 우에 더 솟구치며 울어다오
내 다 못 부르는 노래를 하늘땅에 네가 온통 채워다오.


| 수록지면 |

* 『문학신문』, 1966.9.23.
동기춘, 『인생과 조국』, 문예출판사, 1991.

# 팔월 추석날[2]

동기춘

마음 편할 그길로
왜 혼자만 갔누…
날 버리고 왜 혼자만 갔누…
울어 울어도 그지없던 그날
피밥을 한웅큼 빌어다 놓고
가슴 치며 목 놓아 울던 이 자리,

함께 이날까지 못 살구
왜 일찍 갔누…
나만 살고 왜 일찍 갔누…
생각할수록 가슴 아픈 오늘
하얀 뫼밥 지어놓고
지난날이 분해서 눈물 도는 이 자리,

죽지 못해 살던 날은
혼자만 갔다고 울었더니
늙지 말고 살고 싶은 오늘은
일찍 갔다 나무리는 이 마음,
당신은 알게 되리다
이 하얀 쌀밥 뜨면 알게 되리다,

---

2  이 시는 시초 〈고향땅의 새 노래〉 중 한 편이다.

생전에는 가물에 타고 쭉정이만 뜰던 저 앞벌에
지금은 저리 시원히도 냇물이 흐른다오
무너지게 벼이삭이 고개 숙였다오
아, 해마다 자식들 앞세우고 내 이렇게 찾아옴은
당신을 굶겨 보낸 저 벌판에서
나 혼자 행복함이 눈물겨워서라오, 당신을 못 잊어서라오.


| 수록지면 |

*『문학신문』, 1966.9.23.
동기춘, 『인생과 조국』, 문예출판사, 1991.

# 당을 받드는 마음

농장원 아바이에게는
모두다 당원이 된 아들딸이 다섯이나 있다.
공장과 림산 바다와 초소에
다 자란 그들은 조국을 섬기러 떠났기에
다 함께 한 자리에 앉기는 인제 힘들었어도
자식들은 아버지 곁을 떠난 적이 없더라
아바이는 멀리 가까이 있어도 언제나
자식들의 매 걸음을 살피고 있어라

용해공인 맏아들이
얼마나 기쁜 소식을 전해왔던가,
눈앞에 보는 듯했더라,
쏟아지는 쇠물, 번쩍이는 구내
수상님 앞에 보고 올리는 장한 아들의 모습
─우리는 상반년에 벌써 일년 계획을 넘쳐 했습니다.

그때에도 아바이에게는
기쁨도 컸지만 걱정이 더 앞서서
몇 줄 안 되는 편지를 밤새워 썼더라
─나에겐 근심이 더 크다
　지금 성과에 네가 만족할가봐서,
　위대한 수령님을 만나 뵈웠던 날을 너는 잊지 말아라

몇 해 전 봄날에
아바이는 참으로 기쁜 소식들을 자식들에게 보냈나니
막내딸이 로동당에 입당했다고…
그때도 둘째아들한테만은 분공 주는 것을 잊지 않았다
―너는 그 애와 가까이 있으니
　신입당원을 잘 교양해라.


……


아바이의 자그마한 당생활책에는
맏아들이 당원이 되던 감격스러운 날부터
막내가 입당하던 그날들이 적혀 있고
당을 위하여 수령님을 위하여
자신이 총화지은 당생활이 있다,


입당하던 1946년의 그때로부터
머리 희슥희슥한 오늘에까지
아바이에게서 잊혀지지 않는 추억들은
당을 받드는 길에서 빛내인 나날들이였다.


농장벌 천리수로를 맡아보는 초소
아바이의 정성에 대하여 사람들은 칭찬을 아끼지 않건만
아바이는 당생활 총화 때마다
얼마나 아프게 자신을 나무랐던가
이악하게 좀 더 노력했더면
알곡을 더 내여 수상님의 기대에 보답했으리라고

오직 한 생각 당과 수령님을 받드는 그 마음이
자신과 자식들에게 목숨도 서슴없이 바쳐 당원의 영예를 빛내게 하
려고
그 누가 시킨 적은 없어도
아바이는 언제나처럼
자신과 아들딸들의 당생활을 두고 총화한다
그들마다에게 입당보증인이 따로 있고 지도하는 당조직이 따로 있
어도
부모는 자식을 낳아 기를 뿐만 아니라
그들의 당생활까지 책임져야 한다는 아바이의 그 마음이여

이것은
당에 대한 충실성이 낳은 것
이것은
조선로동당에만 있는 위력한 것

부모는 자식을,
형님은 동생을,
남편은 안해를,
당원은 당원들끼리,
서로 받들고 고무하며 나아가는
조선로동당의 불패의 힘이 여기에도 있어라
우리 당의 강력한 생활력이 여기에도 있어라


| 수록지면 |

* 『조선문학』, 1969.10.
『당의 기치 따라』(종합시집), 문예출판사, 1970.
동기춘, 『인생과 조국』, 문예출판사, 1991.

# 땅은 흙이 아니다[3]

땅은 흙이였다
이 세상이 생기고 사람들이 보금자리 틀던
저 먼 시대에
땅은 단순한 흙이였다

노예주를 위해 노예가 땅을 가꾸고
량반의 령지에서 천민이 낟알을 바칠 때
땅은 흙이 아니라 계급의 징표였다

아득한 고조선으로부터
리조 500년이 흐를 때도
생활이 깨우쳐주는 계급의식 속에서
봉기한 백성의 물결이 그 몇 번 뒤챘었지만
그래도 이 땅에 조선이란 이름이 떳떳하던 그때는
그대를 떠나 이역을 헤맨 동포는 없었다

일제가 침략의 도끼로 깎은
동척의 말뚝을 이 땅에 박았을 때
쓰러진 농민들의 가슴에는
그것이 꽂혀진 칼이던가,

---

3  이 시는 연시 〈이 땅이 나의 조국이다〉 중 한 편이다.

땅이여,
네가 식민지의 사슬에 감기여
통곡하는 민족을 안고 몸부림치던 때
너는 정말 흙이 아니였다

땅 때문에 타향살이 떠났다가
간도의 피바다에 잠긴 조선민족이였다
땅 때문에 이 나라의 딸들이 팔리며
나서 자란 문턱을 울며 넘어서지 않았느냐
땅 때문에 눈 못 감은 머슴의
그 감지 못한 눈에다 흙을 덮어주었으니
오, 너는 목숨, 그네들의 목숨


                ×        ×


백두에 광복의 홰불이 솟고
밀림에 우등불 타오르던 밤
김일성 장군님께서는 자주 들려주시였어라
아름다운 만경대와 금수강산의 이야기

이런 밤이면 애국의 피 더운 가슴들이
훨훨 날아가던 그리운 산천
넓은 벌, 맑은 내가, 뜨락에 피던 살구꽃
아버지 어머니 동네사람들
그들이 김매던 밭이랑이며
가고오던 밭머리와 오솔길들…
대원들에게 그 산천은 조국이였다

저저마다의 그런 고향이 합쳐져 이루어지는


김일성 장군님께서
―토지는 밭갈이하는 농민에게!
이 혁명의 강령을
조국광복의 붉은 기폭에 쓰시였을 때
땅은 흙이 아니였다
땅은 계급혁명의 근본문제였다.


투사들이 볼을 비비며 눈물 적신 땅이여
가슴에 품고 싸운 한 줌의 흙이여
아아, 그 땅은
흙이 아니였다
그것은 조국이였다.


| 수록지면 |

* 『조선문학』 332호, 1975.9.
동기춘, 『인생과 조국』, 문예출판사, 1991.

# 땅에 떨어진 더운 눈물[4]

3월의 봄
토지개혁의 봄
땅을 다뤄본 사람이면 누구나
잠들지 못한 감격의 봄

－토지는 밭갈이하는 농민에게 !
해방된 조국에 선포된 첫 법령이여
온 동네가 떨쳐나
밭이랑에 걸채이며 장군님 만세에 목이 멜 때
나도 아버지의 헌옷을 어깨에 너풀거리며 뛰던 그날은
나의 조국애가 출발한 첫 지점이였다.

생각하면 감회도 깊고
할 말도 많은 해였다
어데로 간 줄만 알았던 떡새가
구월의 논벌에서 노래하던 날에는
마을마다 경사인들 또 얼마나 많았던가
이 행복을 다 모르는 아이들패에 섞여
나도 장군님 노래를 신이 나서 불렀다.

소 한 짝 사매고도 장군님 생각

---

**4**  이 시는 연시 〈이 땅이 나의 조국이다〉 중 한 편이다.

새집들이 할 때도 장군님 생각
자식들 학교 보낼 때도 장군님 생각
김매다도 문득 떠오르는 그 생각

생활이 좋아서 마음이 흥겨워서
말없던 아버지 말이 많아지고
마을마다 기름이 돌고 떠들썩하던 그날에
내 즐거이 뛰놀며 보낸 소년시절은
조국에 대한 잊을 수 없는 추억을 남겼다

밭이랑에 떨어진 더운 눈물의 맹세가
충성의 한길에서 오곡을 자래워
청춘조국은 황금옷자락 떨쳐 입었더라
수령님께서는
또다시 이 땅의 주인은 농민이라고
국장의 테두리를 뜻 깊은 알곡으로 묶어주셨으니
아, 땅은 농민이였고 조국이였다.

| 수록지면 |

*『조선문학』 332호, 1975.9.
『해방후서정시선집』(종합시집), 문예출판사, 1979.
동기춘, 『인생과 조국』, 문예출판사, 1991.

# 인생과 조국[5]

제 명을 다 살고 간
그런 사람이 렬사릉엔 있던가
병으로 생을 맺음한
그런 사람도 여기엔 그리 있던가

10대에 20대에
피줄조차 못 남기고–
그래도
아끼던 생을 아끼지 않았던…

조국은 무엇이여서
이런 청춘들을 바쳤더냐
조국이란 무엇이기에
이런 희생을 치러야 했더냐

조국은 물건이 아니건만
역신들은 뒤거래로 너를 팔았다
한세상 살다 그도 죽고 말
개 같은 명줄의 향락을 위해

팔던 땐

---

5   이 시는 시초 〈생각 깊은 산마루〉 중의 한 편이다.

몇 놈이 부귀영달과 바꿨건만
찾을 땐 오, 찾을 땐
민족이 피를 바친 조국

조국이여, 너는 무엇이기에
이같이 모질었더냐
그처럼 모질지 않으면
안 되더란 말인가

예나 제나
사람은 살고
꽃도 피고
내물도 흐르건만

자유가 없인
차라리 죽음이 나았으니
조국은 다만 땅이 아니라
그 자유

했어도 주작봉마루에 서니
찾은 값이 너무 비쌌구나
이 아까운 사람들과 바꾼 땅을 딛고
분함에 억한 가슴을 두드리는 마음아

혁명렬사릉—여기선
누구든
인생과 조국

이 엄숙한 물음 앞에 서지 않는가

릉을 찾는 사람들이여
렬사들이 지켜보는 눈앞에
조국을 책임진 맹세로
목숨 같은 꽃묶음 놓으시라

—1986.5.15. 대성산혁명렬사릉에서

**| 수록지면 |**

*『조선문학』 465호, 1986.7.
『어머니—시와 노래집』(종합시집), 금성청년출판사, 1987.
『1980년대 시선』(종합시집), 문예출판사, 1990.
동기춘, 『인생과 조국』, 문예출판사, 1991.
『청춘시집』(종합시집), 문학예술종합출판사, 1993.
『청춘이여』(종합시집), 금성청년출판사, 2007.

# 자서전의 몇 토막

조국이여, 그대 공화국이 일떠설 때
나는 공민이 아니였다
허나 나는 9월의 푸른 솔문을 세웠고
물감이 귀하던 두메 깊은 산촌에서
첫 붉은 기발을 내저으며
투표는 못하면서도 찬성하라고 노래 불렀다

조국이여, 그대 산천이 불탈 때
그때도 나는 공민이 아니였다
허나 나는 군사동원부의 뜨락을 기웃거렸고
차지 않은 나이와 작은 키 때문에
전선으로 못 감을 분해하였다

들어다오, 별찮은 이 이야기
적들이 기여든 마가을의 그 일도
피 배인 듯 뻘겋던 수수그루터기 사이로
밤이면 고양이처럼 뛰여다니며
삽날로 놈들의 전화선을 찍어 던졌더라
미래의 공민 될 정의감에 불달려

분명 그때는 공민이 아니였다
허나
그때 조국의 기발 손에 든 때부터

내 한생 지켜갈 위대한 것을 알았거니
공화국 기발
그것은
우리 수령님 찾아주신 소중한 조국이였다!


| 수록지면 |

* 『너를 사랑해』(종합시집), 금성청년출판사, 1988.
동기춘, 『인생과 조국』, 문예출판사, 1991.

## 통일 열원[6]


꿈결에도 그리움에 소스라칠
나의 살붙이 거기 없고
피를 나눈 형제도 없고
흘러간 시절의 련인도 없건만
어느 먼 친척도 거기 산 일 없고
내 자란 고향도 거기 아니고
동요의 옛 추억이 사물거리는
들딸기, 산나리, 개암숲이
거기 어느 산협에 없어도
부르노라 부르노라
피지도록 부르노라, 나의 남녘이여

내 한때는
저 먼 날 한때는
생각했노라 분한 마음으로
갈라진 가족들의 쓰린 고통을
한 동네에 살던 춘천집 늙은이
제 생전에 때 묻은 길을 밟아야
자손들께 이건 아무개고 저건 누구라고
인사라도 시키겠다 하던
그 늙은이 세상 떠나던 날

---

6　이 시는 시초 〈통일 열원〉 중 한 편이다.

발인하는 걸음이 돌에 걸채며
통일아, 통일아―
내 피맺히게 소원했더라


조국이여, 나의 고백을 들어다오
내 한때는 분렬의 비극과 통일의 절박함이
심각한 가족들의 생리별에 있어
괴로워하는 그대인 줄 알았노라
하기에 그것을 가셔드리려
젊은 날의 잠 못 든 밤들이 있었노라
그런 날 그런 밤엔
동화같이 철조망 훌훌 제끼고
귀밑머리 희여진 슬픔에 찬 손들을 잡고
전라도로 경상도로 가는 꿈도 꾸었노라


했건만 세월은 무엇을 깨우쳤더뇨
남녘이여, 오 남녘이여
어이하여 거기에선
젊은 목숨들이 포도에 등을 밀고
배를 가르며 몸에 불을 질렀느냐
그들이 제 아들딸이여서
그 희생을 막아보려고
백발의 목사가 사지판을 넘어
희망의 평양에 왔던가
홍안의 처녀 수경이는
갈라진 어머니가 북에 있어
지구를 한 바퀴 돌아서 왔던가

통일렬사들이 살아있는 대학의 창가에 앉아
그들이 오빠여서 형제여서 울었던가
내 또한 이 모든 것이
밝은 혈붙이들이여서
주먹으로 눈굽을 짓누르고
락조 꺼지는 공원에 점도록 앉았던가

아니여라, 정녕
혈육, 그것만이 아닌 것
오늘에 고통스럽고
후손들 앞에 죄되고 욕되는
이 반도의 분렬이 아파서,
이 분렬에 명줄 건 놈들이
통일성업을 롱락하며
모략과 권모술수와 협잡으로
민족을 학대하는 것이 가슴 아파서
온 겨레가 나서고
울컥울컥 치미는 분노에
나 또한 가슴을 뜯는 것

통일이라는 말만 나와도
순간으로 폭발되는 민족의 열원
그 념원 땅 우에 차넘쳐
땅 밑에도 통일갱, 통일역을 만들며
하늘의 해와 달을 쳐다보아도
가를 수 없는 그 하나가 생각나고
뛰는 심장에 귀 기울여도

둘일 수 없는 그 귀띔에 피 끓는
아, 오늘의 실체

남녘이여 오, 남녘이여
내 듣노라 너의 절규를
바란 일 없는 분렬의 세월
우리 서로 눈물을 흘렸다 피도 뿌렸다
그 눈물값으로 그 피값으로
되찾자 하나된 내 나라
자주의 푸른 하늘을
민주의 푸른 땅을

만일 이 세기를 넘어 분렬을 끈다면
더는 시계들에 태엽을 감지 말라
나에겐 만일이라는 그 말조차 역겹노라
허지만 만일 그때까지
분렬의 적들을 그대로 둔다면
조선이란 말은 무엇 때문에 있고
민족이란 말은 무엇을 위해 필요하더냐
3천 리 강토여
7천만 겨레여
저 백두와 한나에 터졌던 용암을
하나로 모아
이 세기의 하늘에 화산으로 뿜어올리라
그 불물에 장벽이며 철조망이 녹아빠지고
모든 시계들이 통일세월을 기뻐 새길 때
오, 그때만이 우리 떳떳이

그때만이 우리 모두가
조상과 인류와 세계 앞에서
수치와 오욕과 불행을 결별한
조선사람이 되리라


| 수록지면 |

*『조선문학』510호, 1990.4.
동기춘,『인생과 조국』, 문예출판사, 1991.

# 사랑의 불을 안은 시인[7]

동기춘 시집 『인생과 조국』을 두고

**최희건**

시인 동기춘은 사랑의 불을 안고 사는 시인이다. 그가 안고 사는 사랑의 불—그것은 인간과 생활, 향토와 조국에 대한 사랑의 열과 넋이다.

한마디로 사랑의 불은 이 시인의 시정신을 낳은 활력이다.

시집 『인생과 조국』에는 시인의 사랑의 불, 사랑의 열이 뜨겁게 느껴지고 있다. 거기에는 눈물 젖은 어린 시절의 고향, 환희와 랑만에 넘쳤던 꿈 많은 시절의 고향에 대한 추억들, 아버지와 어머니와 송아지 동무들, 스승과 이웃들… 고향의 그 모든 사람들에 대한 그리움과 애틋한 련민의 정, 푸른 봄이 웃으며 마중오고 황금의 들—정든 초원이 설레이며 옷자락에 매달리던 그 살틀한 정, …바로 살붙이로 느껴지는 그런 고향 땅이였기에 시인은 좋아도 나빠도 나서부터 스물네 해를 고향의 화대천과 절골천의 소란한 물결소리를 들으며 살았었다.

기뻐도 그 내가에 나와 웃었고 슬퍼도 그 시내가 버들방천에 나와 울었다.

이처럼 정 깊어진 고향이였던 까닭에 그는 살진 향토의 밭이랑에 더

---

7　이 글은 「자기 생활의 세계, 시세계를 가진 시인들의 초상」의 일부이다.

운 땀을 흘렸고 젖소들이 한가득 널린 푸른 언덕에서 초원의 서정시, 고향의 서사시를 썼다. 분명 이것이 가슴에 사랑의 불을 지펴준 활력이였을 것이며 그로 하여금 고향땅을 통채로 붙안고 몸부림하는 향토애의 시인으로 되게 한 연유일 것이다. 이 시인의 향토 주제의 서정시들이 가지고 있는 발견적 가치는 무엇보다도 고향의 의미를 새롭게 부여하고 노래하였다는 데 있다. 고향과 그 땅에 대한 새로운 리해와 그 의미를 새롭게 해석하게 되는 시인으로서의 그의 사상정신적 성장과정은 그의 시가작품 전반에 그대로 반영되여 있다.

시 「땅은 흙이 아니다」에서는 "노예주를 위해 노예가 땅을 가꾸고 량반의 령지에서 천민이 낟알을 바칠 때" 땅은 "계급"의 징표였고 "땅 때문에 타향살이 떠났다가 간도의 피바다에 잠긴 조선민족", "땅 때문에 이 나라의 딸들이 팔리며 나서 자란 문턱을 울며" 넘어섰고 "땅 때문에 눈감은 머슴의 그 감지 못한 눈에다 흙을 덮어주었으니" 바로 그 땅은 이 나라 "백성들의 목숨"이였으며, 김일성 장군님께서 "토지는 밭갈이하는 농민에게!"라는 "혁명의 강령을 조국광복의 붉은 기폭에 쓰시였을 때" 그 땅은 "계급혁명의 근본문제"였다고 하였다.

그리고 어제날 어머니의 헌 옷고름이 자식들의 터진 발가락을 건사하지 못하고 아버지가 삼아준 짚신이 긁힌 발을 몇 날 몇 달 감싸주지 못하였던 세월에는 고향땅은 흙이 아니라 "피의 바다", "비애의 바다", "눈물의 바다"였으며, 해방된 고향땅에서 어제날 먼지 낀 발등에 떨어진 눈물의 얼룩을 지우던 일이 생각나 오늘에는 오히려 그 땅을 신을 신고 걷는 것조차 송구스럽게 느껴지니 그 고향땅은 "은혜의 바다", "사랑의 바다", "행복의 바다"라고 하였다.

인간의 생존수단, 생산수단인 땅을 사회력사 발전단계에 따라 계급의 징표나 계급혁명의 근본문제로 보고 정의지은 데서나 그리고 사회 력사적 관계에 의한 인간의 처지와 위치에 따라 인간 삶의 터전이고 요람인 그 땅을 "눈물의 바다"라든가 "사랑의 바다"로 느끼며 해석하는 데서 우리는 시인의 작가적 분석 판단과 예술형상적 감각, 작가로서의 리지와 감성적 사유의 결합 능력을 뚜렷이 찾아보게 된다.

시인이 설사 그 어떤 기발한 시적 재능을 가지고 있다 하더라도 그 옳바른 사상의식, 혁명적 세계관을 가지고 있지 못하면 인간과 생활, 사회와 력사를 똑바로 리해할 수 없으며 따라서 참다운 예술가로 될 수 없다.

일반적으로 시형상을 이루는 데서 사상적인 것은 정서적인 것과 결합되여야 사람들의 사상 교양과 정서 교양에 이바지할 수 있으며 시적 형상을 이루는 데서 의의 있는 작용을 할 수 있다.

시형상에서 사상적인 것과 정서적인 것의 결합은 시인의 사상의식과 정서의 결합으로 이루어지는바 이것은 시인의 리성적 사유와 감성적 사유의 통일에 의해서만 형성되는 것이다.

이런 견지에서 보면 향토애의 시인 동기춘의 서정시들에서 고향과 그 땅에 대한 해석을 새로이 하고 있는 문제에 론점을 세워 분석할 가치가 있다.

시인은 지난날 눈물에 젖던 고향의 하늘 아래서 로동의 희열에 넘쳐 새 생활을 창조해 나가는 과정에 삶의 개척자라는 긍지와 자부를 가슴 벅차게 새기였으며 그때부터 고향의 의미를 새롭게 느끼기 시작하였다.

시인이 고향땅의 의미를 새롭게 해석하였다는 것은 고향땅을 우리 수령님께서 인민들에게 주신 가장 고귀한 재산, 유산, 피의 전취물로 보았고 그것을 열렬한 사랑의 감정으로 표현하였다는 것이다. 시인이 나서 자란 고향의 그 '밭머리', '학교', '산마루', '길', '시내'…그러한 고향의 구체적 세부와 표상들은 시인의 선대 조상들이 살았던 당대에도 있었으나 그때에는 그것들이 '내 목숨', '내 청춘', '내 사랑', '삶의 정든 노래'는 아니였었다.

경애하는 우리 수령님께서 내 나라 백성들을 인민이라 부르시고 그 인민에게 땅을 나눠주시고 나라의 주인으로 내세워주시고 참삶을 누릴 수 있게 해주신 그때로부터 그 땅은 '내 목숨', '내 청춘', '내 사랑', '삶의 정든 노래'로 되였다.

말하자면 우리 수령님께서 인민에게 주신 땅, 그 고향이야말로 우리의 목숨, 우리의 사랑, 우리 삶의 터전인 혁명의 고귀한 전취물이며 사회주의 조선의 시조이신 위대한 수령 김일성 동지께서 우리 인민에게 남겨주고 가신 영원한 유산인 것이다. 그래서 그 고향땅이 우리의 목숨이고 우리의 사랑인 것이다.

이것이 시인 동기춘이 알고있는 고향땅이며 그가 새로이 의식하고 해석한 고향에 대한 의미인 것이다.

고향땅에 대한 심오하고도 새로운 의미를 높은 시형상으로 노래한 시인의 리성적 슬기와 감성적 사유의 원숙한 능력은 여기에 있는 것이다.

시인은 향토와 조국과 수령님의 사랑을 하나의 것으로 느끼고 있다.

하기에 시인은 시「고향」, 시초 〈고향땅의 새 노래〉, 시「고향의 이깔나무 숲이여」,「산촌의 회상」등 향토 주제의 서정시들에서 노래한 바와 같이 누구든 고향땅에 목숨을 두었다면 진실로 자기가 창조한 세계가 심장 속에 고향의 의미, 조국의 의미로 거짓 없이 깃들기를 바란다고 하였다. 그의 향토 주제의 작품들에서 고향의 의미를 새롭게 부여한 그 형상적 가치는 그가 자기의 향토와 인간들 그 전체를 하나의 유기적 결정체로 보고 고향 그 자체에 '사랑'이라는 의미를 부여하고 있다는 데 있는 것이다.

이것은 구체적인 것에서 전체를 인식하고 부분과 전체를 유기적이며 통일적인 관계 속에서 고찰하는 변증법적 사유, 어머니와 고향과 조국을 하나의 '사랑의 실체'로까지 감각하는 시인의 독특한 예술형상적 사유능력을 보여준 것이다.

이 시인이 고향의 의미를 새롭게 인식하고 느끼게 된 것은 그가 살아온 사회계급적 처지, 깊은 인생체험에서부터 산생된 하나의 륜리의식, 도덕의식의 발현인 것이다. 이 륜리도덕의식은 단순한 인간 륜리나 도덕을 준수하려는 량심이 아니라 철저히 그의 계급의식, 계급적 자각에 기초한 것이다.

그가 쓴 어느 한 서사시에서 노래한 바와 같이 자기 가문의 선대 조상들 가운데는 생의 마지막 날까지 땅의 의미를 알지 못하고 간 이들도 있었고, 어렴풋이 깨달은 이들도 있었으며, 땅과 고향을 지키려다가 숨진 이들도 있었다. 그러나 시인의 대에 와서야 그 고향땅이 굳건히 수호되고 있으며 행복한 삶의 터전을 비옥하게 가꿔가고 있다고 하였는바 이것은 땅과 고향이 자기의 대에 와서야 비로소 '내 목숨', '내 청춘', '내 사랑', '삶의 정든 노래'로 되였음을 진정으로 깨달은 계급의식, 계급적 자각이다. 하기에 시인은 자기의 향토 주제의 모든 시편들에서 "수령님께서 조선민주주의인민공화국으로 선포하신 이 땅이 나의 조국"이라고 주장하고 있다.

시인에게 있어서 이 땅은 그가 태를 묻었고 기여다니던 시절에 먹어보고 처음으로 두 발에 묻힌 흙이였으며 다감하던 인민학교 시절 도화시간에 풀밭에 엎디여 그린 산과 들, 폭탄을 막아준 방공호의 흙지붕, 문화주택을 만든 벽돌, 사회주의 언제에 다져 넣은 땀 배인 흙, 안해의 처녀시절에 함께 걸은 농장 길, 우리 아이들이 밤마다 누워 별을 세는 곳, 참으로 시인이 일생토록 떠나고 싶지 않고 죽어서도 묻히고 싶은 고장, 제 손으로 심은 나무가 숲을 이루고 땀 젖은 손이 논과 밭에 오곡을 자래우는 풍요한 산과 들, 비물에 조금 씻겨도 자기 몸에 상처 난 듯 아프고 꿈에서조차 자기의 세계를 이룬다는 살 같은 땅… 진정 시인에게 "사랑과 정을 준 산천"—바로 그 '사랑'이 고향이였다. "잃으면 내가 없고 지키면 내 삶이 있어 너를 위해 아낌없이 피를 뿌릴" 그 땅이 "나의 조국"이였다.

이 시인에게 있어서 이러한 감수력은 이제는 본능 아닌 '본능'으로 굳어지고 기질 아닌 '기질'로 완전히 체질화됨으로써 향토애, 조국애의 사상감정이 시인의 피가 되고 얼이 되였다.

시집의 제3편 〈내 사는 내 나라〉에 들어 있는 시초 〈생각 깊은 산마루〉, 「사랑의 가치」와 같은 작품에는 고향과 조국, 인생과 조국에 대한 사랑의 의미와 가치, 그의 사랑의 시정신이 가장 깨끗이 정화되고 뜨겁게 결정되여 있다.

"백 년도 못 사는 게 사람의 명이고 죽으면 묻는 것이 법이라 해도" 정녕 그렇게는 하지를 못해 피바다에서 투사들이 안아 올린 땅—그 어머니 조국은 렬사들을 차마 묻을 수 없어 "최후순간을 영생에 멈춰 세운… 혁명렬사릉 추모상"! 참으로 시 「아낌의 정화」에는 내가 죽어 너를 살려야 함을 알고 산 투사들의 넋과 오열에 오열을 쏟으며 추도가를 불렀고 울어 울어 울지 못해 가슴 찢어지는 그 쓰림을 안고 빼앗긴 자유와 조국을 찾자고 값있게 바친 넋들에 대한 시인의 열화 같은 사랑—사랑의 불이 세차게 타오르고 있다. 시인의 그 사랑의 시정신은 시 「인생과 조국」에 더 집작되여 있다.

"제 명을 다 살고 간 그런 사람이 럴사릉엔" 없어, "병으로 맺음한 그런 사람도" 럴사릉엔 그리 없어 더욱 가슴 저려 하고, "10대 20대에 피줄조차 못 남기고—그래도 아끼던 생을 아끼지 않았던…" 그 럴사들의 넋으로 솟아오른 주작봉 마루에 서니 "자유가 없인 차라리 죽음이" 나았기에 한 목숨 기꺼이 바친 럴사들, 그 럴사들이 바란 자유였던 조국 땅을 붙안고 찾은 값이 너무도 비쌈을 느끼며 "이 아까운 사람들과 바꾼 땅을 딛고 분함에 억한 가슴을 두드리는 마음"—진정 그것이 시인의 '사랑'이였기에 혁명럴사릉—여기서는 누구든 인생과 조국이라는 엄숙한 물음 앞에 서 있게 될 것이니 릉을 찾는 사람들은 "럴사들이 지켜보는 눈앞에 조국을 책임진 맹세로 목숨 같은 꽃묶음을" 놓으라고 눈물에 젖어 럴사들을 추모하는 시인! 자자마다에 정의 눈물을 쏟고 구절구절에 피를 태워 럴사들을 경모하고 추모하는 시인의 모습은 그대로 정과 열에 끓는 인간 사랑의 극치이지 않는가!

그것은 시인이 살아온 처지와 인생체험, 남다르게 느끼고 깨달은 계급적 자각과 륜리도덕으로 형성된 사상미학적 리상이다. 물론 이러한 자각과 의식은 인간의 리성에서부터 오는 것이기도 하지만 자기 민족, 자기 계급, 자기 인민에게 충실하고 헌신하려는 로동계급의 시인들에게 있어서는 그것이 자기의 정치적 수령의 사상과 덕성을 따르고 닮은 데서 생겨나고 형성된다.

고향과 조국에 대한 열렬한 사랑의 불—사랑의 시정신은 이 시인이 자기의 위대한 수령, 위대한 령도자의 인민에 대한 위대한 인간 사랑의 정치신앙을 신념과 량심, 도덕과 생활로써 받아들이고 숭배하였기 때문에 그처럼 진실하고 뜨거울 수 있었다. 자기의 수령과 령도자의 사상과 뜻과 사색으로 시인으로서의 자기를 완성시켜가며 진정으로 자기

수령의 시인으로 살려고 하는 작가적 면모를 우리는 그가 시집의 제4편
〈내가 아파서 쓴 시편들〉에서 뚜렷이 엿보게 된다.

> 조국이여, 너 때문에
> 내 때로 고통스러웠고
> 때로 밤중에 일어나
> 애꿎은 담배도 태웠다
>
> 조국이여, 너 때문에
> 내 고민도 많았고
> 갈라진 이 땅을 두고
> 아픈 시를 자주 썼더라

이 시구절에는 어버이수령님께서 생전에 늘 심려하고 계시던 분렬된
조국을 두고 진정으로 가슴 아파하고 통일 갈망의 전 인민적 사상감정
을 안고 사는 불타는 사랑의 넋이 그대로 반영되여 있다. 시인은 바로
통일 갈망에 대한 전 인민적 사상감정에 자기의 사랑의 불을 지피면서
고통과 고민의 밤을 지새우다가 마침내 통일 열원의 붓을 들게 되는 것
이다.

시 「통일 열원」은 갈라진 조국 땅에 대한 애달픔과 고통, 간절함과
숙원이 결집된 시인의 통일 노래의 대표작이라고 할 수 있다. 이 시는
이 시집에 들어 있는 이여의 시편들에 비해 그 사상주제적 내용의 절박
성과 심각성, 통일 열원의 강한 열도, 정서적 색채의 짙은 농도로 하여
시인의 ‘사랑’의 시정신이 가장 집대성된 작품으로 된다고 본다.

혈육 한 점 없는 남녘땅을 두고 피지도록 "나의 남녘"을 부르는 시인의 사랑의 정신은 갈라진 혈육들의 쓰린 고통을 자기의 아픔으로 느끼는 정의로운 량심에 타는 사랑의 불이며 의분의 눈물이였고 통일의 그 날을 생시로 맞고 싶어 하는 우리 인민의 절절한 소원이다.

남녘의 열혈 학도들이 포도에 등을 밀고 배를 가르고 몸에 불을 지를 때 그 '사랑'들을 아끼여 몸부림치는 시인의 심정은 오늘에 고통스럽고 후손들에게 죄 되고 욕되는 분렬을 끝장내고 흘린 눈물의 값과 뿌린 피 값으로 하나된 통일조국을 찾자는 민족의 의지이고 인민의 신념이고 투지인 것이다. 진정 이 통일 열원, 통일 숙원은 조국이라는 그 '사랑'에 끝 없이 열렬하고 충실한 시인의 정과 열의 분출이다. 시초 〈통일 열원〉은 가슴에 늘 조국과 시대를 안고 몸부림하고 인민의 숨결과 호흡을 같이하는 시인의 공민적 사상감정, 애국애족애민의 사상감정의 폭발이며 사랑의 불을 안고 사는 시인 동기춘의 심장의 웨침이며 그의 열렬한 시정신의 불길인 것이다.

사랑이 있으면 증오도 있다. 사랑할 줄 아는 인간만이 증오할 줄도 아는 법이다. 인간과 생활, 향토와 조국을 그처럼 열렬히 사랑한 인간이였기에 시인은 분노에 차서 증오의 노래도 격차게 불렀다.

초토화의 불비에 타버린 산천초목과 살륙의 총구 앞에 흘린 피의 이름으로, 민족의 가슴에 분렬의 칼을 꽂고 동족을 살륙하는 원쑤, 녀인을 릉욕하고 산 사람의 장기를 뜯어내여 팔아먹는 식인종들의 치떨리는 만행에 대한 보복으로 흡혈귀들이 입 맞추던 그 십자가에 피 묻은 야수들의 몸뚱아리를 치달아 매여 영원한 고통으로 마르게 하리라는 시인의 분노에 찬 선언은 원쑤 미제의 등뼈와 정수리에 내리는 불의 철추인 것이다. 열렬히 타던 사랑의 불은 이처럼 랭철하고 서슬 푸른 증오를 낳았다.

개구리 소리 여물던 고향의 이른 봄에 달뜨는 밤이 오면 그 달빛을 자금자금 밟으며 맑은 시내 감도는 산골길을 조용히 거닐기도 했고, 향촌 처녀에게 정들어 주절대는 내물에 발을 잠그고 처녀의 곁을 떠나기 싫어 오래오래 발을 씻으면서도 그것이 사랑이던 줄을 미처 모르던 천진하던 어제날의 시인, 가슴에 온통 고향의 어머니와 애인과 벗들과, 산천과 초목들… 내 나라, 내 조국강산의 그 모든 것에 대한 사랑으로만 꽉 차있던 가슴에 벼려진 창날처럼 서슬 푸른 증오의 시를 안고 사는 까닭은 무엇이겠는가. 묻지를 말라 독자여, '내 목숨', '내 청춘', '내 사랑', '삶의 정든 노래'인 사랑하는 어머니와 련인과 벗들을 살륙코저, 고향의 산천초목을 불태우고저 피를 물고 칼을 물고 달려든 원쑤를 앞에 두고서야 시인의 가슴에 증오가 어찌 없을 것인가! 시인에게 있어서 어머니와 애인과 벗들, 고향과 조국은 생명이였고 사랑이였으며, 기쁨이였고 행복이였기에 오직 그 '사랑'을 수호하려는 데로부터 증오를 안은 것이다. 이것은 인간과 생활, 향토와 조국에 대한 가장 열렬하고 무한대한 사랑을 간직할 때만이 불의에는 정의의 칼을, 탄압에는 항거의 불을 추켜들게 된다는 사랑과 증오의 의미, 사랑과 증오에 대한 진리와 철학을 깨우쳐준 것이다. 이런 의미, 이런 진리, 이런 철학은 시인이라는 직업적인 의무감만으로는 의식하지도 자각하지도 못한다.

시인은 그가 시인이기 전에 인간, 인간도 정의 인간, 열의 인간으로 되여야 하고 시인이기 전에 공민, 공민도 애국애민의 공민으로 되여야만 그것을 의식하고 자각할 수 있는 것이다.

이상에서 본 바와 같이 시인 동기춘의 사랑의 불—사랑의 시정신은 자기 수령과 조국과 인민에 대한 위대한 사랑의 사상에 그 원천을 두고 있으며 그 사랑의 사상을 닮은 것이다. 또한 그의 사랑의 시정신은 계급의식에 기초하고 있는 륜리의식, 도덕의식의 발현이며, 정의적인 인간 량심과 공민적인 사상감정으로 형성된 시정신으로서 그의 향토 주제 작품의 생명 요소로, 그의 모든 시가작품의 특징을 규정하는 근본요인으로 되고 있다.

시인 동기춘의 서정시작품들이 가지는 형상적 특징은 조선민족적인 독특한 정서, 조선화적인 회화미, 향토적 서정미이다.

그의 시가작품에서 조선민족적인 정서, 조선화적인 회화미, 향토적 서정미는 인민들이 흔히 쓰는 일상적인 입말을 다듬어 글말로 기름지게 표현한 명시구들에서 표현되고 있다.

시초 〈고향땅의 새 노래〉에서 몇 구절 실례 들어 보자.

"흥트러지게 누워 아지랑이 피우는 사래사래 저 일만 사래", "일곱살 가드라붙은 잠뱅이로 소고삐 끌고", "봉당재 뒤쓰고 조마구발 찍으며 아침저녁 물길러 늪으로 오가던… 그 길은 어디바루?"라든가 "피밥을 한웅큼 빌어다 놓고 가슴 치며 목 놓아 울던 이 자리", "하얀 뫼밥 지어 놓고 지난날이 분해서 눈물 도는 이 자리", "죽지 못해 살던 날은 혼자만 갔다고 울었더니 늙지 말고 살고 싶은 오늘은 일찍 갔다 나무리는 이 마음", "해마다 자식들 앞세우고 내 이렇게 찾아옴은 당신을 굶겨 보낸 저 벌판에서 나 혼자 행복함이 눈물겨워서라오, 당신을 못 잊어서라오"와 같은 시구들은 우리 인민들이 생활에서 흔히 쓰는 입말을 다듬어 쓴 시 문장들로서 조선민족적 정서가 진하게 풍겨오는 시적 표현들이다. 그의 서정시들에서 조선화적인 회화미는 향촌의 풍경을 하나의 그림과 같이 그려내고 있는 데서 나타나고 있는바 이것은 그의 향토시가문장의 가장 중요한 특징으로 되고 있다.

시 「어머니 모습」, 「길」, 「산촌 회상」, 「소녀」 등에서 표현된 시문장들은 인물, 자연, 행동과 같은 대상, 현상에 대한 특징을 미술가적인 눈으로 포착하고 방불하게 그려내고 있다.

"대동강이 피운 물안개 겨우내 언 땅을 입김처럼 녹여라 어느새 꽃치마, 언뜩이는 흰 종아리, 가로수에선 떨어지네, 물먹은 눈덩어리" 이 시구들에는 소문없이 찾아온 대동강의 이른 봄 풍경과 봄날의 눈석이를 보는 듯 듣는 듯 생동하게 그려내고 있다.

"화대천 물 건너 큰길로 군용렬차 행렬이 줄지어 달릴 때 해방 구경에 덤비며 돌담장 울타리에 기여오르던 나를 뒤에서 부축해주시던 그 시절…"과 같은 시문장들에서는 고향사람들의 환희의 감정과 천진하던 시절의 시인의 모습을 돌담장 울타리 마을의 풍경에 잘 어울려 보여주고 있다.

시문장으로 한 폭의 그림을 생동하게 그려내는 서정시의 이러한 회화미는 역시 자기 고향에 대한 사랑의 사상감정이 아니고서는 얻어내지 못한다.

그의 향토 주제의 서정시들에서 조선민족적 정서, 조선화적 풍경, 향토적 서정이 하나의 유기성을 가지고 결합된 것은 향토애의 사상감정을 더욱 풍만하게 노래할 수 있게 한 중요한 조건으로 된다.

향토적 서정은 향토에 대한 풍부한 생활체험과 향토에 대한 열렬한 사랑의 사상감정을 체득하여야 하는 것은 물론, 향토적 언어 재산이 많은 자기의 고유한 언어밭을 가져야만 표현할 수 있다.

이런 점에서 이 시인은 알찬 향토적 언어를 수확하기 위하여 자기의 고유한 언어밭을 기름지게 가꾸어 왔었고 자기의 피와 땀과 열이 스민 향토적 언어로 고향의 물맛, 고향의 흙내 풍기는 시문장으로 향토애, 조국애의 사상감정을 진실하게 반영하였다.

시인 동기춘의 서정시들에서 나타나고 있는 시형상의 또 하나의 특징은 경구적 시문장으로 시의 품위를 돋구며 교훈적 가치를 살려낸다는 데 있다.

시「인생과 조국」,「인간의 가치」,「사랑의 가치」,「나의 어머니」,「고향으로 돌아오셨습니다」,「쇠물과 슬라크」를 비롯한 거의 모든 시편들에서 교훈적 가치가 있는 경구적 시문장들을 훌륭히 형상하고 있다.

그 경구적 시문장들은 그 진리성과 규정적 성격으로 하여 형상적 가치가 매우 크다.


"옷이 덟은 건 빨기 쉬워도
마음이 덟은 건 씻기 힘들다"


"사랑의 가치는
그 사랑을 가꾸는 보람에 있구나"


"인간의 가치는
조국에 바친 자기 심장의 값이더라"


"영웅은 죽어도 돌아오는 곳
역적은 살아도 못 오는 곳
고향이여 그래서 너는
깨끗한 마음
찾기 쉬운 곳인가
얼룩진 마음

밟기 힘든 곳인가

누구든 살아가는 한생에

조국에 대한 량심의 거울이던가"

실례든 이러한 경구적 시문장들은 「인간의 가치」, 「사랑의 가치」, 「인생과 조국」, 「행복이란 무엇인가」와 같은 시들에서 그것이 가지는 의미를 형상적으로 해석함으로써 독자들에게 생활의 진리, 생활의 교훈을 안겨주는 데 커다란 감화력을 가진다. 원래 경구라는 사전적 의미는 하나의 사상이나 생활의 진리를 짤막한 형식 속에 담아 날카롭게 나타내는 표현적 문구를 말하는 것이다. 이 시인은 자기의 향토 주제의 시편들에 이러한 경구적 시문장을 쓰면서도 인간과 생활, 고향과 조국에 대한 새로운 의미를 부여하려는 데 형상 과제를 두었던 만큼 그것을 해결하고 살리는 데 초점을 박고 있다.

이것은 이 시인이 자기의 모든 서정시들에서 인간과 생활, 고향과 조국에 대한 자기의 사랑의 시정신을 표현하려는 데 형상의 초점을 두고 있으며 시의 정서적 색갈도 바로 그 사랑의 정서적 색갈로 전반적 시문장을 채색하려는 데 있었다는 것을 보여주고 있다.

여기서도 고향과 조국에 대한 열렬한 사랑의 불—사랑의 시정신을 안고 몸부림하는 향토애, 조국애의 시인으로서의 그의 시인적 면모를 뚜렷이 엿보게 된다.

시집 『인생과 조국』이 우리에게 시사해주는 것은 무엇이겠는가. 그것은 시인이면 그가 누구든 진정한 인간 사랑의 불—사랑의 시정신을 가져야 하는바 그것은 시의 생명의 요소이고 넋이기 때문이라는 깨우침을 준 것이라고 생각한다.

사랑의 불—사랑의 시정신을 가지자면 자기 수령의 조국과 인민에 대한 위대한 사랑의 정치신앙을 신념과 량심으로, 도덕과 생활로써 받아들이고 숭배하여야 하며 수령의 위대한 인간 사랑의 사상과 뜻으로 사색하고 그 사상과 뜻을 그대로 닮아야만 한다.

그것이 수령의 시인으로 자기를 완성시켜 가는 유일한 길이며 시인으로서의 자기의 생명을 가지고 시인으로서의 자기의 존재가치를 나타내는 길이다. 또한 시인은 정의로운 인간 량심과 순결한 공민적 감정으로 자기를 사상 정신 도덕적으로 수양하고 독특한 예술형상적 능력으로 자기를 완성시켜야 한다.

시인은 응당 타는 피와 불붙는 넋으로, 성실한 땀과 부지런한 손으로 '시의 토양'을 기름지게 하고, '시의 세계'를 펼치고, '시의 꽃'을 떨기떨기 가꾸어 갈 때만이 주체시가문학의 화원을 아름답고 향기롭게 꾸려 갈 수 있을 것이며 시인다운 자기의 뚜렷한 초상을 드러내게 될 것이다. 이것이 시집 『인생과 조국』이 우리 시인들과 독자들에게 다시금 새로운 의미로 깨우쳐준 진리이며 교훈이라고 생각한다.

바라건대 정과 열, 넋으로 타는 시인의 사랑의 불, 사랑의 그 시정신이 꺼지지 않기를 희망한다.

―『조선문학』591호, 1997.1

**기타 참고문헌**

동기춘, 「시집을 내면서」, 『인생과 조국』, 문예출판사, 1991.
승경희, 「시인과 조국통일 열망의 서정―한 시인에게 부치는 편지」, 『조선문학』 521, 1991.3.

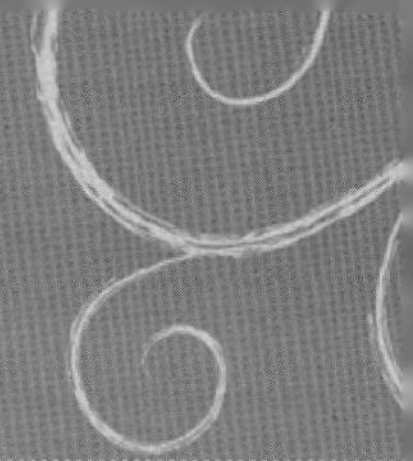

# 동승태

1915년 강원 통천(혹은 고성)에서 출생했다.
1948년부터 시를 발표하기 시작했다.
1984년 작고하였다.
개인시집으로 『고원의 봄』(1960) 등이 있다.

| 시 10편 |

高原(고원)의 봄

할머니와 병사

호랑이 사수

전사의 념원

몽고에서 온 양

고원의 시인

제주도 처녀

영원한 고향

심해에서

풍어의 시대

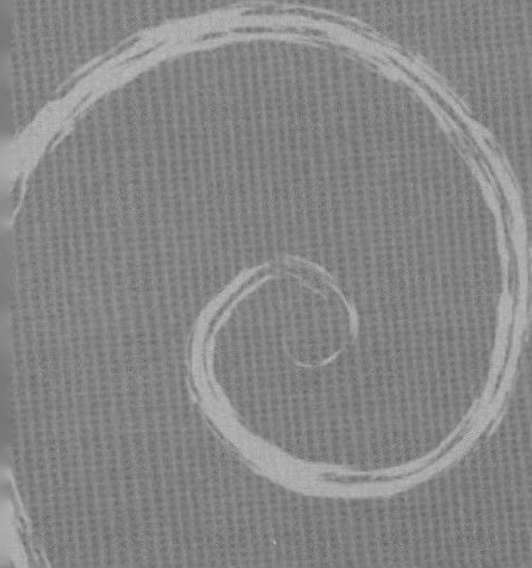

# 高原(고원)의 봄

아늑한 골작마다 접동새 함박꽃 붉게 피라 우지저
바위틈 눈성애 속속드리 녹아지는[1]
海拔(해발) 五百(오백)의 五月(오월)
이곳 五水台(다섯물대)[2] 새봄도 아지랑이 이러예는 제철이다
허구헌 날 욕된 삶 건사할 길 없어
봄도 귀치 않다든–
뼈저린 半生(반생)도 지난날 천대사리 고단한 꿈!

인전 一(일)년가리 황무지도 우리 것이다
아득한 진벌밭을 굽어보노라면
더욱 개간지 이 봄이 흥겨웁거니

일즉 무산령 마루에 햇불이 오르면
저–기 관모봉덕에 불 신호(信號)를 전하는 곳
오늘 이 아침 새로운 역사 앞에
펄펄 나부끼는 민족의 기빨 더욱 휘황하구나

아름드리 환철나무에 칭칭 감긴 신화가 부서지고
내 나라 이룩하는 마당에 나무나무가 탕탕 넘어저 딩구는 요동
땅뿌리도 흔들리여

---

1   원문에는 '눅아지는'으로 표기되어 있다. 뒤에 '녹아지는'이라 표기가 나오는 것을
    감안할 때 오식으로 보인다.
2   원문 표기를 그대로 옮겼다.

산울림도 우뢰 같은 개간지의 봄!


알백인 두 손이 부서저라 트러줜 쾌로스케
거—센 톱질소리보다 벅찬 호흡
구슬땀 방울지어 동곬을 흘러흘러
내 터전 천 평 만 평 느러만 가는 자랑의 봄
밤마다 버려지는 주고받는 얘기 속에
高原(고원) 五月(오월)의 기세는 하늘을 찌를 듯
백두산 밑 새 마을 오수대의 祝火(축화)는 터진다
우둥불도 밤 새어 무듸무듸 터저 오른다.


오늘에 톱는 기름진 이 땅
또한 오늘에 쉬는 알뜰한 이 씨앗
갈쿠리 같은 손에서 맺어지는 앞날의 약속
승리 승리 선조의 핏자욱에 고귀한
씨앗을 뿌리는 통쾌한 승리


곳곳마다 멋스럽다
조국건설의 패말
기운도 북바처라 밭가리 내기표
새벽별 이고 그 앞을 지내고
달 저녁 더듬어 마조서는 얼굴과 얼굴
아—히망의 신호로다!
승리의 기치로다!


한 쌍만 피어도 풍년이 든다는 샘터 박새꽃도
벌써 세 송이채 봉오리졌다

산까치 둥우리마저 북쪽이 문이니
벼개감자 山(산)뎀이 같을 가을이 오나보다
까르릉 까르릉 톱날이 무듸는 이깔나무 귀틀집
벗나무 껍질도 평풍처럼 아롱진 정주에서
솨─솨─와사등 높여가며
만 냥짜리 수수꺼끼 우슴보 터질 날
여름도 잠간 가을도 오려니
봄도 흥겨운 봄
접동새 우지저 횟바람 절로 나고
바위틈 눈성애 속속드리 녹아지는
개간지 五水台(오수대) 高原(고원)의 봄이여!

─1947.5. 五水台(오수대)에서

| 수록지면 |

*『조국의 깃발』(종합시집), 문화전선사, 1948.
동승태,『고원의 봄』, 조선작가동맹출판사, 1960.

# 할머니와 병사

눈나라 옛말처럼
함박눈이 푹푹 내리는 밤
부대는 한 마을에 쉬게 되였는데
버들골 할머니 댁에
병사 한 사람 하루밤 묵게 되였다.

별처럼 휘황한 전선 이야기며
박꽃처럼 피여나는 후방 이야기
아주까리 방등 옆에 밤은
도란도란 깊어갔더라

어쩌면 막동이처럼 호협할가
포성 은은한 남방 전선
이 시각도 패망하는 원쑤를 쫓아
성난 사자마냥 내달을 아들

후리후리한 키
굵다란 목소리
아 지금은 어느 곳에 있는지
문고리를 잡고 선뜻 들어오는 듯
할머니는 아들이 그리웠더라

어쩌면 어머니처럼 강직하실가

강도의 총칼 앞에서도 굴함 없이
열 번 스무 번 머리를 들고
아들의 개선을 기다리겠지

반백머리─실주름 얼굴
아, 이 밤도 안녕하신지?
사뿐히 버선발로 걸어오시는 듯
병사는 어머니가 그리웠더라.

할머니는 전선 나간 아들 대신
그 병사 한 번 다시 보고지고
병사 자는 웃방을 올려다보니
밤늦도록 미투리를 삼고 있더라

병사도 고향 계신 어머니 대신
그 할머니 한 번 다시 보고지고
할머니 쉬는 아랫방을 내려다보니
밤늦도록 버선을 깁고 있더라

어쩔려고 병사는 미투리를 삼는지
어쩔려고 할머니는 버선을 깁는지
고향은 달라도 어머니는 간 곳마다.
얼굴은 달라도 아들은 군대마다.

이튿날
남으로 가는 전렬 속에
자랑 하나이 생겼더라

버들골 우물가에도
자랑 하나이 생겼더라
눈밤에 생긴 아름다운 소문이
봄꽃처럼 마을마다 피여나더라

─1950.12

| 수록지면 |

* 동승태, 『고원의 봄』, 조선작가동맹출판사, 1960.

# 호랑이 사수

여덟 번째
포악한 원쑤의 반격을 무찌른
막심중기 호랑이 사수

이제는 고단한 꿈속처럼
저려드는 다리를 움직일 수 없어
탈대로 탄 입술을 빨며
파편, 조약돌처럼 흩어진 속으로
그래도 그래도 머리를 들면

기억에 떠오르는 푸른 강물이
산골마다 흐르는 맑은 샘이
가득히 부은 방열통의 물까지도
타는 듯한 입술가로 스쳐만 가는 듯

그러나, 막심은 포연 속에서 아우성치고
부사수는 막심과 함께 분노에 떨며
원쑤를 죽여 고지를 지키기에
전신은 탄환처럼 달았다.

이제나 련락이 닿았는가
상관은 전화를 들고 섰고
조국은 이 시각도 우리를 볼 것이다

바위도 모래알로 흩어지는 이곳에는
단지 너와 나, 그리고 막심중기

설악산 눈덩이를 씹어
주린 배를 채우며 나가던 때에도
중대한 임무면 언제든지
자원하여 한 사람처럼 나서던 나의 동지여!

—물을 좀 달라!

목소리마저 메마른 호랑이 사수
타는 듯 타는 듯 졸라도
부사수 대답은 포성이 삼키고
고지는 여전히 포탄이 끓는 용광로로!

저녁노을도
하늘이 흐리여 허덕이느냐
별안간 소리를 멈추누나
막심중기
—웬일인가
　　오, 이제나 나에게 물을 주려나—
호랑이 사수는 눈을 떴다.
아 그러나 그 동지마저
끝까지 끝까지 총알처럼 싸우던
단 하나 부사수 그 동지마저 넘어지고,
넘어진 등 넘어 아래컨으로
미국 철갑모를 쓴 대가리들이

양키들이 몰려온다,

눈에 불이 활활 타는 호랑이 사수
터질 듯한 심장이 웨쳤노니
—한 치의 땅인들 원쑤에게 내여주랴
나는 안다—, 나는 아직 살아 있다
호랑이 사수는 번쩍 머리를 들었다

아직도 붉은 피 흘러
점점이 멎지 않은 다리를 끌며
폭풍에 찢어진 옷섶을 움켜쥐고
아홉 번째 허리를 폈다
방순을 잡고 압철을 눌렀다,

만사를 치르듯이 잠잠턴 고지
원쑤가 독사처럼 휘감은 고지 우에서
갑자기 불벼락이 쏟아진다
증오에 타는 막심이 울부짖는다

놈들은 까닭을 알 새도 없이
하늘이 캄캄한 채
쓰러지며 도망친다,

철철 물땀이 흐르는 호랑이 사수
그는 자기의 목마름을 잊었는가
참았는가?
원병 온 동무들에게

떨리는 손을 들어 중기를 가리키며


전우들이여!
빨리 물을 달라
방열통에 빨리 물을 부으라!

−1951.12


| 수록지면 |

*『서정시선집』(종합시집), 조선작가동맹출판사, 1955.
동승태,『고원의 봄』, 조선작가동맹출판사, 1960.
『조선은 하나다』(종합시집), 문예출판사, 1976.
『해방후서정시선집』(종합시집), 문예출판사, 1979.

# 전사의 념원

내 나서 자란 고향이
송백 푸른 산이래서 아니다
사시로 청청한 조선의 기백인
잣나무를 이렇게 좋아함은

지금도 기억이 새로운
처절한 싸움의 어느 날
원쑤의 천동치는 폭격 속에서도
오히려 싱싱한 애송이 잣나무 한 그루

우리 전사들은
이 신기한 운명에서
고향을 생각했으며
두고 온 모든 것을 생각했더라

행여나 미국놈 포탄에 찢길세라
고향을 사랑하는 우리들은
이 어린 생명의 앞날을 빌어
그 나무를 조심히 옮겨 심었노라

양지바른 바위 곁에
념원의 뿌리를 묻으면서
아 서로 장한 웃음이 피던

그 절절한 마음을 알겠는가


한 그루의 나무
한 줌의 흙
하나의 돌멩이까지라도
목숨 걸고 지키는 전사의 마음을—


지금은 비록
한 토막 지나간 옛말이지만
조국을 지키는 불타는 생각
어찌 잠시인들 다르리요


비바람 사납게 휘몰아쳐도
사시로 청청한 잣나무에게도
이런 지성이 고여 있음을
아껴 달라 사랑해 달라!

—1955.2.8

| 수록지면 |

* 동승태, 『고원의 봄』, 조선작가동맹출판사, 1960.

# 몽고에서 온 양

우리 조합은 새로 양들을 데려왔다
솜처럼 핀 고운 곱실털에
어진 두 눈이 맑은 호수로 개인
귀엽고 복스러운 면양을 데려왔다,

몽고에서 수만리를 떨어진 이곳
집도, 사람도, 산천도, 초목도…
모든 것이 다 생소하리라만
네 자란 몽고와 다를 것은 없으리

초이발산 말을 몰던 넓은 초원에서
구름처럼 무리로 흐르던 양들
몽고 인민의 간절한 축원을 안고
반가운 손님으로 이곳에 달려왔다,

강적 미군을 쳐막아 이긴
세계에 영예로운 무지개의 나라
승리한 조선의 래일을 위하여
양들은 지금 빛나는 고원에 섰다,

김일성 수령이 횃불을 올린 곳
조선의 산하를 한품에 주름잡은
백두 천 평이 바로 예로다

자, 마음껏 먹어라 이 광막한 땅 우에서,


미르자, 그중에 제일 큰
우두머리 어미양을 이렇게 부른다
친선의 뜻으로!
평화의 이름으로!


그러면 벌써 내 말을 알아듣는 듯
매―하고 따르는 귀염둥이를
내, 팔을 벌려 안는다
조선의 농부 어버이 마음으로!


아침저녁 자식같이 살피여
진심으로 깊은 애정을 쏟노니
이 나라 아름다운 산과 들에서
곱실털아, 너이들 만대의 후예를 낳아라


오늘 한 마리가 천 마리 만 마리로
더 많이 불어 이 나라 초원 우에서
공화국 깃발 따라 구름처럼 흘러라
우리의 앞길에 꽃처럼 피여라.


| 수록지면 |

* 『영광의 한길』(종합시집), 조선작가동맹출판사, 1955.
『친선의 손길』(종합시집), 조선작가동맹출판사, 1956.
동승태, 『고원의 봄』, 조선작가동맹출판사, 1960.

# 고원의 시인

화토불 활활 타는 한겨울부터
너는 밭갈이 봄을,
사랑하는 뜨락또르와 함께
무한이 손꼽아 기다렸더라.

두툼한 손에 스파나를 쥐고
천 개가 넘는 나트를 조이면서
꽃피는 봄, 오늘을 그리여
온갖 열정을 바쳐 기다렸더라.

백두산이 멀리 보이는 고원,
재처럼 부드러운 흙
어서 한가슴에 안고 싶어
뜨락또르와 같이 밤도 샜더라.

너, 운전수야!
오늘은 밭갈이에 나섰구나
그렇게 갈고 싶던 살찐 땅을
흔들듯 요란스리 깨워놓누나.

푹신히 풀린 재흙땅
힘껏 보르나를 끌고 나가면
대지는 금시에 머리 드누나

조국의 념원을 대답하듯…


휘파람을 불며 신이 나서
속력을 내는 운전수야
너는 참말
이 고원의 시인이다!


불과 물의 시련을 거쳐
만만한 패기로 청춘이 커가며
고향을 애타게 사랑하는
너는 참말, 이 고원의 시인이다.


너, 보라! 이 땅,
허넓은 하늘에는 종다리 노래
기름진 땅 우에는 뜨락뜨르 도는 소리
밭머리마다에는 란만한 꽃송이들,


이 속에서 기쁨을 노래하는
이 속에서 로력을 사랑하는
이 속에서 력사를 꾸미는
바로 너는 서사시의 주인이노라.


한낮, 밥종이 마을을 울리면
소박한 얼굴에 너를 반기는
이 사람이, 이 사람이
너, 밭가는 시인의 안해노라!

네, 찻머리에 나붓기는 경쟁의 깃발
백만 진두에 나붓기는 깃발이다
폭풍 속에서도 돌진하는 깃발이다,
네 독수리 의지, 그것과 같이–

사회주의 길에서 혁신하는 행동
새것을 위하여 고동치는 가슴
리성 속에 깃들인 고매한 정신
네 의젓한 품성, 바로 시인이노라.

운전수야, 자랑하라!
네 사업을, 네 정열을,
너는 이 고원의 시인이다
격조 높이 노래 부르라
네 사랑하는 뜨락또르와 함께–

–1956.3.30

| 수록지면 |

*『보통로동일』(종합시집), 조선작가동맹출판사, 1956.
동승태,『고원의 봄』, 조선작가동맹출판사, 1960.

# 제주도 처녀


우리 배에 처녀 한 동무 새로 탔네,
첫날 선원들이 수군대는 말
—꽤 타 낼가?—
그러나 처녀는 노래만 부르네.

멀미도 않고—이상타 생각지 말라
그의 고향은 제주도 물오름
물'결 3천 리를 배로 가리라네
기어코 선장이 되여 가리라네.

처음이라 스스로 맡은 일은 밥 짓는 일
흰 모자 쓰고 앞치마 두르더니
도마질에 장단 맞추어
줄곧 노래만 잘 부르네.

아침노을이 불탈 때면
가슴속에 무지개 서는가,
두 팔 벌리고 선수에 서서
고향아, 바다야 노래 부르네.

솜'덩이처럼 흰 갈매기
푸른 바다에선 그의 동무
마스트 우를 감돌아 돌며

처녀와 더불어 노래 부르네.


만선기 달고 포구로 들 때면
부두에 반기는 전등 불'빛
처녀는 더욱 노래 부르고퍼
귀 익은 곡조 목청껏 부르네.


우리 배에 나 많은 좌상님의 말
—음, 쓸 만한데…—
그러자 선원들 모두 하는 말
정식으로 선원 명단에 적어 넣지요!


아, 갈매기 같은 처녀로구나
푸른 창파 두려움 없이 넘나들며
조국통일 래일을 바라
물처럼 불처럼 굳세여짐은—


피여라,
바다 우에 피는 한 떨기 꽃
노래는 승리한 생활의 향기이거니
그 노래 온 바다를 뒤덮게 하자.


| 수록지면 |

＊『조선문학』144호, 1959.8.
동승태, 『고원의 봄』, 조선작가동맹출판사, 1960.

# 영원한 고향

보름 전—
어대진 앞바다에서 만난 동무로구나
어제 알'섬 뒤에서 만난 동무로구나
우리 사업소 심해선에서 또 만난 동무로구나.
몸에서 하냥 고기'내 풍기는 바다의 용사
동무와 내 여기서 또다시 만나니
기뻐서 노래 절로 나오누나

동무여! 그대는
바다를 정복하는 바다 사나이
일찍 맛보지 못한 감격에 설레이며
경애하는 수령의 부름 받들고
조국의 자랑으로 나선 용감한 투사

옛날에는 태 버린 곳을 고향이라 하더라
그러나 내 조국 살기 좋고 생활이 보람 있는 곳
당의 뜨거운 해'볕 온몸에 비치는 곳이면,
희망과 행복이 꽃처럼 피는 곳이면,
동무여! 이곳도 고향이 아니랴.

울 넘어 해바라기 웃는 마을도 좋더라
보다 뜰 앞에 푸른 파도 철썩이고
가없이 넓은 바다 고기떼 웅성거리는

바다의 고향은,
저 갈매기 나돌고
멋진 배'노래 들려오는 고향은 어떠냐

동무여! 보라!
동해에 아침해가 솟아오른다.
시물거리는 물안개 걷어 삼키고
붉은 노을 천천히 태워 버리고
한바다를 쩍 가르고
동해의 아침해가 솟아오른다.

너나 내나 이 황홀한 곳을
이제부터 영원한 고향으로 살자
바다 우에 천만 가닥 빛을 뿌리며
만상 우에 황금 나래를 펼쳐
동해의 아침해가 솟아오르는 곳을—

그대도 동산에서 아침해 맞은 일 많으리라
그러나 망망한 바다 저쪽
황금'덩이처럼 솟아오르는 동해
시퍼런 수평선을 가르며
만선배 들어오는 해향의 아침은 어떠하냐

막혔던 가슴이 열리고
온몸이 둥실 나는 것 같아
아, 그대도 모르게 먼저
코'노래 부른 곳이 바로 바다가 아니냐

출렁거리는 금'빛 바다
번쩍이는 은'빛 비늘이 눈부시구나
어기여차 소리를 메겨 가며
첫 기망에 펄펄 뛰는 고기를 잡아내고
서로 자랑찬 웃음 웃은 곳이 바다'가 아니더냐

바다는 좋구나!
티끌 하나 가림 없는 몸을 태우고
바다는 오직 동무를 위하여
동무는 오직 바다와 당의 씩씩한 아들로
황홀한 고향에서 당 위해 산다는 것은
얼마나 좋으냐
너나 내나 이 바다를 영원한 고향으로 살자.


| 수록지면 |

*『문학신문』, 1959.9.1.
동승태,『고원의 봄』, 조선작가동맹출판사, 1960.

# 심해에서



하늘과 바다가 맞붙은 사이를
우리 배는 개척자로 달려왔다,
바다 동켠에 노을이 필 때부터
바다 서켠에 노을이 질 때까지,

산마루 같은 창파를 헤치며
고래랑 상어랑 쏘다니는 노랑밭 지나,
이 먼 바다를 얼마나 왔는가
뭍도 산도 안 보이는 바다 복판에…

그래도 배는 자꾸 가곺어
달아오른 가슴 들먹거리고
나래 돋친 청년들의 투지
깊은 바다 어디까지나 가곺은 것은,

범을 잡자면 깊은 산에 가야 한다는
아바이 진리 있는 말씀만이 아니라
부두가에서 북을 둥둥 울리며 떠나온
수령의 전사―철석같은 맹세를 다하고저,

깊은 바다 이 속에는 고기 득실거린다
기름이 저벅저벅하는 기름가재미며
두 눈이 삐여져 나온 비철 낙지떼며

대구만큼 크기도 큰 명태 무리며,

용대밭 안에서야 보기 드문
이러한 고기를 퍼내 싣고
담찬 배머리 돌릴 제면
이 기쁨, 심해 어로공 아닌 그 누가 알랴,

심해는 모두가 크다,
파도도 산만큼, 고기도 배만큼,
그러나 이보다 더 큰 것은
심해를 정복한 어로공의 가슴!
파도에 길들은 갈매기의 심장!

| 수록지면 |

* 동승태, 『고원의 봄』, 조선작가동맹출판사, 1960.

※ 노랑풀, 용대풀은 다 해초의 이름.

# 풍어의 시대



닻을 올려라, 어서 배 떠나자
밀보리 익어가는 풍년서풍 분다.
뭍에서는 해마다 만풍년인데
바다에서는 요즘 어떠냐고 묻는구나.

이 바다에 풍어의 력사를 열어놓으신
어버이수령님 말씀 받들고
항구도, 배도, 사람도 모두 일떠서
여름이면 의례히 있다는 어한기를 쓸어버린다.

건착선은 고기떼를 쫓아 내달리고
창경선은 줄을 지어 떠나간다.
후리배는 식전에 전어떼를 둘러싸고
풍어의 기발을 배머리에 휘날린다.

눈부시여라, 령롱한 고기빛 무지개여!
한끝은 뜨랄선 어창 안에 닿아있고
한끝은 콘베아 수채에 걸린 채
고기는 우뢰 속에 폭포로 쏟아져 랭동고로 들어가는데

넓은 구내는 경축하는 기발줄같이 늘인 바줄들,
바줄 우에는 물 좋은 낙지가 편포로 되느라고
살이 끄스는 한여름 폭양 아래

온종일 해바라기를 하고,

신이 난 가공반 처녀들은
노래 없이야 견디겠느냐는 듯
꾀꼬리같이 고운 목소리로 노래를 불러
포구의 화음을 이루며 한층 흥성이여라.

오늘은 물고기 공급날이다.
아주머니들은 허여멀건 방어를 한 마리씩
땀을 흘리며 힘에 겨운 듯 이고 가도
입가에는 노상 행복한 웃음이 어렸어라.

선창머리에 새로 나온 구내 국수집에서는
배 떠나기 전 어서 한 그릇 더하고 가라고
누님처럼 굳이 굳이 붙들고 권하는
식당 아주머니들의 살뜰한 마음씨!

바다에선 억센 파도와 싸우는 사나이들
이런 때면 청동 같은 가슴이 후더워
속으로 속으로 다지는 맹세가 있나니
먼 바다만 나가면 포구가 고향처럼 그리워도
만선 없이는 돌아오지 않으리라
그래서 그래서 풍어기를 달 때면
반겨줄 얼굴들을 하나하나 그려본다네.

바다에도 풍어의 시절이 왔다,
수령님께서는 이 땅에서 가물을 영영 몰아내주시여

해마다 만풍년의 가을을 주시였듯이
바다에도 풍어의 시대를 열어주시여
날마다 시간마다 만선이다!
한여름 어한기를 가물처럼 영영 쓸어주시였다.

| 수록지면 |

*『조선문학』 288~289호, 1971.8.

 # 동승태 시문학의 사상정서적 특성

민현국


위대한 령도자 김정일 동지께서는 다음과 같이 지적하시였다.

"작가들은 당과 운명을 같이하는 참된 주체형의 혁명적 문예전사로서의 숭고한 사명을 깊이 자각하고 사상예술성이 높은 다양한 주제, 다양한 종류의 성과작을 많이 창작하여야 한다."(『김정일 선집』 12권, 597페지)

동승태(1915~1984)는 위대한 수령님과 경애하는 장군님의 은혜로운 품속에서 생의 마지막까지 자기의 시적 재능을 남김없이 발휘한 열정적인 시인이였다.

해방 후부터 진정한 창작의 길에 들어선 그는 향토적 정서가 짙으며 전투성과 호소성이 강한 다양한 주제의 시작품들을 수많이 창작하여 새 조국 건설 시기와 조국해방전쟁 시기, 전후복구건설 시기와 사회주의건설 시기 우리 군대와 인민에게 승리의 신심과 혁명전 락관, 무궁무진한 힘을 안겨주었으며 그것으로 하여 주체시문학 발전에 적극 이바지하였다.

동승태 시문학의 사상정서적 특성은 무엇보다 먼저 조국과 인민을 위하여 한평생을 다 바치신 어버이수령님에 대한 다함없는 흠모심과 열렬한 칭송의 감정을 격조 높이 노래하고 있는 것이다.

시 「새벽」[주체57(1968)년], 「전적지를 걸으며」[주체56(1967)년], 「어버이
수령님께」[주체59(1970)년] 등의 작품들에서는 항일의 혈전 만리를 헤치시
며 일제에게 빼앗겼던 조국을 찾아주시고 우리나라를 세상에서 제일
강한 나라로, 우리 인민을 세상에서 가장 행복한 인민으로 되게 하여 주
신 어버이수령님에 대한 다함없는 칭송과 흠모의 정서를 격동적으로
토로하고 있다.

> ...
>
> 긴 세월 이 나라에 드리운 어둠을 가시려
> 억년 창창할 조국의 새벽을 당겨오시는
> 젊으신 수령께서
> 태동하는 혁명을 가슴에 안으시고
> 창을 여신다
>
> 새벽노을이 타는 산정이여!
> 조국 하늘에 나붓기는 붉은 기발이여!
> 지축을 구르며 진격하는 무장 대오를 보신다
> 만면에 신심 어린 미소를 지으시며
> 젊으신 수령께서는
> 력사의 새벽을 맞이하신다
>
> —시 「새벽」 중에서

시에서는 우리 혁명 무력이 첫 고고성을 터치게 될 력사의 아침을 맞
이하기 전날 밤에도 조국해방을 위한 불면불휴의 사색을 바치신 위대

한 수령님의 헌신의 그 자욱이 있어 암운으로 뒤덮였던 이 땅에 광복의 새벽, 력사의 새벽이 밝아왔다는 것을 감동 깊이 노래하였다.

시 「전적지를 걸으며」에서도 조국해방 위업에 쌓아 올리신 위대한 수령님의 불멸의 업적에 대하여 높이 칭송하고 수령님은 오늘도 항일의 그 나날처럼 혁명의 진두에 서시여 우리 인민을 승리와 영광의 한 길로 이끄신다고 열정적으로 노래하고 있다.

수령님의 영광찬란한 혁명 업적이 깃들어 있는 보천보와 백두산을 돌아보는 서정적 주인공의 가슴에는 뜨겁고 숭엄한 것이 차오른다. 비록 "그 수난의 날들처럼/살을 에이는 눈보라 없고/도록신에 엉키는 고드름도 없으"며 "첩첩한 준령을 넘어보지 못한 우리"들이건만 갈수록 경건한 마음으로 내딛는 자욱마다 천근만근의 무게를 싣는다. 이렇게 서정적 주인공은 전적지를 걸으며 느끼는 진실하고 숭엄한 체험세계를 통하여 조국해방 위업에 쌓으신 어버이수령님의 불멸의 업적을 격조 높이 토로하고 있으며 이민위천의 숭고한 리념을 안으시고 혁명의 진두에 서시여 우리 인민을 승리와 영광의 한길로 이끌어 나가시는 어버이수령님에 대한 인민들의 다함없는 칭송과 흠모의 감정을 뜨겁고 열정적인 시형상으로 일반화하고 있다.

시 「어버이수령님께」에서는 조국의 부강번영과 인민의 행복을 위하여 만년대계의 창조물들을 하나하나 마련해 가시는 어버이수령님에 대한 다함없는 칭송의 감정이 뜨겁게 노래되고 있다.

작품들에서는 이와 같이 각이한 시적 계기에 다양한 체험세계를 보여주고 있지만 시형상의 바탕에는 한결같이 위대한 수령님에 대한 절절한 그리움과 흠모의 감정이 세차게 흐르고 있다.

동승태 시문학의 사상정서적 특성은 다음으로 고향에 대한 열렬한 사랑, 창조적 로동의 희열과 랑만이 뜨겁게 토로되고 있는 것이다.

그의 작품들에서 향토애적 감정은 순수 나서 자란 고향에 대한 애틋한 향취보다도 위대한 수령을 모신 조국, 당의 손길 아래 꽃피는 고향에 대한 진실하고 뜨거운 사랑으로 승화되여 있다. 이러한 사상감정은 시 「법수재」[주체47(1958)년], 「영원한 고향」[주체48(1959)년] 등을 비롯한 많은 작품들에서 강렬하게 울려나오고 있다. 이 작품들은 당과 수령의 현명한 령도 밑에 날에 날마다 새롭게 변모되는 고향 땅의 모습을 노래하면서 고향에 대한 사랑과 긍지, 애착의 감정을 절절히 토로하고 있다.

시 「법수재」에서는 해방 전 일제의 가혹한 식민지 수탈정책에 의하여 헐벗고 메말랐던 고향 땅이 오늘은 위대한 수령님에 의하여 인민의 락원으로 꾸려지게 되였다는 것을 풍만한 서정으로 노래하고 있다. 서정적 주인공은 새 모습으로 발전하는 자기 고향, 그래서 더욱더 뜨겁게 안아보는 고향 땅에 대한 열렬한 사랑의 감정을 통하여 우리의 진정한 고향은 위대한 수령님 높이 모신 내 조국이라는 심오한 사상을 정서적으로 일반화하고 있다.

시 「영원한 고향」에서는 위대한 수령님의 부르심을 높이 받들고 보람찬 수산전선에 떨쳐나선 우리 청년들의 숭고한 사상정신세계를 일반화하고 있다. 서정적 주인공은 옛날에는 태를 묻은 곳이 고향이라 하였지만 지금에는 당의 의도를 현실로 꽃피우는 보람찬 생활이 있고 희망과 행복이 있는 곳이면 "울 넘어 해바라기 피는" 농촌 마을도 고향이며 "고기떼 웅실거리는 바다"도 고향이라고 격조 높이 노래하면서 위대한 수령님께서 의도하시고 당이 바라는 문제를 현실로 꽃피우는 보람찬 전투장—이 바다는 바로 우리 청년들의 영원한 고향이라는 의의 있는 주장을 정서적으로 토로하고 있다.

시 「고원의 봄」[주체36(1947)년], 「풍어의 시대」[주체60(1971)년] 등의 작품들에서도 우리 인민의 창조적 로동에 대한 랑만을 형상적으로 드러내고 있다.

동승태 시문학의 사상정서적 특성은 또한 조국해방전쟁에서 높이 발휘된 인민군 용사들의 무비의 용감성과 희생성, 높은 사상정신세계에 대한 찬양의 감정이 세차게 맥박치고 있는 것이다.

위대한 수령님의 현명한 령도를 받는 군대와 인민의 무한대한 정신력이 있는 한 우리는 조국해방전쟁에서 반드시 승리한다는 사상은 동승태의 전쟁 시기 시작품들에서 공통적으로 울려나오는 정서적 주장이다. 이러한 특성을 시 「호랑이 사수」[주체40(1951)년], 「승리의 기발 휘날리며」[주체42(1953)년], 「노래」[주체42(1953)년], 「할머니와 병사」[주체40(1951)년] 등과 같은 작품들에서 뚜렷이 찾아볼 수 있다.

시 「호랑이 사수」에서는 불비 쏟아지는 포연 속에서 미제침략자들과 끝까지 맞서 싸워 조국의 고지, 수령님께서 찾아주신 조국의 한 치 땅을 목숨 바쳐 사수한 중기사수의 영웅적 투쟁을 감동적인 화폭으로 펼쳐보이고 있다. "여덟 번째 포악한 원쑤의 반격을 무찌른" 고지 우에 적의 포탄은 용광로처럼 끓고 한 모금 마실 물조차 떨어졌지만 그 속에서도 꿋꿋이 일어나 싸우는 중기사수와 부사수와 함께 싸우던 미더운 부사수마저 장렬한 최후를 마치고 고지에는 부상당한 중기사수 혼자만이 남았지만 가증스러운 원쑤들이 또다시 고지로 밀려오자 서정적 주인공 —호랑이 사수는 불사신처럼 거연히 일어선다.


　…

눈에 불이 활활 타는 호랑이 사수

터질 듯 심장이 웨쳤노니
—한 치의 땅인들 원쑤에게 내여주랴
나는 아직 살아있다—
그는 번쩍 머리를 들었다

아직도 붉은 피 멎지 않은
다리를 끌며
폭풍에 찢어진 옷섶을 움켜쥐고
아홉 번째 허리를 폈다
방순을 잡고 압철을 눌렀다

살아있는 한 원쑤에게 한 치의 땅도 내여줄 수 없다는 불타는 자각이 호랑이 사수로 하여금 부상당한 몸이지만 단신으로 적과 맞서 영웅적으로 싸우게 하였으며 조국의 한 부분인 고지를 끝까지 지키게 하였던 것이다. 시에서는 서정적 주인공—호랑이 사수의 불굴의 투지와 영웅적 희생정신을 그가 지닌 숭고한 조국애와 결부시켜 노래함으로써 우리 인민군 용사들의 영웅성과 희생성, 높은 사상정신세계를 훌륭히 일반화하였다.

한편 시 「노래」, 「할머니와 병사」에서는 우리 군인들의 숭고한 사상정신세계와 도덕적 품성을 예술적으로 일반화하고 있다.

시 「승리의 기발 휘날리며」에서는 조국해방전쟁에서 세계사적 승리를 이룩한 우리 인민군 용사들의 기쁨과 환희를 격조 높이 노래하고 있으며 이 승리의 기발을 안고 위대한 수령님께서 가리키시는 길을 따라 힘차게 나아갈 불타는 의지와 맹세를 격동적으로 토로하고 있다.

　　이처럼 동승태의 시문학은 당과 수령에 대한 칭송과 조국과 인민에 대한 진실하고도 열렬한 사랑으로 충만되여 있는 것으로 하여 해방 후 주체시문학의 화원을 보다 아름답고 풍부하게 하는 데 적극 이바지하였다.

―『조선어문』 2010-3호, 2010.8.3

**기타 참고문헌**


『고원의 봄』 저자의 략력, 조선작가동맹출판사, 1960.
김상호, 「동승태 시집 『고원의 봄』을 읽고」, 『문학신문』, 1960.8.30.
한명천, 「소박한 스찔, 시인의 얼굴―시집 『고원의 봄』을 읽고」, 『문학신문』, 1960.10.4.
『문학대사전』, 사회과학출판사, 1999.
『조선대백과사전』, 백과사전출판사, 1995~2004.

# 렴형미

1987년부터 시를 발표하기 시작한 것으로 추정된다.

| 시 5편 |

행복동—충성동

땅이여!

겨울

어찌하여 북쪽의 녀인들이…

아이를 키우며

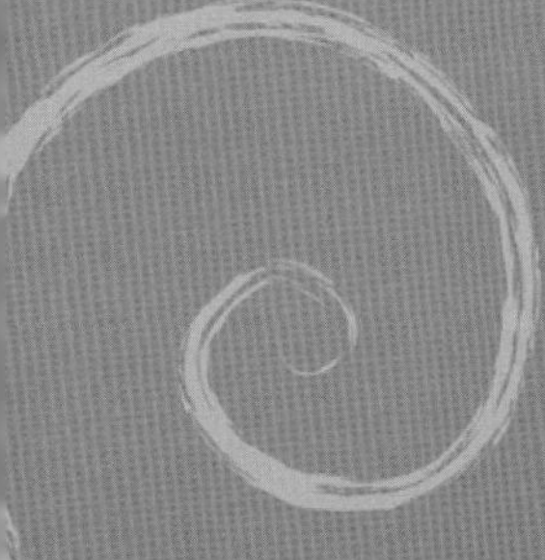

# 행복동 — 충성동[1]

행복동—
너는 행복동이지
엄마 될 행복한 이 몸속에서
꼼지락 애모쁘게 태동하는 아가야

너는 정말로 행복한 인생
아빠도 할머니도 두 팔 벌려 너를 기다린다
아롱다롱 때때옷 장난감
요람 가득 마련하고 기다린단다

리진료소 담당의사 선생님은
얼마나 남모르게 수고 많을가
네가 태여날 때까지 열여덟 번
이 엄마 검진하고 보약 준단다

밖을 나서면 동네 녀인들
무거운 짐 들세라 다심도 하고
벌에 나가면 뚝뚝한 분조장 아바이도
빨간 딸기 슬며시 쥐여주겠지

나날이 사랑 속에 몸이 무거운데

---

1  이 시는 시초 〈엄마의 노래〉 중 한 편이다.

오늘부턴 150일 산전산후휴가라
고마운 제도가 등을 떠밀어주니
아, 엄마 될 마음이 더 무거웁고나

아가야 나의 아가야
말 못하는 이 심정 네가 다 알아
첫 고고성 너는 후련히 터치거라
– 충성동, 나는 충성동이야!–라고

| 수록지면 |

* 『조선문학』 598호, 1997.8.

# 땅이여![2]

땅이여
서른 해나마 너를 꾹꾹 밟으며
한 사내애의 엄마로 되기까지
나는 너를 너무도 몰랐구나

너의 달고 화려한 열매만을
천진한 웃음 속에 따먹으며
얼마나 무심히 밟아왔던가
쑥잎이며 민들레, 길짱구들을…

오, 시련의 오늘
못난 쐐기풀조차 덥석 밟을 수 없노라
말없이 네 품에 뿌리내린 그것들
나에겐 흰쌀마냥 귀중하거니

씁쓸한 향기 그 떫음을
인생의 참맛으로 달게 먹으며
행복의 서른 해에 몰랐던 것을
고난의 한 해에 다 알았노라

오, 알고서는 밟을 수 없는 땅이여

---

2  이 시는 시초 〈시련과 녀인 — 고난의 강행군을 돌파한 이 나라 녀성들에게 삼가 드
린다〉 중의 한 편이다.

불타는 내 심장에 싸안아
머리 우에 소중히 이고 다니고 싶은
내 조국땅이여! (구희철~박팔양)

| 수록지면 |

*『청년문학』 492호, 1999. 11.

# 겨울[3]


아우성치는 거리의 눈보라 속에
법석 떠드는 녀인들의 웃음소리
괭이 메고 삽날 번쩍이며
발전소 건설장으로 뭉쳐가는 가두의 행렬


꽁꽁 동여맨 털수건 속에서
불쑥 튀여나온 북변사투리
―에그, 신통히두《ㄹ》받침 달린 것들만
　녀자들 속을 태우지 않습메?―


와하 웃으며 받아치는 목소리들
쌀! 물! 불!…
허나 그게 무슨 큰일인가고
또다시 타래쳐 오르는 웃음소리 웃음소리


아 사랑하노라, 녀인들이여
그대들의 그 귀중한 웃음으로
대용식량도 가마 속에 구수히 끓고
방 안도 따뜻하지 않던가


하루일 끝마치고 돌아오면

---

3　이 시는 시초 〈시련과 녀인―고난의 강행군을 돌파한 이 나라 녀성들에게 삼가 드
　린다〉 중의 한 편이다.

식구들은 더운 물에 온몸을 씻고
이악스레 빨아 넌 옷가지들에선
삶의 향기 벅차게 풍기지 않던가

잔악한 봉쇄의 겨울이
생존의 모든 것을 빼앗으라 하라
허나 사랑의 단 젖으로 끓어치는
녀인들의 신비론 심장만은 건드릴 수 없거니

오, 굳세고 강직한 조선 녀성들
이 땅에 그들이 있는 한
이 땅에 그들이 있는 한
삶과 행복은 무궁한 것이다

| 수록지면 |

*『청년문학』 492호, 1999.11.

# 어찌하여 북쪽의 녀인들이…

어찌하여 북쪽의 녀인들이
그토록 아름답고 강의하고
일손은 류달리 옹골찬 것인지…
집집의 부엌문을 열어 보라
크고 작은 깨단지 옥단지 층층 쌓여 있고
옻칠한 듯 까만 무쇠가마들
안주인의 알뜰함을 자랑하거니
넓고 넓은 동해바다 붉고 붉은 쇠물노을
가슴마다 비좁도록 일렁이여선가
인정은 얼마나 깊디깊고
성미는 또 얼마나 시원스러운가
말없고 부드러운 눈매들에
리해와 열정의 불꽃 튈 때면
꺼져 가던 해탄로도 불길 치솟구고
어기여차 노래 부르는 치마자락 아래
광란하던 파도도 잠자버리더라
대범스럽고 억세기도 한 이 녀인들에게
그렇게도 감미롭고 재간 많은
보배손이 있다는 것은 참…
이들이 담그는 김치와 토장은 참으로 별맛
식혜, 낙지젓, 참나물김치
눈맛도 입맛도 천하의 별맛
남정네들 스스로 인정하지 않았던가

녀인맛은 음식맛, 음식맛은 사랑맛이라 했거늘
북쪽의 녀인들과 한번 인연을 맺으면
천 겹 바줄로 칭칭 동여맨 듯
떨어지기 정녕코 쉽지 않아라
참된 사나이는 더더욱 참되여지고
그렇지 못한 사나이는 비로소
삶의 진미를 알게 되나니
오, 이 녀인들이 바로
자식과 남편, 가정과 일터를 거느리고
이 땅에 휘몰아친 고난의 광풍을
누구보다 일찍이 맞았고
누구보다 억세게 견디였고
누구보다 참답게 마무리한
이 나라 북녘의 들국화들이거니
예로부터 남남북녀라 일컬어 온
그 유래와 전통이
아니 북부의 싱그러운 수풀과 이슬이
이름 없는 산꽃들을 이토록 아름답게 피운 것인가
아니여라 그대 누구든 사심 없이 물어 보라
약초밭 김매는 저 녀인에게
염소떼 몰아가는 저 처녀에게
발전소 세워가는 녀맹돌격대원에게
정말로 북쪽 태생인가를
조상대대로 살아 온 토배기 녀인인가를
그러면 알게 되리 그대는
남쪽에서 동쪽에서 서쪽에서
남편 따라 출가해 온 이 얼마나 많은가

림산으로, 바다로, 대홍단으로
진출해 온 이들은 또 얼마나 많던가
그러나 이상하고 신비로운 것은
여기서 3년 만 살게 되면
누구나 아름다운 북녀가 되고 마는 것
어찌하여 북쪽의 녀인들이
그토록 아름답고 강의한가를
알고 싶거든 또 그렇게 되고 싶거든
오시라 그리고 북녀가 되여 보시라
그러면 그대는 듣게 되리 알게 되리
류다른 것을, 친근한 것을 그리고 숭고한 것을
이 땅엔 우리 모두의 친정어머님이신
김정숙 동지의 고향집이 있어라
군복 입은 어머님 오산덕에서
밤이나 낮이나 거울처럼 서 계시여라
집삼의 바다가, 고말산과 염분진 사격장들에선
오늘도 백발백중 총성이 메아리로 울리고
학교와 병원, 옹기상점과 빨래터에까지
어머님의 부드러운 음성 깃들어 있어라
수림마다 어머님 쓰신 구호나무
기념비인 양 서 있고
어머님 울리시던 제철소의 첫 기적소리
천배만배로 진동하나니
아 이 땅에서 살면서 그 누군들
어머님을 생각지 않고 닮지 않을 수 있으랴
피도 숨결도 모습도 어머님처럼
혁명도 생활도 사랑도 어머님처럼

어머님처럼! 김정숙 어머님처럼!
성스런 갈망과 소원 속에
심장의 박동은 격렬해진다 순결해진다
저도 모르게 누구나 어머님처럼 되여간다
아, 녀인의 정과 그리움 소중한 믿음을
송두리채 맡기고 사는 친정집
이 나라 녀인들을 어머니로, 투사로 되게 하는
넋의 친정집, 혁명의 친정집이
바로 여기 북쪽에, 회령에 있지 않는가!


| 수록지면 |

* 『조선문학』 650호, 2001. 12.

# 아이를 키우며

처녀시절 나 홀로 공상에 잠길 때며는
무지개 웃는 저 하늘가에서
날개 돋혀 훨훨 나에게 날아오던 아이
그 애는 얼마나 곱고 튼튼한 사내였겠습니까

그러나 정작 나에게 생긴 아이는
눈이 크고 가냘픈 총각애
총 센 머리칼 탓인 듯 머리는 무거워 보여도
물푸레아지인 양 매출한 두 다리는
어방없이 날쌘 장난꾸러기입니다

유치원에서 돌아오기 바쁘게
고삐 없는 새끼염소마냥
산으로 강으로 내닫는 그 애를 두고
시어머니도 남편도 나를 탓합니다
다른 집 애들처럼 붙들어 놓고
무슨 재간이든 배워 줘야 하지 않는가고

그런 때면 나는 그저 못 들은 척
까맣게 탄 그 애 몸에 비누거품 일구어댑니다
뭐랍니까 그 애 하는 대로 내버려 두는데
정다운 이 땅에 축구공마냥 그 애 맘껏 딩구는데

눈 올 때면 눈사람도 되여 보고
비 올 때면 꽃잎마냥 비도 흠뻑 맞거라
고추잠자리 메뚜기도 따라 잡고
따끔따끔 쏠쐐기에 찔려도 보려무나

푸르른 이 땅 아름다운 모든 것을
백지같이 깨끗한 네 마음속에
또렷이 소중히 새겨 넣어라
이 엄마 너의 심장은 낳아 주었지만
그 속에서 한생 뜨거이 뛰여야 할 피는
다름 아닌 너 자신이 만들어야 한단다

네가 바라보는 하늘
네가 마음껏 딩구는 땅이
네가 한생토록 안고 살 사랑이기에
아들아, 엄마는 그 어떤 재간보다도
사랑하는 법부터 너에게 배워 주련다
그런 심장이 가진 재능은
지구 우에 조국을 들어올리기에…

| 수록지면 |

*『조선문학』 661호, 2002.11.

# 시인은 누구나 시를 쓰고 있다. 그러나? (1)

1990년대 젊은 시인들의 자취를 더듬어

류만

시인은 누구나 시를 쓰고 있다.

어제도 썼으며 오늘도 쓰고 있으며 래일도 쓸 것이다. 마치도 직포공이 천을 짜고 선반공이 제품을 깎으며 주물공이 주물품을 부어 내듯이 시인이 시를 쓰는 것은 당연하고 자연스러운 리치이다. 그러나 누구나 알고 있는 바와 같이 시인이 하는 일은 직포공이나 선반공, 주물공이 하는 일과 다르다. 직포공, 선반공, 주물공이 하는 일은 반복되는 공정의 계속이며 거듭할수록 숙련이 이루어지는 로동이다. 하지만 시인이 하는 일은 창작이다.

시를 쓴다는 의미에서는 반복 공정이 될 것이며 시를 많이 쓰면 숙련이 이루어지는 것도 사실이지만 시를 쓰는 일은 같은 제품의 다량생산을 위한 공정의 단순한 반복이 아니라 매번 새로운 '제품'을 만들기 위한 창조사업이다. 말하자면 어제는 저런 시를 썼다면 오늘은 이런 시를 쓰고 래일은 또 다른 시를 써야 하는, 매번 새것을 만들어 내야 하는 창조사업이다. 이런 것으로 하여 기능 높은 직포공이 천을 많이 짜내면 짜낼수록 질 좋은 천이 덧쌓여 직포공의 공로와 이름이 널리 알려지지만 시인이 쉼 없이 시를 써낸다 하여 꼭 같은 결과가 차례지는 것은 아니다. 어느 면에서는 그와는 다른 결과가 빚어질 수도 있다.

많은 작품을 발표하고서도 지어 시집까지 내고도 독자들의 심중에 인상 깊게 자리 잡지 못한 시인이 있는가 하면 많은 시를 쓰지는 못하였지만 또 갓 시단에 등장하였지만 시가 깊은 인상을 남겨 독자들의 기억 속에 남아 있고 기대와 관심 속에 다음 시가 기다려지는 그런 시인들도 있다.

위대한 령도자 김정일 동지께서는 다음과 같이 지적하시였다.

"시인은 한 편의 시를 써도 자기 얼굴과 자기 목소리가 뚜렷한 서정세계를 펼쳐놓아야 한다."

시인은 누구나 시를 쓰고 있지만 자기 얼굴과 자기 목소리가 뚜렷한 서정세계가 펼쳐진 시를 쓴 시인이 진짜 시인이다.

작가는 곧 작품이며 작품도 곧 그 작가라고 말할 수 있다.

작가의 이름은 작품으로 알려져야 한다. 때문에 작가라면 비록 그와 그 어떤 인연이 없어도 그의 작품을 가지고 독자들은 그가 그 어디에 있건 존경하는 스승이나 가까운 친지의 이름을 부르듯이 작가의 이름을 부르며 친숙감을 나타내는 것이다.

불멸의 혁명송가 「김일성 장군의 노래」 하면 리찬이 생각나고 「백두산」, 「조선은 싸운다」 하면 조기천이 떠오르며 「나의 조국」 하면 김상오가, 「어머니」 하면 김철이라는 이름이 상기되듯이 작가의 이름과 함께 작품이, 작품과 함께 작가의 이름이 떠오르는 것이 리상적인 경우라고 생각된다.

물론 이것은 높은 요구이기도 하고 또 정도의 차이가 있을 수 있겠으나 창작되는 작품마다 그 작가를 알게 하는, 말하자면 자기 얼굴과 자기 목소리가 뚜렷한 서정세계가 펼쳐진 시로 될 때 시인으로서의 자부를 가질 수 있다. 그렇지 않고 다만 시를 써서 발표(그것이 로동자들이 계렬생산하는 제품과 다름없는 '시'가 된다 할라도)했다는 그것으로 자기를 시인이라고 줄곧 생각하며 그런 '시'를 쓰는 데서 벗어나지 못한다면 그는 작품과 함께 이름이 떠오르는 시인으로가 아니라 작품은 다량생산되는 '제품'으로 취급되고 이름은 '허울'로만 남게 되는 시인의 처지를 면할 수 없게 될 것이다.

시인은 누구나 시를 쓰고 있다. 하지만 독자들이 기억하고 그들의 인상에 남는 좋은 시를 쓴 시인만이, 자기 이름과 함께 불리워지는 시를 쓴 시인만이 참다운 시인으로서의 자격을 가질 수 있다.

우리는 매일같이 여러 지면에서 많은 시를 대하고 있다. 그중에는 년한이 오랜 시인들, 중견시인들도 있고 신진시인들도 있다. 시인의 이름을 되새겨 보게 하는 인상에 남는 좋은 작품도 있지만 '그저 그렇군'하면서 스쳐 지나게 되는 작품도 있다.

욕심 같아서는 매 작품들이 다 인상에 남는 작품이 되고 시인의 이름도 개성이 뚜렷한 얼굴로 안겨왔으면 하는 것이고 또 시인들이 부지런히 쓰는 데 열중하면서도 한 편이라도 자기의 이름으로 '모'가 나는 작품을 쓰는 데 사색과 탐구를 더 기울였으면 하는 것이다.

실제로 많은 시인들 속에서 그런 의욕과 열정이 샘솟고 열매가 맺어지고 있음을 볼 수 있다.

이런 견지에서 1990년대에 시단에 등장한 젊은 시인들의 자취를 더듬으며 생각되는 바를 단편적으로나마 이야기하려고 한다.

자질의 부족과 자료의 불충분으로 하여 나의 글에 허점들이 있을 수 있겠지만 장차 주체시문학의 주인이 될 시인들의 창작에 다소나마 도움을 주고 싶어 1990년대 젊은 시인들의 자취를 더듬어 보기로 하였다.

*

1990년대에 시단에 등장하여 시를 쓰고 있는 시인들 가운데서 내가 인상 깊게 기억하고 있는 시인의 한 사람은 렴형미이다. 그것은 시초 〈시련과 녀인〉과 관련되여 있다.

내가 시초 〈시련과 녀인〉을 처음 접하게 된 것은 지면에서가 아니라 주체88(1999)년 전국군중문학 작품현상모집에 제출된 작품에 대한 최종심의를 위해 보내온 원고상태에서였다. 원고지를 번져가며 시를 읽던 나는 흉벽을 치는 뜨거움에 필자의 이름을 다시금 새기였다. 충격이 컸다. 그래서 다른 사람들에게도 읽히였는데 나와 동감이였다.

물론 렴형미의 이름을 내가 이때에 처음 알게 된 것은 아니였다. 나의 기억에 의하면 그는 1980년대로부터 1990년대로 넘어오면서 시「철의 도시 생활의 한 토막」이며 「청춘이여」 등 작품을 썼고 주체86(1997)년에는 『조선문학』에 시초 〈엄마의 노래〉를 발표하기도 하였다.

그러나 그 작품들은 그 무엇인가 공통된 서정의 요소들을 엿보였지만 아직은 개성이 뚜렷하지 못한 문학수업과정의 산발적인 작품들이여서 시인적인 그의 면모를 찾아보기에는 미미하였다. 이러한 그가 시초 〈시련과 녀인〉을 발표하게 되여 널리 알려지게 되였으며 이런 의미에서 시단에로의 그의 등장은 이채로운 것이였다고 말할 수 있다.

어떤 시인들의 경우를 놓고 보면 처녀작이 문단의 관심을 모으고 지어 그것이 작가의 대표작으로 되는 경우도 없지 않다. 물론 시인이 시초 〈시련과 녀인〉에 대하여 어떻게 생각하는지 모르겠지만 어쨌든 이 작품의 창작으로 그는 독자들의 기대와 관심 속에 있게 되였다고 말하고 싶다.

독자들이 이 시초를 읽으며 감동된 것은 한마디로 시가 깊은 정서적 체험의 산물로서 생활적으로 꾸밈없이 진실하게 씌여졌기 때문이라고 생각한다.

시들에는 '고난의 행군' 시기 우리 인민들 특히 녀성들이 체험한 준엄한 생활의 진실이 자그마한 꾸밈도 보탬도 없이 그대로 반영되여 있다.

누구나 체험한 바와 같이 '고난의 행군'은 우리 인민에게 예고없이 들이닥친 광풍이였다.

잔잔한 수면에 던져진 돌멩이의 파문처럼 '고난의 행군'은 우리 인민의 정상적인 생활의 흐름에 뜻밖의 시련과 난관을 가져왔다. 특히 그것은 이 나라 녀인들에게 있어서 참으로 준엄하고 힘겨운 것이였다.

렴형미는 녀성으로서 시인으로서 그 시련의 와중에 있었으며 그는 그 속에서 력사에 류례 없는 시련을 맞받아 나아가는 이 나라 녀인들이 무엇을 생각하고 바라며 또 무엇을 증오하는지 그리고 어떻게 살고 있으며 웃고 있는지 생활 속에 간직된 인간 내면세계의 심연을 헤아려 보았다.


오, 시련의 오늘

못난 쐐기풀조차 덥석 밟을 수 없노라

말없이 네 품에 뿌리내린 그것들

나에겐 흰쌀마냥 귀중하거니


쓸쓸한 향기 그 떫음을

인생의 참맛으로 달게 먹으며

행복의 서른 해에 몰랐던 것을

고난의 한 해에 다 알았노라

─시 「땅이여」에서

행복의 서른 해에 무심히 밟고 지나던 그 쐐기풀조차 흰쌀처럼 귀중하게 생각될 그런 날이 있을 줄 그 누가 상상이나 했으랴. 그러나 '고난의 행군'의 나날은 이 나라 녀인들에게 그것을 뼈저리게 느끼게 하였다. 이 땅에, 이 나라 녀인들에게 들이닥친 시련의 크기를 말하는 시인의 심중은 얼마나 처절하고 소박한 생활적 진실로 가득 차 있으면서도 심오하고 철학적인가.

시인은 많은 말을 하지 않고 구구히 설명하지 않았어도 서른 해, 쐐기풀, 길짱구 등 풀이며 흰쌀과 같은 표현들을 하나의 시상 속에 의미적으로, 정서적으로 통일시킴으로써 시련의 모지름과 준엄성을 느끼게 하였다.

시 「떨리는 손」도 평범한 생활 속에서 느끼는 심각한 진실의 철학적 깊이로 특징지어진다.

시련의 하루하루를 맞고 보내는 녀인들의 고충은 말로는 다할 수 없는 가슴 허비는 것들이였다.

철없이 뛰노는 아이들의 손에 무언가 들려주지 못하는 안타까움, 밤일 가는 남편의 밥상에 마음뿐 그 무엇도 고일 수가 없어 애꿎은 행주치마만 매만지는 가슴저림, 그래서 녀인의 손은 때없이 떨리는 것이였다. 그 떨림은 녀인들의 마음속 깊이에 간직된 뜨거운 사랑과 인정의 분출이 가져온 것이였다. 그러나 자식과 남편에 대한 그 사랑과 인정이 원쑤미제를 두고는 얼마나 무자비한 증오와 복수로 불타는 것인가.

죽가마 저으며 떨리는 이 손
총창을 잡는 그날엔
총창을 잡는 그날엔

단 한 번도 떨리지 않으리라!

　"떨리는 손"과 "떨리지 않"는 손의 정서적 대비, 이것은 사랑과 증오의 감정의 정반비례적인 형상적 표현으로서 서정적 주인공의 가슴속에 간직된 원쑤 미제에 대한 천백 배의 보복의 철추를 가슴 후련히 느끼게 한다.

　심장은 심장과만 통하는 법이다. 시인 자신의 심장의 뜨거운 느낌과 울림이 없이 독자들의 심장을 감동시킬 수 없다. 아무리 증오요 보복이요 웨쳐도 심장으로 하는 말이 심장에 가닿지 않고서는 시가 정서적, 형상적 효과를 거둘 수 없다.

　생활의 어려움과 시련 앞에서는 그리도 떨리던 손이 총창을 잡는 그날엔 한 번도 떨리지 않으리라는 서정 토로가 가지는 정서적 힘이 바로 거기에 있다. 이 토로에는 원쑤에 대한 쌓이고 쌓인 증오의 폭발이, 천백 배 보복의 총탄이 끝없이 장약되여 있는 것이다.

　소리를 치지 않으면서 소리를 쳐서 얻는 효과의 몇 배 이상의 정서적 충격을 주는 시인의 이러한 형상적 특기는 시 「겨울」을 비롯한 시초의 다른 시들에서도 찾아볼 수 있다.

　시에서 시인은 시련을 굳세게 이겨내는 이 나라 녀인들의 범상한 생활의 한 단면을 통하여 그들의 가슴속에 간직된 의지와 신념, 락관을 정서적으로 두드러지게 감동 깊게 보여주었다. 이 시초를 통하여 이 시인이 시를 생활적으로 쓰며 뜨거운 체험과 느낌으로 사상감정을 생활적 정서로 자연스럽고 진실하게 절절하게 형상할 줄 아는 시인이라는 인상과 기대를 가지게 하였다.

　이 시초가 발표된 그해 작가들의 모임에서 어느 한 로시인이 '고난의 행군' 시기 우리 시인들이 어떤 시를 남기였는가, '고난의 행군'을 보여 주는 시가 있어야 한다고 하면서 〈시련과 녀인〉이 그 좋은 실례로 될 수 있다고 말했을 때 나도 공감되는 바가 많았다. 나는 시초 〈시련과 녀인〉이 우리 시단을 보다 다양하고 풍만하게 하는 데 보탬을 한 하나의 청신한 서정의 샘줄기라고 생각했으며 우리 시인들이 이런 생활적인 시를 쓰는 데 응당한 탐구와 사색을 기울여야 한다고 보았다.

그래서 이 시초를 읽은 뒤 은연중에 그의 다음 시에 대한 관심을 가지게 되였다. 절대로 남의 풍을 따르거나 그에 물들지 않으면서 자기의 얼굴을 드러낸 〈시련과 녀인〉과 같은 좋은 시를 쓰리라고 믿으면서…

그런 가운데 「나는 철의 도시 행복한 녀인이예요」(『조선문학』 주체89년 11호), 「몰랐어요」(『문학신문』 주체90년 29호), 「어이 모를가」(『문학신문』 주체 90년 34호), 「어찌하여 북쪽의 녀인들이…」(『조선문학』 주체90년 12호) 등 그의 시들을 받아 보았다.

이 시들은 비록 세련되지는 못하였지만 신진 녀성시인으로서 〈시련과 녀인〉에서 보여준 자기의 개성적인 서정세계를 잘 살리고 다양화, 풍부화 해나가려는 시인의 탐구와 노력이 진지하게 안겨 온다. 이러한 시들에서 그는 례외없이 녀성의 시점에서 녀성의 생활이나 그와 련관된 생활에 대한 체험세계를 다루고 있으며 그것도 대체로 남편과 자식과의 인정세계에 바탕을 두고 정서를 펼치는 경우가 많다.

시 「몰랐어요」를 보면 그렇게 말할 수 있다.

지난 시기 어버이수령님과 경애하는 장군님을 모시고 뜻 깊은 기념사진을 찍은 사실을 두고 적지 않은 시와 가사들이 창작되였지만 대체로 기념사진을 찍었다는 것을 정황적으로 제시하고는 그것을 통하여 느끼는 영광과 행복에 대하여 일반적으로 노래하는 데 머물렀다.

시 「몰랐어요」도 그 영광과 행복을 노래하는 데서는 다를 바가 없다고 본다. 그러나 그것을 노래하는 시인의 서정세계는 결코 이전의 그 어느 시인도, 그 어느 시에서도 시도되지 못했던 새로운 것으로 특징지어진다.

시에서는 머나먼 외국 방문의 길에서 돌아오신 위대한 장군님께서 선참으로 "당신네 공장"을 찾아주시고 "당신과 나란히" 기념사진을 찍어 주신 감동적인 사실을 두고 10여 년을 함께 살면서 그저 평범하게만 보아오던 남편이 우리 장군님의 위대한 심장 깊이 간직되여 있는 소중하고 귀중한 사람인 줄 새삼스럽게 알게 되였다는 안해의 격동적인 심정이 토로되여 있다.

기념촬영의 의의, 기념촬영한 남편의 영광과 행복, 그러한 남편과 함께 사는 안해의 기쁨과 감격이 크나큰 격정으로 한꺼번에 심장을 꽉 메우지 않는가. 시인은 경애하는 장군님에 대한 불타는 숭배심, 장군님에 대한 다함없는 흠모와 그리움, 장군님의 사랑과 믿음 속에 사는 우리 인민의 숭고한 사상정신세계를 생활적 감정으로 진실하고 심오하게 일반화하였다.

착상이 새롭고 기발하며 정서도 생활적이고 진실하며 그로 하여 사상정서적 충격과 여운이 강하다. 녀성적인 체험과 사색, 녀성적인 감각과 정서가 바로 이 시를 낳았다고 생각한다.

이 시를 발표한 후에 나온 시 「어찌하여 북쪽의 녀인들이…」에도 자기의 서정세계를 살려가는 시인의 탐구적 노력이 깃들어 있다.

련의 구분이 없이 비교적 길게 쓴 이 시에서 시인은 정서적인 측면에서는 지금까지의 시들과 일련의 공통성을 보여주면서도 시적 일반화에서 새로운 시도를 나타냈다.

시인은 이 시에서 역시 남편을 꺼들이면서도 주로는 북쪽의 녀인들

의 알뜰하고 깐진 일솜씨, 성실하고 헌신적이며 이악한 모습을 구체적
이고 섬세한 감성적 생활표상으로 그리면서 그 모든 것을 정서적으로
승화시켜 항일의 녀성영웅 김정숙 동지의 숭고한 풍모에 대한 칭송의
감정을 일반화하는 데로 지향하였다.

> …
>
> 집집의 부엌문을 열어 보라
>
> 크고 작은 깨단지 옥단지 층층 쌓여 있고
>
> 옻칠한 듯 까만 무쇠가마들
>
> 안주인의 알뜰함을 자랑하거니
>
> …
>
> 대범스럽고 억세기도 한 이 녀인들에게
>
> 그렇게도 감미롭고 재간 많은
>
> 보배손이 있다는 것은 참…
>
> 이들이 담그는 김치와 토장은 참으로 별맛
>
> 식혜, 낙지젓, 참나물김치
>
> 눈맛도 입맛도 천하의 별맛
>
> …

시인의 녀성적인 안목과 관찰, 체험을 떠나서 생각할 수 없는 시련들
이다. 〈시련과 녀인〉에서 보여주었던 개성적인 면모를 보다 세련시키
고 풍부히 하려는 탐구의 자취가 느껴진다. 그러나 섬세하고 진지한 생
활적 감정으로 정서적 화폭을 펼치던 전반부에 비해 후반부에서는 '론
리적' 사고를 추구하면서 시인이 보여준 '체질'과는 잘 어울리지 않는

'결론'을 서두름으로써 평범한 생활정서 속에서 시의 사상감정을 철학성 있게 자연스럽고 여운 있게 드러내던 자기의 특색을 충분히 살리지 못하였다고 생각한다.

이러한 측면에서 철의 도시 아이들의 장난 세찬 모습에서 그 미래를 락관하는 어머니의 심정을 노래한 시 「나는 철의 도시 행복한 녀인이예요」라든가 '빨래하는 광부의 새색시'에 대한 소묘를 통하여 그의 내면세계에 비낀 제대군인 광부의 름름한 모습과 걸싼 일솜씨, 그 안해 된 녀인의 자랑을 노래한 시 「어이 모를가」에도 류사한 부족점이 나타나고 있다고 본다. 이 시들 역시 녀성의 눈으로 녀성의 체험세계를 노래하면서 그것도 남편과 아이들을 두고 정서를 펼쳐 그의 개성적인 서정세계를 일정하게 느끼게는 하지만 시인의 주정에 참신하고 의의 있는 발견적인 것이 부족하고 일반적인 감정 토로에 머문 느낌이 있다.

그리고 한마디 덧붙인다면 시인이 녀성들의 생활에 관심을 돌리고 녀성의 시점에서 남편과 자식과의 련관 속에서 정서세계를 탐구하는 것은 특색도 있고 충분히 있을 수 있는 일이지만 그렇게밖에 달리는 할 수 없는 느낌이 없이 일면적으로 거기에 시상을 얹으려고 할 때 생길 수 있는 결과에 대해서 생각해보아야 하리라고 생각한다. 자칫하면 시적 사색과 환상의 세계가 더 넓어지지 못하거나 다양성에 손상을 줄 수 있다는 우려에서이다.

이러저러한 부족점이 있지만 그의 시들을 보면 남의 풍에 섭쓸리지 않으면서 자기 식으로 서정세계를 새롭게 탐구하고 시도해 보려는 모지름이 느껴진다.

아직은 30대 중반인 시인이 앞으로 시초 〈시련과 녀인〉과 이어지면서도 녀성시인으로서의 개성이 뚜렷한 자기의 고유한 서정세계를 보다 세련시키고 풍부화한 훌륭한 시작품들을 풍성하게 주렁지우리라고 기대한다.

(…하략…)[1]

―『조선문학』 655호, 2002.5

**기타 참고문헌**

김영순, 「수령의 내면세계를 파고든 새로운 시형상―시 「전쟁」을 두고」, 『조선문학』, 2009.8.

---

1  아래에는 시인 문용철의 시에 대한 논의가 이어지고 있다.

# 리맥

1926년(혹은 1925년) 함남 신흥(혹은 영광)에서 출생하였다.
1947년부터 시를 발표하기 시작했다.
1993년 작고하였다.
개인시집으로 『고향길』(1958) 『푸른 하늘 아래서』(1983) 등이 있다.

| 시 10편 |

幸福(행복)에 사는 마을

장군께서 오신 마을

고향길

九(9)갱으로!

가을날의 생각

어머니와 아들에 대한 시

좋다리

당에 대한 생각

무지개

가장 큰 표창

# 幸福(행복)에 사는 마을

窓門(창문)을 나서면
푸른 하늘이 쳐다보인다

季節(계절)은
丹楓(단풍)나무 피는 十月(시월)

우짖는 멧새며
흐르는 냇소리며
떠가는 구름짱이며
豊年(풍년)을 즐겨 그리는 듯

電線柱(전선주) 열 지어 뻗어나간
白揚(백양)나무 新作路(신작로)에서
내 마음 절로만 가벼워져

가을山(산) 바라보며
山(산)구비를 단숨에 돌아
재 넘어 現物稅(현물세) 倉庫(창고)로 가면

거기 山(산)같이 山(산)같이 쌓이는
晚期(만기) 現物稅(현물세)
조 피 벼 牛車(우차) 줄지어 들고

골 안을 울려라 大鼓(대고)를 치며
반기어주는 人民學校(인민학교) 어린 동무들
그리고 民靑員(민청원) 女盟員(여맹원)……


아! 둥굴황소 허리를 쓰다듬으며
現物稅(현물세) 바치는 기쁨이여!


이 고랑 沃土千里(옥토천리)
곳곳마다 豊年(풍년)이 들어
北朝鮮(북조선)은 幸福(행복)에 살고
勤勞(근로)가 꽃 피여
열매 맺는 歲月(세월)이로다


| 수록지면 |

*『전초―시인22인집』(종합시집), 문화전선사, 1947.
리맥,『푸른 하늘 아래서』, 문예출판사, 1983.

# 장군께서 오신 마을[1]

리맥 | 637

이른 봄,
아직 메마른 나무 아지
순도 채 돋아나지 아니하고,
거칠은 들판,
어제까지 싸움판이였던 우리 마을에,

장군님께서 몸소 찾아오신 일 있었다.
다망하신 직무,
중하신 자리를 떠나,
낟알 많이 내여 나라 일에 섬기려는
보통 농사꾼의 마음으로,

우리 마을 농사 형편 살피시고,
동구 앞 늘어선 버드나무 아래
논두렁 오솔길도 거닐어보시고,
들판에서 보습도 잡아보시고,
풀무깐에서 날을 더 세웠으면 좋겠다 하시며
무엇이 걱정스러운가 묻기도 하시다.

전선과 후방, 어디든지
원쑤들이 날치는 이 땅에,

---

1 『수령은 부른다』에서는 제목이 「그이 오신 마을」로 되어 있다.

화학비료도, 종곡도, 일손도,
올해엔 모자라는 것이 너무도 많아
갑절 일에 겨우리라
내 집안 돌보시는 듯,

장군께서 말씀하시다.
한 치의 땅도 묵이지 말기 위해
모다 총을 멘 병사가 되여,
원쑤들 가슴팍에 날창 찌르는 마음으로
농사일에 나서 싸워야 하겠다 하시며,

그 뉘보다
우리 마을 사정 더 잘 알으시고,
그 뉘보다
우리 마을 걱정 더 많이 하시며,

어려울 때나, 괴로울 때나,
언제든지 인민위원회를 찾으시라,
언제든지 로동당을 찾으시라,
소곰이 없으면,
소비조합에 말해 얼른 실어오시라,
간곡한 말씀 주시며
장군께서 몸소 찾아오신 일 있었다.
그이 다정하신 말씀이여.
그이 너그럽고 믿어운 모습이여.

봄, 여름, 가을…

우리 마을에선 밤과 낮을 모르고 지냈다.
논밭을 갈아 새 흙을 번지고
씨 뿌리고, 김매고……,

장군께서 오신 마을
다하지 못할 자랑도 많아,

우리 마을엔 한갑 넘으신 할아버지
젊어서 힘 더 냈다는 이야기도 있다.
우리 마을엔 처녀 보습재비
대장부 솜씨를 뵈였다는 이야기도 있다.
우리 마을엔 전사의 안해
농사 잘 지여 훈장 탄 이야기도 있다.

굽어보시라,
이 봄에도 우리 마을 앞벌을
인제 이겨서 돌아올
싸움터의 아들을, 남편을 그리여
흐뭇하여지는 마음,
그 마음 벼포기마다 고여
싱싱 푸르러가는 논벌을,

언제든지 보시라,
우리 마을에선 일손이 없는 집,
그런 집 일부터 먼저 끝낸다.
이대로 가면, 올해 농사
예정보다 훨씬 앞서 나간다.

폭탄이 다 무엇이랴,
풍양한 들판,
올 가을에 맺힐
금빛 열매를 사르지 못하리.

싸워 이기는 마을,
풍년맞이 가을에
장군께서 한 번 더 오시지 않으려나,
총알처럼 튕기여 날듯 여믄 낟알,
높이 쌓아올리는 낟가리 보시고,
그이는 뉘보다 기뻐하시리.

| 수록지면 |

*『문학예술』, 1952.7.
『수령은 부른다』(종합시집), 문예총출판사, 1953.
『서정시선집』(종합시집), 조선작가동맹출판사, 1955.
리맥,『고향길』, 조선작가동맹출판사, 1958.

# 고향길



누른 잎새들을 밟으며 간다.
키 다 자란 미루나무 새
낯익은 고향의 강변길,

머리 우에선 파란 하늘빛이
새들의 즐거운 우짖음이
나를 반겨 맞누나.

나를 반겨 맞누나.
들엔 길을 메우는 이삭이
산 밑엔 빛을 뿌리는 능금이,

진정 이것은 몇 해 만이던가
고향아, 고향 산천아
너를 굽어보니 다시금 생각나누나.

전선의 길
샘솟는 바위짬의 물 움켜 마시며
내 너를 못 잊던 일이,

생각나누나, 격전을 앞에 두고
내 너에게 맹세의 사연 적던 일이,
내 너로 하여 핏줄이 높이 뛰던 일이,

한두 번만이였으랴
땅에 입 맞추며 쓰러졌더라,
그러면 네가 나를 일으켜 주던 일이,

고향아, 고향 산천아
내가 다시 돌아왔다
싸움에서 용맹 떨치인 아들

모자를 벗고 인사를 하거니
받아달라, 어리광부리는 아들의 이 인사를
받아달라, 절렁거리는 아들의 이 훈패를.

—1954

| 수록지면 |

* 리맥, 『고향길』, 조선작가동맹출판사, 1958.
리맥, 『푸른 하늘 아래서』, 문예출판사, 1983.

# 九(9)갱으로!

권양기 돌아가는 소리를
멀리 가까이 바람결에 들으며

젊은 제대병은 걸어가네.
낯설은 잿빛 탄광길로,

이마의 땀을 주먹으로 훔치며
색 날은 전투배낭 덜석거리며

제대병은 걸어가네. 가다가 물었네.
앞에 가는 처녀에게 지배인실을,

흰 작업복 산뜻한 그 처녀
롱으로 들었는지… 마음씨 그런지…

―나를 따라오시오 제대병 동무
어쩌면 그렇게도 말귀가 싹싹한지

마치나 지휘관을 따라서 부대로 가는 듯
련대장께 불리워 단걸음에 대이듯

제대병은 걸어가네. 잿빛 탄광길로,
둔덕을 내려서 푸른 솔문 지나서,

자 이리로, 신대원을 타이르듯
처녀는 손짓하며 제 갈길 달아나네.

달아나며 그제서야 숫저운 웃음으로
권양기를 돌리는 시늉을 내며

―꼭 九(9)갱으로!…

아무렴 지나쳐야 못 버릴 테지,
차라리 좋았지, 롱으로 알아준 게,

권양기 돌아가는 소리를
처녀의 노래처럼 들으며

젊은 제대병은 봄날처럼 즐거웠네.
지배인을 만나면 무엇보다 먼저

―꼭 九(9)갱으로!

―1956.9

| 수록지면 |

* 『탄부들』(종합작품집), 조선작가동맹출판사, 1956.
리맥, 『고향길』, 조선작가동맹출판사, 1958.
리맥, 『푸른 하늘 아래서』, 문예출판사, 1983.

# 가을날의 생각

호수처럼 맑은 가을하늘,
닿으면 줄줄이 흘러내릴 듯
닿으면 함초록이 파란 물이 들 듯
우러르면, 아 마음도 비칠 듯하오.

햇빛은 무늬를 짜고,
누리는 붉은 색,
바람결은 향기로워,

과일들은 무거이 늘어지고,
땅에 닿을 듯 숙이며 수그리며
땅에 닿을 듯 자락을 날리며 날리며
아, 이삭들은 숫스러이 절을 하오.

세상 모든 것 내 기쁨이 되라고,
세상 모든 것 내 복이 되라고,
아름다움이 되라고, 슬기로움이 되라고,
내가 흘린 땀 내게 영예로움이 되라고,

가을이여 아름다운 조선이여,
세상 사람들 무어라 해도
내가 사는 하늘이
내가 사는 땅이 그만이구려.

내 눈은 그대 맑은 하늘빛,
내 살결은 그대 붉은 흙빛,
조선이여 살뜰한 내 조국이여
그대 없이 한신들 내 숨이라도 쉬리요.


맑은 하늘은 그대 영원한 지붕
붉은 땅은 그대 영원한 터전,
누른 이삭은 그대 영원한 옷자락,


하늘과 땅의 이 모든 축복
내겐 생각되오. 예나 제나,
조선이여 살뜰한 내 조국이여
그대 위한 사랑 변함없으라는 마음인 줄을.

—1957.9

| 수록지면 |

* 『격류 속에서』(종합시집), 조선작가동맹출판사, 1957.
리맥, 『고향길』, 조선작가동맹출판사, 1958.
『아름다운 강산』(종합시집), 조선문화예술총동맹출판사, 1966.
『해방후서정시선집』(종합시집), 문예출판사, 1979.
리맥, 『푸른 하늘 아래서』, 문예출판사, 1983.
『어머니—시와 노래집』(종합시집), 금성청년출판사, 1987.

# 어머니와 아들에 대한 시

생각나라
어렸을 때 일.
소란하던 탄광지구의 저녁,
고동소리 길게 뽑더니
탄부들이 무리져 돌아오던
재'빛 오솔'길.

그러자 왜놈 순사들
앞길 가로막는다.
칼'자루 번쩍이며 고함지르며.
그러면 번개같이 칸델라 휘두르던
탄부들의 붉은 팔뚝,
부르짖음 소리,
총소리.

그날 밤 내 귀띔으로
내 형 어머니 보고 속삭이던 말 들었더라
―우리의 해'빛은
저 북쪽에서 비쳐온답니다.
생각나라
그 신기하던 이야기,
상기도 잊혀지지 않아라.

찌프둥한 여름 날씨
금시 내릴 듯한 비구름,
인'기척도 없이
사립문이 휭 열린다.
헤리멜 눌러쓴 낯설은 두 신사
다가서더니 말을 건넨다.
형이 어디 있느냐고

아이'적에사 어찌 알았으리
어디서 온 사람들인지
꿈같기만 한 이 모든 일이

―저기 저 집에 가 봐요
거짓 모르던 나
공손히 손'짓하였더라
산 밑 오막살이
형님들이 밤마다 모이던 집을

생각나라
눈물로 젖던 그날 밤의 일
―왜 모른다구 안 했?
검은 눈 번쩍이며 몇 번이고 외우던
어머니의 한숨 소리,
새벽녘에 눈 비비며 보아도
상기 눈 붙이지 않던 어머니,

하루가 가고

한 해가 가고
열 해가 갔다.
형은 종내 돌아오지 아니하더라.

성큼한 젊은이 되여
내 마음속 거문고
아침저녁 가락을 탔더라,
삶이란 무엇
죽음이란 또 무엇이냐고

젊어서 어머니의 머리
왜 희고 희였느냐
성큼한 젊은이
왜 상기 학교에 못 갔느냐
가락은 높이 울리고
증오는 불꽃 튕기며
우리 집엔 왜
한 뙈약의 땅도 없느냐고,

진리는 생활이 찾아주는 것
가난과 불행은 하늘이 준 것 아니더라,
주먹을 치며 기쁘더라
제 가야 할 길 택하였을 때,

북천이여 너를 다시 우러러 보았더라
형님들의 손때 오른 책 찾아내여
레닌이란 이를 처음 알았을 때,

밤마다 날마다 책장을 번지며
레닌주의를 처음 배워 나갈 때,

그 뒤로는 나도 탄광 막벌이'군
그 뒤로는 나도 철창 징역살이

생각나라
그 빛을 바라던 세월
파파 늙은 어머니 귀'가에 대고
내 또한 밤마다 속삭인 말
―정말이예요
우리의 해'빛은
저 북쪽에서 비쳐 와요.

이 빛발로 하여 밝아진 땅이여
이 빛발로 하여 밝아진 시대여
진리의 빛이여!
이렇듯 너는 찾아왔더라,
이렇듯 너는 비쳐왔더라
조선땅 여기 두메산'골
이름 없는 한 집에도
이렇듯 너는
어머니들의 눈물과
아들들의 피나는 시련을 거쳐.

| 수록지면 |

*『문학신문』, 1957.11.7.
『아브로라의 여운―10월혁명40주년기념시집』(종합시집), 조선작가동맹출판사, 1957.
리맥, 『고향길』, 조선작가동맹출판사, 1958.

# 종다리

따사로운 봄날
내 고향길을 걸어가오.
그러면 머리 우에서 우짖는 종다리
고운 목소리 아름다운 노래.

종다리 노래 들으며
내 고향길을 걸어가오.
그러면 어린 시절에 듣던 그 노래
내 눈물로 젖던 노래여

아버지 지주집 밭 갈고
어머니 지주집 설겆이하고
달이 뜨면 돌아온다고
너는 그래서 운 게 아니더냐?

고운 목소리 아름다운 노래
내 지주집 소 먹이러 들에 서면
서러워 말아 서러워 말아 좋은 세상 오구말구
너는 그래서 운 게 아니더냐?

머리 우에서 우짖는 종다리
너 낯익은 새야 정다운 새야
오늘은 하늘이 좋아서 우노?

땅이 좋아서 우노?

내겐 들리여라
종다리야 네 노래
오늘은 내가 왔다고
하늘도 땅도 좋아서 우는 노래라오.

—1958

| 수록지면 |

* 리맥, 『고향길』, 조선작가동맹출판사, 1958.
리맥, 『푸른 하늘 아래서』, 문예출판사, 1983.

# 당에 대한 생각

젊디젊던 시절의 일
한 고향내기들인 친구들
모여 앉으면 자주 이야기하였더라
리상이란 무엇, 행복이란 무엇
그러면 별처럼 빛나는 눈들
저마다 주먹을 쥐고 토하는 열변
날아가는 구름도 걷잡아 쥘 듯
흐르는 강물도 멈추어 세울 듯
리상이란 나의 로동이 그대로
나의 기쁨이 되는 것이라고!

하지만 나의 로동이여
그 시절 너는 나의 슬픔이였더라
나의 권리여
그 시절 너는 아직 태여나지도 않았더라

…세월은 흘러, 오 살같이 흘러
나의 로동이여
너는 오늘 나의 기쁨이 되였노라
나의 권리여
너는 오늘 나의 영예가 되였노라
내 잠을 잘 주소도 번지도 없었건만
오늘은 해'빛 밝은 나의 아빠트가 있고

아무도 내 가슴 우러러보지 않았건만
오늘은 내 가슴에 빛나는 훈장들
오, 나의 가슴은 빛을 뿌리노라


이른 새벽 활개를 치며
나는 일터에 나선다.
그 무엇이 앞길에 장벽이 되랴
산도 하자는 대로 자리를 옮기노라
대하도 하자는 대로
물'줄기를 돌리노라
집도 하자는 대로
하늘에 높이 솟아오르노라
그렇다! 나의 로동은 나의 기쁨
나의 권리는 나의 영예,


이 모든 힘 어머니 땅이 주었는가
그럼 인민이 힘과 공훈을 바치는 때문인가
조국과 인민이 대답하노라
그것은 당이라고!
오 당이여!
내 철없이 지낼 때에도
너는 벌써 장백산 밀림 속에서
조국과 인민의 래일을 밝히었노라
오 당이여!
너는 해방된 땅에
붉은 심장의 뿌리를 박았노라
너는 우리의 혁명의 참모부

너는 우리의 백만 투사들의 심장


나의 로동 나에게 기쁨을 주거니
당이여! 네가 나의 심장에 피'줄 주었기 때문
나의 권리 나에게 영예 되였거니
당이여! 네가 나의 손에 무기를 쥐여 준 때문


내 더없이 영광을 지녔노라
나는 이러한 당의 아들,
공산주의를 위한 투사들의 당
그 속에 나의 붉은 피'방울 바치고 있거니
가장 어렵고 힘든 모든 곳
그 앞장에 내 언제나 서서 나아가노라


| 수록지면 |

* 『문학신문』, 1959.10.9.
『당이 부르는 길로―조선로동당창건15주년기념시집』(종합시집), 조선작가동맹출판사, 1960.

# 무지개


번개도 우뢰도 하늘'가에 달아나자
만경대에 비긴[2] 칠색 무지개
그 신비로운 빛 손에 잡으려고
그 눈부신 꽃다리 마중하려고.

초가집을 뛰쳐나가셨네.
젖은 숲속'길 헤치고 헤치셨네
원수님은 어린 시절에
키 높은 소나무로 쫓아 오르셨네
그 아름다움을 손에 잡으려고
그 황홀함을 가슴에 안으려고.

무지개여,
너는 그이의 첫 꿈이였어라
너는 그이의 첫 날개였어라
학생모를 쓴 소년 시절에
그이를 먼 천리'길에 부른 것은.

무지개여,
너는 그이의 첫 노래였어라
너는 그이의 첫 리상이였어라

---

2   원문에는 '빈긴'으로 표기되어 있다. 오식으로 보인다. 다른 판본에는 '비긴'으로 표기되어 있다.

자유의 봄을 조국 땅 우에 꽃 피우려고
그 얼마이던가 그이께서 달려오신
먼먼 싸움의 행군'길.

천둥 우뢰와 더불어 사는 곳
천년 밀림은 그이 자고 깨신 혁명의 집
얼마이던가 3천만의 운명 걸머지시고
날마다 새 출발을 하시며
그이 걸어오신 개선의 길.

쉼 없어라 크나큰 그 걸음
끝없어라 당이 가는 혁명의 길
그이는 오늘도 길을 떠나시여라
로동자들과 함께 만사를 의논하시려고
농민들과 함께 만풍년 마련하시려고.

공장'길에 아니면 촌'길에
언제나 앞서 가 계시는
수수한 차림의 그이
언제나 위대한 꿈을
찬란한 래일을 펼쳐주시는 그이

오, 무지개여,
너는 이 땅 우에
빛이 되고 꽃이 되여 피여났구나
너는 이 땅 우에
길이 되고 다리 되여 내려앉았구나.

로동과 노래로 새벽은 찾아오거니
우리 모두 발'굴음 높이 천리마로 달리는
가장 견고하고 가장 높은 금'빛 다리
공산주의로 들어서는 불멸의 다리로.


| 수록지면 |

* 『문학신문』, 1963.3.26.
『환희』(종합시집), 조선문학예술총동맹출판사, 1963.
『해방후서정시선집』(종합시집), 문예출판사, 1979.
리맥, 『푸른 하늘 아래서』, 문예출판사, 1983.

# 가장 큰 표창

전쟁이 시작된 지 반년 사이에
전선은 온 나라를 휩쓸고 지나갔다.

가장 준엄하고 가장 간고한 시절이였다,
걸음마다 맞서는 불'길과 파편
길'가에 처박힌 원쑤의 땅크와 장갑차들
머리 우에선 끊임없이 뢰성치는 폭음…

가장 준엄하고 가장 간고한 시절이였다.
오 최고사령부의 다망하신 방을 비우시고
분과 초를 모아 시간을 짜내신 그이
수령께서 우리 청년들에게로 오시였다.
깊은 수도의 겨울밤,
사동탄광의 지하 회의실로.

마치 항일 전구의 불'길 속을 넘어
전투복을 입으신 채
왕청의 공청확대회의에 오셨듯,
그리고 조국 땅으로 개선하신
그 걸음으로 그 차림으로
첫 민청대회에 오셨듯,

그이께선 작전을 세우실 때,

그 맨 첫머리에 청년들의 힘을 계산하시고
그이께선 조국의 미래를 내다보실 때,
의례히 자라나는 세대들을 헤아리신다.

이러한 헤아림과
이러한 믿음의 표시로
매번 청년들의 대회에 나오셨듯,
마치 그이께서도 아직
민청 맹증을 가슴에 품고 계신 듯,

어김없이 정해진 시각에 오신 그이
몇 마디의 짧은 말로
력사의 법칙을 밝히시고
세계 전체를 단꺼번에 틀어쥐시였다.
―청년들은 나라의 꽃이며 기둥이요
  승리를 확신합시다,
   미래는 우리의 것이요!

고동치는 가슴,
환호성으로 들끓던 회의장,
오, 금시 머리 우에선 불구름을 헤치고
푸른 명주같이 하늘이 펼쳐졌더라.

얼어붙었던 땅 우에선,
금시 꽃과 풀이 피여나고
쇠'비린내 나던 전호'가 샘터에선,
다시금 달디단 샘물 솟아났더라

세월은 흘러가도
어제련듯 기억에 새로웁다,
추억의 별들 중에서도
가장 큰 별이 되여 떠오르는 밤이여.

수령의 부름을 안고
밤으로 새벽으로
우리 저마다 제 초소로 달리였거니,
우리는 끝내 그 모든 초소마다에서
그이의 높은 신임과 기대에 공훈으로 보답하였더라.

락동강'가 붉은 흙이 묻은 우리의 전투화
그 몇 번 바닥이 뚫어졌던가,
첫 전투로부터
마지막 전투까지 모두 넘고 넘어
우리는 끝내 그 모든 초소마다에서
전승기념일을 맞이하였더라.

오, 수령께서 대오를 묶어주시고
기'발을 안겨주신 민주청년동맹,
너는 불'길 속을 걸어왔고
너는 또다시 로동 속으로 걸어간다.

너는 투쟁 없이
자유와 행복 바라지 않거니,
250만의 대오,
그 맨 앞줄에서 오늘도

박길송, 리순희 동지들이 걸어간다.
그 맨 앞줄에서
영원히 민청 맹원으로,
리수복과 박원진 동무들이 걸어간다.

30대와 40대의 장년들이여,
그대들도 한때는 민청 맹증을
투쟁의 선서처럼 간직하였던 세대들,
당에 들어서는 첫 문을
그대들도 여기서 준비하였더라.

대오에 대오를 이어
시대와 시대를 넘어,
혁명의 폭풍우 속으로
조선 청년들이 쉼 없이 걸어간다,
언제나 원쑤와 싸우기에 준비되였고
언제나 난관의 앞장서기에 습관되였다.

수령과 청년들
그것은 해와 꽃과 같은 사이
해 없이 꽃이 피랴,

그이께서 주신 빛으로
우리의 눈, 기쁨으로 빛나고
그이께서 주신 지혜로
우리의 두뇌 명철하고 총명하다.
그이께서 주신 꿈으로

우리의 희망은 하늘처럼 푸르고,
우리의 심장은 모닥불처럼 불타오른다.

우리 바라고 바라는 것,
그것은 개인의 명예도,
가슴에 큼직한 훈장 다는 것도 아니노라,
수령께서 우리를 언제나
투쟁에로 불러주시는 것,
이보다 더 큰 표창 우리는 모르노라.


| 수록지면 |

* 『청춘송가』(종합시집), 조선문학예술총동맹출판사, 1964.
『수령께 드리는 노래』(종합시집), 도쿄 : 학우서방, 1967.
『수령께 드리는 송가』(종합시집), 도쿄 : 근로단체출판사, 1967.
리맥, 『푸른 하늘 아래서』, 문예출판사, 1983.

평론 # 위대한 수령과 어머니 조국을 격조 높이 구가한 시인 리맥의 시형상 세계

강원철


시인 리맥(리배형, 1925~1993)은 위대한 수령님과 경애하는 장군님의 품속에서 자라난 문예전사로서 한생을 보답의 한마음으로 가슴 불태우며 붓끝을 고루어온 참된 시인이며 유능한 창작지도 일군이였다.

리맥은 주체14(1925)년 11월 11일 함경남도 영광군에서 가난한 농민의 넷째 아들로 태여났다.

빈궁과 굶주림, 학대와 멸시 속에서도 남달리 향학열이 높았던 리맥은 아버지 몰래 소학교에 혼자 가서 입학하였으며 소학교를 졸업한 다음에는 또 이런 식으로 함남상업전수학교(실업학교)에 가서 시험을 치르고 합격하였다. 아버지는 한숨을 쉬였으나 입학한 아들을 뗄 수가 없어 하루에 두 끼를 먹으면서도 리맥을 공부시켰다.

리맥은 중학시절부터 문학에 대한 큰 뜻을 품고 독서에 열중하기 시작하였다.

그는 이때에 문학을 지향하는 동무들과 '지문회(문학을 지향하는 모임)'를 조직하고 모여서 문학토론을 하면서 나라를 찾은 다음 문학으로 나라를 받들자고 약속하였다.

그러나 '독서회 사건'으로 일제 경찰에 체포되여 해방이 되는 날까지 함흥형무소에 갇혀 있게 되었다.

그는 감방에 있을 때 김일성 장군님에 대한 전설 같은 이야기를 듣고 무한히 격동되여 수령님에 대한 한없는 경모심을 간직하였다.

해방된 조국은 리맥에게 문학적 재능을 마음껏 꽃피울 수 있는 넓은 길을 열어주었다.

그는 함남도작가동맹 지도원(당시)을 거쳐 주체37(1948)년에는 민청출판사 편집원, 부장으로, 주체45(1956)년부터는 문예출판사 부주필로 일했으며 주체67(1978)년부터 생애의 마지막까지 작가동맹 부위원장 사업을 하였다. 이 전 기간 시인은 당과 수령을 따르고 받드는 한길에서 창작과 창작지도사업에 전심전력하였다.

리맥은 한생 위대한 수령님과 경애하는 장군님의 각별한 사랑을 많이 받아온 시인으로서 자기 생명의 은인이시고 앞날을 밝혀준 태양이신 위대한 수령님과 당을 노래하는 것을 필생의 과제로 삼았으며 누구보다도 뜨거운 심장으로 조국을 노래하였다.

그의 작품에서 많은 자리를 차지하는 것은 위대한 수령님과 경애하는 장군님을 노래한 작품들이다.

위대한 령도자 김정일 동지께서는 다음과 같이 지적하시였다.

"문학은 수령의 형상을 창조하는 것을 첫째가는 과업으로 틀어쥐고 나가야 온 사회를 주체사상의 요구대로 개조하는 성스러운 위업에 적극 이바지할 수 있다."(『김정일 선집』 12권, 428페지)

그는 위대한 수령님과 경애하는 장군님의 품이 아니라면 어떻게 이런 행복, 이런 영광을 누릴 수 있겠는가고 생각하면서 한 몸이 진할 때까지 어버이수령님과 위대한 장군님의 문필전사로 한생을 바칠 것을 맹세하군 하였다.

　서정시 「인민이 드리는 축원의 한마음」[주체69(1980)], 「새 전투구령」[주체 50(1961)], 「백두산」[주체61(1972)], 「보천보여」[주체51(1962)], 「장군님께서 오신 마을」[주체 40(1951)], 「언제나 우리 당과 함께」[주체 68(1979)] 등을 비롯한 수 많은 시작품들은 모두 당과 수령께 바쳐진 송가들로서 그가 얼마나 수 령칭송작품 창작에 심혼을 바치였는가를 뚜렷이 보여주고 있다.

　경애하는 장군님께서 친필로 평가해 주시였으며 당보에 게재되였던 서정시 「인민이 드리는 축원의 한마음」.

수령님 따라

당을 따라 걸어온 길 우에

따사로이 복눈은 내리고

비약의 나래를 펼치고

또다시 넘어설 혁명의 언덕 우에

희망의 꽃들이 피여나는 1980년

…

아 수령님 우러러

감사에 목 메이는 마음

삼가 옷깃 여미나니

…

찬란히 밝아온 1980년대여

위대한 수령님 모신 나의 조국

위대한 당을 따르는 우리 인민은

공산주의 해돋이의 나라

너의 상상봉 우에
주체의 기치를 더 높이높이 휘날리리라


시에서 시인은 위대한 수령님을 모시고 경애하는 장군님을 따라 끝까지 주체의 기치를 휘날려갈 우리 인민의 결의를 격조 높이 노래하였다.
시인은 가슴에 끓어 번지는 격정을 언제나 빈말로 웨치거나 미사려구로 수식하지 않았다.
거기에 생활을 담고 진정을 뿜어 시대의 주도적인 감정을 유감없이 반영하군 하였다.
서정시 「새 전투구령」의 한 련에서 그는 이렇게 썼다.


수령이시여
수령님께서는 언제나 꿈을 창조하십니다
그리하여 삼천만 인민의 가슴마다에
꿈을 나누어 주십니다
수령님께서는 언제나 노래를 지으십니다
그리하여 그 노래를
우리 인민에게 배워주십니다


제목에 비해서는 너무도 소박하고 조용한 시구이다. 그러나 그 밑바닥에는 위대한 수령님에 대한 감사의 정이 세차게 소용돌이치고 있다.
큰 소리도 없고 충격적인 이야기도 없지만 어버이수령님께서 인민들에게 베풀어 주시는 미래의 아름다운 꿈과 행복의 노래를 소박한 형상을 통하여 가슴 뜨겁게 받아 안게 하였다.

서정시 「장군님께서 오신 마을」[주체40(1951)]에서 시인은 인민들 속에 들어가시여 그들에게 전쟁 승리에 대한 신심과 락관, 투쟁의 불씨를 심어주신 경애하는 수령님의 고매한 풍모에 대해 그 어떤 화려한 수식에 매달리지 않고 생활적으로 소박하게 펼쳐나가면서 위대한 수령님의 전투적 호소를 심장으로 받들고 전시 생산에 떨쳐나선 우리 인민의 불굴의 모습을 예술적으로 생동하게 형상하였다.

시인은 주체혁명위업의 위대한 계승자이신 경애하는 장군님에 대한 열화 같은 흠모의 감정과 장군님 따라 혁명의 천만리 길을 억세게 걸어갈 우리 인민의 드팀없는 신념을 노래한 송가들도 많이 창작하였다.

서정시 「위대한 영상」[주체72(1983)], 「당에 드리는 노래」[주체64(1975)], 「어디서나 바라보이는 향도의 별이여」[주체64(1975)], 「2월의 영광을 노래합니다」[주체65(1976)], 「언제나 우리 당과 함께」[주체68(1979)] 등에서는 일찍이 주체의 기치를 높이 드시고 조선혁명을 승리와 영광의 한길로 이끄시는 장군님의 불멸의 혁명 업적과 위대성을 소리 높이 자랑하려는 시인의 열렬한 감정을 긍지높이 보여주고 있다.

친애하는 그이 계시여
주체의 맑은 피로
우리 당은 나래치며 전진하고
우리 혁명의 앞날은 양양하거니
번영하고 번영할 이 강산과 더불어
우리는 영원히 가슴속 깊이 모시렵니다


아, 우러러 모시는 충성의 한마음

계절에 피는 꽃보다

떨기떨기 가슴속에 먼저 피는

향기롭고 싱그러운 마음의 꽃을 안고

2월의 이 아침

인민은 축원의 노래를 드리옵니다

―서정시 「2월의 영광을 노래합니다」 중에서

시인은 시에서 경애하는 장군님을 높이 모신 내 나라, 내 조국의 한없는 영광과 행복에 대하여 끝없는 희열과 랑만을 가지고 가슴 뜨겁게 노래하였다.

가사 「우리는 혁명의 계승자」[주체70(1981)]는 위대한 장군님의 청년전위, 주체혁명위업의 계승자 된 높은 긍지와 자부심을 안고 장군님을 위하여 청춘을 바쳐갈 청년전위들의 불타는 신념을 혁명적 열정과 랑만 속에서 격조 높이 구가한 노래이다.

리맥은 다음으로 어머니 조국에 대한 열렬한 사랑과 조선민족의 크나큰 긍지의 자부심을 소리높이 구가한 시들도 많이 창작하였다.

서정시 「고향길」[주체43(1954)], 「종다리」[주체47(1958)], 「가을날의 생각」[주체46(1957)], 「행복에 사는 마을」[주체36(1947)], 「나는 조선사람」[주체54(1965)], 「평양」[주체46(1957)], 「땅의 노래」[주체45(1956)], 「나의 수도」[주체53(1964)], 「9갱으로!」[주체45(1956)][1] 등에서는 위대한 수령님 찾아주시고 빛내여 주시는 사랑하는 조국에 대한 끝없는 긍지와 자부심, 그것을 영원히 빛내여 가려는 우리 인민의 굳은 신념을 훌륭히 보여주고 있다.

---

1  원문에는 '「평양」[주체 46(1957)]'이 한 번 더 나열되어 있다.

가을이여 아름다운 조선이여

세상 사람들 무어라 해도

내가 사는 하늘이

내가 사는 땅이 그만이구려

…


하늘과 땅의 이 모든 축복

내겐 생각되오, 예나 제나

조선이여 살뜰한 내 조국이여

그대 위한 사랑 변함없으라는 마음인 줄

—서정시 「가을날의 생각」 중에서

작품에서는 위대한 수령님과 경애하는 장군님께서 펼쳐주신 조국강산을 끝없이 사랑하는 서정적 주인공의 체험세계를 짙은 정서로 뜨겁게 노래하고 있다.

우러르면 마음도 비칠 듯한 맑은 가을하늘과 무늬를 짜는 가을 해빛 아래 무겁게 드리운 과일들이며 땅에 닿을 듯 고개를 숙인 벼이삭들, 그 모든 것들이 시인에게는 끝없는 행복과 기쁨을 속삭여주고 아름다운 조국강산에 대한 한없는 사랑의 감정을 불러일으키게 한다. 불타는 조국애를 지닌 시인만이 이렇게 훌륭한 시를 쓸 수 있는 것이다.

서정시는 평범한 가을날에 느끼는 체험세계에 대한 시적 형상을 통하여 이렇듯 아름다운 조국에서 살며 일하는 긍지와 자부심, 무한한 사랑의 감정을 뜨거운 정을 담아 노래하고 있다.

서정시 「고향길」에서는 원쑤와의 싸움에서 이기고 당당히 고향으로 돌아오는 서정적 주인공의 무한한 긍지와 기쁨에 대한 형상을 통하여 나서 자란 고향과 조국산천을 끝없이 아끼고 사랑하는 이 나라 인민들의 숭고한 감정을 깊이 있게 일반화하였다.

이 밖에도 시인은 다양한 주제의 많은 작품들을 훌륭히 창작하여 우리나라의 시단을 빛나게 장식하였다.

그는 이 모든 시들을 조각가가 새김칼과 정으로 돌과 금속을 깎아내고 다듬어 작품을 창조하듯이 그렇게 심혈을 바쳐, 그렇게 정교하게 수놓아갔다.

언제나 위대한 수령과 어머니 조국을 격조 높이 노래하며 한생을 빛나게 살아온 시인 리맥은 그가 남긴 작품들과 더불어 우리 문학사에, 우리 인민의 가슴속에 영원히 살아있을 것이다.

―『조선어문』2012-1호, 2010.2

**기타 참고문헌**

『고향길』 후기, 조선작가동맹출판사, 1958.
김재원, 「당을 노래한 충성의 시―시 「언제나 우리 당과 함께」를 읽고」, 『조선문학』 387, 1980.1.
안정기, 「시와 인생―시인 리맥의 한생을 더듬어」, 『통일문학』 55, 2002.12.
『문학대사전』, 사회과학출판사, 1999.

# 리병철

1921년 경북 영양에서 출생했다.
1943년 『조광』을 통해 시를 발표하기 시작했다.
1950년 월북했다.
1994년 작고하였다.
북에서 출간된 개인시집으로 『천리마의 시절』(1960) 『내 삶의 한생은』(1995) 등이 있다.

|시 10편|

나에게 로동당원의 영예를

환갑날

빨찌산 소년

북계수 역에서

늙은 취사병

맨 먼저 봄을 본 이야기

당의 의지대로

새벽

탑이 많은 도시에서

장수들

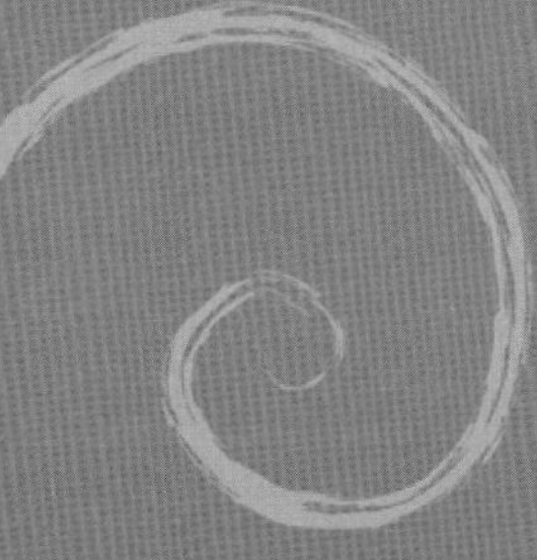

# 나에게 로동당원의 영예를

구태여 이 동무의
『성분』을 물을 것 없다…

아직도 몸에서 거름 냄새가 풍기는 듯한
남도사투리의 억센 사나이

검정통치마 입은 안해와
두어 어린것들을
락동강 건너마을
대추나무 울타리 밑에 세워둔 채로

조국의 부름 앞에
호미로 흙덩이를 쭈ㅅ듯
낫으로 진풀을 베듯
원쑤를 무찌르기 위하여 떠나왔다고 한다

먼 남쪽 하늘 바라보며
손매디마다 퉁겨진 주먹으로
땅을 치며 『돌격조』의 선두를 탄원하던 동무

구태여 이 동무의
『경력』과 『재산 정도』를 물을 것 없다…

설흔 해 동안
지주놈의 문간 드나들기에
등이 굽은 사나이

풋고추 찍어
보리밥 한 그릇… 상추쌈도
실컨 못 먹어보고 죽어간
아비의 대를 이은 소작인이었다

밀보리가 자라면
산에서 밭고랑을 타 내려오던
빨찌산 동무들의 이름으로
아니 영용한 인민군대의 이름으로

분여받은 내 땅
밭머리마다 공화국기 바람에 휘저으며
앉으나 서나 머리□에[1] 푸르른
조국의 하늘 자유의 하늘 우러러
안해와 어린것들과 도란도란 살고져 했던 것…

팔뚝같이 익어가는
조이삭 벼이삭에 입을 맞추며
선참으로 현물세를 베르던 애국농민이라

조국의 부름 앞에

---

1  '머리 위에'로 추정된다.

도끼로 나물을 조귀듯
삽으로 진흙을 이기듯
원쑤를 무찌르기 위하야 떠나왔다고 한다.

산천 흔들며 쏟아지는
폭연냄새에 끄슬리여
하늘에 벼달마저 빛을 잃은 밤

기여드는 원쑤를
최근거리까지 접근시키기 위하야
미처 구령을 망서리는 소대장 동무를

오히려
원망스리 흘겨보던 그 눈—그 얼굴
혼자서 원쑤를 막아
　　첫째 놈은 쏘아 죽이고
　　둘째 놈은 찔러 죽이고
　　세째 놈은 총탁관으로 갈겨 죽이며

다시 다가드는 원쑤의 가슴패기에는
섬덩이만끔식한 바위돌을 안겨주며

아 여기 절대로 앗기울 수 없는
조국의 고지 산봉오리를
가슴으로 덮고 쓰러진 동무가 있다

언제부터

가슴속 소중히 지녀온 열망이더냐?


겹겹히 땀에 배고 피에 절은
흰 종이 한 장… 입당청원서를
하늘에 깃발처럼 흔들며
『나에게 죽기 전으로 로동당원의 영예를!』하고
웨치던 동무여!


먹이 아니라
잉크가 아니라
진실로 진한 피로써 쓴 이 입당청원서


비록 서툴은 글씨나마
한 획 한 획
창끝으로 원쑤의 심장을 겨누어 그은 듯한 글자마다에
맥맥이 통해 있는 근로계급의 피를 읽는다


불패의 나라
승리의 고지
영원한 조국의 하늘 밑에 깃발을 꽂고


이 깃발 밑에
당과 조국의 이름으로
불러 길이 영예로운
젊은 용사의 자랑을 노래로 부른다

—1951.6


| 수록지면 |

* 『청년시인집』(종합시집), 민주청년사, 1951.

# 환갑날

맏아들은 아침 첫차로 도착했다네
정거장에서 집까진 그리 멀지 않았으나
걸음마다 이 손 저 손 트렁크를 바꿔 들기에
이마며 등이 흠뻑 땀에 젖어가지고…

둘째 아들은 낮차로
세째와 네째는 뒤미처 급행으로
제마다 경쟁이나 하듯 무거운 짐들을 들고
어머니를 부르며 문간에 들어섰다네.

어머니의 환갑을 손꼽아 기다리며
이미 오래 전부터 이들은 편지로 약속했다네
직장과 사업은 서로 다르지만
이날에 맞춰 휴가를 받을 것을…

그리하여 네 아들
어머니 앞에 차례로 절하고
그리하여 네 형제 서로 만났다네.
나서 자란 어머니의 품… 고향집에서,

아! 아들을 둔 어머니는 행복하여라
조국광복의 위업에 남편을 바치고
아들들 기르시기 삼십에 머리 흰 어머니

그러나 넷쯤은 더 낳고 싶으셨다네…

×

네 형제 식성은 서로 다르지만
어머니가 만드신 음식에는 제마다 입맛이 들었다네,
가지가지 지짐이랑, 탕국이랑
떡에도 가지가지 기장떡까지…

시루떡은 한결 뜨끈뜨끈하고
찰떡은 질기고, 탕은 얼근해서 좋았다네,
주걱으로 북북 긁은 보리 누른밥
한 덩이씩 꽉꽉 뭉쳐주시던 지난날의 그 솜씨로

어머니는 륙십에 처음, 소반에 철철
넘치고 남도록 음식을 만드셨다네
그리하여 아들들에게 싫도록 권코 싶었다네
세상에는 더 좋은 음식도 많기는 하지만…

식구는 많았지만 얹을 음식이 없어
언제나 넓어 보이기만 하던 그 소반이
사실은 이렇게 비좁은 것이였음을
이날 비로소 깨달은 어머니와 아들들

소반을 넓힐 것을 생각하며
옛날처럼 어머니는 아랫목에 앉으시고
옛날처럼 세째 네째 제 자리 찾아

무릎도 옛날처럼 비벼가며 음식을 든다네.

벽돌을 쌓던 그 손으로
맏아들이 술병을 기울이며
늙으신 어머니에게 간절히 권하는 말
－입만 대이소!

둘째는 설계도를 그리던 그 손으로
세째는 톱 잡고 밀림을 정복하던 그 손으로
네째 또한 레바를 당기던 그 손으로
－입만 대이소!
－입만 대이소!

그렇다! 열한 해 전 그날까지
어머니가 안아 묶은 볏단만 한데 쌓아도
산보다 높고 크리란다… 그러나
상추쌈도 실컨 못 먹었다는 어머니…

그 어머니의 오늘은 이렇게도 풍족하거니
새 주권의 일꾼으로 네 아들을
왜놈들 학대와 가난 속에서 길러낸 보람으로
어머니는 어느덧 춤을 추시네.

춤추시는 어머니의 고름에는
엽전 닷냥짜리 결혼가락지가 빛나고
어머니의 환갑을 축하하여 잔을 부딪는
네 아들의 가슴들에는 훈장들이 빛나고

×

이날은 어머니에게도 아들들에게도 행복한 날
그러나 한 가지 섭섭함을 지울 수 없었다네
아무도 입 밖에 내지는 않았지만
우편배달이 한 장 편지를 전할 때까진!

남편 따라 새살림 난 막내
어머니에겐 양념딸, 형제들에겐 보배 누이
그가 하나 옛날처럼 한 자리에 없음으로 하여
어머니도 형제들도 섭섭하였다네.

그러나 때마침, 우리의 우편배달은
—닷새 전에 첫아들을 낳고
어머니의 환갑에 오지 못한다…는
길고 긴 사연과 사진을 전해주었다네

손에서 손으로 사진을 돌려보며
손에서 손으로 편지를 돌려보며
더욱 높이 술잔을 부딪쳐 기울이며
어머니도 형제들도 하나같이 생각했다네.

—그때는 얼마나 좋은 세상일가
딸의 환갑 때는?
누이의 환갑 때는?

술병도 콸콸 소리를 쳤다네

기쁨을 전해준 우편배달에게 우선 한 잔!
조국의 새 어머니의 건강을 위해 또 한 잔!
조국의 새 아들의 생명을 위해 다시 또 한 잔!
어머니가 더 오래 사시기를 바래 또 한 잔!


| 수록지면 |

*『조선문학』113호, 1957.1.
『아침은 빛나라—조선민주주의인민공화국창건10주년기념』(종합시집), 조선작가동맹출판사, 1958.
리병철, 『천리마의 시절』, 조선작가동맹출판사, 1960.
리병철, 『내 삶의 한생은』, 문학예술종합출판사, 1995.

# 빨찌산 소년

『감옥 안에서도 키가 자꾸 커요!』
언제 그어 놓았던지?
흰 벽에 가느다란 손톱금 하나
그 우에 반 치쯤 솟은 제 키를
또 한 금 더 그으며 기뻐하던 소년…

어깨에 총끈 자국 땀이 밴
빛 낡은 솜저고리 느직히 입고
너실너실 날이 났으나
아직도 천 리는 더 산을 탈 수 있다…고
유난히도『메투리』를 소중히 하던 소년…

소년은 쇠고랑 찬 사형수였다―
오대산이라던가 그 어느 전구에서
『국방군』참모부를 습격하던 밤
혼자서 일곱 놈 찔러 눕히고
여덟 놈째 총알에 관통상을 입었노라던,

    잊을 수 없구나, 나는 아직도
    우리의 인민군 영용한 첫 땅크가
    서울 형무소 쇠창살을 짓부신
    그날로부터 세월은 일곱 해나 흘렀건만
    …………

밤마다 신발을 베고 누워야만
눈이 감기고, 잠이 온다던 어린 빨찌산
꿈길에서도 메투리 신고 원쑤와 싸우는지?
자주 잠꼬대에『만세』를 웨치고선
간수놈에 끌려나가 고문을 당하던 동무,

 ─꿈에 가 본 평양, 김일성대학 이야기며
  꿈에 먹은 설악산 돌배 맛 이야기며
  고향집 문턱에서 목이 메도록
  어머니를 불렀으나 답이 없었다는 이야기며
아! 꿈은 밤마다 쇠창살을 넘어 날았다.

제아무리 무거운 쇠고랑, 사형으로도
자라나는 소년의 키
꿈의 날개를 막을 길 없었던 원쑤
원쑤는 마지막까지 잊지 않고 끌어냈다
『위엄』이 그대로 발악인 것을 숨기지도 않고…

원쑤는 끌어냈다
감옥이 깨여지기 바로 네 시간 앞서
입에 거품을 물고, 공포에 떨며
일컬어『군사범』이라는 무수한 청년들과 함께
미처 키도 덜 자란 우리의 소년을…

 ─이렇게 끌리여 가는 길이
어찌 사형장임을 몰랐으랴만
소년은 천천히 메투리 신둘매까지 쳤다

그리고 목 하나는 더 높이 키를 솟구며
헌병놈들에게 맞서 걸어 나섰다…

—1957.4

**| 수록지면 |**

* 『빛나는 아침에』(종합시집), 조선작가동맹출판사, 1957.
리병철, 『천리마의 시절』, 조선작가동맹출판사, 1960.

# 북계수 역에서

여름에도 난로에 불을 때야 한다,
사철 솜외투를 벗지 못한다,
하루에도 열스무 번씩 흐리는 날씨가
도무지 겨울의 독기를 풀어주지 않기에….

찾아오는 이라곤, 정한 시간에
선로 감시원이 불을 쪼이려 들릴 뿐,
하늘이 손에 닿을 듯한 고원의 령마루엔
다만 두어 채 사택과 역사가 춥게 서 있다.

기차가 숨을 돌리는 동안
누구나 잠시 이 역 구내에
발을 내려딛는 사람은 흔히 말한다.
우리나라 땅이 넓고 높은 것에 대하여….
—평양만 하여도 록음이 짙었는데
  여기는 아직 눈도 안 녹았으니…하고

그렇다, 넓고 높은 땅의 맨끝이라
여기에는 五(오)월이 가야 눈이 녹는다,
여기에는 모든 꽃이 늦게 핀다,
며칠씩 늦어야 신문도 온다.

그러나 령이 높고 길이 멀어

계절마저 늦게 오는 이런 곳에서도
사람들만은 평양과 같은 시간에
일을 시작하고 일을 끝낸다.


─몇 번이고 선로 우의 눈을 치며
  몇 번이고 언 전철기를 숯불로 녹이며
  반 키로도 넘는 긴 원목 렬차의
  련결을 빠짐없이 확인하고 확인하며…


어려운 곳에서 어려운 일을 함이
당원의 가장 고귀한 영예임을 알기에
눈보라 몰아치는 이 하늘 끝에서도
사람들은 저마다 저 할일을 한다.


흰 장갑 낀 손을 높이 들어
렬차의 정시출발을 알리며 꺼내보는
역장의 그 커다란 회중시계가 절대로
당중앙위원회의 시간과 틀리지 않기에…


| 수록지면 |

* 『아침은 빛나라─조선민주주의인민공화국창건10주년기념』(종합시집), 조선작가동맹출판사, 1958.
리병철, 『천리마의 시절』, 조선작가동맹출판사, 1960.
리병철, 『내 삶의 한생은』, 문학예술종합출판사, 1995.

# 늙은 취사병

담배불을 붙이느라… 구부린
나의 잔등을 툭 치며
자루 긴 국자에 국 한 그릇
속을 덥히라고 권하며 그는 말했다…

ㅡ『모주석께서는 밥 짓는 것도
　혁명사업이라 하셨다…』고

그러나 솜씨껏 빚은 만두를 별로
전사들에게 먹이지 못한 것이 안타까와서,
자주 설끓은 국이며 식은 밥을
전사들에게 먹이는 것이 안타까와서…

오늘은 일찌감치 시간에 넉넉하도록
바위돌을 굴려다가 솥을 걸고
활활 부채질까지 해가며
중대의 밥을 짓는 늙은 취사병,

팔뚝만큼씩한 푸른 파를
팔장단에 맞추어 도마 우에 썰어놓고
발길로 연신 장작불을 지피기도 하며
천천히 그는 또 말했다…

　－미국놈은 우리의 한 원쑤인데,
미국놈은 조선을 송두리째 삼키려는데
내 어찌 솥과 함께 천리만리들
압록강을 건너 나오지 않을 수 있겠느냐…고


　전쟁 때문에 세상 사람들이
솥을 떼지고 다니는 일 없게 될 그때까지,


　전쟁 때문에 길을 걸으며, 사람들이
언 만투를 씹지 않게 될 그때까지
솥과 함께 다니겠노라던 그.


　이윽고 나팔소리 나자, 나는 오래오래 보았다,
어스름이 짙어오는 묘향산 굽이굽이
총 멘 긴 대렬 그 뒤에,
칼을 내저으며 가는 그의 먼 뒷모습을…


| 수록지면 |

*『전우에게 영광을』(종합시집), 조선작가동맹출판사, 1958.
리병철, 『천리마의 시절』, 조선작가동맹출판사, 1960.

# 맨 먼저 봄을 본 이야기

설령을 내려 두만강도 건너서
이날도 대원들은 저마다 어깨 우에
멸적의 총대를 높이 추켜 메고
조국 땅 밀림에 첫발을 놓았을 때였다.

한 사람씩 뒤으로… 쉬엇! 쉬엇!
일렬종대 맨 끝까지 전달된 휴식 구령
구령 따라 걷던 걸음 길을 멈추고
락엽 우에 척척 다리를 펼 때였다.

더러는 아름드리 진대를 타고 앉아
소리 없이 총을 닦는 사람도 있고
행전을 고쳐 치며 또 더러는
가쁜히 신들메를 조이기도 하던 때였다.

누가 먼저 내달았는지는 알 수 없으나
『와아』하고 앞을 다퉈 저마다 일어섰다,
조국의 봄을 찾기 위해 싸움길에 선 용사들
그들 앞에 진달래 한 떨기 피여 있었거니

조국의 봄을 찾기 위해 싸움길에 선 용사들
그들 앞에 고이는 조국의 인사인 듯
그들을 반겨맞는 삼천만의 마음인 듯

진달래는 철을 당겨 피여서 있었거니


용사들은 손에서 손으로 받아들었다
받아들고서는 마셨다… 조국의 봄 조국의 향기
선 채로 앉은 채로 하나같이 눈이 가늘어지며
오래오래 꽃에서 얼굴을 들지 못하며…


그리고는 걸어갔다, 백두의 산발을 타고
총을 멘 일렬종대―혁명의 투사들은…
원쑤를 쳐부시는 싸움과 싸움으로
우리 시대 조국의 봄을 가슴에 안은 선구자들은…

―1958.11


| 수록지면 |

* 리병철, 『천리마의 시절』, 조선작가동맹출판사, 1960.

# 당의 의지대로

시계 바늘이 날카로이 가리키는 대로
시간은 五(오)분밖에 더 남지 않았다
어덴지 없이 걱정과 조바심이 깃든
브리가다장의 땀에 젖은 저 얼굴,

그러나 검은 안경을 이마 우에 얹고
긴 탑빙봉으로 로심을 재이고 재이며
연신 시계를 쳐다보던 젊은 브리가다장
브리가다장은 이윽고 손을 번쩍 추켜들었다.

九(구)월의 붉은 편지를 받던 그날 밤
첫 토론을 요청하던 그때처럼 그 손을
사람들의 심장이 울리도록 연탁을 치던 그 손
결정서를 찬동하여 남 먼저 들던 그 손…

브리가다장의 그 손이 오르자
세상에 전례 없는 소식을 전하듯
미래를 당겨 시간을 때리는 종소리와 함께
불물은 폭포로 쏟아지기 시작하였다.

당은 가까이서 보고 있었구나
지상의 락원―사회주의를 위하여
六五〇(650)도 열풍 온도를 一,〇〇〇(1000)도로 높이기 위하여

우리의 용감한 용해공들이 어떻게
보수주의를 물리치고 여기에 섰는가를…

보고 있었다… 멀리 가까이서
눈을 모두어 조국 인민들은
당 앞에 약속한 대로 브리가다장의 그 손이
공산주의 지평선을 부르며
바야흐로 변혁의 첫 출선을 신호하고 있음을…

그지없이 기뻐한다
九(구)월의 붉은 편지를 받던 그날 밤
저마다 앞을 다퉈 토론을 요청하던 붉은 심장들
이날부터 우리의 저울 우에
더 많은 무게의 철을 한꺼번에 얹기 시작하였음을.

—1959.1

| 수록지면 |

* 리병철, 『천리마의 시절』, 조선작가동맹출판사, 1960.

# 새벽

연푸른 안개가 굴뚝들 허리에
충충한 천골탑 란간에 차분히 감긴다
돌아치는 모터도 감속기들도
무쇠등을 어렴풋 드러내기 시작한다
멀리 멀리서 새벽이 차차름 다가서면…

새벽이란 어쩐지 그냥 좋더라
먼 항로를 헤쳐 온 함선의 갑판 우에서
젊은 수병이 수평선을 바라보듯
밤을 새워―불과 싸워
땅에 무겁도록 쇳물을 뽑아낸 자랑을 안고
잠시 란간에 나서서 맞는 새벽은….

시인이 아닌들 어떠랴, 누구나 한번
이렇게 땀 밴 수건자락 어깨 우에 펄럭이며
담배도 한 대 새로 붙여 물며
이 새벽! 이 란간에 나서 보라!
문득 떠오르리, 나와 같은 이런 생각…

―새벽은 바다, 가없는 바다
  공장은 그 우에 뜬 하나의 함대!

아, 정말 그러구 보면

항구를 떠나 얼마나 왔나 우리의 함대는
떠나온 항구가 아득히 멀어질수록
파도는 길길이 높았다 암초도 많았다
그러나 우리에겐 두려움 없는 전진만이 있었구나
지혜로운 라침판인 당이 있었기에…

바야흐로 뱃머리는 파도를 넘어 넘어
희망의 황금 새 대륙에 가까왔구나
벌써 저렇게 활개짓을 하는 기중기들은
팽팽히 힘을 쓰는 콘베아들은
덜커덕거리며 오고가는 광차들은
우리가 흘린 땀―우리가 뽑은 철
사람들의 행복을 거기에 부릴 차비를 하나 보다.

장엄한 입항!
고동을 소리 높이 울리고 또 울려라
공산주의 기슭이 바라보이는 새벽이다
먼 항로를 헤쳐 온 함선의 갑판 우에서
깃발을 흔드는 수병처럼
내 땀에 젖은 수건을 바람에 펄럭이며
회전로의 란간에 나서서 맞는 새벽이여!

―1959.6

| 수록지면 |

* 리병철, 『천리마의 시절』, 조선작가동맹출판사, 1960.

# 탑이 많은 도시에서

토요일 저녁나절쯤은
어깨 우에 스쳐 흐느적이는 가로수 밑으로
옆착에 손을 찌르고, 혼자
천천히 바다'가까지 걷는 것도 좋더라

이른 아침 문을 열고 나서면
인민학교 아이들도 알아보며 눈인사를 건네는
수남 지구 공장'길을 가는 것은 더욱 좋더라
사랑하는 내 시의 주인공들을 찾아서….

평양에서 현지파견을 받아
여기로 온 것은 벌써 다섯 해 전
탑이 많은 도시여 너는 그때부터
나의 새로운 시의 고향….

나는 사랑한다, 겨울에도 밤늦도록
인적 그치지 않는 락타봉 오솔'길이며
거기서 보면 연기 뿜는 굴뚝들과
그 굴뚝 넘어 갈매기 나는 너의 바다를.

아무리 먼 곳에 가서도 잊을 수 없더라
탑이 있는 네거리, 내가 사는 해방동
김책 제철, 청진 제강 용광로의 불'빛이

붉게 물들어 밤에도 밝은 그 유리창들이.


나는 오래오래 여기서 살리라
눈 나리는 겨울밤 구락부 앞에 줄지어 서서
외투자락으로 바람을 서로 가리며
담배'불을 나눠 붙인 그 정든 사람들과 함께


짧은 휴식의 한동안에도
손을 이끄듯 로전공의 표준조작법을 대여주며
백묵 꽁다리 줏어 들고 빼치까 칠판 우에
열공학의 원리를 풀어뵈던 사람들과 함께


아, 탑이 많은 도시여! 너에게는
저 푸른 언덕에, 네거리마다에 탑만이 아니라
눈에 보이지 않는 탑인들 얼마나 많은 것이냐
내 시의 주인공들이 쌓고 또 쌓는…


나는 더 많이 쓸 것이다.
당의 부름대로 쇠'물을 쏟아내는 불가마 앞에서
긴 탑빙봉 어깨 우에 솟구어 짚고
용해공들이 쌓는 그 로력의 탑에 대하여…


고기'비늘 번쩍이는 고무장화 신은 사람들
그들이 물이랑에 던져 걷는 그물 소리며
비단실을 감기에 손이 잰 방적 처녀들
방적 처녀들 풀어 감는 그 은실의 탑에 대해서도.

| 수록지면 |

* 『문학신문』, 1960.1.29.
리병철, 『천리마의 시절』, 조선작가동맹출판사, 1960.

# 장수들

내려오는구나… 까마아득한 하늘 꼭대기에서
마지막 나사에 나또를 조이던 연공들이
한 점의 뜬 김이라도 샐세라
틈새를 찾아가며 불물을 녹이던 용접공들이

내려오는구나… 높디높은
철골탑 우에 살던 조립공들도
화단엔 아직 꽃이 남아 있건만
거기서는 솜옷을 입고 일하던 제관공들도
사다리를 타고, 밧줄을 타고…

이들이 바로 침목도 휘틀도 없이
백 톤 환상관을 단숨에 들어올린 장수들이다,
이들이 바로 십오 분에 한 장씩
톤이 넘는 랭각판을 척척 붙여낸 장수들이다,

작은 증기관 하나도 빠짐없이
이렇게 맥이 잘 통하는 용광로를
오늘부터 십 년이고 이십 년이고 여기서
로를 지킬 용해공들에게 넘겨주기 위하여
조국의 사회주의에 더 많은 철을 주기 위하여
전례 없는 기적을 땀으로 빚은 장수들—

보라! 벌써 불을 지핀다…
아무리 먼 곳에서도 섬광이 보이지 않는가
두 해 삼 년 숨죽었던 용광로가
천 도로 높아진 열풍으로 왕왕 숨을 쉬며
불ㅅ길의 소용돌이를 안고 활개를 펴는 것이…

보이지 않는가, 이 시간으로 방금
로를 넘겨주고, 넘겨받은 장수들
주먹으로 어깨를 서로 치지 않고서는
목덜미와 허리를 서로 부여안지 않고서는
로동자다운 인사를 찾지 못하는 그들—

그들은 안고 돌아간다, 어쩔 줄 모르며
달아오르는 용광로 두리를 빙빙
어깨와 목을 서로 부둥킨 채
날자를 당겨 로를 넘겨주는 기쁨에
날자를 당겨 로를 넘겨받는 기쁨에…

—1959.1

| 수록지면 |

* 리병철, 『천리마의 시절』, 조선작가동맹출판사, 1960.
리병철, 『내 삶의 한생은』, 문학예술종합출판사, 1995.

평론 # 로동에 대한 서정시

김하

 

시인 리병철은 새로운 시집을 오늘의 인간, 천리마 시대의 근로자들에 바치였다.

시집을 읽고 나서 우리는 생각한다—리병철의 서정시가 가지는 특성은 어디에 있는가고.

맨 먼저 우리 머리에 떠오르는 인상은 시인이 오늘의 현실을 아주 적극적으로 가까이 받아들일 줄 안다는 것이다. 시인에겐 환히 틔여진 마음이 있으며 그 마음을 가지고 시인은 사람들과 만나고 또한 생활에서 버러지는 모든 훌륭한 사변들을 하나도 자기의 시야에서 놓치지 않으려고 한다. 그에게는 모든 것이 중요하고 흥미 있고 그는 모든 것에 '참가한다'.

제대군인 허동무, 2호로의 용해공들과 브리가다장, 새 지배인과 늙은 선로감시원 그리고 또 많은 로력혁신자들이 인제 시인의 친근한 벗들로 되였다.

이 새로운 벗들에 대하여, 그들의 영예로운 로동의 성과에 대하여 시인은 자기가 느낀 감정을 아무런 꾸밈도 부리지 않고 소박하게 노래하고 있다.

갖은 난관을 극복하면서 사회주의를 위하여 그야말로 불'덩어리가 되어서 긴장한 로동을 수행하는 오늘의 영웅들에 대하여 시인은 정열적으로 이야기한다.

> 그러나 검은 안경을 이마 우에 얹고
> 긴 탑빙봉으로 로심을 재이고 재이며
> 연신 시계를 쳐다보던 젊은 브리가다장
> 브리가다장은 이윽고 손을 번쩍 추켜들었다.
>
> —략—
>
> 브리가다장의 그 손이 오르자
> 세상에 전례 없는 소식을 전하듯
> 미래를 당겨 시간을 때리는 종'소리와 함께
> 불물은 폭포로 쏟아지기 시작하였다.

—시 「당의 의지대로」에서

로동자의 '손', 브리가다장의 '손', 오늘의 행복한 생활을 위해서 그리도 많은 것을 창조하였으며 또 앞으로도 무수한 기적을 가져올 그 손을 시인은 노래하고 있다. 시인은 그 위대한 '손'을 '시화'하고 있는 것이다.

이 시를 일관하고 있는 앙양된 기분은 우선 현실에 대한 시인의 적극적인 태도에서부터 온다. 우리는 시의 매 구절에서 생활의 흥분을 느낀다. 왜냐하면 시인은 로동의 장면을 그저 단순히 이야기하는 것이 아니라 미래를 앞당기는 로동의 의의를 인식하면서 그 로동을 영웅화하며 랑만화하기 때문이다.

사회주의적 로동과 그의 과정을 조직하는 오늘의 훌륭한 인간에 대한 시인의 긍지는 모든 시들을 안받침하고 있다. 로동을 주제로 한 시들(례를 들어서 「장수들」)을 읽으면서 오직 로동의 영예로 매일의 생활을 장식하는 평범하고 믿음직한 천리마 기수들의 감정을 독자는 리해할 수 있다. 시인은 진심으로 그들을 존경하며 사랑한다.

오늘의 로동을 구가하면서 시인 리병철은 어디까지나 그것이 착취와 억압에서 해방된 로동이며 인간의 복리와 기쁨을 가져오는 로동이라는 것을 강조하고 있다.

이 로동에는 시인 자신도 참가하고 있다.

시 「새벽」에는 로동의 영예를 몸소 체험한 시인—로동자의 긍지가 가득하다.

장엄한 입항!
고동을 소리 높이 올리고 또 울려라
공산주의 새벽[1]이 바라보이는 새벽이다.
먼 항로를 헤쳐 온 함선의 갑판 우에서
기'발을 흔드는 수병처럼
내 땀에 젖은 수건을 바람에 펄럭이며
회전로의 란간에 나서서 맞는 새벽이여!

그저 단순히 시인의 립장에서가 아니라 로동하는 시인의 립장에서

---

1  시집 『천리마의 시절』에 실린 원문에는 '기슭'으로 되어 있다.

로동을 찬양하는 데서부터 그의 의의는 더 높아지고 고상해진다. 그리고 "땀에 젖은 수건을 바람에 펄럭이며 회전로의 란간에 나서서 새벽을 맞는" 시인의 모습은 더할 바 없이 랑만적이며 아름답다.

보다 부드러운 시인의 모습은 시 「탑이 많은 도시」[2]에서 볼 수 있다. 새로운 벗들에게서 깊은 감명을 받고 흥분한 시인은 따뜻한 봄날 저녁 "주머니에 손을 찌르고" 사색에 잠겨서 공장 거리를 거닐은다. 보람찬 로동이 끝난 후에 만족한 얼굴로 작업을 총화 짓던 젊은 로동자들, 회의에서 보수주의를 부시면서 새로운 위업에로 궐기하던 사람들, "엄숙히 펜을 잡고" 평화적 조국통일을 위한 서명에 참가하던 동무들—이 모든 사람들이 시인의 눈앞에 다시 떠오른다.

어느 집에선가 명랑한 웃음소리가 들려온다. 휴식의 한때를 즐기는 로동자들, 달밤에 산보하는 청춘남녀들, 환갑잔치를 치르는 로동 가족—이 사람들은 시인의 마음을 다시 흥분시킨다. 그리하여 우리 시인은 발걸음을 재촉하면서 자기 '시의 주인공들'을 쉬임없이 찾아간다.

로동자들의 개체 생활, 가족들의 다정한 감정을 노래하면서 시인은 그들의 새로운 정신적 면모를 보여주고 있다.

「환갑날」, 「사랑을 위하여」, 「신혼부부」와 같은 시들은 자기의 락천주의적 감정과 심지어 유모아적 기분으로써 매우 흥미가 있다고 보아진다.

시 「환갑날」은 한때 평론에서 호평을 받은 바 있다. 이 시를 다시 읽으면서 비록 우리는 이따금 어색한 감정과 형상성의 부족을 느끼면서도 주제의 흥미성과 시 전체에 흐르고 있는 생활의 락천성을 인정하지

---

2 원 제목은 「탑이 많은 도시에서」이다.

않을 수 없다.

시인 리병철에겐 유모아적인 작품, 례컨대 「신혼부부」와 같은 작품도 있다.

혹시 엄격한 독자는 시 「신혼부부」를 유치한 감정묘사라고만 생각할 수도 있다. 그러나 우리는 시인이 강조하려는 측면을 리해해야 할 것이다. 시인은 자기 주인공들의 천진란만하고 소박한 정신세계를 구가하려고 노력하였다. 자기에게 정든 그 사람들을 시인은 어디까지나 너그러운 마음으로 또한 가벼운 미소로 회상하고 있다. 때문에 시인 자신의 정신적 수준과 주인공들의 것을 이 경우에 동일시할 수는 없을 것이다.

다만 우리가 시인에게 바라고 싶은 것이 있다면 그것은 시인이 보다 선명하고 보다 '짜고' 보다 흥미있는 유모아를 생활에서 찾았으면 하는 희망이다.

건전한 유모아는 우리 생활에서 절실히 필요하다.

비록 시집에는 유모아적 감정을 담은 작품들이 몇 편 되지는 않지만 시인 리병철에겐 그러한 솜씨가 없지 않다고 우리는 생각한다.

시집에서 특별한 위치를 차지하는 것은 항일 빨찌산들을 노래한 시들이다. 그중 몇 편은 진실로 우리를 감동시킨다.

항일유격대에 대한 주제를 취급하면서 시인 리병철은 다른 시인들을 되풀이하지 않으려고 노력하였다. 이것을 우리는 그의 시들을 읽으면서 느낀다.

시 「맨 처음 봄을 본 이야기」에서 시인은 이렇게 쓰고 있다.


용사들은 손에서 손으로 받아들었다.

받아들고서는 마셨다. 조국의 봄, 조국의 향기

선 채로 앉은 채로 하나같이 눈이 가늘어지며
오래오래 꽃에서 얼굴을 들지 못하며…


그리고는 걸어갔다. 백두의 산'발을 타고
총을 멘 일렬종대, 혁명의 투사들은
원쑤를 쳐부시는 싸움과 싸움으로
우리 시대 조국의 봄을 가슴에 안은 선구자들은…


유격대원들의 애국주의 감정을 시인은 깊은 서정을 통해서 노래하고 있다. 조선의 진달래를 반기며 조국의 해방을 끝없이 갈망하는 그들의 숭고한 정신적 미를 느낄 수 있다. 이것을 시인은 뚜렷한 서정 묘사를 통해서 달성하고 있다.

리상이 높은 인간들에겐 풍부한 정신세계가 고유한 법이다. 이러한 정신적 미를 시인 리병철은 항일 빨찌산들의 모습에서 찾고 있다.

시 「빨찌산 샘물」도 시'적 형상성과 구체적인 감정 묘사로 보아 좋은 것이라고 생각된다.


원쑤를 무찌르고 돌아가는 길
밤을 도와 령을 넘고 밀림을 헤치노라
갈한 목 지친 다리 참기 어려워
총을 멘 채 다리 뻗고 쉬여 가는 용사들


그들의 귀'전에 속삭이듯이
샘들은 졸졸졸 소리 냈다

마치도 이 나라 어머니들 그 목소리같이

어서 목을 축이세요, 축이고 가세요…


　불멸의 용사들은 조국─어머니를 다함없이 사랑한다. 그들의 조국애
는 추상적인 개념이 아니라 구체적인 감정인 것이다. 시인이 대원들의
가슴속에 언제나 울리는 조국의 목소리, 어머니의 목소리를 지금 "귀'전
에 속삭이듯이" 흐르는 샘물 소리와 비교한 것은 흥미가 있다. 그 샘물
소리, 어머니의 목소리, 조국의 운명─이러한 것들이 모두 함께 종합되
어 독자의 환상을 발전시키며 그의 감정에 고유한 정서적 및 교양적 작
용을 일으키는 것이다.
　시인 리병철은 의심할 바 없이 많이 사색하고 있다. 항일 빨찌산들에
대한 주제를 취급하면서 시인은 주인공들의 심리적 모멘트를 포착하려
고 노력하며 그 시기의 전투 환경을 독자의 눈앞에 재생시키려고 시도
하였다. 여기서부터 저자는 회상의 형식으로 적극적인 환상을 통해서
주정을 토로하는 것이다.
　시집에서 좋은 작품의 하나로서 「빨찌산 소년」을 들 수 있다. 이 시
에서 용감무쌍한 빨찌산 소년의 모습은 높은 혁명적 랑만으로 숨쉬고
있다. 그 소년의 형상에서 독자는 비장한 정열을 느낄 수 있으며 숭고한
도덕적 기초를 볼 수 있다.


─이렇게 끌리여 나가는 길이

어찌 사형장임을 몰랐으랴만

소년은 천천히 미투리에 신들매까지 쳤다

그리고 목 하나는 더 높이 키를 솟구며

헌병들에게 맞서 걸어 나갔다

마치 곧 돌아라도 올 듯이…

시 「빨찌산 소년」에는 영웅적 위업에 대한 사색이 있을 뿐만 아니라 그 사상을 밝혀줄 수 있는 구체적인 디테일이 있다. 그리고 "꿈에 먹은 설악산 돌배 맛 이야기며, 고향'집 문턱에서 목이 메도록 어머니를 불렀으나 대답이 없었다는 이야기며…"와 같은 묘사는 소년의 심리를 확신성 있게 드러낼 수 있는 구절이다.

민족적 영웅성에 대한 주제는 언제나 시인들을 흥분시킨다. 이에 시인 리병철도 흥분하여 심각하게 정열적으로 자기의 시를 바쳤다고 인정하는 독자의 마음은 즐겁다.

×    ×

시인 리병철은 해방 후 벌써 자기의 세 번째 시집을 발표하였다. 그리고 이번 시집을 시인은 주로 현대적 주제에 바쳤다. 때문에 시인이 이 책에 『천리마의 시절』이라고 제목을 붙인 것도 결코 우연하지 않다.

시인 리병철에게 있어서 좋은 점은 그가 오늘의 생활을 높은 공민적 열정으로 구가한다는 것이다. 때문에 시인이 현실의 어느 측면을 이야기하든지간에 거기에는 생생한 현실성이 맥박치고 있으며 그것이 곧바로 독자의 심장을 두드린다.

생활에로의 직접적인 돌입, 선동성, 사람들에 대한 열렬한 호감—이러한 점들은 리병철의 서정시에 고유하다. 시인은 자기가 목격하고 체험한 것들을 혹시 다음 순간에 가서 잊어버리지나 않을가봐 두려워하듯이 그것들을 빨리 독자에게 전달하려고 노력한다. 때문에 시인은 특별히 아름다운 말을 찾으려고 애쓰지 않는다. 이따금 문장의 순서도 매우 파동적이다. 너무나 많은 것이 시인의 세계를 차지하고 있는 것이다.

그러나 이와 같은 좋은 측면들이 있는 반면에 시집에는 지나치게 조급하게 씌워진 것들이 없지 않다. 시인은 때때로 외면적인 흥분에 사로잡혀서 생생한 생활을 주관적인 호소로 끝내고 있다. 그것보다는 섬세한 관찰, 인간들의 성격 감정을 가장 쉽게 반영할 수 있는 구체적이며 진실한 디테일이 필요하다고 생각된다.

그리고 오늘의 생활을 노래하면서 시인은 그의 본질을 가장 일반적인 '정치토론'으로, 설명으로 대신하는 때가 있다. 일부 시들에는 예술성이 그야말로 메마르기 그지없다. 아무리 좋은 주제도 예술성 없이는 하등의 감흥도 불러일으킬 수 없는 것이다.

또한 시인은 생활을 찬양하면서 그 속에서 일시적인 것과 항구적인 것을 정확히 분간하지 못하는 때가 있다. 그리하여 아무 것이나 눈에 보이고 머리에 떠오르는 것을 전달하기에 급급해한다. 독자의 마음을 흥분시키기 위해서는 생활에서 아름다운 것을 발견해야 할 뿐만 아니라 그것을 (예술에서의 아름다운 것은 생활에서의 그것보다도 훨씬 높으니치—벨린쓰끼의 표현) 객관화하며 예술적으로 일반화해야 한다.

그러한 것이 없을 때 다음과 같은 구절이 나온다.


하두 박수 소리가 요란한 통에

그때에야 비로소 창식이는 알았네

꽃다발을 받고—꽉 악수를 해 주던

그 손이 바로 저의 어머니 손이였음을

—시 「어머니와 아들」에서

아들이 얼마나 흥분했으면 자기 어머니에게서 꽃다발을 받고 악수까지 하고도 어머니를 그렇게 '겨우' 알아보았을가? 이것이 독자에게 납득되는가? 다시 말해서 공감되는가?

이것은 시인이 감정 토로에서나 인간 묘사에서 진실하지 못하다는 것을 말하여 준다.

시인은 그동안 자기가 달성한 것을 가지고 결코 만족할 수 없는 것이다.

시'적 형식 분야에 있어서 그들에게는 심각한 결함들이 적지 않다. 례를 들어서 시인은 자기 시의 리듬에 관심이 매우 부족하며 시어를 덜 귀중히 여긴다.

시'적 감정에 대한 진실한 태도, 시'적 형식 분야에서의 자신에 대한 비상한 요구성—오직 이런 것들만이 새로운 발전을 독자에게 약속할 수 있으며 창작에 대한 끝없는 의욕과 지향, 그리고 정열을 일으킬 수 있는 것이다.

—『문학신문』, 1961.3.14

**기타 참고문헌**

『천리마의 시절』 저자의 략력, 조선작가동맹출판사, 1960.
한민석, 「시대와 천리마의 노래—시집 『천리마의 시절』을 읽고」, 『문학신문』, 1960.6.7.
박종식, 「서정시와 현대성—제3차 당대회 이후 시기 작품을 중심으로」, 『조선문학』 167, 1961.7.
『내 삶의 한생은』 편집후기, 문학예술종합출판사, 1995.

# 리용악

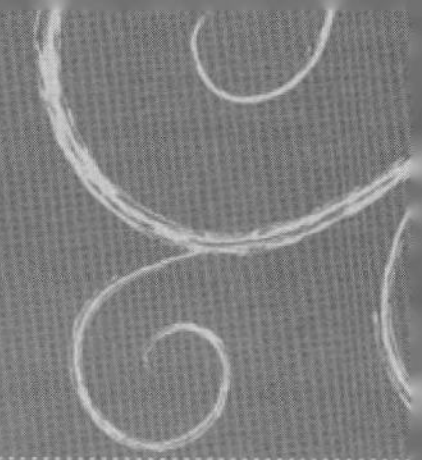

1914년 함북 경성에서 출생했다.
1935년 『신인문학』을 통해 시를 발표하기 시작했다.
1950년 월북했다.
1971년 작고하였다.
북에서 출간된 개인시집으로 『리용악 시선집』(1957)이 있다.

|시 10편|

원쑤의 가슴팍에 땅크를 굴리자

토굴집에서

봄

어선 민청호

흘러들라 一〇(십)리굴에

두 강물을 한 곬으로

전설 속의 이야기

덕치 마을에서 (二)

영예군인 공장촌에서

우리 당의 행군로

# 원쑤의 가슴팍에 땅크를 굴리자



오늘도 우리의 수도 서울은
피에 주린 야수들의 폭격을 받았다
바로 눈앞에서
나의 형제와 어린것들이 피에 젖어 쓰러졌다

불을 뿜으며
불을 뿜으며 한결같이 일어선
조선인민의 아들과 딸
증오에 타는 우리의 가슴은
오직 승리만을 약속하였다

앞으로
또 앞으로
미 제국주의 강도배들을 무찔러
도살자 미제를 무찔러
단 하나의 길을 나아가는
인민의 장엄한 진격이여

찢고 물어뜯고
갈갈이 찢고 물어뜯고 간을 씹어도
풀리지 않을
원쑤 원쑤의 가슴팍에
땅크를 굴리자

패주하는 야수의 피 묻은 발톱은
얼마나 많은 애국자를 살해하여
수원 인천
그리고 천안 원주 평택 안성
아름다운 산기슭과 들판과 푸른 강물과 바다를
얼마나 많은 애국자의
진한 피로써 물들었느냐

사랑하는 동포의 머리 위에
함부로 포탄을 총탄을 퍼부어
우리의 부모와
형제자매의 꺼진 눈망울 속
깊이 새겨진 원쑤의 모습

젖먹이 어린것을 가슴에 안은 채
허무러진 논뚜렁에 쓰러진
젊은 어머니의 원한!

먹구름 뭉게치는 조국의 하늘 아래
앞으로
또 앞으로
죽엄으로 싸우는 우리 형제들

미 제국주의 강도배들을 무찔러
도살자 미제를 무찔러
최후의 한 놈까지
어느 놈의 가슴팍에고

땅크를 굴리자


오늘도 우리의 수도 서울은
피에 주린 야수들의 폭격을 받았다
그러나 우리는 오늘도
원쑤의 가슴팍 위에 증오의 땅크를 굴리며
승리에로 승리에로 나아간다


| 수록지면 |

* 『영광을 조선인민군에게』(종합시집), 조선인민군전선문화훈련국, 1950.
리용악, 『리용악 시선집』, 조선작가동맹출판사, 1957.

# 토굴집에서[1]


그날은 함박눈 펑펑 쏟아졌단다
국사봉에 진을 친 빨찌산들이
이 고장을 해방시킨 그 전전날

어둠을 타 산에서 산을 타
국사봉에 련락 짓고 돌아오는 비탈길에서
원쑤에게 사로잡힌 처녀 분탄이
분탄이는 로동당원 꽃나이 스무 살

봄이면 봄마다 진달래 함빡 피는
뒷산 아래 형제바우 앞에서
사랑하는 향토를 지켜 동지를 지켜
분탄이는 가슴에 총탄을 받았단다

풀벌레 소리 가득 찬 토굴집에서
령감님은 밤늦도록 새끼를 꼬면서
강하고 끔찍스런 딸의 최후를
쉬염쉬염 나직이 이야기하면서

날이 새면 포장할 애국미 가마니엔
분탄이의 이름도 굵직하게 쓰리란다

---

1  이 시는 시초 〈싸우는 농촌에서〉 중 한 편이다.

—1951

| 수록지면 |

* 『리용악 시선집』, 조선작가동맹출판사, 1957.

# 봄

산기슭에 띠엄띠엄
새로 자리 잡은 집마다
송진내 상기 가시지 않은
문을 제낀다
햇살에 훨씬 앞서 문을 제낀다

자욱한 안개 속
사람과 함께 소가 움직인다
시퍼런 보습날이 움직인다
오늘은 일손 바른 살구나무집
조이밭 갈려 가는 길

귓머리 날리며 개울을 건너
처녀 보잡이로 이름난 정례…
바쁜 걸음 멈춘 곳은
춘관 로인네 보리밭 머리

농사에사 옛날 법이 제일이라
고집만 부리던 령감님도
정례의 극진한 정성에 웃음 지으며
평규식 광조파로 보름이나 일찍 뿌린
봄보리가 줄지어 돋았다

정례는 문득 생각났다
선참으로 이 밭을 갈아 제낄 때
품앗이 동무들이 깔깔대며 하던 말
—편지가 왔다더니 기운 내누나
—풍년이 들어야 좋은 사람 온단다

한마디 대꾸도 나오지 않아
자꾸만 발목에 흙이 덮이여
걸음이 안 나가던
수집은 정례

정례는 또 듣는다
파릇파릇한 새싹들이
나직이 속삭이는 소리
—기다리라요
—기다리라요

혹시나 누가
누가 볼세라
저도 모르게 볼을 붉히며
정례는 당황해서 소를 몬다

그러나 누가 모르랴
동부 전선에 용맹 떨친
중기사수 윤모가
이윽고 돌아올 꽃다운 날엔
정례는 춘관 로인네 둘째 며느리

안개가 걷히기 시작한다
논두렁 오솔길에 둥글소 앞세우고
가슴 벅찬 기쁨 속을
재우 밟는 종종걸음

누우렇게 익은 보리밭을 지나
마을 장정들이 전선으로 가던 길
전선과 련닿아 끝끝내 승리한 길
까치고개를 다시 한 번 바라보니
햇살이 솟는다

—1954.4

| 수록지면 |

* 『서정시선집』(종합시집), 조선작가동맹출판사, 1955.
리용악, 『리용악 시선집』, 조선작가동맹출판사, 1957.
『해방후서정시선집』(종합시집), 문예출판사, 1979.

# 어선 민청호

큰 섬을 지나, 작은 섬 굽이
안즈랑 소나무를 우산처럼 펼쳐 쓴
선바위를 바삐 지나
항구로 항구로 들어오는 배.

–민청호다!
–민청호다!
누군가 웨치는 반가운 소리에
일손 멈춘 순희의 가슴에선
파도가 출렁….

바다를 휩쓸어 울부짖는 폭풍에도
어젯밤 돌아오지 않은 단 한 척
기다리던 배가
풍어기를 날리며 들어온다.

밤내 서성거리며 시름겨웁던
숱한 가슴들이 탁 트인다,
그러나 애타게 기다리기야 아마
애타게 기다리기야 순희가 으뜸.

이랑이랑 쳐드는 물머리마다
아침 햇살 유난히도 눈부신

저기, 마스트에 기대서서
모자를 흔드는 건 명호 아니냐,

분기 계획 끝내논 다음이라야
륙지에서 한바탕
장가 잔치 차린다는 저 친군
성미부터 괄괄한 바다의 사내

꼼뻬아의 발동은 그만하면 됐으니
순희야 손 한 번 저어주렴아,
방수복에 번쩍이는 고기 비눌이
비단천 무늬보다 오히려 곱다.

평생 봐도 좋은 바다
한결 더 푸른데,

뱃전을 스쳐, 기폭을 스쳐
수수한 사람들의 어깨를 스쳐
시언시언 춤추는 갈매기 떼 거느리고
배가 들어온다.

오늘로 분기 계획 남 먼저 끝낼
늠름한 청년들의 자랑을 가득 싣고
바쁘게 바쁘게
민청호가 들어온다.


| 수록지면 |

*『조선문학』, 1955.7.

『보통로동일』(종합시집), 조선작가동맹출판사, 1956.
리용악, 『리용악 시선집』, 조선작가동맹출판사, 1957.

# 흘러들라 一〇(십)리 굴에[2]

으리으리 소스라선 절벽을 뚫고
네가 흘러갈 또 하나의 길을
대동강아, 여기에 열거니
서로 어깨를 비집고 발돋움하는
우리 마음도 너와 함께 소용돌이친다.

내리닫이 무쇠 수문이 올라가는
육중한 음향이 너의 출발을 재촉하는구나,
맞은편 로가섬 설레이는 버들숲과
멀리서 기웃하는 봉우리들에
하직하는 인사를 뜨겁게 보내자.

흘러들라 대동강아,
연풍 저수지 화려한 궁전으로 통한
一〇(십)리 굴에, 길고 긴 대리석 랑하에
춤을 추며 흘러들어라.

우렁우렁 산악이 진동한다,
깍찌 끼고 땅을 구르며 빙빙 도는
동무들아, 동무들아 잠간만
노래를 멈추고 귀를 기울이자.

---

2  이 시는 〈평남관개시초〉 중 한 편이다.

간고한 분초를 밤 없이 이어
거대한 자연의 항거를 정복한 우리
암벽을 까내며 굴속에 뿌린 땀이
씻기고 씻기여 강물에 풀려
격류하는 흐름소리…


저것은 바로, 천년을 메말랐던
광활한 벌이 몸부림치는 소리,
새날을 호흡하며 전변하는 소리다.

| 수록지면 |

*『조선문학』108호, 1956.8.
리용악, 『리용악 시선집』, 조선작가동맹출판사, 1957.

# 두 강물을 한 곬으로[3]



연풍 저수지를 떠난 대동강물이 제二(이)간선에 이르면 금성 양수장에서 보내는 청천강 물과 감격적인 상봉을 하고 여기서부터 합류하게 된다

물이 온다, 바람을 몰고
세차게 흘러온 두 강물이
마주쳐 감싸 돌며 대하를 이루는
위대한 순간
찬연한 빛이 중천에 퍼지고,

물보다 먼저 환호를 올리며
서로 껴안는 로동자 농민들 속에서
처녀와 총각도 무심결에 얼싸안았다.

그것은 짧은 동안, 그러나 처녀가
볼을 붉히며 한 걸음 물러섰을 땐—

사람들은 물을 따라 저만치
와아 달리고,
저기 농사집 빈 뜰악에 흩어졌다가
활짝 핀 배추꽃 이랑을 찾아
바쁘게 숨는 어린 닭 무리.

물쿠는 더위도 몰아치는 눈보라도

---

3   이 시는 〈평남관개시초〉 중 한 편이다.

공사의 속도를 늦추게는 못 했거니
두 강물을 한 곬으로 흐르게 한
오늘의 감격을 무엇에 비기랴.


무엇에 비기랴, 어려운 고비마다
앞장에 나섰던 청년돌격대
두 젊은이의 가슴에 오래 사무쳐
다는 말 못한 아름다운 사연을.


처녀와 총각은 가지런히 앉아
흐르는 물에 발목을 담그고
그리고 듣는다, 바람을 몰고 가는
거센 흐름이 자꾸만 귀틈하는 소리
『말해야지, 오늘 같은 날에야
어서어서 말을 해야지』


| 수록지면 |

*『조선문학』 108호, 1956.8.
리용악, 『리용악 시선집』, 조선작가동맹출판사, 1957.
『아름다운 강산』(종합시집), 조선문화예술총동맹출판사, 1966.
『해방후서정시선집』(종합시집), 문예출판사, 1979.

# 전설 속의 이야기[4]

떠가는 구름장을 애타게 쳐다보며
균렬한 땅을 치며 가슴을 치며
하늘을 무심타고 통곡하는 소리가
허허벌판을 덮어도 눈물만으론
시드는 벼포기를 일으킬 수 없었단다.

꿈결에도 따로야 숨 쉴 수 없는
사랑하는 농토의 어느 한 홈타기에선들
콸콸 샘물이 솟아 흐를 기적을 갈망했건만
풀지 못한 소원을 땅 깊이 새겨
대를 이어 물려준 이 고장 조상들.

물이여, 어디를 내가 딛고 서서 발을 돋우면
아득히 뻗어나간 너의 길을 다 볼 수 있을가.

로쇠한 대지에 영원한 젊음을
지심 깊이 닿도록 젊음을 부어 주는
물이여,
보람찬 운명을 같이하는 로동자 농인의
실로 위력한 힘의 물줄기여.

---

**4**  이 시는 〈평남관개시초〉 중 한 편이다.

소를 몰고 고랑마다 타는 고랑을
숨차게 열두 번씩 가고 또 와도
이삭이 패일 날은 하늘이 좌우하던
건갈이 농사는 전설 속의 이야기
전설 속의 이야기로 이제 되였다.

물이여, 굳었던 땅을 푹푹 축이며
네가 흘러가는 벌판 한 귀에
너무나 작은 나의 입술을 맞추면서
이처럼 쏟아지는 눈물을 막으려도 하지 않음은
정녕코 정녕 내 나라가 좋고 고마워.

| 수록지면 |

*『조선문학』 108호, 1956.8.
리용악, 『리용악 시선집』, 조선작가동맹출판사, 1957.
『아침은 빛나라—조선민주주의인민공화국 창건 10주년 기념』(종합시집), 조선작가동맹출판사, 1958.

# 덕치 마을에서 (二)[5]

『어찌나 생광스런 물이과데
모르게 당두하면 어떻게 한담
물마중도 쓰게 못 하면
조합 체면은 무엇이 된담』

밤도 이슥해 마을은 곤히 자는데
칠보 령감만 홀로 나와 뚝에 앉았다
『물이 오면 달려가 종을 때리지』

볕이 쨍쨍하면 오히려 마음 흐리던
지난 세월 더듬으며 엽초를 말며
석 달 열흘 가물어도 근심걱정 없어질
오는 세월 그리며 엽초를 말며,

그러다가 령감님은 말뚝잠이 들었다,
머리 없은 달빛이 하도 고와서
구수한 흙냄새에 그만 취해서.

귓전을 스치는 거센 흐름소리에
놀래여 선잠에서 깨여났을 땐
자정이 넘고 삼경도 지날 무렵,

---

5  이 시는 〈평남관개시초〉 중 한 편이다.

그러나 수로에 물은 안 오고
가까운 서해에서 파도만 쏴―쏴―


회슥회슥 동트는 새벽하늘을
이따금씩 바라보며 엽초를 또 말며
몹시나 몹시나 초조한 마음
『어찌된 셈일가, 여태 안 오니』


수로가 二(이)천리도 넘는다는 사실을
아마도 령감님은 모르시나바,
물살이 아무리 빠르다 한들
하루에야 이 끝까지 어찌 다 올가.


| 수록지면 |

*『조선문학』 108호, 1956.8.
리용악, 『리용악 시선집』, 조선작가동맹출판사, 1957.
『아름다운 강산』(종합시집), 조선문화예술총동맹출판사, 1966.
『해방후서정시선집』(종합시집), 문예출판사, 1979.

# 영예군인 공장촌에서

삼각산이 가물가물 바라뵈는 언덕 아래
신작로 길'섶엔 쑥대밭 뒤설레고
낡고 낡은 초가집 몇 채만
가을볕을 담뿍 이고 있었다네.

처절하던 전쟁의 나날을 회고하면서,
아직은 갈 수 없는 남쪽
시름겨운 고향을 이야기하면서
먼 길 와 닿은 영예군인 다섯 전우
정든 배낭을 마지막 내려놓던 날,

가진 건 아무것도 없었다네, 그러나
불타는 시선으로 미래를 그렸거니
가장 고귀한 것을 지녔기 때문.

그것은 걸음마다 부축하여
뜨겁게 뜨겁게 안아주는
당의 사랑!
그것은 남은 한 팔, 한 다리나마
조국 위해 바치려는 붉은 마음!

붉은 마음으로 헤친 쑥대밭에
오늘은 높직한 굴뚝들이 일어섰네,

불굴한 청년들의 꿈처럼 푸른 색갈로
송판에 큼직큼직 써서 붙인
《영예군인 화학 공장》


아쉽던 사연인들 이만저만이랴만
심장을 치는 기계 소리에 가셔졌다고
서글서글 웃기만 하는 얼굴들이
어찌하여 나 보기엔 한 사람 같구나.


배필 무어 한 쌍씩 따로 내던 때에사
독한 개성 토주 달기도 하더라는
자랑 많은 형제들아
걸음마를 익히는 귀염둥이들
옥볼에 두 번씩 입맞춰 주자.


삼각산이 가물가물 바라뵈는 언덕 우에
양지바른 문화주택 스물네 가호
집마다 초가을 꽃향기에 묻혔네,
남쪽을 향한 창들이 빛을 뿌리네.


| 수록지면 |

*『조선문학』 148호, 1959. 12.
『그날을 위하여』(종합시집), 조선작가동맹출판사, 1960.

# 우리 당의 행군로

베개봉은 어디바루 해는 또 어디
하늘조차 보이잖는 울울한 밀림
찌죽찌죽 우는 새도 둥지를 잃었는가
갑작스레 쏟아지는 모진 비방울

꼽아 보자 그날은 스물 몇 해 전
우리 당 선두 대렬 여기를 행군했네
억눌린 형제들께 골고루 안겨 줄
빚을 지고
필승의 총탄을 띠고

넘고 넘어도 가로막는 진대통
어깨에 허리에 발목에 뿐이랴
나라의 운명에 뒤엉켰던 가시덤불
붉은 한뜻으로 헤쳐나간 길

저벅저벅 밟고 간 자국 소리
아직도 가시잖는 그 소리에 맞추어
너무나 작은 발로 나도 딛는 땅
막다른 듯 얽히다도
앞으로만 내내 트이는구나

진주를 다듬어 천 리에 깐다 한들

이 길처럼이야 어찌 빛날가
조국의 광복을 만대에 이으신
김일성 동지!
그이의 가슴에서 비롯한 이 길!

감사를 드리노라
우리 당의 행군로를 한 곬으로 따르며
그이들이 선창한 혁명의 노래
온몸으로 부르고 또 부르며[6]

—1961.5

| 수록지면 |

*『당에 영광을』(종합시집), 조선작가동맹출판사, 1961.
『백두산이 보인다』(종합시집), 문예출판사, 1972.
『해방후서정시선집』(종합시집), 문예출판사, 1979.
『조선문학』705호, 2006.7.

---

**6**  시의 뒤에 '〈전적지 시초〉 중에서' 라고 표기되어 있다.

 **생활의 체온을 간직한 시인**

『리용악 시선집』을 읽고


**김우철**


해방 전후를 통하여 계속 활동하고 있는 그리 많지 않은 시인들의 시선집 간행은 그 시인들에게 있어 리정표로 될 뿐만 아니라 우리 시문학의 화랑을 다채롭게 윤색하고 있다.

그중의 하나인 『리용악 시선집』은 1937년에 내여놓은 처녀시집 『분수령』으로부터 57년에 발표한 〈평남관개시초〉에 이르기까지 그가 걸어온 창작경로를 밝혀주고 있다. 이 시선집에 수록된 68편(해방 전 31편, 해방 후 37편)의 서정시편들을 통하여 우리는 시인 리용악의 개성과 쓰찔, 그리고 생활의 깊이에 가라앉은 정신세계를 감득할 수 있으며 인민에 대한 신뢰와 사랑을 가슴 후더웁게 느낄 수 있다. 또한 「낡은 집」과 「오랑캐꽃」으로부터 해방 후 「노한 눈들」을 거쳐 〈평남관개시초〉에로 확대심화된 그의 시야와 사상─예술적 발전 면모를 엿볼 수 있다.

카프가 일제의 탄압에 의하여 해산된 1934년, 그 이듬해부터 시를 발표하기 시작한 그는 카프의 영향 밖에 놓여 있었으며 따라서 사회주의적 사실주의 기치 밑에 나서지 못하였다. 그의 초기 작품들에는 일제하의 암담한 현실에 대한 소리 없는 흐느낌과 침묵의 항변만이 몸부림치고 있다.

1936년에 발표한 시 「풀벌레 소리 가득 차 있었다」에서 그는 아라사로 다니면서까지 애써 키운 아들딸들에게 한 마디의 유언도 없이 돌아가신 아버지의 최후의 밤을 노래하면서 다음과 같이 끝을 맺고 있다.

　서러운 머리맡에 엎디여

　있는 울음 다 울어도 그지없던 밤

　아버지의 침상 없는 최후 최후의 밤은

　풀벌레 소리 가득 차 있었다.

　여기서는 비분강개가 강조되여 있을 뿐 항거의 정신은 찾아볼 수 없다. 그다음 해(37년)에 발표한 「나를 만나거든」에서도 시인은 고독한 경지에 머물러 있다.

　페인인 양 시들어져

　턱을 고이고 앉은 나를

　어두침침한 방'구석에서 만나거든

　울지 말라

　웃지도 말고

　내가 자살하지 않는 리유를

　그 리유를 묻지 말아라.

　38년에 내여 놓은 「두만강 너 우리의 강아」와 「우라지오 가까운 항구에서」에 와서야 비로소 고독과 비분의 경지에서 헤여 나오려는 시인의 몸부림과 사색의 깊이를 엿볼 수 있다.

아무것도 바라볼 수 없다만

너의 가슴은 굳게 얼었으리라

그러나 나는 안다,

다른 한 줄 너의 흐름이 쉬지 않고

바다로 가야 할 곳으로 흘러내리고 있음을

—「두만강 너 우리의 강아」 중에서


드나드는 배 한 척 없는 지금

부두에 홀로 선 나는 갈매기 아니건만

날고 싶어 날고 싶어

머리에 어슴푸레 그려진 그곳

우라지오의 바다 이역의 항구로

—「우라지오 가까운 항구에서」 중에서


이상 두 편에서 느낄 수 있는 바와 같이 시인은 초기 작품에 지배적이던 정관의 울타리 안에서 벗어나 사회의 발전을 능동적으로 받아들이기 시작하였으며 회의와 동요를 솔직하게 표시하면서도 희망과 지향을 잃지 않으려고 모대끼고 있다.

이 시기의 그의 대표작 「낡은 집」에서 그는 북쪽으로 남몰래 떠나간 털보네 세째 아들의 어린 시절을 추억하면서 털보네가 버리고 간 낡은 집의 정경 묘사를 통하여 일제하에 날로 황폐해 가는 농촌 생활을 노래하고 있다. 이 작품에는 초기 작품에 내포되어 있은 정관적 태도가 아직 흔적을 남기고 있기는 하나 비분을 강조하려는 내성적 사색의 경지를 벗어나 현실에 대한 사실주의적 투시력이 확대심화되고 있음을 감촉할 수 있다.

그럼에도 불구하고 시인 리용악은 조국과 인민이 8·15 해방의 감격과 기쁨 속에 휩싸일 그때까지 사회주의적 사실주의 창작의 길에 들어서지는 못하였다.

다만 우리가 여기서 잊어서는 안 될 것은 동시대의 젊은 시인들의 태반이 부르죠아 반동 문학사조에 물젖어 퇴폐주의와 허무주의, 그리고 초현실주의 시작품들을 란발하고 있을 때, 시인 리용악은 그 탁류에 휩쓸리지 않았으며 우리가 이 선집에서 찾아볼 수 있는 바와 같이 인간에 대한 사랑과 생활에 대한 신뢰를 잃지 않고 성실하게 노래한 그의 문학 정신인 것이다. 일제에 대한 항거의 빠포쓰는 미흡하였으나 결코 애상과 비탄에 빠져 있지는 않았으며 현실 탐구의 가시덤불 길에서 지향을 꺾지 않고 몸부림쳤다. 이처럼 진지한 그의 창작 태도를 견지해 온 그는 해방 후 우리 당의 올바른 령도 밑에서 인민의 시인으로 개변되였다. 그리하여 그의 개성과 쓰찔은 날개를 펼치게 되였던 것이다.

46년에 그가 서울에서 발표한 「오월에의 노래」와 「노한 눈들」은 계급적 립장에 뿌리박은 시인의 모습을 심장의 고동으로 느끼게 하는 시편들이다.


그리웠던 그리웠던 구름 속 푸른 하늘은 우리의 것이라,
그리웠던 그리웠던 메데의 노래는 우리의 것이라


어느 동무들이 희망과 초조와 떨리는 손으로 주어 모은 활자들이냐, 아무렇게나 쌓아 올린 신문지 우에 지난날의 번뇌와 하직하는 나의 판가리 노래가 놓여 있는 거울 속에 오월이여 넘쳐라.

―「오월에의 노래」 중에서

이 얼마나 솔직한 고백이며 가슴 후더워 오는 서정인가! 새날을 호흡하는 시인의 표정만이 아니라 그의 내면세계가 동해 밑의 조개처럼 들여다보인다.

우리는 또한 「노한 눈들」에서 원쑤들에 대한 증오와 동지들에 대한 사랑으로 앙양된 그의 공민적 빠포쓰를 벅차게 느낄 수 있다. 서정적 주인공 '나'는 시대정신을 대변하고 있으며 '우리' 속에 포괄되여 있다.

폭풍이여 일어나라 폭풍이여 폭풍이여 불'길처럼 일어나라.

지금은 곁에 없는 미더운 동무들과 함께 끊임없는 투쟁을 서로서로 북돋우며 조석으로 정들인 낡은 걸'상이며 책상을 둘러메고 지나간 데모에 노래 높이 휘날리던 기'발까지도 소중히 감아 든 우리

우리는 이제 저무는 거리에 나서련다. 갈 곳 없이 나서련다. 내사 아마 퍽도 약한 시인이길래 그저 울음이 북바치는 것일가.

불'빛 노을 함빡 갈앉은 눈이라 노한 노한 눈들이라.

반동들의 박해로 회관을 뺏기우고 동지들과 함께 저무는 거리에 나선 서정적 주인공의 내면세계가 따뜻한 체온으로 안겨 온다. 여기서의 울음은 단순한 비애가 아니다. 그것은 그의 투지와 결의를 밑받침해 주고 있으며 진실성을 깊이 울려 주고 있다. 그리하여 원쑤에 대한 증오로 하여 노한 노한 눈들이 우리의 망막에 더한층 미더웁게 육박해 오는 것이다.

47년과 48년에 서울에서 발표한 「비'발 속에서」와 「짓밟히는 거리에서」도 그의 높은 호소성과 집약된 표현으로 하여 흥분과 공감을 불러일으키는 서정시들이다. 특히 50년 7월에 발표한 「원쑤의 가슴팍에 땅크를 굴리자」는 그의 대표작의 하나로서 우리의 심금을 깊이 울린다.

"찢고 물어뜯고 갈갈이 찢고 물어뜯어도 풀리지 않을 원쑤, 원쑤의 가슴팍에 땅크를 굴리자"고 웨친 시인의 높은 호소는 인민들의 적개심에 불씨를 번져 주었으며 조국해방전쟁 시기 서울을 지켜선 인민군과 시민들의 사기를 북돋아 주었다.

간고한 후퇴 시기 당중앙을 찾아 들어올 때의 긴박한 정황 속에서 승리에 대한 신심을 노래한 「평양으로 평양으로」는 시인이 심혈을 기울인 서정서사시로서 3장으로 나누인, 그 구성에 있어 다소 산만한 감은 있으나 정황의 긴박성과 빠포쓰의 진실성으로 하여 우리의 가슴을 흔드는 작품이다.

그는 51년도에 「모니카 펠톤 녀사에게」와 「다만 이것을 전하라」, 그리고 련시 〈싸우는 농촌에서〉(4편)를 발표한 후 54년에 「봄」을 내여놓을 때까지 만 3년 동안 한 편의 시도 발표하지 않았다. 그의 성실한 창작 태도와 발표에 대한 신중성을 념두에 두면서도 시우들과 독자들은 저으기 걱정하여 왔다. 그러다가 「봄」을 세상에 내여놓은 그는 그 이듬해에 이미 성과적으로 널리 알려져 있는 「어선 민청호」를 발표하였다. 이 시는 우리 시문학 발전에 새로운 영양소를 기여하였다. 서정적 주인공의 풍윤한 내면세계를 따뜻한 체온과 함께 솔직하고 간명하게 개방하여야 할 서정시의 특성을 저버리고 일부의 시들이 소재의 비중에 매달려 주제를 설명하거나 정황 라렬과 로력 행정 소개에 치우치고 있을 때 그의 서정시 「봄」과 「어선 민청호」는 약진하는 현실에 대한 민감한 감수성과 참신한 형상성으로써 서정시 분야에 새로운 입김을 풍겨주었다. 그중에서도「어선 민청호」는 우리 시대에 사는 청년들의 개변된 풍모와 고상한 내면세계를 생동하게 발가 내여 형상한 작품이다.


　　－민청호다
　　－민청호다
　　누군가 웨치는 반가운 소리에
　　일'손 멈춘 순희의 가슴에선
　　파도가 출렁…


　　바다를 휩쓸어 울부짖는 폭풍에도
　　어제'밤 돌아오지 않은 단 한 척
　　기다리던 배가
　　풍어기를 날리며 들어온다.


　　밤내 서성거리며 시름겨웁던
　　숫한 가슴들이 탁 트인다
　　그러나 애타게 기다리기야 아마
　　애타게 기다리기야 순희가 으뜸


　　이랑이랑 쳐드는 물머리마다
　　아침 해'살 유난히도 눈부신 저기
　　마스트에 기대서서
　　모자를 흔드는 건 명호 아니냐.

이처럼 순화된 시어의 구사와 투명한 생활감정은 시인의 내면세계가 다채롭고 풍윤함에 그 바탕을 두고 있다. 다시 말해서 사상적 및 정서적 충만이 없고 이에 따르는 형상적 사색과 집약적 표현이 없다면 이처럼 아름답고 참신하게 정신세계를 개방할 수 없었을 것이다.

시인 리용악에게 있어 〈평남관개시초〉는 기념비적 작품으로 되고 있다.

이 시초는 평남관개의 거창한 공사에 떨쳐나선 근로자들의 정서적 화폭을 우리 앞에 펼쳐 주고 있다. 시인은 거대한 사변의 객관적 기록자로서가 아니라 그 자신 생활의 체현자로서 변혁의 중심부에 뜨거운 초점을 세우고 있다. 서정적 주인공으로서의 자기 위치를 옳게 찾았으며 공민적 빠포쓰로 현실의 본질을 투시하고 있다. 그는 이 시초의 머리시 「위대한 사랑」을 다음과 같이 시작하고 있다.


변하고 또 변하자
아름다운 강산이여


전진하는 청춘의 나라
영광스런 조국의 나날과 더불어
한층 더 아름답기 위해선
강산이여 변하자


이렇게 첫 발단에서부터 시인은 주어진 소재와 자기의 서정을 밀착시키고 있을 뿐만 아니라 자연개조사업에 참가한 긍지감을 갖고 서정시의 중심에 떨쳐나선다. 그리하여 다음 시 「흘러들라 10리'굴에」 가서 그는 차고 넘치는 격정을 다음과 같이 노래하고 있다.

　　간고한 분초를 밤 없이 이어
　　거대한 자연의 항거를 정복한 우리
　　암벽을 까내며 굴속에 뿌린 땀이
　　씻기고 씻기여 강물에 풀려
　　격류하는 흐름소리…

　　저것은 바로, 천년을 메말랐던
　　광활한 벌이 몸부림치는 소리
　　새날을 호흡하며 전변하는 소리다

　이처럼 현실생활의 한복판에 굳게 발을 붙이고 있는 서정적 주인공
―시인 자신의 생활 체험은 개인적인 것이면서 동시에 사회적, 전 인민
적인 것으로 되고 있다. 독자들은 개성적인 시인의 목소리를 통하여 전
인민적인 감정을 느끼고 체험하게 되는 것이다.

　시인은 자기의 시'적 사색과 서정을 주어진 소재에 침투시켜 혼연일
체의 경지를 이루고 있다. 우리가 이 시초에서 훈훈하게 느낄 수 있는
바와 같이 그의 서정은 자연과 더불어 개변되고 있는 새날을 가슴 깊이
호흡하고 있다. 또한 그것은 간고한 시련을 극복하면서 로력 위훈을 세
우고 있는 근로자들과 더불어 심장의 고동을 맞추고 있다. 여기에는 관
조적인 서술도, 도금칠한 찬사도 없다. 서정적 주인공의 다함없는 긍지
와 맑고 따뜻한 호소가 종'소리처럼 울리고 있다.

　이 시초 중에서도 우리의 가슴에 더욱 깊이 안겨 오는 작품은 역시

「덕치 마을에서(2)」이다.

이 시에서 시인은 물을 하마 고대하는 늙은 농민의 심정을 온몸으로 느끼고 자기의 감정으로 혈육화했을 뿐만 아니라 그것을 정서의 체온으로 훌륭하게 전달하였으며 생활의 뉴안스에까지 깊이 파고들었다. 그릇이 작은 서정시에서 이처럼 한 농민의 일생을 환기시켜 준 그의 예술적 기교는 실로 비범한 것이다.

> 볕이 쨍쨍하면 오히려 마음 흐리던
> 지난 세월 더듬으며 엽초를 말며
> 석 달 열흘 가물어도 근심걱정 없어질
> 오는 세월 그리며 엽초를 말며,
>
> 그러다가 령감님은 말뚝잠이 들었다
> 머리 없은 달'빛이 하도 고와서
> 구수한 흙냄새에 그만 취해서
>
> 귀'전을 스치는 거센 흐름소리에
> 놀래여 선잠에서 깨여났을 땐
> 자정이 넘고 삼경도 지날 무렵,
> 그러나 수로에 물은 안 오고
> 가까운 서해에서 파도만 쏴―쏴―

인간의 심정이 자연 서경과 혼연일체로 배합되어 아름다운 정서를 자아내고 있다. 외로울 수 있는 경지에 놓아두었건만 이처럼 인간에 대한 시인의 신뢰가 깃들면 결코 외롭게 보이지 않는다. 자연묘사를 인간의 내면세계와는 무관계한 것으로 여기고 서정적 분위기의 조성이나 치례가락으로 일삼는 우리의 부분적인 시와는 달리 그의 시에서는 자연현상이 인간의 내면세계에 미치는 작용을 옳바로 포착하였다. 한뉘 땅을 파며 살아온 농민이 어찌 이러한 밤, 달빛과 흙냄새에 취하지 않을 수 있으며 서해의 파도 소리에 귀를 보내지 않을 수 있으랴! 그리하여 시인은 자기 시의 끝련을

> 수로가 2천 리도 넘는다는 사실을
> 아마도 령감님은 모르시나봐
> 물'살이 아무리 빠르다 한들
> 하루에야 이 끝까지 어찌 다 올가

이렇게 여운을 남긴 채 끝맺었는바 우리는 이 한 편을 읽고도 족히 평남관개 2천 리 수로의 전모와 물을 기다리는 농민들의 심정을 흐뭇하게 느낄 수 있다.

「두 강물을 한 곬으로」는 창조적 로동 속에서 싹트고 맺어진 청춘남녀의 아름다운 사랑을 주제로 한 서정시로서 시초 가운데서 이채를 띠우고 있다. 시인은 이 시에서 두 강물이 한 곬으로 합치는 위대한 순간의 농촌정경을 아름다운 화폭으로 보여주면서 그러나 서경 묘사에 매혹되지 않고 두 젊은이의 뜨거운 심장의 결합에 시적 사색의 초점을 박았다. 로력하는 인간들의 아름다운 결합을 통해서뿐 자연도 아름답게 보이는 것이다. 이 시에는 애정에 대한 시인의 옳바른 견해와 주장이 형상적 사색을 통하여 심화되어 있고 서정적 투시력이 맑고 건강하다.

이상 시편들에 비하여 「전설 속의 이야기」, 「덕치 마을에서(1)」, 「열두 부자 동'둑」, 「격류하라 사회주의에로」 등 작품은 손색이 있다. 말하자면 시'적 사색이 깊지 못하다. 발라다 형식으로 씌여진 「열두 부자 동'둑」은 소재가 시'적으로 잘 정리되지 못했으며 산문에 가까울 정도로 음조미가 허뜨러졌다. 「덕치 마을에서(1)」은 모찌브가 안배되어 있지 않고 따라서 주제가 선명치 않다.

이상 부분적인 부족점을 내포하고 있으나 이 시초는 로동을 주제로 한 서정시의 새로운 경지를 개척하였으며 이 시선집에 무게를 얹어 주었다.

시선집에 수록된 그의 서정시편들에 관통되여 있는 쓰찔의 특징은 시인의 서정이 주어진 소재에 밀착하여 생활의 체온을 강렬하게 풍기는 바로 그 점인 것이다. 해방 후에 그가 발표한 시편들이 공민적 빠포쓰로 충만되여 있음은 이에 기인한 것이다. 생활 체험을 거쳐 연소시킴이 없이는 좀체로 붓을 들지 않는 시인이다. 그의 많지 않은 정론시에 있어서도 그 기반에는 반드시 생활 체험과 시'적 사색이 깔려 있다.

그는 남들이 이미 개척해 놓은 길을 무난히 따라가는 것이 아니다. 소처럼 느린 걸음일망정 드팀이 없이 독특한 경지를 헤치고 나아간다. 집약적 표현, 시어의 탁마에 있어서도 그는 자신에 대한 요구성이 높은 시인이다. 자기의 작품 계보에 있어서 류사성을 극복하기 위하여 부단히 탐색하고 있다. 이는 시어의 선택, 구사에만 국한되지 않고 표현수법에까지 세심한 주의가 미치고 있다. 그의 서정시편들에는 해방 전후를 일관하여 생활의 체온이 따뜻하게 간직되여 있다. 또한 그의 시'적 사색의 밑바닥에는 민족적 정서와 우리 인민의 사고방식이 깔려 있으며 생활적 언어를 시어로 순화시키려는 노력과 애정이 시행들에 차고 넘쳐 있다. 그의 생활감정은 현실의 핵을 틀어쥐고 있다. 그러므로 그는 가식과 도금칠을 용납하지 않는다. 그의 매 시편들에는 강렬한 주장이 종'소리처럼 높이 울리고 있다.

"강산이여 한층 더 아름답기 위해선 변하고 또 변하자"—이 시행에 차고 넘치는 그의 주장은 얼마나 강렬한 것인가!

(1958.10.17)

—『조선문학』 136호, 1958.12

**기타 참고문헌**

『리용악 시선집』 저자 략력, 조선작가동맹출판사, 1957.
리효운, 「시인의 얼굴」, 『조선문학』 116, 1957.4,
박산운, 「『리용악 시선집』을 읽고」, 『문학신문』, 1958.8.19.
방철림, 「리용악과 〈평남관개시초〉」, 『천리마』, 1995.12.
문학민, 「은혜로운 태양의 품속에서 창작된 리용악의 시들」, 『조선문학』 739, 2009.5.
『문학대사전』, 사회과학출판사, 1999.
『조선대백과사전』, 백과사전출판사, 1995~2004.

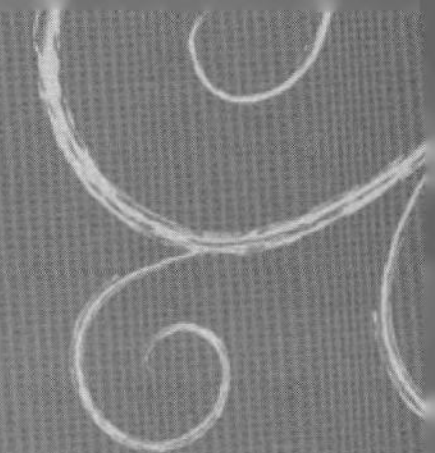

# 리찬

1910년 함남 북청에서 출생했다.
1927년 『조선일보』를 통해 시를 발표하기 시작했다.
1974년 작고하였다.
북에서 발간된 개인시집으로 『쏘련시초』(1947) 『승리의 기록』(1947) 『리찬
시선집』(1958) 『태양의 노래』(1982) 등이 있다.

| 시 10편 |

金將軍(김장군)의 노래

勝利(승리)의 記錄(기록)

女英雄(여영웅) 조―야

흘러라 普通江(보통강) 새 歷史(역사)의 한복판을!

달밤

더욱 굳게 뭉치리 그대 두뤼에!

土地(토지)는 드듸어 農民(농민)에게!

달과 쌀과 어머니와

후 까레유 (조선으로)

생각

# 金將軍(김장군)의 노래[1]


長白山(장백산) 줄기줄기 피어린 자욱
鴨綠江(압록강) 구비구비 피어린 자욱
오늘도 自由朝鮮(자유조선) 면류관 우에
역력히 비쳐드는 피어린 자욱
아—아— 그 일흠도 그리운 우리의 將軍(장군)
아—아— 그 일흠도 빛나는 金日成將軍(김일성 장군)[2]


滿洲(만주)벌 눈바람아 이얘기하라
密林(밀림)의 긴긴 밤아 이얘기하라
萬古(만고)의 빨치산이 누구인가를
絶世(절세)의 愛國者(애국자)가 누구인가를


勤勞者(근로자) 大衆(대중)에겐 解放(해방)의 恩人(은인)
民主(민주)의 새朝鮮(조선)엔 偉大(위대)한 太陽(태양)
二十箇(이십개) 政綱(정강) 우에 蜂蝶(봉접)도 뭉쳐
北朝鮮(북조선) 坊々谷々(방방곡곡) 새봄이 온다


| 수록지면 |

*『문화전선』 창간호, 1946.7.
『조선여성』 해방1주년 창간호, 1946.8.
『우리의 태양』(종합시집), 북조선예술총련맹, 1946.
『6월에의 헌사—노동법령기념문집』(종합작품집), 북조선문학동맹함경남도위원회, 1947.

---

1   『문화전선』 이외의 문헌에서 이 노래의 제목은 「김일성 장군의 노래」로 변경되었다.
2   5, 6행은 후렴구이다.

『조쏘가곡 100곡집』(가요집), 북조선음악동맹, 1949.
『인민가요』(가요집), 국립출판사, 1950.
리찬, 『태양의 노래』, 문예출판사, 1982.

# 勝利(승리)의 記錄(기록)

神話(신화)가 아니다
傳說(전설)이 아니다

여기 北朝鮮(북조선)의 明白(명백)한 오늘을
모ㅡ든 不可能(불가능)에서 可能(가능)이 前進(전진)한다

보아라 측뿌리의 나날에서도 五穀(오곡)이 자란다
한 고랑 논밭도 남기지 않고 五穀(오곡)이 자란다

石炭(석탄) 없는 汽車(기차)가 六道(육도)를 달리고
무수한 소경이 수없이 눈을 뜨고

아「年來懸案(연래현안)」의 永興大平野(영흥대평야)가! 一朝(일조)에
綠化(녹화)했다
　平壤(평양)은 普通江(보통강) 벌에서 오랜 水魔(수마)의 감투를 베겼다

그 어느 硏究室(연구실)에서도 發見(발견) 못 된 電氣(전기) 보이라
ㅡ가 기름때 속에서 發見(발견)되고
　텡 비엿든 굴둑 굴둑이 금시 열스므곱 煙氣(연기)를 내뿜는다

아 白頭山々麓(백두산산록)에서도 藝術(예술)의 꽃이 피고
우중충한 뒷골목에서도 文化(문화)의 싹 트는

여기 北朝鮮(북조선)은
새로운 人民(인민)의 나라!


世界史(세계사)여 붓을 들나
人類史(인류사)여 붓을 들나


너 어서 偉大(위대)한 이 地域(지역) 偉大(위대)한 이 勝利(승리)를
記錄(기록)하야
넓니 세상에 알니지 않으려는야
길이 後代(후대)에 전하지 않으려는냐!


| 수록지면 |

*『문화전선』창간호, 1946.7.
『거류—8.15해방1주년기념시집』(종합시집), 8·15해방1주년기념중앙준비위원회, 1946.
리찬,『승리의 기록』, 문화전선사, 1947.
『조선문학』700호, 2006.2.

# 女英雄(여영웅) 조―야[3]


조―야 우리는 네 말을 모른다
그러나 우리는 너를 안다
그것은 라이락 향기 높은 모스크바의 봄
「싸우는 학창」의 너부터 우리는 안다


거기 콤소몰증을 받는 네 손이 떨린 것은
한낱 나 어린 시악시의 귀여운 부끄럼이 아니었다
아 수만 청년의 선두에 서는 영예의 그 마당
어찌 북바치는 감격이 네게 없었으리


드듸어 세기의 총소리 네 귀 가까이 미치든 날
너는 너의 젊은 그이와 어께를 나란히 하염없이 정든 거리를[4] 거닐
었다
밝으면 웃고 보낼 그이는 하나 병사
그러나 한 국민으로서의 오뇌의 기―ㄴ 긴 밤은
끝내 홀어머니의 늙은 무릎에 흐느껴 비는 너를 보았다


아 천지를 뒤덮는 포연 속에 네가 있었다
뼛살이 찌겨 흩어지는 총칼 속에 네가 있었다
너는 쉬임없이 달리었다 기었다 쏘았다 던지었다

---

3  『쏘련시초』에서는 「조―야!」로, 『리찬 시선집』에서는 「조야」로 제목이 변경되었다.
4  원문에는 '정거든리'로 표기되어 있다. 오식으로 보인다. 다른 문헌에서는 '정든 거
   리'로 기재되어 있다.

너는 항상 적 앞에 육박하고 적은 항상 네 앞에 육박했다……


아 불행한 그 저녁[5]을 그 포악한 채찍이
백납 같은 네 사지에 선혈을 솟처도
돌벽도 얼어드는 눈바람 속을 알몸·맨발이 포도알처럼 부프러올러도
아아 마츰내 그 아름다운 네 청춘이 교수대의 찬이슬로 사러지면서도
번적 든 네 얼굴 굳게 다믄 네 입술은 그여 숙으러지지 않었다 열리
지 않었다……


네 나라는 너를 받들어 「여여웅 조─야」
아 조─야 너는 갔으나 너는 승리의 쏘련 속에 영원히 살고
네 이름 바야흐로 무르녹으려는 왼 천지
「민주주의의 봄」을 찬란히 꽃피리
아아 조─야 조─야 자랑의 여성이여 전 여성의 자랑이여![6]


| 수록지면 |

*『영원한 악수─8·15해방기념시집』(종합시집), 조쏘문화협회, 1946.
리찬, 『쏘련시초』, 조쏘문화협회, 1947.
리찬, 『리찬 시선집』, 조선작가동맹출판사, 1958.

---

5  원문에는 '겨녁'으로 표기되어 있다. 오식으로 보인다. 다른 문헌에서는 '저녁'으로
   기재되어 있다.
6  『쏘련시초』에 실린 판본의 말미에는 '영화「여여웅 조─야」를 보고'라고 기재되어 있다.

# 흘러라 普通江(보통강) 새 歷史(역사)의 한복판을!

너 하나 느러진 버들 그럼자도 없이
다못 赭土(자토)의 주우린 山野(산야)를 감도라
지줄한 生活(생활)의 朝夕(조석)을 하로의 和暢(화창)한 물결도 모
르고
屈辱(굴욕)의 西京(서경) 한 모퉁이를 葡匐(포복)하든 鬱憤(울분)의
江(강)아

여름도 三伏(삼복) 이러한 철이면
으레 메마른 네 터전을 음습하야 沿邊(연변) 모조리 휩쓸든 거세인
水魔(수마)!
가이없는 겨레[7]들의 九天(구천)에 사못치는 號哭(호곡) 속에
발굴느며 발굴느며 황토ㅅ물 깨물든 네 심사를 나는 아노라

아 오늘 누가 네게 기름진 眺望(조망)을 점지하고
오늘 무엇이 네게 浩濶(호활)한 가슴과 萬年(만년)의 城砦(성채)를
가저왔는가

기억하자 그 이름!
기억하자 그 힘을!

그 이름은 진정한 이 땅의 빛 이 땅의 太陽(태양)

---

7    원문에는 '거레'로 표기되어 있다. 오식으로 보인다. 『리찬 시선집』에는 '겨레'로 표
     기되어 있다.

그 이름 있는 곳에 모든 暗黑(암흑)은 가고
그 이름 있는 곳에 모든 光明(광명)은 오고

그 힘은 人民(인민)의 힘 오로지 人民(인민)의 힘
(그 힘은 늙은이도 부녀자도 자진 뭉친 힘!)
그 힘은 불과 두 달도 보름을 줄이고
그 힘은 날을 잇는 暴雨(폭우)도 漆夜三更(칠야삼경)도 굽히지 못했다

빛나는 그 이름과 함께
위대한 그 힘과 함께
흘러라 普通江(보통강)! 구비처라 普通江(보통강)!
流域千里(유역천리)에 五穀(오곡)을 무르녹이며
七月蒼空(칠월창공)에 人民(인민)의 凱歌(개가)도 높이
너 어서 한 개 뚜렸한 指標(지표)로 民主建設(민주건설)의 뚜렸한 指標(지표)로
아아 열려오는 祖國(조국)의 새 歷史(역사)를 새 歷史(역사)의 한복판을!

−1946.7

| 수록지면 |

* 리찬,『승리의 기록』, 문화전선사, 1947.
리찬,『리찬 시선집』, 조선작가동맹출판사, 1958.
『문학신문』, 1963.7.16.

# 달밤

달밤이였다

맥추 칠월 황금 보리이랑에
긔망의 달빛이 물결치고

물결치는 달빛에
개골화창도 한결 홍겨운 만경벌
해설 듣고 돌오는 칠성이의 가슴은
그 하늘처럼 해맑었다

—용히 개이지 않는 날세였다 그것은
그것은 물론 게절 게절에 흔이 있는 자연이라 하여도
그것은 또한 명백히 태양을 가로막은
알미른 구름떼 때문이였다

아 그 구름떼를 마—ㄹ가니 몰어간 청신한 바람이여
상기한 머리가락을 수건 끌러 날리며
칠성이는 감격의 마듸마듸를 다시금 되씹었다

「땅세는 전폐다」
「공출도 전폐다」

머—ㄴ 산기슭 어유등 어린 외딴 초가삼간이

일즉 그처럼 살틀히 뵈인 적 있었든가


칠성이는 부르짖고 싶었다 웨치고 싶었다
「우리도 정말 행복할 수 있구나!」
「토지는 진정 우리 것이로구나!」


함초록히 달빛에 젖으며 개골화창에 젖으며
활개도 가벼히 난생처음 제 세상 같은 칠성이의 걸음을
걸음걸음 뒤서며 앞선 굵은 글자들


「이 고마움을 현물세로!」
「이 고마운 김장군과 위원회를 직히자!」


| 수록지면 |

* 리찬,『승리의 기록』, 문화전선사, 1947.
리찬,『리찬 시선집』, 조선작가동맹출판사, 1958.
리찬,『태양의 노래』, 문예출판사, 1982.

# 더욱 굳게 뭉치리 그대 두뤼에!



열려오는 이 땅의 새 하늘
閃閃(섬섬)한 群光(군광) 속에 屹然(흘연)이 솟어


感激(감격)과 歡喜(환희)와 不安(불안)과 焦燥(초조)와
저마다 제 길을 다투는 혼돈의 激浪(격랑) 위에
빛나는 祖國創建(조국창건)의 大途(대도)를 뚜렷이 밝혀
滔滔(도도)한 그 흐름을 오로지 民主(민주)의 大海(대해)로 이끌어 가는
그대야말로 偉大(위대)한 우리의 首領(수령) 우리의 領導者(영도자)!


苦難(고난)의 그 길을 밤을 낮에 이어
무수한 荊棘(형극)를 헤치며 泰山(태산)을 무찌르며
이미 流域千里(유역천리) 萬民(만민)의 마을 마을 마른 목을 축이고
이미 응달에도 움돋이고 枯木(고목)에도 싹티운
그대야말로 眞實(진실)한 우리의 벗 千萬人民(천만인민)의 벗!


아 그 經歷(경력)도 거룩한 殉國(순국)의 一路(일로)
白頭山頂(백두산정) 눈물의 祖國(조국)을 구버
미어지는 가슴 소리없는 號哭(호곡)에 입술 깨물며
十年(십 년)을 하로같이 七白里(칠백 리) 鴨錄(압록)의 구비구비를
피로 수놓은 그대
아아 그대야말로 絶世(절세)의 愛國者(애국자) 萬古(만고)의 빨치산!

오늘 무엇이 그대의 길을 拒否(거부)하리
산골물도 개울물도 흘러들어 흘러들어
멀리 南方(남방)의 江河(강하)도 흘러들어 흘러들어
각각으로 높아가는 그 기세
허물어지는 三八(삼팔)의 障壁(장벽)도 時刻(시각)에 달렸다
南北鮮(남북선)의 뜨거운 한 抱擁(포옹)도 지척에 닥어온다

진실로 퇴색한 半萬年(반만년) 歷史(역사) 위에
千萬代(천만대)의 새 光彩(광채)를 도꾸는 그대
진실로 이즈러진 白衣族(백의족)의 榮譽(영예)를
왼 세계에 떨치는 그대

우리 우러러 받드리 오즉 그대를
우리 더욱 굳게 뭉치리 그대 두뤼에
그대 참으로 새 조선의 자랑
그대 참으로 三千萬(삼천만)의 자랑

아아 그 이름도 휘황한
金日成將軍(김일성 장군)!

－北朝鮮臨時人民委員會成立一週年記念大會朗讀

(북조선임시인민위원회성립 일주년기념대회 낭독)

| 수록지면 |

* 리찬, 『승리의 기록』, 문화전선사, 1947.

# 土地(토지)는 드듸어 農民(농민)에게![8]

□報編輯局(□보 편집국)에서 土地改革令(토지개혁령)을 받어들고

이 소식 받어들고
층게를 오른다
이리도 이 층게가 길었든가
내 마음은 바쁘다

연필 끝을 빨지 않어도 조왔다
치바처 오르는 감동이 저절로 적는
『아아 진천동지의 감격이여
토지는 드듸여 농민에게⋯⋯』

뜨거워 오는 눈두던을
내 살든 마을 마을ㅡ
맨발로 얼음장 위를 거닐든 그 어린이들이 떠오른다
『물길이』에도 한 치마를 돌려 앞을 가리든 그 안악네들이 떠오른다.

아 그 저녁을 발버둥 치며 청루로 실려 가든 열여듭 순이의
핼숙한 얼굴이 떠오른다
아 그 새벽을 보따리 지고 북만주로 흘러가든
육순 박첨지의 하ㅡ얀 머리털이 떠오른다⋯⋯

아아 인고의 기ㅡㄴ 세긔여

---

8  『리찬 시선집』과 『태양의 노래』에서 이 시의 제목은 「새 소식」으로 변경되었다.

너는 갔느냐
피눈물의 기—ㄴ 역사여
너는 끝났느냐


이제야 휘여—ㄴ히 밝는 농촌
밭두던마다 논이랑마다
앞을 다투는 파종을 흥겨운 코ㅅ노래도 구성지고
한 뎅이 흙, 한 줌 거름에도, 백천 송이 이삭을 맺어……


가을이면 울 넘는 거드매ㅅ뒤
달 밝은 동구 앞을—
하라버지도 손자도 한데 엉크러저
소기 치며 꽹매 치며 어—널널 상사듸야……


아아 꿈 아닌 이 현실! 거즛 아닌 이 사실!
진정 오늘을 웃음보다도 울음으로 맞을 농민 형제여
이 기쁨 한데 뭉처 이 기쁨 굳게 뭉처
이 고마운 『인민조선』 길이길이 직혀가지 않으려느냐!


| 수록지면 |

* 리찬, 『승리의 기록』, 문화전선사, 1947.
리찬, 『리찬 시선집』, 조선작가동맹출판사, 1958.
리찬, 『태양의 노래』, 문예출판사, 1982.

# 달과 딸과 어머니와[9]

마당 가ー득히 욱어선
각냉이닢을 흘너 댑사리닢을 흘러

기름되어[10] 얼는거리는 새로운 판지마루
열일곱 분이의 귀여운 다박머리를
어께를 무릎을 달빛이 흘너

어머니에게 딸은
하ー얀 박꽃처럼 비치고

(그러나)
고을 여학교 신입학의 내일을
꿈같은 기쁨에 잠 못 이루는 그 딸이 측은도 하야

분아!
딸을 껴안는 어머니의 손길이 떨녔습니다
어머니!
어머니에게 안기는 딸의 어께가 물결쳤습니다

울긴 왜………
울긴 왜……하면서도

---

9  『조국의 깃발』에 이 시의 제목은 「딸과 달과 어머니와」로 표기되어 있다.
10 『리찬 시선집』이후 판본에서는 '기름대우'로 표기되어 있다.

속으로 속으로 더 운 것은 더 운 것은

아 어머니는
외로운 모녀의 골수에 사모친
행낭사리 십여 년을 울었습니다
그여 옥사에 이슬 된 원칠이 그리운
그리운 그이를 울었습니다
아 지금 제 땅에 제 집 짓고
딸자식 공부까지 보내는 거짓말 같은 오늘을 울었습니다

안으─ㄱ한 행복에
깊이 잠기는 산마을의 밤을
개골화창 높어가고
벌네우름 높어가고

달빛 흐르는 딸의 머리 쓰다듬으며 쓰다듬으며
유난히도 밝은 달을 우러러보는 어머니에겐
가없이 푸른 대공이
화─ㄴ히 열닌 새 세월만 같고

이런 세월 점지해 주신
장군님께의 뜨거운 감사!
아 용소슴치는 그 감사 위에
가을 현물세도 남 몬저 바치자
여성동맹 농민동맹일도 발 벗고 나서자는 갸륵한 맹세
저절로 저절로 굳어지고 또다시 굳어지는 것이였습니다[11]

| 수록지면 |

* 『조선여성』, 1947.8.
『조국의 깃발』(종합시집), 문화전선사, 1948.
리찬, 『리찬 시선집』, 조선작가동맹출판사, 1958.
『잊지말자, 행복할수록』(종합시집), 문예출판사, 1976.
『해방후서정시선집』(종합시집), 문예출판사, 1979.
리찬, 『태양의 노래』, 문예출판사, 1982.


---

11 원문에는 '것이였습다니'로 표기되어 있다. 오식으로 보인다.

# 후 까레유 (조선으로)


어린아이가 있었다
모쓰크바-평양 국제렬차에
방을 이웃하여
고수머리 노란 어린아이가,

나이는 여섯일가 일곱일가
잘돼야 그만작 되염직한데
오다가다 만나는, 그 어디에서나
《드라스위쩨》(안녕하세요)

고달파 일지 못하는 아침이나
또 그러한 저녁녘이면
의례 방문 방싯이 열며
《아저씨 식당으로 안 가세요?》

나는 보았다, 어린것의 친절 속에
젊은 그 어머니의 따쓰한 배려가 숨어 있음을,
또한 어찌 못 보랴 그 작은 가슴속 깊이
이미 깃들어 있는 그 고귀한 것들을!

귀여워 두 팔 벌리면
덥석 품속으로 안겨드는 그
그때마다, 너 어디 가느냐 물으면

언제나 은’방울 같은 목소리로 《후 까레유》


아버지는 오래인 바다의 기술자
조선 간 지 벌서 3년철인데
보구퍼 보구퍼 오시라 해도
바빠 못 간다는 그를 만나러…


움직이는 차창에 매달려
할아버지와 할머니는 울기까지 했으나
용감한 조선 어린이들께로, 아름다운 조선으로
내 가는 것이 기쁘노라


첩첩 눈 덮인 우랄을 넘어, 바이칼을 감돌아
처녀지로 달리는 제 나라 아저씨들도 많건만
지내 나를 따라 《몹시 괴로우시겠다》고
은근히 어머니의 타이름을 듣던 미쨔


그는 지금 새’별 같은 그 눈’동자 반짝이며
동해 바다의 아침노을 바라보고 있는 것일가
그 어느 쪼무라기떼의 숭허물 없는 짝패로
새록새록한 조개껍질 줏기에 여념이 없는 것일가


잠’결 먼 교외의 기적소리만 들어도
노래처럼 음악처럼 가슴에 울려드는
고수머리 노오란 미쨔의
은’방울 같은 그 목소리 《후 까레유》…

—1957.3

| 수록지면 |

* 『조선문학』 118호, 1957.6.
『아침은 빛나라—조선민주주의인민공화국창건10주년기념』(종합시집), 조선작가동맹출판사, 1958.
리찬, 『리찬 시선집』, 조선작가동맹출판사, 1958.

# 생각

층계를 내려, 유보도를 거닐어
로타리를 지나 일터로 가는,
아침마다 되풀이하는 이 평범한 길이
얼마나 많은 것을 생각케 하는가,

굳게 손잡아 흔들고 산지사방
활기차게 흩어지는 이웃들이며
끼리끼리 깔깔거리며 노래 부르며
흡사 명절날처럼 몰려가는 어린것들,

그 어깨 넘어 환히 트인
드넓은 대통로로, 푸른 하늘로
온 도시와 마을들의 벅찬 소식 밀려오고
그 어느 먼 나라, 친선의 새 사절이라도 날아들 듯,

하이얀 포장, 휘늘어진 수양 따라
춤추며 흐르는 대동강마냥
내 심장 깊이 물'결 쳐 힘 있게 앞으로 이끄는
이 정열, 이 기쁨,

없어졌노라, 밤안개처럼 말가니,
크고 작은 생활의 걱정 근심은.
갈수록 두터운 사랑으로, 도움으로 눈'시울 뜨겁게 하는

이 시대에 그 무슨 딴 괴롬인들 있을 것이랴,

굴욕과 기한의 기나긴 그 밤,
재'더미 우의 스산한 그 새벽만이 아니라
사람들의 마음 속 그 숫한 낡은 것까지
내 어린것들께 옛'이야기로 들려주어야 하는

그럴 때마다 더욱 사무쳐
백 번 천 번 절하곺은 당이여 수령이여
이 화창한 날에도 그대의 뜻 다 못 받드는
받들고 더 빨리, 더 잘 못 나가는 안타까움,

날마다 되풀이하는 평범한 길
변변히 잠 못 잔 이러한 아침에도
내 사업에 대하여, 작풍에 대하여
생각에 생각 거듭케 하노라.

—1961

| 수록지면 |

*『조선문학』 169호, 1961.9.
『아름다운 강산』(종합시집), 조선문화예술총동맹출판사, 1966.
『해방후서정시선집』(종합시집), 문예출판사, 1979.
리찬, 『태양의 노래』, 문예출판사, 1982.

 # 혁명시인 리찬과 그의 창작

**최형식**

리찬은 불멸의 혁명송가 「김일성 장군의 노래」를 창작하는 빛나는 공적을 이룩한 혁명시인이다.

친애하는 지도자 김정일 동지께서는 다음과 같이 지적하시였다.

"혁명적 작품은 오직 혁명적 세계관이 철저히 선 작가, 예술인들만이 창작할 수 있다."

리찬은 투철한 혁명적 수령관을 불변의 신념과 량심으로 간직하고 온 심장을 위대한 수령님을 우러러 뜨겁게 불태움으로써 수령송가를 비롯한 사상예술성이 높은 시가들을 수많이 창작하여 주체의 시문학 건설과 인민대중의 자주위업수행에 크게 이바지한 혁명시인이다.

## 1. "들어 목메던 그 빛"을 그리며

리찬은 야만적인 일제식민지 통치하에서도 위대한 수령님을 해방의 구성으로 우러르고 수령님의 항일무장투쟁을 열렬히 동경하면서 시대를 선도하는 진보적인 시들을 적극적으로 창작하였다.

1910년 1월 15일 함경남도 북청군 북청읍에서 출생한 리찬은 홀어머니의 지성에 의하여 경성제2고보를 졸업한 후 일본 와세다대학에 가서 로문학을 공부하기 시작하였으나 학비난과 일제의 박해로 1년도 못 되여 중퇴하였다.

1930년 정초에 고향으로 돌아온 리찬은 고보 때부터 나섰던 사회운동에 보다 적극적으로 참가하였다.

리찬은 고보에 다닐 때 벌써 「옛터」, 「봄」, 「용광로」, 「아침」, 「잃어진 화원」 등 애국의 깊은 뜻을 담은 시들을 출판물에 발표하였다.

이러한 시들에서 그는 일제에게 빼앗긴 강토를 붙안고 몸부림치기도 하였으며 새 세상에 대한 갈망과 빼앗긴 조국을 기어이 되찾으려는 확고한 결의 그리고 "위대한 열과 힘을 가진", "새것을 만들어내는" 용광로가 되고 싶다는 불같은 애국적 열정을 토로하기도 하였다.

리찬은 1930년을 전후하여 우리 인민의 민족적, 계급적 해방을 위한 싸움의 길에 나선 선각자들을 찬양하고 자신의 투쟁결의를 노래하며 사람들에게 자주성을 실현하기 위한 투쟁에 나서라고 호소하는 시들을 련속 창작하였다. 「고향에 돌아와서」, 「일군의 노래」, 「그대들을 보내고」, 「잠 안 오는 밤」 등을 그 대표적 실례로 들 수 있다.

리찬은 20대에 들어서면서부터 '카프'에서 적극적인 활동을 벌리였다. 그가 1932년 4월 서울에서 윤기정, 송영, 리기영 등을 비롯한 7명의 '카프' 작가들과 함께 그 발기인이 되여 『카프시인집』 재판 기념의 밤을 조직한 것만 보아도 그것을 잘 알 수 있다.

리찬은 무산대중의 사회적 해방을 지향하는 문학활동을 벌리고 있다는 죄 아닌 '죄'로 1932년부터 1934년까지 령어 생활을 하였다. 옥중에서 그는 위대한 수령 김일성 동지의 항일혁명투쟁에 대한 전설 같은 이야기를 듣게 되였다.

위대한 수령님에 대한 흠모의 정을 안고 감방에서 나온 리찬은 그날 밤에 백두산이 가까운 고향으로 떠났다.

고향에서 생활하던 그는 어느 날 조국광복회 북청지구위원회가 발간한 교양자료, 즉 백두산에 빛나는 태양과 삼천리금수강산을 그린 그림 그리고 위대한 수령님에 대한 송가 「금란지계전」이 실려 있는 선전문을 읽게 되였다.

민족의 태양 김일성 동지를 수령으로 높이 모시고 조국광복전선에 한 몸 바쳐 싸워나갈 불같은 결의를 담은 「금란지계전」은 시인을 몹시 흥분시켰다. 민족의 태양을 우러르면서 조국광복의 선심을 안고 살며 싸우는 인민의 가슴마다에는 진정 지금껏 어느 가수도 시인도 부르지 못한 빛나는 태양의 노래가 힘 있게 울리고 있지 않는가. 가자, 백두산으로, 설사 위대한 장군님의 품에 안기지 못한다 해도 백두의 총소리를 들으며 참된 삶의 노래를 짓자. 이렇게 결심한 리찬은 백두산이 더 가까운 데로 사는 곳을 옮기였다.

삼수, 혜산 등지에서 항일혁명투쟁의 적극적인 영향을 받으면서 시를 쓰던 리찬은 보천보전투 소식에 접하여 위대한 장군님에 대한 경모와 신뢰의 정을 더욱 두터이 하였으며 조선인민혁명군이 일제 놈들을 무리로 녹여냈다는 이야기를 매일같이 들으면서 장군님께서 반드시 조국을 해방시켜 주시리라는 확고한 신념을 가지게 되였다. 이러한 신념은 그로 하여금 「국경의 밤」, 「눈 내리는 보성의 밤」과 같은 시를 쓸 수 있게 하였다.

강가에 한 개 비뚜로 선 장명등
희미한 등빛 아래 웅성거리는
무장 삼엄한 순경들
오늘밤은 그 몇이나
전설의 대오가 쳐든다 하드냐

…


이제 머잖아 충천하는 화염으로
밝아올 이 마을처럼
애끓는 고국에의 그 길은
마침내 휘연히 열리리라 열리리라


시「국경의 밤」에서는 이와 같이 "전설의 대오"—조선인민혁명군에 의하여 조국은 머지않아 해방되리라는 확신을 암시적으로 그러나 강렬하게 토로하였다.

시「눈 내리는 보성의 밤」에서는 항일혁명투쟁을 열렬히 동경하는 우리 인민의 절절한 심정을 은근하게 노래하였다.


오, 동만의 15도구 말없는 산천이여
어서 크낙한 네 비밀의 문을 열어라


여기 오다가다 깃들인 신음 많은 한 사나이
들어 목메던 그 빛, 그 소리로 한껏 즐거워 보려노니

“들어 목메던 그 빛, 그 소리”, 이것은 위대한 수령님께서 이끄시는 조선인민혁명군에 대한 뜨거운 경모의 정을 은유적으로 표현한 것이며 일제수비대의 삼엄한 경비망에 눌리운 15도구의 말없는 산천을 향하여 어서 크낙한 비밀의 문을 열라고 한 것은 항일혁명투쟁에 대한 커다란 신뢰와 기대를 노래한 것이다.

“들어 목메던 그 빛”을 그리며 “전설의 대오”—위대한 수령님께서 이끄시는 조선인민혁명군에 대한 시를 쓰고 싶은 충동은 강렬하였으나 일제의 야수적 탄압을 피할 길이 없었던 리찬은 검열에 통과될 수 있는 한계 안에서 로동자, 농민을 비롯한 인민들의 비참한 생활처지와 비극적 운명을 보여주면서 암시적인 방법으로 억압과 착취에서 벗어나기 위한 투쟁에 나설 것을 호소하는 데로 시적 지향을 돌리였다. 그러한 작품으로 「대망」, 「출범」, 「백산령상에서」 등을 들 수 있다.

더 나아가서 시인은 자유와 해방을 위한 투쟁의 불길이 세차게 타오르고 있던 당대 현실의 본질에 침투하여 자주성을 실현하기 위한 성전에 나선 선각자들을 례찬하는 작품들을 많이 썼다. 「만기」, 「록음방초」, 「등대」, 「새바람 휩쓴 뒤」, 등의 창작은 그것을 잘 말해주고 있다. 이러한 시들에서 울리고 있는 시대의 선구자들에 대한 례찬의 목소리는 우리들에게 시인이 그처럼 동경하고 신뢰하던 “전설의 대오”에 대한 찬양의 목소리로 들려오고 있으며 서정적 주인공들의 굳센 신념과 의지를 보는 독자들의 눈앞에는 “들어 목메던 그 빛”—항일혁명투쟁에 고무되고 있는 우리 인민의 사상정신세계가 펼쳐지고 있다.

해방 전에 시집 『대망』, 『분향』, 『망양』을 내놓으면서 많은 시를 쓴 리찬에게는 이러한 높이에 오르지 못한 작품들도 적지 않다.

그러나 일제의 파쑈적 탄압이 극도에 이르고 있던 당시의 조건에서도 위대한 수령님을 해방의 구성으로 우러르며 항일혁명투쟁을 열렬히 동경하고 신뢰하면서 「국경의 밤」, 「눈 내리는 보성의 밤」을 비롯하여 상징적으로 표현하거나 암시하는 방법으로나마 당대 우리 인민의 자주적인 지향과 요구를 반영한 시들을 수많이 창작한 리찬의 해방 전 시문학은 매우 높은 경지에 오르고 있었다는 것을 우리 모두는 확신하여 마지않는다.

## 2. 위대한 태양을 우러러 불태운 심장

리찬은 조국광복의 새 아침을 안아오고 은혜로운 해발로 새 조국을 찬란히 빛내여 주는 위대한 태양을 우러러 온 심장을 뜨겁게 불태운 열정의 시인이였다.

끝없는 환희와 감격, 흥분과 격동 속에서 해방을 맞이한 리찬은 1945년 8월부터 혜산군 인민위원회 부위원장으로, 얼마 후부터는 『함남인민일보』 편집국장으로 사업하면서 위대한 수령님의 건국로선을 적극 받들어나갔으며 수령님께서 펼쳐주신 민주주의적 현실을 긍정옹호하는 시들을 정력적으로 창작하였다. 그가 현실 긍정의 시 창작으로 위대한 수령님의 정치를 높이 받들기 위해 심장을 얼마나 뜨겁게 불태웠는가 하는 것은 1946년에 벌써 『화원』이라는 시집을 내놓은 것만 보고도 알 수 있다.

그러나 종파분자들은 리찬을 혜산군 인민위원회 부위원장직에서 떼버린 것만으로도 성차지 않아 일제 때 공부한 지식인이여서 믿을 수 없다면서 그에게 계속 박해를 가하였다. 리찬은 자신의 앞날을 깊이 우려하면서 우울한 나날을 보내고 있었다.

이러한 때인 1946년 4월 어느 날 리찬은 뜻밖에도 현지지도의 거룩한 자욱을 이어나가시는 위대한 수령님을 모시고 진행하는 연회에 참가하는 더없는 영광을 지니게 되였다.

연회에 참석하신 위대한 수령님께서는 좌중을 둘러보시며 지금까지 가지고 있던 오해를 말끔히 가시고 민주주의 새 조선을 건설하기 위하여, 우리 조국의 무궁한 번영을 위하여 우리 모두 영원히 변함없이 손잡고 나아가자고 뜨겁게 말씀하시였다.

뜨거운 사랑과 철석같은 믿음이 어린 그 말씀에 연회 참가자들은 기업가, 상인, 종교인, 지식인 할 것 없이 모두 감격의 흐느낌을 터뜨리였다.

번개 치듯 시상이 떠올랐고 분출하는 심장의 웨침을 누를 길이 없었던 리찬은 경애하는 수령님께로 다가가 정중히 인사를 올리고 나서 「김일성 장군 찬가」라고 웨치면서 즉흥시를 읊기 시작하였다.


    장군이 오시는 것은 아, 아무도 몰랐으나
    장군이 오신 것은 누구나 알았다
    장군은 가리울 수 없는 우리의 빛
    장군은 감출 수 없는 우리의 태양


이렇게 시인은 인민들의 환영을 굳이 사양하시고 밤차로 소문 없이 오시여 낮과 밤을 인민들과 함께 보내시며 인민들에게 크나큰 사랑과 믿음을 안겨주시는 한없이 겸허하고 친근하신 인민의 수령 김일성 동지를 "가리울 수 없는 우리의 빛", "감출 수 없는 우리의 태양"으로 우러르며 끝없이 흠모하는 열화 같은 심정을 뜨겁게 노래하였다.

우렁찬 박수갈채가 계속 터져 올랐으나 그것을 의식하지 못한 듯 시인의 열기 띤 목소리는 연회장을 계속 울리였다.

그는 따사로운 해발로 민족의 새봄을 가져다주신 위대한 수령님, 버림받고 갈 길을 몰라 헤매던 이 땅의 모든 사람들을 자애로운 한품에 안아주시고 새 생활의 참된 길 우에 내세워주신 위대한 수령님에 대한 다함없는 칭송의 감정을 격조 높이 토로하였다.

시인은 지금 읊고 있는 즉흥시가 저 혼자의 심장 속에서만 흘러나오는 것이 아니라 고동치는 온 겨레의 념원이며 시대가 부르는 송가라는 것을 절감하면서 자신을 외람되다고 돌이켜볼 마음의 여유조차 못 가지고 앙양된 감정 그대로 불을 토하듯 높이 웨쳤다.

장군은 남조선도 비칠, 남조선도 비쳐야 할
아아, 삼천리 전 강토의 위대한 태양
장군은 만민의 령장, 인류의 태양
동방에서 솟은 태양 온 누리를 비치리!

송축적 감정을 격동적으로 자유분방하게 토로하고 있는 헌시는 조국과 민족의 운명이시고 인민의 위대한 수령이시며 만민의 령장이시고 인류의 태양이신 김일성 동지에 대한 열화 같은 흠모와 절대적인 숭배심으로 불타는 심장의 웨침이다. 시는 그 누구의 청탁을 받아 쓰거나 미리 준비한 것이 아니라 어버이수령님의 불보다 뜨거운 사랑과 믿음에 매혹된 한 인간의 즉각적인 감정의 토로이며 항일대전의 나날에 뿌리내리고 새 조국 건설의 우렁찬 행진 속에서 억세게 자라난, 위대한 수령님만을 높이 모시고 따르려는 혁명적 신념과 량심이 뿜어 올린 열정의 폭발이다. 그런 것만큼 여기에는 사소한 꾸밈도 가식도 없고 뜨거운 진정만이 차넘치고 있다. 하기에 헌시는 위대한 수령님을 태양으로 우러르는 우리 인민 모두의 깊은 공감과 감동을 자아냈던 것이다.

연회가 끝난 다음 참가자들은 저마다 흥분된 목소리로 헌시는 은혜로우신 장군님을 끝없이 흠모하는 자기들의 심정을 신통히 그대로 담았다고 하면서 시인을 축하하였다. 하지만 리찬의 가슴 한구석으로는 그 무엇인가 이름할 수 없는 무거운 생각이 파고들었다. 그래서 열띤 흥분을 가라앉히며 골똘히 생각에 잠겨 있는데 눈굽에 이슬자욱이 축축한 한 로인이 와서 한참이나 머뭇거리더니 김일성 장군님은 우리 인민의 심장 속에 영원히 살아계시는 해님이시라고 거듭 말하면서 우리 만백성이 늘 부를 수 있는 위대한 장군님에 대한 노래를 지어달라고 간절히 부탁하였다.

이어 김책 동지는 전국 방방곡곡에서 당중앙위원회로 보내온 수많은 편지들, 위대한 장군님을 높이 우러러 칭송하며 천만년 대를 이어 부르고 또 부를 혁명송가를 지어달라는 청원을 담은 편지들의 내용을 되새겨보면서 시인에게로 다가가 인민들이 그토록 바라고 또 바라는 소원을 풀어줄 수 없느냐고 말했다.

순간 시인은 만장을 격동시킨 시를 읊고도 마음이 후련하지 못했던 리유가 무엇이였던가를 깨닫게 되였다.

리찬은 그날부터 위대한 수령님에 대한 노래 창작에 달라붙었다.

그런데 어느 날 이 사실을 아시게 된 위대한 수령님께서는 누가 그런 노래를 쓰라 했는가, 그런 노래를 써서는 절대로 안 된다고 엄하게 말씀하시였다.

며칠 후 리찬을 찾아온 김책 동지는 물론 우리는 위대한 수령님의 말씀을 털끝만큼도 어겨서는 안 된다, 그러나 동무가 하는 일은 사정이 좀 다르다, 수령님은 끝없이 겸허한 분이신데 자신에 대한 노래를 지으라고 허락하실 것 같은가, 이번 일만은 내가 전적으로 책임질 테니 결심한 대로 창작을 계속하라고 말하였다.

리찬은 잠시나마 신념이 없이 행동했던 자신을 심각히 돌이켜보았다.

그러던 어느 날 리찬을 찾아주신 불요불굴의 공산주의 혁명투사 김정숙 동지께서는 그의 생활에 대하여 구체적으로 알아보시면서 요즘은 어떤 글을 쓰는가고 물으시였다.

리찬은 우리 인민의 한결같은 마음을 담은 노래를 하나 쓰자고 하는데 항일혁명투쟁 시기와 관련한 자료들을 잘 몰라 애로를 느낀다고 말씀 올리였다.

그러자 김정숙 동지께서는 위대한 수령님을 모시고 일제를 반대하여 간고한 싸움을 벌려오시던 일들을 들려주시면서 장백산의 험한 줄기들과 압록강의 굽이마다에는 투사들의 피어린 자욱이 찍혀 있지 않는 곳이 없으며 만주광야와 백두의 천고밀림에는 투사들의 애국의 넋이 어디 가나 고이 깃들어 있다고 절절하게 말씀하시였다. 그러시면서 항일혁명투쟁 시기에 부르시던 혁명가요들도 알려주시였다.

순간 시인의 눈앞에는 위대한 수령님께서 조선인민혁명군을 이끄시고 장백산 줄기마다 압록강 굽이마다 거룩한 자욱을 새기시며 조국으로 진군하시는 장엄한 화폭이 생동하게 펼쳐졌다.

시인은 끓어오르는 격정을 누를 수 없어 붓을 들고 책상에 마주앉았다.


장백산 줄기줄기 피어린 자욱

압록강 굽이굽이 피어린 자욱

오늘도 자유조선 꽃다발 우에

력력히 비쳐주는 거룩한 자욱

아 그 이름도 그리운 우리의 장군

아 그 이름도 빛나는 김일성 장군

시상은 끝없이 하늘에 날고 노래는 강물처럼 거침없이 흘렀다.

만주벌 눈바람아 이야기하라

밀림의 긴긴 밤아 이야기하라

만고의 빨찌산이 누구인가를

절세의 애국자가 누구인가를

아 그 이름도 그리운 우리의 장군

아 그 이름도 빛나는 김일성 장군

가사가 완성됨으로써 대를 이어가면서 부르고 또 부를 위대한 수령님에 대한 송가를 가지고 싶어 하던 우리 인민의 간절한 소원은 빛나게 실현되었다.

시인은 사람들이 그처럼 훌륭한 송가를 어떻게 지었는가고 물을 때마다 「김일성 장군의 노래」는 우리 인민 모두가 지은 노래라고 대답하군 하였다. 참으로 이 노래는 위대한 수령님의 은덕으로 조국광복의 새 아침을 맞이하였으며 자유롭고 행복한 새 생활을 창조하게 된 전체 조선인민의 한결같은 뜨거운 감정의 정수를 그대로 담은 전 인민적인 송가이다.

혁명적 수령관을 심오하게 구현하고 있는 이 송가는 위대한 수령님에 대한 온 겨레의 절대적인 숭배심과 열렬한 칭송, 열화 같은 흠모와 다함없는 긍지의 숭고한 감정을 최상의 경지에서 집약하고 극치의 예술적 형상으로 부각한 명작 중의 명작이다.

혁명송가는 위대한 수령님에 대한 열화 같은 흠모와 절대적인 숭배심으로 불타는 열정의 응결체이며 정화이다.

가사의 구절구절에는 칭송의 열정이 세차게 굽이치고 있다. 송가의 2절에서 시인은 류례없이 간고하고 장기적인 항일혁명투쟁을 승리의 한 길로 이끄시여 세기에 빛날 불멸의 업적을 쌓아올리신 경애하는 수령님의 위대성을 짧은 시줄로 다 표현할 길 없어 항일혁명투쟁과 깊이 련결된 자연적 대상이며 력사의 증견자인 만주벌의 눈보라와 밀림의 긴긴 밤을 불러 만고의 빨찌산이 누구이며 절세의 애국자가 누구인가를 이야기하라고 호소하였다. 여기에는 참으로 깊은 예술적 사색과 뜨거운 열정, 고조된 흥분이 뜨겁게 물결치고 있다. 이 뜨거운 열정과 정서적 흥분을 타고 우리 앞에는 고난의 행군길을 가로막던 그 세찬 눈보라며 조국진군의 위대한 구상으로 유독 사령부의 창가에만 불빛이 꺼질 줄 모르던 밀림의 긴긴 밤들이 숭고한 형상으로 솟아오르며 조국과 인민에 대한 크나큰 사랑으로 장구한 혁명투쟁의 전 로정을 찬란히 수놓아 오신 수령님의 위대한 영상이 숭엄하게 안겨온다. 송가는 뜨거운 열정을 타고 숭엄하게 안겨오는 이 시적 형상을 통하여 만고의 영웅이시며 절세의 애국자이신 김일성 동지의 위대성을 높이 칭송하고 있으며 위대한 장군님을 수령으로 높이 모시고 사는 우리 인민의 민족적 긍지와 자부심을 격조 높고 감동 깊게 노래하였다.

송가에서 활화산마냥 분출하는 송축적 열정은 설명을 철저히 없애고 시적 함축과 간명성을 보장하는 근본요인으로 되고 있다.

송가는 머리를 짜내서 쓴 것이 아니라 끓어 번지는 심장에서 뿜어 오르는 격정을 글로 표현해놓은 것이기 때문에 하나의 설명도 사소한 꾸밈도 없이 고도로 함축되고 간명하게 되여 있다.

가사의 구절마다에는 깊은 뜻이 깃들어 있고 한두 줄의 시행 속에도 사람들을 격동시키는 심오한 사상이 담겨 있다. 가사의 절들은 그 시구의 수와 길이에 비할 바 없이 폭넓고 심오한 사상정서적 내용을 담고 있다. 1절에서 보면 24자밖에 안 되는 첫 두 행에서 위대한 수령님께서 조직령도하신 항일혁명투쟁의 간고성과 장기성을 훌륭하게 시화하였으며 다음 두 행에서는 수령님께서 이룩하신 혁명전통은 새 조국의 력사와 더불어 영원히 빛날 고귀한 혁명적 재부로 된다는 거대한 사상을 긍지 높이 노래하였다. 2절은 총체적으로 위대한 수령님께서 눈보라 수십만 리를 헤치시며 걸어오신 장구한 항일혁명투쟁의 전 로정을 생동하고 깊이 있는 시형상으로 보여주면서 수령님께서 높이 쌓아올리신 영생불멸의 업적에 대한 찬양의 감정을 웅심 깊게 노래하고 있다. 송가의 구절마다에 얼마나 깊은 뜻이 깃들어 있는가 하는 것은 1절에서 반복되고 있는 "피어린 자욱"과 "거룩한 자욱"을 음미해보아도 잘 알 수 있다.

혁명송가에 흘러넘치는 뜨거운 열정은 음악성을 힘 있게 담보하고 있다.

보는 바와 같이 혁명송가에서 시인의 뜨거운 송축적 열정은 사상정치적 내용의 심오성과 풍부성, 형식의 완벽성, 사상정서적 감화력을 튼튼히 담보해주고 있다.

혁명송가의 사상예술적 풍격과 감화력은 출렁이는 송축적 열정을 정교한 가사형식에 응결시키기 위한 감정 조직과 운률 조성, 세련된 시어

구사 등에서 발현된 높은 형상 기교에 의하여 더욱 강화되였다.

조국과 혁명, 시대와 인민의 념원을 담아 혁명송가 「김일성 장군의 노래」를 창작한 리찬은 항일혁명투쟁 시기 「조선의 별」을 창작한 혁명시인 김혁과 함께 위대한 수령님에 대한 송가 창작의 시대를 개척한 뛰여난 선구자로 되였다.

그는 불멸의 혁명송가 「김일성 장군의 노래」를 창작함으로써 항일혁명투쟁 시기 백두의 총소리를 들으면서 위대한 수령님을 끝없이 흠모하여 왔으며 해방 직후에는 수령님의 사상과 령도를 변함없이 받들어 나간 참된 충신, 혁명적인 신념과 량심에서 불타오르는 열정의 시인으로서의 개성적인 얼굴을 남김없이 보여주었다.

온 심장을 위대한 태양을 우러러 불태운 리찬은 한두 편의 송가를 짓는 것으로만 시대와 인민의 가수로서의 사명을 다했다고 생각하지 않았다.

시인은 얼마 후 송시 「더욱 굳게 뭉치리 그이의 두리에」를 창작하여 북조선 림시인민위원회 수립 1주년 기념대회에서 랑독하였다.


감격과 환희와 불안과 초조와

저마다 제 길을 다투는 혼돈의 격랑 우에

빛나는 조국창건의 대도를 뚜렷이 밝혀

도도한 그 흐름을 오로지 민주의 대해로 이끌어가는

그이야말로 위대한 우리의 수령, 우리의 령도자!


이 하나의 시련을 통해서도 시인은 해방 직후의 그처럼 복잡하던 우리나라 정세와 터진 화산마냥 들끓던 현실을 폭넓고 생동하게 보여주

면서 우리 인민을 오로지 민주의 대해로 이끌어 오신 위대한 수령님의
령도의 현명성을 웅심 깊게 노래하고 있다. 시인은 위대한 수령님에 대
한 칭송과 흠모의 감정을 격조 높고 웅심 깊게 형상한 데 기초하여 오직
수령님만을 높이 우러러 받들며 그이의 두리에 더욱 굳게 뭉치려는 온
겨레의 한결같은 지향과 철석같은 의지를 힘 있게 노래하였다.

우리 우러러 받드오리 오직 그이를
우리 더욱 굳게 뭉치리 그이 두리에
그이는 참으로 새 조선의 자랑
그이는 참으로 삼천만의 자랑

아아 그 이름도 휘황한
김일성 장군!

이렇듯 시는 송축적 감정을 격동적이고 격조 높은 시형상에 담아 노
래함으로써 인민들에게 위대한 수령님의 두리에 철석같이 뭉쳐 그이의
령도를 높이 받들어 나아가는 바로 여기에 우리 조국이 무궁토록 번영
하는 결정적 담보가 있다는 확고한 신념을 안겨주었다. 여기에 이 시의
독창성과 우수성이 있으며 열정의 시인으로서의 개성적인 모습이 새겨
져 있다.

열정의 시인으로서의 그의 얼굴은 위대한 장군님이시야말로 조선인
민의 진정한 령도자이심을 시적 형상으로 강조하면서 그이를 정부수반
으로 높이 모시려는 온 겨레의 한결같은 념원을 뜨겁게 노래한 송시 「3
천만의 화창」에서도 선명하게 나타나고 있다.

평화적 건설 시기 위대한 태양의 노래를 누구보다도 많이 지은 리찬은 그 이후에도 아니, 생의 마지막까지 어버이수령님에 대한 송가를 적극적으로 창작하였다.

「수령님의 광망 일월과 함께」, 「그 손길 이르는 곳마다」, 「수령님 기어이 떠나시여라」, 「무심히 거닐지 말라, 보통강뚝을」, 「어버이수령님이시여 부디 이 하루만이라도」, 「우리는 충직한 수령님의 전사」, 「풍막의 등불」, 「몸과 마음 다 바쳐 우리는 받들리」, 「우리는 수령님만 따르렵니다」 등은 그것을 잘 말해주고 있다.

해방 후 리찬에게는 창작에 열중할 수 있는 시간이 많지 못했다. 그는 1946년부터 20여 년간 북조선문학예술총동맹 서기장, 한 중앙기관의 부책임자, 문화선전성 국장, 작가동맹 중앙위원회 검사위원장, 문예총 중앙위원회 부위원장 등의 중임을 맡고 사업하였다. 허나 그는 그 어느 시인 못지않게 작품을 많이 썼다. 민주건설 시기에 『승리의 기록』을 비롯한 3권의 시집을 출판했으며 1957년에 『리찬 시선집』을 내놓은 데 이어 또다시 창작적 앙양을 일으켜 우수한 시가들을 수많이 창작함으로써 시집 『태양의 노래』에 1958년 이래의 성과작을 40편 가까이 수록한 것만 보아도 그것을 잘 알 수 있다.

이러한 창작적 앙양을 가져오도록 그의 심장을 뜨겁게 불태워준 것은 위대한 수령님께서 끊임없이 부어주신 크나큰 믿음과 사랑이였다. 그의 한생은 어버이수령님으로부터 받아 안은 사랑과 믿음에 대한 서사시로 수놓아져 있다.

위대한 수령님께서는 1946년 5월 24일 북조선 각 도 인민위원회, 정당, 사회단체 선전원, 문화인, 예술인 대회에 리찬을 불러주시고 연단에까지 세워주시였다.

리찬은 그날 저녁 한가슴을 걷잡을 수 없이 격동시킨 보다 감격적인 소식에 접했다. 한 일군으로부터 위대한 수령님께서 리찬 동무가 토론을 잘했다고 치하하시면서 함흥에서도 좋은 시를 열정적으로 읊어 연회를 더욱 인상 깊게 하였다고 회고하시였으며 그를 평양에서 일하게 하며 인민들이 기대하는 좋은 시를 많이 써내도록 집도 마련해주고 가족도 인차 데려오도록 하자고 말씀하신 내용을 전달받은 시인은 어깨를 들먹이며 흐느꼈다.

리찬은 자기 앞에 넓게 열린 새 삶의 길을 내다보며 드높이 고동치는 심장 속에 오로지 수령님을 위하여 변함없이 일할 신념을 깊이 아로새겼다.

그 후 어버이수령님께서는 리찬에게 북조선예술총동맹 서기장의 중책을 맡겨주시는 한편 평양시 선교리의 경치 좋고 조용한 곳에 자리 잡은 아담한 집 한 채를 배정하도록 하시였으며 옥백미 다섯 가마니를 보내주시는 크나큰 은정을 베풀어 주시였다. 며칠 후에는 존경하는 김정숙동지께서 그의 집을 찾으시여 생활의 구석구석까지 보살펴주시였다.

1947년 4월 어느 날 어버이수령님께서는 리찬에게 국가표창을 안겨주시면서 그에게 건국사업에 힘과 지혜를 다 바친 진보적인 지식인이며 인민들의 사랑을 받는 작가로서 우리 인민정권이 주는 첫 표창을 받을 만하다는 과분한 치하를 주시였다.

위대한 수령님의 은혜로운 믿음과 사랑의 빛발은 뜻하지 않게 들씌운 찬 서리를 이겨내지 못하고 모대기던 시인의 가슴에 소생의 봄빛을 비쳐주기도 하였다.

1947년 10월 어느 날 나쁜 놈들이 한 출판물에 「시인 리찬의 시를 평함」이라는 평론을 써서 그를 '반동'으로까지 몰아댈 때 그 사실을 보고

받으신 위대한 수령님께서는 리찬 동무는 반동작가가 아니라 우리와 함께 공산주의까지 변함없이 갈 우리 당의 작가이며 애국적인 지식인이라고 하시면서 그에게 크나큰 믿음을 안겨주시였다.

리찬은 이렇듯 그 깊이와 뜨거움을 헤아릴 수 없는 어버이수령님의 믿음과 사랑을 받아 안았기에 일편단심 위대한 수령님을 받드는 당 사상전선의 전초선에 서 있을 수 있었으며 조국이 시련을 겪던 준엄한 나날에도 오로지 수령님만을 따르는 한마음으로 천리 길을 걸을 수 있었던 것이다.

전략적인 일시적 후퇴가 시작되기 직전 중앙 파견 강사로 강선에 나가 있던 리찬은 뒤늦게 후퇴하게 되였다. 순천에서부터 산발을 탄 그는 발이 물집투성이가 되였으나 걸음마다 뒤따르는 위험과 밀려드는 피로를 이겨내며 걷고 또 걸었다. 험한 산길에 굴러 떨어진 적이 그 얼마였고 아슬아슬하게 넘긴 위기도 몇 번인지 몰랐으나 그는 오직 한 길만을 줄기차게 걸었다.

위대한 수령님께서는 1950년 11월 어느 날 리찬이 왔다는 보고를 받으시고 못내 기뻐하시며 당을 따라 난관과 시련 앞에서 동요하지 않고 최고사령부까지 들어온 그야말로 애국적인 작가이며 우수한 당원이라고 하시면서 자신께서는 리찬 동무가 어떤 역경 속에서도 변하지 않으리라고 믿었으며 또 앞으로도 그러하리라 확신한다고 교시하시였다. 그러시면서 우리는 리찬 동무와 같은 작가, 예술인들을 잘 돌봐주어야 하며 아껴야 한다고 뜨겁게 말씀하시였다.

어버이수령님께서는 리찬의 건강에 대해서까지 깊은 관심을 돌리시였다.

위대한 수령님의 두터운 신임에 의하여 리찬이 새로 결성된 문예총

중앙위원회 부위원장으로 사업하던 1961년 3월 어느 날 수령님께서는 새로 선거된 문예총 중앙위원회 집행위원들을 부르시였다.

이날 위대한 수령님께서는 리찬의 얼굴을 보시고 몸이 더 축간 것 같은데 아직도 위탈을 고치지 못했는가고 물으시였으며 오찬 석상에서도 리찬 동무만은 예나 지금이나 여전히 몸이 허약하다고 걱정하시면서 너무 무리하지 말고 건강에 각별히 주의하라고 거듭 이르시였다.

어버이수령님께서는 리찬의 건강 때문에 마음 쓰신 적이 한두 번이 아니였다. 해방 직후 어느 해에는 리찬의 위탈엔 삼방약수가 좋다고 하시면서 그곳에 가 푹 쉬며 치료를 받도록 친히 조직해주시였고 전후의 어느 해에는 외국에 가서 병을 고치라고 어느 한 대표단 성원 명단에 일부러 그의 이름을 넣어주시였다.

어버이수령님께서 끊임없이 안겨주시는 그 어디에도 비길 데 없는 크나큰 믿음과 사랑이 바로 리찬으로 하여금 위대한 태양을 우러러 주옥같은 시작품들을 련이어 창작해낼 수 있게 하였다.


## 3. 평범한 생활 속에서 시대의 숨결을 뜨겁게 감수하고


리찬은 열정적인 시인이면서도 주로 평범한 생활 속에서 시대의 숨결을 뜨겁게 받아 안고 그것을 섬세하고 다정다감한 생활적 정서로 감명 깊게 노래하는 특기를 가진 시인이다.

시적 감각이 예민한 리찬은 위대한 수령님의 현명한 령도 밑에 일어난 력사적 전변들을 매우 민감하게 반영하였다. 그가 조국이 해방된 다음 날에 조국광복을 맞이한 온 민족의 감격과 새 조국 건설에 대한 지향을 격조 높이 노래한 시 「조국이여」를 창작하였으며 토지개혁법령이 발포된 순간에 이 소식에 접한 감격과 흥분을 열정적으로 토로한 시 「새 소식」을 써낸 사실은 그것을 잘 보여주고 있다. 그러한 실례로는 보통강 개수공사가 벌어질 때 「흘러라 보통강 새 력사의 한복판을」이라는 시를 써서 그의 력사적 의의를 밝혀낸 것을 비롯하여 무수히 들 수 있다.

리찬은 언제나 당정책에 민감하였으며 그 관철을 위한 투쟁에로 인민들을 힘 있게 불러일으켰다. 위대한 수령님께서 건국사상총동원운동을 벌릴 데 대한 방침을 내놓으시자 곧 전투성과 호소성이 높은 가사 「건설의 아침」을 창작하여 인민들의 애국적 건국 열의를 앙양시켰으며 수령님의 통일전선로선을 받들고 시 「화원」을 창작하여 각계각층 군중을 민주주의 기발 아래 단결시키는 데 기여한 사실 등은 그 뚜렷한 실례로 된다.

리찬은 시대정신을 민감하게 반영하면서 그것을 주로 평범한 생활 속에서 발견하고 생활적 정서로 노래하였다. 그러한 특성은 현실주제 작품을 비롯한 여러 주제의 작품들에서 공통적으로 볼 수 있다. 임의의 실례로 시 「조국 만세」를 보기로 하자.

아침마다 푸르러 오는 창 앞에서
례사로이 듣다가도
의례 숨죽이고 귀 기울이게 되는
우리의 라지오 보도


이것은 참으로 평범하고 례사로운 우리의 생활이다. 한데 시인은 여

기에서 시적 계기를 포착하고 시적 환상의 나래를 펼쳐 커다란 혁신의
소식으로 차넘치는 라지오 보도를 나라의 위대한 전변, 새 인간들의 우
람찬 탄생을 아뢰는 대교향악으로 노래하고 있다. 이 황홀한 선률 속에
서 서정적 주인공은 그 모든 난관을 제 힘, 제 지혜로 끝까지 뚫고 나가
는 줄기찬 투쟁을 감수한다. 그러면서 시인은 자력갱생의 혁명정신은
우리 혁명의 불멸의 영광스러운 전통이며 승리의 기치라는 것을 시적
으로 강조한 다음 이렇게 시를 끝맺고 있다.

막지 못하리라 원쑤의 그 어떤 발악도
이 땅 깊이 뿌리박은 자랑찬 그 줄기에서
갈수록 커가는 승리와 영광
천리마 조선의 이 눈부신 전진을

랑랑한 라지오 소리 흘러가는
푸른 하늘에 우련히 떠오르는 휘황한 내 나라
아, 사무치는 내 가슴 한 바닥으로부터
─사회주의 조국 만세!
만세소리 저절로 용솟아 오른다

평범한 생활 속에서 시대의 숨결과 지향을 뜨겁게 체험하고 깊이 있게
형상한 것은 「창문을 열면」, 「전변」, 「생각」, 「고향」, 「맹세」, 「천지개
벽」, 「물지게」, 「더없는 행복」, 「첫 대답」, 「성장」 등을 비롯하여 그의
대부분 시들에서 공통적으로 보게 되는 특징이다.
리찬은 평범한 생활 속에서 시대정신을 포착하고 노래하면서 주로 체

험된 감정을 직접 토로하는 것이 아니라 아름답고 감성적인 생활화폭에 담아 독자들이 눈으로 보면서 그것을 느끼게 하고 있다. 따라서 그의 시는 흔히 회화성이 강하며 때로는 극성까지도 안고 있다. 시「밝은 세월」, 「첫 잔」, 「행복」, 「북청 사과」 등은 그러한 특성을 잘 보여주고 있다.

리찬은 순결한 우리 인민의 사고방식과 아름답고 고상한 민족적 정서의 바탕 우에서 시적 사색을 무르익히고 다정다감한 우리 인민의 감정세계를 생동하게 펼쳐나가면서 시대정신을 반영하고 있다. 그리하여 그의 시들은 민족적인 생활의 체온을 후덥게 간직하고 있으며 소박하고 섬세하며 다정다감한 생활적 정서로 충만되고 있다.

시「달과 딸과 어머니와」를 보기로 하자.


    마당 가득히 우거진

    강냉이잎을 흘러, 대싸리잎을 흘러

    기름대우 어른거리는 새로운 판자마루

    열일곱 분이의 귀여운 량태머리를

    어깨를, 가슴을, 달빛이 흘러


    어머니에게 딸은

    발그레한 다리야처럼 비치는데

    고을 중학교 신입학의 래일을

    잠 못 이루는 딸을…


시는 이처럼 중학교에 입학할 달빛 받은 딸의 모습과 그 잠 못 드는 딸을 지켜보는 어머니의 모습이 선히 떠오르게 그려보이며 그들의 교감이 다치면 분출할 듯 고도로 앙양되어 있음을 감각적으로 느낄 수 있게 섬세하고 정겹게 노래한 다음 이렇게 계속하였다.

> "분아!"
> 딸을 껴안은 어머니의 손길이 떨렸습니다
> "어머니!"
> 어머니에게 안기는 딸의 어깨가 물결쳤습니다
>
> 울긴 왜
> 울긴 왜… 하면서도
> 속으로 더 운 것은, 더 운 것은
>
> 어머니는 외로운 모녀의 골수에 사무친
> 행랑살이 십오 년을 울었습니다
> …
>
> 아, 지금 제 땅에 제 집 짓고
> 딸자식 공부까지 보내는
> 꿈같은 오늘이 고마와 울었습니다

모녀의 북받치는 감정을 후더운 눈물로 터친 것은 참으로 진실하다. 그 후더운 눈물은 행복을 한껏 누리는 모녀의 뜨거운 심정의 거울이며 그들의 운명의 근본적인 변화를 정서적으로 선명하게 비쳐내는 거울이다. 그 눈물은 땅의 주인으로, 자주적인 인간으로 행복을 마음껏 누리게 하여주신 어버이수령님에 대한 끝없는 고마움의 감정을 비쳐내는 마음의 빛발로서 한없이 맑고 깨끗하고 령롱하다.

시는 이처럼 민주개혁으로 조선인민의 운명에서 일어난 근본적인 변혁과 어버이수령님에 대한 다함없는 감사와 충성의 감정을 딸과 어머니의 교감세계를 섬세하고 선명하게 펼쳐 보이면서 소박하고 다정다감하게 노래함으로써 감명 깊고 특색 있는 작품으로 되였다.

이와 같이 리찬은 평범한 생활 속에서 시대의 숨결을 뜨겁게 감수하고 그것을 회화적인 생활화폭과 섬세하고 다정다감한 생활적 정서로 소박하고 진정이 어리게 노래함으로써 열정적이면서도 생활적이고 섬세하고 다정다감한 시인으로서의 자기 모습을 선명하게 보여주었으며 주체시문학의 화원을 다채롭게 하였다.

×

시대 앞에 지닌 사명감을 깊이 자각하고 언제나 당과 수령에 대한 충성의 열정으로 심장을 불태우면서 혁명적 신념과 량심으로 시를 쓴 리찬은 가슴에 늘 시대를 안고 몸부림치며 시대의 숨결과 호흡을 같이하기 위하여 아글타글 애쓴 우리 당의 참다운 작가였다. 또한 그는 열정적인 시인, 생활적이고 섬세하며 다정다감한 시인으로서의 자기 얼굴과 목소리가 뚜렷한 시인이였다.

리찬은 1974년 1월 4일 병환으로 애석하게도 세상을 떠났다.

이 비보를 받으신 위대한 수령님께서는 재능 있는 작가를 아깝게 잃었다고 하시면서 리찬 동무는 해방 직후부터 오늘까지 일을 많이 하였으며 당을 위해 충실히 일한 동무였다고 말씀하시였다. 그러시면서 깊은 은정이 어린 조의품을 보내주시였다.

친애하는 지도자 동지께서는 시인의 부고를 신문에 크게 내도록 친히 조직하여 주시였으며 그의 장례를 평양에서 하도록 크나큰 배려를 돌려주시였다.

친애하는 지도자 동지께서는 리찬은 해방 후 우리 문학을 건설하는 데 크게 이바지한 로장들 중의 한 사람이라고 하시면서 그에게 김혁과 같은 혁명가라는 최상의 영예를 안겨주시였다.

친애하는 지도자 동지께서는 1981년 11월 어느 날 불멸의 혁명송가 「김일성 장군의 노래」를 비롯하여 사상예술적으로 우수한 시들을 많이 창작한 리찬은 주체혁명위업 수행에 크게 공헌하였다고 하시면서 그의 묘지를 '애국렬사릉'에 옮기도록 하시고 화강석 비문에 '혁명시인'이라는 고귀한 칭호를 새겨 넣도록 하시였으며 그가 생전에 쓴 시들을 묶어 시집을 출판하도록 배려를 돌려주시였다.

친애하는 지도자 동지께서는 1982년 2월 리찬의 사진과 함께 해방된 조국 땅에서 위대한 수령님을 모시고 처음으로 읊은 송시 「김일성 장군 찬가」를 조선혁명박물관에 전시하여 온 세상 사람들이 널리 볼 수 있게 하여 주시였다.

친애하는 지도자 동지께서는 1992년 9월과 1994년 3월에 또다시 리찬을 높이 내세워주시는 은정 깊은 사랑을 안겨주시였다.

심장의 고동은 멈추었으나 당과 수령께 끝없이 충실하였던 혁명시인 리찬은 친애하는 지도자 김정일 동지의 위대한 사랑 속에 죽어서도 영생하는 행복을 누리고 있으며 당 사상전선의 전초병으로서 전진하는 우리의 혁명대오와 함께 힘차게 나아가고 있다.

─『조선문학』, 1994.7

### 기타 참고문헌


『리찬 시선집』 후기, 조선작가동맹출판사, 1958.
리맥, 「크나큰 믿음, 끝없는 배려─위대한 수령님께서 시인 리찬에게 돌려주신 사랑에 대한 이야
　　　기」, 『은혜로운 품속에서』 6, 문예출판사, 1983.
「태양의 품에서 영생하는 혁명시인」, 『조국』 238, 1983.10.
「시인 리찬과 그의 창작」, 『천리마』 425, 1994.10.
박춘택, 「생애의 순간순간을 수령의 충직한 전사로 값 높이 산 혁명시인」, 『조선문학』 2006.6~7.
천명길, 「시인의 뜨거운 인사」, 『조선문학』 721, 2007.11.
『문학대사전』, 사회과학출판사, 1999.
『조선대백과사전』, 백과사전출판사, 1995~2004.

# 민병균

1914년 황해 신천에서 출생했다.
1932년 『동광』을 통해 시를 발표하기 시작했다.
1961년 11월 이후의 행적은 찾을 수 없다.
북에서 출간된 개인시집으로 『해방도』(1947) 『나의 노래』(1949)
『어러리벌』(장편서사시)(1953) 『조선의 노래』(장편서사시)(1955) 『사랑의
집』(서사시)(1957) 『민병균 시선집』(1958) 『다시 찾은 고향길』(1958) 『별은 오늘도
반짝인다』(서사시)(1960) 등이 있다.



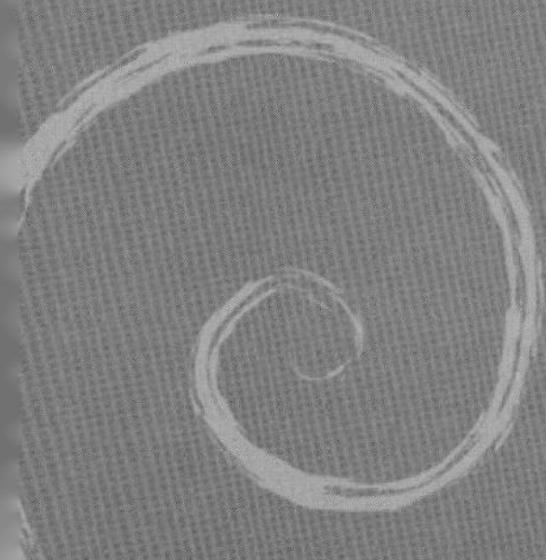

# 故鄉(고향)

예가 내 고향이로구나
나를 나은 山川(산천)이로구나
오, 복사나무 밑 박우물 있는 예가
내 가난한 어린 시절이 피였던
날라리꽃 담장의 옛집이로구나
다박머리 아가씨야 아가씨야
내 어린 때 벳겨준 곳이
내 잔뼈 길러준 곳이
바로 네가 마조안즌 박우물이란다
쪽박을 빌리여라
한 목음 수정 샘물을 마시자

오, 이게 누구들이냐
네가 정말 노랑이로구나
네가 잇키지 않던 막동이로구나
우리 다 함께
모진 바람 마시며
찬 눈 먹으며
오히려 죽지 않고 살아 있었구나
오, 노랑이 네게도
노릇노릇 빈혈 노랑수염이
막동이 네게도
티끌 엉긴 風流(풍류) 굴레나리수염이

내게도 이러케
껌정 껌정수염이 무성했다

어서 여기 가까히 안저
순이 얘기 순이 얘기 좀 해다오
저 복사나무에 손톱글 남기고 떠났던
순이 아들 딸 낫코
잘 사는 얘기 좀 해다오
오, 그래서
오, 그래서
그게 참말이냐
순이가 만주서 죽었단 말이
동배 향기 향기로운 절믐을
가난한 두 어배 세 동생에 받처
흐릉 흐릉 흐릉 흐릉
세월을 쏙이고 세월에 쏙다가
고향에는 갈미봉
전나무 소짝새가 많이도 우던 봄
아들도 딸도 없이
異邦(이방) 청루에서 호을로 죽었단 말이

내 얘기 내 얘기 말이냐
그래 얘기해 주마
긴, 굴욕의 나날―
하마 이번이면 하마 이번이면
그윽한 달의 정열이
착한 백성들과 함께 입 맞추는

은은한 거리에 이르리라—
정든 옷가지 부등가지
주섬주섬 울며 팔고 안즌
솟주름이 만개한 안해를 달래어
千里(천리) 千里(천리) 찾은 곳마다
거기도 또 하나 낯선 여호
살진 구렁이 득실득실
모두 피 무든 입을 벌리는 바탕에
오, 나의 깃들 곳은 하나도 없어
白日(백일)은 나를 웃고
나는 하늘을 흘기며
우여—다시 기차를 타고
배를 타고
天地(천지) 天地(천지)에 서리운
안개 안개를 헷치며
이리 구구구
저리 구구구
서른댓 번 낭비둘기 이사하는 동안
새끼 하나 죽이고
새끼 셋 길러
수무 해 꿈ㅅ길을 이제야 왔다

오, 노랑이 네 이마에도 가시주름이
막동이 네 뺨에도 가시 흔집이
가시 가시자욱을 더듬어
다 같이 묵 했구나[1]
오, 그러나 이제는

모두가 모두가 우리의 것이
山(산)도 들도
마을도 나라도
北方(북방)의 하늘을 멀―리 밝히며 오신
民主太陽(민주태양)이 솟는 곳마다
이제는 모두가 우리의 것이
노랑아
막동아
이제 그만 大地(대지)를 구르며
후연이 이러나
저 푸른 잔듸 언덕에 오르자

두르미 물오리
날짐생들도
이 마을이 낯익은 고장이래서
저러케 무리저
찾어와 나르며
해방의 푸른 넉슬 지저예거니―
우리 어찌 소래 높여
人民(인민)의 나라 내 고향 山川(산천)을
노래하지 않으랴 경축하지 않으랴


| 수록지면 |

*『거류―8.15해방1주년기념시집』(종합시집), 8 · 15해방1주년기념중앙준비위원회, 1946.
민병균, 『해방도』, 조선신문사, 1947.
『서정시선집』(종합시집), 조선작가동맹출판사, 1955.
민병균, 『민병균 시선집』, 조선작가동맹출판사, 1958.

---

1  『민병균 시선집』에는 '말이 없구나'로 표기되어 있다.

# 祖國創業(조국창업)


트럭아
우리의 트럭아
너는 어제도
감탕ㅅ길 數百(수백) 리를 휘돌아오누라
온몸이 그러케 진흙투성이 되었것만
이제 한 해가 저므려는
祖國創業(조국창업)의 거룩한 날과 날을
일직이 하로도 쉬인 적이 없는 너는
오늘도 그처름 새벽부터
네 몸을 달쿠기에 호을로 분망하구나


오늘은
평양城(성) 四(사)백 리ㅅ길이다
그 언젠가
이 고장 적은 낟알을 실어가면서
로동자와 농민이 맺는
새 友情(우정) 속에서만
조선의 自主獨立(자주독립)은 이루어진다든
평양城(성) 공장 벗님네들이
먼저 저들의 血肉(혈육)을 빚은
허메랑 낫이랑 광이 삽이랑
그 밖에ㅅ선물도 가지가지를
먼 이곳까지 거득 실려준다는

삑찬 또 하나 새 전령이 왔다

그래 가자
네 앞뒤ㅅ바퀴가 모두 닳고
지체가 또한 그처름 람루해도
우리의 뒤에는 항상
바래주는 내 고장 몇萬(만) 농민의
뜨거운 지성이 가싸이 따르고 있어
마음 그저만 든든하거니

오오, 저기
새 영[2] 많이 덮힌
마을과 드메가 보인다
모두 千年(천년) 오욕의 누데기를 벗은
채양 끝 채양 끝마다
그날 밤 우리들이 기쓴 傳說(전설)인 양
밤새 흐느껴 울며 실어다 쏜잣든
새나라 太極(태극)이 휘날리누나

그리고
마을과 드메 앞
오—래 흐리어 뭉쳤든
人民(인민)의 떨기 구름이 쏟는
후진 소낵이를 흠씬 받아 먹음고
모두 한 길 자라만 오른

---

2 『민병균 시선집』에는 '새 이영'으로 표기되어 있다.

살진 해방의 들이
트럭아
너도 그처름 하냥 기껍기만 하여
낭바래기 三(삼)십 리 가파른 언덕길을
너도 몰으게 단숨에 기어 올라오느냐

아, 이제
峻嶺(준령)도 의로운 地脈(지맥)을 짚어
푸른 목 느리우고 滿悅(만열)하는 곳에
한 개 드센 바위인 양 맹수인 양
웃으며 숨뼉이며
숨 고루는
우리의 트럭 人民(인민) 트럭아

아즉도 우리의 갈 길이
저러케 멀—고 묘막하다만
우리는 때로
달도 없는 구믐 밤을
네 두 눈에 불[3]도 켬이 없이
오히려 낮보다 환—이
밤새 달린 때도 있었거니
오오, 그러타
지금 北朝鮮(북조선) 방방곡곡에서
은은히 은은히 타오르고 있는
우리들 民主人民(민주인민)의 불ㅅ기둥 하나만이

---

3  원문에는 '풀'로 표기되어 있다. 오식으로 보인다. 『해방도』(1947)에는 '불'로 표기
   되어 있다.

모든 것을 밝히며 모든 것을 이기리라

아, 트럭아
우리의 트럭아
어서 한 포대 껌정 숯을
한 초롱 도랑 흙탕물을
두 눈 지긋이 감고 왈—칵 삼키어라
그리고 다시
몬지를 헷치며 잔돌을 박차며
저 하늘 밑 흰 구름 피어오른
평양城(성) 남은 길을 마자 달리어 가자
래일은 또 짐 실은 四(사)백 리
무거운 하로 行程(행정)을
내 고장까지 대어야 하느니—

| 수록지면 |

*『거류—8.15해방1주년기념시집』(종합시집), 8 · 15해방1주년기념중앙준비위원회, 1946.
민병균, 『해방도』, 조선신문사, 1947.
민병균, 『민병균 시선집』, 조선작가동맹출판사, 1958.

# 載寧江畔(재령강반)에서[4]


키워도 키워내도
肥沃(비옥)은 無盡(무진) 다함이 없어
나무리 百里(백리)ㅅ벌에
年年(연년)이 무르녹는 것
黃金稻(황금도) 몇 萬石(만석)에
살진 五穀(오곡)은 기 얼마였더냐?


아, 그러나 東拓標識(동척표식)의
흰 帆船(범선) 검은 똑딱船(선)들이
한 가을 이 고장을 들고 나고
面事務所(면사무소) 郡廳(군청) 불가살이 떼의
어지럽던 발자최가 한적할 양이면
벌방 칼바람 휘몰아치는
덕석문 三間草屋(삼간초옥)
써늘한 방구석에 웅크리는 것
그것은 끼니 걱정 나무 걱정에
모두 어깨 처트린
울상이었다 궁상이었다


新換浦(신환포) 나루터에 山積(산적)한
눅거리 三等(삼등) 호미쌀에도 배 못 불리는

---

이 고장 사람들이
삿자리 누데기 속에서
지리한 한 겨울을 꿈꾸는 것
그것은 조이삭 수수깡들이
한 자마큼씩 더 크게 패인다는
가없는 滿洲(만주) 땅이었다

오, 그러나 江(강)이어
너 나무릿벌을 구비도는
最流(최류)의 載寧江(재령강)
내 故鄕(고향)의 흐름이어
解氷(해빙)의 붉은 탕수가 철철 흘러넘치는
너의 豊滿(풍만)히 기름진 乳房(유방)은
언제나 純直(순직)한 이 고장 백성들을
족히 유혹하고도 남았나니

九月山(구월산) 上上峰(상상봉) 넘어
江南(강남)의 푸른 봄바람이
줄줄이 불어들고
아지랑이 흰빛 새오는 네 언덕에
갈대잎 엄트는 春三月(춘삼월) 好時節(호시절)이 오면
아랫마을 웃마을에서도 들리는
구성진 봄노래 콧노래에
어느새 땅은 갈리고
지난일 다 잊은 듯이
씨앗이 파릇파릇 싹터 올랐다

만은 다시
갈꽃 피는 가을이 오고
갈꽃 지는 가을이 갔을 때
속음의 쓰라린 傷痕(상흔)이 도지는
이 고장 사람들의 원망이 마음 아파
너는 하루저녁 찬바람 불러
두터운 어름짱을 얼굴까지 휘 뒤집어썼고
네가 키워낸 이 벌밧의 田園詩人(전원시인)인 나는
말없이 캄캄한 네 몸에 엎드러져
大地(대지)를 통곡쳐 울었더니라

그러나 江(강)이어
내 사랑하는 故鄕(고향)의 흐름이어
歷史(역사)는 끝내 구기지 않아
꿈 아닌 太極旗(태극기) 붉은 期(기) 雙雙(쌍쌍)이 훗나브끼는
마을 집집에 등불도 조로니
한 겨울 떠슨 잠이 깃들더니
一九四六年 三月 五日(1946년 3월 5일)
土地(토지)는 永遠(영원)히 밭갈이하는 농민에게로—
義(의)로운 웨침 소리
나무리 광막한 하늘 높이
쟁쟁이 울려왔을 때
너는 왈칵 어름짱을 드디고 일어나
沃野(옥야) 百里(백리)를 넘실넘실
춤추며 흘렀고
나도 진정 三十 平生(삼십 평생) 처음인
가슴 후련한 牧歌(목가)를 부르며 부르며

하욤없이 두 뺨 적시었더니라


그 후 일 년—
이 고장 나무리에 젖어드는
백성들의 훗훗한 입김 속에
한 길씩 자라 오르는 것
그것은 人民(인민)의 穀草(곡초)
人民(인민)의 生活(생활)—
하야 누구 하라는 이
시키는 이 없어도
愛國農民(애국농민) 무리져 나아왔고
建國米(건국미) 泰山(태산)을 이루었나니


아 載寧江(재령강)
내 고향의 흐름아
이 나라의 富强(부강)과 幸福(행복)
언제나 너와 함께 자라고 부풀고
이 고장 백성의 榮譽(영예)
네 위에 또다시 떨치며
기리 차 흐르리라 무궁하리라

—1947.3

| 수록지면 |

* 민병균, 『해방도』, 조선신문사, 1947.
『서정시선집』(종합시집), 조선작가동맹출판사, 1955.
민병균, 『민병균 시선집』, 조선작가동맹출판사, 1958.

# 歡送(환송)의 노래

三(삼)년전
八月(팔월)의 해볓이 눈부시는
이 驛場(역장)으로
―다와리씨치
―다와리씨치
귓청 가까이 소리쳐 내미는
그대들의 손길마저
한밤의 꿈속처럼
백주 더덤대던 우리들이
오늘은 이렇게
기세도 늠늠
깃발 당당한 자주독립의 백성으로
그대들을 보내는구나

옷과 몸이
흠빡 戰塵(전진)에 꺼스렀건만
아, 그 웃음
우리를 이끌어
하냥 떠나는 날 없이
이 나라 건설의 마당을
분망이 오고 갈 제
가슴마다 둘 셋 빛나는
훈공을 물으면

영예는 오직 부강한 조국
영용한 쏘베트 인민의 것이노라
금시 엄숙한 낯으로
—꼬레야
조선도
어서 그렇게 커야 한다는
손가리침 하늘 솟기가 바빴던
그대들—

하야
일본제국주의의
흉악한 亡靈(망령)들처럼
눈바람 호을로 괴괴턴
공장과 철도기관들에
모타소리 기적소리
불가슴 고동치는
오늘의 이 하늘 이 땅을 가져온
그 차림 그대로
이제 얼굴마다 눈동자마다
안도의 빛 웃음 가득히
우리 곁을 떠나가는
성스러운 그 모습들이여

지금
마즈막 이별의 악수를 나누는
이 순간에도
제 생명의 구원자를 바래는

우리의 토막 로어보다
함경도 평안도 사투리 행결 유창히
그새 말과 풍속이 달러
많은 페를 끼쳤노라
연상 손목 잡아 흔들며
앞날의 보다 가까운 친선을 기약하는
그대를 그대들 앞에
또 무슨 인사의 뇌임이랴!
우리 다만
북으로 북으로
그대들이 보이지 않을 때까지
이렇게 손과 손 높이 흔들며
가을도 저므는
이 驛頭(역두)에서
자꾸만 가슴이 후더워 오느니
쏘베트 戰士[5](전사)들이여!
그대들의 말과 뜻
생활하는 日常(일상)의 모든 것 하나하나가
그대로 스승의 愛情(애정)
스승의 손길이었던
오 레닌 쓰딸린의
위대한 敎訓(교훈)들이여

우리 언제나
그대들처럼,

---

5  원문에는 '戰土'로 기재되어 있다. 오식으로 보인다. 『나의 노래』(1949) 판본에는 '戰
士'로 표기되어 있다.

그대들이 들려준
쏘베트 로씨야의 수많은 영웅들처럼
원수와 싸워 용감하고
인민 앞에 충직한
헌신의 열정으로
저 하늘의 太陽(태양)을 닮는
三千萬(삼천만) 한 덩이
크고 뜨거운 불길로 살리라


| 수록지면 |

* 『영원한 친선―쏘련군환송기념시집』(종합시집), 문화전선사, 1949.
민병균, 『나의 노래』, 국립인민출판사, 1949.

# 三八線(삼팔선) 어느 지점에서

산비탈
푸른 숲을 더듬어 내리는
바람소리에 놀랐는가
바다 구비
바위 기슭을 물결쳐 가는
파도 소리에 소스라쳤는가

달 밝고
별 총총한
아름답고 평화로운
조국의 밤하늘을
놈들은 오늘도 미친 듯
쿵  쾅  쿵  쾅
무수한 야광탄과 함께
박격포 불길을 뿜어 올리고

우리의 경비대
바다의 용사
산악의 용사들은
언덕으로 바위 우으로
놈들의 아우성을
단손에 움켜잡을
더 높은 □□으로만

주춤주춤 활개쳐 오르나니


무엇이
이미 재워진 총탄
갈아진 날창
남쪽으로 남쪽으로
이대로 승전고 우렁차게 내닫고만 싶은
우리 경비대원과
그리고 드많은 우리 인민군 형제들의
젊은 용맹을
어깨 두드려 만류하는가


아! 그것은
사랑하는 삼천만과
남조선도 다 같은
우리 어머니 강토의
평화통일을 위하여
최상의 때를 대령하라는
조국의 엄숙한 말슴을
어느 때나 가슴 깊이 간직했기 때문………


이윽고
三八(삼팔)선도 밤은 깊어
야광탄이며
박격포며
소총 소리며
원쑤들의 한낮 광란은

우리 경비대원들의
밤을 삼키는 호담한 침묵
말 없는 육박전에
머리 숙여 항복하는 듯
산등 넘어 괴괴한 어둠 속
참호 속으로 뿔뿔이 숨어들고


다시
별 무리 하나 둘
달이 둥그는
고요한 밤중
사랑하는 조국의 초소를 지키는
우리 경비대원들의 가슴마다
입김 뜨거운 충성의 불길이
오늘도 홧   홧   산밭을 번진다
온 밤중 어둠을 태워 솟는다

—1949

| 수록지면 |

* 민병균, 『나의 노래』, 국립인민출판사, 1949.

# 과수원에서

전선 가까이
능금알 붉은 과수원 속에
지원군 전사들이
하루해를 쉬인다

산 넘어
포성 흔들며 불어오는
노―란 가을바람에
능금알이 후두두
자꾸만 머리맡을 떨어지는데

지원군 전사들은
주인 모를
이 과수원에 구을르는
한 알의 과실을
아무도 먹지 않는다

손을 내밀면
누워서도 두알 세알씩 잡히는
붉은 능금알을
손바닥에 소중히 바라보며

어머니

누이 계시는
내 고향 땅에도
과일 익는 가을은 왔는가……


한밤의
결전을 부르는
원쑤놈들의 포성이
산 넘어 가까이 들려오고


이 과수원에도
금박 폭탄을 퍼부을 듯
산기슭을 핥으며
비행기들은 태쳐 날으는데


─조선 땅을
내 고향처럼 사랑하라
한 가지의 나무와 꽃인들
제 것으로 애끼라


대포소리
폭음소리를 뚫고
가까이 선명하게 울려오는
고향 어머니와
모주석의 음성을 들으며


지원군 전사들은
예 저기

흩어져 구을르는
붉은 능금알들을 모아
적은 탑을 쌓는다


그리고
저녁노을 속에
모두 엄숙한 낯으로
총을 닦는다
탄환을 재운다


-오늘은
저 산머리 원쑤를 몰아내자
그리면 내일 아침
이 과수원에
우리를 믿는
정직한 주인이 오리라


채롱에 가득
붉은 열매와 함께
우리의 마음도
함께 이고 가리라


우리의 고향과
친애하는 모주석께
능금 따는
승리의 조선-
기쁜 가을 소식을 전해주라

—1951

| 수록지면 |

* 『전우의 노래』, 조선작가동맹출판사, 1953.
『서정시선집』(종합시집), 조선작가동맹출판사, 1955.
민병균, 『민병균 시선집』, 조선작가동맹출판사, 1958.

# 전선에 봄달이 뜰 때

전사는 나이 스물두 살
소년처럼 둥근 얼굴에
영채 두 눈에 빛나는
젊은 저격수였다.

그 수많은 돌격전과
제 가슴에 번쩍거리는 영예의 훈장을
나에게 자랑도 하였고,

수원에서 영동에서
큰 싸움의 고개마다
언제나 결전의 선봉으로 나섰던
어마한 전투 경로를 말할 때나

돌격의 첨병으로
한 번은 키다리 미국 병정놈과 맞결어
산비탈을 반시간이나 굴러 내리던
아슬한 격투 장면을 이야기할 때도

젊은 전사는
공화국의 용사답게
말귀마다 랑랑한 목소리로
유쾌히 웃어 대였다.

아, 그러나 만날 때마다
씩씩하고 쾌활만 하던
우리 젊은 돌격대원이
하루는 울기를 시작했다.

고지의 푸른 봄달이
진달래 꽃망울을 재촉하는 어느 날 저녁
포성은 잠잠하고
앞산마루에 두견새가 울던 때

젊은 전사는
두 번이나 나에게 말한
중대장의 이야기를 또다시 꺼내더니
갑자기 말을 더듬으며
울음이 울음이 북바쳐

불모래 타는 락동강가에서
전사들을 포옹하며 입 맞춰 주던
중대장의 마지막 모습을 이야기하며
그는 더 참을 수 없는 듯 땅을 두드리며 일어선다.

―그렇소이다
원쑤를 갚아야겠소이다
락동강 물가에 묻고 온
중대장의 원쑤 전우들의 원쑤를
이 내 목숨이 다 탈 때까지….

| 수록지면 |
* 민병균, 『민병균 시선집』, 조선작가동맹출판사, 1958.

# 두 수령

나는 두 수령을 뵈였다
우리의 친애하는 두 수령
레닌과 쓰딸린은 살아계셨다,
다만 오늘은 크레믈리에서
붉은 침실로 자리를 옮기였고
영채로운 두 눈을 감았을 뿐.

두 수령은 잠들어계셨다,
인민을 위하여 걸어오신 영광의 생애를
가슴에 넓은 기폭으로 두르시고……
레닌과 쓰딸린은 살아계셨다
기폭 우에 고요히 두 손을 얹어
우리들의 영원한 래일을 설계하시며.

그이의 손길이 가꾸어 준
사랑과 행복의 전원에서 온 사람들
그이의 착한 병사들이 열어 준
해방의 언덕 자유의 땅에서 온 사람들
그이가 비쳐준 별빛을 따라
멀리 멀리서 진리를 찾아온 사람들.

눈이 내리거나 비가 오거나
길고 긴 크레믈리 담벽을 예돌아

강물처럼 흘러오고 흘러가는 옷깃들,
두 분이 누워 계시는 수정관 앞에
오랫동안 오랫동안 머리 숙이는
우리들의 공손한 노래와 깃발들 속에.

위대한 사색과 명상으로
깊이깊이 감으신 눈
쉬지 않고 타는 의지의 입술,
두 수령은 일하고 계셨다
모든 로씨야 사람들과 더불어
모든 우리 인민들의 심장과 더불어.

두 수령을 하직하며
걷잡을 수 없이 다시 뺨을 적시는
사랑의 맑은 눈물들, 더운 손길들,
가슴마다 깃발이 넘쳐나는 붉은 광장
우리들의 모쓰크바 하늘 우에
세계의 하늘 우에

두 수령은 함께 가신다
그이 앞에 다시 튼튼히 일어서는
우리들의 진실한 어깨들 우에
햇볕 더 다양히 내려 쪼이고
별들이 더 유난히 비최는
우리들의 넓고 넓은 평화와 공산주의의 길을 향하여

—1954.5. 모쓰크바 붉은 광장에서

| 수록지면 |

* 『조선문학』, 1954.8.
『서정시선집』(종합시집), 조선작가동맹출판사, 1955.
『전하라 우리의 노래』(종합시집), 조선작가동맹출판사, 1955.

# 빛

날 어둡자 광풍이 불고
창살같이 비가 내렸다,
마치 우리 건설의 견고성에 대하여
어둠 속에서 몰래 시험이라도 해보려는 듯,
비는 쉬지 않고 함석지붕을 뚜드리고
바람은 창문을 쥐여 흔든다.

밤은 깊어 비는 더 쏟아지고
바람은 윙윙 전선줄에 매달렸다,
공장 구내 외등들도 꺼지고
사택 마을도 덧문을 내렸거니,
하물며 보초막도 없는 어둠속
저 한끝이야 누가 알기나 하랴?

그러나 충직한 보위대원
가슴속 깊이 품고 사는 당증,
남 안 보는 곳에서 더 소중하여
경비의 눈초리 크게 떴거니,
번쩍—어둠을 가르는 번개빛 속에
한 사람 걸어오고 있었다,

『누구야? 섯!』
『당신네 사람이요!』

이렇게 두 발이 물에 빠지며
십리나 넓은 구내를 돌아온 공장 당위원장
마지막 한끝에 닿아
초병의 어깨 두드리며
비옷 벗어주고 돌아오자
바람도 비도 멀리 달아났다.


| 수록지면 |

*『조선문학』 113호, 1957. 1.
민병균, 『민병균 시선집』, 조선작가동맹출판사, 1958.

# 나도 함께 서게 해 달라

날개인가? 파도인가?
산 넘어 고개 넘어
새벽마다 하얗게 밀려 와서는
온종일 넓은 벌을 덮는
저 빛은, 저 소리는,

불이구나! 쇠로구나!
찬물에 허리를 잠그고
등에 산 같은 흙짐을 져도
붉은 웃음 달음쳐만 다니는
내 고향내기 민청원들은,

사랑이여, 충성이여
나도 함께 서게 해 달라
나의 머리 세었다 탓하지 말고
손에 삽자루 쥐어 달라
어깨에 큰 지게 지워 달라.

내 인생이 저물도록
사랑과 눈물의 노래 바쳐온 땅
빈궁의 옛 자락 벗어던지고
청춘의 제방으로 되살아나는 흙
등이 뜨겁도록 업어 보리라.

그리고 해가 지거든
나도 함께 초막에 눕게 해 달라
사랑하는 어머니 땅 위하여
내 가슴 아직도 다 타지 못한 심장의 노래
청년들이여, 그대 조국의 새 창조자들에게 바치리!

—1957.11

| 수록지면 |

* 민병균, 『민병균 시선집』, 조선작가동맹출판사, 1958.

시인 민병균을 론함

**박종식**

## 1

매 사람마다 그만이 가지고 있는 얼굴의 외형과 풍채가 있고 또 다른 사람에게서 느낄 수 없는 심정과 내면세계를 가지고 있는 것처럼 이미 성숙된 한 시인은 시인으로서의 그의 풍모, 그의 시가 가지는 독자적 세계를 가지고 있는 것이 보통이다.

시인이 가지는 이 독자적 세계―이것이 없이는 그에 대하여, 다른 사람이 아니라 바로 그에 대하여 우리가 무엇이라고 말할 수 있겠는가? 말할 수 없으며 말하기 어렵다.

그러기 때문에 시인이라는 이 영예롭고 고상한 호칭은 시인과 동시대의 인민의 감정 속에 담긴 시인의 목소리와 독자적 풍모가 형성되기 시작할 때 주어진 사랑스럽고 고귀한 인민적 호칭이다.

시인의 독자적 세계, 그의 시인적 개성은 그것이 다른 시인의 세계와 구별되는 비반복적인 세계이면서도 인민의 감정과 기대, 그의 사랑 속으로 통하는 개성으로 되여야 하며 이 같은 인민적 지반을 상실하고 있는 그 어떠한 개성도 진정한 우리의 개성이 아니다.

참다운 시인의 개성은 마치 우주를 그 속에 반영하고 있는 하나의 작은 물'방울이라고 할가! 그렇다면 인민의 감정은 전 세계, 전 우주를 한 품에 안고 있고 비쳐 주고 있는 바다라고 말할 수 있다.

물'방울은 언제나 바다의 품으로 돌아가는 것. 그것은 바다와 하나로 되여 온 우주와 삼라만상을 보다 넓은 품속에서 반영할 수 있는 것.

형상적으로 말한다면 이렇게 시인과 자기 인민과의 관계, 시인의 개성과 자기 인민의 감정 사이의 호상관계가 이루어지고 있다고 말할 수 있다.

'인민'이라고 우리가 말할 때 거기에는 응당 '생활'이라는 개념이 결합되고 있다는 것은 자명하다. 우리는 생활이라는 이 고귀한 것도 오직 인민의 것, 그의 넓은 창조의 세계와 일치시켜 생각하고 있기 때문이다.

인민의 감정, 인민의 생활에 태'줄을 물고 그의 태반에서 자라나고 있는 시인, 그의 개성은 항상 시대라는 일정한 울타리 속에 있으며 그 밖을 벗어날 수 없다.

다만 오늘 악독한 인류의 원쑤 미제국주의 강도배들과 그의 이데올로그들만이 시인을 인민의 넓은 품에서 떼여내고 시대와 력사의 밖으로 내몰려고 발광한다. 이것은 알 만한 일이다. 인민의 감정을 실은 시인의 말—그것은 때로 폭탄보다 강할 수 있으며 력사의 흐름 속에 합류하여 부르짖는 시인의 목소리는 대하보다 힘차기 때문이다. 오늘 우리 조국의 남반부에서 인민의 우렁찬 목소리에 당황망조한 미제침략자들을 보라!

인민의 생활은 참다운 시인에게 있어서 어머니—대지와 같다면 시대와 력사는 시인의 개성이 그 속에서 자라나는 대기(大氣)이다. 시인은 인민의 생활 속에서 자양을 얻어낼 뿐만 아니라 그를 둘러싼 대기 속에서도 자양을 빨아들인다.

전통은 때문에 스승과 제자와 같은 직접적인 사제 간의 관계도 있지만 그 밖에, 아니 보다 많이는 하나의 거창한 대기처럼 시인들의 정신적 세계에 침투하고 있다. 이 경우에 위대한 맑스의 말을 빈다면 "마치 몽마와도 같이 산 사람들의 두뇌를 중압"하고 있는 정신적 요소이며 대기이다.

시인을 이야기하는 작가론의 과업은 바로 시인의 정신적 세계가 형성되는 인민적 토양과 그를 둘러싸고 있는 대기 속에서 그가 어떻게 자라나고 있었으며 그의 풍모는 어떠한 것인가를 뚜렷하게 드러내놓는 일이다. 다시 말하면 시인의 개성, 시인의 독자성을 생활과 시대의 조명 속에서 찾아내는 사업이다.

오늘 우리 시인들은 그들이 자라나는 풍요한 토양으로 하여, 그들이 호흡하는 맑은 대기로 인하여, 그들을 조명하는 공산주의적 리상으로 인하여 싱싱하고 굳건한 뭇 참대처럼 아름답게 자라나고 있다.

내가 앞으로 이야기할 시인 민병균도 바로 이런 우리 시대와 사회의 행복한 시인으로 장성하고 당과 인민의 넓고 따뜻한 품속에서 자기의 독자적 개성을 가지고 오늘 우리 인민의 가슴속에 힘차게 울려 퍼지고 있는 40대의 중년 시인이다.


2


시인 민병균은 1914년 황해남도 신천군에서 출생하였다. 우리는 시인 민병균을 말할 때 그리고 그의 시에서 풍기는 농민적 감정을 말할 때 그가 나서 자라난 고향의 자연과 떼여서 생각할 수 없다. (앞으로『민병균 시선집』에 수록된 시를 중심하여 이야기할 것이다.)

그는 재령강반의 시인이다. 아니 그의 시가 가지는 시'적 향취와 풍모에서 볼 때 그를 나무리'벌의 시인이라고 부르는 것이 보다 적절할지 모른다. 그만치 그의 시는 이 지방의 자연과 향토와 밀접히 련결되고 이곳의 순박한 농민의 감정과 깊이 관련되고 있다.

철철 흘러넘치는
재령강의 풍만한 유방은
언제나, 나무리'벌 백성들의
순박한 마음들을 유혹하고도 남았나니

하고 1934년 「해빙기의 재령강반」에서 젊은 시인이 노래한 바로 그 농민적 감정은 그의 시의 첫 출발부터 거의 오늘에 이르기까지 그의 시의 풍격을 규정하고 있다.

내가 시인 민병균의 시'적 세계가 가지는 일종의 독특한 독자성을 념두에 두면서 그를 재령강반의 시인이라고 부르기보다는 굳이 나무리'벌의 시인이라고 부르는 리유는 어데 있는가?

그의 시는 결코 '강반의 시인'이 그러한 것처럼 결코 어떤 고독과 뼈다귀만 앙상한 사색을 불러일으키지 않으며 이와는 달리 그의 시는 풍만하고 넓은 대지와 구수한 흙의 냄새가 무르흐르는 넓고 풍요한 전야의 감정을 불러일으켜 주고 있기 때문이다.

그의 시는 시인으로서 민병균이 출발할 초기부터 오늘에 이르기까지 많은 변천과 발전을 내포하고 있다. 그러나 그의 시가 오늘에 이르기까지 조선 농민의 순박한 감정, 그 넓고 줄기차고 억센 감정의 세계를 계속 유지하고 있으며 이 점이 시인 민병균의 시를 다른 시인과 구별케 하는 독자적 세계의 하나이라고 말할 수 있을 것이다.

그는 이처럼 시인의 첫 출발부터 순박한 조선 농민의 아들로 태여났으며 자기 향토의 유방 그 젖줄기를 물고 커난 시인이였다. 그만치 그의 시는 첫 출발부터 향토적이며 인민적이고 그만치 말의 좋은 의미에서 민족적이였다.

한 시인의 유년기와 소년기 및 청년기를 둘러싸고 있는 자연과 향토는 그 시인이 장성하는 과정에서 지울 수 없는 흔적을 남기고 지나간다. 그것들은 마치 어머니의 포곤한 품처럼 시인의 성장을 품어주고 그의 정신세계 속에 랑만적인 꿈을 아롱지게 하며 시의 풍부한 색소와 음향을 던져준다. 물론 어떤 시인의 시를 모조리 그의 자서전적인 력력에 의하여 자막대기로 재여야 한다는 것은 위험한 것이나 그러나 시인의 정신세계를 길러주고 풍부히 하여 준 자연과 향토만은 다시 찾을 수 없는 순박성을 가지고 항상 시인의 아름다운 시 속에 혈관처럼 흐르고 있으며 물'결치고 있다.

시인 민병균도 바로 나무리'벌 조선 농민의 풍부한 정신세계, 그 영원히 흘러 숨쉬고 있는 아름다운 도덕의 세계에서 생장하고 장성하였다.

그가 1930년대 초에 처음으로 시인으로서 재령강반 나무리'벌에서 자라나고 있을 때에는 이 나라의 현실은 희망과 슬픔, 광명과 암흑의 두 갈래의 길로 뻗어 있었다. 한편으로 조선인민의 희망과 운명을 두 어깨에 걸머지고 일제를 반대하여 직접 손에 무장을 들고 민족해방의 홰'불을 높이 든 김일성 원수를 선두로 하는 조선 공산주의자들의 불굴의 투쟁이 줄기차게 일어나고, 이 봉화는 조선인민과 량심적이며 진보적 인테리들의 가는 길에 광명과 희망을 던져주었다.

다른 한편으로 일제의 가혹한 착취와 압박도 더욱 가중하며 이 나라의 방방곡곡에서 슬픈 현실이 수없이 버러지던 시기였다.

이 시대의 발'자취는 젊은 시인의 창작의 길 우에도 깊은 흔적을 남기지 않을 수 없었으며 젊은 시인은 시대의 모든 선진적 부대 특히는 카프 시인들이 힘차게 걸어가는 길에 따라 그들의 정신적 영향 밑에서 슬픈 현실 속에서도 희망을 붙들고 앞으로 나아가고 있었다.

> 나는 그 거칠은 땅
> 푸른 잔디 우에 싱싱한 숲에
> 영원히 님네들의 넋을 느끼나니
> 님네들의 가르침으로
> 내 또한 아무데도 굽힘 없을 것을
> 하늘땅에 맹세하겠습니다.

—「날개」에서

그는 풍요하고 기름진 넓은 대지, 농민의 생활감정 속에 튼튼히 발을 붙이고 그 머리를 항상 어떤 빛발이 쏟아지는 광명과 미래에로 돌리고 있었다.

그는 20년대에 우리나라의 농민들의 생활감정, 그들의 가슴에 맺힌 조선적인 슬픈 현실을 자기 시 속에서 독특한 운률과 음향을 가지고 반영하고 있는 시인 소월의 시의 세계와 리상화의 시 속에서 힘차게 튀여나오는 현실 반항의 정신적 분위기 속에서 호흡하면서 자라나고 있었다. 말하자면 시인 민병균의 시를 형성시킨 바탕은 소월과 상화의 두 거

대한 정신적 세계이다

우리는 시인 민병균의 「굴포의 애가」가 간직하고 있는 전설과 향토의 그윽한 향기 속에서 소월의 시가 가지고 있는 슬픈 조선적인 현실과 전설을 능히 발견할 수 있다.

물론 민병균의 시의 어떠한 형식도 소월을 닮은 것은 하나도 없다. 그럼에도 불구하고 소월이 호흡하던 시대적 분위기 특히는 가난한 조선 농민의 생활감정, 압박받고 천대받는 조선 농민의 억울하고 슬픈 생활감정은 민병균의 초기 시 속에 완연히 흐르고 있음을 우리는 발견한다.


오, 분아 분아

생각만 해도 가슴이 터져오거니

그때 닥쳐온 기구한 운명을 막을 길 없는

너는 차라리 고향의 깨끗한 넋이 되여

우리들의 사랑을 맺어준

어머니 물'가 장풍밭에

돈을 저주하며 세상을 원망하며 한 많은 네 몸을 던졌구나!

―「굴포의 애가」에서


이 애가, 이 슬픈 전설은 소월의 시가 가지고 있는 그 비애와 애수의 감정, 그 전설의 세계에로 련결되고 있다.

동시에 우리는 30년대 민병균의 파릇파릇하게 자라나는 시 속에서 리상화의 시가 가지는 그 독특한 울림, 빛을 향하여 폭풍을 뚫고 내닫는 그 반항의 웨침이 울리고 있다는 것을 발견한다.

그러나 우리가 민병균의 초기의 시에서 그의 선대들의 정신을 어떤 조목에 따라서 찾으려는 것은 헛된 시도로 될 것이다. 오히려 민병균의 초기 시 속에서는 소월과 상화의 시정신이 머리 우에서 포착할 수는 없으나 그러나 흐르고 있는 대기처럼 흐르고 있었다. 아니 이것은 시인 민병균뿐이 아니라 당시 량심적인 젊은이들은 누구나 부닥치는 정신세계이다.

오 여름밤
무더운 밤이여 어서 오라
우뢰소리나마 그 소리가 듣고 싶고나!
그 군중이 보고 싶고나!

―「내가 여름밤을」에서

그러나 우리가 시인 민병균의 첫 출발의 시에서부터 상화의 시가 가지는 '우뢰'의 정신과 박팔양의 시가 가지는 '군중'의 정신을 뚜렷하고 구체적인 형상, 긍정적인 서정적 주인공의 형상 속에서 찾지는 못한다. 그의 시 속에는 이 모든 광명과 리상이 선언적으로 울리고 있다는 것은 물론이다.

그러나 시인 민병균은 어쨌든 그 시 창작의 첫 출발부터 풍요하고 기름진 대지―농민의 생활감정에 튼튼히 자리잡고 30년대 우리나라의 앙양된 민족해방투쟁의 밝은 홰'불에 조명된 선진적 시정신 특히 카프의 시 전통 속에서 자기 시를 육성시켜 나갔다.

우리나라에서 카프의 선진적 시인들이 이룩한 시의 혁신성은 무척 많은 것을 들 수가 있으나 그중에서도 가장 첫째 자리에 올려 세워야 할 문제는 그들의 선진적 세계관에서부터 흘러나온바 생활에 대한 미래의

밝은 전망을 시 속에 불어넣음으로써 사람들로 하여금 미래를 확신케
하고 광명한 전망을 잃지 않게 한 데 있다.

　김창술의 미래를 향하여 나래 펴는 시들을 상기하라!


　　네 활개를 벌리고 큰길 우에 활보한다.

　　무한한 리상 위대한 사색으로

　　맑게 개인 푸른 하늘을 전망하며…

—김창술의 「대도행」에서


　어찌 김창술 뿐이리오. 박팔양의 「새로운 도시」가 '새로운 아침'을 우
러러 새 시대를 노래하였으며 박세영의 「산'제비」가 구름을 헤치고 안
개를 헤치며 닥쳐오는 맑은 하늘을 향하여 나래 펴는 산'제비를 노래하
였을 때 사람들의 가슴에 밝은 미래를 안겨주었고 때로는 식어가는 가
슴과 심장에 뜨거운 불씨를 보태주었으며 싸움에로 향하는 용사들의
발 앞에 울리는 북소리가 아니였던가?

　이것은 조선 시문학의 거대하고 자랑찬 전변이며 혁신이였다. 이것
은 또한 20~30년대를 일관하여 허무적 절망과 암흑을 노래한 부르죠아
퇴폐 문학과 저물어가는 황혼과 미네르바의 박쥐를 노래하는 상징파
퇴폐 시인들에 대한 철추 같은 타격으로 되지 않을 수 없었다. 이것은
동시에 잃어버린 것, 사라진 것을 붙들고 놓지 못하고 애모와 슬픔으로
통곡하는 애수파 시인들에 대한 뼈아픈 경고가 아니였던가?

　시인 민병균은 슬픈 현실 즉 일제강점 시기의 구석진 측면만을 붙들
고 거기에만 매달리면서 영탄하고 슬퍼하고 절망한 그러한 시인으로는
있지 않았다. 아니 그는 소월이 바로 그러한 것처럼 소박하고 락관적인

조선 농민의 생활감정이 그로 하여금 이 구석진 그늘 아래 머물러만 있기를 원치 않았으며 소박하고 정직하고 강인하고 억세며 다정다감하며 락천적인 우리 농민의 성격을 그의 서정시의 정서적 바탕으로 함으로써 생활에 대한 미래, 닥쳐오는 광명을 결코 잃지 않고 있었다. 마치 우리의 근로하는 농민이 생활의 미래를 잃지 않듯이.

> 어제도 십리 오늘도 십리
>
> 야밤 지금도 저렇게 낡은 것을 사르는
>
> 붉은 화토'불이 타 번지고 있거니
>
> 그렇다 멀지 않아 우리 삼간 영창에도 정녕 봄은 오리라.
>
> —「대춘부」에서

서정시에서 진실이란 무엇을 의미하는가. 이 물음에 대하여 민병균의 시는 우리들에게 깊은 시사를 던져주고 있다. 그것은 민병균의 해방 전과 후의 전체 시를 통하여 일관하게 흐르고 있는 서정적 체험과 씨뚜아찌야가 이를 말하여 주고 있다.

그는 어데서나 무엇에나 그 자신이 그렇게 느낀 것을 또는 강하게 느낀 것을 자기 시대의 선진적이며 량심적인 사람들의 심정에 합류시킬 줄 알고 있으며 반대로 당해 시대의 가장 절실한 인민적 념원과 심정을 자기 시의 서정적 주인공의 심정으로 삼을 줄 알았다. 이것은 두말할 것 없이 서정시의 진실성을 의미한다. 주관과 객관의 통일—이것이 없이는 그 어떠한 서정시의 진실성에 대하여도 말할 수 없기 때문이다. 또한 시인 민병균은 소위 기발한 표현, 대상에 대한 기상천외한 과장을 그렇게 좋아하지 않으며 온건하고 상식적이면서도 사태의 진상을 절박하게 드러내주는 그러한 표현을 즐겨 한다. 이 점은 그의 시로 하여금 더욱 진실성을 얻게 하며 그의 시가 생활의 형식 그 자체를 파괴하지 않는 사실주의 시문학의 정수를 애써 고수하고 있다는 사실을 말하여 준다. 다시 말하면 시인 민병균은 랑만주의적 시인이라기보다는 보다 사실주의적 시문학의 전통을 고수하고 이를 자기의 특유한 개성 속에서 풍부히 하고 있다.

그의 서정시는 진실성을 가지고 있으며 답답하지 않고 푸근하며 넓은 서정적 씨뚜아찌야를 사람들의 마음속에 일으킨다.

저기 저 산'비탈에
보습날을 메따치는
무쇠 불꽃이라도 한번
붉게 튀여나 보렴

저기 저 무덤에
두 주먹을 두드리는
통곡 소리라도 한번
높이 일어서 주렴

―「산마루 우에서」에서

이 시 속에는 해방 전 일제강점 하에 있는 현실의 한 측면 즉 슬픈 현실에 대한 시인의 감정이 생활의 생동한 형식 그 자체의 화폭을 통하여 아주 진실하게 울려오지 않는가! 보습 날을 메따치는 농민들, 무덤에서 두 주먹을 두드리며 통곡하는 사람들에 대한 시인의 다함없는 동정과 시인의 념원이 수식 없는 농민의 감정 그대로 노래되고 있다.

"무쇠 불꽃이라도 한번 붉게 튀여나 보렴"—시인의 이 념원은 「폭풍우를 기다리는 마음」에서 보여주는 바와 같이 리상화를 비롯한 우리나라 선진적 카프 시인들의 공통적인 념원이였고 사상이였으며 그들의 서정적 주인공들의 성격적 한 개 특징이였다.

시인 민병균은 이 선진적 시인의 대렬이 힘차게 걸어가는 투사의 길을 두뇌와 리성으로 리해하고 실천과 투쟁을 통하여 개척한 것이 아니라 오히려 거창한 새 시대의 조류, 로동계급이 령도하고 창조하는 새 시대의 력사, 그 간고하고 고난에 찬 길, 그러나 영예와 광명으로 빛나는 사회주의 길을 다감하고 소박한 시인의 감정으로 접수하고 그 자신도 모르게 이 거창한 시대의 물'결 속에 휩쓸려 들어갔다. 그것은 마치 정의를 사랑하는 순진한 청년이 걸어가는 길과도 류사하다고 할가! 하여튼 시인 민병균은 우리나라 선량하고 량심적인 인테리—시인들이 로동계급이 령도하는 길에로 나오지 않으면 광명을 찾을 수 없는 력사적 시기에 태여나서 다감하고 정의로운 시인으로 이 새 시대를 영접하고 그 길을 따라 한 걸음 한 걸음 다가 나왔다.

그러기 때문에 우리는 시인 민병균의 해방 전 시에서 투사의 형상, 투사의 성격을 찾을 수 없으며 1920년대 이후 열리는 새 시대의 첨예한 갈등을 엿볼 수가 없다.

그러나 시인 민병균은 새 시대를 다감하게 영접하였으나 투쟁이 없는 리상주의자였으며 밝아오는 새 나라, 새 아침을 시로써 맞이한 시인이였다.


과연 한 마리의 아침 종달새와 같은

홀륭한 산상의 리상주의 시인이 되여

명랑한 희망의 노래를 읊조리며

—「산상의 오전 6시」에서

## 3

마침내 쏘베트 군대에 의한 8.15 해방은 오고야 말았다. 이제부터 해방된 공화국 북반부에서 당과 인민정권이 열어준 혜택과 배려 아래 우리나라 선진적 시인의 대렬과 함께 시인 민병균도 자유로운 창조의 날개를 활짝 펼 수가 있었다.

실로 그의 창조적 재능은 해방과 함께 공화국 북반부의 새 제도, 당이 펼쳐준 새 생활의 조건 아래서만 개화할 수 있었다. 사실 시인 민병균이 그처럼 풍부하게 가지고 있는 창조적, 시'적 재능의 온갖 잠재력은 해방 후 그의 정열적이며 다양한 쟌르의 시 활동 속에서 유감없이 드러났다.

그는 해방 후 공화국 북반부에서 이미 서정시집으로 『해방도』, 『나의 노래』, 『분노의 시』, 『고향』, 『우리의 친선』, 『민병균 시선집』을 세상에 내놓았으며 「어러리'벌」, 「조선의 노래」, 「사랑의 집」을 비롯한 여러 편의 장편서사시를 창작 발표하였다.

그는 평화적 민주건설 시기에는 해방의 감격과 토지개혁을 비롯한 민주개혁을 노래하였으며 조선인민의 경애하는 수령 김일성 원수의 개선을 노래하였고 조국해방전쟁 시기에는 "모든 것을 전쟁 승리에로!"라는 당의 호소를 받들고 종군작가로서 펜을 총으로 하여 조선인민군을 선두로 한 조선인민의 영웅적 투쟁을 노래하였고 형제적 중국인민이 보내준 지원군에 대한 국제주의적 친선을 노래하고 쏘련 및 중국 방문 시초에서 이 나라 인민들에 대한 조선인민의 형제적 친선의 감정을 노래하였다. 또한 전후시기에 있어서는 사회주의 건설에서의 로력적 위훈과 조선로동당의 현명한 령도와 그 인민적 제반 시책들을 감격적으로 노래하였고 우리 당의 혁명전통을 뜨거운 심장으로 노래하였다.

해방 후 15년에 걸쳐 창작된 이 수백의 노래들은 시인 민병균이 당의 시인으로서 나라의 거대한 사변들과 사회적 문제들에 어떻게 적극 참여하였는가를 여실히 보여주고 있으며 이 모든 시의 테마들은 그가 어떻게 새 사회제도를 뜨거운 심장으로 노래하였는가를 여실히 보여주고 있다.

해방 후 모든 시인들이 거의 그러하지만 특히 시인 민병균의 전체 시들을 만일 하나의 테마로 결합하여 부를 수 있다면 그것은 곧 새 제도 즉 인민민주주의 및 사회주의 제도에 바치는 시인의 끓어 넘치는 송가이라고 말할 수 있으며 이 제도의 우월성을 체현하고 있는 새 인간, 긍정적 인간들의 아름다운 정치 도덕적 품성을 노래한 것이라고 말할 수 있을 것이다.

해방 전에 그처럼 우리의 선진적 시인들이 이런 사회를, 꿈속에서 그리던 그 사회, 시인 민병균이 「대춘부」에서 그처럼 목마르게 기다리던 '봄'은 시인의 면전에서 열리기 시작하였다.

이리하여 새 제도, 새 생활은 바로 시인의 눈앞에서 시'적 현실로 전변되였으며 그는 이 시'적 현실 우에서 과거 억눌리던 정서를 개방하고 시의 날개를 마음껏 펴기 시작하였다.

─「고향」에서

지난 시대에 있어서 사회제도와 시인과의 관계─이것은 오랜 력사의 숙제'거리로 남아 있으면서 마치 집 없는 류랑객들이 해'볕 쬐는 거처를 찾아 이리저리 다닌 것처럼 오랜 해결의 길을 더듬었다.

소월은 까마귀 까악까악 우는 부르죠아 사회제도 우에서는 어쩔 수 없이



하고 애절하게 노래하지 않았던가!!

이것은 비단 소월에게서뿐만 아니였다. 부르죠아 사회 자체가 시인에게 가져오는 일반적인 불행이였다. 그러기 때문에 엥겔스는 당시대의 독일 시인들을 향하여 '당분간'은 다른 어떤 곳으로 이주하라고 말하지 않았던가.

시인 민병균은 민주 태양이 솟는 곳, 당의 품 안에서, 행복한 새 사회제도 우에서 자기의 시의 거□[1]를 발견하고 목청껏 노래하는 새 생활의

가수로, 사회주의 가수로 되였다.

해방 직후 우리 시문학은 무엇보다 모든 시인들이 해방의 감격을 먼저 노래한 것으로 특징화된다. 그것은 위대한 쏘베트 군대에 의한 조국의 해방뿐만 아니라 공화국 북반부에서 조선로동당의 령도 아래 전개되고 건설되는 모든 현실 그 자체가 가장 다감한 시인들을 포함하여 인민들의 눈물겨운 감격과 감사를 불러일으켰다는 것으로 충분히 설명할 수 있다. 토지개혁에 대한, 로동법령에 대한 전 인민적 감격을 상기해 보라!

해방의 감격—이것은 시인 민병균에게 있어서 다시 찾은 고향을 의미하였으며 이 고향을 다시 찾아준 당과 인민정권을 의미하며 다시 찾은 조국을 의미하였다. 그러기 때문에 이 나무리'벌의 시인은 (독자들이여! 내가 이렇게 부르는 것을 허락하라!) 다시 찾은 재령강반을 노래하였고 고향을 노래하였고 토지개혁을 그가 가지고 있던 고유한 목소리로 즉 구수하고 당의 입김이 스며드는 대지의 뜨거운 목소리로 노래하였다.

시인 민병균의 이 해방과, 잃은 것을 다시 찾은 감격은 송두리째 그의 시집 『해방도』 속에 수록되여 있다.

> 강이여 재령강이여
> 너의 옛 눈물과 한숨의 기슭
> 이제는 노래와 웃음만 차 흐르는
> 푸른 물'굽이 흰 물'결 우에
> 허리 구부려 목축이노라, 입 맞추노라
>
> —「다시 재령강반」에서

---

1  '거처'로 추정된다.

하고 시인이 다시 찾은 고향의 땅 재령강을 노래하였을 때 그가 1934년 「해빙기의 재령강반」에서 노래한 그 슬픈 현실은 환희와 감격으로 바뀌여진다.

아름다운 현실에 대한 시인의 환희와 감격은 우리의 서정시에서 긍정적 빠포스의 원천이다. 객관적 현실에 대한 시인의 주관적 동정과 반감의 가장 구체적 표현으로 되는 서정시의 빠포스는 마치 두 물체의 충돌에 의한 음향과 같이 강하게 부딪치면 칠수록 강하게 울린다.

그러기 때문에 우리 사회에서 시인의 빠포스는 언제나 강하면 할수록 좋다는 법칙 아닌 일종의 법칙이 나온다.

환희의 빠포스도 강하여야 좋고 분노의 빠포스도 강하여야 하며 증오의 빠포스도 강하여야 한다.

높이 웨치라! 그러면 멀리서 들릴 것이고, 뜨겁게 태우라! 그러면 녹을 것이다―이것이 서정시의 빠포스가 부르는 노래이다.

물론 수정같이 맑은 지성이 서정시에서 아주 필요하며 두뇌와 사색의 시가 요구된다. 그것 없이는 심장의 연소도 멎을 수 있다. 그러나 서정시에서 시인의 대상에 대한 심장으로의 고동과 연소가 없이 서정시는 결코 강하게 울리지 않는다.

시인 민병균을 말할 때 그를 지성의 시인이라고 부르기보다는 심장의 시인이라고 말할 수 있을 것이다.

시인으로서 그의 개성을 말한다면 이미 앞에서 언급한 바와 같이 조선의 농민적 감정에 뿌리를 박고 있는 이 시인은 또한 정열의 시인이라는 것을 여기에 첨부할 필요가 있다.

그는 사실 정열의 시인이다. 특히 해방 후에 그의 시는 우리의 아름답고 영웅적인 현실에 대한 시인의 심장의 높은 고동이며 연소이며 작

열의 노래이다. 그는 결코 시를 두뇌에 의하여 고안하지 않으며 심장의
연소를 통하여 우리의 생활에서 특징적이며 본질적이며 의의 있는 것
을 노래한다. 또한 비록 우리의 생활에서 사소한 것일지라도 그것이 한
번 이 시인의 정열 속을 통하여 나온다면 강한 시대적 의의와 색채를 띠
고 정열에 불붙는 시의 대상으로 일어서는 것이다.

> 트럭아 우리의 트럭아
> 어서 한 포대 검정 숯과
> 한 초롱 도랑물을
> 큰 입 벌려 왈칵 삼키여라
> 그리고 다시 먼지와 잔돌을 박차며
> 고개를 내리고 내를 건너
> 저 하늘 밑 흰 구름 피여오르는 곳으로
> 우리의 열정을 태우고 태워 가자
>
> ―「조국창업」에서

시인의 해방 초기의 작품에 속하는 이 시에서 우리는 해방 직후 해방
의 감격과 민주창업에 분초를 아끼여 분망하는 이 시기의 전형적 환경
과 이에 적응한 서정적 주인공의 성격을 직각적으로 느낄 수 있을 뿐만
아니라 시인의 정열 즉 작은 대상도 그것을 정열의 도가니 속에서 녹이
여 시로 되게 하는 시인의 재능을 능히 엿볼 수 있을 것이다.

그러나 시인 민병균은 결코 자기의 시를 시로 되게 하기 위하여 재간
과 수공업적인 잔손질을 부리는 시인이 아니다.

그의 수백 편의 서정시의 량과 질의 사이에는 그다지 큰 간격이 없으

리만큼 매편의 시들이 시로서의 자기의 주장과 의의를 가지고 있다. 이것은 시인 민병균이 우리 시대와 새 생활의 가수로서 그의 눈앞에 열리고 있는 모든 현실이 바로 그대로 시'적 현실이라는 것을 그의 심장과 정열로써 확인하고 대답하고 있는 증거로 된다.

시인은 조국해방전쟁 시기에 같은 높은 정열로 우리의 영웅적 인민군들의 영용한 투쟁 모습을 그들의 내면세계, 그들의 정치 도덕적 품성의 높이를 통하여 노래하고 있다.

시인의 조국해방전쟁 시기의 시편들을 읽어보라. 「전선에 봄'달이 뜰 때」, 「마사원 전사」, 「습격의 밤」 등 기타 적지 않은 서정시들은 시인의 적에 대한 강한 증오의 빠포스 속에 우리 전사들의 높은 정치 도덕적 품성을 자랑과 긍지로 노래하고 있다.

> 불모래 타는 락동강'가에서
> 전사들은[2] 포옹하며 입 맞춰 주던
> 중대장의 마지막 모습을 이야기하며
> 그는 더 참을 수 없는 듯 땅을 두드리며 일어선다
> 그렇소이다
> 원쑤를 갚아야겠소이다
> 락동강 물'가에 묻고 온
> 중대장의 원쑤 전우들의 원쑤를
> 이 내 목숨이 다 탈 때까지
>
> ―「전선에 봄'달이 뜰 때」에서

---

2 '전사들을'의 오식이다.

시인 민병균의 서정시들은 조국해방전쟁 시기부터 시 속에 인간 성격의 장성, 그의 내면세계의 개방이 현저한 자리를 차지하고 등장한다.

해방 직후에 그의 시에서 많은 경우에 시인의 서정적 체험, 주정의 토로가 전면에 등장하였다면 조국해방전쟁 시기로부터 그 이후 오늘에 이르기까지 그의 시에는 서사적 인간 형상들과 그들의 내면세계가 두드러지게 나타나고 있다. 이것은 시인 민병균이 전쟁 시기부터 수편의 장편서사시를 썼다는 것만을 결코 의미하지 않는다. 그의 서정시 속에도 이 서사성은 현저하게 증대되고 있는바 이것은 무엇으로 설명할 수 있겠는가? 이는 우리의 영웅적 현실 그 자체의 속성에서 흘러나온다는 사실로 설명할 수 있다.

즉 우리 시대 우리 현실의 산 인간 모범들, 근로자들의 영웅주의적 군상들은 벌써 조국해방전쟁 시기에 그들의 우월한 정치 도덕적 자질들을 훌륭히 시위하였으며 전후시기에는 사회주의 건설투쟁에서 세인을 놀래우는 로력적 위훈을 통하여 그들의 영웅심을 발휘하였다. —이 모든 사실은 정열의 시인 민병균으로 하여금 그의 서정시 속에 시대의 증인으로 실제적인 투사들을 등장케 하였고 반대로 이 정열적인 시인은 우리 시대의 가장 감격적인 사실들과 영웅적 인간들을 노래함으로써 시로써 인간전형과 실제적 모범을 창설하고 이것을 일반화하는 시'적 정열로 불타고 있다는 것을 말하여 준다. 물론 그의 서정적 주인공의 성격이 전투적인 투사의 정열과 강인한 의지로 일관되고 있지는 않다. (이것은 그의 서정시의 약점이다.) 그럼에도 불구하고 그의 시는 끓는 시'적 정열로 가득 차고 있으며 이것이 노래하는 시'적 대상을 녹이고 있다.

서정시에서 서사적 화폭의 증대는 일반적으로 우리 시문학 전반에 걸친 하나의 특징이다. 이 특징은 특히 조국해방전쟁 시기 이후 오늘에 이르는 기간에 중대[3]하여 가고 있다고 우리는 충분한 근거와 확신성을 가지고 말할 수 있다.

시인 민병균의 서정시도 이 일반적 경향성은 반영하면서 그의 서정적 빠포스, 정열은 모든 서사적 화폭과 성격 속에 강한 입김을 불어 넣고 있다.

서정시 속에 있는 모든 서사적 요소들은 시인의 강한 서정적 입김을 거기에 불어넣어 주지 않고는 살아나지 못한다. 이 살아나지 못한 시들을 우리는 우리의 시인들의 서정시 속에서 때로 발견할 수 있는데 시인 민병균은 이 점을 항상 경계하면서 자기 서정시의 서사적 성격과 화폭들을 감격적인 것으로 살리고 있다.

「전선에 봄'달이 뜰 때」, 「우리의 저격수들」, 「습격의 밤」, 「과수원에서」, 「기념비」, 「빛」 등 허다한 서정시들은 그 속에 우리 시대의 모범적인 인간들, 공산주의자들의 전형이 아름답게 창조되고 있으며 그들의 매혹적인 성격 속에 시인 민병균의 뜨거운 입김이 강하게 울려 퍼지고 있다.

"누구야 섯!"
"당신네 사람이요"
이렇게 두 발이 물에 빠지며
십리나 넓은 구내를 돌아 온 공장 당위원장
마지막 한끝에 닿아
초병의 어깨 두드리며
비옷 벗어주고 돌아가자

---

3 '증대'의 오식으로 보인다.

바람도 비도 멀리 달아났다.

—「빛」에서

　이리하여 시인 민병균의 서정시는 시인 그 자신이 항상 어떤 푸근한 이야기를 많이 가지고 있는 개성처럼 이야기를 많이 가지고 나선다.

　이 점은 그가 다만 서정시인일 뿐만 아니라 우리나라 서사시 작가로서 서사시인으로서도 일정한 위치를 차지할 수 있는 길을 열어놓았다. 사실 그는 우리나라 서사시 발전에 기여한 시인의 한 사람이다. (이 점은 4항에서 다시 이야기하자.)

　그러나 시인 민병균은 여전히 서정시인이며 그의 적지 않은 서정시는 우리 시문학 발전에서 혁신적 가치를 가지고 있다는 점도 반드시 강조할 필요가 있다.

　그의 『시선집』에서 특히 〈로동 속에서〉의 시편들과 〈산과 강물과 이야기하노라〉 중에 수록된 서정시들은 그가 시인으로서 얼마나 높은 정신적 고소에 서서 전후 사회주의 건설 시기의 새 인간들의 전형을 창조하고 오늘 우리 시대 높은 인간의 정신을 어떻게 감명깊게 노래하고 있는가를 보여주고 있다.


언제나 땀에 젖은 그의 옷자락 밑에서
금모래알들이 사락사락 속삭이는 소리
이제는 처녀의 가슴 가득 여문 소원
당원으로 받아들일 기쁜 때가 온 것을

—「금모래 사락사락 속삭이는 소리」

전후 우리 서정시의 특징은 로동을 그 중심테마로 등장시킨 사실이다. 이 로동의 테마 속에는 전후 우리의 사회주의 건설의 대약진, 천리마시대의 정신이 가장 생동하게 반영되고 있다.

시인 민병균은 전후시기 작가들과 생활과의 련계를 강화할 데 대한 우리 당의 정당하고 정확한 문예정책을 받들고 근로인민들의 생활 속에 깊이 침투하고 그들의 생활감정 속에서 우러나오는 아름다운 정신세계를 탐구하고 이를 시화하였다.

시인은 「대답」에서 전후시기 당의 인민적 시책에 의하여 날로 향상하는 인민생활에 감격하고 당에 보답하는 우리 로동계급의 심정을 다음과 같이 노래한다.

높은 사상도 끓는 감정도
우리 선반공 로동자들에겐
쇠를 깎아 기계를 만드는 일
이보다 가까운 대답은 없어라

시인은 또한 우리 시대의 로동의 의의와 그 영예로운 사명에 대하여 결코 선언하지 않고 소리쳐 웨치지 않으면서 가장 생동한 인간형상을 통하여 서정시 「왕자와 공주」를 이렇게 끝마치고 있다.

아이들아 어서 더 크게 웃어라
로동이 영예인 나라에 로동자의 자식으로 태여난
너희들은 세상에 제일가는 복동이
왕관을 쓰지 않은 왕자들이다, 공주들이다.

로동을 테마로 하는 서정시 분야에 시인이 첨가한 기여는 사람들로 하여금 사회주의적 로동이 얼마나 영예로운 것인가를 쉽게 감득케 할 뿐만 아니라 이 로동이 얼마나 우리의 생활 속에서 이미 친숙한 것, 일상적인 것으로 되였는가 하는가를 감지케 한 데 있다.

우리는 그의 시 속에서 로동의 아름다움을 진실하게 느끼게 된다.

한 사람의 시인에게 있어서 시의 완성은 무엇을 의미하는가? 세계관의 완성인가? 혹은 기교의 완성인가? 한 사람의 완성된 시인에게 있어서 이 두 개 범주의 완성은 서로 뗄 수 없이 하나로 결합되고 통일되고 있다.

사상성으로 더욱 강하여진 예술성은 다른 모든 예술 분야에서와 마찬가지로 시인에게 있어서도 전적으로 해당되며 이 두 개의 범주의 완미한 통일은 시인의 완성, 따라서 그의 시의 완성을 의미하지 않는가!

한 시인이 제아무리 기발하고 재치있게 현실을 표현하여 세인의 이목을 한 몸에 집중한다고 하더라도 이것을 우리는 그의 시의 완성이라고 보지 않는다. 물론 현실의 본질적 측면을 예리하게 표현하는 표현의 예리성이 서정시의 완성에 필요하다.

그러나 참다운 의미에서 시의 완성은 현실 표현의 예리성의 무수한 과정을 거쳐서 결국 평범한 말 속에서도 언제나 진리가 숨어있고 시인의 말이 언제나 당해 시대의 인민의 사랑과 감정, 기대와 념원을 대변하여 준다는 거기에 있는 것이다. 이 경지는 시인의 세계관의 높이와 예술적 기교가 동시에 높은 단계에 도달한 것을 의미한다.

다시 말하면 한 시인의 완성은 자기 시대의 가장 선진적인 계급의 대표자로서 자기 시대의 인민의 충직한 아들로 자신이 복무하고 있다는 자각에 도달하는 경지가 바로 그것을 의미한다. 그러나 물론 이것은 결코 어떤 눈에 보이는 한계가 있는 것은 아니다. 참다운 시인들은 이 경지를 톺아 올라가는 것이다.

　우리의 시인 민병균도 그의 〈산과 강물과 이야기하노라〉에 수록된 시 속에서 바로 이 경지를 향하여 오르고 있다는 것! 즉 그는 오늘 우리 시대의 선진적 지향을 가장 집약적으로 대표하는 당의 시인으로, 인민의 충직한 아들로 자신을 자각하는 높은 사상적 고소에 서서 평범한 일상생활 속에서 항상 무엇인가 시대정신을 이야기하고 진리를 이야기하는 경지에 도달하고 있다.

　시인 민병균은 결코 예리한 말로 사람을 놀라게 하지 않는다.

　그러나 그의 시는 우리의 가슴을 후덥게 한다. 이 공감은 그의 시가 항상 인민적 감정, 공민적 감정을 대변하여 주며 우리 시대의 모범적인 것, 영웅적인 것을 뜨거운 사랑으로 대하고 있는 거기로부터 흘러나온다.


　　내 인생이 저물도록
　　사랑과 눈물의 노래 바쳐온 땅
　　빈궁의 옛 자락 벗어던지고
　　청춘의 제방으로 되살아나는 흙
　　등이 뜨겁도록 업어 보리라

　　그리고 해가 지거든
　　나도 함께 초막에 눕게 해 달라
　　사랑하는 어머니 땅 위하여
　　내 가슴 아직도 다 타지 못한 심장의 노래
　　청년들이여 그대 조국의 새 창조자들에게 바치리

　　　　　　　　　　－「나도 함께 서게 해 달라」에서

시인 민병균은 1959년 우리 인민의 민족해방투쟁 력사에서 그 불멸의 위훈을 영원히 빛내인 항일유격 전적지를 답사하고 조국의 해방과 자유를 위한 투쟁의 선두에 서서 직접 무장을 들고 싸운 김일성 원수를 비롯한 공산주의자들의 애국주의적 높은 정신세계를 묘사하는 많은 서정시들을 창작하였다.

〈장백산맥〉이라는 표제 밑에서 시인은 사랑하는 조국과 인민을 위하여 청춘도 목숨도 아끼지 않고 오직 혁명에 끝까지 충성한 우리나라의 공산주의자들과 그들의 선두에 서서 그들을 승리에로 인도하신 김일성 원수의 혁명정신을 감명 깊게 노래하고 있다.

항일의 선렬들이시여
붉은 투사들이시여
그대들은 우리의 뿌리
우리는 그 속에서 솟아난 붉은 꽃

—「렬사탑 앞에서」


시인은 우리나라 공산주의자들의 높은 정신세계, 열렬한 조국애와 혁명정신을 다만 력사적 과거의 것으로만 노래한 것이 아니라 이 숭고한 정신은 오늘 우리 시대, 우리 세대의 정신 속에 계승되며 빛을 발휘하고 있음을 노래한다.

우리도 그대들처럼 피 한 방울까지
당과 수령 앞에 충성하리라
우리도 그대들처럼 목숨이 다할 때까지

조국과 인민을 사랑하고 사랑하리라

―동상

시인은 결코 우리 력사의 기념비에 대하여 단순한 력사가처럼 영웅적 현실을 기록하고 증언한 것이 아니라 그 자신을 투사의 정신세계에까지 높이 끌어올려 자신의 노래로써 30년대의 우리의 위대한 력사적 사실들을 노래하고 있다.

그만큼 30년대의 공산주의자들의 빛나는 영웅적 투쟁은 시인으로 하여금 높은 심장의 격동과 강한 시'적 빠포스를 불러일으키게 하였다.

〈장백산맥〉에 수록된 시편들은 바로 이 사실을 이야기하여 주고 있다.

이리하여 해방 후에 시인 민병균이 노래한 모든 서정시는 노래하는 대상이 과거이나 (30년대의 영웅적 사실) 현재이나 그 현실의 영웅적 성격 자체로 인하여 또는 시인 자신이 가지는 강한 시'적 정열로 하여 우리 시대 우리 혁명을 반영하는 열렬한 노래로 되고 있다.


## 4


시인 민병균의 개성 즉 시인으로서 그의 개성을 말할 때 앞에서 이미 언급하였지마는 그의 시는 언제나 이야기를 가지고 있다는 것을 다시 강조할 필요가 있다.

즉 그의 서사시뿐만 아니라 지어는 서정시까지 많은 경우에 이야기(에쁘스)를 가지고 있다. 이것은 그의 시가 가지는 특징의 하나이다.

이 특징은 그 어떤 시인보다 먼저 그를 서사시 작가로 쉽게 출현케 하였다.

그러나 이것만을 가지고는 일반적으로 해방 후 우리 시문학에서 그처럼 다양하고 풍부하게 개화되는 서사시 출현의 원인을, 따라서 그의 시에서 서사시의 다양한 출현을 설명할 수 없을 것이다.

서사시의 광범한 진출―이것은 확실히 해방 후 우리 문학 특히 시문학의 뚜렷한 특징의 하나이다. 그것은 무엇보다 해방 후 우리 사회, 우리 시대가 영웅서사시로 가득 차고 있다는 사실에서 설명할 수 있으며 사회주의적 사실주의 창작방법은 서사시 발전의 광활한 길을 열어주고 있다는 사실로써 설명할 수 있다.

부르죠아 사회를 보라! 그리고 그의 문학에서 얼마나 서사시가 고갈하고 있는가를 살펴보라! 현대 부르죠아 사회가 가지는 특성 즉 그의 무기력과 로쇠, 몰락과 파멸은 그 문학에서 서사시 출현을 불가능케 하고 있다.

서사시는 시라는 형식 속에 표현되는 광활한 인민의 력사이라고 말할 수 있다. 또한 서사시는 서정서사시를 포함하여 그 표현방법의 측면에서 볼 때에는 "생활을 그 숭고한 모멘트"(벨린스끼), 전형적인 모멘트, 리상적인 모멘트에서 포착하는 광활한 시'적 화폭이다.

따라서 참다운 서사시의 개화―그것은 현실 그 자체 속에 인민의 창조적 에네르기로 충만된 시'적이며 리상적인 사회에서만이 가능하다.

시인 민병균의 경우에 있어서 서사시는 조국해방전쟁 시기부터 전면적 출현을 보게 되였다. 이것은 알 수 있는 현상인바 이 시기의 영웅적 우리 인민의 투쟁! 그 숭고하고 전형적인 모멘트는 이야기를 좋아하는 시인 민병균의 가슴을 격동시켰던 것이다. 바로 시인이 「조선의 노래」에서

우리 남방 화선엔

신기로운 이야기도 많았다.

하고 노래한 그 이야기의 근원은 우리 사회가 바로 영웅적 이야기로 가
득 차 있다는 것을 말하지 않는가!

시인은 조국해방전쟁 시기에 장편서사시 「어러리'벌」을 창작하고 이
서사시에서 조국해방전쟁 시기에 있었던 실재한 인물의 영웅적 후방투
쟁을 묘사하였다.

주지하는 바와 같이 사회주의적 사실주의 문학은 실재한 인물을 작
품의 주인공으로 등장시키는 가능성을 비상히 증대시킨다. 이 같은 특
성은 앞에서 말한 바와 같이 우리의 현실 그 자체가 영웅들과 그들의 영
웅성으로 충만되고 우리의 사회제도 그 자체의 우월성에서 설명되는
것이다.

시인 민병균은 「어러리'벌」에서 우리 공화국 북반부에 실재한 보통
녀성 유만옥의 애국주의적 영웅성을 자기의 서사시에 보임으로써 우리
사회제도의 우월성, 그 무궁무진한 생활력, 그리고 당과 인민의 통일성
에 기초한 우리 제도의 불패성을 이야기하고 싶었다. 이리하여 시인은
조국해방전쟁 시기에 적 강점 지구에서 미제침략자들의 전고미문의 야
수적 만행에도 굴하지 않고 땅과 고향과 조국을 지키며 우리 인민군의
원호사업에서 무비의 대담성과 용감성, 강인성을 보인 보통 녀성 유만
옥의 영웅적 투쟁과 그 애국주의적 희생성을 노래하였다.

여기로부터 서사시 「어러리'벌」은 사랑과 증오의 서사시라고 부를
수 있게 하였다. 즉 시인은 이 서사시의 첫 장에서

　내 고향 녀인들이

　대지에 기록한

　사랑과 증오의 서사시를

　내 무한한 심장의 뜨거움으로

　노래하나니—


하고 노래함은 바로 이 때문이다. 다시 말하면 서사시「어러리'벌」은 미제국주의 강도배들의 야수적 만행과 인간 증오에 대한 참을 수 없는 분노와 증오를 한편으로 하고 다른 한편으로 우리 조국의 보통 녀성의 애국주의적 영웅성을, 그 무한한 자기희생적 헌신성을 '뜨거운 심장'을 가지고 노래하였다.

　남편도 자식도 원쑤들에게 빼앗기고 오직 원쑤에 대한 치솟는 증오와 복수의 일념으로 후방에서 벼 증산의 불'길을 높이는 유만옥의 투쟁은 이 정열의 시인으로 하여금 뜨거운 '심장의 노래'로 변하게 하였다. 따라서 서사시「어러리'벌」은 유만옥과 같은 수천수만의 조선 녀성, 조선의 어머니에 대한 시인 민병균의 헌시이며 이런 영웅적 녀성을 있게 한 조국 즉 조선민주주의인민공화국에 바치는 뜨거운 심장의 서사시이다.


　아 그러나 우리 조국은

　가슴마다 불도가니를 품은

　수천수만의 어머니들보다

　얼마나 더 뜨겁고 억센

　힘과 사랑의 태양이랴!

—「어러리'벌」에서

서사시 그것은 이야기의 문학인 동시에 또한 성격 창조의 문학이다.

서정시가 시인의 시'적 체험의 직접적 표현이라면 서사시는 서사적 성격의 창조에 의하여 간접적으로 시인의 시'적 체험을 토로한다.

시인 민병균은 「어러리'벌」에서 유만옥의 긍정적 성격을 창조하였으나 이 서사시의 특징은 시인의 주정 토로가 범람하여 그 속에 서사적 성격이 매몰되고 있는 감을 주고 있다.

그러나 시인의 다음의 서사시 「조선의 노래」에서 이 점을 완전히 극복하고 서사시를 성격 창조의 문학으로 발전시켰다. 말하자면 시인 민병균은 서정서사시 「고향」, 「어러리'벌」을 거쳐서 서사시 쟌르의 탐구의 길을 걸었으며 자기 경험에 의하여 서사시는 무엇을 요구하는가의 결론을 가지고 「조선의 노래」에 이르렀다.

「조선의 노래」는 3년간의 간고한 조국해방전쟁 시기 조국의 자유와 영예를 고수하는 조선인민의 투쟁의 한 폭의 력사이며 이 전쟁에서 기록된 조선인민의 승리의 한 폭 력사이다. 그것은 이 서사시가 미제와 리승만 역도들이 도발한 불의 침공을 격파하고 남조선인민을 노예의 쇠사슬에서 해방하는 시기로부터 시작하여 일시적 후퇴를 거쳐 다시 민주수도 평양을 적의 강점으로부터 해방한 전 시기를 포괄하고 있다는 그런 의미에서 력사일 뿐만 아니라 이 전쟁에서 기록된 조선인민의 승리의 발'자취를 항상 바라볼 수 있다는 그런 의미에서 「조선의 노래」는 한 폭의 력사에 필적할 서사시이다.

우리 자신을 지나간 먼 곳에서부터 다시 돌아다보는 데 도움을 주는 거울(고리끼)로서 「조선의 노래」는 참된 력사와 비견하여 적지 않은 의의를 가지고 있다.

시인 민병균은 미숙한 력사가가 그러한 것처럼 결코 착잡한 사건과 여러 현상들을 이것저것 라렬한 것이 아니라 영웅적 조선인민군의 한 부대의 력사를 가장 전형적인 사건에서 보여주고 자기 주인공의 자서전을 우리 인민의 력사와 련결시키는 데 전적으로 주의를 돌리였다.

첫 페지를 열면 우리는 장명 중대의 한 집단을 본다. 장명 중대의 중심에 뚜렷이 서 있는 장명 중대장은 인민의 참된 분신으로 드러나며 그의 개인의 력사 속에서 조선인민의 과거와 현재를 볼 수 있는 그런 인물로서 등장하고 있다.

"징용 딱지 목에 걸고" "규슈마루" 1천 톤 화물선에서 "다나까" 기관사의 민족적 학대에 반항하여 묶이운 바'줄을 이'발로 끊고 바다에 뛰여내려 구출된 후

> 압록강 떼'목을 타고
> 날고량 이삭을 먹으며
> 장백의 깊은 산'골로만 찾아가는
> 두 소년의 새 날 (2장)

속에서 진실로 조선인민의 과거의 한 토막 력사를 볼 수 있지 않는가? 조선인민의 과거, 그중에서도 전형적이며 선진적인 력사를 우리는 장명의 개인 자서전에서 불 수 있으며 김일성 원수가 령도하신 항일유격대의 빛나는 전통에서 자라나고 다시 조국의 땅에 돌아와 침략자들을 반대하여 싸워서 이긴 조선인민군의 한 토막 력사, 따라서 조선인민의 참된 력사를 우리는 장명에게서 볼 수 있다.

서사시의 특징은 그 화폭의 력사적 광활성, 그 화폭의 인민적 성격과 뗄 수 없이 련결되고 있다. 따라서 서사시에는 항상 인민의 력사에서 가

장 숭고하고 전형적인 모멘트가 반영되여야 한다. 뿌쉬낀이 "인민의 력사는 시인에게 속한다"고 하였을 때 바로 이 말은 시의 서사적 화폭을 넘두에 둔 것이다.

시인 민병균은 「조선의 노래」에서 예술적 허구를 동원하였음에도 불구하고 이 예술적 허구에 진실성을 부여하기 위하여 등장하는 인물의 성격 창조에 있어서 또는 그 등장인물들의 행동하는 정황에 있어서 진실하고 실감 있는 에피소드들과 디테일들을 많이 리용하였다. 가령 미래에 대한 꿈과 전망으로 가득 찬 장명 중대의 용사들이 원쑤들과의 가렬한 싸움이 끝난 후 짤막한 휴식을 리용하여 서로 이야기하는 장면이라든가 전우의 주검 앞에 "백 번 천 번 복수를 맹세하며" 탄원서를 안고 적과의 육박전에 나서는 용사들, 또한 련대장이 장명의 가슴에 매달린 훈장을 보고 칭찬할 때

내 가슴의 훈장보다
우리 중대 희생된 전우들이 더 많습니다.

하고 전우들을 사랑하고 아끼는 장명 중대장의 성격 등에 이르기까지 많은 에피소드들은 서사시 「조선의 노래」를 일층 생동하고 산 화폭으로 만들었다.

그러나 서사시가 보다 진실성을 획득하기 위하여는 무엇보다 전형적인 갈등의 설정과 그 해결에 의존하고 있다는 것은 물론이다. 물론 서사시는 그 어느 것이나 반드시 일정한 갈등이 있어야 한다는 것은 결코 아니다. 그러나 서사시가 항상 인민의 력사에서 전형적인 모멘트, 숭고한 모멘트를 선택하는 사실로부터 항상 일정한 갈등의 세계가 흐르고 있

으며 또 이 갈등의 세계가 없이는 시인의 강렬한 시'적 빠포스가 발흥되기가 어려운 것이다.

시인 민병균은 「조선의 노래」로 하여금 우리 시대 현대사의 력사적 진실을 말하기 위하여 우리 시대의 기본 갈등—미제국주의 침략자들을 반대하는 조선인민의 투쟁을 그 중심에 두었다.

시인은 「조선의 노래」에서 미제국주의 침략자들과 그들의 주구 리승만 도배들로 대표되는 낡은 세계 즉 파멸에 직면한 자들의 말로가 어떠한 것인가를 전투 묘사에서 적들의 패배를 통하여 묘사하고 에피소드적인 간첩의 등장과 처단으로 보여주었을 뿐 그들의 각양한 타잎과 부정인물의 성격의 발전을 보여주지 않았음에도 불구하고 사실주의적 서사시로 성공하게 된 원인은 이 작품의 기본 갈등 즉 미제 침략자를 반대하는 투쟁 속에 뚜렷이 서 있는 장명의 성격을 훌륭하게 창조한 데 있다. 따라서 서사시 「조선의 노래」가 거둔 성과도 장명의 인물형상이 살아 있다는 것과 긴밀히 련결되고 있다.

시인은 장명의 성격을 창조함에 있어서 결코 평면적인 전기로 대치시키지 않았으며 또 이미 마련된 기성복처럼 미리 준비하고 완성된 인물로도 만들지 않고 그 성격을 발전과 다양성 속에서 창조하였다. 즉 장명 중대장은 그의 자서전에서 볼 때에는 조선인민의 대표자들이 그러한 것처럼 일제를 반대하는 반항정신에 가득 찬 선진적 인물로서 항일 유격투사의 한 사람으로 발전하였고 미제를 반대하는 가렬한 전쟁 속에서 일층 단련되고 발전되였다. 그뿐만 아니라 그의 긍정적 성격들은 다양한바 강인하고 불굴하며 동시에 다정하고 혁명적 동지애가 깊으며 인민의 원쑤에 대한 비타협적인 전투성과 함께 포용력이 넓은 그런 전형적 인물로 되고 있다.

동시에 이와 같은 장명의 긍정적 성격들은 그렇게 만드는 전형적 환경 속에서 묘사되고 있음으로 하여 일층 진실성과 생동성을 얻고 있다.

이리하여 서사시 「조선의 노래」는 서사시가 응당 그렇게 있어야 할 성격 창조의 문학으로 됨으로써 우리 서사시 문학 발전에 크게 기여하였다.

실로 서사시 「조선의 노래」는 해방 후 우리의 서사시 문학 발전에 기여한 우수한 성과이며 우리 문학에서 달성한 서사적 인물형상의 화랑 속에는 장명의 형상이 뚜렷하게 들어 있다.

시인 민병균의 서사시를 이야기할 때에는 또한 「어러리'벌」 「조선의 노래」와 함께 반드시 서사시 「사랑의 집」을 말해야 할 것이다. 보다 정확하게 말하면 서사시 「사랑의 집」은 시인의 서사시 문학의 창조에 있어서 가장 높은 위치를 차지하고 있다고 말할 수 있다. 그것은 이 「사랑의 집」이 서사시로서 즉 성격 창조의 문학으로서 오히려 「조선의 노래」보다 완성된 경지에 이르고 있기 때문이다.

서사시는 이야기의 문학, 성격 창조의 문학이니만치 보다 많이 '보여주는 문학'이다. 즉 서정시를 표현하는 문학이라고 한다면 서사시는 주인공의 성격을 보여주는 문학이라고 말할 수 있다. 따라서 시인의 주정토로의 빠포스가 아무리 높다고 하더라도 인물형상이 살아나지 않을 때에는 이런 서사시는 실패를 면치 못한다. 그러기 때문에 서사시 작가는 마치 소설가와 같이 표현대상에 대하여 주관적으로 너무 흥분해서는 안 된다. 성격 창조의 문학에 있어서는 침착하게 주인공들의 성격을 이모저모 보여주라―이렇게 항상 서사시 작가 앞에 문제가 제기된다.

시인 민병균은 바로 「사랑의 집」을 이런 소설가의 립장에서 썼다. 그만큼 「사랑의 집」에 등장하는 매개 인물들은 자기의 개성을 가지고 있는 생동한 인물 성격들로 우리 앞에 나선다.

서사시 「사랑의 집」은 두 다리가 없는 영예 전상자가 어떻게 당과 국가의 배려에 의하여 영예 경제전문학교에서 배우는 과정에서 한 녀성의 동지애적 사랑으로 재생과 희망, 새 생활에 들어서는가 하는 이야기가 슈제트의 기본으로 되고 있다.

그러나 이 극히 평범하고 짧은 슈제트의 발견 속에는 어떤 성공한 단편소설의 성격에 필적할 개성을 가지고 우리의 눈앞에 뚜렷이 나타나는 옥실과 윤호 및 춘수 교장과 신철 당위원장이 들어 있다.

이 같은 생동하고 선명한 개성들은 그들의 호상관계에 있어서 공산주의자의 높은 도덕적 품성을 가지고 맺어졌으며 자기희생성과 높은 인도주의 정신으로 움직이고 있다.

시인은 특히 옥실의 성격 속에 우리나라 녀성들이 력사적으로 가지고 내려온 민족적 특성, 긍정적 성격을 구현시켰다.


오, 너는 보았으나
너의 눈'동자 너의 량심은
원쑤와 싸움에 상처받은 윤호에게서
네 목숨을 구원해준 그런 사람들을


시인 민병균은 「사랑의 집」에서 결코 젊은 남녀의 사랑 문제의 해결만을 위한 교양 재료로 이 서사시를 쓰지 않았다. 그와는 달리 시인은 윤호와 옥실의 사랑을 통하여 표현되는 공산주의자적 도덕 문제와 애국주의를 보여주고저 하였다.

우리의 사회제도 우에서 얼마나 사람들의 관계가 깨끗하고 순박하며 고상한가, (돈의 노예로 화하는 부르죠아 사회의 녀성을 상기하라.) 또

한 우리 제도는 얼마나 사람에 대한 뜨거운 배려를 가장 높은 도덕적 원칙으로 하고 있는가, 또 이 순박한 젊은 남녀의 사고와 행동이 얼마나 애국주의 정신에 가득 차 있는가를 시인은 이 서사시에서 보이고저 하였다. 이리하여 서사시 「사랑의 집」은 조국의 따뜻하고 넓은 품에서 자라난 젊은 남녀들의 내면세계에 발화되는 고상한 공산주의 도덕품성과 조국애에 바쳐진 노래라고 특징화할 수 있을 것이다.

> 조국이여
> 사랑하는 어머니 품이여
> 그대처럼 억센 인내와
> 무궁한 사랑의 힘으로
> 인민의 생활 가꾸는 당
> 세상에 또 어데 있으랴?

억센 인내와 무궁한 사랑의 힘으로 인민의 생활을 가꾸는 우리 조국의 품속에서 낡은 도덕에서 해방되고 새로운 공산주의적 륜리로 아름답게 꽃피는 젊은 세대들에 대한 시인의 뜨거운 사랑은 시인 자신의 공산주의적 인도주의 정신의 강렬한 표현으로 된다.

생활과 인간—우리 조국에서 이 얼마나 아름답고 자랑스럽게 불려오는 말인가!

시인 민병균은 「사랑의 집」을 우리의 생활의 새 륜리와 새 륜리의 소유자들인 새 인간들을 높이 찬양하는 찬가로 만들었다.

> 나는 시인의 공상보다 더 아름다운

우리의 생활을 보았다.
나는 다만 어머니 땅이 낳은 대로
이 소박한 '사랑의 집'을 지었다.

서사시 「사랑의 집」이 오늘 우리 사회의 참다운 륜리와 결부되고 있느니만치 결코 사회와 고립된 순수한 사랑, 더우기 안온과 향락의 보금자리를 찾아 헤매는 소시민적인 '사랑'에 바쳐진 작품은 아니다. 그러나 서사시 「사랑의 집」의 구성과 결말은 약간의 결함을 면치 못하고 있다는 것을 지적할 필요가 있다.

시인은 주인공 윤호와 옥실의 첫사랑에서 붓을 들어 가정생활에 들어가는 데서 붓을 놓았다. 이리하여 독자들이 윤호와 옥실에게서 진실로 기대하는 것, 알고 싶어 하는 것, 즉 그들이 벅차고 보람찬 우리의 사회적 생활, 창조적 로동의 문턱에 어떻게 들어섰는가를 보여 줄 필요가 있었다. 그러나 시인은 애타게 바라보는 독자들 눈앞에서 이에 대한 대답이 없이 붓을 놓고 말았다. 만일 시인이 자기의 주인공들과 그들의 아름답고 정다운 사랑을 낳게 한 우리 사회의 우월성과 당의 뜨거운 품을 높은 시'적 빠포스에 의하여 노래하지 않고 또한 그들에 대한 시인의 참다운 인도주의 정신이 없었던들 이 서사시는 그 구성으로 인하여 독자들로부터 약간의 반발을 야기하였을 것이다.

그러나 시인의 강한 시'적 빠포스는 시종일관 우리의 가장 인간적이며 가장 참다운 사회제도와 그 속에서 꽃피는 가장 참다운 인간의 륜리를 노래함으로써 이 모든 약점을 짓눌러 버렸다. 여기서 우리는 서사시의 주제와 그 주제에 바쳐진 시'적 빠포스가 얼마나 거대한 역할을 하는가의 좋은 교훈을 찾을 수 있을 것이다.

시인 민병균은 「어러리'벌」에서 우리 사회제도 우에서 생활하고 있는 한 평범한 녀성이 인민의 원쑤들에 대하여 얼마나 강인하며 무서운가를 보여주었으며 「조선의 노래」에서 이런 사람들, 즉 조선인민의 승리의 한 토막 력사를 보여주었고 「사랑의 집」에서는 이 제도 우에서 꽃피는 생활과 새 인간의 륜리를 이야기하였다.

이리하여 시인 민병균은 우리 사회제도의 우월성과 이 제도 우에서 개화하는 인간의 우월성, 그 정치 도덕적 품성의 우월성을 정열적으로 노래하는 가수로 되었다.

×

시인 민병균의 예술적 수법들과 언어 사용법 및 그의 운률 조성의 수법들을 연구하는 것은 매우 흥미있는 일이다. 왜 그러냐 하면 시인 민병균은 시인으로서 우리의 말을 비교적 풍부히 소유하고 있고 그 기초 우에서 다양한 예술적 수법들을 자유스럽게 사용하고 있으며 또한 그의 시가 가지는 운률도 비교적 정제하여 있기 때문이다.

그러나 이 모든 문제는 별개의 큰 론문이 될 수 있으므로 다음 기회로 밀고 여기서는 략한다.

(1960.5)

─『조선문학』 156호, 1960.8

**기타 참고문헌**

김명수, 「장편서사시 「어러리벌」에 대하여」, 『문학예술』 6-8, 1953.8.

『민병균 시선집』 저자의 략력, 조선작가동맹출판사, 1958.
『다시 찾은 고향길』 2, 후기, 아동도서출판사, 1958.
『별은 오늘도 반짝인다』, 저자의 창작 략력, 조선작가동맹출판사, 1960.

# 박산운

1921년 경남 합천에서 출생했다.
1945년부터 시를 발표하기 시작했다.
1948년 월북했다.
1997년 작고하였다.
북에서 출간된 개인시집으로 『버드나무』(1959) 『강철의 길』(1959) 『내 고향을
가다』(서사시)(1990) 『두더지 고개』(서사시)(1990) 『내가 사는 나라』(1992) 등이 있다.

# 무우밭

十(시)월 항쟁에 쓰러진 無名戰士(무명전사)의 무덤에

이 黃土(황토) 山(산)기슭
어지러진 무우밭을 보아라
천대받은 인민의 충실한 동무
사슴처럼 쪽 곧은 두 다리 날래게
샤포 비스듬이
휘파람을 불며 삐라를 붙이고
行人(행인)들은 제가끔
손 구구를 놓으며
손에 손에 무엇을 들고 제 집을 찾아가는
무심한 거리에서

똑바로 우리의 시간을
지켜주던
홀어머니 손에서 자라났다 하던
이미 자랑스러운
갓 스물 난 어린 同志(동지)―

이제껏 원쑤와 맞들어 다투고
따뜻한 머리가 부서질 무렵
自由(자유)로운 祖國(조국)의 이름과 함께
뵈이지 못한 동무
金將軍(김장군)의 이름을 連呼(연호)하며
쓰러진 여기가

바로 그 자리다!

그가 좋아하던 우리의 노래와
그가 싫껏 듣고 싶어 하던
旗(기)빨,
우리의 旗(기)빨을 가져오라

그리고
누구보담도 마음 친절하던
눈물이 많고 끝끝내 굳세게
어려운 일 제 먼저 차고 나서려던
그가
나무를 실어나리며 靑年(청년)이 된
山(산)새 우는 길에 서서
또 한 번
이 흩어진 무우밭을 보라

언제나 快活(쾌활)하게 날뛰던
동무의 어린 몸둥아리가
마지막 아픔에 못 이겨
銃(총)알이 든 더운 머리 따에 박고
피 흘리며
아아 함부로 뽑아 새겨놓은
이 무우밭
─원쑤여
너이들을 우리는 잊지 않으리!
늦은 가을햇살이 조용히 나려앉은

이리저리 뽑혀 있는 수다한 무우들
아아 이 무우밭에 사람을 넣지 말라!

| 수록지면 |

*『한 깃발 아래에서』(종합시집), 문화전선사, 1950.
박산운, 『내가 사는 나라』, 문학예술종합출판사, 1992.

# 위대한 인민의 손길

새로이 수축한 긴 제방 넘어
흰 구름들 바람 없이 흘러가는 들판,
다섯 개 보습날을 깊숙이 땅에 박고
구수한 흙냄새 사방에 퍼뜨리며
우렁우렁 밭이랑을 제끼는 뜨락또르.

창 밑에 뚜렷이 새겨진 글자가
오후의 태양에 반짝이며 나간다.
「모쓰크바, 쓰딸린 공장제 떼떼 五四(54)」

젊은 운전사가 이따금
뜨락또르 창문에서 머리를 내밀고,
조절수의 잘못을 바로잡아 주군 한다―
농민들은 자기 맡은 일에 열중해 있고…

―이것은 오늘,
복구되는 우리의 전야에 벌어진
보람찬 생활의 새 화폭의 하나,
우리 마을의 벅차고 아름다운 이 모습을
우리를 해방시켜 여기에 들렸던
쏘베트 전사―세료자, 너에게 보낸다.

그대들이 보내준 「떼떼 五四(54)」는

우뜨와와 나란이 밭에 들어서서
오늘도 혼자 몫으로 五〇(50)정보 갈았다―
모자 앞에 붉은 별이 자랑스럽던 세료자여

우리는 이렇게 말하고 있다.
『저것이 어찌
우리네 들판만 갈아 주었겠는가?
우리네 마음도 함께 일구어
　　　씨 뿌리게 하였다!…』

어찌 오늘뿐이랴!
그날… 위대한 쓰딸린의 군대인 그대들이
수리개도 넘지 못한다는 대 홍안령,
구름 속 길을 뚫고 이 땅을 찾아,
우리를 해방시키려 온 그날부터
우리가 잡고 일어선 손길이어늘…
오늘도 우리는 이렇게 자기를 자랑한다
―『우리는 쏘베트 사람들의 형제이다』라고.

눈부신 공산주의 횃불이
세계의 앞길을 밝혀,
만 인민의 가슴을 뛰게 하는 쏘베트 나라,
자기 마을 꼴호즈 살림을 이야기하면서
우리와 함께 밤 깊어가는 줄 모르던
세료자여!

이 아름다운 우리 마을의 그림은,

그대에게, 또
더 많은 것을 이야기할 것이다.
─우리 농업협동조합원들의
희망에 찬 눈들이 빛나며 말하는 것을.

…저기 어린 숲들의
나날이 뻗어가는 푸른 가지들과 함께
우리네 마을 한복판에도,
화려한 문화궁전은 서고,
조용한 마을 한끝, 맑은 시내 앞에는
햇빛에 반짝일 깨끗한 산원이 설 것이다.

우리는 또 세울 것이다, 그대들처럼
젊은 농업 기수들이 자라나는
농기화 전문학교와 육종 연구소와,
그리고 과수재배 연구소들을…

그리하여 가을 수확이 끝난 어느 날,
꼭대기까지 높이 알곡을 실은
우리 협동조합의 트럭들이,
한 집에도 여러 차례씩
탐스런 곡식들을 날라다 줄 제,
온 마을은 노래하며 나설 것이다.

세료자!
그대들이 모쓰크바에서
위대한 쓰딸린의 이름을 가진 공장에서 보내온

저 「떼떼 五四(54)」와 뿌라우와 수확기들을
보배처럼 어루만지면서,
끊임없는 그대들의
위대한 손길을 자랑하면서!

—1954

| 수록지면 |

*『서정시선집』(종합시집), 조선작가동맹출판사, 1955.
박산운, 『버드나무』, 조선작가동맹출판사, 1959.

# 논두렁 회의

멀리 양수장의 모터소리
한결 드높아 오는 저녁 논두렁,
조용히 가라앉는 들소리 속에
작업반원들이 회의를 한다.


—눈을 들어 보시오,
  손을 모아 들어낸
  달과 같은 우리 조합 논배미들을!
백릿벌 툭 트인 하늘을 등에 지고
자랑스러이
소매를 걷고 선 군무자의 안해,


—그러나, 상기도 덕보 아저씨는
  황새걸음으로 진종일
  해 가는 곳만 치여다 봤소…


물기 머금은 저녁 바람이
한 수꿈, 상기한 얼굴들을 스쳐가는데
도란도란 보고를 귀담아 듣고 앉은
지난 날 품앗이반과 소겨리반들…


금실금실 논배미도 들으라는 듯
분조원들 일어선다, 논배미도 보면서—

완강한 어깨, 성성한 백발
나 혼자 남은, 포위의 고지에서
오히려 백만 전우를 느낀 것도,
둘이 맞다들린 그 전호에서
놈의 멱살을 으물어 기어이 이긴 것도,

실은 발밑에 이 논, 이 땅을 보았고
마음속에 이 벼포기 자랐기 때문이어니
비록 한동안 총을 잡았다 하여
논에 들어서는 첫걸음 어이 서슴어지료.

하나하나 돌피를 골라가며
벼포기마다 뿌리를 어루만지며
정성스레 김매는 내 가슴속에
기쁨과 행복의 불ㅅ길로 타오르는 것,

아, 이 아침, 이 한 걸음으로
창조의 날개 펴는 젊음아!
전원에 밝아오는 새 아침과 함께
나의 앞길은 희망차구나!

십 년 전엔 나의 눈물이던 논,
해방 후엔 나의 기쁨이던 논,
나의 땀 배미마다 배여 있는 논,
이 아침 나는 협동의 논판에 서 있다.

| 수록지면 |

*『조선문학』, 1955.9.
박산운, 『버드나무』, 조선작가동맹출판사, 1959.
박산운, 『내가 사는 나라』, 문학예술종합출판사, 1992.

# 기러기

박산운

기럭기럭 기러기야
가을밤에 기러기야

달만 혼자 남았는데
뉘 집 소식 전하려니.

락동강 보거들랑
내 목소리대로 울어 다오

…엄마야 몸 성히
나는 예 있노라!

| 수록지면 |

*『조선문학』 111호, 1956.11.
『락원의 노래—가요곡집』, 조선문학예술총동맹출판사, 1964.
박산운, 『내가 사는 나라』, 문학예술종합출판사, 1992.

# 어느 벗에게 대답하여

벗이여, 그대는 말한다
나의 둥근 얼굴을 가리키며.
머리가 벌써 희여져 가는데
무엇으로 얼굴은 젊고 둥그냐…고.

벗이여, 나와 함께 보자
우리 조국의 지도 우,
내 손가락이 짚는 락동강 줄기를…

이 줄기 따라가면 있다,
내 가난한 어머니의 집이,
숙성한 버드나무 아래 내가 놀던 언덕이
석양 무렵… 나의 부름소리 듣고
돌밭에서 나를 안아주러 오던 우리 어머니가.

아, 그 언덕 우에 오늘도 석양은[1] 붉게 비치고
황량한 돌밭에 바람은 일어…
이제는 내가 안아드려야 할 어머니 홀로
거기서 내 이름을 부르고 있거니,
거기서 내 얼굴을 찾고 있거니.

---

1 원문에는 '석양을'로 표기되어 있다. 오식으로 보인다. 『내가 사는 나라』에는 '석양
  은'으로 표기되어 있다.

벗이여, 내 얼굴이 언제나 젊고 둥금은,
우리 어머니가 나를 잊지 말도록,
우리 어머니와 하루빨리 만나지도록…

―1957.3

| 수록지면 |

*『빛나는 아침에』(종합시집), 조선작가동맹출판사, 1957.
박산운,『내가 사는 나라』, 문학예술종합출판사, 1992.

# 미국 병정[2]

《유에스》 투구 아래
항시 무엇을 질근거리는 주둥이,
부숭부숭 털 난 손'등으로
흘러내리는 코를 훔치며
놈은 저렇게 보초막 앞에 있다.

이따금 드러내는 이'바디 사이로
포만해 가쁜 숨소리를 내며
짐승 같은 악취를 뿜어내더니
놈은 또 할 일 없이
제 호주머니를 열심히 들추고 있다.

우으로 삐여져 나온 놈의 두 귀가
들인 놀란 듯 쭈빗거린다
우리 측 련락 군관이 기르고 있는
비둘기가 날개 치며 날아오르는 소리에—
우리 들판에서 파도치는
금나락 밀어오는 소리에—

그러나 피'발 선 놈의 얼어붙은 눈알엔
가을하늘도 비치지 않는다

---

2  『단죄한다 아메리카』에서 이 시의 제목은 「양키병정」으로 변경되었다.

또다시 놈은 코를 훌쩍거리고
또다시 두 다리갱이를 폈다 굽혔다…

인제 략탈과 착취와 딸라에 부식된
놈의 두뇌를 자극하는 것은
오직 피 비린 화약내와
아이들과 부녀자들의 비명—
놈은 또 버릇처럼 코를 내여민다.

그러나 조선의 가을바람이
세찬 서리를 품고
기름진 놈의 목덜미를 치자
또다시 흠칫 눈을 뜨고
또다시 놈은 제자리에 들어선다.…

남의 땅을 탐내여
남의 나라 짓밟던 그날로부터
제 손으로 끌어온 이리 같은 세월이
놈의 심장을 사정없이 물어뜯어—

보라, 산 채로 썩어져 가고 있는
저 놈이
하느님을 믿는 미국 병정,
인간의 탈을 쓴 야수이다
—야수들은 당장 제 소굴로 돌아가라!
—미군 야수들은 당장, 우리 땅에서 물러가라!

| 수록지면 |

*『조선문학』 149호, 1960.1.
『그날을 위하여』(종합시집), 조선작가동맹출판사, 1960.
『단죄한다 아메리카』(종합시집), 조선문학예술총동맹출판사, 1963.
박산운, 『내가 사는 나라』, 문학예술종합출판사, 1992.

# 청계천에 부치여

박산운

여기가 보통강반, 토성랑 옛터.
이따금 봄바람이 흔들고 가는
맑고 푸른 물'결 우에 황홀히 비낀
저 다층 아파트들을 바라보노라면,
서울의 청계천이여, 문뜩 네 기슭이 눈에 밟힌다.

…청계천, 청계천.
네 이름 그리도 맑고 깨끗한데
네 모습 어이 그리 흐리고 어두우냐,
네 기슭 어이 그리 더럽혀졌느냐.

바람을 가리우려, 네 기슭에
옹기종기 빽빽이 둘러앉은 판자'집.
한 층 우에 두 층, 두 층 우에 또 세 층,
층층이 포개여진 판자'집의 네 기슭.

아, 그 안에서 태여나는
아이들의 첫 울음을
너는 얼마나 오래 들어 왔더냐,
열여섯 해를 또 너는 분노에 떨었구나.

나는 일찌기 걸었다, 네 기슭을.
동무들과 함께 가슴에 불을 안고.

그리하여 들었다, 네 흐린 물'살 우에서
온 서울이, 온 남녘땅이 몸부림치던 소리를.


새벽녘에 또 해질 무렵에
동무들과 함께 말없이 지켜보던 네 기슭—
남대문이 너에서 멀지 않았다.
종로 네거리가 바로 너의 곁이였다.


나는 듣고 있다, 지금도
너의 숨 가쁜 흐름 소리를.
나는 보고 있다, 지금
너의 탁류 속에 얼굴을 비쳐 보는
람루를 걸친 서울의 노한 얼굴을—


종로 네거리를, 서울 장안을
미국 야수들이 네 활개 치며 다닌다.
껌을 질근거리며, 배때기를 뒤룩거리며
놈들이 우리 땅을 짓밟고 있다.


분노에 타는 가슴 참을 길 없어
네 기슭에서 두 주먹 부르쥐며,
너의 아름다와질 기슭을 위하여
지금은 어느 동무들이
가슴에 더 세찬 불'길을 일쿠느냐,
너를 지켜보느냐!


끓어올라라, 더욱 세차게—

그 모든 오물들과 검부레기들을
깨끗이 깨끗이 가셔 버리고,
너의 기슭에도 머잖아 새봄이 오리니,
우리의 저 억센 기중기들이
너의 물 우에 큰 키 돋우비쳐
창 밝은 집들을 높이 높이 세워주리라

서울의 청계천이여, 그날을 위해
너의 기슭, 너의 흐린 물'살을 보고
온 서울이 더 크게 노하게 하라.
온 남녘땅이 더 뚜렷이 제 얼굴 비쳐보고,
원쑤 향해 증오와 분노를 끓이게 하라.
미국 야수들이 물러가지 않을 수 없게,
네 이름대로 네 기슭이 아름다와지게!

| 수록지면 |

*『조선문학』 162호, 1961. 2.
『당에 영광을』(종합시집), 조선작가동맹출판사, 1961.
『아름다운 강산』(종합시집), 조선문화예술총동맹출판사, 1966.
『해방후서정시선집』(종합시집), 문예출판사, 1979.
박산운, 『내가 사는 나라』, 문학예술종합출판사, 1992.

# 보통강 기슭에서[3]

버림받은 인민들이 의지가지 할 데 없어
차디찬 땅바닥에 등을 대이고
아침저녁 자고 일던 토성랑—무덤 아닌 무덤들이
얼마나 오랜 세월을 두고
너를 굽어보며 호곡했던가

이 나라 하늘을 곱게 수놓던
아름다운 새벽노을도
네 기슭에 머물기 저어하고
가벼운 아침바람도
네 기슭을 넘기 서슴어했더라

낮게 낮게 배회하던 검은 구름장들
빛발을 거둔 해와 달—
너의 도도한 탁류가 보통벌을 잠그고
사품치며 거리를 휩쓸어갈 제

금수강산에 메아리친 것은
어찌 네 탁류 앞에서 울부짖던
헐벗은 아이들의 울음뿐이었으랴

---

3  이 시는 『문학신문』에 실린 텍스트의 판독이 어려워 『내가 사는 나라』의 판본을 수
   록하였다. 상당부분 수정된 것으로 보인다. 『문학신문』 판본은 총 10연으로 구성
   되어 있다.

네 비정한 물굽이 앞에서 가슴을 치던
어버이들의 피맺힌 원성만이였으랴

보통강의 흐름이여
착취받고 천대받던 우리 인민의
피눈물에 더치던 강이여
네 우에 흘러간 것이 마흔한 해였구나
네 기슭에서 흐느낀 것이 천년 세월이였구나

일제의 쇠사슬이 끊어진 그날
백두산 설한풍에 날리시던 옷자락 날리시며
그이께선 묵묵히 네 기슭에 오르셨더라
눈부신 새날의 태양 아래 비쳐진
겨레의 피눈물 층층이 응어리진
네 강바닥 진흙을 지켜보셨더라

선뜻 인민들의 앞장에서 발을 벗으시고
도도한 탁류를 가르며
그이께서 뜨신 첫 삽―
우리 모두 그이의 부름 따라 그이를 뒤따라
소매 걷고 나섰던 그날에 그려본 것이
오늘은 례사로운 우리의 아침저녁이 되였구나

오오, 보통강이여 너는 또다시
네가 본 우리의 지난 나날을
쉴새없이 나에게 속삭여주누나
네 기슭 향해 활짝 열린 저 밝은 창문들과

네 기슭에서 자라가는 아이들의 노래소리로


수천 년 길들 줄 모르던 사나운 생활의 물줄기를
우리의 뜻대로 우리의 힘으로
이 세상에서 처음으로 돌리게 하신
위대한 수령 김일성 동지께선 오늘도
우리 인민의 진두에 높이 서계시나니


푸르런 록지와 화강암을 안고 도는
보통강의 새 흐름이여
우리 인민의 첫사랑의 강이여
너는 흘러간 천년을 흘러갈 만년을
내 귀에 끊임없이 속삭여주거니


나는 보노라 네 흐름 속에 비껴오는
내 고향 락동강의 새 흐름도
은혜로운 태양 아래 출렁이며 노래할
자유롭고 풍만한 그 흐름소리 함께 듣노라

—1960

| 수록지면 |

『문학신문』, 1963.7.16.
* 박산운, 『내가 사는 나라』, 문학예술종합출판사, 1992.

# 울지 않던 아이들

집안에 늙은이가 없어서
소작살이 땅이나마 떼울가 겁이 나서
들판에 나갈 때면 짐이 되는 어린것을
집 기둥에 처매놓고 뒤돌아보며
남편을 따라 허둥지둥 집을 나서던
가난한 아낙네들이 많이 살던 마을

어느덧 그것이 버릇이 되여
또릿또릿 머루알 같은 눈알을 들어
일 나가는 어머니를 보고도
울지 않던 아이들
고사리 같은 손을 흔들며
생글생글 웃기도 하던 아이들

벌써 너댓 살이 되면 헴이 들어
일 나가려 서두는 어머니를 보면
제 손으로 띠를 안고 아장아장
기둥으로 다가가 작은 등을 돌리며
어서 처매달라고 어머니를 쳐다보던
그 아이들이 많이 자라난 마을

자라서 어머니들을 생각하며
그리도 많이 눈물을 흘리려고

내 고향 아이들은 울지 않았던가
어머니들의 땀과 눈물이 스민
그 땅을 찾기 위해 내 고향 젊은이들
그리도 많이 산속으로 들어가고
그리도 멀리 고향마을을 떠나가기도 했던가…

―1985

| 수록지면 |

* 박산운, 『내가 사는 나라』, 문학예술종합출판사, 1992.

# 해를 이고 살기에, 별을 이고 살기에

두보는 호기장구 5, 6년에
떠나온 집을 두고 가슴을 찢었건만
미군 강점 장장 45년
대동강반에서 보낸 내 나이 70고희─

그러나 백발이 성성하다 하라
나는 더 늙지 않을 것이다
나는 더 앓지도 않을 것이다
내 얼굴 알아볼 마지막 사람인
아우의 나이가 환갑을 넘었음에

초목이 몇 번을 더 시들고 변해도
내 눈은 언제나 맑게 빛나고
내 귀는 밝게 열려 있을 것이다
고향 뒤산에도 비쳐 비쳐갈
해를 이고 살기에 별을 이고 살기에
살아서 통일렬차 타고 돌아가야 할
나를 기다리는 고향이 있기에─

─1990

| 수록지면 |

* 박산운, 『내가 사는 나라』, 문학예술종합출판사, 1992.

 # 고향 속의 조국, 조국 속의 고향을 응시하며

시인 박산운의 한생을 회고하여

**김성우**

'조국통일상' 수상자인 시인 박산운의 한생은 외세에 의하여 짓밟힌 고향을 결코 저버릴 수 없는 자기 량심과 생의 둥우리처럼 간직하고 붓 한 자루에 홰불을 켜들고 조국통일의 한길을 꾸준히 닦아온 피맺힌 탐구의 한생이였다.

위대한 령도자 김정일 동지께서는 다음과 같이 지적하시였다.

"창작가, 예술인들은 시대와 인민대중의 량심의 대변자입니다."

시대와 인민대중의 량심의 대변자로서 박산운은 민족 분렬의 아픔을 심장 속에 간직하고 한생을 오직 통일시인으로 살았다.

## 1. 황토 우의 여름나무 그리고 소…

팍팍한 황토바닥에

한 치 두 치 뿌리를 뻗어가며

비를 부르는 여름나무들

칼끝에 터지며 하늘을 흘겨본다

―시 「여름나무들」 주체33(1944)년

박산운처럼 고향에 정들고 고향을 사랑하는 사람은 드물련만 또한 박산운처럼 고향에 뿌리를 내리지 못하고 둥우리 없는 새처럼 떠돌아 다닌 사람도 없을 것이다.

흙먼지 이는 황토바닥에 간신히 뿌리를 내리고 생명의 즙과 호흡을 안겨줄 비를 불러 하늘을 흘겨보던 여름나무와 그 밑에 서 있는 소―이 것이 광복 전 박산운의 표상이였다.

박산운은 주체10(1921)년 7월 1일 경상남도 합천군 적중면 상부리에서 태여났다. 그의 본명은 박인배… 식자깨나 있다는 할아버지가 한문자로 어질 '인'자에 곱 '배'자를 붙이여 남보다 곱절로 인정에 살고 사랑을 받으라고 지어준 이름이였다. 그러나 그는 후날 자기의 필명을 메 '산'자에 구름 '운'자를 붙이여 '산운' 즉 산정을 휘감은 구름이라고 달았다. 메마른 산골마을 고향의 황토 우에, 정에 주린 고향사람들의 마음에 시원히 단비를 뿌려줄 비구름이 되고저…

말 그대로 '구름'이여서 그랬는지, 그는 모진 세월의 바람에 날려 한번도 고향의 하늘 우에 잠겨보지 못한 채 이리저리 떠다닌 방랑자가 되였다.

17살 애젊은 시절에 어머니가 꾸며준 솜이불이 든 고리짝과 함께 일본으로 건너간 산운은 일본 중앙대학 법학부를 다니였지만 외로운 밤마다 등불가에 찾아오는 리향민의 사무친 정회는 저도 모르게 그의 붓대를 시줄 속으로 이끌어 갔다.

획마다 위협적인 '검은 바람'이 이는 '대일본제국'의 막대기 같은 법률

조항을 따로 외우고 있기에는 그의 마음이 너무나 순결했고 다감했었다. 그는 공부를 집어 던지고 붓대 한 자루에 온 넋을 싣고 현해탄을 건너 조국으로 돌아왔다.

하지만 고향은 낯설었다. 떨어져선 그립다가도 정작 찾아오니 낯설어지는 고향… 먼 곳에선 그리워 울다가도 그 품에 안겨서는 어리벙벙 눈물도 말라버리는 그 까닭이 무엇이였던가.

미친 개가 또 아이들 허벅다리를 물었다
산길은 시집 간 딸들이 매양 못 살고 돌아왔다
술집이 또 하나 늘었다
젊은이들은 징병을 피해 징용을 피해
밤이 오면 바람처럼 달아났다

—시「고향」주체32(1943)년


일제 식민지 통치 말기의 어둡고 스산한 현실을 부여안고 일본에서 류행된 '이메지' 시풍의 영상 목록으로 적어 내려간 그의 첫 시들은 서글펐다. 일제의 총칼에 찢기여 죽은 아들의 주검을 안고 가는 백발의 어버이들을 보며 그의 가슴속에도 피가 흘렀다.

꽃이 피고 새가 노래해도
떠날 줄 모르는
피를 머금은 구름송이들
방울방울 돋는 피방울이 옷을 적신다

고향 찾아 돌아왔건만

청산을 바라보아도

찢기운 가슴에서 피가 멎지 않는다

―시 「산은 푸르고 물은 맑은데」 주체34(1945)년

그 피방울들이 낱말이 되고 시행이 되어 거칠게 얼룩진 시들을 읽노라면 우리는 이 시기 박산운의 심장 속을 들여다볼 수 있다. 그는 시인으로 태여날 때부터 수난 민족의 비극을 피터지게 읊조리는 불운한 향토시인이였다. '검은 바람' 속에서 끝내 세상에 빛을 보지 못한 그의 처녀작은 어떠했던가. 우리는 그것을 모른다. 다만 알고 있다. 그것은 가슴 설레는 청춘시절의 꽃다운 꿈이 비낀 '고운 시'가 아니였다. 그것은 '검은 바람'을 맞받아 나가며, 피 젖은 머리칼을 흩날리며 수난에 우는 민족의 호곡이였다. 후날 시인 자신이 이렇게 쓴 바 있다.

…내가 썼던 처녀작이여

네 속엔 없었다 첫사랑의 달밤도

기다림에 지쳐 한숨짓는 달콤한 애수도

꽃구름 떠도는 인생의 푸른 하늘도


다만 네 속엔 울리고 있었다

꾀꼴새 노래 아닌 칼바람 소리가

사람들의 륵골과 팔다리를 짓모는

잔악한 총탁과 야구방망이 소리가

야밤에 대문을 걷어차는 군화소리가

―서정서사시 「10월의 불길」 주체78(1989)년

광복된 조국에서 창작년도가 '1945.8'이라고 밝혀진 서정시 「버드나무」에서 희망과 환희의 선률이 단 한 번 그의 시에 비낀 적이 있었지만 그것은 잠간… 게다짝 대신에 고향땅을 짓밟는 미군의 군화짝이 그의 시줄도 디디고 지나갔다. 그의 가슴을, 그의 심장을 짓밟고, 짓이기고 지나갔다. '남의 나라'―그는 이렇게 자기 고향땅을 부르며 눈물지었다.

이때에야 그는 자기의 지난날과 지난 시들을 돌이켜 보았다. 눈물과 피로 얼룩진 시에는 통곡은 있되 희망은 없고 수난은 있되 항거가 없었다.

탄광마을에 틀고 앉은 어느 회사의 사무원질을 하며 외로운 '산길에 우는 작은 새'가 되여 눈물짓던 자신의 모습을 보았을 때 그는 도리머리를 지었다. 그리고 제 고향사람들을 새삼스런 눈으로 살펴보기 시작했다. '소'!―그렇다. 황토 우의 소, 등어리에 채찍 자리만 지고서도 텅 빈 하늘을 향해 뿔을 쳐들고 소리 없는 울음만 울던 소!… 아니다, 소야. 이제는 너도 뿔을 낮추라! 뿔을 낮추라!

낯설은 들판에 멀리 끌려가
고향 벌을 그리며 목이 쉰 소
달 뜨는 저녁이면 달에서도 울려오는
정다운 풀피리 소리에 눈물짓던 소

한자리에 머물러 움머움머 울다가
목덜미에 채찍 자리가 남은 소―
순하기만 하던 눈에 불을 켜들고

오늘은 하늘을 가리키던 뿔을 낮춘다

—시 「소」 주체35(1946)년

그 뿔이 드디여 내가 사는 ‘남의 나라’ 하늘을 올려 받았다. 서울에서 『현대일보』, 『문화일보』 등의 편집사업을 하면서 열혈의 애국시인들이였던 유진오, 김상훈, 리병철, 김광현 등과 함께 그가 발간한 『전위시인집』[주체36(1947)]에는 벌써 반미 구국항전에 일떠선 민족의 피맺힌 절규가 거세차게 터져나오고 있다. 쓰러진 렬사들의 시체 앞에서 ‘소의 마음’은 불길이 되여 솟구친다.

……

너무나 원통한 시간이 흐르고 있다!
너무나 많은 피가 흐르고 있다!


산하여!
너의 메마른 젖줄기를 빨며 자란
저 아들들의 피를 멈출 수 없다면
저 어머니들의 통곡을 멈출 수 없다면
차라리 무너지라! 무너지라! 무너져 없어지라!

—시 「산하여」 주체36(1947)년

이것이 주체35(1946)년 10월항쟁을 목격하고 그가 쓴 분노의 노래이다. (이 항쟁에 대해서는 40여 년 세월이 지나 서정서사시 「10월의 불길」에서 구체적으로 노래하게 된다.)

그 때문에, 그 정의의 웨침 때문에 그 '소'는 검질긴 '백정'들—반동테로단의 추적을 받게 된다.

이 시기 박산운은 늘 가슴속에 단도를 품고 다녔다. 그러지 않고서는 제 한 몸을 지킬 수 없었기 때문이였다. 그러나 그 한 자루의 검도 그를 지켜주지 못했으니 반동테로단에 쫓기여 한 칸 세집마저 빼앗긴 후에는 해가 지면 갈 데가 없어 시우들의 집을 찾아다녀야 하는 제 집 속의 방랑자가 되였다.

그래서 이때 자주 신세를 진 선배시인 리용악은 주체37(1948)년 년두시에서 "해가 지면 갈 데가 없는 산운이도 좋은 글 쓸 수 있는 새날이여서 오라"고 읊었던 것이다.

과연 어디로 갈가? '소'는 뿔을 가다듬고 항쟁에 나선 인민들 속으로 갔다. 그는 소뿔처럼 벼린 붓끝에 항쟁 영웅들의 애국의 피를 찍어 불길 같은, 서리발 같은 시를 고향의 하늘에 썼다. '산길에 우는 작은 새'는 사라졌다. …「무우밭」[주체35(1946)], 「가자 총을 잡고!」[주체37(1948)], 「항쟁의 어머니」[주체37(1948)] 등에는 예전과 다른 억센 박산운의 모습이 보이고 거칠게 웅글어진 그의 목소리가 울린다.

어찌 더 참으랴
이발에는 이발로!
피는 피로!
놈들의 총을 빼앗아
놈들의 가슴을 뚫자!

—시「가자 총을 잡고!」 주체37(1948)년

전위시인 박산운은 이렇게 투사가 되고 그의 시는 이렇게 불붙는 창검이 되였다.

운명은 그를 고향이 있는 남쪽으로가 아니라 민족의 위대한 어버이가 계시는 평양으로 오게 하였다. 위대한 수령 김일성 동지께서 인민이 주인 된 새 세상을 세워주신 꿈같은 이야기에 심취되여 남의 집 처마 밑에서도 북두칠성만 혜여 보던 박산운은 드디여 참된 고향, 참된 조국을 찾아 주체37(1948)년 7월 공화국 북반부로 넘어 왔다.

대번에 그의 온몸, 온 넋을 휩싼 자주의 해발! 마음 놓고 아무데서나 애국을 웨치고 주저 없이 아무 집이나 제 집처럼 열고 들어가도 반기는 곳―여기가 바로 그의 진짜 고향이였다.


## 2. 기러기는 엄마를 불렀다…

기럭기럭 기러기야
가을밤에 기러기야


달만 혼자 남았는데
뉘 집 소식 전하려니


락동강 보거들랑
내 목소리대로 울어 다오

－엄마야 아들 낳고

　나는 평양에 사노라!…

－시 「기러기」 주체46(1957)년

아이들의 동요인가? 아니다. 어머니 앞에서는 백발이 되여서도 여전히 아이인 장년 시인의 노래이다. "엄마야…"－유년기의 살뜰하면서도 애절한 이 부름이 저도 몰래 터져 나올 때 박산운은 벌써 한 아들의 아버지였다.

그러나 그 '엄마'는 원한의 분계선이 가로막은 천리 밖의 고향－남녘 땅에 있었다. 오직 기러기만이 자유로이 오가는 분계선을 앞에 두고 시인은 목이 메도록 그리움의 노래만 불렀다. 이때부터 그의 시의 기본 주제, 그의 인생의 기본 주제는 오직 '엄마'－고향으로 되였다.

고향을 부르면
어머니가 대답한다
어머니를 찾으면
고향이 나타난다


이 땅 아들들의 고향이 있는
이 나라는 정다운 어머니 나라
둘이 될 수 없는
어머니 나라


이 나라 그 어느 고장으로 가도

어머니가 있기에 내 나라 아들들

하나인 나라 위해 목숨 던져도

어머니의 품속에서 고이 잠든다

—서사시 「내 고향을 가다」, 주체79(1990)년

박산운에게서 고향은 그 자신이 쓴 것처럼 "생활과 조국을 가르친 엄한 아버지였고 눈물이 마를 새 없는 어머니"였다. 사람에게 어머니가 하나이듯이 "둘이 될 수 없는 어머니 나라"가 지금은 허리가 동강나 고통을 겪고 있었다. 그 어머니를 부여안고 목메게 터친 노래가 끝날 줄 모르고 반세기 이상 흘러 박산운의 호호백발 한생이 되였다.

서사시 「내 고향을 가다」를 펼쳐 본다. 이 서사시는 구성과 내용에서 이채로운 작품이다. 4개 장, 44개 절로 되여 있는 이 작품은 그가 왜정 말기로부터 오늘에 이르기까지 고향과 어머니를 주제로 하여 쓴 수십 편의 서정시들을 시기별로, 순차적으로 묶어놓고 있다. 다만 매장의 서시들과 맺음시들, 군데군데 몇 개 절만이 새로 쓴 것이다. 그런데 그것이 무리 없이 엮어져 하나의 완전한 서사시로 되였다!

서사시의 주인공은 시인 자신, 주제는 통일에의 비원, 창작 기간은 반세기도 넘는 60년!

한때 괴테가 극시 「파우스트」 창작에 60년이 걸렸고 그것이 그의 기나긴 한생의 탐구의 력사라고 했지만 사실상 그것은 첫 구상이 번뜩인 대학 시절부터 계산한 것이고 1부가 나온 때부터 2부가 나온 날까지 30년의 빈 공간에는 완전히 다른 작품들이 차지하고 있다. 그러나 박산운은 그 60년의 어느 한 해, 어느 한 달, 어느 하루도 이 주제에서 리탈한 적 없었다. 말 그대로 한생을 이 하나의 주제로 가득 채웠다. 한생토록

이 서사시 한 편을 썼다.

　이 서사시의 4장 9절에는 이미 50년대 말에 우리 앞에 나타났던 시 「미국 병정」[주체48(1959)]이 들어 있다.


　　'유. 에스' 투구 아래

　　항시 무엇을 질근거리는 아가리

　　부숭부숭 누런 털이 난 손등으로

　　흘러내리는 코를 훔치며

　　놈은 저렇게 보초막 앞에 섰다


　　이따금 드러내는 이바디 사이로

　　포만해 가쁜 숨소리를 내쉬며

　　짐승 같은 악취를 뿜어내더니

　　놈은 또 할 일 없이

　　제 호주머니를 열심히 들추고 있다

　　…


　더 인용하기조차 괴로운 가증스럽고 혐오스러운 미국 병정의 이 몰골은 박산운이 한생토록 보고 싶지 않으면서도 매일같이 눈앞에 보지 않으면 안 되는 통일의 원쑤였다. 고향의 어머니와 나란히 그의 시에 자리 잡고 매일 매 시각 그의 여린 심장에 칼질을 해대고 노린내를 들씌우고 눈물을 짜내고 피를 말리우던 양키―그래서 그의 시는 사랑과 증오, 눈물과 웃음, 불과 얼음의 두 극단을 오가며 양상의 강렬한 대조로 특징적이다.

그럴 수밖에! 이제부터 그의 시에는 판이한 두 개의 현실—북과 남, 낮과 밤이 함께 자리 잡게 되였으니 낮에는 북에서 해빛, 웃음, 무르익은 과원의 열매를 노래하고 밤에는 남에서 어둠, 눈물, 피 젖은 황토의 곡성을 노래해야 했던 통일 시인이 박산운이였다.

그가 한생 가고 간 고향 길에는 "저무는 들길을 가던 어머니의 등에 업혀 / 석양에 술렁이는 황금 나락을 / 어린 팔을 뻗쳐 덥석 잡아 본 / 무연한 고향벌"이 있었고 "원쑤들과 맞설 때면 / 넘어져도 돌을 거머쥐고 일어서는 / 그 성깔 자랑하던 옛 동무들이" 있었다. 하기에 그는 저 남녘에서 들려오는 겨레의 가느다란 한숨 소리에도 노한 바다가 되여 화답했고 철없는 어린것들이 미군 막사의 철조망 밖에서 서투른 영어 뜯개말을 번지며 코 큰 병정들과 '아는 체'를 할 때 "우리들이 그러했듯 / 어버이들의 숱한 피를 보아야만 할 / 고향 아이들을 생각하며" 눈물의 소나기 되여 팔을 뻗쳤다.

그의 시집 『내가 사는 나라』의 〈어느 벗에게 대답하여〉 편에 실려 있는 시들은 눈물 없이는 읽어 볼 수 없다. 고향의 황토 우에 단비를 뿌려 주는 '메구름(산운)'이 되고저 했던 시인은 우뢰를 떨치며 번개를 내려치는 분노의 '소낙구름'이 되여 「어머니」[주체51(1962)], 「해를 이고 살기에, 별을 이고 살기에」[주체79(1990)], 「고향길」[주체69(1980)], 「정다운 고향 찾아가노라면」[주체69(1980)], 「비가 오나 눈이 오나」[주체76(1987)], 「세상에 하나밖에 없는 너를 찾아」[주체77(1988)]…등 피줄이 터져 나가는 시를 썼다. '엄마'를 부르는 기러기의 울음엔 피가 맺혔다.

남녘에 부친 그의 시들 가운데서 아마도 가장 뚜렷이 떠오르는 작품은 「청계천에 부치여」[주체49(1960)]일 것이다. 이 시는 같은 해에 쓴 시 「보통강 기슭에서」와 쌍을 이루어 그의 온 심혼을 다 터쳐 놓은 필생의 력작 중의 하나이다.

이 시와 관련하여서는 특이한 일화가 얽히여 있다. 소재도 주제도 완전히 다른 두 개의 시를 한 책상에 나란히 펼쳐 놓은 원고지 우에서 동시에 창작할 수 있을 것인가. 하나는 해빛과 환희의 노래, 다른 하나는 어둠과 분노의 노래… 서로 상극인 감정의 분화구에 한 붓을 찍어 쓴 두 개의 작품… 그러자면 시인의 심장이 얼마나 크고 억세야 하겠는가. 박산운이 바로 그러했다.

이 시기 그는 자주 보통강 기슭에 나갔다. 버림받은 인민들이 의지가지할 데 없어 차디찬 땅바닥에 등을 대이고 아침저녁 자고 있던 토성랑, 무덤 아닌 산 자의 무덤들이 옹기종기 비좁게 틀고 앉았던 보통강반—

이 나라 하늘을 곱게 수놓던

아름다운 새벽노을도

네 기슭에 머물기 저어하고

가벼운 아침바람도

네 기슭을 넘기 서슴어했더라

—시 「보통강 기슭에서」

이 시 구절이 눈에 밟힐 때 그의 뇌리에 사무친 것이 어제날의 이 보통강반과 다름이 없는 오늘의 서울 청계천이였다.

청계천 청계천

네 이름 그리도 맑고 깨끗한데

네 모습 어이 그리 흐리고 어두우냐

네 기슭 어이 그리 더럽혀졌느냐


바람을 가리우려 네 기슭에
웅기중기 둘러앉은 판자집 판자집
한 층 우에 두 층 두 층 우에 또 한 층
층층이 포개여진 판자촌의 네 기슭
더러는 레이션곽이 지붕으로 되였구나

―시 「청계천에 부치여」


　시인의 눈앞에는 황홀한 락원의 강반 보통강이 있었다. 그의 가슴속에는 어두운 지옥의 탁류 청계천이 있었다. 그는 읊었다.


수천 년 길들 줄 모르던
사나운 생활의 물줄기를
우리 인민의 힘으로 우리의 뜻대로
이 세상에서 처음으로 다스리게 하신
위대한 수령 김일성 동지께선 오늘도
우리 인민의 진두에 높이 서계시나니


푸른 록지와 화강암을 안고 도는
보통강의 새 흐름이여
우리 인민의 첫사랑의 강이여

―시 「보통강 기슭에서」

그의 가슴속에서는 또 다른 하나의 시 구절이 세차게 굼틀대며 태여
나고 있었다.


끓어올라라 더 세차게
모든 오물들과 검부레기들을
깨끗이 깨끗이 가셔 버리는 날
그립던 밝은 해는 솟아오르리니


서울의 청계천이여 그날을 위해
너의 기슭 너의 흐린 물살을 보고
서울이 더 크게 노하게 하라
온 남녘이 더 뚜렷이 제 얼굴을 보게 하라
네 이름대로
네 기슭이 아름다와질 그날을 위해!

— 시 「청계천에 부치여」


락원과 지옥의 두 기슭을 동시에 딛고 서서 웃으며 울어야 했던 박산
운의 심장은 둘이 아니라 역시 하나였다. 조국이 하나이듯이, 태양이
하나이듯이, 민족이 하나이듯이…

그는 70 고령기에 들어서서 '이 시를 남녘땅 어머니들에게 바친다'는
부제를 달아 서사시 「두더지 고개」[주체79(1990)]를 썼다. 서사시 「내 고향
을 가다」가 고향과 어머니에 대한 그리움, 통일 비원의 시라면 「두더지
고개」는 위대한 민족의 태양을 우러러 참된 삶과 투쟁의 좌표를 찾은
고향의 벗들과 어머니들에 대한 열정적인 찬가이다. 이 두 서사시를 통

하여 시인 박산운이 자기가 한생을 두고 거의 유일 주제, 유일 묘사 대상으로 삼았던 고향 안의 조국, 조국 속의 고향, 어머니와 아들, 민족과 인간의 운명 문제를 총화하였다.

> 아들이 없이는 어머니란 없는 것
> 아들이 있고서야 어머니가 있는 것
> …
> 그러기에 이 땅 어머니들
> 육신을 태우는 불속에 들고
> 풍파 사나운 물속에 들어도
> 아들만은 두 손에 받들어 올렸더라
>
> —서사시 「두더지 고개」 주체79(1990)년

박산운에게 있어서 어머니가 있고야 아들이 있다는 론리는 이렇게 반정립된다. 아들이 없이는 어머니가 없다. 그러므로 이 땅의 아들들이 아들답게 살고 아들답게 어머니를 받들어야 하는 것이다. 불속에서 물속에서 어머니들이 받들어 올린 아들이 이제는 불속을 헤쳐 물속을 헤쳐 어머니를 받들어 올려야 하는 것이다. 서사시 「두더지 고개」의 주인공 전위투사 리재훈이 그러했고 서정서사시 「10월의 불길」의 주인공 젊은 시인 리산하가 그러하였다.

산운은 어머니 조국을 위해, 고향을 위해 죽음의 길을 웃으며 간 용감한 아들들의 전형을 창조하면서 40년대로부터 50년대, 60년대… 90년대에 이르는 영웅들의 모습을 그려냈다. 그 맨 웃자리에 신념과 의지의 화신 리인모가 있었고 또 그 모두와 함께 자신이 있었다.

## 3. 시인의 생명

…비록 백발이 성성하다 하라

나는 더 늙지 않을 것이다

나는 더 앓지도 않을 것이다

내 얼굴 알아볼 마지막 사람인

아우의 나이가 환갑을 넘었음에

—시「해를 이고 살기에, 별을 이고 살기에」 주체79(1990)년

박산운은 '백발의 아이'로 오래 살았다. 가지 못한 고향, 만나지 못한 100살도 넘었을 어머니를 두고는 더 늙을 수 없었기 때문인가. 그의 생명의 진정한 근원은 무엇이였던가.

박산운이 생존 시에 자기에 대한 글을 쓰겠다는 우리의 말을 듣고 이런 글을 써 보낸 적이 있다. 아직은 그 어느 지면에도 소개된 적 없는 그의 마지막 절필의 자욱자욱을 뜨겁게 더듬으며 이제 그 몇 대목을 추려서 그대로 적으려 한다.

"내가 살아본 낡은 세계, 낡은 사회에서는 '미인박명론'과 함께 '시인단명론'이 하나의 사회적 통념으로 되고 있었습니다.…

일제시대를 두고 보면 시인 리상화와 김소월도 30대가 고작이였고 시인 윤동주는 20대에, 리륙사는 30대에 일제의 감옥에서 각각 순절하였습니다.

조국과 민족에 대한 열렬한 애착과 함께 사회정의와 불의에 대해 민감한 시인들의 운명은 광복 후 남조선에서 더욱 처절했습니다. 꽃나이 24살에 리승만 일당에 의해 총살당한 전위시인 유진오를 비롯한 유명

무명의 시인들이 혹은 형장의 이슬로 혹은 장기수로 철창 속에 갇혀 있어야만 했습니다.

헌데 낡은 세계는 비단 시인들의 육체적 생명만을 앗아간 것이 아니라 시인들을 시인으로 되게 한 시정신을 포기하도록 강요했습니다. 그래서 어떤 사람들은 권력의 시녀로 전락되여 청와대 가까운 곳에 집을 짓고 사는가 하면 또 어떤 사람들은 술에 취해 금지된 노래를 고래고래 목이 터져라 부르다가 교통사고로 죽기도 하고 또 어떤 사람들은 정신 황폐증에 걸려 세상을 등지기도 했습니다.

썩고 병든, 그러나 시인들의 목숨을 짓씹기에는 아직도 든든한 이발을 가진 그 사회에서 시의 길을 걸어온 내가 죽지 않고 살아있을 뿐 아니라 80고개를 바라보며 사는 오늘에 이르도록 손에서 붓을 놓지 않고 있으니 생각되는 바가 많습니다.

시인으로서의 나의 생명을 보호해 주시고 인민을 위한 참된 문학의 길로 인도해 주신 위대한 수령 김일성 동지와 위대한 령도자 김정일 장군님의 품이 아니였더라면 나는 답답한 가슴을 술로 달래며 퇴폐적인 시를 읊조리다가 서울 뒤골목 어느 목노집 문턱을 베고 진작 생을 마쳤을 것입니다.…"

그렇다. 시인의 생명은 위대한 수령, 위대한 령도자의 품속에 안길 때 백 배 천 배 아니 영생에로 이어질 수 있었다.

위대한 수령님께서는 주체37(1948)년 7월 몸도 마음도 상처투성이가 되여 공화국 북반부로 찾아온 박산운을 따뜻이 품어주시고 우선 당학교에 보내여 새로운 사상적 영양소를 부어 주시였으며 전시에 북과 남 문화단체를 하나로 합칠 때에는 리용악과 함께 시분과 위원으로 사업하게 해주시였다. 그리고 사회정치생활 경위가 복잡했던 그의 과거를 묻지 않으시고 다년간 당기관의 중요한 초소에서 일하도록 높은 정치적 신임을 표시하시였으며 잡지『통일문학』의 중요 기고자로서 한생을 보람 있게 살도록 이끌어 주시였다.

위대한 령도자 김정일 동지께서는 오직 애국에 살고 통일에 죽으려는 그의 열망을 소중히 여기시고 남조선 혁명가 최영도 동지의 추모회, 광주인민봉기 희생자들에 대한 평양시 추모회, 평양 국제문학토론회 등 기회가 있을 때마다 그의 시를 읊도록 내세워주시였다.

그리고 그의 생일 70돐에는 은정 어린 생일상까지 보내주시였으니 이 위대한 어버이 품에 안겼기에 그는 머리 우에 백발이 짙어갈수록 더욱 왕성한 열정과 기백을 안고 시창작의 길을 힘차게 걸어올 수 있었던 것이다.

민족이 대국상을 당한 비운의 나날에 시인 박산운도 쓰러졌다. 북남 최고위급회담을 앞두고 위대한 수령님께서 서울에 나가 남녘 인민들의 열광적인 환호를 받으시며 조국통일의 대경륜을 펼쳐주실 력사의 그날을 눈앞에 바라보며 어린애처럼 들떠있던 그의 심장은 너무도 청천벽력 같은 타격 앞에서 더는 견디여 내지 못했던 것이다.

의식을 잃은 채 병원 침대에 누워 생사의 기로에서 헤매이던 시인은 환각 속에서 어머니를 보았다. 수십 년 전 헤여지던 그때처럼 늙지 않은 어머니를… 그리고 정다운 고향산천을…

다시 어린애가 되여 그가 들은 '엄마'의 목소리는 무엇이였던가. 우리는 그것을 모른다. 그러나 알고 있다. 그의 곁에는 어머니가 있었다. 이 세상 모든 아들들의 어머니―위대한 당의 손길이 있었다.

위대한 령도자 김정일 장군님께서는 그 누구보다도 더 큰 상실의 아픔을 안으시고 선군혁명 령도의 큰 걸음을 내디디신 그 힘겨운 나날에도 박산운의 병 상태를 알아보시고 그의 소생을 위해 필요한 모든 조치를 다 취해 주셨을 뿐 아니라 그에게 '조국통일상'을 수여하도록 하시는 크나큰 은정을 베풀어 주시였다.

그의 꺼져가던 심장은 그 위대한 어머니의 젖줄기를 물고 다시 뛰기 시작했다. 영생의 주로를 달리고 달려 주체86(1997)년 7월 21일 드디여 고향길에 올라 고향의 품에 묻혔다. 그 고향은 어버이장군님의 품이였다.

시인의 생명은 길었다. 고향과 어머니에게 바치는 최후의 노래를 부르기 위하여 시인은 아직도 살아 숨쉰다. 그의 「끝맺지 못한 시」를 읊어 보자.


내가 자란 고향이여

내 시의 잊지 못할 요람이여

일찌기 너는 나에게 선물했었다

먼 길을 걸어온 오늘 이때까지

마를 줄 모르는 서정의 샘과

너의 얼굴이 비친 거기

때로 감도는 맑은 애수를

너의 원쑤들과 맞설 제면 휘두르는

예리한 정론과 풍자의 창검과 함께


너는 주었다 나에게

그 모든 귀중한 것들을—

…

나는 물려받았다 네가 준 그것을

할아버지의 메투리에서

아버지의 괴나리보짐에서

밤 깊도록 할머니와 어머니가 나즉나즉 부르던

구슬픈 물레노래와

밤이슬 머금은 풀잎들에 앉아 울던 풀벌레소리에서

나는 받았다 그 귀한 모든 것을―

…


용서하라 고향이여

하직인사도 없이 떠나온 나를 용서하라

이날 이때까지 아름다운 노래 하나

너에게 바치지 못한 나를 용서하라

그러나 기다리라 내 시의 살뜰한 요람이여

짓밟히고 뜯기운 너의 산과 들에도

기어이 통일의 새 아침은 밝아 오리니

그날이면 읊으리라 너에 대한 맺음시

네가 준 목청으로 소리높이 읊으리라

아름다운 새 노래 너에게 바치리라!

―주체79(1990)년

## 4. '참말'만 쓴 시인

빛나는 시를 쓰기 위해 붓을 벼리다가

어느새 머리에 서리가 내렸다고 하면

혹은 웃는 이도 있으리—

허나 사람들의 심장에 오래 머무는 시는

때로 한생을 바쳐도 얻지 못하거늘

—시 「그의 시」 주체80(1991)년

박산운은 실로 방대한 창작 유산을 남겼다. 시집 『선동원의 목소리』,
『버드나무』, 『강철의 길』, 『내 고향을 가다』, 『내가 사는 나라』 등 8권
의 시집들과 서사시 「두더지 고개」를 비롯한 10여 편의 서사시, 그 밖
에 장편소설, 산문집까지 합치면 무려 천여 편에 달하는 작품들을 세상
에 내놓았다. 그는 자기 시에서 한생을 두고 아름다운 노래 한 편 제대
로 짓지 못했다고 고향에 용서를 빌었지만 독자들의 심장에는 그의 시
가 불로 지져지고 칼끝으로 새겨져 깊이 남아 있다.

그 '빛나는 시'의 창작 비결은 무엇인가.

시집 『내가 사는 나라』의 머리말에서 그는 자기의 시론을 요약하여
"시는 참말이여야 한다"고 하였다.

경상도 구전민요의 한 구절에 있는 "노래는 참말 / 이바구(이야기)는
거짓말…"을 인용하면서 시인은 자기가 지어 예술적 허구는 오직 소설
에만 허용되는 것이고 시에는 맞지 않는 말처럼 생각했다고 썼다. 물론
박산운이 예술적 허구와 전형화의 원리에 관한 초보적인 지식이 없어
서 이런 말을 했을 리 없다. 그는 체험의 문학인 동시에 서정의 문학인

시에서 구태여 그 어떤 예술적 허구를 필요로 하지 않았으며 량심으로 시대에 사는 시인에게 있어서는 사실 그대로를 깊은 서정 속에서 펼쳐 놓으면 그대로 시대의 전형적인 주도적 감정을 진실하게 보여줄 수 있다고 본 것이다.

그의 시는 말 그대로 '참말'로만 엮어졌다. 그는 자신에 대해서만 말했고 자기가 본 것, 느낀 것을 그대로 운률적으로 표현했다.

보통 시인들의 시집을 들추어 보면 시인—서정적 주인공을 때로는 로동자로, 농민으로, 때로는 병사로, 기사로 변하면서 자기의 묘사 시점을 부단히 바꾸고 있는 것을 볼 수 있다. 말하자면 시인이 각이한 인물로 '변신'하여 그의 시점에서 생활을 체험하고 주정을 토로하고 있는 것이다.

그러나 시인의 시에는 그런 것이 거의 없다. 「우리는 언제나 잊지 않네」[주체43(1954)]와 같은 몇 편의 시들을 내놓으면 천여 편의 시들에 일관되고 있는 서정적 주인공은 말 그대로 박산운 자신이며 시에서 그려진 모든 시적 세부와 체험세계의 단면들은 다 그 자신의 생활체험 그대로이다. 한생을 두고 쓴 그의 시들이 사실자료라는 의미에서조차 그대로 그 자신의 자서전이며 내면세계의 일기라고 할 수 있는 그런 시인은 흔치 않을 것이다.

여기서 우리가 특별히 지적하지 않을 수 없는 것은 그의 시에 화폭적으로 그려진 시적 세부들의 의미심장한 진실성이다. 그의 시에는 주정 토로보다도 화폭적 묘사가 많다. 어떤 사람들은 묘사는 소설의 고유한 특성이고 시는 주정의 문학이므로 묘사가 있을 수 없으며 다만 시적 '표현', 서정 토로만 있을 수 있다고 하였다. 그래서 시문학 발전사를 담은 부피 두꺼운 한 '저서'에서는 묘사라는 낱말이 제거되고 '표현', '토로'라는 낱말로 모조리 바뀌여졌다.

　그러나 우리는 그렇게 보지 않는다.

　시에도 묘사는 있다. 그것도 지극히 구체적이고 또 심오한…

　박산운의 시에서는 때로 단 한 마디의 주정 토로도 없이 그저 시적으로 묘사된 화폭들만이 렬거된 채 끝난 작품도 적지 않다. 대표적인 것이 이미 례증된 시「미국 병정」일 것이다. 그러나 물론 시는 시인 것만치 그 화폭들이 시인의 깊은 체험과 사색에 굴절되여 서정화되지 않으면 안 된다.


집안에 늙은이가 없어서

소작살이 땅이나마 떼울가 겁이 나서

들판에 나갈 때면 짐이 되는 어린것을

집 기둥에 처매놓고 뒤돌아보며

남편을 따라 허둥지둥 집을 나서던

가난한 아낙네들이 많이 살던 마을

…

벌써 너댓 살이 되면 헴이 들어

일 나가려 서두는 어머니를 보면

제 손으로 띠를 안고 아장아장

기둥으로 다가가 작은 등을 돌리며

어서 처매달라고 어머니를 쳐다보던

그 아이들이 많이 자라난 마을

　　　　　　　　　　　　　　　　　　　－시「울지 않던 아이들」

이 황토 산기슭

어지러진 무우밭을 보아라

천대받는 인민의 충직한 아들 하나

맵시 있게 제껴 쓴 모자 비스듬히

날랜 걸음 자랑하며

휘파람을 불며 불며 삐라를 붙이기도 하더니

…

항시 삶의 기쁨이 빛나던

지혜롭고 다정한 눈동자

구만리장천에 새겨둔 채

총알에 꿰뚫린 가슴으로 땅을 밀며 밀며

마지막 아픔에 못 이겨

함부로 뽑아 제껴 놓은

이 무우밭―


인민의 원쑤들이여

우리는 너희들을 잊지 않으리!


늦은 가을해살이 조용히

그 우에 내려앉은

이리저리 함부로 뽑혀 있는

피에 젖은 수다한 무우들

아, 이 무우밭에 난데사람을 넣지 말라!

―시「무우밭」주체35(1946)년

례를 들자면 그의 시집을 다 옮겨야 할 것이다.

시인 박산운은 추상적인 웨침이란 몰랐다. 언제나 생동한 사실적 화폭과 구체적인 생활적 표상에 기초하여 의미심장한 시세계를 이끌어내군 하였다.

하기에 그의 시는 웨침으로, 문구로, 표현으로가 아니라 산 화폭으로 우리 심장 속에 그려진다. 그리고 기억에 오래 남는다.

'참말'만 쓰려는 그의 시정신은 그의 시를 민족적인 색채로 짙게 물들이고 있다. 그의 시어의 민족성은 향토색이 짙은 정경묘사에 스며 있고 민요풍의 운률과 민족 생활의 화폭에도 담겨 있다.

'고향과 어머니'의 주제를 기본으로 한 그의 모든 시편들이 독자들의 가슴을 꼬집고 눈굽이 후덥게 하는 것이 그 속에 내 나라, 내 민족의 생활감정이 그토록 또렷이 살아있기 때문인 것이다.

그대는 시인으로서 행복했는가?

이렇게 묻는다면 시인은 대답할 것이다.

행복했다. 그러나 분렬의 슬픔만을 노래하며 고통스러웠다.

그대는 시인으로서 떳떳했는가?

이 물음에만은 단마디로 대답할 것이다.

그렇다. 나는 '참말'만을 노래했다!

─『조선문학』 644호, 2001.6

**기타 참고문헌**

『버드나무』 저자 략력, 조선작가동맹출판사, 1959.
방연승, 「로시인의 열도 높은 정신생활을 들여다보게 하는 주옥같은 시편들─박산운 시집『내가 사는 나라』에 울리는 심장의 목소리」, 『조선문학』 553, 1993.11.

# 박세영

1902년 경기 고양(혹은 양주)에서 출생하였다.
1927년 『문예시대』를 통해 시를 발표하기 시작했다.
1946년 월북했다.
1989년 작고하였다.
북에서 출간된 개인시집으로 『진리』(1947) 『승리의 나팔』1953) 『박세영 시선집』
(1956) 『길가의 코스모스』(동요동시집)(1956) 『나의 조국』(련시)(1958)
『밀림의 력사』(장편서사시)(1962) 등이 있다.

| 시 9편 |

委員會(위원회)에 가는 길

勝利(승리)의 五月(오월)

不死鳥(불사조)

우리는 빨찌산의 아들

문공단 환송의 밤

숲속의 사수 임명식

나팔수

열흘전투

대홍단에 봄비 내린다

# 委員會(위원회)에 가는 길[1]

비는 오고
날은 어두어
咫尺(지척)이 않 보이는 논길로
나는 지금 委員會(위원회)에 간다

우산도 없시
등불도 없시
다만 바람에 섞인 비ㅅ소리

또랑물 소리만이 요란히 들릴 때
그 옛날 戀人(연인)과 같이 이 길을 걷든 때보다도
나의 마음 기쁘고나

지금 同志(동지)들은
나를 기다릴 게라
지나간 날 놈들은 독사와도 같이
우리를 무러 띄었지?
이 밤엔 비바람이 또 헤살을 노는 거냐
그러나 가자 비는 오고
바람은 부러도

_______________

1 이 시는 박세영이 월북 직전 서울에서 발표한 시로 종합시집 『횃불』에 처음 실렸다. 여기서는 북한에서 이 시가 처음 수록된 『거류』를 저본으로 삼았다.

나는 이 밤에 同志(동지)들과 가티
우리가 行動(행동)할 것을 그려보면서 간다
同志(동지)들의 번쩍이는 그 눈동자들이
어쩐지 이 밤엔 내 길을 밝혀주는 등불과도 같고나


가자 어둠의 밤
비는 오고
바람은 부러도

—1945.10.16


| 수록지면 |

『햇불—해방기념시집』(종합시집), 서울:우리문학사, 1946.4.
*『거류—8.15해방1주년기념시집』(종합시집), 8·15해방1주년기념중앙준비위원회, 1946.8.
박세영, 『진리』, 문화전선사, 1947.
박세영, 『박세영 시선집』, 조선작가동맹출판사, 1956.
『해방후서정시선집』(종합시집), 문예출판사, 1979.

# 勝利(승리)의 五月(오월)

1. 장하고나 우리들은 힘찬 근로자
   새 세기[2]를 창조하는 승리의 주인
   자유기빨 휘날리며 나아가나니
   온 세계를 진감하는 단결의 웨침
   동무들아 이 기세로 굳게 뭉치어
   인민경제계획을 승리로 맺자

2. 우리들은 로동법령 새 날을 찾고
   증산경쟁 한 맘으로 달리는 전사
   모든 곤난 물리치고 뚫고 나아가
   민주국가 부강조선 세워나가자
   동무들아 이 기세로 굳게 뭉치어
   인민경제계획을 승리로 맺자

| 수록지면 |

* 『조선여성』, 1947.4.
『조쏘가곡 100곡집』(가요집), 북조선음악동맹, 1949.

---

2   악보에 첨부된 가사에는 '세기'로, 하단에 따로 적은 가사에는 '세계'로 표기되어 있다.

# 不死鳥(불사조)

애국소녀 유관순에게 이 노래를 드림

해마다 사월파일이면
새 옷에 붉은 갑사댕기 드리고
누가 부르는 듯이나
너는 갔드라
어머니 따라 은진미륵에 갔드라

때로는
굽어 내린 금강 줄기
부람나루 왕굴밭에서 삘기 따 먹고
마을의 애들과 노든 시절
저 멀리 계룡산 바라보며
놀미 강경ㅅ벌에서
관순이 너 조선의 딸은 컷드라

대(竹)숲 밑 울안
네가 매달리고 노든 살구나무
지금은 가지 퍼저 우물을 덮고
새벽부터 새들은 먼저 노래한다
관순이 네가 살어 있다구
행복한 새 나라 섰다구

꽃보다 더 어여쁘든 너
네가 간지도 어느새 스물여덟 해

어린 열여섯의 소녀였것만
너는 일찌기
사다 못해 쪼겨나든 마을사람들을
눈물로 보냈고
슬픈 조국의 역사를 아퍼해
네 조그만 가슴이었만
독안이같이 끌른 애국의 정렬을
왜놈들도 *끄지는* 못햇구나

삼천리 이 강산이
반드시야 새날을 앗으려
해방의 의욕은 화산처럼 터졌을 때
이 나라 방방곡곡엔
「독립만세」 소리
폭풍마낭 부러왔것만
서울서 도라온 너는
잠자든 네 고향 놀미라
수천 농민의 앞을 서서
네 조그만 주먹은 무서운 폭탄이 되여

그러기에 놈들은
보ㅅ물 터저 몰려오는 격랑처럼
처드러오는 백만대군처럼
너를 두려워했드라
감방에서 나온 너는
또다시 불을 질러 만세를 불렀을 때
너를 감옥에 넣든 놈들

허나 네가 부른 만세소리에
온 감옥이 이러났고
높은 담을 넘어 부러오는
인민의 벅찬 새날을 지향하는 숨소리
너는 정녕 드렀으리라
네 마음 심은
철창 새로 반짝이는 별들도
네 눈에 빛이는 계룡산의 모습도
놈들이 악착하기로니
어찌 빼어갈 수 있었으랴

놈들은 이빨을 내밀고
「네 애비가 시켰다고 말해라
아니면 애비를 죽일 테다」 외쳤지만
너는 한말로
「내 마음이 시켰다
아랑곳도 없는 아버지는 가시게 하라」 고
그러나 눈앞에서 아버지 총 마저 쓰러지고
너도 앗 소리치며 쓰러졌다
네가 눈을 떳을 제는
푸른 하늘은 더 푸른 듯 빛이고

몇 날이 지나
너는 또다시 어머니마저 눈앞에서 잃고
미칠 듯 불꽃에 쌓인 감옥을 보는 것 같어
너는 소리치고 대드렀다
「놈들아 나마저 죽여라」 라고

이슬비 나리는 어느 날
어린 너마저 원쑤의 칼에 찔렸을 때
아 조국의 땅에
어떻게 네 피가 슴이고 말른단 말이냐
네가 마즈막 부른 「독립만세」 소리
누가 사라졌다 하드냐
회오리바람에 섞여 외치는 걸
이 나라 산천도 울었으리라

그러기에 이 강산에서
원쑤는 망하고 물러가
자유와 행복이 넘치는 봄동산
네가 앗어오려든 새 나라는 스고
아―백초가 만발한 속에
싱싱한 락락장송 가지가지에
새 나라를 노래하는 새들의 우지짐
관순이 너는 살어 있다구
새 나라에서 애국자들과 기리 산다구

―1947.3.29

| 수록지면 |

* 박세영, 『진리』, 문화전선사, 1947.
『서정시선집』(종합시집), 조선작가동맹출판사, 1955.
박세영, 『박세영 시선집』, 조선작가동맹출판사, 1956.

---

※　註(주) : 놀미(論山) 부람나루(錦江줄기) 삘기(먹는 풀의 일흠)

# 우리는 빨찌산의 아들

네가 그렇게 먹기 싫다고 하는 걸,
오늘도 쓰디쓴 약처럼 먹였구나,
썩어빠진 강냉이밥 한술을.

그래도 너는
전령으로 이름난 소년,
나의 동생 영이다.

동리에서 하나 남은
우리집 소마저
경찰놈들이 총 쏘아 가져가던 날,
놈들에게 악쓰던 너는
피투성이가 되였지.

영아,
나이 아홉 된 네가,
"빨갱이 자식"이라고
그렇게도 몹시
학교에서도 매를 맞고,
내쫓기던 때,
너와 나는
아버지 계신
저 한나산을 바라보았지.

우리는 빨찌산의 아들

그러나 아침부터
늦은 밤까지
대문 앞에서
줄차게 망을 보는 너,
어머니나 기다리는 것처럼
놀구 있었지.

귀로는 인기척을 듣는 듯,
눈으로는 무엇을 본 듯,
그림자도 낱낱이 찾으려는
네 반짝이는 눈동자는
누구를 보았느냐.
지금은 원쑤들을 가리어,
검푸러 가는 논에서
돌피를 뽑아내듯,
벙어리 시늉으로
네 조그만 손은
아저씨들에게 알려주누나.

네 조그만 손이
원쑤들의 숨은 곳도 일러주었고,
수많은 유격대를 구하였지

오늘은 산에서 오신 아버지와
유격대들이 공작 온 밤,
너는 올빼미 눈보다도 더 밝게
어둠을 뚫고 봐야 되느냐.

그렇다 우리는 빨찌산의 아들,

유격대가 이길 때까지,
이승만 괴뢰「정부」를 업샐 때까지,
놈들이 불 놓고 덤비는 속에도
망을 보고 레포를 전해야 된다.

나는 이 밤에,
등성이 넘어
원쑤들이 전멸 당하던
아흔아홉 골짜기로,
레포를 갖구 가는 길,
제비처럼 날러가고 싶구나.

바닷바람도
내 등을 밀어
나는 지금
등성이를 넘어간다.

가자 아흔아홉 골짜기로
유격대가 있는 곳으로.


| 수록지면 |

*『시집-8·15해방4주년기념출판』(종합시집), 문화전선사, 1949.
박세영, 『길가의 코스모스-동요동시집』, 조선작가동맹출판사, 1957.

# 문공단 환송의 밤

박세영

문공단 환송의 주악이
푸른 나무숲에서,
바람처럼 일어오는 속을,
십구병단 문공단 동무들은
우리와 더불어 외줄로 올라간다,

십 년 만에나 만난 것처럼,
모두들 환호소리와 함께,
꽃따발 들고 나오는 언덕,
얼싸안은 가슴에
꽃따발이 그대로 안긴다.
그것은 꽃따발만이 아니다,
뛰는 핏줄이 서로 맞닿은 것이다.

이제는 모두가 낯익은 얼굴들,
석양이 깃들이는 록음 속,
한가운데 푸른 잔디 넓고,
나무 밑으로 주욱 둘러 있는
간소하게 차린 상이건만,
뜨거운 정성으로 그대들을 기다린다.

나이 열셋에
인민해방군에 참군했다는

류조강 동지는 말한다.
　『우리는 여기 와 몇 달이라지만,
　벌써 몇 해나 지난 듯
　철의 의지로 뭉치였고,
　높은 예술로 맺어진 사이,
　이제 가면 전우들을
　더욱 고무하리라.』

산 넘어서,
적기의 폭음이 들려오는
여기 잔디 위,
환호소리가 사뭇
숲속을 헤집는 속에서,
나는 그대들의 조선춤을 본다.
나도 잘 못 부르는
베틀가를 듣는다.

제법 멋있게 넘어가는 가락이며
으쓱거리는 어깨춤
언제 그렇게
노래와 춤을 배웠던가,
중국 인민지원군
문공단 동무들이여!

우리 붉은 견장과
지원군 녀성의 윤나는 가랑머리,
전진에 바랜 캡이 어울려서

황홀하게 돌아가는 군무,
어두어가는 저녁임에도,
끄칠 줄 모르는 환송의 밤.

그렇다 우리는
이렇게 싸워야 한다.
원쑤를 쳐 없애면서도
말보다 고귀한 예술로,
우리는 굳게 뭉쳐진 사이
그악한 미제 원쑤인들
어떻게 백일 수 있으랴.

그럼 전선으로 가는가,
문공단 동지들이여!
어둠 속에서도
잡은 손은 뜨거워
진정 놓기 싫고나.
어떻게 신쿠 한 마디로
말을 다할 수 있으랴,
그대들을 잊을 수 없는 가슴이
고동치는 이 밤,
해쳐가는 오솔길 풀잎도,
서운해 길을 막는
우리 마음인가.

그러나 우리 어떻게
헤여졌다 할 수 있으랴.

그대들의 고귀한 예술의 꽃은
이 땅에도 옮겨져 피여날 것이요.

우리들의 찬란한 예술의 꽃도
우리와 더불어 미제를 짓부시는
중국 인민지원군의 가슴에 안겨
그대들의 땅에도 피여날 텐데.

들으라 캄캄한 숲에서
지금도 들려오는 환송의 주악을
그대들이 고개를 넘을 때도,
우리 마음처럼 끄치지 안나니,
이제 그 소리 끄친다 해도,
우리는 전선에서
다시 만나리라.
승리의 꽃으로 활짝 피리라.

－1951.7.28

| 수록지면 |

*『문학예술』 4-6호, 1951.9.
박세영, 『승리의 나팔』, 문예총출판사, 1953.
박세영, 『박세영 시선집』, 조선작가동맹출판사, 1956.

# 숲속의 사수 임명식

싸리꽃 냄새 후련히 풍기는
여기 숲 사이로,
점점히 푸른 하늘은 비쳐들고,
흐르던 구름도 잠간 멈치는가.

날아드는 벌떼 소리에,
맑은 산골물 소리도 멀어지는 듯,
싱그런 바람결에,
접동새 소리도 아름답다.

별 같은 눈들이 쏠리는 곳,
마주 뵈는 단 위에는
개선한 무언의 영웅,
꽃다발에 안긴 중기 하나.

전우들의 마음 끓어 넘치는
장엄하고도 화려한 사수 임명식장,
우뢰 같은 박수소리와 더불어
부대장은 단에 성큼 올라선다.

숲속을 쩡쩡 울리는 음성,
앞산에 메아리 짓고
그의 무거운 말의 말 속에선

우리는 불 뿜는 중기 소리도 듣는다.

밤이면 그 옆에 잠자는 사수와
담요를 함께 나눠덮음은,
다음날, 전투의 승리를 위해
한 몸 되여 위력을 벼르던 중기어늘,

방림전투를 회상하라,
적을 쓰러눞여 七(칠)백,
이여 五(오)백五(오)십 놈을 살상한
창막동 전투 성과를 기억하라.

고지의 불사신 二三六(236)호 중기,
하냥 진공의 앞장을 서서
민청회의가 내린 영예 속에
조근실 사수 명중탄을 퍼부었다.

원쑤의 반돌격은 끝힐 줄 모르고,
탄우는 쏟아져 전호를 허무는데,
밀려드는 승냥이 떼를 지척에 두고
왼팔이 떨어졌어도 불 뿜던 사수.

『조근실 동무! 내가 쏘리다』
초조히 구는 부사수 말에 대답은 오직 한마디
『동무 념려 말라……』
어깨쭉지로 눌러 쏘앗느니.

벌목장에 쓰러진 나무들처럼,
눈앞은 적의 시체로 널렸을 때
사랑하는 중기도 뚫리고,
사수의 이마에서도 더운 피 흘렀드니라.

오늘은 『민청호 조근실 중기』로
영예의 칭호가 내린 날,
누가 이 중기의 영예를 지닐 것이냐,
환호 속에 앞장서 나가는 사수 최진 동무.

꽃다발이 모두 전날의 전과로 읽히는
사수, 부사수, 장탄수의 눈들,
부대장에게 맹서하는 말속엔
영웅의 뜻을 이은 불굴의 투지가 탄다.

참을 수 없이 가슴이 설레이는 이 시각,
꽃다발을 헤쳐 복쑤의 불길이 활활 타오르는
아 영웅의 화신 중기들 들고 내려온다,
불 뿜는 마음으로 단을 내린다.

뜨거운 심장들이 얼싸안고,
숲속을 진동시키는 노래소리와 만세소리,
래일의 더 큰 승리를 말하는가,
꽃다발은 자꾸 날러드는데……

영웅의 뜻이 피로 어린,
『민청호 조근실 중기』

다시 부대의 선두에 서서 나아가라,
무섭게 원쑤를 쓰러 눕이라.


| 수록지면 |

* 『문학예술』, 1952.7.
『영광의 노래—조선인민군창건5주년기념시집』(종합시집), 문예총출판사, 1953.
박세영, 『승리의 나팔』, 문예총출판사, 1953.
『서정시선집』(종합시집), 조선작가동맹출판사, 1955.
박세영, 『박세영 시선집』, 조선작가동맹출판사, 1956.
『조선은 하나다』(종합시집), 문예출판사, 1976.
『해방후서정시선집』(종합시집), 문예출판사, 1979.
『청년문학』 603호, 2009.2.

# 나팔수



1

한때는 양지바른 언덕에서
푸른 들판을 내려다보며
나팔을 불고 다시 불고.

때로는 두 손으로 틀어쥐고
곤두쳐들며 숙이며
소리를 고루어 보던 너.

아직 애티를 벗지 못한
열여덟 귀염성스런 눈에도
사뭇 핏대가 서곤 했다.

무거운 배낭을 지고
강파른 산을 오를 때면
너는 흔히 앞을 섰었지.

아모리 많은 전우들 속에도
어린 나팔수 문용기
너를 얼른 찾을 수 있었으니
그것은 언제나 너의 등 뒤에서
금빛으로 나팔이 번쩍이여.

그러면 너는 어느새
산마루에서 땀을 들이며
웃는 낯으로 우리를 기다렸지.


샅밭[4]에 메밀꽃 희고
산새가 울어 새벽을 알릴 무렵,
너는 익숙해진 나팔소리로
우리를 깨워 일으키군 했다.


적의 포탄이 터지는 속에도
산골에 메아리 하는 네 나팔소리,
용감한 전우의 웨침같이
나의 가슴을 끓게 하였다.



2


벌써 몇 날 몇 밤을
격분 속에 견디여 온 것이냐,
七三一(731) 고지에 도사린 원쑤
놈들의 그악스런 불질을.


독사와 같이
고지에 휘감긴 원쑤에게
복수의 불벼락을 퍼부라
산봉에 공화국기를 휘날리라.

---

**4**  ‘산밭’의 오식으로 추정된다. 다른 판본에서는 ‘산밭’으로 표기되어 있다.

중대장의 명령은
불 쏘는 총신처럼
나의 가슴에 달아오는데.

잇발도 시린 산골 물로
가쁜 숨을 들이며
비탈을 타고 올라
준령을 넘었다.

밤이 지새기
이리도 지리한가
귀뜨라미 우는 풀숲에서
돌격 명령을 기다리는 마음들.

이제 돌격 명령만 나리면
고지를 뒤엎는 불벼락으로
복수의 날창은 번개같이
적을 쓸어 눕히리라.

그러면 우렁찬 만세소리와 더불어,
솟아오르는 태양과 더불어
너는 승리의 나팔을 불어
우리의 승리를 높이
세계에 알리겠노라고.

3

드디어 내린 돌격 명령에
비호같이 날아오르는 용사들
무섭게 불 뿜으며
앞을 다투어 내달았다.

발악하는 적은
불질에 미쳐 날뛰고
양캐들은 비명을 올리면서도
허둥지둥 기여올라왔다.

별빛보다도
우리 날창이 번득이고
맞받아 던지는 수류탄들은
적들의 정수리에서 터졌다.

어떻게 이 식인종 미제 야수들을
한 놈이라 놓칠 것이냐,
원쑤의 시체로 산골을 메우라.

적을 무데기로 쓸어 눕히는
불굴의 우리 용사들 속에
나팔수 문용기
뽑아 든 수류탄으로
적의 화점 까부시고

나는 듯 네가 고지에 막 오르럴 제
적탄은 너의 몸을 뚫었다.
허나 너는 우뚝 선 채
팔을 돌려 나팔을 찾았더라.

어둠을 째는
너의 돌격 나팔 소리,
그것은 『원쑤를 소멸하라』고
조국에 바치는
너의 심장이 분 것이다.


4

너는 숨을 돌려가며
최후의 피 한 방울이 다할 때까지
쓰러지면서도 돌격 나팔을
불고 또 불었드라

오직 단 하나
조국의 승리를 위하여
충성이 맺혀 있는
너의 돌격 나팔 소리에

용사들은 불속을 헤치며
번개같이 내달아
기여오르는 적들을
모조리 쓸어 눕힌 고지,

만세소리 태양을 향해
울려 퍼졌다.

어떻게 잊을 것이냐
나팔수 문용기,
나팔을 문 채 쓰러졌던 너를

비록 너는
승리의 나팔을 못 분 원한이
구천에 사모치리라마는
줄기찼던 너의 돌격 나팔이
바로 승리의 나팔로
세상에 떨치지 않았더냐.

지금은 어느 전선에도
적을 무찔러 나갈 때마다
복수에 불타는 내 마음은
정녕 너의 웨침 소리를 듣는다.

적을 공포에 치떨게 하는
우리 전우들의 함성이 들려오듯
너의 돌격 나팔 소리,
용맹을 불러일으켜 주는
승리의 나팔 소리.

―1952.12

| 수록지면 |

* 박세영, 『승리의 나팔』, 문예총출판사, 1953.
『서정시선집』(종합시집), 조선작가동맹출판사, 1955.
박세영, 『박세영 시선집』, 조선작가동맹출판사, 1956.
『해방후서정시선집』(종합시집), 문예출판사, 1979.

# 열흘전투[5]

고지를 앗아내려는 용사들과 같이
그것은 분명 치렬한 전투였다,
남은 한 달 일을 단 열흘에 해낸다는 것은

공장이 돌아간 후 이렇게 다그쳐본 적도 없는 듯,
로동계급의 결의가 이같이 대담해본 적도 없는 듯,
한결같은 결의 충성으로 뭉치였기에
해내리라는 신심으로 자신들을 믿었다,

본래 불속에서도 나래 치듯 주물공들은
바다가 모래불에 우등불을 지폈다,
불광이 얼른얼른 눈들에서도 타오르는 듯.

불어오는 바다바람도 그들을 고무하는 듯
우등불의 불길을 치솟게 했다,
그들의 말소리에도 불이 붙은 듯했다.

하늘과 바다와 물이 끝없이 틔였는데도
그들은 밀림 속에서 모임을 갖는 심정이였다.
사령관 동지의 명령을 받는 항일유격대원들처럼

---

5  이 시는 시초 〈룡성시초〉 중 한 편이다.

타오르는 우등불은 꺼지지 않았다,
용선로에로 그 불은 타올랐다,
더 빨리 녹이자 로도 성수나 끓고
립철은 날아들어 제풀에 녹는 듯,
혁명의 세찬 숨결을 내뿜는 듯
무진한 힘 용솟음쳐 올랐다.

때로는 기대 옆에서 잠시 눈을 붙여도,
그 전날 포탄을 나르던 때처럼
안해들은 끼니를 날랐다.
작업반을 위해 랭국을 이고 오는 인민반원들
허나 수상님을 우러르면
자신들이 하는 일 너무 하찮은 듯,

서로 돕는 마음 끝이 없어
목형공은 작전지도인 듯 설계도를 대하고
주물공은 정교한 목형에 만족했다,
용선공은 소재들이 어느 때보다도 마음에 들었다.

한난계의 수은주가 눈에 띄게 오르는 것처럼
모두들 여느 때 하던 솜씨가 아니였다,
나이든 녀성 사락공은 저대로
물에 적신 가마니로 식혀가며 세사를 떨구었다.

아들이 무슨 일을 하는지도 모르던 할머니도
로동계급의 가족이 된 자랑을
오늘처럼 느껴본 적 없다고
《나도 오늘은 일손을 좀 도와줘야지

밤낮 맡아하는 애보기를 예서도 하라나》
할머니 웃으시며 기대 뒤로 가버렸다.

전투는 쉴 새 없이 벌어졌다.
그 누가 지랴싶이 놀라운 기적 속에서
시간이 가고 또 한 날이 밝았다,

맞물리는 치차처럼 직장과 직장이
한 숨결 속에서 받아 문 전투의 열흘이여
승리의 고지에로 함께 오른 그대들이여!

그대들은 보이지 않는 더 큰 힘을 가졌구나,
수령을 따르는 진할 줄 모르는 붉은 가슴으로
세월을 당겨오며 내닫는 그대들은,

《그분이 가리키신 승리의 길에서
오늘의 우리 성과 크다 하여도,
그것은 지난날
우리 생활의 비판으로 된다》는 거기에.

혁명의 시대 우리 로동계급의 긍지가 있구나,
멈출 줄 모르는 하늘을 뚫는 기세로
수령께 드리는 다함없는 충성이
모든 시련을 이겨낼
승리의 기발로 휘날리누나.


| 수록지면 |

* 『조선문학』 241호, 1967.9.

# 대홍단에 봄비 내린다

박세영 | 959

대홍단에 봄비 내린다
조국의 봄비가 내린다.
나뭇잎새들은 머리를 감은 듯 푸르름도 새로운데
불비 속을 헤쳐오신 그 발걸음으로
젊으신 장군님께서는 비 내리는 조국땅을 밟으신다.

내리는 봄비는
싹터난 잎들에
신록의 빛을 물들여준 듯 싱싱도 하거니
장군님을 못내 그리워하던 조국의 마음인가
대홍단벌엔 진달래마저 온통 붉어라

장군님의 령활하신 전술 앞에는
평지도 보루처럼 불패의 힘을 낳아
간악한 일제를 무찔러냈거니
대홍단에서 울려 퍼진 승리의 개가에
압제 속에 짓눌렸던 사람들 허리를 펴고
조국산천도 저리 푸르러 설레이는가

나라의 운명을 한 몸에 지니시고
밀림도 얼어 떠는 혹한 속에서
간고한 항일전을 승리에로 이끄시여
헤쳐오신 피어린 길은 그 몇 만 리던가.

장군님을 기다려, 이날을 기다려
못 잊던 조국땅 인민들의 마음처럼
온 강산이 반겨 맞는 길 우에
봄비가 내리다, 봄비가 내린다.

가렬한 불비 속에서 내려앉았던 전진을
정히 씻어 내리는 듯
장군님 군모에, 넓으신 그 어깨에
조국의 봄비 내린다.

아, 3천만이 우러르는 위대한 태양 김일성 장군님
대홍단벌에 높이 울린 그이의 열화 같은 말씀
로동자 농민의 가슴에 투쟁의 불씨 뿌리여
재생의 기쁨으로 설레는 땅,

장군님께선 생각에 잠기시여 걸으신다
아름다운 조국강산을
만경대의 고향집처럼 품에 안으시며
해방된 조국땅 우에 펼치실 위대한 구상 무르익히신다.

다시 떠나야 할 집합나팔소리 울려 퍼질 때
대렬 앞으로 나오시는 장군님께
대원은 가벼이 우장을 받쳐드리건만
슬며시 어깨에서 내리시는 장군님,
《오랜만에 맞아보는 조국의 봄비요
얼마나 맞아보고 싶던 조국의 봄비요!》

대원들은 록음방초 우거진 조국의 새아침에 휩싸인 듯
내리는 봄비에 온몸을 내맡기며
저마다 우장을 벗어 내린다.
대홍단에 봄비가 내린다.
조국의 봄비가 내린다.


| 수록지면 |

* 『조선문학』 279호, 1970.11.
『백두산이 보인다』(종합시집), 문예출판사, 1972.
『인민의 념원』(종합시집), 문예출판사, 1976.

 **폭풍우를 꿰뚫고 온 시인**

『박세영 시선집』에 대하여

김하

금년 7월에 발행된 『박세영 시선집』은 시인 박세영의 30년간의 시 창작을 총화하는 것으로 된다. 박세영은 어려서부터 문학활동을 시작 하였다. 그는 위대한 3.1 봉기의 목격자였으며 '염군사'와 카프의 동인 이였을 뿐만 아니라 그 혁명적 프로레타리 단체들의 적극적 참가사였 다. 이와 같이 자기의 의식적인 창작활동의 출발을 박세영은 건전한 사 상적 기초에 두었다. 이것은 이 시인의 생애와 그의 시작품들이 웅변으 로 말해주고 있다.

시집에서 제일 일찌기 시인에 의하여 씌여진 시는 1925년 2월로 수록 날자가 적혀 있는 「해빈의 처녀」이다. 이 시에서 박세영은 바닷가에서 근로하는 처녀에 대하여 이야기한다. 젊은 시인이 사랑하고 있는 그 처 녀는 바다와 같이 신비롭다. 시인은 안타까운 마음으로 자기의 련심을 토로한다. 시의 첫 부분에서는 그렇게 인상적인 것을 느낄 수 없다. 그 러나 마지막 부분을 읽어 보자. 그 처녀를 만나기 위하여 시인이 해변가 로 찾아가니까

풍랑은 일어날 제,

그는 웃으며 치마로 얼굴을 가리고
외따른 집으로 들어갔다,
그러나 문은 닫혀 있기만 하였다
바다의 소리는 커가기만 하였다.

이 구절을 읽으면서 박세영에게는 시적 감정이 있다는 것과 그가 시적으로 사고할 줄 아는 시인이라는 것을 곧 느낄 수 있다. '커지기만 하는 바다의 소리'는 시인의 고동치는 가슴이다. 이것은 인간의 감정을 뚜렷하게 묘사함으로써 주인공을 성격화시킬 수 있는 두드러진 시적 구절이다. 이것은 시인에게 있어서 가장 중요한 문제이다. 한마디로 하여 시 전체가 우리에게 주는 인상은 그 속에 선명하지 못한 구절들이 있으면서도 시인이 독자적인 자기의 시적 사색을 표현해 볼려는 시도이며 이것은 그의 창작을 위하여 좋은 시초이다. 때문에 시문학에서 더우기 높은 사명을 지니고 인민을 계몽하는 혁명적 시문학에서, '자기의 목소리'를 울리는 과업은 창작에 대한 시인의 의식적이며 고상한 태도에서부터 오는 것이다.

20년대 후반기에 씌여진 작품들로서는 「해빈의 처녀」 이외에 몇 개의 단시들이 있는데 그것들은 화려한 서정적 묘사가 전면에 나서면서도 바로 그 속에 사상적 열망이 날카롭게 뻗치고 있는 것으로서 특징적이다.

시 「봄」에서 저자는 그리도 많은 시인들에게 의하여 취급된 이 주제를 흥미있게 전개한다. "연두저고리"와 "다홍치마"를 입고 활짝 피여난 꽃들과 뛰놀고 춤추는 봄을 시인은 끝없이 부러워한다. 그리고 시인은 봄에게 향하여 이렇게 말한다.

그대가 엷은 빛에 쌔여 노래할 때
새들도 기뻐서 노래를 하건만.


오직 나의 가슴에선 들려오느니
날려 헤매는 단풍잎새 소리구료.


　여기에 표현된 설음은 개인적 설음이 아니다. 이것은 벌써 사회적 혹
은 집단적 불행을 말해주는 것을 이 시의 첫 구절부터 감촉할 수 있다.
위대한 자연을 향하여 '그대'라고 부를 때에 그와 상응하는 대상이 말한
다는 것을 알 수 있으며, 이것은 바로 시인의 목소리를 통해서 말하는
사회와 인민이다. "날려 헤매는 단풍잎새"—이것은 조국—어머니를 잃
고 갈팡질팡하는 가련한 조선사람들—고아들의 신세이다. 시인의 고요
힌 설음이 전체 작품 속을 휩쓸고 있다. 쓸쓸한 가을바람이 시인의 마음
속에 기여들어 온다. 그러나 시인의 설음은 마음의 약화나 기력을 잃은
설음이 아니다. 이것은 성숙된 인간의 용감한 사색이다. 그러한 사색은
시 「잃어진 봄」에서 더욱 정서적으로 전개된다.


그렇게도 고운 봄은
웃음의 빛을 퍼뜨려
누구나 오라건만 나는 다만
한숨을 쉰다.
잊히지 않는 지난날을 생각하고.


오는 봄날에 그대와 같이

　　꽃 찾아가자던 언약도

　　이제와선 어디론지 날러가

　　오늘에 남은 것이란

　　폭풍우 끝에 락수물 소리.


　이것은 얼마 길지 않은 작품이기 때문에 필자는 그것을 전부 인용하였다. 비록 몇 구절 되지 않는 작품이면서 그 속에는 할 말이 다 있고 저자의 사상적 의도를 우리는 충분히 리해할 수 있다. 심지어 잃어진 봄이 강도 일제에 의하여 략탈되였으며 빼앗긴 우리의 조선임도 독자는 알 수 있다.

　시를 읽으면서 우리는 리상화를 련상한다. 그리고 리상화와 다른 박세영의 목소리를 듣는다. ―"봄은 온덜 무엇하랴?" 이 두 시인 사이에는 무엇이 있는가? 전자가 "빼앗긴 들에도 봄은 오는가?"고 분개할 적에, 후자는 '한숨을 쉬면서' 매년같이 찾아오는 죄 없는 봄을 원망하는 것이다. 그러나 시인의 목소리에는 통분도 절망도 없다. 오직 놈들에게 대한 원한과 멸시가 있을 뿐이다.

　일제의 탄압이 그렇게 혹독하던 시기 27~28년에 (우리 젊은 세대들은 그 시기를 상상조차 할 수 없다.)「봄」이나「잃어진 봄」과 같은 혁명적 기분이 농후한 작품들을 그가 쓸 수 있었다는 것은 그 자신이 가장 선진적인 인도주의자였다는 것을 말하여 준다. 시인은 두말할 것도 없이 혁명적 의식이 극도로 앙양된 인테리 진영에 가담하고 있었다. 이것은 그 후 발표된 작품들을 통해서도 넉넉히 알 수 있다.

　시인 박세영의 시적 사색은 대단히 선명하고 론리적이다. 심지어 넉 줄 다섯 줄 밖에 안 되는 짧은 시에서도 목적지향성이 뚜렷하게 표현되여 있다. 례를 들어서 「떠나는 노래」가 그렇다. 자유와 독립을 위한 투사들은 자기들이 수행하는 위대한 사업에 대하여 락천적인 태도를 표시한다. 그들은 승리에 대한 신심을 갖는다.

　눈물, 헤지던 눈물은
　피여 오를 꽃봉오리가 되리라.

　해방 전 시기의 서정시들은 그 어느 하나 조국을 빼앗긴 인민의 서러운 운명에 대하여 말하지 않는 것이 없으며 사회정치적 방향성이 숨어들지 않은 작품은 없다. 심지어 자연이나 사랑에 대하여 말하는 시에서도 선을 찬양하고 악을 증오하는 시인의 마음속에는 시대의 목소리와 우리 민족의 숨소리를 들을 수 있다.

　박세영의 서정시들은 내용적으로 보아 다채롭다. 일제강점자들을 반대하는 인민적 투쟁에서 희생된 자기의 동지들에 대하여, 가련한 조선 농민의 신세에 대하여, 고무공장 녀직공들에 대하여, 그리운 유년시절을 보내던 자기의 그리운 고향에 대하여, 자연과 사랑에 대하여 또한 자기 자신의 인격 소양에 대하여 시인은 쓰고 있다.

　박세영의 창작이 가지는 특성은 시인이 그 무엇에 대하여 쓰든지 자기가 몸소 체험한 깊은 감정만을 묘사한다는 것이다. 때문에 시가 독자에게 주는 인상이 언제나 생생하다. 심지어 비교적으로 그 의의가 심대하지 않은 주제를 전개하는 경우에도 전반적인 감명은 뚜렷하게 표현되는 것이다. 이것은 시인이 자기의 시적 수단에 대하여 비상한 노력을 기울이고 있기 때문이다. 시인은 몇 마디 시 구절로서 조선 농촌의 가을 풍경을 재치 있게 그려낸다.

절름발이의 걸음과 같은 이 가을은

그래도 모든 곡식을 여물리고 가는가,

울타리와 지붕에는 파아란 박이

구를 듯이 얹혀 있더니

굴러 갔는가 터져서 피가 됐는가,

지금은 지붕에 넌 고추조차

우리의 마음들처럼 피가 끓네.


그러나 이것은 눈으로 볼 수 있는 가을의 풍경 묘사일 뿐만 아니라 그 속에는 그 외면적인 묘사에 못지지 않게 내부적 사상의 힘이 있다. 사랑스러운 농촌 풍경에 대한 사색은 일면으로 근로 애혹적[1]이며 부지런한 조선 농민들의 로동과 련결되여 있으면서 타면으로 그 고귀한 로력의 열매를 "이 땅을 오르내리며" 략탈해 가는 사무라이 "낮도적"에 대한 분노로써 충만되여 있다.

이 분노는 자연발생적인 것이 아니라, 의식적으로 또한 독자적으로 사고할 수 있는 혁명적 시인의 분노이다. 일제가 국내의 온갖 민주주의적 사상을 억압하고 합법적 혁명단체를 탄압 해산시키던 1928년 이 시기에 시인은 저주에 가득 찬 시선을 식민지 략탈자들에게 던지면서 자기의 땅과 인민에게 호소하였다.


앞마당 뒤뜰에 꽃피는 화초들까지

올에는 들꽃이 돼갔나니

---

1  뒤에 '자유애호적'이라는 표현이 나오는 것으로 보아 '애호적'의 오식인 것으로 추정된다.

들꽃이여, 설다는 말아라
래일에는 마을의 개조차
늑대가 될지 모르리라.


몇 날 동안 들은 금물결 치더니
강말라 빠진 농부에게
모두 다 주는 량식처럼,
지금은 거두어 들이여
갈갈이 찢어내는구나.


우리의 농부여 허제비는 그대로 두라
우리 무엇이 다르랴
자빠지는 허제비 꼴이나.


그렇다! 모조리 빼앗긴 조선 농민의 신세, 갈이가 끝난 후에도 밭 가운데 빼빼 마른 몸을 기웃하게 하고 어찌할 바를 모르는 허제비와 무엇이 다르랴? 시인은 그야말로 탁월하게 표현하였다. 그러나 그의 예리한 혁명적 펜대는 위훈을 갈망한다. 시인은 인민의 격노를 마지막까지 용감하게 드러낸다.


길길이 자란 수수대는
이 가을이 다 가도록
기러기를 불렀으나 오지 않아
낯을 붉혔네, 온몸이 피에 끓었네.

이것은 놀랄만치 시적으로 표현되였다. 이것은 진정한 시문학이다! '온몸이 피에 끓은 수수대' 이것은 략탈자들에 대한 피 끓는 증오의 마음을 참지 못하는 조선인민이다. 그의 혁명적 기세는 나날이 높아간다. 그리하여 혁명의 봉화를 강말[2]하는 시인은 시 「타작」을 다음과 같은 정열적인 구절로써 종말 짓는다.

> 오, 해마다 오는 가을이여,
> 언제나 절름발이로 왔다 가려느냐.
> 이 해가 다 가서 래년이 올 젠
> 우리들의 마음까지 비수에 찔린
> 땅처럼 되려나뵈,
> 타는 가슴에 폭풍이 일려나뵈.

이 구절에서 우리는 고리끼의 「해연의 노래」에서 표현된 그 혁명적 기개를 뚜렷이 엿볼 수 있으며 그와 같은 신선한 폭풍, 그와 같이 접근해 오는 폭풍우를 느낄 수 있으며 그와 같은 결정적 투쟁의 절박한 감정을 느낄 수 있다. "곧 폭풍우는 터지리라!" 이 대답은 벌써 주어졌다.

30년대에 들어서면서 혁명적으로 각성되며 세련되여 가는 조선인민은 새로운 힘을 가다듬고 투쟁에로 궐기한다. 시 「야습」에서 그 투쟁을 시인은 묘사하였다. 공장로동자들과 함께 이제는 녀직공들까지 자기의 인간적 권리와 대우를 찾기 위하여 결심을 채택한 것이다. "햇살도 못 보고 온종일 싸움터 같은 공장에서" 감옥소 같은 바라크에서 "젊은 시

---

2  '갈망'의 오식으로 보인다.

절을 보낸" 녀공들은 지배인들과 자본가들을 향하여 고함을 지르면서
"야습"하다.

> 우리는 오늘밤을
> 어떻게 그대로 보낼 수 있으랴
> 우리들의 공장을 전취하련다.
> 이 밤에 우리가 뒤끓어 간다고
> 누가 우리를 비겁하다 하겠느냐.
>
> 늬들이 하는 꼴
> 이제는 더 참을 수 없다.
> 우리들의 피를 더 끓이고는 못 견디겠다.

　로동자들 뿐만 아니라 또한 농민들도 "로총 동무들을 도와" 혁명투쟁을 적극적으로 전개하는 것이다. 시「밤마다 오는 사람」에서 시인은 의식적으로 활동하는 혁명적인 농민의 모습을 그리고 있다. 박세영의 다른 주인공들처럼 이는 겸손하고 침착하고 실천적이다. 시인은 건전한 정신의 소유자이며 근로적인 그러나 일제의 가혹한 착취로 인하여 희생된 조선 농민의 모습을 동정 어린 마음으로 묘사하고 있다.

> 그렇게도 큰 몸이
> 그렇게도 야윘고
> 그렇게도 부지런하고 착한 사람이
> 가난하고 소 같은 신세에 얽매이여,

가슴을 죄뜯고 입을 악물며
이 날을 보내는구나.


학대와 빈궁을 참아오는 이 사람들은 반드시 판가리싸움에로 달려갈 것이다. 이러한 것을 암시하면서 시인은 이것을 자기의 많은 작품들에서 일제의 엄격한 출판 검열로 인하여 로골적으로 표현하지 못하고 다른 수단을 취했다. 즉 침략자들에 대한 우리 인민의 증오와 멸시를 외국 실업자들이나 고용병을 묘사함으로써 표시하였다. 시 「해방되여 가는 처녀지」나 「하랄의 용사」가 그러하다. 자기의 자유와 행복을 위하여 원쑤들과 대항하는 소박하고 억세고 용감한 사람들에 대하여 시인은 썼다.


데모다, 장엄한 실업자의 데모가
홍수처럼 밀려들 때 순경들 달아나고
억세인 발걸음들이 잔디 우에 움직인다.
마치 침략자들을 모조리 짓밟듯,


그리하여 제놈들에 얽맸던 처녀지들은
이 세계의 모든 처녀지들은
우리들의 투쟁으로 전취로
희망의 새날을 맞이한다.

―「해방되여 가는 처녀지」에서


일본 제국주의자들의 통치 하에서 가장 암담한 시기에 씌여진 작품들에서도 박세영은 비애와 절망에 빠지는 것이 아니다. 유순과 복종에로가 아니라 항쟁과 행동에로 시인은 동포들을 부른다.

시집에서 자연과 사랑에 대한 주제는 중요한 위치를 찾이하며 해방 전 시기의 창작에서 수적으로 보아 다수를 이루고 있다. 이것은 박세영이 무엇보다도 우선 서정적 시인이라는 것을 말하여 준다. 그리고 박세영은 그 주제에서 자기를 더욱 다채롭게 선명하게 그리고 더욱 완전하게 보여주었다. 때문에 박세영의 시들은 친근한 독자들과 다정스러운 이야기를 하는 그러한 성격을 띠고 있다. 「강남의 봄」을 묘사하는 시인의 구절들에는 그 얼마나 정답고 부드러운 인간의 감정이 넘쳐흐르는가! "떨어진 솜옷을 아직도 걸친 사람"들이 많건만 그래도 봄은 오고 또 간다. 시인은 쓴다.

> 강남의 봄은 끝없는 지평선에서 오나니
> 아지랑이 끼고 파아란 풀포기 자라서
> 호숫가에 란만이 핀 꽃들은
> 강남의 따뜻한 봄을 노래할 때,
> 수없이 흰 오리떼를 몰고 오는 목동은
> 양떼나 같이 흰구름이 피여 오르는
> 저쪽 하늘가를 바라보네.
> 강남의 봄, 푸른 대지는 래일을 속삭이고,
> 띠염띠염 푸른 옷이 저 멀리 움직일 때
> 하늘가 검은 구름은 대지를 엿보는 것 같으이.

시 「로화」에서 시인은 자기가 체험한 젊은 시절의 "딸기같이 열정적"이였던 순진한 사랑을 미련의 마음으로 회상한다. 젊은 사람들의 행복

하고 화려한 감정과 조화가 맞는 그러한 자연풍경을 배경으로 하고 시
인은 쓸쓸한 마음을 안고 애인을 눈앞에 그려본다.

지금은 갔구나, 지난날의 내 사랑
깨끗한 처녀의 몸으로 갔구나,
동백나무 그늘에서 혼자 거닐면
물방아만 쿵쿵 이 내 가슴을 찧고,
낯 서투른 처녀가 토드락 빨래만 한다.
시냇가의 딸기 덩굴은 송아지가 짓밟고
짓봉산 기슭엔 해도 지는데,
'로화' 그대 목소리 듣는 듯 하여라.


이 아름다운 시에는 시인이 사랑의 감정을 묘사하는 점에 있어서 그
의 처녀작 「해빈의 처녀」를 련상시키며 후자에서 표현되였던 그러한
시적 사고의 독특한 타이프가 보존되여 있는 것을 본다. 그러나 이것은
「로화」에 와서 더욱 성숙하고 세련되였다. 그리고 작품 전체가 형식에
있어서 보다 풍부하고 완성적인 것을 느낄 수 있다. 이것은 시인의 감정
세계가 풍부하게 다양하게 장성함과 함께 그의 예술관이 현저하게 발
전하였다는 것을 말하여 줄 따름이다.

박세영의 시들, 특히 자연이나 사랑에 대한 서정시들은 심각한 사색
을 품고 있으면서 또한 극히 음악적이다. 이것은 시인이 자기가 겪은 사
실이나 감정을 가장 아름다운 노래로써 표할려는 데서부터 오는 것이
며 그가 자기의 시의 음악적 리즘에 대하여 극도로 세밀한 주의를 돌리
고 있다는 것을 의미한다. 두말할 것도 없이 시문학과 음악 사이에는 끊

을 수 없는 내부적인 련계가 존재하는 법이다. 시인 박세영은 그것을 유익하게 리용하고 있다. 박세영의 서정시도 자주 정형시를 련상시킨다.

가라는 이 없건만
아니 나오면 왜 못 살며,
들마다 황금파 치는데
배를 곯리지 않으면
왜 못 살드란 말인가?
사랑하는 련인과 결별하듯이
내 고향 떠난 지도 이미 10년.

—「그립구나 내 고향」에서

혹은 다음과 같은 구절

수수이삭에 걸린 추석달,
잠든 호수가에 거니는 기러기,
지금은 그 멀리 들릴 거라 다듬이 소리
아, 그립구나 이 내 고향!

—「그립구나 내 고향」에서

중요한 것은 그 음악적인 흐름이 외면적이나 형식주의적인 현상이 아니라 어데까지나 자연스럽게 그러나 의무적으로 적당한 장소에 가서 시인의 감정을 담은 구절로써 인상 깊게 표현한다는 거기에 있다. 이러한 좋은 시적 형상은 시인이 숙련에 도달하면 할수록 더욱 뚜렷하게 표현된다.

박세영의 시들이 내포하고 있는 깊은 음악성을 증명하여 주는 사실로서는 그가 20년대와 30년대 초기에 그리도 큰 열정과 사랑을 가지고 허다하게 창작한 훌륭한 혁명적 동시들 (그는 이 시기에 동요 동극들도 창작하였다)과 또한 해방 직후부터 오늘날에 이르기까지 그리도 성과적으로 창작한 가사들을 례로 들므로써 충분하다. (그러나 최근에 와서 시인이 자기의 재능을 더욱 발전시킬 수 있다고 생각되는 그 가사 창작 사업에 관심을 덜 돌리고 있는 것은 유감스럽다.)

사랑이나 자연풍경을 묘사한 화폭이 전면적으로 나서는 서정시들이 가지는 특징은 그 속에 삶에 대한 시인의 열정과 푸른 청춘에 대한 빛나는 희망, 그리고 그리운 고향, 사랑하는 3천 리 조국강산에 대한 그의 뜨거운 배려와 충실성이 표현되였다는 데 있다. 시「자연과 인생」, 「은폭동」, 「침향강」은 바로 그러한 사상으로써 일관되여 있다.

시「은폭동」에서 아름다운 조선의 폭포를 찬양하면서 시인은 자랑에 넘치는 마음으로 읊었다.

희다 희다 못하여
밝다 밝다 못하여
하늘 모든 별을 몰아다 쏟는 듯
눈이 부신 물의 곡선
땅속까지 아름다운 강산이여

그러나 땅속까지 아름다운 이 강산은 일제 강도들에 의하여 여지없이 천대받고 짓밟히였다고 시인은 시「침향강」에서 이야기하고 있다.

"기름진 웃벌의 곡식이란" 모조리 빼앗기고 해마다 "거칠어가는" 조국 산천에 대하여 시인은 원한에 가득 찬 마음으로 쓰고 있으며 불행과 악의 죄인들에게 노한 조선의 강—침향강은 자기의 "보물을 빼앗으려면 구름을 모이고 번개를 번쩍이여 벌을" 줄 것이라고 웨친다.

박세영의 해방 전 창작에서 시적 사색의 최고봉을 이루는 것은 시 「산제비」이다. 이 작품은 1936년에 씌여졌다. 이 시기에 박세영의 시 창작은 작품들이 말해주고 있는 것처럼 놀랄 만치 소박성을 띠고 있다. 그러나 시적 사고에는 언제보다도 독자적인 것이 많다. 어느 작품을 보더라도 감정은 풍부하고 말은 배게 제자리에 들어밖혀 있다.[3] 감정은 그것이 현실에 대한 인식의 깊이와 열정과 련결될 때 비로소 시문학으로 된다. 이것을 나는 「산제비」를 창조하던 이 시기의 박세영의 창작에 적용시키고 싶다.

시 「산제비」를 읽으면서 독자는 그 어떤 낯익은 쓔제트의 모찌브를 느낀다. 그러나 이 낯익은 것이 그의 마음을 끈다. '산제비'—이 제목을 보면 우리는 얼핏 고리끼의 '해연', 자유로운 갈매기를 련상한다. 그리고 마치 동화처럼 소박한 메로디로 시작되는 탄력 있고 열정적인 구절구절을 읽으면 뿌쉬낀의 '죄인'을 생각한다. 그러나 '산제비'는 '해연'도 '죄인'도 아니다. 이것은 사랑스러운 조선의 새이다.

자유롭고 용감한 산제비를 통하여 시인은 침략자들에 의하여 구속받으며 괴로운 처지에서 벗어날려고 하며 자유에로 열망하는 자기 심정을 표시하였다. 이 아름다운 산천에 악의 독소를 뿌리고 그 우를 더러운 침략의 구두발로 짓밟는 놈들의 꼴을 보지 않는 산제비를 부러워하면

---

서 시인은 다음과 같이 이야기한다.

> 나는 차라리 너희들같이
> 날개라도 펴보고 싶고나,
> 한숨에 내닫고 단숨에 솟치여
> 너희같이 돼보고 싶고나.

만약 자기가 산제비처럼 하늘에 날아오를 수만 있다면 이 땅에서 선량한 사람들을 멸시하며 억누루고, 그들이 피땀으로 갈가모은 재산을 파렴치하게 략탈하여 가는 자들을 온 천하에 알리리라고 시인은 생각한다. 일제강점자들을 시인은 "산돼지"나 "갈범"으로 비하였다.

> 산돼지가 붉은 흙을 파헤칠 제,
> 너희는 별에 날아 볼 생각을 할 것이요
> 갈범이 배를 채우려
> 약한 짐승을 노리여 어슬렁거릴 제,
> 너희는 인간의 서글픈 소식을 전하는
> 이 나라에서 저 나라로 알려주는
> 철리조일 것이다.

그러나 자유로운 산제비가 되고 싶은 시인의 심정도 자기의 사랑하는 조국―어머니와 그리운 형제자매들의 품에서부터 영원히 빠져나오고 싶다는 것은 아니다. 오히려 미약한 자기의 힘으로써는 불쌍한 인민들을 돕지 못하며 그들의 괴로움을 조금이라도 경하게 할 수 없는 것을 시인은 한탄한다. 때문에 그는 산제비에게 이렇게 말한다.

땅이 거북등같이 갈라졌다.
날아라 너희는 날아라
그리하여 가난한 농민을 위하여
구름을 모아는 못 올가!
날아라 빙빙 가로세로 솟치고 내닫고,
구름을 꼬리에 달고 오라.

시 「산제비」에서 박세영은 그 자신이 말하다싶이 "일제 검열로 하여"
자기의 "의도를 그대로 살리지 못한 것이 많고" "많은 경우에 우회 작전
을 하였으며 암시와 상징적 수법을 아니 쓰지 못했다." 그러나 그 작품
은 있는 그 자체로서 시인의 의도를 충분히 발휘하고 있으며 그 작품 속
에 표시된 자유애호적 사상과 혁명적 빠포쓰, 그리고 침략자들에게 향
해진 비판—이 모든 것들을 일제 검열관들이 몰랐을 리가 없었다. 때문
에 시인을 오래 전부터 미워해 오던 일제 경찰은 거듭되는 검거로써 그
를 위협할려고 하였다. 그러나 자기들의 뜻대로 그의 마음을 꺾을 수 없
게 됨을 알자 일제는 무자비한 탄압을 시인에게 가함으로써 그가 자기
의 시적 창작을 일시 중단하지 않으면 안 되게끔 되었다. 1938년부터
조국이 해방되는 날까지 비록 박세영은 직접 창작활동을 수행하지는
못했을지언정, 그의 혁명적 사상은 우리 인민과 함께 성숙되였으며 원
쑤들에 대한 증오의 불ㅅ길은 타올랐으며 자기 인민의 청춘을 노래하
고 싶은 그의 정열은 언제나 꺼지지 않았다. 그리하여 언제는 우리 인민
의 고통과 설음을 세계에 전해주던 그의 장하고 자유로운 산제비는 의

롭고 행복한 날, 기쁜 승리의 소식을 조국에 고하면서 한없이 푸르고 평화로운 조선의 창공을 날아들고 있었다.

1945년 장구한 일제의 통치로부터 조국이 해방됨과 함께 박세영은 자기의 시적 창작에로 돌아왔다. 시인은 환희에 끓어넘치는 마음으로 해방된 인민을 노래하였다. 박세영은 8·15 해방을 서울에서 맞이하였다. 그러나 그는 해방의 은인이 누구인가를 잘 알고 있었다. 그리고 그는 남조선에 미군이 주둔한 데 대하여 그 첫날부터 열렬히 항의를 표시한 사람들 가운데 한 사람이었다.

해방에 대하여 노래한 자기의 여러 시들에서 그는 진정한 감사에 넘치는 마음으로 쏘련 군대를 찬양하였다. 그는 시 「산천에 묻노라」에서 다음과 같이 썼다.

> 의로운 쏘련 군대 무력으로 해
> 이제는 오랜 세월 귓전을 울리던
> 악마의 주문도 날아가고,
> 휘두르던 일제의 장검도 부러졌소.
>
> 나는 이대로는 정말 못 있겠소,
> 그리하여 미칠 듯이 기뻐 웨쳤소,
> 오 자유다, 이제는 영원히 해방이다.

이 열렬한 시 구절 속에는 오랫동안 일제의 철장[4] 없는 감옥 속에서

---

4  '철창'의 오식으로 추측된다.

혹은 자기의 혁명적 시로 인해서 감옥에서 신음하였던 시인의 심정이 표현되여 있다. 시인은 기쁨과 행복의 흥분 속에 살며 창작한다. 이 시기에 시인이 또한 우리의 소박한 조선사람들이 체험하였던 감정—환희와 의무의 감정이 그의 작품 「위원회에 가는 길」에서 훌륭하게 묘사되고 있다. 가장 보편적인 말로 시인은 쓴다. 그러나 시는 매우 명랑하게 락천적으로 울린다.

　　비는 오고
　　날은 어두워
　　지척이 안 보이는 논길로
　　나는 지금 위원회에 간다.

　　우산도 없이,
　　등불도 없이
　　다만 바람에 섞인 빗소리
　　도랑물 소리만 요란히 들릴 때,
　　그 옛날 련인과 같이
　　이 길을 걷던 때보다도,
　　나의 마음 기쁘구다.[5]

　그러나 이 기쁜 마음을 또다시 빼앗을려는 자들이 남조선에 둥지를 틀고 있는 것을 시인은 벌써 그때에 알았다. 그의 경각심은 어느 때보다

---

5　'기쁘구나'의 오식이다.

도 예리하다. 우리의 '자유의 기'가 어떠한 댓가로써 쟁취된 것임을 자유의 옛 전사는 너무나도 잘 알고 있었다. 때문에 그는 격분에 넘치는 목소리로 웨쳤다.

 만일에 나라를 근심한다고
 너만의 향락을 꿈꾸며,
 민족을 사랑한다고
 네 민족을 팔아먹던 생각이거던
 물러서라 자유와 권리는
 너에게 벌을 주리라

이러한 구절을 시인이 썼다면 이것은 벌써 그러한 구절을 쓰는 것을 좋아하지 않을 뿐만 아니라 나아가서 쓰지 못하게 하는 자들이 거리에 횡행한다는 것을 의미한다. 시인이 해방을 맞은 서울은 벌써 1년도 지나 못 가서 험악한 전제 세계로 전환되여 갔다.

1946년 여름 박세영은 공화국 북반부로 넘어왔다. 새로 창건되는 인민정권 하에서 새로운 인상을 받으면서 시인은 안착된 기분으로 창작 사업을 진행한다. 이것은 「진리」「불사조」와 같은 작품들에서 느낄 수 있다. 이와 같은 시인의 작품들에서는 해방 초기 작품들에서 엿볼 수 있는 외면적인 흥분보다도 심각한 시적 사색이 많고 해방 전 창작에서 우리가 흔이 간직했던 시적 형상성이 다시 살아나오고 있다. 일련의 다른 시들과 비할 때 「진리」는 그 구상이 매우 독특하다. 이 시에서 박세영은 자기의 미학적 규범을 표현하려고 시도한다. 진리에게 향하여 말하면서 시인은 지나온 자기의 투쟁과 생활을 회상한다. 때문에 진리와의 대화는 바로 자기 리상과의 대화이며 자기 자신과의 담화이다.

　　너는 세상에 나서
　　가진 것이란 없어도,
　　남의 것 탐낸 일은 없었다.

　진리—이것은 시인이 일생을 두고 탐구한 것이며 그는 이 진리 앞에
서는 언제나 수응하였다. 그러나 "덜 된 것 칭찬할 줄 모르고 영달을 꾀
하고 빗나감도 없었나니" 시인은 끝내 매수될 수 없는 진실한 예술가로
남았다.

　　그러기 간악한 원쑤들이
　　기를 써도 앗아가지는 못한 것
　　두더지 눈으로는 볼 수 없는 것이다.

　　인민의 자유와 행복을 위해서만
　　너는 아낌없이 다 바치나니
　　이보다 귀한 것 세상에 더 없더라.

　이 구절이 시인 박세영의 창작생활을 성격지우는 표현으로 될 수 있
다고 우리는 생각한다.
　시「진리」는 오랜 시일에 걸쳐서 씌여진 작품임을 알 수 있다. 작품
속에 불필요한 구절이 없으며 내용이 풍부한 것으로 보아 이 작품이 거
대한 노력의 댓가이며 또한 그것은 시인에게 시적 재능이 충분히 발현

되였다는 것을 다시 한 번 력력히 말해 주고 있다.

시 「불사조」에서 박세영은 지난날 일제와의 가혹한 투쟁에서 희생된 투사들을 다시 한 번 회상한다. 오늘의 자유와 기쁨이 피 흘려 싸운 동지들이 쌓올린 희생의 열매이라는 것을 시인은 강조한다.

순이―이는 조야나 조옥희의 선구자이며 자유와 평화의 상징이다.

이슬비 내리는 어느 날,
어린 너마저 원쑤의 칼에 찔렸을 때,
아, 조국의 땅에
어떻게 네 피가 스미고 마른단 말이냐.

네가 마지막 부른 '독립만세' 소리
누가 사라졌다 하더냐.
회오리바람에 섞여 웨치는 걸
이 나라 산천도 울었으리라.

만약 이 구절도 시인이 작품의 처음부터 녀주인공의 내면세계를 밝혀주는 정다운 설명이 없었더라면 그냥 '딱딱한 연설'이 되고 말았을 것이다. 정치적 사실을 이야기할 적에도 박세영은 금시 머리에 떠올라온 흥분한 표현보다도 자기가 어떠한 현상이나 사실에 대하여 감동함으로써 마음속에서부터 용솟음쳐 올라오는 그 진정한 표현을 선택한다. 가장 보편적이면서도 독자에게 깊은 감명을 주는 박세영의 시가 가지는 비밀과 독특성은 거기에 있다.

영웅적인 사실에 대하여 쓰면서도 박세영은 '만세주의'를 회피한다.

반대로 그는 감정으로 독자의 마음을 격동시킬려고 노력한다. 때문에 많은 그의 시들은 마지막 구절에 가서 간결하며 형상적이며 혹은 정서적이다. 이것은 박세영의 서정시가 가지는 공통성으로 되며 특징의 하나로 된다.

조국해방전쟁 시기에 쓴 시인의 작품들 중 비교적 좋은 것들로서는 「숲속의 사수 임명식」, 「나팔수」를 들 수 있다.

시 「숲속의 사수 임명식」에서 시인은 자기가 종군기자로 전선을 편답하다가 어느 날 목격한 사실에 대하여 이야기한다. 가혹한 전투를 걸쳐 많은 승리를 가져온 중기를 둘러싸고 새로운 위업을 약속하는 전선의 전사들의 투지를 시인은 기본적으로 잘 전달하였다. 독자는 격동한 시인의 감정과 그가 묘사할려는 방향을 리해할 수 있다. 작품의 첫 구절부터 시인은 선명한 화폭을 위한 씨뚜아찌야를 만들려고 애쓰는 것이 보인다. 그러나 잘 성공되지 않는다. 외면적 묘사가 지나치게 많으며 집중적인 감정이 없다.

시 「나팔수」는 전자보다 훨씬 인상적이다. 벌써 여기서는 쓔제트적 선이 명확하다. 그리고 주인공의 성격도 선명하다. 이 시에서 시인은 열여덟 살 먹은 젊은 나팔수의 용감성에 대하여 이야기하였다.

> 아무리 많은 전우들 속에도
> 어린 나팔수 문용기
> 너를 얼른 찾을 수 있었으니,
> 그것은 언제나 너의 등 뒤에서
> 금빛으로 나팔이 번쩍이여.

그러면 너는 어느새
산마루에서 땀을 들이며
웃는 낯으로 우리를 기다렸지.


우리는 언제나 부지런하고 명랑한 나팔수를 곧 눈앞에 상상한다―그
의 언제나 번쩍이는 나팔, 그의 "귀염성스런" 얼굴이 그것을 말하여 준다.
다음 이 어린, 그리고 명랑한 나팔수의 전투와 영웅적 전사에 대하여
시인은 이렇게 썼다.


적을 무더기로 쓰러눕히는
불굴의 우리 용사들 속에,
나팔수 문용기
뽑아 든 수류탄으로
적의 횃점 까부시고.


나는 듯 네가 고지로 막 오르럴 때,
적탄은 너의 가슴을 뚫었다.
허나 너는 우뚝 선 채
팔을 돌려 나팔을 찾았더라.


어둠을 째는
너의 돌격 나팔 소리,
그것은 '원쑤를 소멸하라'고
참으로 조국에 바치는

너의 심장이 분 것이다.

이 구절은 의심할 바 없이 독자의 마음을 훈훈하게 하는 것이 있다. "숨을 돌려가며 최후의 피 한 방울이 다 할 때까지 쓰러지면서도 돌격 나팔을 불고 또 분" 순진하고 소박한 청년—젊은 애국자의 모습은 결코 '꾸며낸' 모습이 아니다. 이 모습은 생생하며 퍽 현실적이다. 시인이 구체적인 리상을 노래할 때 그의 시문학은 반드시 생활력을 얻으며 독자의 기억 속에 오래 동안 남아 있는다.

전쟁시기나 전후시기에 씌여진 작품들은 필자가 지적한 것들 이외에도 시집에는 적지 않다. 그것들도 역시 시인 박세영에게 고유한 진실한 마음으로 씌여졌다. 그러나 해방 후 창작된 그의 몇 개 미약한 시들과 같이 그것들은 예술적인 의미에 있어서 빈곤하다. 때때로 시인이 사랑하는 주인공들은 감정이 없으며 흥미 있는 심각한 생각을 하지 않는다. 그리고 그 대신에 독자의 귀에는 인제는 싫증이 난 '전달식 보고'와 찬사, 그리고 이따금씩 설교—훈시가 들려온다. 아름다운 페지들이 그리도 많은 이 훌륭한 시집에, 그리고 나아가서 박세영의 빛나는 그전 창작에, 그것도 후반기에 와서 그러한 흐리터분한 시편들이 기여들었다는 것은 매우 유감스러운 사실이라 아니 할 수 없다. 그러나 이 창작적 곤난과 장해를 시인이 용감하게 극복하리라는 것을 우리는 의심하지 않는다. 그가 자기 창작에서 앞으로도 현세기의 그리고 현 단계의 우리의 전투적 문학이 요구하는 주제들을 광범히 취급하리라고 생각한다. 그러면 그 주제들을 전개하는 작품들 속에는 또한 우리 세기와 우리 인민들이 요구하는 그러한 감정과 리상이 담아지기를 우리는 요구한다. 인류가 창조한 보물들이 쌓이면 쌓일수록 새로운 보물을 발견하기에는 더욱 어렵다. 시인 박세영에게는 자기 시문학의 새로운 앙양을 위하여 시적 형식에 있어서 심중한 연구가 필요할 것이다.

이것은 또한 시인이 해방 전에나 해방 후에 창조한 좋은 작품들에서 자기가 발휘한 시적 수단을 더욱 발전시켜야 하며 자기의 창조적 가능성 속에 완전히 리용되지 않는 면들을 용감하게 전개하여야 한다는 것을 의미한다. (례를 들어 사랑이나 자연에 대한 시를 쓸 수 있지 않을가!?)

우리 문학예술의 법칙—이것은 사회주의 사실주의의 동일한 방법에 기초하여 매 예술가의 창작적 개성 그의 개별적 스찔, 취미 그리고 그의 필치를 발전시키는 데 대한 완전한 자유를 의미한다.

시집에서 보는 바와 같이 해방 전에 창조된 시인의 작품들도 그것들이 모두 골골히 좋지는 않다. 일련의 작품들에서 (례를 들면 「천변의 병원」, 「자연과 인생」 등등) 시적 구절이나 문체가 때때로 매마르고 딱딱하고 비형상적이다. 그와 같은 작품들 속에는 박세영의 다른 좋은 시들에게 그리도 특징적인 감수성, 간결성, 그리고 부드럽고 다정스러운 힘이 없다.

그러나 앞에서 지적한 결함들은 박세영의 참말로 훌륭한 작품들을 다시 한 번 회상할 때 마치 제절로 잊어지는 것 같다. 그리고 시인 자신도 "이 시집을 내놓으면서 아직도 불만족한 것을 느낀다"고 말하고 있다.

『박세영 시선집』에는 해방 전 창작 시기에 씌여진 혁명적 기분과 국제주의 사상이 농후하게 표현된 「40인의 동지를 조함」, 「대지에 그림은 불 그림」, 「1928」과 같은 우수한 작품들과 또한 해방 후에 창작된 작품들 중에서도 시집에 발표된 작품들보다 훨신 좋은 작품들이 지면 관계로 들어가지 못하였다. 그것들이 시집에 포함되였더라면 더욱 빛날 것이였다.

언제나 겸손하고 문학적 소양이 높은 시인 박세영은 진실로 아름다운 예술을 창조하였다. 감정에 있어서 놀랄 만치 심각하고 또한 극히 진

실한 박세영의 창작은 독자 대중 속에서 깊은 사랑을 받았으며 또 받을
것이다. 해방 전에 씌여진, 일본 식민지 략탈자들을 폭로하는 그의 많
은 애국주의적 시들은 다른 프로레타리 시인들의 창작과 함께 두말할
것도 없이 원쑤들을 반대하는 투쟁에로 조선인민을 고무 추동하면서
민족적 자부심을 환기시킴에 있어서 거대한 역할을 놀았던 것이다. 또
한 그 작품들은 시인이 해방 후 창작한 시들과 함께 현대 조선시문학 발
전에 크게 기여하였다.

그러나 유감스러운 것은 우리가 다양한 조선시문학을 아직도 불충분
하게 연구하며 우리 시문학에서 겸손하게 그러나 우수하게 일하고 있
는 시인들이 달성한 현실적 성과들을 미약하게 선전 보급하고 있다는
사실이다. 시인 박세영의 창작은 매우 흥미 있으며 거대한 관심의 대상
으로 될 수 있으며 앞으로 철저한 그리고 전면적인 연구를 요구한다고
생각한다.

시인 박세영－하면 누구던지 "거, 오란 사람이요!"한다. 그러나 그의
마음은 늙지 않았다. 그는 창작적 욕망에 불타고 있다. 그는 조급하게
쓰는 것을 제일 두려워한다. 작품의 량적인 수자로써가 아니라 고상하
고 진실로 아름다운 예술적 질로써 그는 계획을 달성할 것이다. 우리 독
자들은 시인 박세영으로부터 「산제비」에 못지지 않는 새로운 작품을
고대하고 있다. 폭풍을 꿰뚫고 온 시인에게 다 같이 성공과 건강을 축복
하자.

－『조선문학』 112호, 1956.12

**기타 참고문헌**

『박세영 시선집』 저자의 략력, 조선작가동맹출판사, 1956.
엄호석, 「시인 박세영」, 『현대작가론(2)』, 조선작가동맹출판사, 1960.
로금석, 「혁명 전통 형상과 『밀림의 력사』」, 『조선문학』 182, 1962.10.

안정기, 「'별나라'로부터 맑은 아침의 나라로 온 시인 – 시인 박세영의 창작과 인간 모습을 두고」,
　　　『조선문학』, 2002.5.
『문학대사전』, 사회과학출판사, 1999.
『조선대백과사전』, 백과사전출판사, 1995~2004.

# 박팔양

1905년 경기 수원에서 출생했다.
1923년『동아일보』를 통해 시를 발표하기 시작했다.
1988년 작고하였다.
북에서 출간된 개인시집으로『박팔양 선집』(1956)『황해의 노래』(서정서사시)(1958)
『박팔양 시선집』(1959)『눈보라 만리』(서사시집)(1961) 등이 있다.

# 國境(국경)의 市民大會(시민대회)

國境(국경)의 市民大會(시민대회)는
十萬群像(십만군상)이 모혀서
二十七年(27년)만에 다시
朝鮮獨立萬歲(조선독립만세)를 불렀다

높은 演壇(연단) 우에서
老人(노인)과 靑年(청년)과 女子(여자)와 어린이까지
모든 代表(대표)들은 웨쳤다
「民族(민족)의 自由解放萬歲(자유해방만세)!」

演壇(연단) 우에 함께 서 있는
民族解放(민족해방)의 선물을 가져다 준
붉은 軍人(군인)은 微笑(미소)하였다—그때
「쏘베트人民(인민)과 朝鮮人民(조선인민) 親善萬歲(친선만세)!」 소리
十萬群像(십만군상) 속에서 旋風(선풍)같이 일어났다

{一九一七年(1917년) 十月革命(10월혁명) 成就(성취)
一九一八年(1918년) 붉은 軍隊(군대) 創建(창건)
一九一九年(1919년) 朝鮮獨立運動(조선독립운동)
그리고 一九四五年(1945년) 八月(8월)의 解放(해방)!}

—이런 歷史(역사) 밑에 國境市民大會(국경시민대회)는
쏘베트 十月革命(10월혁명)의 歷史(역사)와 關聯(관련)하여

三一(삼일)의 民族革命精神(민족혁명정신)을 讚揚(찬양)하고
土地(토지)를 農民(농민)에게 주라고 웨쳤다
그리고 金日成將軍(김일성 장군) 萬歲(만세)를 불렀다.


雨雷(우뢰) 같은 拍手(박수)와 怒濤(노도) 같은 歡呼聲(환호성)!
群衆(군중)의 隊列(대열)은 口呼(구호)를 부르며 거리로 나갔다
貨物自動車(화물자동차)들은 젊은 世代(세대)의 일꾼과
그들의 우렁찬 合唱(합창)을 실고서
앞으로 앞으로 數(수)없이 뒤니어 달려갔다

─1946.3.1. 新義州(신의주)에서


| 수록지면 |

*『영원한 악수─8.15해방기념시집』(종합시집), 조쏘문화협회, 1946.

# 平壤(평양)을 노래함

平壤(평양)이여!
오늘 나는 새로운 感激(감격)으로서
그대의 일흠을 부른다
歷史(역사)와 傳說(전설)의 넷 都邑(도읍)이었든 그대가
오늘은 이러나는 새로운 朝鮮(조선)의—
解放(해방)을 노래하는 民主主義(민주주의) 새로운 우리 祖國(조국)의—
뛰노는 心臟(심장)이 되였다
民族(민족)의 生命(생명)의 中心部(중심부)!
오々 새로운 朝鮮(조선)의 心臟(심장)!
그대는 이미 고요히 잠들었든
옛 箕子墓(기자묘)의 平壤(평양)이 아니다

牧丹峯(모란봉)아 乙密台(을밀대)야 大同江(대동강)아
二十年(이십 년) 만에 다시 보는 나의 愛人(애인)아!
그대 모습은 變(변)함없는 옛 모습이나
그대 품에 안겨있는 民衆(민중)은 옛 民衆(민중)이 아니다
壓制(압제)에서 버서난 解放(해방)된 人民(인민)과
거리에 퍼덕이는 無數(무수)한 太極旗(태극기)와 붉은旗(기)!
오々 自由(자유)에 빛나는 同胞(동포)들의 얼굴!
나의 눈에서는 기쁨의 뜨거운 눈물이 흐른다

보아라! 平壤城內(평양성내)엔

三尺童子(삼척동자)도 우리 民族(민족)의 武勇(무용)을 자랑하는

우리들의 英雄(영웅) 절믄 金將軍(김장군)이 게시고

平壤城內(평양성내)엔

논밭 없는 農民(농민)에게 논과 밭을 논하준

우리가 밧드는 北朝鮮人民委員會(북조선인민위원회)가 있고

우리 民族(민족)의 永遠(영원)한 發展(발전)을 祝福(축복)하며 지켜
주는

허물없이 親(친)한 동무─붉은 軍人(군인)들이 있고

그리고 또 만약 고요히 귀를 기우린다면

온 世界(세계)의 弱(약)하고 적은 民族(민족)을 도읍는

世界(세계)의  强國(강국)  쏘베트聯邦(연방)  쓰딸린  大元帥(대원
수)의 呼吸(호흡)과

쏘베트人民(인민)의 祝福(축복)의 노래소리가

들리는 듯 하리라


오々 平壤(평양)이여!

이러나는 새로운 朝鮮(조선)의 心臟(심장)이여!

民主(민주)의 나라를 세우는─

人民(인민)들의 合唱(합창)소리 들려오는─

일하는 民衆(민중)의 歡呼(환호)소리도 높은─

꿈에도  못  잇든 『朝鮮獨立(조선독립)』과  民族(민족)의  自由(자
유)를 찾어

이제 祖國(조국)을 建設(건설)하는─

榮譽(영예)스러운 建國(건국)의 中心部(중심부)─

우리들 幸福(행복)의 새 살림터─

오々 平壤(평양)이여─

平壤(평양)이여─

平壤(평양)이여 —

— 1946.3.26

| 수록지면 |

* 『거류―8.15해방1주년기념시집』(종합시집), 8·15해방1주년기념중앙준비위원회, 1946.
박팔양, 『박팔양 선집』, 조선작가동맹출판사, 1956.
박팔양, 『박팔양 시선집』, 조선작가동맹출판사, 1959.

# 파종

땅은 봄볕에 부풀어 오른다
저어기 이랴 소 모는 소리 들린다
밭을 갈자 씨 뿌릴 때 기다렸노라
한겨울 골라둔 그 씨앗을 심자


우리 지난날 그 어느 시절에
이처럼 기쁜 봄 맞이하여 보았으리
땅은 내 것 되어 三(삼) 년, 우리는 공화국의 주인
산도 드을도 논밭도 해마다 살찌고 기름져 가노나


경제계획 두 해의 승리를 뒤이어
세 번째 해 二 · 四(이 · 사)분기로 들어선 새 봄
어서 갈고 심으자 때 어이 놓치리
한겨울 궁리로 거름도 힘껏 잘 내었거니


올해의 예정 기어이 넘쳐 내자고
어제도 오늘도 또 공론들 하였네
소야! 너도 어서 갈자 씨 뿌리련다
나의 땅 나의 밭아 높은 수확을 내자


오곡 무르익을 그날을 위하여
내 두 팔 소매 걷어부치고 싸워보련다
냉이 달래 캐는 저 복스런 소녀야

너는 거기서 즐거운 인민경제노래나 불러주렴

공화국기 높이 나붓기는 우리 마을
집집에 김장군님 초상화도 높이 걸리고
민주선전실 합창소리 끊임없이 들린다
서로 도와 갈며 뿌리자 즐거운 로력의 봄이 간다

| 수록지면 |

*『시집―8 · 15해방4주년기념출판』(종합시집), 문화전선사, 1949.
박팔양, 『박팔양 선집』, 조선작가동맹출판사, 1956.
박팔양, 『박팔양 시선집』, 조선작가동맹출판사, 1959.

# 진격의 밤

인민군은 나아간다
백만의 대오로 파도처럼
큰길이 미여지게 밀물처럼
남으로 남으로 나아간다

인민군과 함께 의용군도
대렬에 대렬을 이어
쫓기여 뛰는 원쑤를 족쳐
한밤 새여 달려 나간다

우리 강산에 불을 지른
미제 마귀의 무리들을
무찌르자 모조리 쓸어버리자
성낸 우리 포가 불을 뿜는다

길가에 아까시야나무
포탄에 타 넘어져 있고
정든 땅 아담하던 동네들은
포연에 잠겨 볼 수 없으나

악귀들을 물리치지 않고
어떻게 조국의 산하를 보며
원쑤들을 쳐부심이 없이

어찌 부모형제를 대하리


낯짝 흰 해적의 무리들
앙가슴에 날창을 박아주자고
전사들은 나아간다, 모든 심장이
용광로의 쇳물처럼 들끓는다


행군 대오 엄숙히 나아간다
밤하늘에는 별빛도 찬란한데
총대를 든든히 잡은 동무들과 함께
나도 대지를 구르며 나아간다


아―얼마나 령롱한 별빛이냐
아―얼마나 미더운 우리 밤하늘이냐
조국에 한 목숨 바칠 결의도 굳은
이 밤이 어찌 이처럼 아름다우냐


저곳 화광 속의 우리 산하는
분노의 소리 지르며 일떠서 있다
그리고 장엄한 교향악이 들려온다
三(삼)천만의 자유와 독립의 함성이―


포성은 더 굉장하게 울리고
지스테리는 더 다급하게 족친다
땅크는 우르렁거리며 달려 나가고
기계화 부대가 수없이 이어 나간다

적의 온갖 포탄이
우박 치는 속을 뚫고 나간다
『나의 목숨은 언제나 조국의 것!』
우리는 겁날 것이 하나도 없다

―1950

| 수록지면 |

* 박팔양, 『박팔양 선집』, 조선작가동맹출판사, 1956.
박팔양, 『박팔양 시선집』, 조선작가동맹출판사, 1959.

# 빨찌산



미제 침략군을 무찌르려고
괴뢰 국방군을 소탕하려고
온 동네의 모든 사람들이
빨찌산으로 빨찌산으로 간다

동네 앞 넓은 마당에는
그믐밤 장막이 드리웠는데
한 몸 조국에 바쳐 싸울 사람들의
흰 옷자락들 깃발처럼 휘날린다

아버지도 아저씨도 형님도
군인처럼 모두 총을 메였다
아주머니도 누이동생도
남자처럼 모두 총을 메였다

『나도 갈 테야요
나에게도 총을 주세요!』
어둠을 뚫고 들려오는
어린 소년의 앳된 목소리

싸울 수 있는 모든 사람이
빨찌산으로 빨찌산으로 간다
조국의 자유 인민의 해방을 위한

영광스러운 싸움터로 간다

사람들은 어둠 속에서
말없이 대렬을 정돈하고
불붙는 가슴을 안고서
총을 메고 빨찌산으로 간다

$$-1950$$

| 수록지면 |

* 박팔양, 『박팔양 선집』, 조선작가동맹출판사, 1956.

# 우리 학생들



나는 우리 학생들을 자랑한다
그들은 진실로 새로운 세대의 사람들
새 조선의 영특한 아들과 딸들
참되고 굳세인 그들을 자랑한다

그대는 보라! 믿어운 그들의 모습을
태양이 빛나는 五(오)월의 창공 아래
노래 부르며 행진하는 그들의 모습을
새 나라 만세 외치는 그들의 모습을

해에 걸어 검붉은 그 얼굴들에는
로력과 창조의 기쁨이 흐르고
언제나 아름다운 그들의 두 눈동자에는
조국에의 충성이 샛별처럼 빛나네

야만의 무리들이 우리 강토에
그 어느 날 혹독한 싸움의 불을 질렀을 때
나는 보았네 우리 젊은 동무들이
어떻게 불붙는 싸움터로 내닫는가를!

그들은 원쑤들을 모조리 소탕하라고
침략의 무리를 모조리 몰아내라고
주먹 쥐고 일떠서 고함치면서

총칼도 높이 혈전에로 달려갔나니

그들과 함께 남쪽 화선천리
몽몽한 포연 속으로 다니던 나는
이르는 곳곳 령마루와 전호 속에서
언제나 씩씩한 그들의 모습을 보았네

그 어떤 동무는 름름한 정치부 군관
또 어떤 동무는 포부대 명지휘관
육박전에서 공훈 세운 전사 동무도 있고
빨찌산에서 이름 날린 녀자 동무도 있다

고난의 한때 후퇴의 어두운 길에서도
그들은 인민의 승리를 노래 부르며
언제나 즐거운 얼굴로 신심도 굳게
명령대로 나아가고 또 물러섰나니

그들은 중국 인민 지원 부대의
뜨거운 손길이 뻗쳐 왔을 때
동포들의 드높은 환호성 속에서
진격의 길로 다시금 사자처럼 달리였도다

물이 수정같이 맑은 청천강을 건너
초연 내음새 아직도 강 언덕에 깃들인
림진강과 한강을 단숨에 건너
포성이 다시금 남방 산야에 울릴 때

그들은 적의 종심 깊이 뚫여 들기도 하고
불을 뿜는 적의 또치카 부셔 없애기도 하고
악마처럼 덤비는 적기를 떨구기도 하며
전설의 영웅처럼 장엄하게 싸웠다


벽돌이 무너져 흩으러진 도시의 폐허 위에
주추돌만 남아 있는 황량한 농촌부락에
새 싹 엄트는 봄철이 가고 또 오더니
적기의 폭음 속에 두 해의 세월이 흘러


그들이 장군님의 지시를 받들고
전선에서 학교로 돌아왔을 때
자랑에 부풀어 올은 그들의 가슴마다엔
빛나는 훈장과 메달들이 달려 있었네


하지만 전방 불길 속에 있는 전우들을
그들은 돌아와서도 참아 못 잊어
고요한 배움의 길에서도 이를 악물며
논밭에 나서서는 뼈도 살도 아끼지 않고


어떠한 고난이 닥쳐와도
어떠한 장애가 길을 막아도
그들은 태연히 웃으며 넌즛이 말하네
내 몸은 이미 조국에 바친 몸이라고


그들은 진실로 새로운 세대의 사람들
새 조선에 영특한 아들과 딸들

참되고 굳세인 그들을 자랑한다
나는 우리 학생들을 자랑한다

-1952.5.20


| 수록지면 |

*『문학예술』, 1952.7.
『영광의 노래—조선인민군창건5주년기념시집』(종합시집), 문예총출판사, 1953.
『박팔양 선집』, 조선작가동맹출판사, 1956.
『박팔양 시선집』, 조선작가동맹출판사, 1959.

# 평양

평양! 그 이름 듣기만 하여도
자랑스런 마음과 즐거움으로
언제나 우리들의 부듯한 가슴이
밀물처럼 설레이는 이곳에는

한 폭의 그림처럼 아름답게
굽이도는 대동강의 푸른 물결이
오늘도 찬란한 새 력사와 함께
쉬임 없이 세차게 흘러내리고

낮밤 없이 들리는 여울물 소리엔
그 옛날 침략자의 배를 몰아낸
용감한 선조들의 자랑스런 이야기가
아름다운 전설로 깃들어 있거니

모란봉 푸른 하늘에 솟은 해방탑
만년으로 전할 찬란한 글발 속에
억압자 쳐물려 준 쏘베트 형제들의
불멸의 위훈이 노래로 울려오는 이곳

슬기로운 겨레의 자랑찬 력사의 도시
자유의 깃발 창공에 높은 인민의 도시
오늘은 전 세계 인민의 사랑 속에서

영웅의 이름으로 불리우는 도시 평양!

원쑤들이 질러놓은 전쟁의 불ㅅ길에
비록 한때 이 도시는 모두 타고 허물어져
생활의 노래 즐거웁던 우리들의 집은
벽돌조각만이 딩구는 황량한 폐허이여도

그곳에 살던 씩씩하고 정다웁던 사람들은
화선에서 후방에서
내 조국 위한 싸움에서
다시 만날 그날을 기약하더니

원쑤와의 혈전! 가렬한 불ㅅ길 속에서
영예로운 돌격대의 승리의 함성이
우리 산악과 바다 고지와 해안에서
온 세계에 울려 울려 승리한 오늘에는

보라! 영웅의 거리에 넘쳐흐르는
승리자들의 장엄한 행진 속에서
이 도시는 창조와 건설의 노래 부르며
거인처럼 힘차게 일어서고 있다

옛이야기로 듣던 바로 그것과 같이
폐허에서 새 집들이 우뚝우뚝 솟고
바다 속에 있다는 화려한 룡궁도 아닌
대리석 고층건물들이 솟아오른다!

영웅 도시는 오늘 장엄하게 일어섰다
우리들의 거리는 백만의 건설자로 찼고
우리들의 거리는 수만의 수송차로 덮였다
인민의 억센 팔뚝에 새 락원이 솟는다


이것은 二〇(20)세기의 신화가 아니라
어제도 오늘도 우리가 창조하는 현실
우리 조선로동당의 지도 밑에서
영광스럽게 휘날리는 승리의 기폭!


형제적 인민들의 환호 속에서
우리의 도시 평양을 복구하자!
평화의 깃발 밑에 싸우는 우리
영웅 조선을 또다시 노래하자!

—1954


| 수록지면 |

* 박팔양, 『박팔양 선집』, 조선작가동맹출판사, 1956.
『평양』(종합시집), 조선작가동맹출판사, 1957.
박팔양, 『박팔양 시선집』, 조선작가동맹출판사, 1959.

# 건설의 노래

양덕 맹산땅을 굽이굽이 돌아
평양으로 평양으로 달려온
대동강의 푸른 물결 춤추는 양을
넌지시 모란봉이 굽어보는 듯

문화 찬란한 이 나라—
유구한 력사 깃들인 이 강산에
새 생활을 창조하는 인민의
승리의 함성이 드높이 울려온다

그렇게 지독한 포화의 불ㅅ길 속에서도
자랑스러운 오각별 깃발 휘날리면서
침략의 야수들을 무찔러 이긴
영웅들의 노래 건설장에 울리며

창공을 울리는 미끼샤의 음향
천만 군중은 마치와 등짐으로
돌바위를 까부시고 흙을 파헤쳐
평화 건설의 불ㅅ길을 높였나니

아아 영웅 조선의 이 위대한 교향악
광명한 새 생활, 복된 새날의 찬가여!
대지 우에 이룩할 우리의 락원이여!

백만 인민의 억센 투쟁의 승리여!

보라! 또 여기 록음 짙은 수풀
아까시야꽃 향기 그윽한 모란봉 기슭
젊은 세대가 뛰놀을 운동장―
스따지오 우에 나붓기는 승리의 기폭들을!

악독한 원쑤들의 수없는 폭탄에
벌의 집 같은 웅덩이로 찼던 거리가
오늘은 탄탄대로 끝 간 데를 모르고
가로등의 대렬이 그림처럼 서 있다

우리 당의 호소를 받들고
전후 건설에 몸 바쳐 싸우는 우리
영광에 찬 조국의 앞날을 노래하며
나아가리라 평화통일의 길로!

저기 출렁이는 강물에 우리 승리의 노래 실어
온 세계 인민들께 보내드리자
해방의 은인 위대한 쏘베트 형제들께
피로써 맺어진 위대한 중국 형제들께

평화의 깃발 밑에 싸우는 모든 인민들께
영웅 조선 돌격대의 승리를
일어서는 거리들과 농촌들의 함성을!
전하라 멀리 그들에게 전하라!

―1954

| 수록지면 |

* 박팔양, 『박팔양 선집』, 조선작가동맹출판사, 1956.
박팔양, 『박팔양 시선집』, 조선작가동맹출판사, 1959.

# 지심을 울리는 행진 소리[1]

지심을 울리는 행진 소리가
사람들 사는 모든 곳에서 들린다,
위대한 새날의 우렁찬 노래가
더 가까이 더 높이 들려온다.

창공도 아름다운 이날에
평화의 노래 높은 모쓰크바
레닌과 쓰딸린이 잠드신 광장에
공산주의 장엄한 발걸음 소리여!

영광이 있으라! 위대한 인민들에게
전 세계 평화와 [민주의 크나큰][2] 성새에
수억만 근로자들의 마음의 고향에
조직된 우리 힘의 뜨거운 심장에,

천안문 광장에도 영광이 넘친다,
흰 비둘기 나래치는 푸른 하늘 아래
六(육)억 인민의 승리의 노래 함께
위대한 건설과 투쟁의 함성이 오른다.

---

1 『박팔양 선집』(1956)에는 '五·一(오일)절에 부르는 노래'라는 부제가 붙어 있다.
2 이하 [] 부분은 『조선문학』 판본의 판독이 어려워 『박팔양 선집』(1956)을 참고했다.
변경된 부분은 거의 없는 것으로 추정된다.

오! 항미원조의 깃발을 날리던
의로운 형제들이 사는 나라에
오늘은 미제 강도의 무리들을
[대만에서 몰아내라는] 드높은 [함성!]

침략[의 야수들을 무찌르고]
승리한 공화국기 휘날리면서
건설에 일떠선 우리나라 근로자들은
오늘 쓰딸린거리에 넘쳐흐른다.

원쑤들은 한때 이 거리 우에
밤을 낮 삼아 불비를 쏟아 붓고
허공을 폭탄 연기로 채웠건만
보아라! 오늘 이 장엄한 우리 행진을!

그렇기에 우리는 불패의 인민!
뭉친 우리의 힘은 감히 막을 자 없어
위대한 나라들의 형제들과 함께
평화의 깃발 높이 나아가노니,

우리와 함께 오늘 전 세계에서
근로하는 수억만 인민들의 행진
전쟁을 타도하라는 저 웨침이여!
광명한 새 세기의 크나큰 합창이여!

[함성은 아메리카 대륙에서도
『아데나우어』의 독일에서도 들린다]

평화를 사랑하는 모든 인민이 사는
온 세계 방방곡곡에서 들려온다.

큰 바다의 산데미 같은 파도 앞에서
전쟁의 턱없는 그 불씨가 무엇이랴,
모든 인민의 뭉치고 째인 력량이여
오늘 지구 우 모든 곳에 물결치라!

지심을 울리는 행진 소리에
우리들의 발걸음 소리를 맞추자,
위대한 새날의 우렁찬 합창에
영웅 인민의 투쟁의 노래를 합치자.

미제는 조선에서 물러가라!
리승만 역적들을 소탕하자!
조국은 평화적으로 통일되여야 한다!
천백번 말하리라! 우리 민족은 하나이다!

| 수록지면 |

* 『조선문학』, 1955.5.
박팔양, 『박팔양 선집』, 조선작가동맹출판사, 1956.
박팔양, 『박팔양 시선집』, 조선작가동맹출판사, 1959.

# 바다보다도 깊은 우의

단풍도 져 가는 늦은 가을
달도 없는 어느 그믐밤에
우리는 판가리 싸움터에서
달려오는 그분들을 맞이하였네

혈전의 낮과 밤 三(삼)년의 세월을
우리와 함께 그분들은 싸웠네
눈도 첩첩한 령마루 길 우에서도
포연에 휩싸인 고지 전호에서도

불비 쏟아지는 마을에서
그분들은 타오르는 불ㅅ길을 뚫고
우리 어린이들을 아들인 양 딸인 양
자기 옷가슴에 품고 뛰쳐나와

아늑한 방공굴 안에 앉혀 놓고
고요히 아기 귀에 속삭였네
『아기야! 여기에 앉아 있으라
너의 아버지와 함께 원쑤놈 무찌르마』

우리 아버지들을 자기 아버지로
어머니들을 자기 어머니로 부르며
후방과 전선－가는 곳마다에서

우리와 함께 싸워 이긴 분들!

어찌 이때뿐이랴 그 옛날에는
눈보라 세찬 동북의 광야에서
대륙의 산하 굽이굽이 험난한 길에서
언제나 우리와 함께 나아간 분들!

어찌 그때뿐이랴 다시 오늘엔
일떠서는 우리의 아름다운 도시들과
협동 로력의 노래 높은 농촌들의
우리 승리를 기쁨으로 맞는 분들!

동터오는 아세아 대지에
승리한 六(육)억 인민은 우리의 형제
천산의 준령에도 친선의 길을 뚫고
황하 만리에 행복의 뚝을 쌓는다

세계의 평화를 지키여
우리의 아름다운 생활을 지키여
빛나는 자유와 독립을 지키여
침략자들을 짓부시는 싸움에서

바다보다도 깊은 우의로 하여
피로써 맺어진 우의로 하여
잊을 수 없는 우리의 전우
그분들은 우리 형제 중국인민이여라!

—1955

| 수록지면 |

* 박팔양, 『박팔양 선집』, 조선작가동맹출판사, 1956.
『아침은 빛나라—조선민주주의인민공화국창건10주년기념』(종합시집), 조선작가동맹출판사, 1958.
박팔양, 『박팔양 시선집』, 조선작가동맹출판사, 1959.

 **시인 박팔양과 그의 창작**

『박팔양 선집』을 중심으로

연장렬

## 1

　　시인 박팔양은 1923년에 '염군사(焰群社)'에서 편집 발간한 시집에 「물노래」라는 시를 발표한 후 계속하여 시 「시냇물 소리를 들으면서」(1925), 「거리로 나와 해를 겨누라」(1925), 「물결 높은 황해바다 7백 리를 거쳐서」(1925.4), 「려명 이전」(1925.7) 등 시들을 발표하면서 점차 뚜렷한 문단적 위치를 차지하여 나섰다. 처음에 그는 아직 20전의 몸으로서, 사상적으로도 미숙하였다. 그러나 위대한 10월 사회주의혁명 승리의 영향하에 일어난 3.1운동을 계기로 조선에서도 료원의 불ㅅ길처럼 새로운 기세로 진출하기 시작한 인민들의 반제반봉건 혁명투쟁, 로동운동의 힘찬 대두와 맑스-레닌주의 혁명사상의 보급 침투, 각지에서의 농민들의 소작쟁의 투쟁과 청년, 녀성, 학생 운동들의 전개 등 이러한 분류와 같은 혁명적인 시대적 환경 속에서 그는 급속히 계급-사상적으로 장성하였다. 1925년 초에 발표한 시 「시냇물 소리를 들으면서」는 그의 이와 같은 급격한 사상 발전 과정을 단적으로 보여주었다. 아직도 이 시에는 그의 초기 사상적 미숙성의 흔적이 남아 있었다. 그는 시냇물 소리의 맥맥한 흐름 가운데서 일제와 국내 반동들을 반대한 싸움에로 부르는 시대의 소리, 근로대중의 투쟁의 소리를 력력히 들으면서도 그러나 그 투쟁의 도가니 속에 뛰여들기를 망서리고 있었다.

………

지금도 문 밖에서 시냇물이 재촉하는데,

나는 아직도 방 안에 드러누워

한숨 쉬고 생각할 뿐이로다.

—「시냇물 소리를 들으면서」에서

그러나 이것은 어디까지나 지난날의 흔적일 뿐이였다. 이 시에서 시인은 오히려 이 망서림에 대한 자책을 금치 못하였으며 시대의 재촉에 선뜻 응하지 못하는 초조감을 금치 못하였다. 때문에 그는 같은 시에서 다음과 같이 노래하였다.

내가 이 도성에 태난 후

햇수로 20년 달수로 두 달

그간에 나는 아무 한 일이 없도다.

오직 시냇물가에서 울었을 뿐이로다.

그러나 울기만 하면 무엇이 되느뇨?

슬픈 노래 하는 시인이 무슨 소용이뇨?

광명한 아침 해가 비치일 때에

우리는 밖으로 나가야 할 사람이 아니뇨?

………

시인 리상화는 이 시에 대하여 평하면서 이렇게 썼다. "이것은 작자의 심적 전환기를 말한 것이며 곧 생명 통찰의 첫 층계를 밟는 이의 노래다, …이 시는 적어도 '의무'란 것을 깨닫게 할 그런 '힘'을 수이 작자에게 가져다 줄 것을 믿는다."(『조선지광』 23호) 여기서 리상화가 말하고 있는 '의무', '힘' 등은 최서해가 「탈출기」에서 주인공 박군의 입을 통하여 말하고 있는 "민중의 의무" 또는 조명희가 "'힘'의 예술을!"(『조선지광』 63호)하고 부르짖은 그것과 동일한 것으로서 곧 시대정신, 프로레타리아 대중의 힘을 말하였다.

박팔양은 3·1운동을 계기로 조선인민의 민족해방투쟁이 프로레타리아적 단계로 넘어온 력사적 환경 속에서 급속히 성장 발전하였다. 그는 신경향파 문학의 영향 속에서 자라나 벌써 이 프로레타리아 문학의 첫 단계의 문학인 신경향파 시문학에서 두각을 나타내였다. 압제와 굴욕, 착취와 략탈의 멍에를 벗어던지기 위하여, 그리고 광명한 인민의 새 사회를 하루 속히 쟁취하기 위하여 그는 당대 불합리한 사회에 항거하여 인민의 투쟁대렬에서 자기의 힘찬 노래를 불렀다.

오오 젊은 사나이도 없느냐

활을 메여 한 눈 지긋하고 저 해를 겨누라!

─「거리로 나와 해를 겨누라」에서

일체의 자유와 행복을 지지누르고 있는 일제와 암담한 지주─부르쥬아 사회를 근본적으로 뚜드려 부시고 이 땅에 광명한 새 세상을 가져오기 위하여 용감한 "젊은 사나이"를 소리높이 부르고 있는 그의 발전된 면모가 이곳에 잘 드러나고 있다.

1925년경을 중심으로 하면서 시인 박팔양은 자기의 창작적 립장을 뚜렷이 확정하였으며 혁명적 인민대중과 자기를 튼튼히 련결시켰다. 시「려명 이전」은 이러한 시기 그의 창작에서 가장 우수한 시의 하나다.

이제야 온단 말인가 이 사람들아
나는 그대들을 기다려 기나긴 밤을 다 새웠노라

라고 시작하는 이 시는 로동계급을 선두로 한 근로인민의 혁명적 진출 속에서 인민이 오래동안 고대하던 새 사람들, 즉 착취와 압박을 종결적으로 청산할 믿음직한 새 력량의 도래를 보며, 이 시대, 이 사람들 가운데서 인민의 자유로운 미래사회의 려명을 확연히 보고 있는 시인의 고상한 립장을 잘 드러내 보이고 있다. 시인은 이 시에서 "꽃같이 젊은 무리가 죄 없이" 무고히 피 흘리고 죽어간 조선인민의 '수난'의 력사에 깊은 슬픔을 금하지 못하면서 인민의 원쑤들을 저주하고 이들을 결정적으로 쳐부실 "옳은 사람들", 즉 프로레타리아트의 도래를 감동적으로 찬양하였다.

광명한 아침을 못 보고 죽은 무리, 그대들 오기를 기다리다가
아아 옳은 사람 오기를 기다리다가 가버린 무리,
그들의 피 묻은 옷자락이
솟아오르는 아침볕에 붉게 빛나지 않느뇨
.........
보라, 나와 그대들의 머리 우에 있는 해와 무지개!
페허, 야반의 비극을 모르는 것 같구나

밤 새워 기다리던 이 사람들아

이제는 그 지리하던 어둔 밤이 다 지나갔느뇨,

천리만리 먼 곳으로 다 지나갔느뇨

아아 지나간 밤의 지리하였음이여!

　여기서 열렬히 표명되고 있는 미래사회에 대한 동경, 새 사회의 필연적 도래에 대한 직접적 예고는 물론 이것을 10월혁명 승리가 가져다 준 희망과 인민의 최후 승리에 대한 신심 등과 분리하여 생각할 수 없다.
　1925년 8월에 한설야, 리기영 등 선진작가들을 중심으로 조선프로레타리아예술동맹(카프)이 창건되자 시인 박팔양은 즉시 이에 참가하여 계속 창작활동을 발전시켜 나갔다. 시인은 현실의 계급적 모순을 일층 명백히 인식하게 되였으며 로동계급의 현실적 력량 가운데서 약속되여진 미래를 더욱 확연히 내다보았다. "…현실을 응시하며 그리고 또 새로운 세계를 바라보면서 전진과 비약을 계속할 것이다"(『조선문단』 4권 1호)라고 그는 이 시기에 썼다. 시인은 이 새 세계를 "약속된 바 새로운 세계"라고 불렀다. 1928년에 창작한 시의 한 절에서는 이렇게 노래하였다.

　내가 가진 것이라고는 하나도 없네

　하되 나도 굴욕에 살지 않는 사나이는 사나이

　오너라 모든 박해! 굽이치는 바닷물같이

　내 겁 없는 사공처럼 팔을 뽐내련다!

—「바닷물과 사공」

　그의 시의 시인—서정적 주인공은 보다 밀접히 현실과 자기를 결합시켰으며 그는 투쟁 의식을 다만 소유하고 있는 것으로써뿐만 아니라 그 투쟁에 직접 참가하여 자기 팔을 뽐내며 나서고 있다. '카프'에의 참 가는 이 시인의 창작발전에 있어 가장 중요한 계기의 하나였다.

카프는 주지하는 바와 같이 급격히 전진하는 20년대 로동운동 발전의 객관적 실정에 적응하여, 그리고 프로레타리아문학 발전의 축적된 력량 에 기초하여 민족해방투쟁의 일익적 임무를 담당하고 출현하였다. 그의 강령에서는 이렇게 썼다. "우리는 무산계급운동에 있어서 맑스주의적 필 연성을 인정하고 무산계급운동의 일부분인 무산계급예술운동에 의하여 봉건적 자본주의적 관념을 철저히 배격하고 전제적 정치에 항쟁하여 계 급의식을 인식시킬 것이다." 카프는 1925년에 창건된 이후 1930년대 김 일성 원수가 조직 지도한 조선인민의 항일무장투쟁의 영향으로 강화 발 전되였으며 사회주의사실주의 창작방법에 립각한 문예활동으로써 반일 민족해방투쟁에 기여한 혁명적 반일문학단체였다. 한설야 리기영 등을 중심으로 한 카프의 활동가들은 전투적 강령을 받들고 혁명적 투쟁을 전 개하였으며 우수한 작품들을 창조하고 현대조선문학사를 빛내였다. 박 팔양은 이 카프의 한 성원으로서 20년대 말 30년대에 걸쳐 계속 장성하는 민족해방투쟁의 객관적 실정에 적응하면서 더욱 많은 우수한 시가들을 창작하였다. 「나를 부르는 소리 있어 가로되」(1926), 「밤차」(1927), 「데모」 (1927), 「새로운 도시」(1929), 「진달래」(1930), 「승리의 봄」(1936) 기타 허다 한 시들이 이 시기에 창작되였다. 그는 초기 자기 시가들에서 표시한 우 수한 사상―예술적 특성들을 현실 발전과 자신의 예술적 기능의 발전 등 에 기초하면서 이 시기에 더욱 풍부화시켰으며 발전시켰다.

시 「데모」에서는 시인은 직접 로동계급의 투쟁 력량을 노래하였다. 시인은 새로운 약속되여진 미래사회를 위한 투쟁의 가장 선두에서 용감하게 싸우고 있는 로동계급 대렬의 힘찬 장성 모습을 열렬한 기쁨과 감격으로 대하면서 명쾌하고 격조 높은 리즘으로 인민의 최후 승리에 대한 신심을 노래하였다.

> 메이데이 만세! 노래와 환호와 박수다.
> 보조…보조…보조를 맞춰라
> 단결하라 만국의 로동자여!
> 5월의 향기로운 공기를 통하여
> 오 울리자 우리들의 교향악을!

시인은 거리를 뚫고 세차게 전진하고 있는 프로레타리아트의 메데 행진 속에서 그 어떠한 힘으로도 막을 수 없는 혁명적 군중의 줄기찬 전진을 보았다. 이 시에서 시인은 이러한 근로대중의 억센 보조를 현실의 첨예한 계급대립의 본질 속에서 파악하면서 반동계급의 필연적 패망과 새것의 불가극복적인 힘과 승리의 확신심을 훌륭히 표현하였다. 시인은 이 시에서 이렇게 노래하였다.

> 납덩어리 같이 무겁던 우리들의 마음이
> 오늘은 어째서 이처럼 가볍고 유쾌하냐,
> ………
> 거리에는 우리들의 데모!
> 집안에는 놀라움에 질린 저들의 눈동자
> 보여주자 저 약으면서도 앞 못 보는 자들에게
> 미래를 춤추는 이 군중의 무도를!

이 시기에 들어와 시인은 '사나이', 또는 '옳은이들'로 부르던 자기의 중심 형상의 하나를 더욱 구체화시키고 발전시키면서 '선구자'의 형상으로 확정하였으며 시대의 선구자에 관한 주제를 발전시켰다. 시「진달래」는 우수한 예술성과 시적 격동성으로써 시대의 선구자의 고결한 모습을 감동적으로 보여주었다. 시인은 이 시에서 봄의 선구자 진달래의 '수난'의 모습을 인민의 자유 행복을 위해 용감히 싸우다 쓰러진 시대의 선진투사들의 희생과 예술적으로 련관시키면서 투사들의 고귀한 희생에 대한 깊은 애석감과 함께 당대 불합리한 사회제도에 대한 혁명적 반항 사상과 애국투사들의 혁명적 업적에 대한 열렬한 존경을 훌륭히 표현하였다. 시는 눈물어린 격동적 감동 속에 노래되여 나간다. 그러나 이 눈물은 다만 눈물에 그치는 그러한 것이거나 더우기는 애상적 눈물 등과는 인연이 없다. 이 시에서의 눈물어린 그 격동성은 선구자들을 극진히 아끼고 사랑하는 진실한 그리고 혁명적인 격동성의 표현 이외의 다른 어떤 것일 수 없다.

어찌하여 이 가난한 시인이
이같이도 그 꽃을 붙들고 우는지 아십니까?
그것은 우리 선구자들 수난의 모양이
너무도 많이 나의 머리 속에 있는 까닭이외다,

라고 시인은 노래하면서 다음과 같이 강조하여 자기 시를 결속지었다.

"오래오래 피는 것이 꽃이 아니라
봄철을 먼저 아는 것이 정말 꽃이라고"—

"정말 꽃"—이 강조된 웨침 가운데에는 시대의 선구자와 인민의 혁명 세력에 대한 시인의 격동적 심장이 담겼으며 진리에 대한 확고한 신심이 맥박치고 있는 것을 볼 수 있다.

시인 박팔양의 창작에 있어 가장 주되는 것의 하나는 인민의 고난과 함께 슬퍼하며 그러나 언제나 미래 행복한 새 사회가 반드시 돌아올 것을 믿는 그의 고상한 인도주의적 립장과 락관성이다. 착취와 억압 속에서 말할 수 없는 고통을 겪고 있는 근로인민의 생활과 함께 살고 숨쉬면서 그러나 시인은 그 고통이 혹심하면 혹심할수록 더욱 열렬히 약속되여진 미래사회에 대한 동경과 신심을 노래하였다. 그는 어느 때나 실망하지 않았으며 락심하지 않았다. 광명한 새 사회에 대한 열렬한 동경은 그의 전 시를 관통하고 있다. 물론 이 락관성은 막연한 '그 어떤 것'은 아니였다. 그것은 당대 사회제도를 근본적으로 부정하여 진출하고 있은 로동계급을 선두로 한 근로인민의 혁명세력의 불패성 가운데 뿌리박은 것이였으며 프로레타리아 인도주의의 한 표현이였다. 시「밤차」,「새로운 도시」,「승리의 봄」,「봄」 기타 작품들이 더욱 특징적으로 이에 대하여 보여주고 있다. 어둠을 뚫고 북방으로 달리고 있는 북행렬차의 차바퀴 소리에서도 착취와 고난 속에 시달리는 조선인민의 모습을 절박하게 느끼는 시인은 일제의 식민지적 략탈에 의하여 고향에서도 살 수 없어 류리당하는 인민들과 함께 원통하고 슬픈 마음을 금하지 못한다. 그러나 시인은 그 속에서도 앞날의 희망을 버리지 않으며 근로인민의 절박한 부르짖음을 듣는다. 그리고 이 인민을 위하여 일제의 특권계급을 반대하는 의로운 투쟁에서 서슴없이 자기의 생명조차 바칠 것을 맹세한다.


그러나 기관차는 어둠을 뚫고 나아가면서

'돌진! 돌진! 돌진!' 소리를 지른다
털끝만큼이라도 의롭게 할 일이 있다면
아까울 것 없는 이 한 목숨 바치오리다

시 「새로운 도시」에서는 보다 구체적으로 인민의 새 사회에 대하여 노래하면서 이곳에서는 "속박과 굴욕과 가난", "목숨답지 못한 목숨", "시기와 음해, 그리고 사람의 학대"—이와 같은 모든 낡은 사회의 추물들이 자취 없이 사라지고 "사람들이 어린아이와 같이 솔직"하며 "총명한 머리와 고요한 마음을 가리울 아무 것도 없는" 것이라고 시인은 자랑스럽게 노래하였다. 여기에는 인민들의 자유에 대한 열렬한 동경이 표현되었고 역시 이 시인의 인도주의적 립장을 뚜렷이 보여주었다.

시 「승리의 봄」에서는 역시 인민의 최후 승리와 약속된 미래 새 세계의 도래에 대한 확고한 신심을 노래하였는데 이 시는 특히 카프가 일제에 의해 강제해산 당한 이후의 작품이라는 데서 더욱 그 적극적 의의를 보여주었다.

시인 박팔양의 해방 전 창작은 이 시인의 프로레타리아적 립장, 고상한 인도주의적 립장을 뚜렷이 보여주었다. 또한 그것은 해방투쟁에 궐기한 인민들의 아름답고 고상한 사상감정을 꾸밈없고 부드러운 시어들로 표현한 이 시인의 예술적 우수성을 보여주었다. 그리하여 이 시인은 신경향파와 카프의 우수한 시인의 한 사람으로서 일찍부터 널리 인민에게 알려졌다.

## 2

　시인 박팔양의 창작의 둘째 번 단계는 위대한 쏘베트 군대에 의한 조선 해방 이후 시기이다. 해방 전에 인민의 자유해방을 그렇게도 열렬히 동경하여 노래하여 온 시인은 오늘은 해방된 조국 땅에서 영광스러운 민주조국을 위하여, 해방된 조선인민을 위하여 자기의 새로운 노래를 불렀다.


　'나의 목숨은 언제나 조국의 것!
　우리는 겁날 것이 하나도 없다

—「진격의 밤」에서


　바로 이러한 당당한 목소리 가운데 그의 해방 후 창작의 새 성격이 드러나고 있다.

　력사적인 8.15해방 이후 시인 박팔양은 민주조국 건설에 헌신하는 한편 일제 말기에 일단 중지하였던 자기의 창작생활을 다시 계속하게 되었다. 그는 1946년 3월에 「국경의 시민대회」라는 첫 시를 발표하였다. 이 시에서 시인은 신의주에서 열린 3.1절 기념대회를 노래하였다. 동년에 평양에서 북조선문학예술총동맹이 조직될 때에 한설야, 리기영 등과 함께 그는 이 사업에 적극 참가하였다.

　해방 후 이 시인의 첫 창작은 해방 후 조선문학의 전반에 있어서와도 같이 장구한 일제식민지 통치의 기반으로부터 조국이 영원히 해방된 해방의 감격을 노래하는 것과 관련되었다. 들끓는 감격과 이제는 아무도 구속하는 자가 없는 창조적 자유 속에 시인은 해방된 조국에 대하여 열렬한 찬가를 불렀으며 다시 새로이 맞는 아름다운 고향땅에 대한 깊은 사랑, 위대한 민주주의적 자유에 대한 감격 등을 감동적으로 노래하였다.

　오늘날 모든 것은 더욱 새롭고 모든 것은 더욱 정답다. 그러나 그것은 다만 일제의 식민지 기반이 끊어져버렸다는 그것 때문에뿐만은 물론 아니다. 오늘, 공화국 북반부에서 식민지 기반이 끊어졌으되 영원히 끊어졌으며 진정한 인민의 자유, 위대한 민주주의적 생활이 보람차게 건설됨으로써 더욱 그러하였다. 진정한 자유, 진정한 행복—이 빛나는 력사가 조선인민의 수중에 장악된 것이다.


　　　민족의 생명의 중심부
　　　새로운 조선의 심장!
　　　평양이여! 그대는 이미
　　　고요히 잠들었던
　　　옛 기자묘의 평양이 아니다


　　　모란봉아 을밀대야 대동강아
　　　몇 십 년 만에 다시 보는 나의 애인아
　　　그대 모습 변함없는 옛 모습이나
　　　그대 품에 안긴 민중은
　　　옛날의 그들이 아니다


　　　압제에서 벗어난
　　　해방된 인민들!

거리 집집마다에 펄럭이는

무수한 저 국기와 붉은 기

오오 자유! 자유에 빛나는

우리 동포들의 얼굴!

나의 눈에서는

기쁨의 뜨거운 눈물이 흐른다.

―「평양을 노래함」에서


더우기 평양은 민주조선의 심장인 때문에 더욱 그러하다.

평화적 민주건설 시기에 있어서 시인 박팔양의 창작은 민주주의 현실의 다양한 생활면모를 반영하면서 다양한 주제적 내용을 가지고 전개되였다. 조쏘 친선의 주제 「쏘베트 군대를 노래함」(1948)을 비롯하여 「영광찬란한 자유독립의 길로」(1948)에서는 북조선로동당 제2차 대회에 바쳐서 조선인민의 향도적 지도적 력량인 당에 대하여 노래하였으며 시 「선거장으로」(1948)에서는 민주선거의 빛나는 의의에 대하여 노래하였다. 시 「조국과 인민의 영광」(1948)에서는 인민군대의 창건을 맞는 기쁨을 노래하였으며 시 「파종」(1949)에서는 토지개혁의 결과에 오랜 세기에 걸친 봉건적 질곡으로부터 해방된 새 농촌에서의 애국적 증산투쟁의 전개에 대하여 노래하였다. 이 밖에 그는 민주현실의 광범한 면에 관여하였다.

이러한 시들의 중심에 서 있은 주제는 영광스러운 민주조국건설의 주제다. 증산투쟁, 민주선거 기타 모든 것이 조선인민에게 있어 새 생활 창조의 영광스럽고 위대한 투쟁의 력사가 아닐 수 없다. 그 모든 것은 조선인민이 오래동안 고대하고 숙망하면서도 일찌기 가져본 일이 없었다. 박팔양은 인민의 이 절실한 심정을 자기 시에 담으면서 인민민주주의 새 사회의 줄기찬 전진에 대하여 노래하였다. 첫 인민군 대렬을 맞이하면서 시인은 이렇게 노래하였다.


　　지나간 캄캄한 세월의 슬픔을 생각하면서
　　애국렬사들의 붉은 피 물들은 이 땅에 서서
　　아아 이름도 빛나는 오늘의 인민군 열병식이여
　　저 장엄하게 번득이는 무수한 창건의 수풀들이여!


　　얼마나 이날 보기를 기다렸더뇨?
　　얼마나 이날 오기를 원하였더뇨?
　　나라와 백성의 성벽, 충성과 영예의 상징
　　해방된 조선의 인민군에게 영광이 있으라

―「조국과 인민의 영광」에서


　이곳의 중심사상은 새 조국에 바치는 고상한 애국주의 사상이다.
　해방 후 시인 박팔양은 자기 창작에서 민주조국 창건에 헌신하는 새 서정적 주인공의 형상을 창조함으로써 해방 전의 자기 주인공의 형상을 발전시켰다. 이 새 서정적 주인공에 있어서는 증산투쟁, 새 형의 애국주의와 같은 새로운 품질이 소유되었다. 그리고 이 새 서정적 주인공의 개성은 해방 전의 그것에 비하여 상당한 변화를 가져오고 있다.
　해방을 맞이하여 일시 중단하였던 시 창작을 다시 시작하여 적지 않은 시를 창작한 시인 박팔양은 정의의 조국해방전쟁의 개시와 함께 용약 전선에 종군하여 활동하면서 시 창작을 계속하였다.

이 시기에 그는 「진격의 밤」(1950), 「빨찌산」(1950), 「싸우는 우리의 힘을 원쑤 너에게 보여주마」(1951), 「영용하게 싸워 이기리라」(1951), 「우리 학생들」(1952), 「강철은 불속에서」(1955) 기타 시들을 창조하였다. 이 시들은 전선과 후방에서의 조선인민의 영웅적 투쟁에 대하여 노래하였다.

조선인민은 전쟁시기에 무비의 용감성과 대담성을 발휘하였다. '모든 것을 전선승리에로!'라고 한 당의 구호를 받들고 전체 조선인민은 미제와 리승만 도당의 무력 침범군을 반대하여 영광스러운 조국—조선민주주의인민공화국을 수호하기 위하여, 아름다운 조국 강토를 수호하기 위하여 총궐기하였다. 영웅적 인민군대는 전선에서 적들을 반대하여 싸워 이겼으며 후방 인민들은 전선원호사업 및 자기 고향을 원쑤들의 침해로부터 수호하는 사업에서 영웅성을 발휘하였다. 전선과 후방에서 불패의 영웅주의는 대중성을 띠고 보통 사람들의 고상한 품성으로 표현되었다.

시인 박팔양은 이 훌륭한 사람들의 투쟁을 자기 시에 반영하면서 창작을 발전시켜 나갔다. 그의 서정적 주인공은 이 영웅적 인간들의 투쟁 대오 속에서 조국에 대한 열렬한 사랑과 충성심을 표시하였다.

행군 대오 엄숙히 나아간다
밤하늘에는 별빛도 찬란한데
총대를 든든히 잡은 동무들과 함께
나도 대지를 구르며 나아간다

아—얼마나 영롱한 별빛이냐
아—얼마나 미더운 우리 밤하늘이냐,

조국에 한 목숨 바칠 결의도 굳은

이 밤이 어찌 이처럼 아름다우냐

―「진격의 밤」에서

원쑤를 물리쳐 남으로 남으로 진격해 나아가는 행군 대오 속에서 자기 주인공을 통하여 이렇게 표현하고 있는 그 가운데에는 조국을 위하여서는 언제든지 서슴없이 생명을 바칠 영웅적 정신이 맥맥히 흐르고 있는 것을 뚜렷이 볼 수 있다.

그러나 이런 영웅주의는 비단 인민군대에게만 한한 것은 물론 아니다.

시「빨찌산」에서 시인은 우리의 보통 농민들에게 있어서도 어떻게 이 고상한 애국주의가 발휘되고 있는가 하는 것을 똑똑히 보여주었다. 달도 없는 그믐밤에 그러나 아버지도 아저씨도 형님도, 그리고 아주머니도 누이동생도 한 사람같이 총을 메고 "흰 옷자락을 깃발처럼 휘날"리면서 빨찌산 투쟁에로 떠나기 위해 모여섰다, 그러나 이뿐이 아니다, 아직 앳된 어린 소년까지도 용감히 나섰다.

"나도 갈 테야요

나에게도 총을 주세요!"

이런 일은 전시에 우리나라 어느 곳에서도 만날 수 있는 것이였음을 우리는 잘 기억하고 있다. 이 애국주의야말로 어떠한 힘으로도 꺾을 수 없는 것이였음을 우리는 또한 잘 기억하고 있다.

전쟁시기 시인 박팔양의 창작에서 중요한 자리를 차지하고 노래된 것은 민주 대학생의 영웅성이다. 민주학원에서 자라난 이 새 세대들에

대하여 시인은 그들을 직접 가르친 어버이의 부드럽고 따뜻한 정으로
써, 그리고 대학에 대한 깊은 사랑 가운데서 아들을 자랑하고 찬양한다.

　　나는 우리 학생들을 자랑한다
　　그들은 실로 새로운 세대의 사람들
　　새 조선의 영특한 아들과 딸들
　　참되고 굳세인 그들을 자랑한다

—「우리 학생들」에서

　여기에는 깊은 애국적 심정과 커다란 자부심이 깃들이고 있는 것을
볼 수 있다. 전쟁이 개시되자 펜을 총으로 갈아 잡고 용약 전선에 출동
하여 영웅적 투쟁을 전개한 그 대학생들을 생각하여 시인은 그들 속에
서 새 인간들—새 사회에서 자라난 새로운 인간들의 자랑스러운 면모
를 력력히 보았다.

　　어떠한 곤난이 닥쳐와도
　　어떠한 장애가 길을 막아도
　　그들은 태연히 웃으며 넌지시 말하네
　　내 몸은 이미 조국에 바친 몸이라고

　　그들은 진실로 새로운 세대의 사람들
　　새 조선의 영특한 아들과 딸들
　　참되고 굳세인 그들을 자랑한다
　　나는 우리 학생들을 자랑한다.

다른 시 「영용하게 싸워 이기리라」에서는 자기의 구체적 생애와 깊은 련계를 가지고 있는 대학에 대한 열렬한 사랑을 표시하였다.

　　그 집 그 보금자리에서 자라난
　　용맹한 사자들이여! 용감한 수리들이여!
　　한 목숨 아낌없이 조국에 바쳐 싸운
　　수많은 우리 영웅들이여! 학생들이여!


　　나도 또한 그대들과 함께
　　우리 조국의 영광스런 자유 위하여
　　굳세게 굳세게 승리의 마지막 시간까지
　　싸우고 또 싸워 이기리라 이기리라


이것은 고상한 애국주의의 한 표현이며 영웅적 심정의 하나가 아닐 수 없다.

전쟁시기에 시인은 미제에 대한 증오심에 대하여도 그리고 조선인민의 단련된 불패의 투지에 대하여도 노래하였다. 시인은 조선인민의 영웅적 투쟁에 대하여 말하면서 전쟁의 불ㅅ길은 우리 인민들의 투지를 약화시킨 것이 아니라 강철로 단련시켰다는 것을 시 「강철은 불속에서」에서 자랑스럽게 노래하였다.

　　무쇠는 불속에서
　　우리는 포화의 불ㅅ길 속에서
　　강철로 불패의 힘으로 단련되였나니

영광에 찬 우리 승리를 노래하자.

전쟁시기 이 시인의 창작은 고상한 애국주의 주제가 그 중심에 위치
하였다. 시인은 이 시기에 자기 시들에 대중적 영웅주의의 사상감정을
담았다.

승리의 정전 이후 조선인민은 조선로동당의 령도 밑에 전쟁에 의하
여 파괴된 인민경제를 복구 발전시키며 공화국 북반부에서의 사회주의
기초건설과 조국의 평화통일위업 달성에 궐기하였다. 그리하여 우리
문학은 인민들의 새 로력 투쟁을 형상화하며 조국통일과 농촌의 협동
화 운동, 국제친선 기타 등 주요 주제들을 작품화할 과업을 받았다. 전
쟁시기 인민의 영웅적 투쟁에 관한 주제도 전후시기에 계속 중요한 주
제의 하나다.

시인 박팔양은 건설투쟁에 나선 인민과 함께 살면서 그들의 로력적
성과와 조국의 미래 행복에 대한 노래를 불렀다.


창공을 울리는 미끼샤의 음향
천만 군중은 마치와 등짐으로
돌바위를 까부시고 흙을 파헤쳐
평화 건설의 불ㅅ길을 높였나니


아아 영웅 조선의 이 위대한 교향악
광명한 새 생활, 복된 새날의 찬가여!
대지 우에 이룩할 우리의 락원이여!
백만 인민의 억센 투쟁의 승리여!

―「건설의 노래」에서

시인은 새 로력 투쟁의 현실 속에서 조선인민의 영웅주의와 그리고 광명한 새 생활, 복된 새날을 보았으며 이 땅에 오래지 않아 이룩될 행복한 락원을 보았다. 전쟁에 의하여 무참히 파괴된 도시와 농촌들은 종전의 몇 배 아름답고 화려하게 건설돼 나간다.

> 보라! 또 여기 록음 짙은 수풀
> 아카시아꽃 향기 그윽한 모란봉 기슭
> 젊은 세대가 뛰놀을 운동장―
> 스타지오 우에 나붓기는 승리의 기폭들을!

> 악독한 원쑤들의 수없는 폭탄에
> 벌의 집 같은 웅덩이로 찼던 거리가
> 오늘은 탄탄대로 끝 간 데를 모르고
> 가로등의 대렬이 그림처럼 서 있다

―「건설의 노래」에서

전후시기 박팔양의 시 창작에는 평화애호사상이 뚜렷이 표시되었다. 조선인민에게 막대한 불행을 가져온 전쟁은 다시는 세계 그 어느 곳에서도 있어서는 안 된다. 시인은 이것을 전 세계 평화옹호투쟁과의 련관 속에서, 그리고 평화적 조국통일에 대한 절실한 념원으로써 표현하였다.

> 우리와 함께 오늘 전 세계에서

근로하는 수억만 인민들의 행진
전쟁을 타도하라는 저 웨침이여
광명한 새 세기의 크나큰 합창이여!

함성은 아메리카 대륙에서도
'아데나우어'의 독일에서도 들린다
평화를 사랑하는 모든 인민이 사는
온 세계 방방곡곡에서 들려온다

큰 바다의 산더미 같은 파도 앞에서
전쟁의 턱없는 그 불씨가 무엇이랴
모든 인민의 뭉치고 째인 력량이여
오늘 지구 우 모든 곳에 물결치라!
.........
미제는 조선에서 물러가라!
리승만 역도들을 소탕하자!
조국은 평화적으로 통일되여야 한다
천백번 말하리라! 우리 민족은 하나이다

―「지심을 울리는 행진 소리」에서

전후시기 박팔양의 시 창작에는 조중 인민의 국제주의 친선단결을
노래한 작품들이 적지 않게 나왔다. 정의의 조국해방전쟁 시기에, 그리
고 오늘 줄기찬 사회주의 건설투쟁에서 더욱 굳게 맺어진 위대한 우방
중국인민과의 끊을래야 끊을 수 없는 친선단결에 대하여 시인은 감동

적인 노래들을 불렀다. 그러면서 그는 린방 중국의 사심 없는 원조를 "바다보다도 깊은 우의"로써 노래하였다.

세계의 평화를 지키여
우리의 아름다운 생활을 지키여
빛나는 자유와 독립을 지키여
침략자들을 짓부시는 싸움에서

바다보다도 깊은 우의로 하여
피로써 맺어진 우의로 하여
잊을 수 없는 우리의 전우
그분들은 우리 형제 중국인민이여라!

—「바다보다도 깊은 우의」에서

전후에 있어서 박팔양의 시 창작은 조국의 장엄한 건설의 현실적 투쟁과 이 투쟁 속에서 내다보는 미래 광활한 전망과 밀접히 결부되었다. 시인은 이것을 "사회주의로 나아가는 청춘의 미래"라 불렀다.(시 「축배」에서) 전후시기 그의 시 창작은 새로운 애국적 투지로 물들여지고 있으며 인민의 최후 승리에 대한 더욱 새로운 신심을 표시하였다.

해방 후 전 시기의 창작에 있어서 박팔양은 해방된 조선인민의 새 생활현실을 반영하고 이 새 인간들의 빛나는 새 정신적 풍모들을 자기 시에 담았다. 창조적 로력 투쟁, 대중적 영웅주의, 광활한 사회주의 미래에 대한 전망과 조국의 평화적 통일의 절실한 념원으로 표현된 새 인간 특질들—이러한 것들이 그의 해방 전 시 창작에서 달성된 빛나는 업적을 풍부화시켰다.

물론 그의 시 창작에는 결함이 없지 않다. 특히 해방 후 그의 시 창작에서 시인의 개성적 독창성이 부족한 그것은 때로 그의 시가에 예술적 손상을 가져오기도 한다. 그러나 그의 시가의 인민적이고 적극적인 의의는 이로써 감소될 수가 없다.

— 『조선문학』 111호, 1956.11

**기타 참고문헌**

『박팔양 선집』 저자의 략력, 조선작가동맹출판사, 1956.
『황해의 노래』 저자의 략력, 조선작가동맹출판사, 1958.
원진관, 「서정서사시 「황해의 노래」에 대하여」, 『문학신문』, 1958.6.26.
리정구, 「박팔양의 시문학」, 『현대작가론(2)』, 조선작가동맹출판사, 1960.
『눈보라 만리』 저자의 략력, 조선작가동맹출판사, 1961.
『문학대사전』, 사회과학출판사, 1999.
『조선대백과사전』, 백과사전출판사, 1995~2004.

## '북한의 시학' 연구팀

'북한의 시학 연구팀'은 북한시학의 공동 연구를 위해 2010년 구성되었다. 연구팀은 1945년
에서 2010년까지의 북한시에 대한 기초 자료를 모으고 개별 시와 시인의 작품을 분석하는
것은 물론 북한의 시학이 형성되는 과정을 미국, 일본, 중국, 러시아와의 영향 관계 안에서
살펴보는 것을 목적으로 하였다. 남북한의 분단이 남북한만의 상황과 선택의 산물이 아닌
것처럼 북한의 문학 또한 한반도를 둘러싼 국제 정세와 국제 사회주의 문학의 자장 안에서
해명될 필요가 있었다. 이를 위해 한국문학 시 연구자, 북한문학 연구자 외에도 일본문학
연구자, 중국 역사 전공자가 연구진으로 참여하였다. '북한의 시학 연구팀'은 2010년 한국
연구재단 인문사회지원사업의 연구 과제로 선정되어 2010년 5월부터 2013년 4월까지 안정
적인 연구 환경에서 공동 연구를 진행하였다.

연구팀은 국내 외에 산재한 북한 시, 시집, 문예지 및 신문, 잡지 수록 시와 관련 평론, 문학
사 자료를 축적하는 한편 작품 분석 작업을 병행하였다. 북한문학 전문가 자문회와 일본문
학, 중국문학 연구자들과 함께한 라운드테이블을 기획하여 사회주의 문학의 어제와 오늘
을 집중적으로 살펴보았다. 또, 본 연구팀은 2011년 1월 우리어문학회 학술대회와 2011년
12월의 한국근대문학회 학술대회를 통해 연구 성과를 발표하고, 16편에 이르는 관련 논문
을 학술지에 게재하였다. 2013년 북한의 대표 시인 50인의 시와 평론을 소개하는 2권의 시
선집과 북한시 문학 대표 비평들을 골라 엮은 2권의 평론 선집, 시문학사 부분을 재구성한
1권의 시문학사와 학술적 연구 성과를 모은 연구서 『북한 시학의 형성과 사회주의 문학』을
펴내며 연구 과제를 마무리하였다.

'북한의 시학' 연구팀